BASTEI
LÜBBE

Über die Autorin

Maria Greene ist gebürtige Schwedin und lebt heute mit ihrem Mann Ray im wunderschönen Gebiet der Finger Lakes im Staat New York. Wenn sie nicht gerade an einem ihrer Romane arbeitet, liest Maria Greene, arbeitet im Garten, spielt mit ihrem Kater Max oder geht mit ihrem Mann zum Angeln. Von ihr sind bereits erschienen: *Wild wie der Sturmwind* (Bd. 18260), *Im Zwiespalt der Gefühle* (Bd. 18266) und *Verführt von heißer Begierde* (Bd. 18279).

MARIA GREENE

Wie ein Hauch von Zärtlichkeit

ROMAN

Ins Deutsche übertragen von
Britta Evert

BASTEI LÜBBE

Bastei Lübbe Taschenbuch
Band 18629

1. Auflage: Mai 2002

Vollständige Taschenbuchausgabe

Bastei Lübbe Taschenbücher ist ein Imprint
der Verlagsgruppe Lübbe

Deutsche Erstveröffentlichung
Titel der amerikanischen Originalausgabe:
The Raven and the Dove

Published by Arrangement with Kensington Publishing Corp.

Dieses Werk wurde vermittelt durch die Literarische Agentur
Thomas Schlück GmbH, 30827 Garbsen
Titelillustration: Daeni/Agentur Schlück GmbH
Einbandgestaltung: Beate Stefer
Satz: KCS GmbH, Buchholz/Hamburg
Druck und Verarbeitung: AIT Trondheim, Norwegen
Printed in Norway
ISBN: 3-404-18629-X

Sie finden uns im Internet unter
http://www.luebbe.de

Der Preis dieses Bandes versteht sich einschließlich
der gesetzlichen Mehrwertsteuer.

Prolog

Belgien, 18. Juni 1815

Die Erde bebte, als neben Merlin Seymour eine Kanonenkugel einschlug, und die Luft vibrierte von dem markerschütternden Dröhnen. Ein unerträglicher Schmerz schoss durch seinen Oberschenkel, als irgendetwas, ein Felsstück vielleicht, durch die Detonation zerbarst, und scharfe Splitter ihn durchbohrten. Sein Pferd stürzte und brach mit lautem Wiehern unter ihm zusammen. Merlin stieß einen Fluch aus und floh aus der Reichweite des wild ausschlagenden Hengstes.

Er schloss kurz die Augen, um die Schmerzen in seiner Wunde und die Trauer über den Verlust des Pferdes abzuwehren, zog dann seine Pistole aus der Satteltasche und beendete die Qualen des Tieres. Schnauben und Wiehern verstummten, die verdrehten Augen erstarrten. Merlin suchte mit den Augen die Umgebung nach näher rückenden feindlichen Soldaten ab, aber noch hatte ihn niemand entdeckt.

Auf allen vieren schleppte er sich durch ein Kornfeld zu den englischen Linien auf der Anhöhe. Der Rest seiner Einheit, die Königlichen Dragoner, ergriffen nach der anfänglich erfolgreichen Attacke auf Napoleons Armee vor den französischen Lanzenreitern die Flucht. Die Engländer hatten schwere Breschen in die Reihen der französischen Soldaten geschlagen, aber Merlin wusste, dass es ein Fehler gewesen war, nicht auf die Fanfaren zu hören, die panisch zum Rückzug bliesen. Von ihrem Erfolg geblendet, waren die Dragoner wild drauflosgestürmt. Er selbst hatte in letzter Minute kehrtgemacht, als der französische Nachschub mit frischen Pferden eintraf. Wenn er Glück hatte, würde er die sichere Anhöhe erreichen, aber wenn es sein musste, würde er bis zum letzten Atemzug kämpfen. Verbissen kroch er weiter, wehrte sich dagegen, sich von Schmerz und Erschöpfung besiegen zu lassen.

Der Gestank von Schießpulver und frischem Blut stach ihm in die Nase. Die Luft war verhangen und dunstig. Ein vom Kanonenfeuer schwarz gefärbter Nebel hing seit dem heftigen Gewitter des Vorabends über dem Schlachtfeld. War dieser Ort einmal fruchtbares belgisches Ackerland gewesen? Jetzt war die Erde getränkt vom Blut der Soldaten, ob Engländer, Preußen oder Franzosen.

Mit schmerzverzerrtem Gesicht versuchte Merlin mühsam aufzustehen, schaffte es aber nicht. Sein Bein war blutüberströmt, und der Stoff seiner Reithosen hing in Fetzen herunter. Fluchend vor Ingrimm und Entschlossenheit, schob er sich Zoll für Zoll näher an die Sicherheit der Anhöhe heran, von der eine Musketensalve auf die vorrückenden Franzosen abgefeuert wurde. Orangeroter Funkenregen durchbrach den schwarzen Rauch.

Überall ringsum lagen Tote, er aber verspürte keinen Drang, ihrem Geschick zu folgen. Mit der letzten Kraft, die ihm geblieben war, hievte er sich die Steigung hinauf, kämpfte gegen die Mutlosigkeit an, die ihn zu übermannen drohte.

Er hatte die britischen Linien beinahe erreicht, als die Soldaten, die von der Leibgarde geblieben waren, der Trupp, der als letzten verzweifelten Versuch, die Franzosen aufzuhalten, einen Vorstoß gewagt hatte, zurückkehrte. Pferde, die vor Panik außer sich waren, stampften an ihm vorbei, und Männer schrien auf, als die Kugeln der Musketen ihr Ziel fanden.

Merlin stieß einen Fluch aus, als ein Offizier neben ihm auf den Boden taumelte und schwer im Schlamm aufschlug. Das bleiche Gesicht, in das Merlin sah, war mit Ruß und Blut beschmiert. Entgeistert starrte er in die von Schmerz verdunkelten Augen seines Cousins Maximilian Seymour.

»Max? Warum bist du nicht hinter den Linien bei Wellington?« Merlin, der auf dem Bauch lag, streckte eine Hand aus, um Max' Schulter zu schütteln. »Bist du schwer verletzt?«

Max' Augen wurden einen Moment lang klarer. »Merlin?« Seine Hände, die rot von Blut waren, klammerten sich krampfhaft an den Arm des Cousins. Entsetzt starrte Merlin auf die blutige Wunde in Max' Bauch.

»Hast du es gesehen? Wir haben einen Ausfall gemacht … den Frogs die Gewehre buchstäblich aus den Händen gerissen«, flüsterte Max, den geisterhaften Schatten eines Lächelns auf seinem Gesicht. »Boney wird diesen Krieg verlieren … Ich bin froh, dass ich gekämpft habe. Heute tragen wir … den Sieg davon. Blücher bringt Verstärkung. Wir vernichten diesen wahnsinnigen Franzosen … «

Merlin rappelte sich mühsam auf. Heiße Tränen strömten über sein Gesicht, als er mit ansehen musste, wie langsam das Leben aus dem Körper seines Cousins entwich, der sein bester Freund war. Er kannte Max sein Leben lang, und sie waren sich immer so nahe wie Brüder gewesen, zusammen auf die Schule gegangen und danach in den Krieg gezogen. »Ich hole einen Arzt!«, brüllte er über das ohrenbetäubende Getöse hinweg. Eisiger Nebel waberte über den Boden und legte sich wie ein Schleier auf Max' Gesicht.

»Nein … zu spät, alter Junge.« Max presste beide Hände auf seinen Bauch. »Bald werde ich … mit den Engeln tanzen.« Er lächelte, bevor sich sein Gesicht vor Schmerz verzerrte. Plötzlich packte er Merlins Jacke und zog ihn zu sich herunter. Seine Lippen, die er an Merlins Ohr legte, waren eiskalt. »Du musst mir etwas versprechen … Kannst einem Sterbenden … nicht seinen letzten Wunsch abschlagen.«

Merlin blinzelte die Tränen aus seinen Augen, schob einen Arm unter Max' Schultern und nickte heftig. »Alles, was du willst. Du brauchst es nur zu sagen.«

Max' bläulich verfärbte Lippen bewegten sich, und Schweißperlen traten auf sein Gesicht. Krampfhaft versuchte er, die Worte über seine Lippen zu bringen. »Ich habe versprochen, Cynara zu heiraten … wenn ich aus dem Krieg zurückkomme. Versprich mir, dass du dich … um sie kümmerst. Du musst sie heiraten … an meiner Stelle.«

Merlins Augen weiteten sich vor Entsetzen. »Das ist ein großer Gefallen, um den du mich da bittest – vor allem, wenn man bedenkt, dass sie mich verabscheut.«

Max zog kraftlos an seinem Arm. »Du musst es tun! Sie ist so verletzlich … und ohne jeden Schutz. Brandon ist … verantwortungslos und … und ihre Mutter … ist nicht besonders klug.« Max' Stimme wurde heiser. »Ich muss wissen, dass sie … versorgt ist. Du bist … der einzige Mann, dem ich … vertraue.« Max' Lider schlossen sich flatternd. »Versprich es mir«, flüsterte er. »Ich liebe sie so sehr.«

Merlin kämpfte gegen sein Unbehagen. Max verlangte von ihm, seinen Lebensweg drastisch zu ändern, aber wie konnte er Nein sagen?

»Versprich es!«, flehte Max, Tränen in den Augen.

Merlin nahm die kalte, blutige Hand in seine und hielt sie fest. Er wünschte, er könnte sein Leben geben, um Max zu retten. Die Augen getrübt von Kummer, versuchte er Max zu halten … vergeblich.

»Ich verspreche es.«

»Ich reserviere einen Engel für dich, alter Knabe … den

schönsten von allen«, stieß Max mit einem geisterhaften Lächeln hervor. »Und wir werden tanzen …« Sein Kopf fiel zur Seite, und seine Hand erschlaffte in Merlins.

Das Leid, das Merlin empfand, raubte ihm den Atem. Er konnte sich ein Leben ohne seinen Cousin nicht vorstellen. Wie konnte jemand, der so voller Leben war, sterben? Die Zukunft dehnte sich endlos und leer vor ihm aus.

Die Kehle zugeschnürt vor Schmerz, blickte Merlin auf und stellte fest, dass die Franzosen einen weiteren Angriff der Engländer zurückgeschlagen hatten und erneut vorrückten. Die feindlichen Soldaten hatten noch nicht bemerkt, dass er am Leben war. Ein großes gefallenes Kavalleriepferd schirmte ihn vor dem Mündungsfeuer ab.

Zu viele gute Soldaten waren bereits gestorben und jetzt auch Max. Einen wie ihn würde es nie wieder geben. Merlin faltete die Hände seines Cousins auf dessen Brust und zog seinen eigenen zerschlissenen Uniformrock aus. Nach einem letzten Blick auf das stille, bleiche Gesicht breitete Merlin die Jacke über Max aus.

Merlins Oberschenkel schmerzte so sehr, dass er befürchten musste, Max eher zu folgen, als ihm lieb war. Blut rann aus der tiefen Wunde in seine Stiefel. Seine Schwäche drohte ihn zu überwältigen, aber er kämpfte sich weiter zu den englischen Linien vor. Er hatte ein Versprechen gegeben, und wenn ihn in dieser Schlacht nicht der Tod ereilte, würde er sein Wort halten.

1

Devonshire, Juni 1816

Mit einem Schritt von solcher Tragweite konfrontiert, wie ihn eine Eheschließung mit sich bringt, wünschte Cynara Hawthorne, sie hätte eine vertraute Freundin, eine Person außer ihrer Zofe Tildy, an die sie sich um Rat wenden könnte. Ihre Mutter sah in der unmittelbar bevorstehenden Trauung von Felix Seymour und Cynara lediglich den einfachsten Weg, Cynaras Bruder Brandon aus der Klemme zu helfen.

Gewöhnlich ließ sich Cynara nicht so leicht von Problemen einschüchtern. Sie zögerte nicht, sie in Angriff zu nehmen, wenn sie auftraten, aber diese Entscheidung betraf den Rest ihres Lebens.

»Verflixt! Ich wünschte, es gäbe einen anderen Ausweg!« Nur mit einem Hemd bekleidet, marschierte sie in ihrem Schlafzimmer auf Bluewater, dem Besitz ihrer Familie, auf und ab. Das Zimmer maß zwölf Schritte, und immer wieder zählte sie mit: »Eins, zwei, drei, vier …«, seit zwei Stunden mindestens, wenn nicht länger. Wenn sie nicht bald damit aufhörte, würde sie noch eine Furche in den Holzboden treten. Ungeduldig warf sie eine verirrte Locke über die Schulter zurück und blieb mitten im Raum stehen.

»Ich muss diese Kröte einfach heiraten«, sagte sie zum zwanzigsten Mal. »Es gibt keine andere Lösung. Wenn ich Felix nicht heirate, wird Brandon sterben.« Sie richtete diese grimmige Aussage an ihre unerschütterliche Zofe. »Brand wird bestimmt dieses schreckliche Haftfieber kriegen und elendig umkommen.«

Tildy schüttelte den Kopf. »Aber, aber, Miss Cynara! Woher wollen Sie das wissen? Sie machen einen Fehler. Ich hab Ihnen doch gesagt, dass es keinen Sinn hat, Ihrem Bruder schon wieder zu helfen. Er verlässt sich ständig darauf, dass Sie seine Probleme lösen, aber diesmal ist er zu weit gegangen, wenn Sie mich fragen.«

»Wenn ich die Zeit bloß zurückdrehen könnte auf die Zeit vor dem Krieg. Dann wäre Max noch am Leben. Er hätte gewusst, was zu tun ist.«

»Er wäre ganz und gar gegen diese Heirat gewesen.«

»Natürlich! Er hätte mich selbst geheiratet. Er hat sich mit Felix nie verstanden, und ich weiß warum. Kein Mensch, der bei klarem Verstand ist, würde Felix Seymour vertrauen, und ich soll seine Frau werden.« Cynara warf ihre Hände in die Luft. »Zum Teufel mit meinem leichtsinnigen Bruder!«

Ein Jahr war vergangen, seit Max in der Schlacht von Waterloo gefallen war, einer Schlacht, die Napoleons Schreckensherrschaft endlich ein Ende gemacht hatte, wenn auch auf Kosten tausender englischer Menschenleben. Sie würde in kürzester Zeit Felix Seymour heiraten, einen von Max' Cousins. Nun, da Max tot war, war Felix der Erbe von Black Raven und somit Earl of Raven. Max war der Sohn von Sydney, dem verstorbenen Earl, gewesen und Felix der Sohn von George, dem mittleren der Seymour-Brüder. Der jüngste der Brüder, Ross, hatte ebenfalls einen Sohn, Merlin, aber ihn hatte sie seit Max' Beerdigung nicht mehr gesehen.

Sie dachte an Brandons Brief.

Du musst mir helfen, Cynara. Du weißt, dass ich das Diamantkollier nicht gestohlen habe. Erfinderisch, wie du bist, fällt dir sicher etwas ein, um mir aus diesem Albtraum herauszuhelfen. Ich weiß, dass du Felix Seymour nicht magst, aber als Earl of Raven hat er einflussreiche Freunde in London … bitte ihn, dir zu helfen!

Sie hatte Felix um Hilfe gebeten, und er hatte sie ihr zugesagt – unter einer Bedingung. Sie musste ihn heiraten. Laut eigener Aussage hatte Felix immer eine Vorliebe für sie gehabt, aber sie zur Ehe zu zwingen, empfand sie nicht als Zeichen einer »Vorliebe«. So etwas hatte einen anderen Namen: Erpressung.

Wäre Brandon nicht in einer solchen Notlage gewesen, hätte sie eine Verbindung mit Felix nie in Betracht gezogen. Welche Schande! Empfand Brand die Mittellosigkeit der Hawthornes tatsächlich als so beengend, dass er hatte auf Diebstahl zurückgreifen müssen? Sie glaubte, dass es nicht so gewesen war, aber wer hatte ihn als Dieb hingestellt? Bei diesem Rätsel tappte sie im Dunkeln.

Voller Unbehagen betrachtete Cynara ihr Brautkleid, das auf dem Bett ausgebreitet lag. Seit ihr Vater gestorben war, fühlte sie sich als Oberhaupt der Familie Hawthorne, auch wenn Brandon zwei Jahre älter war als sie. Er war durchaus liebenswert, besaß aber nicht einen Funken gesunden Menschenverstand.

Sehnsüchtig dachte sie an ihren Vater, als sie die glatte Seide des Kleides berührte. Er war wie ein Fels in der Brandung gewesen, und nach seinem Tod hatte sich ihre Mutter Hilfe suchend an jede Schulter gelehnt, die ihr Schutz bot. Cynara lag es nicht, sich auf andere zu verlassen; sie musste einen Weg finden, mit Felix auszukommen. Schließlich handelte es sich bei den Verbindungen ihrer Gesellschaftsschicht meist um Vernunftehen.

Sie hob den Kopf und straffte die Schultern und bemühte sich, nicht an Felix' dunkle Seite zu denken. Sie spürte, dass sich hinter der gefälligen Fassade ein verschlagenes, finsteres Wesen verbarg.

Mehr zu sich selbst als zu ihrer Zofe sagte Cynara: »Ich will Brand helfen. Mir liegt etwas an meiner Familie.«

»Viel zu viel, wenn Sie mich fragen.« Tildy schnalzte mit der Zunge. »Ihre Augen sind rot und verschwollen, Miss Cynara. Ich wette, Sie haben die ganze Nacht nicht geschlafen.«

»Nein … habe ich nicht.« Sie sah ihre Zofe an. »Würdest du dir keine Sorgen machen, wenn dein Bruder im Gefängnis von Newgate säße?«

»Ich habe keinen Bruder. So, Miss, Ihr Gesicht muss mit kaltem Wasser gespült werden, sonst merkt Master Felix, wie verstört Sie sind, und das wird ihm gar nicht gefallen.«

»Außer Mutter ist Brand alles, was ich an Familie habe.« Ihr Magen krampfte sich bei dem Gedanken an die Prüfung, die vor ihr lag, schmerzhaft zusammen. »Ich wünschte, wir würden außer Felix noch andere einflussreiche Männer kennen, aber wir haben ja immer auf dem Land gelebt. Mutter hat kaum Bekannte in London und ich auch nicht.«

Tildy schüttelte den Kopf und verdrehte die Augen. »Ja, ein einflussreicher Freund wäre ein wahrer Segen.« Sie ging zum Bett hinüber und betastete die kostbare Mechelner Spitze, die sich um das Dekolletee des Kleides kräuselte. »Sie sollten sich jetzt lieber bereit machen.« Sie warf Cynara einen durchtriebenen Blick zu. »Entschuldigen Sie, wenn ich das sage, aber Mr. Brandon würde nie jemanden heiraten, den er nicht mag, nur um Ihre Haut zu retten.«

Cynara starrte ihre unverblümte Zofe empört an. »Würde er

doch! Sei nicht so unfair, Tildy. Ich liebe Brand, und er hat mir früher oft bei Problemen geholfen.«

»Verglichen mit ihm haben Sie keine Probleme. Sie sind zuverlässiger, als er je sein wird.«

»Nun … unsere Gaben wurden ungleich verteilt. Brand ist der Ungestümere.«

Tildy nahm ihre zierliche Schutzbefohlene mütterlich in die Arme.

Cynaras schmale Schultern zuckten vor unterdrücktem Schluchzen.

»Dieser gerissene Fuchs Felix Seymour hat schon seit langem ein Auge auf Sie geworfen, und jetzt sieht er die Chance seines Lebens, Sie zu bekommen. Aber hören Sie auf meine Worte, letzten Endes wird er nicht einen Finger rühren, um Mr. Brandon zu helfen.«

Cynaras blonde Locken, die im Nacken mit einem Band zusammengeschlungen waren, wippten hin und her, als sie den Kopf schüttelte. »Du irrst dich, Tildy.«

Tildy ließ sie los und tätschelte liebevoll ihren Kopf. »Ein Jammer, dass nach Master Max' Tod nicht sein Cousin Merlin Seymour den Titel und die Macht geerbt hat.« Tildy nickte entschieden. »Das ist ein Mann nach meinem Geschmack, unser Master Merlin. Aufrecht und ehrlich durch und durch. Wenn er nicht so schrecklich unnahbar wäre, könnte ich mich glatt selbst in ihn verlieben. Er ist kein hinterhältiger Schwächling wie Felix.«

Cynara blickte auf. Ihre Augen brannten, und ihre Wimpern waren feucht von Tränen. »Von Merlin Seymour ist hier nicht die Rede. Ich bin sicher, *er* würde keinen Finger rühren, um mir zu helfen. Ich habe ihn seit Max' Tod nur ein einziges Mal gesehen, und er hat mir nicht einmal sein Beileid ausgesprochen.«

»Sie haben selbst gesagt, dass er seit dem Kriegsende schrecklich krank war.«

»Ja, er musste ins Ausland reisen, um seine Beinverletzung behandeln zu lassen.«

»Ich wette, Master Max' Tod hat ihm das Herz gebrochen. Die beiden waren sich näher als Zwillinge. Merlin würde nicht zulassen, dass Sie Felix heiraten.« Tildy zupfte eine blonde Locke in Cynaras Frisur zurecht und befestigte eine Orangenblüte, die sich gelöst hatte.

»Möglich.« Cynara ließ sich von ihrer Zofe das Korsett umlegen und hielt sich am Bettpfosten fest, als Tildy anfing, die Schnüre auf dem Rücken festzuziehen. Sie schloss die Augen und versuchte sich Max' geliebtes Gesicht zu vergegenwärtigen, aber alles, was sie heraufbeschwören konnte, war die Erinnerung an die Begegnung mit Merlin bei Max' Beerdigung.

Merlin hatte bleich und verhärmt ausgesehen und sehr dünn, kaum ein Schatten seiner selbst. Er war so abgemagert, dass seine breiten Schultern im Verhältnis zum Rest seiner hoch gewachsenen Gestalt überdimensioniert wirkten. Sie wusste, dass er sich die Verwundung an seinem Oberschenkel bei der Schlacht von Waterloo zugezogen hatte, eine Wunde, die ihn beinahe das Leben gekostet hätte. Bei der Beerdigung war er in vollem militärischen Staat erschienen, aber später erfuhr sie, dass er den Dienst quittiert hatte. Wie mochte es ihm jetzt gehen? Ob er schon vom Kontinent zurückgekehrt war?

Sie kannte ihn ihr Leben lang. Während Max ein unbekümmerter, fröhlicher Junge gewesen war, der gerne anderen Streiche spielte und auf große Abenteuer ging, war Merlin immer reserviert, geheimnisvoll und in sich gekehrt gewesen. Merlin war so dunkel, wie Max hell gewesen war – dunkles Haar, dunkle Augen und sonnengebräunte Haut. Mit dem durchdringenden Blick dieser schwarzen Augen hatte Merlin immer ein wenig beunruhigend auf sie gewirkt – als könnte er jeden ihrer Gedanken lesen. Fast hatte sie ein bisschen Angst vor ihm gehabt, aber Max hatte ihr versichert, dass niemand so loyal, so freundlich und so rücksichtsvoll wie Merlin wäre. Nun, Merlin hatte sie von jeher eingeschüchtert, und als er einmal, an ihrem vierzehnten Geburtstag, versuchte, ihr einen Kuss zu stehlen, hatte sie ihm an den Kopf geworfen, dass sie ihn und seine dunklen, stechenden Augen hasse. Sie hatte ihm damals wehgetan, und seither blieb er auf Distanz.

Jetzt, seit Gerüchte im Umlauf waren, dass er in einen Skandal verwickelt war, der seinen Vater Ross das Leben gekostet hatte, war er ihr noch unheimlicher. Sie hatte gehört, dass Ross und Merlin eines Abends im White Club in London einen furchtbaren Streit hatten, der damit endete, dass Ross hinausstürmte und Merlin ihm wutentbrannt folgte. Worum es bei diesem Streit ging, hatte sie nie erfahren.

Wie sehr sie Merlin auch ablehnte, sie musste zugeben, dass seine eindrucksvolle Erscheinung sie verwirrte und faszinierte. Seit ihrem vierzehnten Geburtstag war sie sich seiner männlichen Ausstrahlung bewusst. Damals war er mit seinen neunzehn Jahren bereits ein Mann gewesen. Jetzt, mit sechsundzwanzig, war er noch attraktiver. Sie hätte zu gern gewusst, warum er versucht hatte, sie zu küssen …

Ein Glück, dass er nicht bei ihrer Hochzeit anwesend sein würde.

Sie umklammerte den Bettpfosten, bis ihre Knöchel weiß wurden und ihr Kopf nach vorn sank. Max lag jetzt unter der Erde und Brandon saß in Newgate. Von den drei Jungen, die miteinander gespielt hatten, war nur noch Merlin frei und am Leben, aber sein Kopf mochte durchaus auf dem Richtblock landen, falls sich die Gerüchte um Ross' Tod bewahrheiteten. Seit dem Tod seines Vaters war er in der guten Gesellschaft nicht mehr willkommen. Seit jener verhängnisvollen Nacht wurde Stormywood, Merlins Besitz, peinlich gemieden. Kein Wunder, dass Merlin unter dem Vorwand, seine Wunde behandeln zu lassen, auf den Kontinent geflohen war.

Schluss mit den trüben Gedanken! Cynara unterdrückte die aufwühlenden Erinnerungen an Merlin und Max, bevor sie sie überwältigten. Aber ihre Gedanken ließen ihr keine Ruhe.

»So! Beinahe geschafft«, sagte Tildy und zog die Schnüre noch fester. »Master Felix wird Sie hinreißend finden, liebes Kind.«

Cynara, die nach Luft rang, schloss die Augen. Felix war der eigenartigste der vier Jungen gewesen, die sie von klein auf kannte. Er hatte seine Schulzeit in Eton verbracht, dann in Oxford die Universität besucht und sich in den Ferien auf Black Raven aufgehalten, während seine Eltern jenseits des Atlantiks in Virginia lebten. George Seymour, Felix' Vater, war nach Amerika ausgewandert, wo er die Erbin einer Tabakplantage geheiratet hatte.

Felix war ein seltsamer und unzugänglicher Junge gewesen. Er hatte sich gern die Zeit damit vertrieben, Fliegen die Flügel und Spinnen die Beine auszureißen. Seine Augen waren undurchdringlich wie ein trüber Teich, Augen, in deren Tiefen sich Geheimnisse verbargen, die beklemmend waren. Seine Stimme hatte einen sanften, fast hypnotischen Beiklang.

Felix bekam immer, was er wollte, auch wenn dadurch andere Schaden erlitten. Er war schlau; sie unterschätzte seine Macht durchaus nicht. Wenn überhaupt jemand, dann verfügte er über die Mittel, Brandon zu helfen.

Flüchtige Bilder dieser vier Männer – die drei Seymour-Cousins Max, Merlin und Felix und ihr Bruder Brandon – jagten so lange durch ihren Kopf, bis sie am liebsten laut gestöhnt hätte. Seit jenem Tag, an dem man Brandon in der Londoner

Bow Street dem Richter vorgeführt hatte, konnte sie kaum noch schlafen. Ihr Bruder saß jetzt in Newgate, bis entschieden wurde, ob er in Surrey, wo der Diebstahl passiert war, vor Gericht gestellt werden sollte oder in London.

Cynara legte den Kopf zurück und starrte auf die Vorhänge aus schwerem Goldbrokat, die um das vierpfostige Bett in ihrem Schlafzimmer hingen. Heute Nacht würde sie in Felix' Bett auf Black Raven schlafen. An diesen Gedanken würde sie sich gewöhnen müssen.

Ihre Augen brannten von ungeweinten Tränen, und sie war erleichtert, als Tildy sagte: »Fertig! Sie sind nur noch Haut und Knochen, und es würde mich nicht überraschen, wenn Sie mit all den Unterröcken und dem engen Korsett heute Abend in Ohnmacht fallen. Grausam, das ist es, jawohl! Auch wenn Sie jetzt die Gräfin Raven werden, für mich bleiben Sie immer meine liebe, liebe Mistress Cy.« Tildy tupfte sich mit ihrem Schürzenzipfel die Augenwinkel und erinnerte Cynara an glücklichere Zeiten, als das Leben noch weniger kompliziert gewesen war. Tildy, die ursprünglich aus London stammte, war die Tochter der Haushälterin von Bluewater, Cynaras Heim.

»Ich gehe doch nicht zu einer Beerdigung, Tildy.«

Ihre Zofe schüttelte trotzig den Kopf. »Das ist ein schlimmer Tag für Bluewater.«

Als Cynara fertig war, das Kleid zurechtgezupft, die Spitzen um ihre Schultern gebauscht und Blüten ins Haar gesteckt, klopfte es an die Tür. Es war Winslow, der Butler, der ankündigte, dass die Kutsche, die Cynara die fünf Meilen zu der Kapelle von Black Raven fahren sollte, vor der Tür bereitstehe.

Cynara war froh, dass das Innere der Kapelle im Halbdunkel lag. Den Gästen sollte die Unannehmlichkeit erspart bleiben, eine tief bekümmerte Braut zu sehen. Weiße Lilien erfüllten das kleine Steingebäude mit ihrem schweren Duft; Wachskerzen flackerten im Luftzug der offenen Türen. Eine bleierne Schwere lag in der Luft, die Ruhe vor dem Sturm. Die Natur hielt den Atem an; jede Blume schloss die Blüten vor dem Wüten des drohenden Wolkenbruchs; jeder Vogel duckte sich atemlos in ein Versteck.

Cynara starrte unverwandt auf den Altar. Aus dem Augenwinkel erhaschte sie einen Blick auf Felix. Sie sah bewusst nicht in seine Richtung, um sich nicht der Erkenntnis stellen zu müssen, dass ein Mensch aus Fleisch und Blut, nicht ein böses Phantom, auf sie wartete.

Jeder ihrer schleppenden Schritte führte sie näher in den Untergang. Ihr Brautbukett und ein Spitzentaschentuch mit beiden Händen umklammernd, ging sie langsam weiter, stolz, mit hoch erhobenem Kopf. Noch eine Stufe und sie stand vor dem Kaplan von Black Raven. Felix' Hand schloss sich um ihre. Sie zitterte, so kalt war ihr, so furchtbar kalt. Seine Hand war fleischig, fordernd. Er drückte die ihre und zwang sie, ihm einen flüchtigen Blick zu gönnen.

Sein rundes Gesicht glänzte von Schweiß, und sein Halstuch verlor bereits seine gestärkte Frische. Sein kurzes braunes Haar war sorgfältig gestutzt und pomadisiert. Glitzernd vor Genugtuung ruhte der Blick seiner hellbraunen Augen auf ihr. Ein Edelstein blitzte in den Falten seiner Krawatte. In seinen Augen lag jener verschlagene Ausdruck, den sie seit ihrer Kindheit kannte. Er leckte sich seine vollen Lippen, und Cynara schloss angewidert die Augen.

In ihren Ohren klang es, als würde die Stimme des Geistlichen Beschwörungen des Bösen verkünden. Sie hörte, wie Felix sein Ehegelübde sprach. Ihre Hände zitterten so sehr, dass sie fürchtete, jeden Moment das Bukett fallen zu lassen.

Alles begann vor ihren Augen zu verschwimmen und hin und her zu schwanken. Sie bekam keine Luft mehr, und ihre Knie wurden weich. Kurz bevor sie vornübertaumelte, schloss sich Felix' Arm um ihre Taille und hielt sie eisern fest. Sein Daumen bohrte sich schmerzhaft in ihre Seite und sie hätte beinahe gestöhnt, konnte aber die Lippen nicht bewegen. Jetzt war sie an der Reihe, das Gelöbnis zu sprechen, und Felix stieß seine Fingernägel brutal zwischen ihre Rippen, als sie keinen Ton herausbrachte. Sie konnte es einfach nicht!

Ein erster Blitz zuckte über den Himmel, fast unmittelbar gefolgt von einem gewaltigen Donner, der die Erde erbeben ließ. Ein Windstoß, der die Geräusche näher kommender Pferde mit sich brachte, wehte in die Kapelle. Hufe klapperten draußen über den gepflasterten Weg, und leises Geraune erhob sich in den Kirchenbänken. Schritte dröhnten über den Steinboden. Cynara warf einen Blick über die Schulter. Felix' Arm war nach unten gesackt.

Benommen starrte sie den hoch gewachsenen Mann an, der auf den Altar zukam. Er war von Kopf bis Fuß in Schwarz gekleidet, ein leichtes Hinken beeinträchtigte seinen energischen Gang. Sein Haar war schwarz, seine Haut von der Sommersonne gebräunt. Seine Augen, dunkel wie Obsidian, fanden durch das Dämmerlicht zu ihr.

Merlin Seymour war nicht zu verwechseln. Niemals. Er war nicht mehr der hagere, gebrochene Mann, den sie bei Max' Beerdigung gesehen hatte; er war ein Mann, der Entschiedenheit und Stärke ausstrahlte.

»Die Hochzeit findet nicht statt«, sagte er mit seiner tiefen Stimme. Cynara hörte die Worte, nahm aber nur seine breiten Schultern und die langen dunklen Locken wahr. Sie schrak zusammen, als er eine Hand nach ihr ausstreckte, und wich in die erste Reihe zurück, wo ihre Mutter saß. Empörte Stimmen wurden laut.

Zwei weit ausholende Schritte brachten ihn zu ihr, und obwohl sie sich wehrte, hob er sie mühelos in seine Arme. Ohne jedes weitere Wort drehte er sich um und trug sie zur Tür. Mittlerweile redeten alle aufgeregt durcheinander. Felix schlug mit den Fäusten auf Merlin ein und versuchte, Cynara aus seinen Armen zu ziehen. Sie trommelte wütend an die harte Brust ihres Entführers, aber sein Griff wurde noch fester. »Stillhalten«, befahl er, und ihr lief vor Furcht ein Schauer über den Rücken.

»Lass mich sofort los!« Ihre Forderung stieß auf taube Ohren.

»Das kannst du nicht tun!«, brüllte Felix ihm nach und lief die Stufen der Kapelle hinunter.

»Es ist bereits getan«, sagte Merlin. »Cynara gehört dir nicht und wird dir nie gehören.« Er hievte sie in den Sattel seines Pferdes, schwang sich hinter sie und fasste sie fest um die Taille, bevor sie Gelegenheit hatte, wieder hinunterzurutschen.

Sie wusste, dass sie sich energischer zur Wehr hätte setzen sollten, aber das ganze Szenario schien so unwirklich. Wie betäubt beobachtete sie, wie ihr der Wind das Taschentuch entriss. Es flatterte gespenstisch durch die Luft und blieb an einem hohen Eisenkreuz hängen. Cynaras Augen weiteten sich. War das ein Todesomen?

Eine Parade von Gesichtern tauchte verschwommen vor ihren Augen auf, als sich die Gäste in den Eingang der Kirche drängten. Sie starrten sie fassungslos an, riefen ihren Namen und streckten die Hände nach ihr aus, als Merlin seinen gewaltigen schwarzen Hengst herumlenkte und den Weg hinuntergaloppierte. Ihm dicht auf den Fersen folgte ein zweiter Reiter, ein alter Mann, der zwei Duellpistolen auf die Gäste gerichtet hatte.

»Das wirst du mir büßen, Merlin!«, rief Felix ihnen nach, als der Regen begann, die Erde zu überschwemmen. »Mit deinem Blut wirst du dafür zahlen!«

2

»Wo bringst du mich hin?«, wollte Cynara wissen, als sie das Dorf und die alte Festung Black Raven hinter sich ließen. Unterhalb des Schlosses wogte die See in trüben Grautönen. Die Wellen krachten an die steilen schwarzen Klippen und ließen die Gischt über die Felsen schäumen, als das Pferd an den Gairlock Woods vorbeitrottete und die Klippen entlang der Bucht Lyme Bay erklomm. »Ich dachte, du bringst mich nach Hause zurück.«

Er lachte. »Um dich Felix' finsteren Machenschaften zu überlassen? So dumm bin ich nicht.«

Sie starrte in das harte Gesicht mit den hohen Backenknochen über den eingefallenen Wangen, den dunklen Wimpern, die tief liegende, verschleierte Augen überschatteten, und der markanten Adlernase.

»Warum tust du das?« Sie wand sich in seinen Armen, aber sein Griff lockerte sich nicht. Sein schwarzer Umhang bauschte sich um seine Gestalt, und rabenschwarze Haarsträhnen wehten ihm in die Stirn. »Ich will nichts mit dir zu tun haben, das weißt du. Ich verabscheue dich geradezu, Merlin.«

Sein Blick streifte sie, und ein Prickeln lief über ihre Haut. »Deine Gefühle interessieren mich nicht, Cynara. Du kannst mich hassen, sosehr du willst, aber Felix wirst du nicht heiraten.«

»Das werden wir ja sehen!« Der Wind, der den Geruch von Seetang und Salz mit sich brachte, zerrte an den durchnässten Volants ihres Hochzeitskleides. Der Regen peitschte ihr ins Gesicht, und ihre Hände und Lippen waren starr vor Kälte. »Willst du mir nicht sagen, wohin du mich bringst?«

»Nach Stormywood, aber nicht sofort. Meine Diener werden deine Mutter holen, damit sie sich dort um dich kümmern kann. Aber zuerst muss eine äußerst dringliche Frage geklärt werden: Bist du bereit, statt Felix *mich* zu heiraten?« Wieder erfasste sie der Blick seiner dunklen Augen, drang in ihre geheimsten Gedanken ein. Auf seinem unnachgiebigen Gesicht zeigte sich keine Gefühlsregung.

»Warum in aller Welt … Ganz bestimmt nicht!«, rief sie über das Heulen des Windes hinweg. »Ich habe nicht den geringsten Wunsch, dich zu heiraten, nicht jetzt und auch nicht irgendwann.« Fassungslos starrte sie ihn an. »Warum stellst du mir eine so abwegige Frage?«

»Da du bereit warst, Felix zu heiraten, dachte ich, du würdest vielleicht jeden nehmen.«

»Das würde ich nicht!«

Er lächelte unfroh. »Willst du mir jetzt etwa weismachen, dass du den Schuft liebst? Bitte erspare mir das!«

Cynara presste die Lippen zusammen und starrte ihn erbost an.

»Du liebst ihn nicht, und mich liebst du auch nicht, was macht es also schon, wen du heiratest? Antworte bitte.«

»Felix hat Einfluss, du nicht. Das ist der Grund, ganz einfach.«

Merlin lenkte sein Pferd in den Schutz einer kleinen Baumgruppe. Der Mann, der ihn zur Kapelle begleitet hatte, war dicht hinter ihnen. Er war ein wettergegerbter, krummbeiniger Bursche mit strähnigem grauen Haar, das unter dem Rand seines nassen Hutes hervorhing. Cynara hatte ihn noch nie gesehen.

»Lass mich runter«, verlangte Cynara. Sie klapperte vor Kälte mit den Zähnen.

Merlin ließ sie los, und sie rutschte aus dem Sattel. Da sie wusste, dass sie mit ihrem schweren, nassen Kleid keine Chance hatte, den Männern zu entfliehen, wartete sie, bis Merlin sich aus dem Sattel geschwungen hatte. Sie hatte nicht direkt Angst vor ihm, aber irgendetwas an seiner Art bewirkte, dass sich ihre Nackenhaare aufstellten – die düstere Stille, die ihn umgab, die tiefe Traurigkeit, als hätte er die letzten Jahre damit verbracht, in den finsteren Abgrund der Hölle zu starren. Während des Krieges hatte sie ihn nur bei wenigen Gelegenheiten gesehen. Die Schlachten hatten ihn verändert. Als Junge war er nie so unnahbar gewesen, auch wenn er die meiste Zeit für sich geblieben war.

Max war der Einzige, der Merlin wirklich gekannt und geliebt hatte. Einen Moment lang regte sich Neugier in ihr, erlosch aber wieder, als der Regen stärker wurde. Alles, woran sie dachte, war, Schutz vor dem Unwetter zu finden.

Merlin legte seinen Umhang um ihre Schultern, aber der feine Wollstoff war bereits feucht. Er führte sie durch die Bäume zu einer verfallenen Hütte, die sie bei ihren Ausritten zwar bemerkt, aber nie näher erkundet hatte. Obwohl ein Großteil des Daches eingesunken war, war eine Ecke im Inneren trocken und bot ihnen Schutz. Der Regen prasselte auf den Stechginster und das hohe Gras vor dem Haus, ebbte aber bald zu einem leichten Nieseln ab. Nebelschwaden stiegen langsam vom Boden auf.

Merlins Begleiter sagte nichts, er starrte Cynara nur unter seinen buschigen weißen Augenbrauen hervor an. Bestürzt stellte sie fest, dass sein eines Auge blau, das andere grünbraun war. Plötzlich zwinkerte er ihr zu und lächelte, und ihre Nervosität legte sich ein wenig.

Den Stiefel auf das Sims gestemmt, starrte Merlin durch das glaslose Fenster. »Ich habe nicht gewollt, dass es zu dieser Farce kommt. Ich bin erst gestern Abend aus Frankreich eingetroffen. Wenn ich eine Ahnung gehabt hätte, wäre ich früher gekommen, um die Hochzeit zu verhindern …«

Sie versteifte sich. »Farce?«

»Deine Hochzeit mit Felix. Ich hätte dir eigentlich mehr Verstand zugetraut. Wenn ich mich recht entsinne, warst du früher bemerkenswert vernünftig und willensstark.« Er richtete einen tadelnden Blick auf sie. »Vermutlich hast du dich verändert – wie wir alle.«

Cynara schlang den Umhang enger um sich, als wäre er ein Schild, der sie vor diesen durchdringenden Augen schützen könnte. »Es waren gewisse Umstände zu bedenken.«

Er zog einen seiner Handschuhe zurecht. »Falls du auf Brands jüngste Verlegenheit anspielst, darüber bin ich im Bilde. Selbst die Dienstboten wissen Bescheid.« Er stieß einen tiefen Seufzer aus. »Aber dass du geglaubt hast, Felix würde dir in dieser Angelegenheit helfen, überrascht mich. Wann hätte er je einem anderen als sich selbst geholfen? Er ist uns auch jetzt nicht nachgeritten, oder? Wie eine fette Spinne wird er versuchen, uns in ein Netz einzuspinnen und dann geduldig auf den günstigsten Augenblick zum Zuschlagen warten.«

Sie senkte den Blick. Er hatte natürlich Recht, aber ihr missfiel die Art und Weise, wie er sie abkanzelte. Wie kam er überhaupt dazu, sie vor den Augen von Freunden und Verwandten zu entführen? Welche Blamage! Nie wieder würde sie den Leuten aus ihren Kreisen ins Gesicht sehen können! »Du hast mich kompromittiert, Merlin. Kümmert es dich nicht, dass du meinen Ruf ruiniert hast?«

Er verzog die Lippen. »Wärst du freiwillig mitgekommen?« Er machte eine Pause und beobachtete scharf ihren Gesichtsausdruck. Sie starrte ihn finster an, und er zuckte die Achseln. »Wohl kaum. Ich hatte keine Lust, vor dem Altar eine Szene zu machen. Überraschung ist immer die beste Strategie; das Erste, was ich bei der Armee gelernt habe.«

Wie zwei ebenbürtige Gegner maßen sie einander einen Moment lang. Cynara wandte als Erste den Blick ab. Ihre Wangen glühten vor Zorn und Verwirrung. Dieser Mann hatte schon immer die Macht gehabt, sie auf die eine oder andere Art aus der Fassung zu bringen. Nicht einmal der weltgewandte Prinzregent in seiner Londoner Residenz Carlton House wäre von einem so durchdringenden Blick wie dem von Merlin unberührt geblieben.

»Was wirst du jetzt tun?«, fragte sie, als sie ihre unerfreuliche Lage in voller Tragweite erfasste. »Welche Pläne hast du mit mir?«

»Das habe ich dir bereits gesagt. Wir werden so bald wie möglich heiraten.« Er zeigte auf den alten Mann, der gerade die Hütte verließ, um nach den Pferden zu sehen. »Mein Bursche Gideon Swift wird bezeugen, dass wir die Nacht zusammen hier verbracht haben.« Er lachte freudlos. »Zugegeben, nicht der romantischste Ort für ein Stelldichein, aber wir müssen hier bleiben, bis der Regen nachlässt.«

»Von allen hinterhältigen ... «

Er lächelte bitter. »Cynara, deine Augen sprühen Funken, wenn du wütend bist, aber erspare mir ... «

Sie trat an ihn heran, so nahe, dass sie seine Ausstrahlung wahrnehmen konnte, und sagte leise: »Wenn du glaubst, ich würde dich heiraten, täuschst du dich gewaltig. Ich bin sicher, meine Freunde und Verwandten werden Verständnis zeigen, wenn ich ihnen erkläre, dass du mich gefangen gehalten hast.«

Die Holzbalken des eingesunkenen Daches ächzten, als der Wind hindurchfuhr, und der Regen, der durch ein Loch den Weg ins Innere gefunden hatte, bildete eine Pfütze auf dem Boden aus gestampfter Erde.

»Gerede wird trotzdem bleiben«, bemerkte er so beiläufig, als würden sie über das Wetter sprechen. »Deiner Mutter wird es gar nicht gefallen, deinen Namen in Zusammenhang mit schlüpfrigem Klatsch zu hören. Sie ist ein sehr konventioneller Mensch, wenn mich mein Gedächtnis nicht täuscht.«

»Nach dem heutigen Vorfall bin ich bereits Zielscheibe des Geredes. Mutter wird außer sich sein«, sagte sie. »Und sie wird zu mir halten.«

»Mach dir nichts vor«, sagte er schroff. »Deine Mutter wird tun, was man von ihr erwartet. Um dem Klatsch ein Ende zu setzen, wird sie bereit sein, dich mit dem Teufel persönlich zu verehelichen.«

»Wie es scheint, stehe ich ihm bereits von Angesicht zu Angesicht gegenüber«, sagte sie und ging zur Tür. Der graue Nebel, der von der See kam, legte sich mit jedem Luftzug dichter um die Hütte. »Dein Ruf ist ausgesprochen schlecht, Merlin, und Mutter wird von dir nichts wissen wollen.«

Er seufzte. »Ich vermute, du spielst auf den Tod meines Vaters an?« Er folgte ihr zur Tür und packte sie an den Schultern. »Du glaubst also, ich hätte mich des Mordes an ihm schuldig gemacht? Ich dachte, du könntest vielleicht verstehen … «

»Ich weiß über seinen Tod nur, was ich gehört habe. Mutter wird nie einwilligen, dass ich einen Mör… jemanden mit einem so schlechten Ruf heirate.«

»Felix' Ruf ist auch nicht unbefleckt«, bemerkte er trocken. »Dennoch hatte sie keine Bedenken gegen eure Heirat.«

Cynara sehnte sich danach, seinen Worten zu entkommen, die ein Netz aus Fallstricken um sie zu spinnen schienen. Sie hatte gewusst, dass es falsch war, Felix als Ehemann zu akzeptieren, aber war ihr eine andere Wahl geblieben? »Er hätte einen Weg gefunden, Brand vor der Anklage zu bewahren.« Sie machte einen Rundgang durch die Hütte. Nirgends gab es eine Sitzgelegenheit. Entmutigt starrte sie aus dem Fenster und fragte sich, was ihre Mutter jetzt wohl tat. Vermutlich hatte sie einen ihrer Schwächeanfälle erlitten und ließ Felix mit seinem einschmeichelnden Lächeln um sich herumschwirren. Wie leicht hatte Mutter sich von ihm blenden lassen – aber schließlich hatte er versprochen, die Not der Hawthornes zu lindern. Und wenn er wollte, konnte er durchaus charmant sein.

Gideon Swift kam mit einem Stapel Decken zurück. »Sie sind leider feucht, Captain Seymour, aber etwas anderes haben wir nicht.«

»Mach eine Bettstatt für Miss Hawthorne. Wir müssen auf dem Boden schlafen«, sagte Merlin und wandte seine Aufmerksamkeit wieder der schweigsamen Frau am Fenster zu.

Bei ihrem Anblick krampfte sich sein Herz zusammen. Sie war im Lauf der Jahre noch schöner geworden, und der Zauber, den sie von jeher auf ihn ausgeübt hatte, war stärker denn je, wenn er in ihre zornigen blaugrünen Augen sah. Ihre Gestalt war feingliedrig und grazil, wie die der Porzellanschäferin, die zu Hause seinen Kaminsims schmückte. Ebenso wie das feine Porzellan schien ihre Haut durchscheinend zu sein. Ihr Hals war lang und anmutig, ihre Züge so zart und fein geschnitten wie ihr Körper; dazu eine schmale, gerade Nase und geschwungene rosige Lippen. Aber an ihren funkelnden Augen war nichts Zerbrechliches. Sie blitzten so wild und kraftvoll wie die See bei strahlendem Sonnenschein.

Diese unerreichbare Frau, nach der er sich immer gesehnt hatte, war hier bei ihm, so nahe, dass er sie berühren konnte.

Niemand hatte je geahnt, wie liebreizend er sie fand, am wenigsten Max. In seiner offenen, unbekümmerten Art hatte Max ihm zwei Jahre zuvor eröffnet, dass Cynara versprochen hätte, ihn zu heiraten. Die Worte hatten Merlin bis ins Mark getroffen. Cynara war für immer seinem Zugriff entglitten, und er hatte sich krampfhaft bemüht, sie zu vergessen.

Eine Fügung des Schicksals hatte alles verändert. Jetzt sollte er an Max' Stelle treten, aber würde Cynara je auch nur einen Bruchteil der Zuneigung für ihn empfinden, die sie für Max empfunden hatte? Es war offenkundig, dass sie ihn immer noch verabscheute und ihm misstraute. Kaltes, lähmendes Elend beschlich ihn bei dem Gedanken, dass sie ihn nie lieben würde. Vielleicht würde das keine Frau tun, solange der Tod seines Vaters wie ein Damoklesschwert über seinem Haupt schwebte.

Cynara war ihm immer mit Ablehnung begegnet, und diese jüngste Eskapade würde sie ihm noch mehr entfremden. Er fluchte leise und wünschte, er hätte ihre Heiratspläne früher vereiteln können. Er hatte vorgehabt, ihr von Max' Wunsch, dass sie ihn, Merlin, heiraten sollte, zu erzählen, aber ein unerklärlicher Impuls hatte ihn davon abgehalten. Er wollte, dass sie ihn um seiner selbst willen heiratete, nicht weil Max es verlangt hatte. Liebe macht verwundbar, dachte er und verwünschte sich innerlich für seine Schwäche. Er wünschte, er könnte sich Cynara aus dem Kopf schlagen, aber vielleicht war das erst möglich, wenn er tot war.

»Sie können hier drauf schlafen, Missy«, sagte der alte Gideon zu Cynara, nachdem er die Decken auf dem Boden ausgebreitet hatte. »Sie müssen Captain Seymour diese behelfsmäßigen Arrangements verzeihen. Wir hatten keine Zeit, das Ganze besser zu planen, weil wir doch gerade erst vom Kontinent gekommen waren.«

Cynara warf einen zornigen Blick auf Merlin. »Nehmen Sie Ihren Herrn nicht in Schutz, Mr. Swift. Was er heute getan hat, steht jenseits jeder Entschuldigung.« Ohne ein weiteres Wort ließ sie sich auf die Decken sinken. Sie wusste, dass sie keinen Schlaf finden würde, aber sie wollte es sich wenigstens auf den Decken bequem machen, statt die ganze Nacht am Fenster zu stehen und in die Dunkelheit zu starren wie Merlin. Wie er mit dem Mordverdacht, der auf ihm lastete, leben konnte, ging über ihre Vorstellungskraft hinaus. Ohne ein Wort oder einen Blick in ihre Richtung ließ er sich neben der Tür auf den Boden sinken und lehnte seinen Rücken an die Wand. Obwohl seine Haltung entspannt wirkte, wusste Cynara, dass er sie nicht entwischen lassen würde.

Gideon Swift setzte sich ans Fenster und zog seinen Hut über die Augen. Durch das Fenster konnte sie also ebenso wenig entfliehen wie durch die Tür. Und selbst wenn es ihr gelang und sie es schaffte, nach Black Raven zu kommen, wollte sie Felix nicht sehen, nicht, ehe sie Zeit gehabt hatte, ihre Situation gründlich zu überdenken.

Im Umkreis von Meilen gab es kein anderes Anwesen als Black Raven. Am kommenden Morgen würde sie ihre Mutter davon überzeugen müssen, dass das Wetter sie daran gehindert hatte, nach Stormywood, Merlins Landsitz, zu reiten. Vielleicht fiel Mutter ein, wie sich der Schaden wieder gutmachen ließ, den ihr Ruf erlitten hatte, aber tief im Inneren wusste Cynara, dass es hoffnungslos war.

Mrs. Estelle Mournay Hawthorne hatte sich nie ganz an die englische Lebensart gewöhnt. Obwohl sie nun schon so viele Jahre auf dieser nebligen Insel lebte, würde sie im Herzen immer Französin bleiben. Sie schlang den cremefarbenen Kaschmirschal enger um ihre schmalen Schultern und verwünschte erneut den Nebel, der durch jede Ritze der alten Mauern von Stormywood zu kriechen und ihr bis ins Mark zu dringen schien. Seit fünfundzwanzig Jahren lebte sie in diesem Land und konnte sich immer noch nicht mit dem feuchten, unfreundlichen Klima anfreunden. Selbst in den Sommermonaten zeigte sich die Sonne nur zögernd, obwohl Estelle zugeben musste, dass es manchmal, gerade wenn man es am wenigsten erwartete, traumhaft schöne Sonnentage geben konnte. Dieser Tag ist in zweifacher Hinsicht trostlos, dachte sie bei sich, als sie aus dem Fenster des Salons starrte, das der Eingangshalle am nächsten lag. Sie wollte sofort an der Tür sein, wenn dieser Schurke Merlin Seymour, dieser verrückte junge Bursche, ihre Tochter in sein Heim brachte.

Zwei Diener hatten sie nach der entsetzlichen Demütigung in der Kapelle von Black Raven abgeholt. Hier auf Stormywood war sie vor dem Klatsch gefeit – einstweilen. Sie war froh gewesen, den neugierigen und mitleidigen Blicken der Gäste entkommen zu können. Was für eine Katastrophe! Cynaras Ruf war ruiniert, und sie konnte nichts tun, um ihre Tochter jetzt noch zu schützen. Der Gedanke war unerträglich.

Leise Wehmut stieg in ihr auf. Dieser schöne alte Herrensitz barg so viele Erinnerungen, Erinnerungen an Ross Seymour, Merlins Vater. Ein wundervoller Mann … so gütig … so männlich und charmant … und so geduldig. Aber ihre Liebe war von Anfang an zum Scheitern verurteilt gewesen. Außerdem hatte Edgar Hawthorne sie mehr geliebt, als es irgendein anderer Mann vermocht hätte. Hatte sie es ihm genug gedankt? Hatte er etwas von ihrer lange zurückliegenden Liebe zu Merlins Vater geahnt?

»*Mon Dieu!* Dafür wird Merlin bezahlen«, stieß sie aus und fächelte sich heftig Luft zu. »*Imbécile*. Böser Junge. *Das werde ich dir nie verzeihen.*« Ungeduldig lief sie mit klappernden

Absätzen hin und her. Sie war zu alt für diese Art Skandal. Wenn Edgar doch noch am Leben wäre … Früher wäre so etwas nie passiert. Er hätte einen Weg aus dieser Krise gefunden, wie immer. Jetzt musste sie allein mit Brandons Misere und Cynaras Dickköpfigkeit fertig werden. Cynara, die Edgar so ähnlich sah und immer der Liebling ihres Vaters gewesen war, wirkte einschüchternd auf Estelle, auch wenn sich bei diesem Gedanken leise Gewissensbisse in ihr regten. Cynara hatte die Charakterstärke ihres Vaters geerbt, daran bestand kein Zweifel. Sie ist durch und durch Engländerin, dachte Estelle bei sich. Sie könnte ohne das geringste Anzeichen von Nervosität bei den prachtvollsten Galagesellschaften die Gastgeberin spielen, selbst wenn der Prinzregent persönlich zu den Gästen zählte.

In ihr war nichts von dem dunkleren, eher flatterhaften französischen Erbe der Mournays. Estelle warf einen Blick in den Spiegel, der in der Halle hing. In ihrer Jugend hatten ihr viele Verehrer gesagt, sie sei eine klassische Schönheit – ovales Gesicht, ebenmäßige Züge, dunkle Augen, helle Marmorhaut. Geblieben war von dieser Schönheit ein gewisser spröder Schatten des Liebreizes vergangener Zeiten. Cynaras Farben waren Gold und Creme. Sie ist ganz anders als ich, es sei denn, sie hat meine französische Leidenschaft geerbt. Aber das würde nur ihr zukünftiger Gatte, wer das auch sein mochte, feststellen.

»Merlin, Merlin … warum musstest du nicht nur dein Leben, sondern auch das meiner Cynara ruinieren?«, murmelte sie. »Liegt dir das Zerstören nach dem Krieg im Blut? Wenn du so weitermachst, wirst du alles kaputtmachen, wofür Ross je gearbeitet hat. Und wie passt Cynara in deine Pläne?«

Das Klappern von Pferdehufen hallte durch den gespenstischen Nebel. Estelle verkrampfte sich vor nervöser Anspannung. Sie zupfte ihre dunklen, mit silbernen Strähnchen durchsetzten Locken zurecht und holte tief Luft, um etwas ruhiger zu werden. Warum bereiteten ihre Kinder ihr so viel Kummer? Erst Brand, der im Gefängnis saß, jetzt Cynara, die für immer ruiniert war. Ihre Tochter konnte sich nie wieder in der guten Gesellschaft sehen lassen. Estelle schauderte und rief den Lakaien zu sich, der neben der geschwungenen Eichentreppe in der Halle stand.

»Es ist zweifellos dein Herr, der zurückkommt. Öffne die Tür.« Ihre Finger, die den Elfenbeingriff ihres Fächers hielten, bebten, als sie über die Schulter des Lakaien spähte. Bramble, der beleibte Butler, tauchte auf, auf seinem runden Gesicht den Ausdruck äußerster Bestürzung. Die weiß behandschuhten Hände ringend, watschelte er hinaus.

»Sir«, begrüßte er Merlin, der gerade aus dem Sattel glitt. »Ein schreckliches Wetter, um draußen zu sein.«

Merlin hob Cynara aus dem Sattel. Sie wirkte blass und verstört, stellte Estelle fest, als sie hinauseilte. »Mein Liebling!«

»Mutter!«, rief Cynara und warf sich in Estelles Arme.

»Haben Sie das Schlafzimmer der Dame in Ordnung gebracht?«, fragte Merlin den Butler, der in der Tür stand. Bramble verneigte sich und lächelte. Merlin nickte Mrs. Hawthorne zu und schritt dann mit kaum sichtbarem Hinken die Stufen zum Eingang hinauf.

»Junger Mann!«, rief Estelle ihm nach. »Auf ein Wort, wenn ich bitten darf! Sofort!« Sie zog Cynara mit sich ins Haus. »Ich verlange eine Erklärung!«

Merlin war schon auf halbem Weg in den ersten Stock. »Später, Mrs. Hawthorne. Sie können sich die grässlichen Details von Ihrer Tochter erzählen lassen.« Ein grimmiges Lächeln huschte über sein Gesicht, um genauso schnell zu verschwinden, wie es gekommen war.

Estelle machte Anstalten, ihm zu folgen, aber Cynara hielt sie zurück. »Lass ihn gehen. Es ist zwecklos, mit ihm zu sprechen.«

»Sein Vater würde sich im Grab umdrehen, wenn er das wüsste. Seit Ross' Tod hat sich Merlin in einen wahren Teufel verwandelt.« Estelle bebte vor Zorn und Erschöpfung. Sie wandte sich zu ihrer Tochter um und bemerkte die dunklen Ringe unter den sonst so leuchtenden Augen, die heute von tiefem Kummer überschattet waren. Cynara unterdrückte mit Mühe und Not die Tränen, so viel stand fest. Der Geist ihrer schönen und stolzen Tochter war gebrochen.

»Ist er dir zu nahe getreten, Kind?«, wisperte Estelle und führte Cynara die Treppe hinauf.

»Nein … wir haben kaum mehr als zehn Worte miteinander gewechselt.«

Estelle drückte Cynara ein Taschentuch in die Hand. »Dir ist sicher klar, dass dein Ruf ruiniert ist. Wo habt ihr die Nacht verbracht?«

»In einer verlassenen Hütte am Meer, nicht weit von Black Raven.«

Sie erreichten das Zimmer, das für Cynara vorgesehen war und an das ihrer Mutter grenzte. Estelle schob ihre Tochter hinein und löste die Schnüre des dunklen Umhangs, den Merlin ihr über die Schultern gelegt hatte. »Tut es dir Leid, dass du nicht Felix' Frau bist?«, fragte sie und warf das Kleidungsstück auf einen Sessel. Sie rieb Cynaras kalte Hände und führte sie zu dem vierpfostigen Bett, dessen Vorhänge aus grüngelbem Chintz waren.

Cynara schüttelte den Kopf und setzte sich. »Nein. Mir ist jetzt klar, dass es ein schrecklicher Fehler gewesen wäre, Felix zu heiraten.« Sie presste die Fingerspitzen an ihre Lippen, als müsste sie gewaltsam ihre Verzweiflung unterdrücken.

»Was hat Merlin dir gesagt?«

Cynaras Augen wurden dunkel vor Qual, als sie in die Ferne starrte. »Merlin hat gar nichts erklärt. Ich glaube, er ist nicht ganz bei Sinnen. Merlin ist entschlossen, mich zu heiraten, und nur um mich zu kompromittieren, hat er mich über Nacht in der Hütte festgehalten. Ich habe keine Ahnung, warum er mich heiraten will.«

Estelle, die das Gefühl hatte, dass der Boden unter ihren Füßen schwankte, schnappte nach Luft. »*Mon Dieu!* Heiraten? Wie kann er, ein Mann, der unter Mordverdacht steht, etwas so Niederträchtiges vorschlagen? Er muss den Verstand verloren haben.« Während sie stürmisch ihren Fächer hin und her schwenkte, fielen ihr die Schmutzflecken auf Cynaras schönem Hochzeitskleid auf. Was für ein Chaos! Wie sollte sie damit fertig werden? Liebevoll streichelte sie Cynaras kalte Hand. »Und du, meine Tochter? Was willst du?«

Cynara starrte abwesend ins Leere. »Er hat überhaupt nicht geschlafen, einfach nur die ganze Nacht dagesessen und in die Dunkelheit gestarrt, ohne sich zu rühren. Wie ein Geist.«

»Wer? Wann?« Das Kind war völlig durcheinander. Sie würde Merlin bei der ersten Gelegenheit den Hals umdrehen!

Cynara bewegte sich wie eine Schlafwandlerin durch das Zimmer. »Ich hätte gern ein Bad, Mutter. Mir ist so kalt.«

»Natürlich. Du darfst nicht krank werden.« Estelle eilte durch das Zimmer, zog an der Klingelschnur und befahl, einen Waschzuber und heißes Wasser bringen zu lassen. »Morgen kommt Tildy mit deinen Sachen. Auf Merlins Befehl. Der junge Mann ist reichlich selbstherrlich.«

Cynara kauerte vor dem Marmorkamin, in dem ein kleines Feuer zischte und knackte. Das Zimmer wirkte sehr freundlich mit seiner in Grün und Gold gehaltenen Einrichtung und dem Blumenmuster des Teppichs, aber die schweren Regenwolken vor den Fenstern ließen die Atmosphäre düster und unheilvoll erscheinen.

Cynara blickte auf. Ihr Gesicht war blass vor Verzweiflung. »Er will mich unbedingt heiraten. Wie kann ich ihm entkommen?«

Estelle stählte sich. Dies war eine der wenigen Gelegenheiten, bei der Cynara sie wirklich brauchte, und sie musste irgendwie eine Möglichkeit finden, ihr zu helfen.

»Mutter«, begann Cynara, hielt aber inne, als Estelle hinausging und leise die Tür hinter sich schloss. »Du stehst doch auf meiner Seite, oder?«

Estelle fand Merlin in der Bibliothek, die Beine auf die polierte Platte seines Schreibtisches gelegt. Er hatte trockene Sachen angezogen, eine schwarze Jacke, Reithosen aus Wildleder und Stiefel, nur sein Haar war immer noch feucht und zerzaust. Aber das war auch das einzige äußere Anzeichen dafür, dass er in der vergangenen Nacht unter gewissen Unbequemlichkeiten gelitten hatte.

»Wir unterhalten uns später, Mrs. Hawthorne«, sagte er, schob einen Stoß Papiere beiseite und erhob sich mit einer höflichen Verbeugung. Als sie keine Anstalten machte zu gehen, bedeutete er ihr widerwillig, Platz zu nehmen.

Sie setzte sich auf die Kante des lederbezogenen Lehnsessels vor dem Schreibtisch. Sie konnte sich vorstellen, wie dem Verwalter jeden Morgen zumute sein musste, wenn er an ebendiesem Platz, unter dem durchdringenden Blick dieser schwarzen Augen, auf seine Befehle wartete. Er musste sich innerlich winden, genau wie sie jetzt.

»Merlin, Sie haben meiner Tochter übel mitgespielt, und wenn Sie erwarten, dass ich mir das Ganze wortlos mit ansehe, sind Sie im Irrtum.«

»Ihre Tochter hat selbst einen bemerkenswert starken Willen, und wenn sie sich nicht Hals über Kopf entschieden hätte, meinen Cousin zu heiraten, wäre ich nicht gezwungen gewesen, zu so drastischen Mitteln zu greifen. Glauben Sie mir, es war nicht mein Wunsch, Cynara von ihrer eigenen Hochzeit zu entführen. Aber eine Verbindung mit Felix ist einfach undenkbar.«

»Sie haben sie ruiniert! Sie wird nie wieder in der Lage sein, sich in ihren Kreisen zu bewegen. Ihre Aussichten auf eine vorteilhafte Ehe sind gleich null; wie sollen wir also überleben, frage ich Sie? Die Hawthornes kommen mit Mühe und Not durch, das wissen Sie sehr gut. Warum haben Sie sie nicht einfach nach Bluewater zurückgebracht, nachdem Sie die Zeremonie unterbrochen hatten?«

Er ignorierte ihre Fragen, und das brachte sie noch mehr aus der Fassung. »Ich werde selbstverständlich wie ein Ehrenmann handeln und selbst um sie anhalten.«

Estelle starrte ihn bestürzt an. Er meinte es ernst! »Das spricht zwar für Sie, Merlin, aber ich kann nur bedauern, dass Sie so etwas in Erwägung ziehen. Meine Güte, Ihr Vater ist erst seit einem halben Jahr tot; auch Ihr Ruf ist ruiniert! Wie können Sie in dieser Lage nur daran denken, eine junge Dame aus gutem Hause zu heiraten?«

Das Schweigen zog sich unerträglich in die Länge. Merlin lächelte kühl. »Darum. Da keine Dame mich heiraten würde, habe ich die Sache selbst in die Hand genommen.«

»Wie können Sie nur so herzlos sein – so berechnend?« Schwäche befiel sie, und sie wünschte, sie hätte ihr Fläschchen mit Riechsalz bei sich, um einen belebenden Zug zu machen. Dieser Mann war der verkörperte Teufel. Er würde Cynara mit sich in den Untergang ziehen. Die Leute würden tuscheln, dass sie einen Mörder geheiratet hatte – es sei denn, das Rätsel um Ross' Tod wurde aufgeklärt. Schnell.

»Es wird Ihnen in keiner Weise an Bequemlichkeit mangeln, Mrs. Hawthorne. Dieses Haus hier ist Ihr Heim, solange Sie es wünschen, es sei denn, Sie ziehen es vor, nach Bluewater zurückzukehren und dort auf Brandons Freilassung zu warten.«

Ein dumpfer Schmerz fing an in ihren Schläfen zu pochen, und sie fragte sich, warum sie nicht so ruhig sein konnte wie dieser Mann, der so klang, als glaubte er tatsächlich an Brandons Rückkehr. Sie tastete in ihrer Manschette nach ihrem Taschentuch, erinnerte sich dann aber, dass sie es Cynara gegeben hatte. »Oh, warum nur musste das alles passieren?« Sie wiegte sich hin und her und wünschte, Edgar wäre da, um dieses schreckliche Durcheinander in Ordnung zu bringen.

»Werden Sie unserer Verbindung Ihren Segen geben? Ich habe vor, Cynara zu heiraten, sowie ich eine Sondererlaubnis beschafft habe.«

»Aber der Tod Ihres Vaters … *Mon Dieu*, Sie sind in Trauer, und das sicher noch für sechs Monate.«

»Die Sache duldet keinen Aufschub. Die Zeremonie wird in aller Stille stattfinden, nur mit Ihnen und den Dienstboten als Zeugen. Wer würde auch schon kommen wollen? Jedermann schneidet mich seit Vaters Ableben.« Er erhob sich und stand bedrohlich vor ihr. Leise Furcht regte sich in ihr.

»Kommen Sie, Mrs. Hawthorne, Sie hatten immer einen klugen Kopf. Wie Sie wissen, bin ich ein vermögender Mann, und ich verspreche, Ihnen das Leben in Zukunft zu erleichtern. Geben Sie mir Ihren Segen?«

3

»Mir liegt Cynaras Wohl am Herzen. Nur sie kann Ihren Antrag annehmen«, sagte Estelle.

»Freiwillig wird sie nicht kommen. Das wissen Sie.«

»Warum gerade Cynara? Warum suchen Sie sich nicht eine andere Frau, jemanden, der Ihren Antrag gern annimmt.«

»Ich habe Ihnen gerade erklärt, dass keine Frau mich nehmen würde.«

Estelle legte ihre Fingerspitzen an die Schläfen. »Sie haben meine Tochter also entführt. Wann haben Sie Ihre gute Manieren verloren, Merlin? Ross wäre entsetzt über dieses Gespräch.«

Merlin rieb sich das Kinn, als würde er seine Worte sorgfältig abwägen. »Verstehen Sie … Max hat mich gebeten … «

»Schieben Sie die Schuld nicht auf Max! Davon will ich nichts hören! Von den drei Seymour-Cousins war er der einzige anständige.«

Merlin lachte. »Sie müssen zugeben, dass Cynara mit mir besser dran wäre als mit Felix. Er würde ihren Geist vollständig brechen. Ich bin kein gewalttätiger Mensch, Estelle. Ich würde Cynara nie ein Leid zufügen.«

»Was soll ich bloß glauben?«, stöhnte Estelle.

»Wenn Sie nicht verhungern und zuschauen wollen, wie Bluewater verfällt, muss Cynara eine gute Partie machen. Ich bin ziemlich vermögend; ich würde für Sie sorgen – und für Brand.«

Estelles Gedanken überschlugen sich. Sie fühlte sich hin und her gerissen. Dann hörte sie sich etwas sagen, das sie sich noch wenige Minuten zuvor nicht hätte träumen lassen. »Überzeugen Sie Cynara davon, dass Sie eine bessere Wahl als Felix sind … und wenn Sie vielleicht beweisen könnten, dass Sie unschuldig sind … dass Ross …« Sie konnte den Satz nicht beenden.

Er stieß ein Lachen aus, so zynisch, dass es Estelle kalt über den Rücken lief. Dennoch, als sie jene Worte aussprach, war ihr, als hätte sie die ganze Last seinen breiten Schultern aufgebürdet. Mochte er eine Lösung für all diese Probleme finden. Ein weiterer unerwünschter Gedanke streifte sie … die Erkenntnis, dass Cynara in dieser Verbindung eine Art Schachfigur sein würde. Eine Ehe ohne Liebe konnte eine Tragödie sein, und das Leben ihrer Tochter wäre zerstört. Estelle sperrte sich hastig gegen diesen unschönen Gedanken. Die nüchterne Französin in ihr sagte sich, dass Liebe in adligen Kreisen bei einer Heirat kaum je eine Rolle spielte. Bei dieser speziellen Transaktion würde jeder gut versorgt dastehen, einschließlich der Mutter der Braut. Es war ein solider Handel, der einzige, der infrage kam. Bestimmt würde Cynara das verstehen, wenn sie mit diesem Mann vor den Altar trat.

Estelle schrak zusammen, als Merlin sagte: »Ich nehme an, ich habe Ihren Segen, Madam?«

Obwohl sie beinahe an ihrer Feigheit erstickte, nickte sie.

In dieser Nacht stand Merlin lange vor Cynaras Tür. Kein Laut drang nach außen. Schlief sie tief und fest, oder lag sie wach und starrte in die Dunkelheit?

Irgendwie war das alles nicht richtig. Er würde Cynara viel

lieber aus Liebe heiraten. Er seufzte. Er betete sie an, aber die Chancen, dass sie seine Liebe je erwidern würde, standen denkbar schlecht. Doch die einzige Möglichkeit, sich um sie zu kümmern, sie vor Felix zu schützen, war, sie ständig an seiner Seite zu wissen. Wieder seufzte er und ging in das große Schlafzimmer am Ende des Korridors.

Seine Schritte hallten auf dem Holzboden. Seit dem Tod seines Vaters brachte er es kaum über sich, den langen Weg bis zu diesem Raum zurückzulegen, weil er ständig daran denken musste, dass es früher Ross' Schlafzimmer gewesen war. Wie viele Nächte, wie viele Jahre war sein Vater jeden Tag diesen Weg gegangen?

»Ich finde heraus, wer dich getötet hat, Vater, und warum«, murmelte Merlin, als er leise die Tür hinter sich schloss. Er erinnerte sich an den Argwohn in Cynaras Augen, und das schmerzte mehr, als in den Clubs von seinen Freunden geschnitten zu werden. Immer wieder durchlebte er den Albtraum, in dem sein Vater ums Leben gekommen war, die stürmische Nacht, die in Panik geratenen Pferde, die direkt in den Abgrund rasten, die Kutsche, die auf den Felsen zerschmettert wurde. Wenn er nur wüsste, wer den Schuss abgegeben hatte, der eines der Pferde getroffen hatte!

Er setzte sich auf die Bettkante und rieb sich die Hände, als wollte er das Frösteln vertreiben, das ihn bei der Erinnerung befiel. Seit Waterloo bemühte er sich, seinen Blick auf das Schöne im Leben zu konzentrieren, um Zuflucht vor den Bildern von Tod und Verwüstung zu finden, die ihn nachts quälten. Abgesehen von dem Hinken, das ihn immer an Max' Tod erinnern würde, wirkte er äußerlich wie vor dem Krieg, aber in seinem Inneren tobte ein Kampf um Krieg und Frieden. Krieg … Krieg. Noch heute schienen ihn die Erinnerungen in einen Abgrund tiefer Hoffnungslosigkeit zu ziehen.

Mit einer abrupten Bewegung stand er auf und machte ein paar tiefe Atemzüge, um sich zu zwingen, seine Gedanken den erfreulichen Seiten seines Lebens zuzuwenden. Er war wieder auf Stormywood, und die Arbeit auf dem Besitz brachte so etwas wie Normalität in sein Leben. Es war eine trügerische Freude, da sein Vater hinter jenem Schreibtisch im Studierzimmer sitzen sollte, nicht er. Dennoch, er mochte den Frieden an diesem Ort, die Freundlichkeit der Pferde und der anderen Haustiere, die nicht daran dachten, ihn zu verurteilen. Die Dienstboten jedoch behandelten ihn, als wäre er der Leibhaftige, alle – bis auf Bramble. Und Gideon Swift war der letzte wahre Freund, den er hatte, der Freund, der ihn zur Vernunft brachte, als nach dem Tod seines Vaters die Lage ausweglos schien. Jetzt verging ein Tag nach dem anderen, und er wurde immer ungeduldiger zu erfahren, wer Ross' Tod gewünscht hatte.

Sein scharfes Gehör registrierte das leise Knacken eines brechenden Zweiges. Er ging rasch durch das Zimmer und zog die schweren Samtvorhänge einen Spalt auseinander.

Am Rand des Parks hoben sich vor dem hellen Vollmond die Umrisse dreier Pferde ab. Die Reiter waren stumme Gestalten in dunklen, wehenden Umhängen, die Gesichter nach oben gewandt. Starrten sie auf die Fenster von seinem oder Cynaras Zimmer? Merlin stieß einen unterdrückten Fluch aus und tastete nach dem kampferprobten Degen an seiner Seite, der Waffe, die er getragen hatte, um nach Cynaras Entführung etwaigen Ärger abzuwehren. Sein Dolch steckte wie gewöhnlich in seinem Stiefelschaft. War Felix doch noch gekommen, um Rache zu nehmen? Das war ganz sein Stil. Es würde ihm ähnlich sehen, sich in den frühen Morgenstunden anzuschleichen und den Gegner im Schlaf zu überraschen, wenn er nicht auf der Hut war – oder andere anzuheuern, die das für ihn erledigten.

Die drei Männer ritten durch eine Öffnung in der Hecke, die sich um das Grundstück zog, und kamen vorsichtig näher. Das dichte Gras dämpfte die Geräusche der Hufe. Merlins Kiefer verspannte sich, und er wartete noch zehn Minuten, um sicher zu sein, dass sie tatsächlich den Weg zum Haus einschlugen. Dann schlüpfte er aus seinem Zimmer und lief zielstrebig nach unten in die Halle. Falls sie auf Blutvergießen aus waren, würden sie es bald am eigenen Leib erfahren.

Silbriges Licht sickerte durch die hohen Fenster neben der Tür, und Merlin schob sich in den Schatten, um einen besseren Blick nach draußen zu bekommen. Sie waren bei den Stufen, die drei Reiter, stumm wie Gespenstererscheinungen.

Merlin zog langsam seinen Degen. Er klirrte in der Scheide, und das Geräusch hallte laut durch die Stille. Merlins Finger schlossen sich um den verzierten Knauf.

Einen Moment lang regte sich niemand. Einer der Reiter, dessen Gesicht in der Dunkelheit bleich schimmerte, zeigte auf eines der Fenster. *Ihr* Fenster. Wut stieg in Merlin auf, aber er verharrte regungslos und wartete ab.

Zu seiner Überraschung saßen sie nicht ab. Die Pferde liefen an den flachen Stufen und der lang gezogenen Terrasse mit ihrer niedrigen Balustrade entlang. Merlin folgte ihnen im Haus, indem er von einem Salon in den nächsten ging, bis zur Rückseite des Gebäudes.

Die Reiter ritten rund um die Kapelle, die sich nicht weit vom Haus in einem Wäldchen befand. Dann kehrten sie um, aber statt stehen zu bleiben, überquerten sie den vorderen Rasen und ritten auf die lange Einfahrt zurück, die zu den Toren führte.

Merlin runzelte die Stirn. Er hätte schwören können, Felix' Profil erkannt zu haben, ja, er spürte, dass es Felix gewesen war. Wer sonst würde nachts um das Haus herumschleichen? Nicht lange, und Felix würde Rache nehmen.

»Ich werde bereit sein, wenn du kommst«, sagte Merlin zu sich und schob den Degen in die Scheide. »Selbst wenn ich jede Nacht aus dem Fenster starren muss.«

Während Merlin Ruhe für seine müden Glieder suchte, lag Cynara wach im Bett, den Rücken an die Kissen gelehnt. Estelle saß steif auf der Kante der Matratze und hielt ihrer Tochter die Hand.

»Merlin ist eine bessere Partie als Felix, mein Liebes. Wenn du ihn heiratest, sind Brandon und ich für den Rest unseres Lebens versorgt und müssen uns nie wieder Gedanken um Geld machen.« Sie machte eine Pause, als sie das Aufbegehren in Cynaras blaugrünen Augen sah. »Wie du weißt, war dein Vater ein ehrenhafter Mann, aber nicht unbedingt begütert. Wir sind arm, Cynara.«

»Mutter, bist du bereit, mich an den Meistbietenden zu verkaufen, nur um deine Rechnungen bezahlen zu können?«

Estelle zuckte zusammen. Ihre Unterlippe bebte. »Immerhin wolltest du Felix heiraten, um deinen Bruder zu retten. Wo ist der Unterschied? Merlin und Brand sind nicht verfeindet, und das ist mehr, als man von Felix behaupten kann. Wenn ich mich recht entsinne, kann Brand Felix nicht ausstehen.«

»Felix hätte ihm trotzdem geholfen.« Cynara fuhr sich mit den Fingern durch ihr feuchtes Haar. »Merlin könnte ein *Mörder* sein, Mutter! Ich spüre, dass der Krieg ihn verändert hat, ihn kalt und rücksichtslos gemacht hat. Willst du etwa, dass ich einen Mörder heirate?«

Wieder nahm Estelle Cynaras Hand. »*Non* … nein, mein Kind. Tief im Herzen weiß ich, dass Merlin kein Mörder ist.

Nur ein durch und durch schlechter Mensch könnte seinen Vater töten. Merlin hat Ross geliebt.«

Cynara schubste die Kissen beiseite und legte sich flach hin. Estelle deckte sie liebevoll zu.

»Geliebt – pah!«, sagte Cynara.

»Ich, deine Mutter, liebe dich, so wie Ross Merlin geliebt hat«, sagte Estelle.

»Das beweist nicht, dass er unschuldig ist.«

»Cynara, ich will dich zu nichts zwingen … «

»Aber du hast dieser Verbindung bereits zugestimmt. Oh, Mutter!« Cynara wandte sich enttäuscht ab. »Also habe ich keine Wahl, nicht wahr?«

»In den Augen der Welt bist du ruiniert, weil du eine Nacht mit ihm verbracht hast. Zumindest ist er bereit, sich wie ein Ehrenmann zu verhalten.« Sie machte eine Pause. »Max hat sehr viel von Merlin gehalten, er kann also nicht ganz schlecht sein.«

»Und meine Gefühle spielen keine Rolle?«, sagte Cynara tonlos mehr zu sich selbst als zu ihrer Mutter. »Ich bin nur eine Schachfigur in den Plänen der anderen.« Das Herz wurde ihr schwer vor Kummer, und eine bleierne Hoffnungslosigkeit senkte sich auf sie, aus der es kein Entkommen zu geben schien.

Estelle seufzte und streichelte Cynaras verkrampfte Schulter. »Als verheiratete Frau wirst du viel mehr Freiheiten haben, um dein Leben selbst zu gestalten. Vielleicht brauchst du Merlin nicht einmal zu sehen. Wenn er in der Stadt ist, bleibst du auf dem Land und umgekehrt.«

Cynara kniff die Augen zusammen. Sie wünschte, ihre Mutter würde aufhören zu reden. »Na gut.« Sie schob ihr Kinn vor. »Ich rede morgen mit Merlin. Wenn er mir verspricht, Brandon zu helfen, heirate ich ihn.«

Cynara sollte keine Gelegenheit haben, Merlin zu sehen. Er verließ Stormywood am nächsten Morgen in aller Frühe, ohne sich zu verabschieden. Laut Bramble hatte er eine Verabredung mit dem Erzbischof wegen einer Sondererlaubnis für die Heirat und war bei Tagesanbruch aufgebrochen. Cynara fragte sich, wann er Zeit gehabt hatte, die Verabredung zu treffen.

Sie sah Merlin erst bei der Hochzeitszeremonie wieder, die zwei Tage später stattfand.

Nach Felix' nächtlichem Besuch war Merlin vor Erschöpfung eingeschlafen, gequält von Albträumen und Schmerzen in seinem verwundeten Bein, wie fast jede Nacht. Später war es ihm gelungen, sein Denken und Fühlen auszuschalten. Als er am Abend darauf nach Stormywood zurückkam, hielt er nachts wieder Wache. Jetzt, als er beobachtete, wie Cynara mit Mrs. Hawthorne die Kapelle betrat, brannten seine Augen vor Müdigkeit, und der Kopf tat ihm weh. Die beiden Frauen stützten sich gegenseitig, als würden sie beieinander Kraft suchen.

Merlin verschlug es die Sprache angesichts Cynaras Schönheit. Das blassgoldene Haar, das über den Ohren mit glitzernden Spangen zusammengehalten wurde, fiel in üppigen Wellen über ihren Rücken. Zu seiner Erleichterung trug sie nicht das Hochzeitskleid, das sie auf Black Raven getragen hatte, sondern ein schlichtes eisblaues Kleid, schimmernd und mit Spitze besetzt. Ihre Augen waren dunkel vor Misstrauen, aber sie hielt seinem Blick unverwandt stand. Der Ausdruck traf ihn bis ins Herz, und er war verzweifelt über die Tatsache, dass er ihr nichts bedeutete.

Ein lieblicher Duft, der ihn an eine Wiese voller Frühlingsblumen erinnerte, umwehte sie. Er nahm ihre Hand. Die Haut ihrer Finger war weich und glatt, aber er spürte die stählerne Härte darunter. Sein Blick glitt über die Rundung ihrer Schultern, die der tiefe Ausschnitt freigab, hin zu ihren vollen Brüsten. Wildes Verlangen erfüllte ihn, und er schwor sich, dass er eines Tages diese köstlichen Hügel liebkosen und die Süße ihrer rosigen Lippen kosten würde. Er würde ihren schlanken Körper leidenschaftlich an den seinen pressen, so wie er es sich erträumte hatte, seit er vom Jungen zum Mann geworden war. Aber er konnte warten – warten, bis diese argwöhnischen Augen ihn mit einem Begehren ansahen, das dem seinen gleichkam.

»Ich freue mich, dass du zur Vernunft gekommen bist«, murmelte er und wand sich, als ihr Gesicht noch blasser wurde, als es ohnehin schon war.

»Ich wollte vor der Zeremonie mit dir sprechen, Merlin. Die Hochzeit findet nicht statt, wenn du nicht auf eine Bedingung von mir eingehst.«

Merlin zog sie beiseite, während sie auf den Kaplan warteten. »Bedingung?«

»Du musst versprechen, Brandon aus Newgate zu befreien. Wenn das geschehen ist, will ich, dass du feststellst, wer dieses Diamantkollier wirklich gestohlen hat und warum.«

Er lächelte schwach. »Wie kannst du so sicher sein, dass es nicht Brandon war?«

»Mein Bruder ist kein Dieb. Du kennst ihn; du solltest wissen, dass er nie stiehlt.«

»Du hast mich bereits darauf hingewiesen, dass ich in London keinen Einfluss habe. Wer würde schon auf einen Mann hören, der unter Mordverdacht steht?«

Cynara entzog ihm ihre Hand. »Dann lass mich zu Felix zurückgehen. Der Gedanke, dich zu heiraten, bereitet mir Unbehagen.«

Er verschränkte die Arme über der Brust und zog finster die Augenbrauen zusammen. »Du glaubst eher Felix' Versprechungen als meinen? Wenn ich mich nicht irre, hat er dich durch Erpressung dazu gebracht, ihn zu heiraten.«

Cynara schnappte entsetzt nach Luft. »Woher weißt du das?«

»Dienstboten haben ihre Ohren überall, und sie sind nicht abgeneigt, ihre Informationen weiterzugeben, wenn der Preis stimmt.«

»Tildy!« Cynaras Augen wurden schmal. »Ich werde mich später mit ihr befassen.«

»Deine Mutter ist mit dieser Verbindung einverstanden. Ich habe ihr versprochen, für sie zu sorgen.«

»Ich weiß nicht, was du Mutter erzählt hast, aber sie hat mich davon überzeugt, dass ich einwilligen muss oder sonst für immer ruiniert bin.«

»Mrs. Hawthorne ist praktisch veranlagt, du könntest etwas von ihr lernen.« Er zog sie näher an den Altar heran, wo der Geistliche bereits darauf wartete, mit der Zeremonie zu beginnen. »Komm schon. Bringen wir es hinter uns.«

»Sie hat mich überredet! Wie viel musstest du ihr zahlen – ist es genug, um ihr für den Rest ihrer Tage ein behagliches Auskommen zu sichern?«

»Mehr als genug. Die Papiere sind bereits aufgesetzt. Wir haben beide unterschrieben.« Seine Lippen teilten sich zu einem nachsichtigen Lächeln, als wäre sie ein widerspenstiges Kind.

»Ich bin sicher, du wirst keinen Finger rühren, um Brand zu helfen, so wie Felix es getan hätte.«

»Ich kann es versuchen, aber glaub mir, niemand wird Brand helfen können, wenn er schuldig ist. Auf jeden Fall ist Brand ein Narr, und wenn er aus dieser Patsche herauskommt, wird er in die nächste stolpern. Das weißt du genauso gut wie ich.« Er packte sie am Arm und zwang sie, ihn anzuschauen. »Zumindest erzähle ich dir keine Märchen – wie Felix.«

Die Luft zwischen ihnen vibrierte, und Cynaras Hände zitterten. »Ich weiß, dass du gar nichts unternehmen wirst, um ihm zu helfen. Ich kann nur hoffen, dass du ihm demnächst im Gefängnis Gesellschaft leistest – wenn erwiesen ist, dass du deinen Vater getötet hast.«

Er zuckte gleichgültig die Schultern, und Cynara schwoll die Brust vor Zorn. »Auf diese Genugtuung wirst du vielleicht lange warten müssen«, sagte er, während sich sein Griff verstärkte. »Hör mir gut zu! Wenn Max hier wäre, um dir zu raten, welchen von uns würde er dir als Ehemann empfehlen? Mich oder Felix?«

Cynara wusste, dass Max ihr geraten hätte, Merlin zu heiraten. Es gab keinen anderen Ausweg, wenn es einen Funken Hoffnung für Brandons Freilassung geben sollte. Und dann galt es noch ihre Mutter zu bedenken, die gern in großem Stil lebte.

»Komm, Cynara. Der Kaplan wartet. Du kannst nicht mehr zurück, das weißt du.«

»Das verzeihe ich dir nie«, gab sie zurück und rauschte zum Altar.

Die Kapelle wurde von zwei Leuchtern spärlich erhellt. Das flackernde Licht der Kerzen brach sich an den grauen Steinmauern, die im Jahre 1610 errichtet worden waren, die Jahreszahl war in ein Wandfries über dem Altar eingraviert. Im Inneren des Gotteshauses hing der schwache Duft von Wachs und Weihrauch. Bramble, der Butler, und Gideon Swift waren außer Mrs. Hawthorne die einzigen Zeugen. Estelles unterdrücktes Schluchzen war der einzige Laut, der die Stille durchbrach.

Cynara warf einen Blick auf ihre Mutter, als unvermittelt purer, brennender Hass in ihr aufloderte. Mutter war bereit gewesen, sie wie ein Stück Fleisch an diesen undurchsichtigen, schweigsamen Mann zu verkaufen.

Merlin stand neben ihr vor dem Kaplan, der mit der Zeremonie begann. Sie musterte den Mann, der bald ihr Ehemann sein würde. Es ließ sich nicht leugnen, dass er in dem langschößigen schwarzen Rock und dem blütenweißen Halstuch eine gute Figur machte. Sein Haar fiel in vollen Wellen über den Kragen, Haar, so schwarz wie die Flügel eines Raben. Sie konnte nicht ein einziges Anzeichen von Nachgiebigkeit an seiner stolzen Haltung entdecken. Selbst seine Hände waren kühl und fordernd, aber dennoch merkwürdig sensibel. Sein Griff erinnerte in nichts an die teigigen, ungeduldigen Hände von Felix, und zumindest dafür, wenn schon für nichts anderes, war Cynara dankbar.

Verzweifelt starrte sie den Kaplan an und zuckte zusammen, als Merlin mit fester Stimme sein Ehegelübde sprach. Ihr zitterten die Knie, als ihr klar wurde, dass dieser Mann innerhalb einer Minute vollständige Macht über ihr Leben haben würde. Aber diese Macht hatte er bereits in dem Moment an sich gerissen, als er sie in der Kapelle von Black Raven in seine Arme zog.

»Nun, Miss Cynara, wie lautet Ihre Antwort?« Die ruhige Stimme des Kaplans drang in ihre Gedanken. Einen schrecklichen Moment lang glaubte sie, sie würde in Ohnmacht fallen, aber das lauter werdende Schluchzen ihrer Mutter bewirkte, dass sie den Rücken straffte. Niemand sollte Zeuge ihrer Schwäche sein. In diesem Augenblick schwor sie sich, ihr Leben niemals von Merlin oder irgendeinem anderen Menschen bestimmen zu lassen. Als verheiratete Frau würde es ihr freistehen zu tun, was sie wollte. Sie sah zu Merlin, und er zog fast unmerklich seine linke Augenbraue hoch.

»Ich will«, wisperte sie mit leicht bebender Stimme. Dann bot sie Merlin ihr Gesicht dar und schloss voller Widerwillen die Augen, als er sie in die Arme nahm und einen keuschen

Kuss auf ihre Lippen hauchte. Seine Ausstrahlung hielt sie einen Moment lang gefangen, und ihre Entschlusskraft geriet ins Wanken. Seine Lippen hinterließen ein sanftes Prickeln auf den ihren und nahmen ihr ein wenig den Atem.

»Wenn mir die Bemerkung gestattet ist, Mrs. Seymour, herzlich willkommen auf Stormywood«, sagte Bramble auf den Stufen vor der Kapelle. Sein rundes Gesicht strahlte, und Cynara schenkte ihm ein schwaches Lächeln.

»Danke, Bramble.« Sie sah zu Gideon Swift, der seinen Hut in den Händen hin und her drehte und von einem Fuß auf den anderen trat.

»Das ist wahrhaftig ein Segen«, sagte er schließlich. »Wirklich, ich sehe glücklichere Zeiten vor uns.« Er verschwand hastig, als Merlin ein Lachen ausstieß.

»Romantischer alter Narr. Er glaubt, er kann die Zukunft vorhersagen«, meinte er und bot Mrs. Hawthorne seinen Arm. Sein rätselhafter Blick ruhte auf Cynara, und sie fragte sich, ob sie einen flüchtigen Ausdruck von Milde in diesen dunklen Augen gesehen hatte. Nein, sie waren kalt und unversöhnlich wie immer.

Den Dienstboten war befohlen worden, sie trotz ihrer Abneigung gegen ihren Herrn, den »mutmaßlichen Mörder«, mit Fackeln zu erwarten. Bramble hatte angeordnet, ein Mitternachtssouper zu servieren, um die Hochzeit zu feiern, und jetzt sollten die frisch Vermählten zum Haus geleitet werden. Das Festmahl bestand aus Hummerpastetchen, Krabbenfleisch, winzigen dreieckigen Gurkensandwiches, süßen Desserts und Obst. Bramble entkorkte Champagnerflaschen, und die Dienerschaft brachte mit furchtsamen Blicken in Merlins Richtung einen Toast auf die neue Herrin des Hauses aus.

Cynara nahm kaum den Geschmack des Essens wahr, aber den Dienstboten zuliebe setzte sie ein tapferes Lächeln auf.

Ihr fiel auf, dass Merlin keine der Speisen anrührte, und nach jenem einen Toast stellte er sein Champagnerglas auf den Tisch.

Cynara graute vor der kommenden Nacht. Ihre Sachen würden vom Gästezimmer in die herrschaftliche Suite gebracht werden, und dann würde sie nur eine Tür von ihrem Ehemann trennen. Ein Schauer lief ihr über den Rücken. Wenn es nur Max gewesen wäre!

Als die Dienstboten in den Küchentrakt zurückkehrten, senkte sich unbehagliches Schweigen über den Raum. Nur Mrs. Hawthornes Seufzer durchbrachen die Stille.

»Ich muss mich zurückziehen«, sagte sie schließlich. »Es war ein langer, anstrengender Tag.« Sie stand auf und sah ihre Tochter fragend an. »Brauchst du meine Hilfe? Merlin hat den Rest deiner Sachen aus Bluewater kommen lassen, und Tildy wartet in deinem Zimmer.«

Er fängt schon an, mein Leben zu bestimmen, dachte Cynara. »Ich brauche nichts, Mutter.« *Nicht von dir*, setzte sie in Gedanken hinzu. »Gute Nacht.« Mit dem Gefühl, in der Falle zu sitzen, trat sie auf die vom Mond beschienene Terrasse hinaus. Die Nacht war mild und friedlich, ein krasser Gegensatz zu ihren aufgewühlten Gedanken.

»Eine Nacht wie geschaffen für Liebende, findest du nicht?«, sagte Merlin, der hinter sie getreten war, gedehnt. Die Ironie in seiner Stimme traf sie.

»Du weißt nicht einmal, was das Wort bedeutet.« Sie hob den Blick zu ihm, als er sich neben sie stellte.

»Und weißt du es?« Ohne auf eine Antwort zu warten, fuhr er fort: »Mein Herz ist nicht gänzlich frei von romantischen Gefühlen.« Seine Zähne blitzten plötzlich in einem Lächeln auf, das eine winzige Bresche in ihren unsichtbaren Panzer schlug. »Mir fallen ein paar Sachen ein, die Liebespaare an

Sommerabenden machen.« Er berührte ihre blonden Locken. »Das zum Beispiel.« Er griff in ihr Haar und zog sie näher. Ihr Instinkt riet ihr, vor ihm zurückzuweichen, aber sie wusste, dass er sie nur noch hartnäckiger verfolgen würde, bis er bekam, was er wollte.

Als er sie bei den Schultern nahm und eng an sich zog, blieb sie stocksteif. Sie wusste, dass er sie küssen wollte, und ihre Rache würde darin bestehen, kalt und unbewegt zu bleiben. Sie schloss die Augen, um sich gegen den Angriff zu wappnen. Er blieb aus. Merlin strich nur mit seinen langen Fingern über ihren Wangenknochen und streichelte die sensible Stelle hinter ihrem Ohr.

Ein Prickeln überlief sie, und sie spürte einen Hauch von Erregung. Sie sperrte sich gegen die Zärtlichkeit seiner Geste. Er ließ abrupt die Hand sinken.

»Ich weiß, dass du dir wünschst, ich wäre Max, und glaub mir, ich hätte bei eurer Hochzeit freudig mein Glas auf euer Wohl erhoben.« Seine Stimme wurde rau, unsicher. »Max hat mir mehr bedeutet, als es ein echter Bruder könnte, und wenn er dich hätte glücklich machen können … ich hätte an jenem elenden Tag in Waterloo mein Leben für ihn gegeben.«

Sie spürte, dass seine Worte ehrlich gemeint waren und fragte sich, was sein Leben in einen so trostlosen Abgrund verwandelt hatte, dass er lieber tot wäre. Der Tod seines Vaters vielleicht. Der Mordverdacht, der auf ihm lastete.

»Ich habe Max geliebt«, sagte sie einfach. Sie spielte mit ihrem Fächer, der an einer Kordel um ihr Handgelenk hing. »Ich habe ihm vertraut. Wir waren gute Freunde und wären es immer geblieben, auch als Mann und Frau.«

»Ich weiß; er war ein großartiger Mensch.« Merlin starrte in die Dunkelheit. Seine Stimme war so leise, dass sie ihn kaum verstehen konnte. »Er hat dich leidenschaftlich geliebt – und er hat mir vertraut. Er … er hätte gewünscht, dass ich auf dich aufpasse.«

»Und du hast dich beeilt, diesem Wunsch zu entsprechen«, sagte sie sarkastisch, »auch wenn du dafür meine Gefühle mit Füßen treten musstest.«

Er stand ganz still und wich ihrem Blick aus. Eine Eule, die durch die Nacht glitt, warf einen flüchtigen Schatten auf den Boden. Merlins Augen wurden feucht, als er an Max' blutverschmiertes, aschfahles Gesicht dachte. Er sah verstohlen zu Cynara. Es tat weh. *Ich habe dich immer geliebt*. Diese Worte würde er vermutlich nie laut aussprechen können. In gewisser Weise hatte er Max verraten, indem er die Frau liebte, die Max selbst verzweifelt geliebt hatte.

Merlin versuchte die eisige Kälte in seinen Gliedern abzuschütteln. Seit Waterloo trieb sein Leben unaufhaltsam dem Untergang entgegen. Alles, was er berührte, zerfiel, und allein seine Anwesenheit flößte den Menschen, die ihm am meisten bedeuteten, Entsetzen ein. Ein Fluch lag auf ihm, und er hatte keine Ahnung, wie er den Bann brechen konnte, bevor er alles zerstörte. Mit jedem Tag starb er ein klein wenig mehr. Wenn nur sein Vater noch am Leben wäre!

Cynara riss ihn aus seinen Gedanken. »Durch die Heirat mit mir hast du dir jede Chance genommen, eines Tages die Frau zu treffen, die dich von ganzem Herzen liebt.«

Sie klang so ernst, dass sich sein Herz zusammenschnürte. Cynara würde nur dem Namen nach ihm gehören.

»Und du hast mir die Chance genommen, einen Mann zu heiraten, den ich lieben könnte«, fuhr sie so leise fort, dass er die Worte kaum hören konnte. Aber sie brannten sich wie glühendes Eisen in sein Inneres. Er starrte in die Nacht und lauschte ihren Schritten, die über die Terrasse hallten. Sie zog sich ohne ihn zurück, morgen würde die Farce ihres »Eheglücks« beginnen.

Als er den Kopf wandte, sah er ihr helles Kleid an der Hausecke aufleuchten. Wollte sie einen Spaziergang im Garten machen? Solange Felix irgendwo da draußen auf der Lauer lag und einen günstigen Moment abwartete, um Unheil zu stiften, sollte sie nachts nicht unbegleitet unterwegs sein.

Die Türen der Bibliothek führten auf die Terrasse hinaus, und er eilte hinein, um einen der Degen zu holen, die über dem Kamin an der Wand hingen. Er schnallte ihn um seine Hüften und tastete nach dem Messer, das im Bund seiner Kniehosen steckte.

Er folgte Cynara in einiger Entfernung. Er würde dafür sorgen, dass ihr nichts zustieß.

Ein Nachtvogel tschilpte im Gebüsch, und Fledermäuse schwirrten zwischen den Bäumen hin und her. Cynara sog den Duft der blühenden Rosen ein. Der Garten wirkte wie die Szenerie eines Traums. Cynara schlenderte an dem Vogelbad und der Sonnenuhr auf ihrem Marmorsockel vorbei. Ein Ring von Rosen säumte den Sockel, und um die Rosen herum führte ein gepflasterter Weg. Sie wünschte, sie würde die Farbenpracht der mehrjährigen Sommerblumen sehen können, die entlang des Weges blühten, aber zu dieser Stunde war nur der krasse Kontrast von Licht und Schatten zu erkennen.

Eine Eule schrie, und Cynara fuhr zusammen. Sie setzte sich auf eine schmiedeeiserne Bank direkt unter der Hecke am Ende des Blumengartens. Der Mond tauchte das alte Herrenhaus in schimmerndes Weiß, in dem die erleuchteten Fenster wie Gold glänzten.

Eine dunkle Gestalt kam auf sie zu, und sie erkannte an dem leichten Hinken Merlin. Er verharrte bei der Sonnenuhr, als wollte er sie betrachten. Warum verfolgte er sie? Mit einem Seufzer stand sie auf und ging an der Hecke entlang. Sie bog um eine Ecke und fand sich vor einem kleinen Wäldchen wieder. Früher am Tag hatte sie von ihrem Fenster aus einen Teich gesehen, den sie jetzt näher erkunden wollte. Der Gedanke an Schlaf war ihr fern. Eine seltsame Unruhe befiel sie, als sie in die Schatten der Bäume trat.

Direkt vor dem Teich war eine Lichtung, und sie schnappte nach Luft, als plötzlich von allen Seiten Hände nach ihr griffen.

»Komm mit mir, Cynara«, ertönte Felix' Stimme aus der Dunkelheit der Bäume. »Noch ist es nicht zu spät.«

»Felix!« Sie rief seinen Namen vor Überraschung laut aus, und die Hände, die sie festhielten, lockerten ihren Griff. »Was machst du hier?«

»Hast du erwartet, ich würde tatenlos zusehen, wie Merlin dich entführt?« Seine Stimme klang höhnisch.

Sie warf einen Blick auf den Weg, den sie gekommen war, und wünschte sich sehnlichst, sie könnte entkommen. »Ich habe ihn heute Nacht geheiratet.«

»Ich habe dich aus der Kapelle kommen sehen. Du hast nicht gerade glücklich ausgesehen.«

Cynara überlief ein leiser Schauer der Angst, und sie wich unsicher einen Schritt zurück. In Felix' Stimme schwang ein Anflug von Zorn mit.

»Du hast dich ohne Widerspruch trauen lassen«, fuhr Felix fort. »Wie konntest du nur! Jetzt wird Brandon nie aus dem Gefängnis kommen. Merlin wird keinen Finger rühren, um ihm zu helfen.«

»Ich habe das Gefühl, dass Brandon anderer Meinung wäre, lieber Cousin Felix«, ertönte Merlins Stimme über die Lichtung.

Cynara versuchte ihn auszumachen, aber er war zwischen

den Bäumen nicht zu sehen. Zweige knackten, Blätter raschelten, als die Männer, die sie umringten, sich ins Unterholz zurückzogen. »Merlin?«, brachte sie mit gepresster Stimme heraus.

»Geh ins Haus zurück, Cynara«, befahl er. »Felix, komm raus und stelle dich. Versteck dich nicht im Schatten.« Er trat auf die mondbeschienene Lichtung, und Cynara sah in seinen beiden Händen Stahl funkeln.

Auf der anderen Seite traten drei Männer hervor, Felix als Erster. Er bedeutete den anderen, sich zurückzuhalten. »Ich bin gekommen, um Rache zu nehmen«, verkündete er. Sein Degen klirrte leise, als er ihn aus der Scheide zog.

»Rache? Indem du im Halbdunkel lauerst? Ich wäre wohl kaum vor Schreck in Ohnmacht gefallen, wenn du mir dein Gesicht am helllichten Tag gezeigt hättest«, bemerkte Merlin.

»Dann tritt vor und kämpfe wie ein Mann«, forderte Felix ihn auf und streckte seinen rechten Arm aus. Das Mondlicht brach sich auf dem Stahl des Degens, und Cynaras Kehle schnürte sich vor Angst zusammen. Sie hatte Merlins Forderung, zum Haus zurückzugehen, nicht beachtet. Entsetzt beobachtete sie, wie die beiden Männer aufeinander losgingen. Stahl klirrte auf Stahl. Ihretwegen. Wenn Max am Leben wäre, würde all das nicht passieren, dachte sie.

Die Klingen vollführten einen tödlichen Tanz; die beiden Männer keuchten vor Anstrengung, und ihre Füße traten das hohe Gras und die Büsche auf der Lichtung nieder. Merlin parierte einen blitzschnellen Stoß und wich mit einem Sprung zur Seite einem Ausfall aus, der sein Herz fast durchbohrt hätte. Mit einem von oben geführten Streich schlitzte er Felix' Ärmel auf. Blut strömte. Felix fluchte und lieferte eine Reihe wilder Stöße, während sein anderer Arm schlaff herabhing.

Wie schattenhafte Schemen wirbelten sie über die Lichtung, Merlin mit schneller, geschmeidiger Grazie, Felix mit der Wucht eines gereizten Stiers. Stahl klirrte und kratzte in einem immer schneller werdenden Wettstreit aufeinander. Merlin vollführte eine Glissade und entwand Felix mit einer raschen Drehung der Klinge den Degen. Er segelte durch die Luft und landete ein paar Meter entfernt auf dem Boden.

Felix fluchte, warf sich zur Seite, um der tödlichen Spitze von Merlins Degen auszuweichen und stürzte sich auf seine Waffe. Merlin, dessen Brust sich vor Anstrengung hob und senkte, wartete. Er ließ seine Schulter kreisen und stellte sich in En-Garde-Position auf.

Gerade als Felix sich wieder zu ihm umwandte, zerriss ein ohrenbetäubender Knall die Stille. Alles ging so schnell, dass Cynara nur überrascht die Augen aufreißen konnte. Felix sank zu Boden und blieb regungslos liegen.

Merlin ließ seinen Degen fallen und lief zu seinem Cousin, dicht gefolgt von Felix' Handlangern. Merlin berührte Felix' leblose Gestalt mit der Stiefelspitze und rannte dann in die Baumgruppe. Das Geräusch schneller Schritte, die durch das Unterholz brachen, war in der Stille zu hören. Merlin fluchte, als er stolperte und fiel.

Cynara blieb wie angewurzelt stehen und starrte ihn an, als er hinkend zurückkam. »Ich konnte nicht sehen, wer es war«, sagte er schwer atmend. »Was ist mit Felix?«

Die beiden Männer wehrten ihn mit ihren Degen ab. »Bleiben Sie ihm vom Leib«, sagte einer von ihnen warnend, und Cynara erkannte die Stimme von Muggins, dem Oberstallknecht von Black Raven. »Er ist schwer verwundet.« Merlin blieb stehen und sah zu, wie die beiden Felix aufhoben und mit ihrer Last schwerfällig über die Lichtung hasteten.

Cynara ging auf Merlin zu. Er hielt ihren Arm fest, als sie Anstalten machte, den Männern zu folgen. »Warte!« Er hielt sie immer noch, als die Männer von der Lichtung zu einer Kutsche gingen, die auf einem Weg hinter dem Teich stand. Cynara wusste aus ihrer Kindheit, dass dieser Weg zu einem Tor am südlichen Ende des Anwesens führte.

»Kommen Sie nicht näher«, rief einer der Männer. »Wir trauen Ihnen nicht. Wahrscheinlich haben Sie jemanden angeheuert, um unseren Herrn erschießen zu lassen.«

Merlin stieß ein trockenes Lachen aus. »Ihr müsst verrückt sein. Ich hatte keine Ahnung, dass ihr euch hier im Wäldchen versteckt halten würdet.«

Muggins sprang in die Kutsche, nachdem er Felix' reglose Gestalt auf den Sitz gehievt hatte. Der andere Mann kletterte auf den Kutschbock und lenkte den Wagen in Richtung Tor. Muggins steckte den Kopf zum Fenster hinaus und rief: »Wenn der Herr stirbt, sind Sie dran! Dafür werde ich sorgen!«

Cynara hörte, wie Merlin zischend den Atem einzog. Angespannt stand er neben ihr und hielt noch immer ihren Arm – so fest, dass es wehtat. Ohne ein weiteres Wort zog er sie durch das Dickicht in Richtung Haus. »Ich muss ihnen nach.«

Als sie sich dem Blumengarten näherten, hörten sie Schreie und eilige Schritte.

Gideon Swift, auf dessen Kopf eine Nachtmütze mit Quaste thronte, kam mit einem Gewehr angelaufen. Der Butler, der hinter ihm herwatschelte, schleppte eine alte Donnerbüchse.

»Ist da jemand?«, rief Swift. »Raus mit dir, Schurke!« Er blieb unsicher am Rand des Wäldchens stehen, um auf Bramble zu warten. Der Butler schnaufte laut.

»Wahrscheinlich Wilderer, Sergeant Swift«, keuchte er. »Wäre nicht das erste Mal. Die erwischen wir bestimmt nicht.« Die beiden hielten den Atem an und lauschten. »Gehen wir lieber ins Haus zurück.«

»Hallo? Ist da jemand? Mr. Merlin?«, rief Swift wieder, diesmal etwas aufgeregter, und Cynara öffnete den Mund, um sich zu erkennen zu geben. Aber bevor sie einen Laut von sich geben konnte, verstärkte sich Merlins Griff, und sein Mund presste sich so heftig auf ihren, dass sie kaum Luft bekam. Sie erstarrte vor Schreck, entspannte sich aber, als sein Kuss intensiver wurde und ihre Lippen erkundete. Sie versuchte sich loszumachen, indem sie mit der Faust an seine Brust schlug, aber er drückte sie nur noch fester an sich, kostete, liebkoste, tastete sich weiter vor und entlockte ihr gegen ihren Willen eine leichte Reaktion. Der Himmel über ihr drehte sich und ihre Knie wurden weich, aber Merlin hielt sie fest in seinen Armen.

Die beiden Männer gingen dicht an der Stelle vorbei, wo Merlin und Cynara standen. »Warum rufen Sie denn nach Mr. Merlin?«, brummte Bramble. »Heute ist seine Hochzeitsnacht, da hat er bestimmt etwas anderes im Kopf, als Diebe zu jagen.«

Die beiden Männer machten kehrt und gingen zum Haus zurück. »Ich beneide ihn.« Swift lachte leise in sich hinein. »Ein hübsches Ding, unsere Mrs. Cynara Seymour.«

Merlin ließ sie abrupt los und Cynaras Gesicht glühte vor Zorn – und etwas anderem. Ihr Herz schlug so schnell, dass sie kein Wort herausbrachte, um ihm die Meinung zu sagen.

Merlins Blick war hart und verschlossen. »Mir ist nichts anderes eingefallen, um dich rechtzeitig zum Schweigen zu bringen. Im Übrigen muss niemand davon wissen, dass wir auf der Lichtung gekämpft haben – erst wenn ich herausbekommen habe, wer auf Felix geschossen hat.« Mit weit ausholenden Schritten ging er zum Haus zurück.

4

Mit hochrotem Gesicht folgte Cynara Merlin ins Haus – in Gedanken bei dem verwirrenden Gefühl, seine Lippen fest auf den ihren zu spüren. Sein Kuss war so unvermittelt gekommen, dass sie keine Chance gehabt hatte, sich zu wehren. Es ließ sich nicht leugnen, dass sie bei seiner Berührung ein erregendes Prickeln durchfahren hatte. Sie spürte, dass er ebenso intensiv auf ihre Nähe reagierte wie sie auf ihn; das verrieten seine Blicke und die Art, wie er ihre Gefühle und Gedanken zu erraten schien.

Als sie das Gästezimmer betrat, musste sie feststellen, dass all ihre Sachen entfernt worden waren. Tildy, die vor dem offenen Fenster in einem Sessel saß, schien auf sie gewartet zu haben. Sie fuhr mit einem Ruck hoch, als Cynara die Tür schloss.

»Mistress Cy!«, rief Tildy, hievte sich aus dem Sessel und strich ihre Schürze glatt. »Verzeihung, ich muss ein wenig eingenickt sein.«

»Es ist ziemlich spät«, erwiderte Cynara. »Wo sind meine Sachen?«

»Na ja, ich soll Ihnen sagen, dass Ihre Sachen in die herrschaftliche Suite gebracht worden sind.« Tildy machte eine Pause, um Cynara scharf zu mustern. »Ab heute Nacht schlafen Sie in dem Zimmer neben Mr. Merlin.«

Daran hatte Cynara überhaupt nicht mehr gedacht. Sie schlug die Hände vors Gesicht, um den bestürzten Laut zu unterdrücken, der über ihre Lippen kam. »Jetzt? Das ist zu früh.« Sie klammerte sich an die Rückenlehne eines Armsessels, als müsste sie sich stützen. Wie sollte sie Schlaf finden, wenn sie wusste, dass sie nur eine dünne Wand von ihm trennte? Er konnte jederzeit in ihr Zimmer kommen und zu ihr ins Bett steigen.

»Das erwartet man von Ihnen, Mistress Cy. Sie sind jetzt seine Frau und haben gewisse Pflichten.«

Cynara wusste sehr gut, auf welche Pflichten Tildy anspielte, und eine Welle von Furcht stieg in ihr auf. Sie schnitt den Gedanken abrupt ab, bevor sie im Geist das Bild heraufbeschwor, von Merlin umarmt zu werden. Es war fast unmöglich, seinen Kuss zu vergessen, seine eindringlichen Augen, aber sie werte sich gegen die Erinnerung.

»Ich denke, du kannst mir den Weg zu meinem neuen Schlafzimmer zeigen?« Sie ging zur Tür. Ihr Rücken war so steif, als müsste sie den Weg zu ihrer eigenen Hinrichtung antreten.

Tildy folgte ihr. »Ja, natürlich. Ich habe Ihre Sachen hingebracht, Mistress Cy. Das Zimmer ist ja so elegant!«

Tildy hatte Recht. Der Raum war groß und hatte eine hohe Decke, die mit kunstvollen Gipsornamenten verziert war. Die Wände waren von Paneelen unterteilt, mit grün gestreifter Seide bespannt, und die Holzvertäfelung war cremefarben lackiert. Ein blassgrüner Teppich mit blaugoldenem Rand ergänzte die zierlichen Chippendale-Möbel. Cynaras Blick wanderte unwillkürlich zu dem vierpfostigen Bett, dessen Vorhänge aus der gleichen gestreiften Seide wie die Wandbespannung waren. Würde Merlin in ihr Bett kommen? Es war sein Recht, aber er hatte nichts über seine Absichten verlauten lassen – abgesehen davon, dass er angekündigt hatte, nach Black Raven zu reiten. Aber was würde später passieren, wenn er zurückkam? Cynara tat den Gedanken ungeduldig ab und betrachtete den Schreibtisch mit seinem eleganten cremefarbenen Briefpapier und dem Gänsekiel neben dem Tintenfass. Mit einem tiefen Seufzer sah sie wieder zum Bett. Unter anderen Umständen hätte ihr seine anmutige Form gefallen, aber jetzt empfand sie nur nervöse Anspannung und Angst vor dem, was die Zukunft bringen würde. Stormywood war der letzte Ort, an dem sie erwartet hätte, ihre Hochzeitsnacht zu verbringen. Merlin war nicht der Bräutigam, den sie sich erträumt hatte. Das Leben veränderte sich von Tag zu Tag, ja, von einem Atemzug zum nächsten.

»Ich würde sagen, Mr. Merlin ist sehr großzügig«, bemerkte Tildy und strich über die feine Seide der Bettvorhänge. »Hier ist es ganz anders als auf Black Raven, wo alles verstaubt und verfallen ist.«

Cynara nickte. »Ja, Black Raven ist in einem traurigen Zustand, seit Max' Vater gestorben ist. Felix empfindet nichts für den Besitz; er hat nicht die Absicht, das Gebäude renovieren zu lassen.« Voller Unruhe fragte sie sich, wie es Felix nach seiner Schusswunde ergangen sein mochte. Vielleicht lebte er nicht mehr. Nein, er musste überlebt haben; er war nur verwundet worden.

Obwohl sie erleichtert hätte sein sollen, dass er ihr nichts antun konnte, solange er wegen seiner Verletzung ans Bett gefesselt war, empfand sie nur Beklommenheit.

Irgendetwas an Felix ließ sie daran zweifeln, dass er wie ein gewöhnlicher Mensch sterben könnte. Vielleicht konnte eine Kugel seine dicke Haut nicht durchdringen … Cynara zitterte und murmelte ein Gebet. Ihr war auf einmal kalt, und sie schlang die Arme um sich. Sie würde aufatmen, wenn Felix nach Amerika zurückkehrte. Schließlich war das der Ort, wo er leben wollte; das hatte er ihr erst vor drei Tagen gesagt. Den alten Familiensitz der Grafen von Raven wollte er dem völligen Verfall preisgeben. Er hatte vorgehabt, sie nach Virginia mitzunehmen, wo er die Tabakplantage seiner Mutter geerbt hatte.

War sie verpflichtet, sich nach Felix' Verfassung zu erkundigen, oder sollte sie vorgeben, nichts von dem Duell zu wissen? Sie war jetzt Merlins Frau, und wenn Felix sein Feind war, war er auch ihr Feind. So sehr sie sich auch wünschen mochte, dass ihr Leben anders aussähe, ihre Loyalität gehörte seit der Trauung Merlin.

»Woran denken Sie?«, fragte Tildy, als sie Cynaras schönstes Nachthemd auf dem Bett ausbreitete. »Sie sollten sich lieber schnell bereitmachen. Sie wollen Ihren Ehemann doch nicht warten lassen – dann wird er bestimmt ungehalten.«

»Ich bin froh, dass nicht Felix in diesem Schlafzimmer ist.« Cynara warf einen beklommenen Blick auf die Tür, die in Merlins Zimmer führte.

Tildy half Cynara aus ihrem Kleid und löste die Schnürbänder. »Ja, das können Sie auch sein. Mit Mr. Merlin sind Sie besser dran.«

Eine Viertelstunde später hatte Tildy das zarte Gebilde aus weißer Seide und Spitze über Cynaras Kopf gestreift und außerdem ihre blonden Locken gebürstet. Cynaras Herz klopfte unruhig, als Tildy einen Knicks machte und ihrer Herrin eine gute Nacht wünschte. Nach einem ermutigenden Zwinkern schloss die Zofe die Tür hinter sich.

Cynara saß regungslos auf der Bettkante. Würde er später kommen oder würde er sie, da es sich um eine Vernunftehe handelte, ignorieren? Bei Merlin konnte man sich nie sicher sein, obwohl sie den Verdacht hatte, dass er ein leidenschaftlicher Mann war, der auf die Erfüllung der ehelichen Pflichten pochen würde.

Sie kuschelte sich ins Bett und deckte sich zu. Müde nach dem langen Tag, döste sie schließlich ein, nur um etwas später, als sie im Nebenzimmer Geräusche hörte, wieder aufzuwachen.

Sie hielt die Spannung nicht aus. Auf Zehenspitzen huschte sie zur Verbindungstür und legte ihr Ohr an die Füllung. Sie hörte Geräusche, so, als würden Stiefel auf den Boden fallen. Merlin sprach in gesenktem Tonfall, und sie erkannte Gideon Swifts raue Stimme. Worüber redeten sie? Sie hielt den Atem an, um nicht ein Wort zu versäumen, aber ihre Stimmen waren durch das dicke Eichenholz kaum zu hören. Sie verstand die Worte *Black Raven* und *nächtliche Besucher*, *Geheimnis* – und was war das nächste Wort? *Mord?* Ja, das war es, und dann stieß Merlin einen Fluch aus. Vielleicht sprachen sie über das Duell, und Swift sollte es als Geheimnis für sich behalten.

Wieder fragte sie sich, ob Felix überlebt hatte. Um Merlins willen hoffte sie, dass es so war, denn wenn Felix starb, würde Merlin ein weiterer Mord zur Last gelegt werden.

Mord. Ein Hauch Angst regte sich in Cynara, als sie leise zum Bett zurückging und unter die Decke kroch. War sie mit einem Mörder verheiratet? Wenn die Behörden beweisen konnten, dass Merlin seinen Vater getötet hatte, war sie für alle Zeiten ruiniert. Und Merlin … er würde hingerichtet werden. Ihren Namen würde man für den Rest ihres Lebens mit diesem Skandal in Verbindung bringen, und sie würde aus der Gesellschaft ausgestoßen. Es würde nicht leicht sein, ohne all die zu leben, die sie gekannt und gemocht hatte. Obwohl die Nacht warm war, fröstelte sie.

Sie hatte die Bettvorhänge offen gelassen. Fahles Mondlicht fiel durch die hohen Fenster und verlieh dem Schlafzimmer einen Anschein von Unwirklichkeit. Eine Eule stieß einen klagenden Ruf aus, und Cynara fühlte sich einsam und verlassen, als balancierte sie bedrohlich nah am Rande eines bodenlosen Abgrunds.

Sie wusste nichts von Merlin, nur, dass er immer unnahbar und verschlossen gewesen war, und daran hatte sich offensichtlich nichts geändert. Sie wandte den Kopf zur Verbindungstür und lauschte, aber alles war still. Gideon Swift war gerade gegangen und hatte die Tür hinter sich geschlossen. Es war, als könnte sie Merlin auf der anderen Seite der Verbindungstür atmen hören. Die polierte Messingklinke glänzte im Mondlicht, und sie wünschte, sie hätte den Schlüssel für dieses Schloss. Er steckte auf der anderen Seite. Sie hörte Merlins Bett knarren, als er es sich für die Nacht bequem machte.

Sie versuchte zu schlafen, aber wirre Bilder jagten unkontrolliert durch ihren Kopf. Wenn sie überhaupt Ruhe finden wollte, musste sie erfahren, wie es um Felix stand. Sie zog ihren hauchdünnen Morgenmantel an und ging zur Tür. Dann holte sie tief Luft und klopfte an.

Nach einer Zeit, die ihr wie eine Ewigkeit schien, bat er sie einzutreten.

Das Schlafzimmer des Hausherrn roch männlich, nach Leder und Rasierseife. Es war anders als alles, was sie gewöhnt war. »Merlin?« Ihre Stimme bebte, und sie verachtete sich für diese plötzliche Anwandlung von Schwäche.

»Ja?«

Sie sah seinen schattenhaften Umriss auf dem Bett. Er saß auf der Kante und trug nichts als seine Hosen. Der Mond schuf im Zimmer tiefe Schatten und scharfe Lichtflecken. »Wie geht es Felix?«

Sie hörte, wie Merlin mit einem leisen Zischen den Atem ausstieß. »Er ist tot.«

»Tot? Das kann nicht sein!« Sie klammerte sich an den Besatz ihres Morgenrocks. »Was sollen wir tun?«

Er stand auf und stellte sich vor sie. Ein schmaler Lichtstreifen fiel auf sein Gesicht, und sie sah, dass sein Blick hungrig über ihren Körper wanderte. Sie wusste, dass sich ihr Negligee aus feiner Spitze in ausgesprochen unzüchtiger Weise an ihren Körper schmiegte. Der Gedanke bereitete ihr Unbehagen, und sie zog den Morgenrock enger zusammen.

Er wandte den Blick ab, und seine Schultern sanken müde ein. »Wir müssen abwarten, was als Nächstes passiert. Ich werde das Gefühl nicht los, dass es sich um einen von Felix' Tricks handelt. Er würde es sicher als gelungene Rache ansehen, mich für den Mord an ihm hängen zu sehen. Nur – ob er dafür den eigenen Tod in Kauf nehmen würde? Ich bezweifle es – aber tot ist er. Ich habe ihn selbst gesehen.«

Kalte Angst lähmte Cynara. »Wer hat ihn erschossen?«

»Ich habe nicht die leiseste Ahnung.« Er rieb sich nachdenklich das Kinn. »Ich bin sicher, ich finde es mit der Zeit heraus. Lass uns ein wenig ausruhen.« Er streckte eine Hand aus. In seiner Stimme schwang leichter Spott mit. »Bist du gekommen, um mir im Bett Gesellschaft zu leisten?«

Sie schüttelte den Kopf und stolperte benommen zur Tür. Als er leise in sich hineinlachte, zuckte sie zusammen.

»Gute Nacht, Cynara.«

Zu aufgewühlt, um etwas zu sagen, schloss sie die Tür hinter sich und floh in ihr Bett. Sie versteifte sich, als sie seine leisen Schritte näher kommen hörte. Wollte er etwa hereinkommen? Mit bebenden Fingern zog sie sich die Decke bis zum Kinn und wartete. Ein leichtes Scharren an der Tür war zu hören, dann nichts mehr.

Nachdem sie eine Weile mit angehaltenem Atem gelauscht hatte, kratzte etwas im Schloss und ein leises Klicken drang an ihre Ohren. Er hatte den Schlüssel umgedreht … er wollte sie genauso wenig, wie sie ihn wollte. Er befürchtete, sie könnte in seine Privatsphäre eindringen. Voller Wut und unerklärlicherweise auch Enttäuschung starrte sie die Tür an, bis ihre Augen zu brennen anfingen. Schließlich wurde sie von Müdigkeit überwältigt und sank in einen tiefen, traumlosen Schlaf.

Am nächsten Morgen weckten sie Geräusche draußen vor ihren Fenstern. Gähnend stieg sie aus dem Bett und schaute auf die Auffahrt hinunter. Eine mit Schlamm bespritzte Kutsche, die sie nicht kannte, stand auf dem Kies. Das Pferd wieherte und stampfte unruhig mit den Hufen, und jemand, den sie von ihrem Fenster aus nicht sehen konnte, debattierte mit Bramble.

Sie zog an der Klingelschnur, kurz darauf betrat Tildy mit einem Frühstückstablett das Zimmer. »Ausgeschlafen?«, fragte sie mit einem verschmitzten Lächeln auf ihrem runden Gesicht. »Muss ja ziemlich …«

»Sei still, Tildy«, tadelte Cynara ihre Zofe. »Wer kommt denn so früh am Morgen zu Besuch?«

»Früh?«, lachte Tildy. »Es ist elf Uhr. Ich habe Sie ausschlafen lassen, weil Sie gestern Nacht schrecklich müde waren.«

»Elf!«, rief Cynara erschrocken. Sie warf einen Blick in den Spiegel und stellte fest, dass ihr Haar völlig zerzaust und ihre Lider schwer vom Schlaf waren. »Was in aller Welt wird die Dienerschaft von mir denken? Ihre Herrin verschläft den Großteil des Tages.« Sie sank auf den Stuhl vor der Frisierkommode und ließ sich von Tildy eine dampfende Tasse reichen.

Die Zofe begann, das Haar ihrer Herrin zu bürsten, während Cynara an ihrem Morgenkaffee nippte. »Wer ist denn der Besucher?«

»Ich weiß nicht. Jemand, der irgendwie offiziell aussieht. Er ist jetzt beim Herrn in der Bibliothek.«

Leise Unruhe regte sich in Cynara, und sie kleidete sich hastig an, wobei sie ein schlichtes Kleid aus blassgrünem Musselin wählte. Tildy frisierte ihr Haar zu einem einfachen Knoten, der mit einem Spitzenhäubchen bedeckt wurde. Nachdem sie eilig ihren Kaffee ausgetrunken und ein paar Zuckerbrötchen verzehrt hatte, legte Cynara einen duftigen weißen Schal um ihre Schultern und lief nach unten. Estelle, die im Frühstückssalon im hinteren Teil des Hauses saß und las, warf ihrer Tochter einen trägen Blick zu, als sie hereingestürmt kam. »Warum die Eile?«

»Mutter, hast du Merlins Besucher gesehen?«, fragte sie.

Estelle zuckte die Achseln. »Nein, natürlich nicht. Ich pflege mich nicht mit Geschäftsleuten zu unterhalten. Er muss Merlins Anwalt oder etwas ähnlich Grässliches sein.«

Cynara verließ den Salon und blieb unschlüssig in der Halle stehen. Sie wusste, sie sollte Ruhe bewahren und bei ihrer Mutter bleiben, aber eine düstere Vorahnung quälte sie.

Plötzlich ging die Tür zur Bibliothek auf, und Merlin kam heraus. Er wirkte abgezehrt und bleich unter seiner Sonnenbräune. Ein Ausdruck von Hoffnungslosigkeit lag auf seinem Gesicht und ein bisher unbekanntes Gefühl von Wärme erfüllte Cynara. Sie musste sich an das Geländer der geschwungenen Treppe klammern, um sich zu stützen. »Wer ist gekommen?«, wisperte sie.

Er hob den Blick zu ihr, und sie sah den Schmerz in seinen Augen, bevor sein Gesicht sich wieder vor ihr verschloss. Seine Stimme war völlig ausdruckslos, als er zu ihr sagte: »Ah, da bist du ja! Ich wollte dich gerade holen. Komm doch bitte in die Bibliothek und beantworte ein paar Fragen.«

»Wer ist bei dir?«, wiederholte sie, als sie an ihm vorbeiging.

»Squire Albert Henry. Er ist der hiesige Bezirksrichter und ein Freund von Felix.«

»Ist er wegen des Todes deines Vaters hier?« Ihre Brust schnürte sich vor Nervosität zusammen, als wäre sie es, der ein Verbrechen zur Last gelegt wurde, nicht Merlin.

»Nein, wegen Felix' Tod.« Mehr sagte Merlin nicht, als er die Tür schloss.

Cynara zog den Schal enger über ihrer Brust zusammen, als sie dem scharfen Blick des Squire begegnete. Er war untersetzt und kräftig gebaut, und als er seinen Arm zum Gruß hob, fielen ihr die prallen Muskeln unter seiner braunen Reitjacke auf. Die dunklen Augenbrauen trafen sich über einer markanten Nase, und störrisches braunes Haar wuchs ihm bis tief in die Stirn und obendrein noch aus seinen Ohren heraus.

»Meine Glückwünsche zur Vermählung«, begrüßte er sie mit schroffer Stimme, aber höflich.

Sie neigte lediglich den Kopf und wartete gespannt darauf, was er als Nächstes sagen würde.

»Ich bin der Überbringer einer traurigen Botschaft, Mrs. Seymour. Vergangene Nacht tat Felix Seymour, Earl of Raven, seinen letzten Atemzug – nachdem er mir zuvor mitgeteilt hatte, dass Mr. Merlin kaltblütig auf ihn geschossen habe. Nun sind Duelle zwar verboten, aber hier auf dem Lande neigen wir dazu, ein Auge zuzudrücken, wenn Streitigkeiten mit dem Degen ausgetragen werden. Aber einen Mann in den Rücken zu schießen, ist etwas anderes und kann unmöglich ignoriert werden.« Er holte tief Luft und verschränkte die Hände auf dem Rücken. Mit durchdringendem Blick sah er Cynara an.

»Ich muss Sie das fragen, Mrs. Seymour. Wo war Ihr Mann letzte Nacht?« Er räusperte sich. »Mir ist bewusst, dass es um Ihre … ähm … Hochzeitsnacht geht und das Thema daher eher delikat ist.«

Cynara schoss vor Verlegenheit heiße Röte in die Wangen. Sie spähte zu Merlin und stellte fest, dass er aufs Äußerste angespannt wirkte. Er war geisterhaft bleich, und seine Augen waren dunkel vor Schmerz. Er versuchte ihr ein Lächeln zuzuwerfen, aber seine Lippen blieben wie erstarrt. Was hatte er dem Squire gesagt? Warum hatte er sie nicht gewarnt, bevor sie die Bibliothek betraten? Vielleicht wollte er sie auf die Probe stellen.

Sie zögerte nur einen winzigen Moment. »Nun, mein Mann war bei mir … in meinem Schlafzimmer … die ganze Nacht.« Aus dem Augenwinkel sah sie, dass Merlins Haltung sich ein wenig entspannte.

»Hm«, sagte der Squire und rieb sich das Kinn. »Und wie erklären Sie sich den Schuss, den der Butler gehört hat?«

»Ich habe heute Morgen noch nicht mit Bramble gesprochen«, sagte Cynara atemlos. Sie verbarg ihre bebenden Hände in den Rockfalten ihres Kleides. »Vielleicht dachte er, es wären Wilderer auf dem Anwesen.«

»Ja, das sagt er. Ich habe ihn gerade zu der Angelegenheit befragt.« Der Squire machte eine Pause. »Sie haben also nichts Außergewöhnliches gesehen oder gehört?«

Cynara schüttelte den Kopf. Ihre Kehle war zu trocken zum Reden.

Wieder bohrten sich die Augen des Squire in sie. »So, so. Was soll ich glauben? Wem soll ich glauben? Den letzten Worten des Earl oder Mr. Merlin hier?«

Cynara räusperte sich. »Felix … der Earl hegte einen Groll gegen Merlin und wollte ihn möglicherweise belasten.«

»Hm, ja. Waren Sie vielleicht der Grund für diesen Groll? Ich habe gehört, dass Sie den Earl heiraten sollten, nicht Mr. Merlin.« Er blaffte sie an: »Decken Sie Ihren Mann?«

Cynara zuckte leicht zusammen. »Nein«, log sie.

Wenn er ihr noch eine Frage gestellt hätte, wäre sie vielleicht zusammengebrochen, aber der Squire ging zur Tür. »Wenn Sie lügen, Mrs. Seymour, könnten Sie wegen Beihilfe zum Mord vor Gericht gestellt werden.«

Sie straffte den Rücken und holte tief Luft. »Ich habe keinen Grund zu lügen.«

Der Squire, dessen Hand bereits auf dem Türgriff lag, murmelte etwas in sich hinein. »Ich werde die Sache noch mit meinem Vorgesetzten Lord Barton besprechen, dem Friedensrichter für den Distrikt Black Raven.« Er holte tief Luft. »Mr. Seymour, durch den Tod von Felix Seymour sind Sie jetzt der neue Earl of Raven. Ich bin überzeugt, die Anwälte der Familie werden sich mit Ihnen in Verbindung setzen.« Er musterte Merlin abschätzend. »Keine leichte Aufgabe, den Black-Raven-Besitz zu verwalten, aber ich bin sicher, Sie finden einen Weg, den gegenwärtigen Verfall aufzuhalten – das heißt, wenn man Sie nicht am Tod Ihres Vorgängers für schuldig befindet.«

Ihm schien noch etwas einzufallen, und er langte in seine Jackentasche. »Apropos«, sagte er und zog ein gefaltetes Papier hervor. »Das ist Felix' letzter Wille und Testament. Er hat verfügt, dass sein Leichnam im Falle seines Ablebens nach Amerika gebracht und bei seinen Eltern bestattet werden soll. Ich werde mich um die Formalitäten kümmern.«

»Aber das ist höchst regelwidrig«, wandte Merlin ein. »Die Grafen werden immer in der Gruft von Black Raven bestattet.«

Der Squire zuckte die Achseln. »Felix hat sich mehr als Amerikaner denn als Engländer gefühlt, das weiß ich.« Er schwenkte das Papier. »Sie können es selbst nachlesen, aber Felix hat verfügt, dass stattdessen eine Tafel mit seinem Namen und den entsprechenden Daten in der Krypta von Black Raven angebracht wird.«

»Nun, wir können nicht den letzten Wunsch eines Mannes

übergehen«, murmelte Merlin. »Ich sorge dafür, dass ein Trauergottesdienst abgehalten wird.«

»Das hätte Felix gefallen, etwas Stilles und Würdevolles.« Der Squire legte das Papier auf Merlins Schreibtisch. »Alles Übrige wurde seinen Verwandten in Amerika hinterlassen. Nicht dass Felix ein reicher Mann gewesen wäre, aber was vorhanden ist, geht nach Übersee.« Er verbeugte sich vor Cynara und durchquerte erneut das Zimmer.

Bramble, der offensichtlich draußen gewartet hatte, hielt Squire Henry die Tür auf, und Merlin begleitete seinen Besucher hinaus.

Um ihre Gedanken zu sammeln, trat Cynara auf die Terrasse, die die gesamte Hinterfront des Hauses einnahm. Der Morgen war friedlich und sonnig, und die Stille wurde nur von den schrillen Rufen der Schwalben unterbrochen, die durch die Luft segelten.

Trotz der Wärme spürte sie eine Eiseskälte in ihrem Inneren, und sie fröstelte, als sie sich auf die niedrige Steinbalustrade kauerte. Ein Schmetterling flatterte vorbei, und der warme Duft der Rosen, die unterhalb der Terrasse wuchsen, stieg ihr in die Nase. Sie hörte Merlins eilige Schritte, sah ihn aber nicht an, als er zu ihr trat.

»Warum hast du gelogen?« Seine Stimme klang unsicher, ungläubig. Als sie nicht gleich antwortete, bohrte er nach: »Nun? Wärst du mich nicht gern los?«

Cynara holte tief Luft. »Ich bin jetzt deine Ehefrau und stehe zu meiner neuen Verantwortung.« Als sie zu ihm aufschaute, begegnete sie seinem unverwandten Blick, und ihr wurde ein wenig schwach, als wäre seine Nähe zu viel für sie. Er kam langsam näher.

Seine Stimme klang rau. »Du hast gelogen, um deinen neuen Namen zu schützen – den Namen Seymour?«

Sie nickte. »Ist es nicht genug, dass du beschuldigt wirst, deinen Vater ermordet zu haben? Gerade jetzt darf kein weiterer Skandal an den Seymours haften. Außerdem, wenn man dich anklagt und einsperrt, hast du keine Chance mehr, deine Unschuld zu beweisen. Ich weiß, dass du Felix nicht erschossen hast, aber angesichts des Verdachts, der auf dir lastet, würde niemand sonst dir glauben.«

Ihre übereilte Heirat schien sich wie eine schwere Last auf ihre Schultern zu senken, und sie musste eine Träne wegblinzeln. Erst an diesem Morgen erfasste sie das ganze Ausmaß ihrer Verbindung mit Merlin – einem mutmaßlichen Mörder. Sie erhob sich von der Balustrade und wich ein wenig vor ihm zurück.

Er folgte ihr. »Ob ich schuldig gesprochen werde oder nicht, für dich ist gesorgt«, sagte er leise. Er stand so nahe bei ihr, dass sie seine schnellen Atemzüge hören konnte. »Ich habe bereits die Papiere aufgesetzt, die deine Versorgung gewährleisten, ganz gleich, was aus mir wird.«

Cynara wirbelte herum, brennende Fragen auf den Lippen, aber als sie in sein gequältes Gesicht sah, konnte sie sie nicht aussprechen. *Bist du schuldig?* Die Frage hämmerte in ihrem Kopf. *Hast du deinen Vater getötet?* »Du musst unter einem furchtbaren Druck stehen«, sagte sie stattdessen.

Er fuhr sich mit den Fingern durch sein schwarzes Haar, das im Sonnenlicht bläulich schimmerte. Tiefe Furchen der Erschöpfung hatten sich zwischen seine Augenbrauen gegraben. »Es ist bald überstanden. Ich gehe einigen Hinweisen auf den Tod meines Vaters nach, Hinweise, mit denen ich dich jetzt nicht langweilen will.« Er seufzte und warf ihr einen raschen Blick zu. Im goldenen Sonnenschein war sie noch schöner als in der vergangenen Nacht. Die Erinnerung an ihre weichen Lippen ließ ihn innerlich erzittern, so heftig, dass er es kaum kontrollieren konnte. Die bezaubernden Konturen dieser rosigen Lippen ließen ihn nicht los, und er wünschte, ihm würde etwas einfallen, um sie zum Lachen zu bringen. Irgendwie schien das im Moment wichtiger als Felix' Tod. Alles, worauf es ankam, war sie, waren ihre Gefühle und Gedanken. Er wünschte, er wüsste, was er sagen sollte. *Er* würde sie nicht zum Lachen bringen; sie würde ihn stets mit Misstrauen und Abscheu betrachten, auch wenn sich jetzt Besorgnis auf ihrem Gesicht spiegelte.

»Seit gestern Nacht hat sich alles verändert«, sagte er. »Ich bin jetzt der Earl of Raven, ein Titel, den ich nie angestrebt habe. Das bedeutet, dass wir so bald wie möglich nach Black Raven übersiedeln müssen.« Er betrachtete ihr blasses Gesicht, wobei ihm das energische Kinn und die stolze Haltung ihres Kopfes auffielen. Einen Moment lang vergaß er ihre feinen Gesichtszüge und ihre schimmernden blonden Locken und sah nur ihre Stärke, ihre Entschlossenheit. Er hatte eine Frau mit starkem Charakter geheiratet. Wenn es ihm nur gelang, sich Cynara zum Freund zu machen, dann vielleicht …

»Ich bin bereit, meine neue Pflicht als Herrin von Black Raven zu erfüllen«, sagte sie.

Pflicht, dachte er. Das war alles, was sie zu geben bereit war. »Ich bin dankbar für deine Unterstützung – mehr, als ich sagen kann. Als Erstes muss ich mich um Felix' Bestattung kümmern.« Er sehnte sich danach, sie zu berühren, in der Wärme ihrer Hand Kraft zu finden, aber er konnte nicht die Hand nach ihr ausstrecken.

»Ja.«

Er brachte ein weiteres Thema zur Sprache, das ihm auf der Seele lag. »Noch etwas … Ich habe den Schlüssel auf deine Seite der Verbindungstür zwischen unseren Schlafzimmern gesteckt. Heute Nacht habe ich gedacht, du könntest befürchten, dass ich dich … belästigen würde, und deshalb die Tür von meiner Seite verschlossen.« *Ich wollte dich so gern in meinen Armen halten.* »Von jetzt an liegt es bei dir, die Tür nachts abzusperren … oder nicht.«

»Ich werde dir meinen … meinen Körper nie freiwillig anbieten. Nie.« Cynaras Kinn hob sich leicht, und eine seltsame Spannung vibrierte in der Luft, so intensiv, dass sie erstickend wirkte. Was geht hinter diesen tiefen, dunklen Augen vor?, fragte sie sich.

»Es ist deine Entscheidung.«

Sie sah zu, wie er sich abrupt umdrehte und ins Haus zurückging. So viele unausgesprochene Fragen standen zwischen ihnen, eine Schwindel erregende Barriere, die sich vielleicht nie überwinden ließ.

5

»Ist diese schreckliche Nachricht über Felix wahr?«, wollte Estelle wissen, sowie Cynara das Frühstückszimmer betrat. Die ältere Frau ging seufzend auf und ab. »Ist er wirklich hier im Wäldchen tödlich verwundet worden?«

»Ja, zumindest behaupten es die Dienstboten. Ich habe keine Ahnung, was er dort wollte.« Cynara wandte den Blick ab, um zu verhindern, dass ihre Mutter ihre Lügen durchschaute. »Vielleicht hat ein Wilderer ihn irrtümlich für ein Reh gehalten und auf ihn geschossen.«

Estelle blieb vor Cynara stehen und nahm die festen Hände ihrer Tochter in ihre eigenen, die zart und zerbrechlich waren. »Du hast so viel durchgemacht. Erschüttert dich sein Tod?«

»Mutter, hör mit dieser Scharade auf! Ich habe Felix nie den Tod gewünscht, aber es wäre eine Lüge zu behaupten, ich hätte ihn gemocht.«

»Wir müssen natürlich eine Zeit lang Trauerkleidung tragen. Ich möchte nicht sein Andenken entweihen, auch wenn er ein unangenehmer und unzuverlässiger Mann war.«

Cynara lächelte freudlos. »Schwarz entspricht meiner Gemütsverfassung vollkommen.« Sie ließ sich auf ein Sofa sinken und betrachtete teilnahmslos die Stickerei ihrer Mutter. »Ich bin jetzt die neue Gräfin von Raven, Mutter. Wie würde es dir gefallen, auf Black Raven zu leben?«

Estelle schauderte sichtbar. »Dieses zugige alte Gebäude! Dort wird es nie warm, nicht einmal im Sommer.« Sie seufzte schicksalsergeben. »Ich nehme an, du wirst mich dort brauchen.«

Cynara zuckte die Achseln. »Nein ... du kannst hier bleiben oder auf Bluewater wohnen, bis Brandon frei ist.« Insgeheim sehnte sie sich nach dem Beistand ihrer Mutter, so gering dieser auch sein mochte.

Estelle sank seufzend neben sie und legte eine Hand vor ihre Augen. »Oh, Brand! Was soll nach diesem neuen Unglück aus ihm werden? Merlin wird jetzt keine Zeit haben, um ... Es war der schwärzeste Tag meines Lebens, als Brand ins Gefängnis gesteckt wurde. Wer wird meinem liebsten Sohn helfen?«

»Ich werde es auf jeden Fall versuchen«, verkündete Cynara entschlossen. »Wenn Merlin nichts unternehmen kann, werde ich in Kürze selbst nach London reisen und jemanden suchen, der mir helfen kann. Diese Situation ist unerträglich.«

»Was kannst du schon tun, Cynara? Du hast keine Beziehungen.« Estelle schob ein Kissen hinter ihren Rücken und lehnte sich an den geschnitzten Eichenrahmen des Sofas. »Ich hatte gehofft, wir könnten hier behaglich und in Frieden leben, aber wie ich sehe, soll es nicht sein.« Sie betupfte ihre Augen mit einem Spitzentaschentuch.

Cynara stand auf und betrachtete die gepflegten Blumenrabatten, die in voller Farbenpracht dalagen. »Wir müssen versuchen, die neue Situation zu unserem Vorteil auszunutzen, statt uns von ihr niederdrücken zu lassen.«

Estelle stöhnte. »Du klingst wie dein Vater, aber trotz seiner Entschlossenheit konnte er uns nicht von der Schuldenlast befreien, unter der wir mehr als zwei Jahrzehnte zu leiden hatten. Bluewater hat sämtliche Mittel, so weit vorhanden, verschlungen. Wie sollen wir ohne Brandon zurechtkommen?«

Cynara, die es ablehnte, das düstere Bild zu akzeptieren, das ihre Mutter gezeichnet hatte, schwieg. »Bluewater ist einer der schönsten Landsitze der Grafschaft. Eines Tages wird Brand seine Braut dorthin bringen, und neue Hawthornes werden auf dem Besitz ein gutes Leben führen.«

Estelle warf ihrer Tochter einen müden Blick zu. »Dein Optimismus ist bewundernswert, aber …«

Cynara eilte zur Tür. »Wir werden es schaffen. Haben wir das nicht immer? Jetzt sollten wir die Vorbereitungen für Felix' Trauergottesdienst treffen. Wir müssen der Welt das Bild einer geschlossenen Familie präsentieren.«

»Ich dachte, du magst deinen Mann nicht und würdest seine Gesellschaft und seinen Namen lieber meiden«, sagte Estelle gereizt.

»Mutter!« Cynara maß Estelle mit stählernem Blick. »Unsere Würde ist alles, was uns geblieben ist, verstehst du das nicht? Falls Merlin seine Unschuld nicht beweisen kann, bleiben wir für immer aus der guten Gesellschaft ausgestoßen. Die Klatschmäuler würden es sicher lieber sehen, dass wir vor Verzweiflung zusammenbrechen, aber diese Genugtuung werde ich ihnen nicht lassen, ganz gleich, wie angespannt unsere Situation im Moment scheinen mag.«

Cynara straffte entschlossen den Rücken und verließ das Zimmer. Sie musste sich an die Überzeugung klammern, dass sich alle Probleme lösen ließen, sonst würde sie unter der Last zusammenbrechen.

Es regnete am Morgen von Felix' Trauergottesdienst, der zwei Tage später abgehalten wurde. Es war veranlasst worden, seine sterblichen Überreste nach Amerika zu verschiffen. Die Trauergäste, die sich eingefunden hatten, wollten anwesend sein, wenn die Gedenktafel an der Wand der Gruft befestigt wurde.

Der Himmel war bleigrau, und Nebelfetzen zog durch das Tal. Regen tröpfelte durch das Laub, und die Vögel waren verstummt. Die Familiengruft der Ravens, die sich am Rand der Gairlock Woods befand, war für diesen Anlass geöffnet worden. Sie lag auf einer kleinen Anhöhe, unter der sich das Tal mit Stallungen, Schmiede, Kornspeichern und Scheunen erstreckte. In der Ferne duckten sich die Häuser und Hütten des Dorfes Black Raven, und aus ihrer Mitte ragte der spitze Kirchturm im Nebel auf.

Ein Marmorengel, dessen Kopf mit grünem Moos bewachsen war, hielt an den schmiedeeisernen Toren der Familiengruft Wacht. Die Tore quietschten leise, als sie von einem jähen Windstoß ergriffen wurden. Cynara lauschte nur mit halbem Ohr den Worten des Pfarrers, als Felix' Gedenktafel in eine Nische der dicken Mauer eingefügt wurde. Sämtliche Grafen von Raven und ihre Familien hatten hier ihre letzte Ruhestätte gefunden, und Cynara erschauerte bei dem Gedanken, dass eines Tages …

»Meine Liebe.« Merlins warmer Atem streifte ihr Ohr, und er hielt schützend ihren Ellbogen. »Zeit zu gehen. Brauchst du ein wenig Ruhe? Ich werde die Haushälterin bitten, dir eine Tasse Tee auf dein Zimmer zu bringen.«

Cynara schüttelte den Kopf und befreite sich aus seinem Griff, als sie die Krypta verließ, gefolgt von den dunkel gekleideten Trauergästen. Da Felix' Familie in Übersee lebte, handelte es sich um entfernte Verwandte und Freunde.

»Ich will mich nicht ausruhen. Ich möchte heute Nachmittag einen Rundgang durch das Schloss machen, um zu sehen, welchen Schaden die Zeit diesen ehrwürdigen Mauern zugefügt hat.« Die einzige Möglichkeit, nicht in düsteres Brüten zu verfallen, war, sich mit häuslichen Pflichten zu beschäftigen, das wusste sie. Außerdem liebte sie das alte Schloss und fand es schrecklich, dass es allmählich zu einer Ruine verfiel.

Von dort, wo sie stand, konnte sie Black Raven Castle sehen, das seit vierhundert Jahren auf einer zerklüfteten Felsenklippe aufragte. Früher einmal war es eine Festung mit einer hohen Ringmauer gewesen, mit Schießscharten für Pfeil und Bogen, einem Wehrgang, einem Torhaus mit sechs Fuß dicken Mauern und einem Burggraben. Von der Mauer war kaum etwas geblieben und auf dem verfallenen Torhaus wucherte Moos. Der Graben war mit Erde aufgeschüttet worden und die einzige Mauer, die heute noch existierte, zog sich um den Rosengarten auf der Ostseite des Gebäudes. Auf der Südseite ging es von den Klippen hundert Fuß tief zur See hinab. Schwarze Felsbrocken, die dem Anwesen einen leicht finsteren Anstrich verliehen, bildeten eine Art Brüstung vor dem beinahe senkrechten Abgrund, der in einem schmalen Streifen Sand endete. Efeu rankte sich an den alten Burgmauern empor und milderte ein wenig die abweisende Strenge der grauen Steine. Raben kreisten laut krächzend um einen der zinnenbewehrten Türme, auf dem sie ein struppiges Nest gebaut hatten. Das ganze Gebäude wirkte vernachlässigt, aber immer noch stolz und edel. Cynara, die es jetzt betrachtete, fühlte sich eigenartig berührt. Black Raven war ihrer Obhut anvertraut – ein beeindruckendes Erbe.

Sie sah zu den Dienstboten, die sich vor der Kapelle in einer Reihe aufgestellt hatten. Da war Mrs. Averell, die strenge Haushälterin mit den zusammengepressten Lippen. Ihr Haar war von silbernen Strähnen durchzogen. Mrs. Black, die Köchin, hatte sich mit ihrem jungen Sohn Bobby eingefunden. Die Lakaien und Dienstmädchen wichen ihrem Blick aus, der Butler hatte seinen Posten nach Felix' Ableben aufgegeben. Muggins, der Oberstallknecht, der Felix Seymour nach dem

Duell mit Merlin nach Black Raven zurückgebracht hatte, stand ein Stück abseits von den anderen. Cynara gefror das Blut in den Adern, als sie in seine kalten, berechnenden Augen sah. Er hatte Merlin die Schuld an Felix' Tod gegeben.

Der Schuss, der Felix getötet hatte, war von der anderen Seite der Lichtung abgegeben worden. Dennoch war deutlich zu sehen, dass ein Großteil der Dienerschaft dem jähen Wechsel der Herrschaft ablehnend gegenüberstand, obwohl Merlin mit seinem doppelreihigen schwarzen Gehrock und dem mit einem schwarzen Kreppband versehenen Biberhut wie der verkörperte Aristokrat aussah. Er war ernst und gefasst, und Cynara nahm eine Spur Mitgefühl in seinen Zügen wahr, als er die Dienstboten musterte.

Er sprach sie an. »Ich bin mir über die Schwierigkeiten im Klaren, die Sie hier auf Black Raven zu bewältigen haben, und ich werde mich bemühen, Ihre Last zu erleichtern. Sollten Sie Fragen oder Beschwerden haben, zögern Sie nicht, sie mir mitzuteilen. Ich habe vor, den Besitz zu seinem früheren Wohlstand zurückzuführen, aber es wird ein langer, mühsamer Kampf werden, und ich brauche Ihre Hilfe.«

Die Dienstboten verneigten sich und knicksten, aber keiner sagte ein Wort. Nur Bramble, der mit Merlin nach Black Raven gekommen war, lächelte und nickte. Die anderen waren offenbar der Meinung, dass sie einen Mörder zum Herrn bekommen hatten, dachte Cynara. Und vielleicht hatten sie Recht.

Das gesellige Beisammensein nach der Trauerfeier war eine trübselige Angelegenheit. Die Damen, die Cynara kaum kannte, tuschelten untereinander, während sie kritisch die Platten mit Gebäck, belegten Brötchen und kaltem Fleisch beäugten, die von den Lakaien herumgereicht wurden. Die Männer standen ein wenig von den Damen entfernt und unterhielten sich über Politik.

Cynara sprach nur, wenn sich jemand direkt an sie wandte, und ließ sich auf keinerlei Tratsch ein. Einige der Gäste kamen von benachbarten Gütern, und Cynara erkannte Lady Barton und Squire Henrys Frau. Sie hatte den Verdacht, dass sie nicht gekommen waren, um Felix' Ableben zu betrauern, sondern um Merlin, den vermeintlichen Mörder, zu begaffen. Und wäre es auch nur ihrem eigenen Seelenfrieden zuliebe, sie wünschte, sie wüsste, was in jener Nacht, als Ross Seymour, Merlins Vater, starb, passiert war.

Estelle presste ein Taschentuch an ihre Augen, aber Cynara konnte keine Tränen entdecken. Ihre Mutter lauschte unverkennbar dem Klatsch. »Wenn ich noch länger bleibe, sage ich bestimmt etwas, das mir später Leid tun wird«, wisperte Cynara ihrer Mutter ins Ohr. »Entschuldige mich bitte bei den anderen Gästen. Sag ihnen einfach, dass ich entsetzliche Kopfschmerzen habe.« Als sie durch den Salon ging, fing sie Merlins Blick ein. Er stand ein wenig abseits, ausgeschlossen von der Gruppe der Männer. Die Finger, die sein Glas hielten, wirkten verkrampft, der seelische Druck hatte die Furchen zwischen seinen Augenbrauen vertieft.

Als ihre Augen sich begegneten, begann die Luft zwischen ihnen zu knistern, Cynara stockte der Atem vor Überraschung. Die lebhaften Stimmen wurden zu einem leisen Raunen; das Klirren der Teetassen und Löffel klang wie weit entferntes Glockengeläut. Alles, was existierte, waren sie und er – zwei Flammen, die sich in der düsteren Kühle einander zuneigten, zwei Seelen, die sich in vollständiger Isolation vereinten.

Cynara holte tief Luft, riss den Blick von ihm los und verließ den Raum. Bramble war in der Halle und redete mit zwei Lakaien. Der beleibte Butler rieb sich die weiß behandschuhten Hände und verströmte Wohlwollen. »Wenn Sie mir die Bemerkung gestatten, Lady Raven, dieses Schloss ist einfach märchenhaft. Es gibt mehr Stiegen, Galerien und lange Korridore, als ich zählen kann. Und die Mauern sind mindestens einen Meter tief. Ich hätte nie gedacht, dass ich einmal einem Peer des Königreichs dienen würde.« Sein rundes Gesicht strahlte vor Freude.

Cynara lächelte. »Ich bin froh, dass es Ihnen gefällt, Bramble. Ich will heute Nachmittag die Räumlichkeiten besichtigen, um zu sehen, welche Reparaturen erforderlich sind.«

»Ausgezeichnet, Mylady. Dieses Haus braucht eine feste Hand wie die Ihre.«

Irgendwie brachte sie es nicht über sich, in den Salon zurückzukehren, nachdem sie sich erfrischt hatte. Ziellos schlenderte sie den Korridor entlang, an dem die herrschaftlichen Schlafgemächer lagen. Wie auf Stormywood befand sich ihr Schlafzimmer, nur durch eine Tür getrennt, neben dem von Merlin. Während Stormywood ein warmes und freundliches Haus war, lag auf Black Raven eine Düsterkeit, die weder helle Bettumrahmungen noch Vorhänge beseitigen würden. Sie rührte direkt von dem Felsgestein her, aus dem das Schloss erbaut worden war. Cynara machte sich im Geist eine Notiz, den zerschlissenen roten Satin in ihrem Schlafzimmer bei der ersten Gelegenheit ersetzen zu lassen. Sie würde bunte Tapisserien suchen, um die Wände heiterer zu gestalten, so wie es im fünfzehnten Jahrhundert üblich gewesen war.

Black Raven war viel beengter als Stormywood, obwohl das Schloss weit größer war. Im Lauf der Jahrhunderte war häufig umgebaut worden, und man hatte in allen Stockwerken Gästezimmer hinzugefügt. Die Korridore, die entlang der Grundmauern der alten Burg verliefen, waren schmal mit kleinen Fenstern in Schulterhöhe. Auf den Steinböden lagen bunte Teppiche, aber nichts konnte die Strenge des Baustils oder der kalten Steine mildern.

Vor mehreren Jahrhunderten war Black Raven für Eindringlinge von der See eine uneinnehmbare Festung gewesen, da die Burg wie ein gewaltiges Tier aus den von schäumenden Wassern gepeitschten schwarzen Felsen aufragte. Ein verfallener Wehrgang zog sich um das quadratische Hauptgebäude und verband die vier Türme an den Ecken. Die Türen, die auf den Wehrgang führten, waren vernagelt worden, da der Gang nicht mehr sicher war. Das muss repariert werden, dachte Cynara.

Sie presste ihr Gesicht an eines der winzigen Fenster und starrte auf Lyme Bay hinaus. Der Nebel verzog sich allmählich, als schwache Sonnenstrahlen durch den milchigen Dunstschleier drangen. Das aufgewühlte Wasser war von einem kalten Blaugrün. Sie konnte sich an dem Anblick nicht satt sehen. Ihr Leben lang hatte sie auf Bluewater gesehen, wie das Wasser in der Bucht Farbe und Form veränderte. Kein Tag war wie der andere.

Sie betrat eines der unbenutzten Schlafzimmer, wo eine dicke Staubschicht auf den schweren alten Möbeln aus der Zeit Königin Elizabeths lag. Der Baldachin über dem Bett hing in Fetzen, die Farben waren nicht mehr zu erkennen. In der Luft lag der Geruch von Moder und Fäulnis.

Cynara, die von einem Zimmer zum anderen ging, fand überall denselben Verfall vor. Nachdenklich klopfte sie auf ein staubiges Kissen. Sie fand es unverzeihlich von den Seymours, mit anzusehen, wie die stolze Burg von einst ihre Würde verlor und allmählich verfiel.

Die Räume im nächsten Stockwerk waren in demselben traurigen Zustand, bis auf den einen, der für ihre Mutter hergerichtet worden war. Dennoch wiesen die Vorhänge eine Anzahl von Löchern auf, und der Teppich war verdächtig fadenscheinig. Cynara strich mit den Fingern über den Wandfries, der von uraltem Ruß grau verfärbt war. Ihre Finger waren dunkel von Staub. Cynara runzelte die Stirn über diese Nachlässigkeit und warf einen Blick auf die Sachen ihrer Mutter, die immer noch in den Koffern waren oder auf der Bettdecke verstreut lagen. Estelle hatte beschlossen, so lange zu bleiben, bis Cynara sich auf Black Raven eingelebt hatte.

»Mutter, du bist zu sehr in Sorge um Brand, um allein in Stormywood zu sitzen und zu brüten, deshalb bist du hergekommen«, sagte Cynara laut. Die Worte schienen in der Luft zu schweben und sich dann aufzulösen. Cynara lauschte auf das Schweigen. Sie hatte das Gefühl, unsichtbare Ohren hätten ihre Worte gehört.

Unter den Sachen auf der Kommode entdeckte sie eine Miniatur ihres Bruders. Brandons Augen lächelten sie aufmunternd an. Plötzlich wurde ihr mit eindringlicher Schärfe bewusst, dass sie unbedingt einen Weg finden musste, ihn zu retten. Ihre Mutter würde eingehen ohne Brandons unbeschwertes Lächeln und die Komplimente, die ihm so leicht von den Lippen flossen.

Cynara verließ das Schlafzimmer und öffnete eine Tür am anderen Ende des Korridors. Sie stellte fest, dass sie in das runde Turmzimmer führte. Es lag im Schatten, da die schweren Vorhänge zugezogen waren. Sie schrak zusammen, als sie die Silhouette eines Mannes vor dem Fenster erkannte. Er drehte sich um, als sie über die Schwelle trat.

»Cynara«, sagte Merlin ruhig. »Ich hatte so eine Ahnung, dass du das Schloss erkunden würdest.«

»Ja … als ich vor meiner geplanten Hochzeit mit Felix hier war, dachte ich gar nicht daran, die Schäden zu begutachten, die die Zeit angerichtet hat. Es war auch nicht meine Aufgabe. Felix wollte direkt nach der Hochzeit nach Amerika zurückkehren.«

»Und jetzt ist es deine Aufgabe?« Sein eindringlicher Blick machte sie verlegen.

Sie nickte. »Ja. Als Gräfin Raven ist es meine Pflicht, dafür zu sorgen, dass das Haus in Ordnung ist.«

Ein seltenes Lächeln trat auf sein Gesicht, und Cynara starrte ihn erstaunt an. Er wirkte so heimisch in diesen düsteren Mauern. Der Verfall war in diesem Raum ebenso sichtbar wie in den anderen, aber die Möbel waren poliert und Bücher und Papiere ordentlich gestapelt.

»Das ist der Raum, den Max als Studierzimmer benutzen wollte, so wie sein Vater vor ihm.« Er machte eine Pause und wandte sich wieder zum Fenster um. »Ich kann Max' Nähe hier beinahe spüren. Du auch?«

Cynara, die das Gefühl hatte, in einen privaten Bereich eingedrungen zu sein, sah sich unsicher um. »Max ist tot, und ich bin sicher, dass er in Frieden ruht und nicht an diesem Ort herumgeistert.« Trauer erfüllte sie einen Moment lang, aber sie verdrängte das Gefühl.

»Das hoffe ich. Ich habe mir unten einen Raum als Studierzimmer ausgesucht«, fuhr Merlin fort. »Er hat freie Sicht auf die Bucht, während dieses Zimmer nach Westen geht. Ich ziehe die Weite der See vor.«

Cynara gab ihm insgeheim Recht, aber seine Gegenwart bereitete ihr von Minute zu Minute mehr Unbehagen. Wieder fiel sein Blick auf sie, schien sie zu umschließen, magisch anzuziehen. Es gab keine Erklärung für das Gefühl, nur die Tatsache, dass irgendetwas an ihm, eine verborgene Seite an ihm, sie unwiderstehlich anzog. Sie konnte nur stumm zusehen, wie er näher kam. Als sie glaubte, er würde sie berühren, ging er an ihr vorbei, sein Körper nur wenige Zentimeter von ihrem entfernt. Ihr Herz fing an, dumpf zu hämmern, und eine Woge von Hitze durchströmte sie. Zutiefst verstört über ihre Reaktion beobachtete sie, wie Merlin sich an den Schreibtisch setzte und in alten Rechnungen von Handwerkern und Kaufleuten blätterte.

»Ich vermisse Max schmerzlich – und werde es immer tun, aber für Geschäfte hatte er keinen Sinn. Unsere Erbschaft besteht aus dem Schuldenberg, den Max hinterlassen hat. Und er hat diese Schulden von Onkel Sydney geerbt.« Merlin verstummte und fuhr sich mit den Händen durchs Haar. Seine Schultern sackten vor Erschöpfung ein. »Wer hätte gedacht, dass ich eines Tages an diesem Tisch sitzen und Max' Papiere durchgehen würde? Max war so voller Leben, viel zu jung zum Sterben«, murmelte er.

»Max wäre es nicht recht gewesen, wenn ein Fremder die Papiere zu sehen bekommen hätte, die von dem Kampf zeugen, den Besitz zu erhalten. Wir werden einen Weg finden …«

»Wir?« Er starrte sie gespannt an, und sie wusste nicht mehr, was sie sagen sollte.

»Betrachtest du uns als … Gemeinschaft?«, fuhr er fort.

Cynara senkte den Blick und nickte langsam. »Wenn wir aus den Schulden herauskommen wollen, müssen wir zusammenarbeiten.«

»Ich könnte mein privates Vermögen verwenden … «

»Nein, es muss etwas geschehen, um Mittel für die Erhaltung zu beschaffen, für die Zukunft. Wir müssen eine Lösung finden, damit sich der Besitz selbst trägt. Die früheren Seymours haben irgendeine Möglichkeit entdeckt, Black Raven vor dem völligen Ruin zu bewahren. Ich wünschte, ich wüsste, welche.«

Er stand auf und trat zu ihr. »Es gibt potenzielle Kupfervorkommen auf dem Land von Black Raven. Ich werde die Untersuchungen finanzieren.«

Er machte eine Pause und zog scharf den Atem ein. »Ich

kann verstehen, warum Max dich so geliebt hat. Du gibst denen, die dir am Herzen liegen, so viel Kraft, so viel Unterstützung.« Er packte sie an den Armen, als wollte er sie an sich ziehen. Dann zögerte er und sah ihr tief in die Augen. Einen verwirrenden Moment lang wünschte sie, er würde sie küssen, erinnerte sich dann an ihre erzwungene Eheschließung und wich zurück. Die Leidenschaft auf seinem Gesicht erlosch so schnell, wie sie gekommen war, und er ließ sie los. »Ich kann wohl kaum erwarten …«

Er brach abrupt ab und setzte sich. »Abgesehen von der Suche nach Kupfer beabsichtige ich, die vernachlässigten Höfe des Besitzes zu verbessern. Von dort haben die früheren Grafen einen Teil ihres Einkommens bezogen – aus Pachtgeldern und Ernten. Aber bevor ich irgendetwas anfange, muss ich herausfinden, wer auf Felix geschossen hat und warum. Sosehr ich den Kerl auch verabscheut habe, das Geheimnis muss aufgeklärt werden.«

Unruhe stieg in Cynara auf. Er hatte Recht; sie konnten nicht weitermachen, ohne der Wahrheit auf den Grund zu gehen.

»Hast du eine Idee?«, fragte er.

»Nein. Ich habe Felix wirklich nicht gut genug gekannt, um sagen zu können, wer seine Freunde waren – oder in diesem Fall seine Feinde. Jemand hat seinen Tod gewünscht und ist ihm nach Stormywood gefolgt, wo er die Gelegenheit nutzte, dir die Schuld an seinem Tod in die Schuhe zu schieben.« Sie machte eine Pause und dachte nach. »Aber warum hätte ihm jemand nachts nach Stormywood folgen sollen?«

»Das ist eine Frage, auf die wir vielleicht nie eine Antwort finden werden, es sei denn, irgendjemand hier wusste von Felix' Absicht, sich mit mir zu duellieren.«

»Hast du einen Feind, der gleichzeitig Felix' Feind war?«, fuhr sie fort.

»Nicht dass ich wüsste. Wie du habe ich keine Ahnung, mit welchen Leuten Felix in London oder woanders verkehrt hat. Er war öfter abwesend von Black Raven als anwesend.«

»Er war der Typ Mann, der sich leicht Feinde macht«, sagte Cynara mit einem Seufzer.

»Ja.« Merlin stand abrupt auf und wandte sich zu Cynara um. »Ich werde versuchen herauszufinden, welche Freunde er in London hatte. Vielleicht hat einer von ihnen Felix hier besucht.« Er machte eine Pause, ohne den Blick von ihr zu wenden. »Ich wünschte, wir hätten uns unter anderen Umständen kennen lernen können. Aber dann hättest du Max geheiratet, nicht mich.«

Die Worte hingen in der Luft, und Cynara fiel es schwer, diesem unverwandten Blick standzuhalten, der so viel zu sehen schien. »Ist das von Bedeutung?«, fragte sie mit schwankender Stimme.

Er starrte auf seine Hände und wischte ein paar Staubflecke vom Tisch weg. »Für mich schon. Ich hatte nicht die Absicht, eine Frau zu heiraten, die einen anderen liebt.« Er ging zur Tür.

Eine bittersüße Wärme, die fast an Sehnsucht erinnerte, erfüllte Cynara. Sie machte unwillkürlich einen Schritt auf ihn zu und streckte ihre Hand aus, aber er sah es nicht. Er blieb mit dem Rücken zu ihr in der Tür stehen.

»Kommst du? Ich gehe zum Empfang zurück«, sagte er.

»Es ist wohl nicht sehr höflich, sich fern zu halten.« Cynara ging neben ihm, wobei sie mit jedem Schritt ihr Herzklopfen und die Wärme in ihrer Brust spürte. Obwohl er kein Wort sagte, hatte sie das Gefühl, dass er sich ihr durch sein Schweigen mitteilte. Vielleicht war es Einbildung, aber sie war sich seines Kummers und des Mannes hinter der angespannten, beherrschten Fassade, der die Hand nach ihr ausstreckte, fast schmerzlich bewusst.

»Du musst deine Mutter … und deinen Vater sehr vermissen«, sagte sie mit dem Gefühl, sich auf unsicherem Grund zu bewegen.

Er antwortete nicht, maß sie nur mit einem langen, prüfenden Blick. Dachte er, dass sie glaubte, er hätte Ross Seymour umgebracht? Sein ruhiges, verschlossenes Gesicht gab nichts preis. Sie verspürte den Impuls, ihn zu beruhigen, aber sie konnte nicht mit Gewissheit sagen, ob die Anschuldigungen gegen ihn nicht wahr waren. Würde eines Tages der Friedensrichter des Bezirks mit seinen Männern kommen und Merlin mitnehmen? Nur wenn man handfeste Beweise für seine Schuld fand.

»Ich spreche nachher mit den Reitknechten im Stall, um herauszufinden, was in der Nacht, als Felix hierher gebracht wurde, passiert ist«, sagte Merlin und öffnete die Tür zum Salon, wo sich immer noch einige Gäste aufhielten. »Es könnte Hinweise geben, die mir bis jetzt entgangen sind.«

Cynara ertappte sich dabei, darum zu beten, dass er irgendetwas entdeckte, das die Gerüchte, er wäre für Felix' Tod verantwortlich, zum Verstummen brachte.

Als die Schatten länger wurden und die Dunkelheit über Moore, Wälder und hügeliges Ackerland kroch, um das Schloss einzuhüllen, sammelte Cynara Gläser vom Empfang zusammen und stellte sie auf ein Tablett. Eigentlich war das Aufgabe der Diener, aber sie konnte nicht dasitzen und nichts tun. Die Zeit schien stillzustehen, und sie wurde von Minute zu Minute unruhiger. Als sie aus dem Fenster des Salons schaute, sah sie Merlin zu den Stallungen gehen, die in einer Gruppe von Nebengebäuden am Fuß des Schlossbergs lagen.

Sie musste ihrer Sorge um Brandon Luft machen. Dies war ein genauso guter Zeitpunkt wie jeder andere. Ohne zu überlegen, lief sie zur Tür, wo sie nur kurz innehielt, um einen der

Umhänge aus dem Wandschrank unter der Treppe, die an einer Seite der ebenerdigen Halle nach oben führte, zu nehmen. Sie wusste nicht, warum, aber sie wollte dort draußen bei ihm sein, wenn er die Männer befragte.

Die Ställe waren in besserem Zustand als das Innere des Schlosses. Das Dach ist vor kurzem neu gedeckt worden, und die Fachwerkwände wirken solide, stellte Merlin fest, als er zu einem der Knechte ging, der gerade Zaumzeug reparierte. Es roch nach Leder, Teer und natürlich nach Pferd.

Der Bursche, der ungeniert sitzen blieb, tippte andeutungsweise an den Schirm seiner Kappe und warf Merlin ein unverschämtes Grinsen zu, bevor er mit seiner Arbeit fortfuhr. Zorn loderte in Merlin auf. Er packte den Mann grob am Kragen und zog ihn hoch.

»Deine Manieren lassen zu wünschen übrig«, stieß er zwischen den Zähnen hervor. »Sieh zu, dass du Respekt für deinen neuen Arbeitgeber zeigst, wenn du dir nicht woanders Arbeit suchen willst.«

»Was is' los, Meister, wollen Sie mich umbringen wie Felix Seymour?« Der Knecht lachte in sich hinein und zeigte mit dem Daumen auf die dunkle Öffnung der Stalltür. »Es ist Mr. Muggins, der hier die Leute einstellt und wieder feuert.«

Merlin ließ ihn unvermittelt los, und der Knecht landete mit seiner knochigen Kehrseite hart auf der Steinbank. »Dein Dienst auf Black Raven ist beendet«, sagte Merlin mit eisiger Verachtung. »Auch wenn du es nicht zu begreifen scheinst, ich bin jetzt der Earl von Raven, und ich erwarte von meinen Leuten, dass sie zumindest höflich grüßen, wenn ich erscheine.«

Der junge Rüpel mit dem struppigen Haar und den unrasierten hageren Wangen warf Merlin einen finsteren Blick zu. »Wenn Sie meinen. Aber meine Arbeit …«

»Verschwinde. Mein Verwalter wird dir einen Wochenlohn auszahlen. Ich will dich nicht mehr auf meinem Grund und Boden sehen.« Merlin stellte fest, dass seine Hände vor Wut zitterten, und steckte sie in seine Taschen. Jetzt musste er es mit dem noch unangenehmeren Oberstallknecht Victor Muggins aufnehmen. Er zog den Kopf ein, als er durch die niedrige Seitentür in den Stall ging. Der durchdringende Geruch von Pferden empfing ihn.

»Merlin … Merlin!«, ertönte Cynaras Stimme von draußen. Er blieb stehen und sah sie kommen, mit flatterndem Umhang und ein wenig außer Atem vom Laufen. Leichte Röte färbte ihre Wangen, und die süße Fessel, die er als Liebe kannte, schloss sich um seine Brust. Jedes Mal, wenn er sie ansah, war ihm, als würde der Boden unter seinen Füßen nachgeben. Der eindringliche Blick ihrer auffallend leuchtenden blaugrünen Augen verfolgte ihn Tag und Nacht und ließ ihn zeitweise den Abgrund vergessen, in den er durch Ross' Tod und die Erinnerungen an den Krieg gestürzt war.

Er lächelte, entzückt, sie zu sehen. »Ich dachte, du hättest dich zur Nachtruhe zurückgezogen. Es war ein anstrengender Tag, und die Sprache der Stallburschen könnte in deinen Ohren etwas derb klingen.«

»Ich war in der Nacht, als Felix starb, auf der Lichtung. Ich muss hören, was die Männer hier unten dazu zu sagen haben.«

Ihre Augen weiteten sich, als Muggins aus dem Halbdunkel des Stalls geschlendert kam, und Merlin fing ihre weiche weiße Hand ein, die nach dem Verschluss ihres Umhangs tastete.

»n' abend, M'lord«, sagte Muggins und tippte an seinen Hutrand. Auf seinem grobschlächtigen Gesicht, in dem die schwerlidrigen Augen wie schwarze Holzperlen wirkten, lag ein mürrischer Ausdruck.

Die Dunkelheit nahm rasch zu, und Merlin, der in den düsteren Wolkenmassen Regen witterte, sah zum Himmel hinauf. »Wir haben ein paar Fragen an Sie, Muggins, und ich hoffe, Sie werden sie wahrheitsgemäß beantworten.«

»Sei nicht zu höflich«, wisperte Cynara. »Vergiss nicht, er hat dich beim Richter angezeigt.« Merlin drückte warnend ihre Hand.

»Muggins hat seine Pflicht getan, als er dem Richter das Duell meldete, nachdem Felix so schwer verletzt war.« Merlin musste versuchen, irgendwie Muggins' Vertrauen zu gewinnen. Was er herausfinden musste, war, ob Muggins tatsächlich überzeugt war, dass er, Merlin, für den Unfall auf der Lichtung verantwortlich war, oder ob jemand von ihm verlangt hatte, die Schuld auf Merlin zu schieben. Es gab zwar keinerlei konkrete Beweise, aber Merlin hatte den unbestimmten Verdacht, dass er das Opfer einer Verschwörung war. Obwohl die Idee weit hergeholt schien, mochte es eine Verbindung zum Tod seines Vaters geben. Ross hatte Felix von ganzem Herzen verabscheut und immer behauptet, Felix hätte nur die schlechten Seiten der Familie Seymour geerbt.

Merlin seufzte. Die vage Vermutung seines Vaters, dass Felix' Charakter fragwürdig war, half ihm nicht weiter. Was er brauchte, waren Beweise, dass Felix' Tod in irgendeiner Beziehung zu dem seines Vaters stand. Oder einfach Beweise, die ihn von jedem Verdacht befreiten.

Cynaras feste kleine Hand machte ihm Mut, ihre Augen blickten dunkel und fragend drein. Wenn er ihre Liebe je gewinnen wollte, musste er seinen Namen reinwaschen.

»Nun, Muggins, Sie waren bei dem Duell anwesend. Wer oder was hat Sie auf den Gedanken gebracht, ich hätte Felix Seymour getötet?«

6

»Wie Sie sagen, ich war da und habe alles gesehen«, sagte Muggins trotzig. »Bestimmt hat einer Ihrer Männer mit einer Flinte im Hinterhalt gelegen und darauf gelauert, Master Felix eine Kugel in die Brust zu jagen.«

Ein Muskel in Merlins Wange zuckte. »Ich hatte keine Ahnung, dass Felix vorhatte, sich an diesem Abend mit mir zu duellieren. Er hätte wenigstens seine Sekundanten schicken und mich in der üblichen Weise fordern können.«

Muggins brummte etwas und wandte den Blick ab. Er ging in den dunklen Stall zurück, und Merlin, der Cynara immer noch an der Hand hielt, folgte ihm. Er würde seinen Stolz schlucken und seinen Groll zügeln müssen, wenn er jemals erfahren wollte, was Muggins wusste. Die Abneigung, die der Stallknecht für ihn empfand, war deutlich zu spüren, und das trotzig gereckte Kinn des Mannes verriet Merlin, dass Muggins freiwillig nichts preisgeben würde.

»Muggins, es wäre mir lieber, wenn Sie blieben und mit mir sprächen, bis ich die Unterhaltung als beendet ansehe. Ich habe Verständnis für Ihren Widerwillen, einen neuen Herrn zu akzeptieren, aber ich versichere Ihnen, solange Sie Ihre Arbeit gut machen, werde ich Sie fair behandeln. Ich werde allerdings keinen Ungehorsam Ihrerseits oder böswilligen Klatsch hinter meinem Rücken dulden.« Er wartete auf Muggins' Reaktion, aber der andere ließ sich Zeit damit. Im Gegensatz zu dem jungen Stallburschen wusste Muggins offensichtlich, wann es angezeigt war, den Mund zu halten, aber Merlin war sich einer wachsenden Feindseligkeit bewusst. Die gesamte Dienerschaft schien ihm gegenüber diese ablehnende Haltung einzunehmen.

Merlin war klar, dass die ersten Wochen auf Black Raven ein harter Kampf sein würden. Er seufzte. Der Gedanke freute ihn ganz und gar nicht.

»Wenn ich mir die Bemerkung erlauben darf, M'lord, Sie haben nicht gerade den besten Ruf. Wer einmal getötet hat, kann wieder töten. Meine Alte hat Angst, hier zu wohnen, seit Sie hergezogen sind.«

Merlins Kehle schnürte sich zusammen, als er im Halbdunkel des Stalls dem herausfordernden Blick des Mannes begegnete. In den Augen der Menschen, die auf Black Raven lebten, war er ein böser Geist, der gekommen war, um sie alle zu vernichten.

»Sie müssen Ihrer Frau sagen, dass Sie nicht auf böswilligen Klatsch achten darf«, ertönte Cynaras klare Stimme. »Dann kann sie nachts ruhig schlafen. Es gibt nicht den geringsten Hinweis, dass Ihr neuer Herr etwas mit dem Tod seines Vaters zu tun hat, und was die Nacht des Duells angeht, kann ich für ihn bürgen. Er ist nicht für Felix Seymours Tod verantwortlich, und Sie könnten uns helfen, das zu beweisen, Mr. Muggins. Sie müssen uns helfen, denjenigen zu finden, der auf Felix geschossen hat, damit die Gerüchte endlich verstummen.« Sie machte eine Pause. »Tun Sie es Ihrer Frau zuliebe, wenn schon nicht für Ihren Herrn«, fügte sie bittend hinzu.

Ihre Teilnahme erfüllte Merlin mit Dankbarkeit. Ihre kühle Hand bebte in seiner, und er verspürte den Drang, sie warm zu reiben, hielt sich aber zurück. Sie tat das nicht für ihn, sondern um den Namen Seymour zu schützen, der jetzt auch der ihre war. Dieses Wissen tat einen Moment lang weh, aber es gab ihm auch Kraft.

»Lady Raven hat Recht. Sie sollten Ihrer Frau ausreden, auf Klatsch zu hören«, sagte Merlin.

»Ja, Sie könnten bei den Leuten, die hier arbeiten, an ihren Sinn für Gerechtigkeit appellieren«, sagte Cynara.

Muggins schnaubte. »Meine Frau ist ein abergläubisches altes Weib, aber Sie müssen zugeben, M'lady, dass bei dem neuen Herrn einiges nicht mit rechten Dingen zugegangen ist.« Er nickte mit dem Kopf in Merlins Richtung, als hätte Merlin keinen Respekt verdient. »Die Dienerschaft weiß alles über Mr. Ross' Tod.«

»Dann müssen Sie Lord Raven helfen, seinen Ruf wiederherzustellen, Muggins«, sagte Cynara fest. »Die Behörden wissen nicht alles über die Nacht, in der Mr. Ross starb. Und wenn die Behörden meinen Mann nicht verurteilen können, darf es auch sonst niemand.«

»Ich denke mir meinen Teil«, brummte der Stallmeister.

»Wenn Ihnen etwas über Felix Seymour bekannt ist, das wir Ihrer Meinung nach wissen sollten, sagen Sie es uns bitte. Wer waren seine Besucher? Hatte er Feinde? Waren Sie jemals Zeuge von Auseinandersetzungen?«, fragte Merlin, immer noch ermutigt durch das tröstliche Gefühl, das Cynaras Hand in der seinen ihm gab.

Muggins' Miene wurde verschlossen, und er griff nach einem Besen, der an der Wand lehnte. »Ich weiß nichts«, sagte er mit einem Achselzucken. »Ich habe mich nur um Master Felix' Pferde gekümmert und ihn manchmal in der Kutsche ausgefahren, wenn der Kutscher zu betrunken zum Fahren war.«

»Sie und der andere Stallknecht haben ihn in der Kutsche zum Duell gefahren«, sagte Merlin nachdenklich.

»Ja, weil Master Felix' Pferd lahmte.«

»Und wo ist der dritte Knecht, der bei euch war?«

Muggins zuckte die Achseln. »Weiß ich nicht. Er ist weg; er hat nur ein paar Wochen hier gearbeitet.« Seine Stimme hob sich um eine Oktave. »Ich weiß über diese Nacht nicht mehr, als ich gesehen habe. Sie können ruhig mit Ihrer Fragerei aufhören.«

Merlin wurde blass, nickte aber steif. »Nur noch eine Frage. Wussten Sie oder sonst jemand im Haus, dass Felix in jener Nacht ein Duell austragen wollte?«

Muggins schüttelte mürrisch den Kopf. »Ich dachte, wir machen einen Besuch.«

»Mit Degen und Pistolen?«, fragte Merlin sarkastisch, bevor er sich zur Tür umdrehte und Cynara mit sich zog. Er musste gehen, bevor er dem Mann ein blaues Auge verpasste.

»Er verheimlicht uns etwas«, sagte sie, als sie zur Burg zurückgingen.

»Ich muss sein Vertrauen gewinnen«, sagte Merlin mit gepresster Stimme. »Diese Situation ist vertrackter, als ich sagen kann. Wie soll ich den wahren Mörder finden?« Trost suchend zog er ihre Hand an seine Lippen und hauchte einen leichten Kuss auf ihre Knöchel. Ihre Haut war so weich. Sie wies ihn zurück, indem sie ihm ihre Hand entzog, wenn auch nicht allzu brüsk. Ihr Blick war inniger geworden, und das Verlangen, sie in die Arme zu nehmen, war so groß, dass er es kaum unterdrücken konnte. »Lass uns nach Hause gehen.«

Ihm fiel ein, dass sie gesagt hatte, niemals etwas von der intimeren Seite des Ehelebens wissen zu wollen. Konnte er den Rest seines Lebens an ihrer Seite verbringen, ohne sie je zu berühren? Vielleicht fand er irgendwie einen Weg, sie davon zu überzeugen, dass ein eheliches Liebesleben ihre Beziehung vertiefen würde. Das Wort niemals dröhnte in seinem Kopf, und er wünschte, er könnte seine Ohren davor verschließen. Wenn er nun nicht warten konnte; wenn er nicht stark genug war, um sein Verlangen zu zügeln und sie gegen ihren Willen nahm? Nein, er durfte sich ihr nicht aufzwingen, aber wie konnte er sie dazu bringen, sich in ihn zu verlieben?

Cynara, die neben ihm ging, fragte sich, woran er gerade dachte. Das Gespräch mit Muggins war durchaus dazu angetan gewesen, Merlin aus der Reserve zu locken, aber er schien sich noch mehr in sich zurückgezogen zu haben. »Wenn es sonst niemand tut, kann zumindest ich für deine Unschuld in der Angelegenheit mit Felix bürgen«, sagte sie aus dem Bedürfnis heraus, den sorgenvollen Mann an ihrer Seite zu trösten.

Er schenkte ihr unvermittelt ein Lächeln, das seine strengen Züge milderte. »Ich hätte mir nicht träumen lassen, in dir eine so loyale und mitfühlende Frau zu finden.« Er holte tief Luft. »Wenn du nur im vollen Sinne des Wortes meine Frau werden könntest.«

»Das will ich nicht.« Ihre Stimme bebte. »Zwing mich nicht dazu.«

»Vielleicht bereust du diese Worte eines Tages«, wandte er ein. »Du weißt doch gar nicht, was es bedeutet, einander körperlich … näher zu kommen.«

»Ich will es nicht wissen!«, fuhr sie ihn an und lief davon.

»Du weißt nicht, was du versäumst!«, rief er ihr nach. »Warum versagst du dir diese Erfahrung?«

Als sich Cynara in dieser Nacht in ihrem Bett an die Kissen lehnte, versuchte sie erfolglos, sich auf das Buch zu konzentrieren, das auf ihrem Schoß lag. Das Bild ihres großen, gut aussehenden Ehemanns verfolgte sie, und sie konnte ihn in diesem Moment auf der anderen Seite der Tür hören, die ihre Zimmer trennte. Er fluchte über irgendetwas, dann war das Knarren von Holz zu hören, als er sich in das alte Bett legte, das schon vielen Grafen von Raven als Nachtlager gedient hatte. An jenem Nachmittag hatte sie ihn auf Brandon ansprechen wollen, aber das Thema war in dem Moment vergessen, als Merlin anfing, Anspielungen auf die Segnungen eines erfüllten Ehelebens zu machen. Natürlich belastete sie der Gedanke an Brandon, aber Merlin war näher, und diese Nähe brachte sie um ihren Seelenfrieden.

Gleich morgen früh würde sie Merlin mit Brandons Notlage konfrontieren. Wenn er nicht gewillt war, ihr zu helfen, würde sie allein nach London reisen. Cynara nippte an der heißen Milch, die ihr Tildy erst vor wenigen Minuten gebracht hatte. Sie verbrannte sich die Zunge und stellte den Becher mit einer unwilligen Geste auf den Nachttisch. Milch oder nicht, heute Nacht würde sie keinen Schlaf finden. Zu viel war seit Tagesanbruch geschehen, und unzählige Gedanken wirbelten durch ihren Kopf. Sie blies die Kerzen neben dem Bett aus und sank auf die Kissen zurück. Sie konnte es wenigstens versuchen …

Es schien, dass der größte Teil der Nacht vergangen war, als sie abrupt aufwachte und sich im Bett aufsetzte. Im Zimmer war es stockdunkel, und sie hatte Mühe, sich zu erinnern, wo sie war. Ein Stöhnen ertönte durch die Nacht, und ihr Puls beschleunigte sich vor Angst. Wieder drang ein gespenstisches Stöhnen durch die Steinmauern, und Cynara tastete nach der Zunderdose neben ihrem Bett. Kurz darauf hatte sie ein Paar Kerzen angezündet.

Wieder ein lang gezogenes Stöhnen, diesmal deutlicher zu hören als zuvor. Cynara wickelte die Bettdecke um sich und schlich aus dem Bett. Als sich die Nebel des Schlafes allmählich lichteten, stellte sie fest, dass die Geräusche aus Merlins Zimmer kamen.

Mit angehaltenem Atem legte sie angstvoll ein Ohr an die alte Holztür. Die Riegel des gusseisernen Scharnieres pressten sich an ihre Schläfe, aber sie spürte es kaum. Wieder war ein gedämpfter Laut zu hören, dann ein Rascheln, als würde Merlin im Bett wild um sich schlagen. Wurde er überfallen?, fragte sie sich beunruhigt. Sie hatte am Vorabend die Tür auf ihrer Seite mit dem riesigen alten Schlüssel abgesperrt, aber jetzt drehte sie ihn im Schloss herum.

Ohne zu überlegen, stieß sie die Tür auf und lief in Merlins Zimmer. Der Raum lag in tiefer Dunkelheit und wurde nur von zwei schmalen Streifen Mondlicht erhellt, die durch die Spalten in den Vorhängen fielen. Wieder kam ein Stöhnen vom Bett.

Sie hob den Kerzenleuchter, um besser sehen zu können. »Merlin?«, rief sie. »Bist du krank?« Außer ihm schien niemand im Zimmer zu sein. Zumindest hatte ihn niemand angegriffen; nur ihre Schlaftrunkenheit hatte solche Schreckensbilder heraufbeschworen. Sie stand neben dem Bett und betrachtete die dunkle Gestalt, die sich unruhig hin und her warf. »Was ist los?« Zaghaft rüttelte sie an seiner Schulter, unsicher, wie er reagieren würde, wenn er sie erkannte.

»Merlin! Wach auf. Hast du schlecht geträumt?«, wollte sie wissen und schüttelte ihn etwas fester.

Das Stöhnen brach abrupt ab, und er fuhr hoch, um sie mit leerem Blick anzustarren.

»Ich bin es – Cynara. Du hast im Schlaf gestöhnt«, sagte sie, unschlüssig, ob sie gehen oder bleiben sollte. Die Situation war ihr peinlich, und ihre Hände schlossen sich um die schwere Bettdecke, deren Gewicht sie nach unten zog.

»Cynara?« Seine Stimme klang benommen und so unglücklich, dass sie tiefes Mitleid mit ihm empfand.

»Ich bin hier.« Sie strich verlegen über seine Schulter, da sie nicht wusste, was sie sonst machen sollte.

Er wurde vollständig wach. »Ich muss einen Albtraum gehabt haben«, sagte er, wobei seine Stimme ihre übliche Schroffheit wiederfand. »Tut mir Leid, dass ich dich gestört habe.«

»Einen Albtraum? Hast du von Felix geträumt?«

Er schüttelte den Kopf. Seine nächsten Worte waren unsicher und schienen ihm nur mühsam von den Lippen zu kommen. »Nein … Ich habe von meinem Vater geträumt. Es ist ein immer wiederkehrender Traum, in dem ich es schaffe, ihn vor dem sicheren Tod in den Abgrund zu bewahren. Manchmal sehe ich grauenhafte Bilder vom Krieg … «

Cynara setzte sich ohne zu überlegen auf das Bett. Sie wünschte, sie könnte ihn mehr fragen, aber es schien ihm zu widerstreben, über die Vergangenheit zu sprechen. Er zündete die Kerzen neben seinem Bett an, und sie starrten einander an. Cynara wandte den Blick ab, als sie feststellte, dass sein Körper oberhalb der Bettdecke nackt war. Aber in der kurzen Zeitspanne eines Atemzugs waren ihr die breiten, muskulösen Schultern aufgefallen, die von großer Stärke zeugten. Sie entdeckte Sommersprossen auf seiner braunen Haut, die samtweich schien, dunkle Härchen bedeckten seine Brust und die Unterarme. Die Ebenmäßigkeit und Kraft seines Körpers wirkten verführerisch, und Cynara errötete, als ihr bewusst wurde, dass zwischen ihnen ein leises Knistern in der Luft lag. Sein Haar ringelte sich im Nacken, und sie verspürte das Verlangen, es zu berühren.

»Warum interessiert dich das, Cynara?« Er wagte es, die hellen Flechten zu streicheln, die über ihren Rücken wogten, und sie musste sich zwingen sitzen zu bleiben.

»Ich … Es ist kein Verbrechen, Interesse an seinen Mitmenschen zu haben, oder?«

Er schüttelte den Kopf. »Ich glaube kaum. Du siehst heute

Nacht sehr hübsch aus. So hübsch, um ehrlich zu sein, dass ich mein Verlangen, dich in die Arme zu nehmen, kaum unterdrücken kann.«

Seine Stimme klang angespannt, und sie sah Verzweiflung in seinen Augen. Sein Gesicht war blass unter der Sonnenbräune, und Schweißperlen standen auf seiner Stirn. Er wirkte ein wenig fiebrig, als hätte ihn der Albtraum mehr mitgenommen, als er zugeben wollte. Sie beugte sich vor und berührte impulsiv seinen Arm, als sich seine Hand um den Zipfel seiner Bettdecke krampfte.

»Der Traum ist vorbei. Er kann dir jetzt nichts mehr anhaben.«

»Doch.« Seine Stimme war ausdruckslos und sehr beherrscht, um nichts von seiner Verzweiflung zu verraten. »Jemand hat kaltblütig meinen Vater ermordet, und mit diesem Wissen muss ich für immer leben.«

»Wenn du die Wahrheit herausgefunden hast, wirst du seinen Tod verkraften können.« Die Decke rutschte von ihren Schultern, aber Cynara war so von ihrem Mitgefühl erfüllt, dass sie einen Moment lang nicht bedachte, was das hauchdünne Nachthemd seinen gequälten Augen preisgab. Erst als sein Blick unverwandt auf ihrem Busen ruhte, wurde sie sich ihres Zustandes bewusst. Die Bänder ihres hoch angesetzten Spitzenmieders hatten sich gelöst und enthüllten einiges von ihrer Haut und dem Ansatz ihrer Brüste. Sie versuchte, das Mieder zuzubinden, aber Merlins Hand hinderte sie daran. Einen Moment lang starrten sie einander an, unfähig, die knisternde Spannung zwischen ihnen zu brechen.

Seine Hände brannten heiß auf ihrer Haut, und seine Augen hielten sie in ihrem Bann. Der schwere, männliche Duft, der von ihm ausging, berauschte sie so sehr, dass ihr schwarz vor Augen zu werden drohte. Das Verlangen, mit ihren Fingern durch sein zerzaustes Haar zu fahren, stieg in ihr auf, aber sie rührte sich nicht, wagte kaum zu atmen. Sie sollte nicht bleiben, aber sie brachte es nicht fertig zu gehen. Nicht, solange seine Selbstbeherrschung so zerbrechlich schien. Hatte er in jener Nacht, in der Ross Seymour gestorben war, die Beherrschung verloren? Um nicht vor Angst in ihr Zimmer zu rennen, schüttelte sie den beklemmenden Gedanken ab.

»Du findest mich abstoßend, nicht wahr, Cynara? Merlin mit dem finsteren Wesen, Merlin mit den eigenartigen Augen ...«

»Nein ...«

»Lüg nicht!«, fuhr er sie an. Er senkte den Kopf. »Du hast dich nicht verändert, seit du vierzehn warst. Du bist noch genauso voreingenommen und kratzbürstig wie damals.«

»Du kennt mich nicht, Merlin. Eines ist sicher, ich leide unter dieser erzwungenen Ehe, aber ich beklage mich nicht. Ich habe vor, mein Leben hier auf Black Raven zu verbringen. Eine absurde Situation hat uns zu Mann und Frau gemacht, aber dadurch werde ich mir nicht mein Leben ruinieren lassen.«

»Du bist sehr stark. Ich bewundere dich dafür.« Er lehnte sich mit halb geschlossenen Augen an die Kissen. Sie spürte, wie sich der Abgrund seiner Erinnerungen schloss und seine Stärke und sein sicheres Auftreten wiederkehrten.

»Willst du mir nicht mehr über deinen schlimmen Traum erzählen? Manchmal hilft es, darüber zu reden.«

Er seufzte. »Irgendwann vielleicht«, sagte er mit gepresster Stimme. »Ich kann kaum an Vater denken, ohne den Wunsch zu verspüren, laut zu schreien.« Merlin hieb mit der Faust auf die Matratze. »Vaters Tod war so sinnlos, und ich würde alles geben, um den Tag zu ändern, an dem er gestorben ist. Ich vermisse ihn mehr, als ich sagen kann.«

Cynara hatte das Gefühl, dass sie seinen Schmerz spüren würde, wenn sie jetzt die Hand nach ihm ausstreckte. Sie schüttelte den Kopf, um zu verhindern, dass ihre Fantasie mit ihr durchging. Sie sollte wütend auf ihn sein, nicht Mitleid mit ihm haben. Irgendwie fühlte sie sich dafür verantwortlich, ihm bei der Lösung seiner Probleme zu helfen. Ihre eigenen schienen im Vergleich dazu so geringfügig – bis sich in ihrem Inneren die Erinnerung an Brandon regte.

»Merlin, jetzt ist vielleicht nicht der richtige Zeitpunkt, einen Gefallen von dir zu fordern, aber du hast versprochen, Brand zu helfen. Mit jedem Tag, der vergeht, bewegt er sich immer näher auf eine Katastrophe zu. Was wirst du tun, um ihm zu helfen?«

»Ich habe mich mit dem Anwalt eurer Familie in Verbindung gesetzt, um herauszufinden, was getan werden kann. Bestechung an der richtigen Adresse möglicherweise.«

Cynara stand auf, verschränkte die Arme unter der Brust und ging auf und ab »Das ist nicht genug. Du wirst nach London fahren müssen – oder ich muss es tun.«

Seine Stimme wurde hart. »Ich muss zuerst erfahren, wer den Fall bearbeitet, und dann weitermachen. Unmöglich, dass du diese Aufgabe übernimmst.«

Cynara blieb beim Bett stehen und starrte ihn erzürnt an. »Nichts ist unmöglich. Mir ist klar, dass du nicht Felix' Beziehungen hast, aber du könntest mit jedem einzelnen Beamten in Kontakt treten und Schmiergelder anbieten.«

»Und wegen Bestechung im Gefängnis landen? Nein, danke. Ich ziehe es vor, langsam vorzugehen, die Angelegenheit erfordert ein wenig mehr Finesse.«

»Und *Zeit*, die wir nicht haben.« Cynara konnte ihre Verärgerung nicht unterdrücken. Wieder lief sie hin und her. »Du musst etwas tun – das war dein Teil der Abmachung.«

»Und wer wird die Bestechungsgelder zahlen?«, fragte er schneidend.

Ihr Stolz hielt sie davon ab, »du« zu sagen, aber sie wussten beide, dass sie über keine eigenen Mittel verfügte. »Ich habe ein paar Schmuckstücke«, sagte sie wenig überzeugt.

Er lachte. »Ein heroischer Gedanke, meine Süße, aber ohne Inhalt.« Er klopfte auf den Rand der Matratze. »Setz dich, bevor du die Sohlen deiner Hausschuhe durchläufst.«

Sie beachtete ihn nicht. In Gedanken suchte sie immer noch nach Möglichkeiten, die Freilassung ihres Bruders durchzusetzen.

»Deine Loyalität ist bewundernswert, Cynara. Brandon ist ein Narr. Wie konnte er deine Familie nur in einen solchen Skandal hineinziehen.«

»Die Welt ist voller Narren«, sagte sie und zuckte zusammen, als er ihre Hand einfing. Seine Berührung war warm, einladend.

»So lieblich …«, murmelte er. »So unsagbar schön, aber obwohl du bei mir bist, gehörst du nicht wirklich mir.« Ein Stöhnen drang tief aus seiner Brust. »Darf ich dich heute Nacht zu meiner Frau machen?«

Etwas Seltsames ging in Cynara vor, als sie seine letzten, kaum verständlichen Worte hörte. Ihr Herz schlug einen Purzelbaum, und eine schwere Wärme erfüllte sie. Es wäre so leicht nachzugeben … Er war ihr Mann … Er war attraktiv und faszinierend. Und stark.

Er zog sie auf das Bett und legte seine Hände auf die nackte Haut direkt unter ihrer Kehle, um sie von dort langsam weiter nach unten wandern zu lassen, bis sie die Wölbung ihrer Brüste erreichten. Obwohl sie wie gebannt von seiner Liebkosung war, musste sie unwillkürlich daran denken, dass diese warmen Hände vielleicht Ross Seymour getötet hatten. Mit einem zittrigen Seufzer wich sie langsam zurück und zog ihr Mieder über der Brust zusammen. Ihre Blicke trafen aufeinander, und Merlins Lippen verzogen sich zu einem bitteren Lächeln.

»Deine Augen sind voller Argwohn, meine Liebste. Du brauchst keine Angst vor mir zu haben.« Er nahm sie bei den Schultern und versuchte sie an sich zu ziehen, aber sie widersetzte sich, nicht nur aus Angst vor ihm, sondern vor der Anziehungskraft, die er auf sie ausübte – ein Mann, dem sie erst vertrauen konnte, wenn die Wahrheit über seine Vergangenheit an den Tag kam.

Er schien ihr Zögern zu bemerken, denn er ließ ihre Arme abrupt los. »Geh wieder zu Bett«, sagte er müde. »Dumm von mir, zu träumen, es könnte etwas ganz Besonderes zwischen uns entstehen – ein Gefühl von seltener Tiefe.«

»Ich würde gern glauben, dass all die Beschuldigungen, die gegen dich erhoben werden, nicht wahr sind, aber …« Sie streckte in einer versöhnlichen Geste die Hand aus, aber er legte sich auf das Bett zurück und kehrte ihr den Rücken zu.

»Du bist sorgfältig bedacht, nicht von Liebe zu sprechen«, sagte er. »Liebe könnte Misstrauen überwinden.«

»Das ist wahr.« Sie senkte die Stimme. »Und ich … liebe dich nicht.«

»Gute Nacht, teure Gattin. Meine Träume werden dich nicht wieder stören.«

Mit zitternden Beinen ging sie in ihr Schlafzimmer zurück und schlug die Tür hinter sich zu. Sie wollte nicht zornig sein, aber sie war schockiert über die erotischen Bilder, die sein Körper in ihr heraufbeschwor. Noch überwog ihr Zorn. Aber wie sollte sie die Erinnerung an seine Berührungen, sein jähes Lächeln, seinen Kuss im Garten auslöschen? Die Bilder wirbelten durcheinander, eines lebhafter als das andere.

Wieder lehnte sie sich an die Tür. Sie fragte sich, wie es sein mochte, nicht allein zu schlafen. Sein Bett würde warm und freundlich sein … *Er* würde warm und tröstlich sein. Mit einer seltsamen Enge in der Brust drehte sie den Schlüssel im Schloss um. Da! Er würde es nicht wagen, in ihr Zimmer einzudringen.

Außerstande, für den Rest der Nacht noch Schlaf zu finden, ging sie früh am Morgen nach unten, um mit ihrer Mutter zu frühstücken. Ihre Lider waren schwer, sie war nach dem vielen nächtlichen Grübeln geistig erschöpft. Estelle, die ein schiefergraues Trauerkleid mit weitem Rock und engem Oberteil trug, dazu einen Spitzenschal auf den Schultern und ein schwarzes Häubchen auf dem silbrig durchsetzten Haar, wirkte erfrischt. Tildy hatte Cynara ein Kleid in einem helleren Grauton ausgesucht, mit der unverblümten Bemerkung, niemand sollte um diesen Tunichtgut Felix Seymour trauern.

Der Tag war genauso grau wie das Kleid, das sie trug, stellte Cynara fest, als sie aus dem Fenster sah. Sie betrat den Frühstückssalon, der von einem früheren Seymour neben dem Speisesaal eingerichtet worden war. Das Schloss hatte viel von der ursprünglichen Festungsanlage behalten, aber die große Halle, die das Erdgeschoss in seiner gesamten Breite beanspruchte, war im hinteren Teil in einen Speisebereich, drei kleinere Salons und eine holzgetäfelte Bibliothek unterteilt worden.

Obwohl in dem gewaltigen Kamin in der großen Halle ein Feuer brannte, war es in der Burg empfindlich kühl. Der anheimelnde Frühstückssalon, in dem ebenfalls ein Feuer prasselte, war wärmer. Die Vorhänge waren sonnengelb; das weiße Tischtuch steif gestärkt, die Servietten blütenrein, das Porzellan blitzblank gerieben. Zumindest achtete Mrs. Averell, die Haushälterin, darauf, dass die neue Herrin an Geschirr und Tischwäsche nichts auszusetzen fand.

Zu Cynaras Verdruss saß Merlin am Kopfende des Tisches. Er trug eine schlichte graue Reitjacke mit einem schwarzen Trauerband am Ärmel. Bis zu diesem Tag hatte er noch nie mit ihnen gefrühstückt. Cynaras Herz schlug schneller, als sie daran dachte, was in der vergangenen Nacht zwischen ihnen beiden vorgefallen war. Die angespannte Atmosphäre im Raum verstärkte sich noch mehr, als sie ihm einen herausfordernden Blick zuwarf.

»Guten Morgen, Liebling«, begrüßte Estelle ihre Tochter, und Cynara hauchte einen Kuss auf die kühle Wange. Sie setzte sich Merlin gegenüber an das andere Ende des langen Tisches, auf den Platz der Hausherrin. Manchmal machte ihr ihre neue gesellschaftliche Stellung ein wenig Angst.

»Du siehst müde aus, Cynara«, bemerkte Estelle. Sie warf einen verstohlenen Blick auf Merlin, der gelassen eine Scheibe Schinken auf seinem Teller schnitt. Sein Gesicht verriet nichts. »Dasselbe habe ich zu deinem Mann gesagt. Er hat dunkle Ringe unter den Augen.«

»Ich bin völlig ausgeschlafen«, log Cynara, während sie darauf wartete, dass Bramble ihr Kaffee einschenkte. Der Butler stellte unauffällig einen Teller Gebäck auf ihren Platz, aber sie hatte keinen Appetit. »Um ehrlich zu sein, ich habe fast verschlafen«, fügte sie hinzu, bereute diese Übertreibung aber in dem Moment, in dem sie aus ihrem Mund war.

Merlin warf ihr einen tadelnden Blick zu, und seine Lippen verzogen sich zu einem wissenden Lächeln. »Wie schön, dass du in deinem neuen Heim so gut schläfst.«

Estelle, die die Spannung zwischen den beiden zu spüren schien, sah von Cynara zu ihrem Schwiegersohn. Cynara senkte den Blick auf ihren Teller, auf den Bramble ein pochiertes Ei und eine dünne Scheibe Schinken gelegt hatte, und fing lustlos an zu essen.

Estelle tupfte ihre Lippen mit der Serviette ab. »Ich bin überzeugt, dass es in diesem baufälligen alten Gemäuer spukt. Ich habe heute Nacht seltsame Geräusche gehört.« Sie erschauerte leicht und nippte an ihrem Tee.

»So weit mir bekannt ist, gibt es hier keine Gespenster, es sei denn, Felix hätte beschlossen, uns als Geist zu erscheinen.«

Estelle keuchte erschrocken. »Erwähnen Sie nicht diesen Namen! Ich kann eindeutig einen kalten Luftzug spüren!« Sie zog ihren schwarzen Spitzenschal enger um die Schultern. »Die Luft scheint zu seufzen und sich zu bewegen, als würden Gespenster von Zimmer zu Zimmer schweben.«

»Mutter, warum hast du heute Morgen so gruselige Gedanken?«, fragte Cynara.

»Diese alte Burg zerrt an meinen Nerven. So war es von jeher.« Sie machte eine Pause. »Ich weiß nicht, ob ich es erwähnen soll, aber letzte Nacht habe ich Schritte auf dem Korridor gehört, schwere Schritte wie von Stiefeln, und dann das Zuschlagen einer Tür.«

Merlin warf Cynara einen verschleierten Blick zu, und warme Röte stieg ihr in die Wangen. Hatte ihre Mutter das Schlagen ihrer Schlafzimmertür gehört?

»Vermutlich einer der Dienstboten«, beeilte sie sich zu sagen. »Es gibt nichts, wovor man sich fürchten müsste.« Abgesehen vielleicht von dem Mann, der am anderen Ende des Tischs saß. Sie hielt seinem Blick unbewegt stand. »Hast du etwas Ungewöhnliches gehört?«

Seine Mundwinkel hoben sich kurz, aber als er sich an Estelle wandte, war sein Gesicht frei von jedem Sarkasmus. »Sie haben nichts zu befürchten – von niemandem.«

Er warf seine Serviette auf den Tisch und stand auf. »Wenn ihr mich jetzt entschuldigen wollt, ich habe einiges zu erledigen.«

Er wollte gerade das Zimmer verlassen, als Mrs. Averell hereingestürzt kam. Ihr Häubchen saß schief, und ein paar dünne graue Haarsträhnen waren herausgerutscht. »Mylord, Sie müssen sofort kommen. Jemand hat im Rosengarten ein großes Loch gegraben. Es sieht aus wie ein Grab!«

7

Cynara schnappte vor Schreck nach Luft und lief hinter Merlin und ihrer Mutter aus dem Frühstückszimmer. Ein Grab? Mrs. Averell musste sich irren.

»Ich habe ja gesagt, dass hier unheimliche Dinge vorgehen«, raunte Estelle ihrer Tochter zu. »Jemand war letzte Nacht im Schloss, und dieser Jemand hätte uns alle im Schlaf umbringen können.«

»Sei nicht albern, Mutter. Deine Fantasie geht mit dir durch. Wer sollte uns töten wollen?«

Sie schnitt eine Grimasse, als der verängstigte Blick ihrer Mutter unwillkürlich auf Merlins finstere Miene fiel. »Mutter, soweit mir bekannt ist, hat er in seinem Bett gelegen und geschlafen.«

»Ich glaube auch nicht, dass Merlin imstande ist, andere zu töten, aber wie wir alle wissen, hat mich mein Instinkt schon getrogen.« Sie klammerte sich an Cynaras Arm. »Ich habe Angst.«

Cynara lief es kalt über den Rücken, aber sie beschränkte sich darauf, beruhigend einen Arm um die schmalen Schultern ihrer Mutter zu legen.

Die Morgenluft war feucht, und von der See blies ein stürmischer Wind. Noch immer wehten Nebelfetzen über das graublaue Wasser der See und um die Felsen am Fuß des Schlossbergs. Cynara zog ihren Schal enger um sich, als sie die Ecke des Ostwalls umrundeten und den ummauerten Rosengarten betraten. Die moosbewachsene Steinmauer war vor Jahrzehnten errichtet worden, um die zarten Knospen vor den Stürmen der tosenden See zu schützen. Auf einer Seite befand sich das Rosarium, auf der anderen hatte jemand einen Gemüsegarten angelegt, in dem eine Vielzahl von Kräutern wuchs. Grüne Triebe sprossen aus den regelmäßigen Reihen, zarte Blätter zierten die Rosensträucher, aber für Blüten war es noch zu früh im Jahr.

Wie ein Sakrileg an dem zarten Blattwerk der schönen Pflanzen klaffte mitten im Garten ein Loch. Ein Vogelbad war umgestoßen worden, der Marmorsockel war gesprungen. Rund um das Loch – oder Grab – waren sämtliche Sträucher zertrampelt.

Estelle wimmerte leise. »Wer kann nur etwas so Bösartiges tun?«, fragte sie und klammerte sich Hilfe suchend an Cynaras Arm.

Cynara starrte grimmig auf das Loch, das zwar nur einen Fuß tief war, aber ebenso schaurig wirkte wie ein echtes Grab. »Das möchte ich auch gern wissen. Haben wir nicht schon genug Tod und Elend auf Black Raven erlebt?«

Merlin kniete sich neben der langen, schmalen Grube auf die Erde und spähte hinein. Mit einem Spaten, der zwischen den Rosen lag, stocherte er in der lockeren Erde der Vertiefung, aber außer einigen Kieselsteinen kam nichts zum Vorschein. Darunter stieß er auf hartes Felsgestein.

»Das Ganze ist mir ein Rätsel«, sagte er. Er musterte die Gesichter der Dienstboten, die sich um die Grube geschart hatten. Drei Lakaien starrten ihn an, dazu Bramble, der Butler, die Haushälterin und Gideon Swift, sein Bursche. Sie wechselten unsichere Blicke. Vielleicht überlegen sie, wem von ihnen Merlin die Schuld geben würde, dachte Cynara bei sich.

Merlin sagte lange Zeit nichts, betrachtete nur die Grube und dann wieder die Dienstboten. »Ich weiß nicht, wer Interesse daran haben könnte, den Rosengarten umzugraben. Wichtiger scheint mir die Frage, warum. Warum in aller Welt sollte jemand so etwas tun? Was hat derjenige zu finden gehofft?« Merlins Blick wanderte von einem zum anderen, einschließlich Estelle und Cynara. »Einer der Männer auf dem Anwesen muss dafür verantwortlich sein. Es fällt mir schwer zu glauben, dass eine Frau mitten in der Nacht nach draußen gehen würde, um ein Grab auszuheben.«

Gideon Swift räusperte sich. »Keiner der Leute hier wäre kräftig genug dafür … oder schlau genug.«

Merlins strenger Blick ließ ihn verstummen. Dann sprach Merlin die anderen Dienstboten an »Ich muss wissen, ob einer von euch in der vergangenen Nacht etwas Ungewöhnliches bemerkt hat.«

Am Ende des Gemüsebeets befand sich der Eingang zum Küchentrakt, einem Steingebäude mit Schrägdach, das lange vor Sidney Seymours Zeit angebaut worden war. Moira Black, die Köchin, eine stämmige cornische Frau, beobachtete die Szene von dem schmalen Fenster neben der Tür. Merlin winkte ihr zu, und sie trat auf den Plattenweg, der das Gemüse von den Rosen trennte. Einen Kochlöffel schwenkend, ging sie an den steilen Stufen vorbei, die zu den Verliesen führten.

»M'lord, ich habe keine Zeit, hier herumzustehen und auf den Boden zu gaffen«, sagte sie kampflustig. »Ich muss mich um Ihr Dinner kümmern.« Sie starrte Merlin aus ihren dunklen Augen herausfordernd an. Drahtige graue Locken lugten unter ihrer gewaltigen Haube hervor.

»Sie können sicher eine Minute erübrigen«, sagte Merlin. »Haben Sie gestern Abend irgendjemanden gesehen? Waren Bettler an der Küchentür oder Geschäftsleute?«

»Die lassen sich hier nicht mehr blicken, seit Master Max nichts als Schulden hinterlassen hat. Ich habe seit Monaten keine Waren mehr geliefert bekommen«, sagte die Köchin herb.

»Das wird sich in Kürze ändern«, sagte Merlin mit schmalen Lippen. »Wenn ich die Rechnungen bezahlt habe, können Sie für die Küche bestellen, was Sie brauchen. Sind Sie sicher, dass Sie niemanden im Garten gesehen haben?«

Moira Black verschränkte ihre molligen Arme über ihrer frisch gestärkten weißen Schürze. »Ganz sicher. Muggins kam spät am Nachmittag auf einen Humpen Ale und einen Schwatz vorbei, aber das macht er hin und wieder.«

Merlins Schultern schienen einen Moment lang einzusacken. Dann hob er den Kopf. »Ihr müsst alle die Augen nach Fremden oder ungewöhnlichen Vorgängen im Dorf offen halten. Ich dulde nicht, dass der Rosengarten von Black Raven noch mehr zerstört wird. Im Gegenteil, ich will, dass er ebenso wie alles andere hier in seiner ehemaligen Pracht wieder ersteht. Verstanden?«

Die Dienstboten, die ihn misstrauisch beäugten, nickten.

»Und ich werde eure Hilfe brauchen. Ich verlasse mich darauf.« Merlin reichte den Spaten Gideon Swift, der anfing, die Erde in das Loch zurückzuschaufeln. »Wenn ich den Schuldigen finde, wird er bestraft. Üble Streiche wie diesen hier lasse ich nicht durchgehen.« Er ging ohne ein weiteres Wort zum Haus zurück und verschwand in seiner Bibliothek.

»Ein tapferer Mann, dein Ehemann«, sagte Estelle, als sie sich bei Cynara einhängte. Sie folgten ihm ins Haus. Cynara, die in der kühlen Düsterkeit der großen Halle fröstelte, fragte sich, ob sie je imstande sein würde, das Unbehagen abzuschütteln, das sich ihrer bemächtigt hatte. Sie ging mit Estelle in das Morgenzimmer, wo ihre Mutter ihr zeigte, wie sie mit ihrer Stickerei vorangekommen war.

Cynara hatte nicht viel für Handarbeiten übrig, aber da von einer Dame erwartet wurde, Freude am Sticken zu haben, fertigte sie einen kleinen Wandschirm an, auf dem eine schlafende Katze in einem Korb zu sehen war, umringt von zartem Geäst mit Herbstlaub. Heute fühlte sie sich zu rastlos, um daran zu arbeiten, aber sie setzte sich auf das Sofa, spielte mit dem Garn und sah ihrer Mutter zu, die es sich mit ihrem Stickrahmen am Kamin bequem gemacht hatte. Das Feuer war erloschen, aber im Zimmer war es angenehm warm.

»Sag mal, Mutter, du hast doch die drei Seymour-Brüder gekannt, Merlins Vater und seine Onkel. Wie waren sie?«, fragte Cynara.

Estelle blickte von ihrer Arbeit auf. »Ich nehme an, du möchtest etwas über die Vergangenheit von Merlins Familie wissen?« Als Cynara nickte, sprach sie weiter.

»Merlins Vater Ross war der jüngste und auch der netteste der drei Brüder. Er hatte ein mitfühlendes Herz, und er war ein Mann von Ehre. Ich glaube, außer deinem Vater war Ross der freundlichste Mann, den ich je kennen gelernt habe. Ein wenig weich vielleicht.« Sie zögerte nur einen kurzen Moment. »Ich hatte einmal fast gehofft, ihn zu heiraten.«

Cynara schnappte nach Luft. »Du warst in Ross Seymour verliebt?«

Estelle schürzte die Lippen und schnitt ein herunterhängendes Stückchen Garn ab. »Nun, das ist wirklich schwer zu sagen. Ich war schrecklich jung und hatte keine Ahnung von Liebe, und dein Vater war ein wunderbarer Mann – genau wie Ross Seymour. Als ich im Mai 1789 herkam, war ich knapp der Revolution entkommen. Alles ging so schnell.« Tiefe Trauer lag in ihrer Stimme. »Ich konnte der Guillotine entrinnen, während es dem Rest meiner Familie nicht gelang. Vater hatte mich fortgeschickt, in der Hoffnung, mich später hier in England wieder zu finden. Alles war so beängstigend, und ich war einsam. Die Menschen waren ganz anders als in Frankreich, so britisch. Ich vermisste meine Familie schrecklich, dein Vater – und Ross – schenkten mir Beachtung.« Ihre Miene erhellte sich. »Es war so romantisch! Ja, ich glaube, ich war einmal in Ross verliebt. Wie auch immer, er heiratete Merlins Mutter, und damit war die Sache beendet. Sie liebten einander sehr.«

Cynara betrachtete ihre Mutter, während sie darüber nachdachte, was sie ihr erzählt hatte. Sie sah ihren spröden Charme, die vagen und doch unendlich anmutigen Gesten, die so typisch französisch waren. Und sie erfasste zum ersten Mal den Verlust, den ihre Mutter erlitten hatte. »Das hast du mir noch nie erzählt …«

»*Mon Dieu*, es ist so lange her! Die Dinge ändern sich. Ich war sehr glücklich mit deinem Vater. Er hat mich auf Händen getragen; er hat sehr an mir gehangen und ich an ihm.«

»Erzähl mir von den anderen Seymour-Brüdern.«

»Sydney war der Älteste, ein anmaßender, lauter Mann. Er hatte nichts von Ross' liebenswerter Art. Ich glaube, er konnte ziemlich skrupellos sein. Es gab Gerüchte …«

»Gerüchte?«

»Dass er die Dienstboten misshandelte.« Estelle starrte in den Kamin. »Ich glaube, der Verfall des Hauses begann, bevor er Earl wurde, aber eine Zeit lang sah es so aus, als würde er den Besitz von seinen Schulden befreien. Dann starb seine Frau. Er fing an zu trinken und kümmerte sich kaum noch um das Anwesen. Gott sei Dank war Maximilian kaum hier und musste nicht mit ansehen, wie sein Vater sich mehr und mehr gehen ließ. Ich glaube, die Einsamkeit lastete schwer auf Sydney. Er liebte glanzvolle Gesellschaften und spielte gern den Salonlöwen. Aber hier auf Black Raven war es einsam, und es war nicht genug Geld vorhanden, um ein Haus in London zu führen. Trinken nahm den größten Raum in seinem Leben ein, und die meiste Zeit war es ein elendes, trostloses Leben.«

»Und George?«

»Ich habe George nicht sehr gut gekannt, aber wenn ich seinen Charakter nach dem von Felix beurteile – wie der Vater, so der Sohn, sagt man ja –, war George der habgierigste von den Seymours. Als mittlerer Sohn blieb ihm als standesgemäße Karriere nur, Geistlicher zu werden oder der Armee beizutreten. Ich glaube, weil das das Letzte war, was George wollte, wanderte er nach Amerika aus.« Estelle machte eine Pause. »Er heiratete dort die Erbin einer Plantage, aber ich habe seine amerikanischen Verwandten nie kennen gelernt. Felix' Mutter verabscheute das englische Klima und wollte nie herkommen.«

»Felix' Eltern sind also beide tot?«

»Ja, sie starben kurz nachdem Felix seinen Abschluss in Oxford gemacht hatte. George bestand darauf, dass Felix in England erzogen wurde. Schließlich ist für den Sohn eines Peers nur das Beste gut genug.«

»Wer war nach dem Tod seiner Eltern Felix' Vormund?«

»Ross Seymour.«

Schweigen senkte sich über den Raum, während Cynara verdaute, was sie soeben erfahren hatte. »Haben sich die beiden verstanden?«

»Das weiß ich nicht. Felix ging nach Amerika zurück und kam erst vor einigen Monaten zurück.« Sie warf Cynara einen durchdringenden Blick zu. »Offenbar nur, um seine Braut mit über den Ozean zu nehmen.«

Cynara erschauerte. »In gewisser Weise bin ich Merlin dankbar, dass er die Zeremonie unterbrochen hat. Andererseits, was soll aus Brandon werden? Ich wäre jetzt auf dem Weg nach Amerika, aber Brandon wäre vielleicht schon frei.« Ihre

Stimme erstarb. Sie stand auf und ging ruhelos im Zimmer auf und ab. »Ich muss einen Weg finden, um meinem Bruder zu helfen«, sagte sie mit einem Schluchzen in der Stimme.

Estelle ließ ihre Hände in den Schoß sinken. Sie wirkte plötzlich alt und gebrechlich. »Ich werde das Gefühl nicht los, dass ich meinen Sohn nie mehr wiedersehen werde.«

»Unsinn! Es muss einen Ausweg geben! Ich bin sicher, dass er das Kollier nicht gestohlen hat, und wenn wir herausfinden, wer es war, wird man ihn freilassen.«

»Und wie sollen wir das deiner Meinung nach anstellen?« Estelle sah Cynara über den Rand ihrer Brille an, die sie beim Sticken trug.

Cynaras Blick zeigte Entschlossenheit. »Vielleicht kann ich ein paar von Brands Freunden ausfindig machen. Vielleicht können sie mir helfen, das Rätsel zu lösen.«

»Hätten sie das nicht bereits versucht, wenn sie wirklich Brandons Freunde wären?« Estelles Stimme klang brüchig vor Verzweiflung.

»Ich weiß es nicht. Wenn ich nur ein wenig Geld hätte ... «

Das Schweigen zog sich bedrohlich in die Länge. Estelles Seufzer waren eine Weile die einzigen Laute, die zu hören waren.

»Du könntest Merlin um Hilfe bitten«, sagte sie schließlich leise.

»Ich habe ihn immer wieder gebeten. Er scheint es nicht eilig zu haben, etwas zu unternehmen.« Ein erschreckender Gedanke streifte sie. »Und hätte ihm nicht schon etwas einfallen müssen, wenn er wirklich gewillt wäre, Brand zu helfen?«

»Nicht unbedingt. Vielleicht hat er Angst davor, die Sache aufzugreifen, weil er glaubt, er könnte mit seinem Ruf Brandons Aussicht auf einen Freispruch schaden. Aber er ist unsere einzige Chance, Cynara.«

»Ich weiß nicht, ob ich ihn noch einmal um Hilfe bitten kann. Er könnte mich für lästig und aufdringlich halten und die ganze Sache fallen lassen. Ich wünschte, ich könnte Brand selbst helfen. Ich möchte Merlin nicht verpflichtet sein.«

Estelle schnalzte mit der Zunge. »Du bist ihm verpflichtet, seit du seine Frau geworden bist. Die Hawthornes besitzen nichts, und was wir haben, verdanken wir einzig und allein Merlins Großzügigkeit. Aber ich halte Merlin nicht für einen unverständigen Mann. Er wird sich dir gegenüber ebenso fair verhalten wie mir gegenüber.«

Ein warmes Gefühl regte sich in Cynara, als ihre Mutter diese unerwartet freundlichen Worte über ihren Schwiegersohn sagte. Mutter hatte mehr Vertrauen zu Merlin als sie.

»Ich werde mit ihm reden.«

»Aber lass dir nicht zu lange Zeit damit. Brandon kann täglich an Haftfieber erkranken.«

Cynara hatte erst zur Schlafenszeit Gelegenheit, mit Merlin zu sprechen. Sie standen beide auf dem Treppenabsatz, der zu ihren angrenzenden Schlafzimmern führte.

»Hast du irgendetwas Neues über die Grube im Rosengarten herausgefunden?«, erkundigte sie sich höflich.

»Nein … nichts.« Er wirkte geistesabwesend, als er Cynara ansah, und sie spürte, dass er innerlich aufgewühlt war. Seine schwarzen Augen funkelten seltsam im Kerzenlicht. »Die Dienstboten verabscheuen mich von ganzem Herzen, nicht wahr?«, fragte er unvermittelt.

»Du musst ihr Vertrauen gewinnen.« Sie standen vor Cynaras Tür, und sie verspürte den Impuls, ihn hereinzubitten, sei es auch nur, um nicht in Hörweite neugieriger Dienstboten zu sein. »Komm«, sagte sie und öffnete die Tür. »Ich möchte etwas unter vier Augen mit dir besprechen.«

Er zögerte, folgte ihr aber schließlich. Sein Gesicht wirkte skeptisch. »Ich will mich nicht wieder zum Narren machen wie gestern Nacht«, murmelte er und stellte seine Kerze auf ihre Kommode.

»Wir werden nur reden.« Froh, dass Tildy noch nicht da war, zeigte sie auf einen Sessel vor dem Fenster.

Er setzte sich und starrte sie unter schweren Lidern an. Er war so schön und begehrenswert, dass sich ein ziehender Schmerz in ihrem Inneren bemerkbar machte. Sie ballte die Hände zu Fäusten und verbarg sie in den Falten ihres Rocks, um ihre schwelenden Emotionen zu unterdrücken. »Ich halte dich für einen Mann mit Willenskraft und Verständnis«, begann sie. Sie musste hin und her gehen, sonst wäre sie weinend vor ihm auf die Knie gesunken, und das wollte sie nicht.

Seine Lippen verzogen sich zu einem spöttischen Lächeln. »Das klingt, als wärst du drauf und dran, mich um einen Gefallen zu bitten.«

Sie blieb vor ihm stehen. Sein höhnischer Ton machte sie wütend. »Du weißt, dass ich Brandon nicht im Stich lassen werde. Sein Leben steht auf dem Spiel. Vielleicht könntest du mir helfen, seine Londoner Freunde ausfindig zu machen, damit ich sie aufsuchen und zu dem Diebstahl befragen kann.«

»Du würdest tatsächlich in die Wohnung eines Herrn gehen und über das Verbrechen deines Bruders sprechen?« Er warf den Kopf zurück und lachte. »Man würde nicht zögern, die Unschuld einer jungen Dame frisch vom Land auszunutzen.«

Sie kochte vor Wut. »Nun, vielleicht könntest du an meiner Stelle Nachforschungen anstellen«, sagte sie zähneknirschend. »Morgen.«

Merlin erhob sich und richtete sich zu seiner vollen Größe auf, sodass sie den Kopf zurücklegen musste, um ihm ins Gesicht zu sehen. Sie nahm den starken Geruch von Brandy wahr.

»Cynara, diesmal könnte Brandon tatsächlich schuldig sein. Bei dem Versuch, seine Taschen zu füllen, ist er unzählige Male beim Glücksspiel in die Klemme geraten. Seine Armut hat ihn dazu getrieben, ein paar große Dummheiten zu machen.«

»Er ist unschuldig!«, schleuderte Cynara ihm entgegen. »Er hat noch nie etwas gestohlen, und dass er ein hemmungsloser Spieler ist, seit er die Schule verlassen hat, macht ihn nicht zu einem Verbrecher.«

»Du hast Recht. Ich wünschte, es fiele dir ebenso leicht, an meine Unschuld zu glauben wie an die deines Bruders.«

»Wir sprechen jetzt nicht von dir, Merlin.«

Seine Augen verdunkelten sich, und ein gefährliches Funkeln blitzte in ihren Tiefen auf. Er nahm ihr Kinn fest in seine Hand und starrte sie eindringlich an. »Dein Bruder ist dir also sehr wichtig, wie?« Seine Worte klangen leicht unartikuliert.

Er hat zu viel getrunken, stellte Cynara bestürzt fest. »Ja. Aber im Moment mache ich mir eher Sorgen um das Befinden meiner Mutter. Sie ist nicht sehr stark und Brandons Notlage zehrt an ihren Nerven.«

Einen Moment lang herrschte angespanntes Schweigen, und Cynara fragte sich, was ihm durch den Kopf gehen mochte. Sie versuchte zurückzuweichen, aber er nahm ihr Gesicht in beide Hände. »Was machst du da?«, wollte sie wissen. Sie fragte sich, ob er sie küssen wollte, und die beängstigende Vorstellung, ein wehrloses Geschöpf in den Fängen eines tödlichen Raubtiers zu sein, befiel sie.

»Du bist heute Abend anders, nicht du selbst«, brachte sie mühsam über die Lippen.

Er schnaubte. »Was weißt du schon von mir? Nichts, meine Liebe. Nichts! Du kannst doch nur die Nase rümpfen und mich verächtlich mustern. Glaubst du, ich wäre machtlos? Bildest du dir ein, du könntest mir und unserer Ehe deine Pflichten auf

Dauer vorenthalten und ich würde mir deine Missachtung ewig gefallen lassen?« Sein Gesicht schob sich dicht vor ihres.

»Lass mich los«, sagte sie, obwohl sie sich insgeheim danach sehnte, seine Lippen auf den ihren zu spüren. Aber diese Absicht schien er nicht zu haben.

Ihr Herz machte einen kleinen Satz, als ein unvermitteltes Lächeln sein Gesicht verwandelte. »Was würdest du mir als Gegenleistung anbieten, wenn ich dir helfe, Brandon zu befreien?« Seine Stimme war samtweich und einschmeichelnd, und Cynara stemmte sich mit ihren Händen fest gegen seine Brust. Er lachte nur. »Nun?«

»Ich habe dich geheiratet, so wie du es wolltest«, sagte sie. »Was verlangst du noch von mir?« Als sie ihm in die Augen sah, wusste sie sehr gut, was er wollte. »Willst du mich zu etwas zwingen, das ich nicht will?«

»Ich würde nicht unbedingt so starke Worte verwenden, wenn ich du wäre.« Er zog sie eng an sich, und sie konnte die harten Wölbungen seiner Muskeln und seine schlanke Gestalt an ihrem Körper spüren. Sie hatte erwartet, dass es sie abstoßen würde, aber sie fühlte sich seltsam erregt, als hätte er ihr eine köstliche Belohnung in Aussicht gestellt statt einer Forderung, die sie nicht erfüllen konnte.

»Du würdest feststellen, dass mein Preis, Brandon zu helfen, für dich gar kein so schreckliches Opfer wäre«, fuhr er fort. Er zog mit den Lippen die Rundung ihrer Wange nach, küsste ihr Ohrläppchen und murmelte zärtliche Worte in ihr Ohr.

Ihr Widerstand geriet ins Wanken, aber ihr Zorn überwog, und sie trommelte mit den Händen an seine Brust. Zu ihrer Überraschung ließ er sie los. Noch immer lag ein Lächeln auf seinem Gesicht.

»Ich habe dir gesagt, dass ich keinerlei Intimitäten wünsche. Du hast nicht das Recht …«, begann sie, erkannte jedoch im selben Moment, dass er sehr wohl das Recht hatte. Wenn er es wünschte, konnte er sie zwingen, sich seinen Wünschen zu fügen. Seit dem Moment, in dem sie ihr Ehegelübde gesprochen hatte, gehörte sie mit Leib und Seele ihm. Sie keuchte erschrocken, als wäre ihr diese Tatsache erst jetzt bewusst geworden, und wandte das Gesicht ab.

Seine Stimme war schroff, als er weitersprach. »Da diese Ehe nicht aus Liebe geschlossen wurde, handelt es sich eher um eine geschäftliche Abmachung. Daher verlange ich als Preis für den Versuch, deinen verrückten Bruder aus dem Gefängnis zu holen, deine vollständige Hingabe. Du musst im vollsten Sinne der Bedeutung meine Frau werden. Black Raven braucht Erben, damit sich die Linie fortsetzen kann.«

Cynara hatte nie daran gedacht, dass er sich Kinder wünschen könnte. Ihr war nie aufgefallen, dass er sich etwas aus ihnen machte, aber wie sie war auch er an seine Pflicht gebunden, wenn nicht ihr, so doch Black Raven gegenüber. Sie waren beide Gefangene einer Situation, der sie nicht entfliehen konnten. Vor ihren persönlichen Wünschen kamen das Wohlergehen der Bediensteten und der Pächter auf dem Besitz. So viele Menschen waren von ihnen abhängig. Und sie mochte Kinder, das ließ sich nicht leugnen.

Er strich über ihre Wange und ging auf sein Zimmer zu. »Denk über mein Angebot nach. Wenn du einwilligst, besteht eine gute Chance, dass ich Brandon freibekomme, auch wenn ich nicht sicher bin, ob er es verdient hat.« Er stand bei der Tür, einen schwer zu deutenden Ausdruck in seinen dunklen Augen. Seine Lippen verzogen sich spöttisch. »Du bist auffallend blass, meine Liebe. Ist dir mein Vorschlag so widerwärtig?«

Zorn brodelte in ihr, und sie starrte ihn wütend an. »Es macht dir Spaß, mich zu quälen. Wenn es etwas anderes gäbe, was ich tun könnte …«

»Ich habe dir mein Angebot gemacht. Nur durch deine vollständige Hingabe kannst du dir meine Dienste erkaufen.« Er öffnete die Tür zu seinem Zimmer und trat über die Schwelle. »Du solltest lieber hinter mir abschließen, sonst könnte ich mir im Dunkel der Nacht nehmen, was mir rechtmäßig zusteht – oder jetzt gleich. Meine Geduld ist erschöpft.«

»Du ... du arroganter Mistkerl! Ich habe dich für einen fairen und einsichtigen Mann gehalten, aber wie ich sehe, habe ich mich in dir getäuscht.«

Er griff nach der Türklinke. »Ich würde gern glauben, dass du eine einsichtige Frau bist, Cynara. Ich würde dir nicht wehtun, musst du wissen.« Mit diesen Worten zog er die Tür fest ins Schloss und ließ sie seltsam aufgewühlt und unbefriedigt zurück. Erbittert zog sie die zerschlissenen roten Vorhänge vor den Fenstern zu und fing an auf und ab zu gehen. Seine Forderung war Erpressung! Genau wie Felix' Versprechen, Brand freizubekommen, wenn sie seine Frau wurde. Wohin sie sich auch wandte, sie saß in der Falle. Diesmal für immer.

Es klopfte an die Tür und Cynara rief automatisch: »Herein!« Tildy betrat mit ein paar Kleidern über dem Arm das Zimmer. »Ich habe sie gesäubert und geglättet«, sagte sie und hängte die Sachen in den Schrank in der Ecke. Wie das restliche Mobiliar im Raum war er aus schwerer geschnitzter Eiche, die im Laufe der Zeit nachgedunkelt war.

»Ich habe Mrs. Hawthorne zu Bett gebracht. Sie macht mir Sorgen. Ich habe sie noch nie so niedergeschlagen erlebt. Obwohl sie versucht hat, es vor mir zu verbergen, konnte ich sehen, dass sie geweint hat.«

»Geweint?«, fragte Cynara und blieb stehen.

»Ja. Ich glaube, sie macht sich schreckliche Sorgen um Ihren Bruder, Mistress Cy. Wenn das noch lange so weitergeht, wird es ihr Tod sein.«

Cynaras Verzweiflung wuchs. Erschöpft sank sie auf den Sessel vor der Frisierkommode und ließ schweigend Tildys Handreichungen über sich ergehen. Das Bürsten ihrer Haare wirkte beruhigend, aber nichts konnte die schwere Last von ihrem Herzen nehmen. Sie würde auf Merlins Forderung eingehen müssen, und dafür hasste sie ihn. Sie hatte gehofft … Sie nahm das silberne Armband ab, das sie trug, und schleuderte es in ihre Schmuckschatulle. Was hatte sie erhofft? Dass er ihr Ritter sein würde, ihr Beschützer, der sie immer verehren und anbeten würde? Als ob ihr etwas daran lag …

»Ich muss schon sagen, Mistress Cy, der Herr ist sehr eingenommen von Ihnen«, bemerkte Tildy und hielt eine von Cynaras blonden Flechten an das Kerzenlicht. »Wie gesponnenes Gold«, murmelte sie. »Warum habe ich nicht so schöne Haare?« Dann gluckste sie. »Kein Wunder, dass der Herr so verliebt ist.«

»Ist er nicht!«, sagte Cynara hitzig. »Er spielt nur Katz und Maus mit mir!«

Tildy lachte. »Gegen solche Spiele hätte ich überhaupt nichts einzuwenden, schon gar nicht, wenn er am Ende in meinem Bett landete.«

»Tildy«, rügte Cynara und stand auf. Sie war zu aufgebracht, um ihre abendliche Toilette fortzusetzen. »Ich brauche dich heute Abend nicht mehr. Und achte darauf, was du sagst. Die Dinge haben sich verändert; ich bin nicht mehr Miss Cynara, sondern die Gräfin Raven und trage eine große Verantwortung.«

»Meine Güte, sind Sie heute Abend aber kratzbürstig! Vielleicht kann ja Master Merlin Ihre Laune verbessern …«

»Raus!«, schrie Cynara und starrte wütend in die lachenden Augen ihrer Zofe. »Den Rest schaffe ich allein.«

»Wie Sie wollen, Mistress Cy. Wie Sie gesagt haben, Sie sind jetzt die neue Gräfin und teilen Ihre Geheimnisse mit Leuten wie Master Merlin, nicht mit Ihrer alten Magd.«

Cynara Zorn verrauchte. »Tut mir Leid, aber es sieht dir gar nicht ähnlich, dich auf die Seite von jemand anders und gegen mich zu stellen. Außerdem … ich … ich teile keine Geheimnisse mit Merlin.« Sie ließ sich auf ihr Bett sinken. »Ich habe Angst vor meiner neuen Aufgabe.«

»Nicht doch. Sie werden schon sehen, Sie werden eine großartige Gräfin und Ehefrau sein. Auch wenn die Dienerschaft hier im Schloss ziemlich störrisch ist, Sie werden sie bald mit Ihrem Charme erobern. Die werden Ihnen noch aus der Hand fressen.« Tildy klopfte Cynara auf die Schulter und ging.

Sowie Cynara allein war, stürmten zahllose Gedanken und Bilder auf sie ein. Sie sah keine andere Möglichkeit, als sich Merlin zu fügen, wenn ihr Bruder jemals lebend aus Newgate herauskommen sollte. Wenn sie nur genug Informationen hätte, um die Sache selbst in die Hand zu nehmen! Aber sie wusste nichts über juristische Vorgehensweisen, und sie hatte in London keine einflussreichen Bekannten, die ihr helfen könnten.

Lieber Gott. Ihre Hände zitterten vor Nervosität, als sie ihr Nachthemd über den Kopf zog. Sie schnürte die Seidenkordeln im Nacken zusammen und legte einen Schal um ihre Schultern. Ihr Haar, das offen und schwer über ihren Rücken fiel, zerrte an ihrer Kopfhaut, und hinter ihren Schläfen pochte mit jedem Herzschlag ein pulsierender Schmerz. Es schien, als wäre jeder Tag, jede Stunde eine Prüfung. Sie hatte ihre Unschuld verloren, auch wenn sie noch nie mit einem Mann im Bett gewesen war. Die Manipulation ihrer Person, erst durch Felix, nun durch Merlin, und der ständige Kampf mit Merlin hatten sie erwachsen werden lassen. Alles schien ein reines Geschäft zu sein.

Auf unsicheren Beinen ging sie zu der Tür, die sie von ihm trennte. Bestimmt würde er sie wegen ihrer Furcht verspotten, ihr ins Gesicht lachen. Die Ehe sah ganz anders aus, als sie sich erträumt hatte. Sie hatte geglaubt, sie würde aus Liebe heiraten, nicht, um ihrer Familie gefällig zu sein, aber sie lehnte es ab, sich selbst zu bedauern. Sie war sicher, dass ihre Mutter sie nicht zu der Ehe mit Merlin gezwungen hätte, nicht wirklich, aber Estelle konnte sehr überzeugend sein, und ihre großen braunen Augen waren so kummervoll gewesen. Sie hätte es nicht ertragen, ihre Mutter in Armut versinken zu sehen.

Cynara holte tief Luft, drehte den Türknopf und trat in Merlins Schlafzimmer. Der Raum lag im Dunkeln, aber die Vorhänge waren nicht zugezogen und ließen den Widerschein des Mondlichts auf der bewegten See herein.

»Merlin?«, wisperte sie. Ihre Zunge klebte wie Papier an ihrem trockenen Gaumen, Furcht lähmte ihre Schritte, und ihr war ein bisschen schwindlig, als würde sie gleich in Ohnmacht fallen.

Vom Bett kam keine Antwort, aber er war da. Sie konnte seine Atemzüge hören. Verzweifelt klammerte sie sich an ihren Schal und ging weiter, stand plötzlich in einem schmalen Streifen Mondlicht, der ins Zimmer fiel. Sie hielt den Atem an. Konnte er sie sehen? Bestimmt würde er in triumphierendes Gelächter ausbrechen, weil sie sich doch in sein Schlafzimmer gewagt hatte. Sie war starr vor Furcht, wollte aber um keinen Preis zugeben, wie verängstigt sie war. Wieder machte sie einen Schritt. Noch immer war kein Gelächter zu hören. Der nächste Schritt brachte sie an die Bettkante. Die Vorhänge waren nicht zugezogen, auf den Kissen konnte sie den Umriss eines Kopfes ausmachen.

Ihr Mann regte sich nicht. Sie legte eine Hand auf die seidene Überdecke, wagte aber nicht, ihn selbst zu berühren.

»Merlin«, wisperte sie, einerseits inständig hoffend, dass er sie nicht hörte, andererseits darauf erpicht, die Prüfung hinter sich zu bringen.

Keine Antwort. Stattdessen war leises Schnarchen zu vernehmen. Ungläubig starrte sie ihn an. Er war eingeschlafen! Er war sich seiner Sache so sicher gewesen, dass er einfach zu Bett gegangen war? Und sie selbst stand am Rande eines Nervenzusammenbruchs! Heißer Zorn durchströmte sie. Sie würde ihm zeigen, dass sie kein Feigling war!

Sie rüttelte an seiner Schulter. »Merlin! Wach auf! Ich bin hier, um meinen Teil der Abmachung zu erfüllen.«

Sein Kopf bewegte sich auf dem Kissen, und er atmete tief ein, bevor er sich auf seinen Ellbogen stützte und sie durch die Dunkelheit anstarrte. »Cynara?«

»Hast du unsere Abmachung schon vergessen?«, fragte sie beißend.

Er schüttelte den Kopf und gähnte ausgiebig. »Nein … aber ich hätte nicht gedacht, dass du interessiert bist.«

Sie starrte ihn fassungslos an. »Du glaubst, mir läge nicht genug an meinem Bruder, um die Initiative zu ergreifen – auch wenn es von deiner Seite Erpressung ist? Er könnte bereits in diesem Moment im Sterben liegen!«

Er richtete sich auf und lehnte sich an die Kissen, ohne sie aus den Augen zu lassen. Sie wünschte, sie könnte seinen Blick deuten, aber es war zu dunkel. Doch die Intensität, mit der sie seine Nähe stets wahrnahm, war da, knisterte förmlich in der Luft. Sie zog zittrig den Atem ein und fragte sich, was als Nächstes kommen würde.

»Soll ich die Kerze anzünden?«, fragte sie.

Er lachte in sich hinein. »Du hast wohl Angst vor der Dunkelheit?«

Sie würdigte seine Bemerkung keiner Antwort. Ob dieses

teuflische Gesicht von Kerzenlicht erhellt war, wenn er sich an ihr verging, kümmerte sie nicht mehr als die Gedanken, die ihm durch den Kopf gingen. Sie war hier, um ihre Pflicht als Gräfin Raven zu erfüllen, als Besitztum des Earls. Schließlich war sie nicht mehr wert als jedes beliebige Stück Porzellan im Haus. Wenn Merlin beschloss, sie zu benutzen und anschließend wegzuwerfen, konnte sie nichts dagegen tun. Aber wenn dadurch Brandons Rettung gewährleistet war, würde sie den Preis zahlen.

Sie ließ den Schal von ihren Schultern gleiten und neben dem Bett auf den Boden fallen. Sie fröstelte in der kühlen Luft. Dann löste sie die Bänder in ihrem Nacken, halb und halb erwartend, ihn in Gelächter ausbrechen zu hören, aber kein Laut kam von ihm. Sie spürte, dass er jede ihrer Bewegungen genau verfolgte, und am liebsten hätte sie die Flucht ergriffen.

Als sie daran dachte, wie viel Mut ihre Mutter bewiesen hatte, als sie im Jahre 1789 ganz allein vor dem französischen Schreckensregime geflohen und in ein fremdes Land gegangen war, schwor Cynara sich, diese Prüfung zu überstehen. Schließlich war ihre Mutter eines Tages mit einem Mann glücklich geworden. Aber wird es mir genauso ergehen?, fragte sich Cynara. Wohl kaum mit Merlin Seymour.

8

»Schau nicht so, als müsstest du zu deiner eigenen Hinrichtung gehen«, tadelte Merlin sie, nachdem er die Kerze auf dem Nachttisch angezündet hatte. »Du bist nicht die erste Frau, die ihr Lager mit einem Mann teilt.« Er lachte leise. »Und die Sache birgt nicht die geringste Gefahr, nur großes Vergnügen – wenn du es zulässt.«

Cynara erschauerte und zog widerstrebend das Nachthemd über ihren Kopf. »Ich wusste, dass du mich irgendwie ausnutzen, mich demütigen würdest«, murmelte sie. Ihre Stimme war brüchig vor Widerwillen. »Dir musste ja etwas einfallen.«

»Ich hätte mir schon am ersten Tag unserer Ehe den Weg in dein Bett erzwingen können, aber ich hatte gehofft … « Seine Stimme erstarb, und er wandte einen Moment lang den Blick ab. Cynara hätte schwören können, so etwas wie Trauer über sein Gesicht huschen zu sehen.

»Ich hatte gehofft, du würdest freiwillig zu mir kommen«, erklärte er widerstrebend.

»Warum sollte ich?« Fröstelnd stand sie in ihrem Seidenhemd vor dem Bett. Als ihr auffiel, dass in seinen Augen ein beifälliges Funkeln lag, verschränkte sie unsicher die Arme vor der Brust. Da sie nicht wusste, was sie als Nächstes tun sollte, blieb sie wie festgefroren stehen.

»Ja, warum solltest du?« Er schlug die Bettdecke zurück,

und Cynara schnappte nach Luft, als sie sah, dass er nackt war. Noch nie hatte sie einen unbekleideten Mann gesehen, noch nie solche … Pracht. Die Symmetrie seines Körpers zog sie auf unbegreifliche Weise an.

Er lehnte sich über die Bettkante und nahm ihre Hand. »Komm. Hier bei mir ist dir bestimmt wärmer als auf dem kalten Steinboden.«

Sein Griff war beruhigend und ermutigend zugleich, und sie ließ sich von ihm ins Bett ziehen. Aber statt zur Seite zu rücken, um Platz für sie zu machen, zog er sie an sich, und ihr hauchdünnes Seidenhemd war das Einzige, was verhinderte, dass sie Haut an Haut lagen. Ihre Rundungen schmiegten sich wie von selbst an die harten Ebenen seines Körpers. Er zog die Decke über sie beide, und sein anziehender, männlicher Duft hüllte sie ein. Ihr Gesicht ruhte an seiner Halsbeuge, und sie hielt die Augen fest geschlossen. Sicher konnte er ihren rasenden Herzschlag ebenso hören wie sie den seinen. Sein Herz schlug in wildem Rhythmus, und Staunen erfüllte sie bei dem Gedanken, dass sie die Macht hatte, bei ihm eine derartige Erregung hervorzurufen.

»Du bist so angespannt«, wisperte er und fing an, ihren Rücken zu streicheln. Seine sanfte Berührung beruhigte sie und sie entspannte sich ein wenig.

Verräterin!, schalt sie sich. Was war aus ihrem Vorsatz geworden, sich nicht von ihm hinreißen zu lassen? Sie stellte fest, dass sie es genoss, von ihm berührt zu werden, seinen Körper so eng an dem ihren zu spüren. Sie war bereit gewesen, ihm ihren Körper auszuliefern, nicht aber, Gefallen darin zu finden. Sie hatte ihre Kapitulation mit der Überzeugung gerechtfertigt, dass sie nichts empfinden würde. Das Ganze würde lediglich eine geschäftliche Transaktion sein, und wenn sie in ihr Zimmer zurückkehrte, würde ihr Herz unangetastet sein und ihre Gedanken weit entfernt von dem Akt, den er ihr abverlangte. Aber jetzt merkte sie, dass sich ihr Körper nicht gegen die Erfahrung körperlicher Liebe sträubte. Die einzige Hoffnung, die ihr blieb, ihre Würde zu wahren, bestand darin, ihm den Weg zu ihrem Herzen zu verschließen.

»Na, na«, murmelte er besänftigend. »Vergiss deinen Zorn. Ich verspreche, dir nicht wehzutun. Es wird dir gefallen.«

»Warum willst du mich gegen meinen Willen nehmen? Was bringt es dir?«, fuhr sie ihn an, wütend auf sich selbst, weil seine Liebkosungen ihr Vergnügen bereiteten.

Er sog scharf den Atem ein, als hätte er Schmerzen, und ihr wurde bewusst, dass ihre Worte ihm wehgetan hatten. Sie hätte über diesen kleinen Sieg triumphieren sollen, aber aus irgendeinem Grund empfand sie keine Freude dabei.

Ohne etwas zu erwidern, ließ er sie auf ihre Seite gleiten und drehte sich zu ihr um. Sanft legte er eine Hand auf ihre Brust und streichelte sie durch das dünne Seidenhemd. Sie konnte die köstliche Süße, die ihren ganzen Körper durchströmte, nicht leugnen. Als er die verhärtete Spitze berührte, wurde ihr schwindlig vor Wonne, und es gelang ihr nur mit Mühe, sich zu beherrschen.

»Für eine so schlanke, zierliche Gestalt hast du unerwartet üppige Rundungen. Weißt du, was solche Reize bei einem armen Kerl wie mir anrichten?«

Sie schüttelte stumm den Kopf, und er nahm ihre Hand und legte sie an sein Herz. »Das.« Es hämmerte heftig, und sein Atem ging flach. »Es wirkt verheerend auf meine Sinne.« Er hielt ihre Hand fest und führte sie zielstrebig über seine behaarte Brust bis zu seinem flachen Bauch und noch weiter nach unten.

Cynara stockte der Atem. Seine samtige Härte zu berühren, war ein Schock, eine freudige Überraschung. Was erwartete er jetzt von ihr? Er drängte sich an sie, sodass ihr Griff fester wurde, und sie konnte fühlen, wie sein Glied vor Erregung pulsierte. Angewidert von ihrem eigenen wachsenden Verlangen, versuchte sie ihn aus ihren Gedanken zu verdrängen, aber vergeblich. Es war, als wäre er mit seinem Geruch, seiner Haut, dem Zentrum seiner Lust in jede Faser ihres Körpers eingedrungen, und sie stellte bestürzt fest, dass sie sich leicht an diese Art Intimität gewöhnen könnte.

Sie bemühte sich, ihre außer Kontrolle geratenen Gefühle in Schach zu halten.

»Du bist immer noch so angespannt, Liebes«, raunte er und fuhr mit seinen Fingern durch ihr Haar.

Er fragte sich, was er tun könnte, um ihren Widerstand zu überwinden. Sie fühlte sich so weich und anschmiegsam an. Ihr Haar war wie Seide, ihre Haut wie feinster Satin, ihr kurvenreicher Körper die personifizierte Verführung. Schuldgefühle nagten an ihm.Er begehrte sie so sehr, dass er nicht einmal vor Erpressung zurückschreckte, um sie in sein Bett zu bekommen. Irgendwie hatte er gehofft, sie würde verstehen und ihre Feindseligkeit aufgeben. Er wusste, dass er sehr behutsam vorgehen musste, um ihren Stolz zu besiegen und sie in das Reich der Sinneslust zu entführen. Sie nur in den Armen zu halten, brachte ihn bedrohlich nah an den Rand seiner Selbstbeherrschung, und er rang um seine Fassung.

»Wenn du nur wüsstest, wie viel es mir bedeutet, dich hier in meinem Bett zu haben«, murmelte er und strich mit seiner Hand über ihren flachen Bauch. Zwischen ihren Schenkeln fand er den warmen Hügel, der ihre weiblichen Geheimnisse barg. Einer Jungfrau wie ihr müssen die Freuden des Bettes fremd sein, dachte er bei sich und schob sanft einen Finger zwischen die heißen, glatten Hautfalten, die zu ihrem Zugang zur Lust führten. O ja, dachte er freudig erregt. Sie war süß und feucht, verlangte nach ihm, ohne sich dessen bewusst zu sein. Sie warf sich auf den Rücken und bohrte ihre Fersen in die Matratze, als er sie erbarmungslos an dieser Stelle streichelte. Lust, so intensiv, dass er am liebsten laut gestöhnt hätte, erfüllte ihn, bis er unter dem Druck zusammenzubrechen drohte, aber die Angst, sie nicht befriedigen zu können, beeinträchtigte sein Glücksgefühl. Zum Teufel mit ihrem Widerstand – nein … sie schluchzte in sein Ohr. Schluchzte! Er versteifte sich, hielt in seinen Liebkosungen inne und schaute in ihr Gesicht. Ihre Haare waren ein köstliches Gewirr blonder Locken, ihre Wangen rosig gefärbt, ihre Augen dunkel und anklagend. Tat er ihr weh? Eine Träne glitzerte wie ein Brillant an ihren Wimpern, und er konnte nicht anders, er musste sich vorbeugen und die Träne wegküssen.

»Was ist?«, fragte er.

Sie schüttelte nur den Kopf. Cynara brachte es nicht über sich, ihm zu gestehen, wie sehr er ihre Sinne verwirrte. Sie konnte es nicht ertragen, den Triumph auf seinem Gesicht zu sehen, wenn sie vor Lust stöhnte. Sie kniff die Augen zusammen und wandte sich von ihm ab, steif und abweisend. »Du benutzt mich«, sagte sie.

Jede Regung von Zärtlichkeit schien von ihm abzufallen und eiserner Entschlossenheit zu weichen. Er antworte zuerst nicht, zog sie nur an sich. »Wenn dir gefällt, was ich mache, benutze ich dich nicht«, sagte er schließlich, während er ihr das Hemd auszog, das sich um ihren Körper schlang, und es auf den Boden warf. »Mir kommt es so vor, als hättest du jede Sekunde genossen.« Seine Hand glitt von neuem zwischen ihre Schenkel, und sie wehrte sich verzweifelt gegen die Empfindungen, die sie wieder wie im Sturm nahmen.

»Nein, habe ich nicht«, wisperte sie hilflos und zwang sich, an alltägliche, langweilige Dinge zu denken, während seine magischen Hände jeden Zentimeter ihrer Haut einer süßen Folter unterwarfen. Er liebkoste ihre Brüste, bis ihre Spitzen hart und steif waren vor Lust. Alles, was sie wollte, war Erlösung von dieser köstlichen Qual. Sie biss sich auf die Lippen, bis sie Blut schmeckte und sich dann selbst bemitleidete.

Jeder Versuch, ihn aus ihren Gedanken zu verdrängen, scheiterte. Als er von hinten ihre Schenkel spreizte und sein hartes Glied in ihr feuchtes Fleisch drängte, wand sie sich unwillkürlich vor Ekstase. Seine Hände auf ihren Brüsten, ihre Hüften an seine Lenden gepresst, spürte sie, wie das Blut in dem Teil seines Körpers, der Einlass begehrte, pulsierte. Und dann schien er einfach in sie hineinzugleiten. Es gab einen flüchtigen Schmerz, aber er ging in der wachsenden Erregung unter, die sie erfüllte, als er in sie eintauchte, sich zurückzog und wieder in sie eindrang. Der Rhythmus war unerträglich, jeder Stoß brachte neue Lust, und sie bebte vor Leidenschaft am ganzen Körper. Das Gefühl, ihm so nahe zu sein, so vollständig mit ihm vereint, war überwältigend, und sie wusste, ganz gleich, wie oft sie sich wusch, um jede Spur von ihm zu tilgen, er würde immer dort sein, in der Tiefe ihrer Weiblichkeit. Für immer und ewig.

Irgendwann erreichte sie den Punkt, an dem nur noch ihre wachsende Verzückung existierte, und ihr stockte der Atem, als sie glaubte, gleich etwas überwältigend Schönes zu erleben, aber genau in diesem Moment durchlief Merlin ein unkontrolliertes Zucken, und mit einem lauten Stöhnen, als hätte er den Gipfel seiner Lust erreicht, stieß er noch einmal in sie hinein und blieb dann regungslos liegen. Nur seine abgehackten Atemzüge durchdrangen die Stille. »Gott, wie sehr habe ich mich danach gesehnt«, flüsterte er heiser.

Cynara empfand einen rasenden, schmerzhaften Verlust, eine so bittere Enttäuschung, dass sie am liebsten geweint hätte. Erschüttert vor Lust und außer sich vor Zorn, richtete sie sich mühsam im Bett auf und kämpfte tapfer gegen ihre Tränen an. *Demütigung*. Das Wort stand wie in feurigen Lettern vor ihrem geistigen Auge, und sie verfluchte ihren treulosen Körper. Merlin hatte ihre Lust gespürt. Irgendwie hatte er gewonnen, aber sie, sie hatte etwas verloren: ihre Jungfräulichkeit und ihren Stolz.

Sie glitt vom Bett und tastete nach ihrem Nachthemd.

»Geh nicht«, sagte er mit rauer, atemloser Stimme. »Das war die schönste Erfahrung meines Lebens. Du weißt nicht, wie lange ich mich danach gesehnt habe, mit dir zu schlafen.« Seine Hand legte sich warm und tröstlich auf ihren Arm und hielt sie fest.

»Fass mich nicht an!« Bevor sie die Nerven verlor und vor ihm in Tränen ausbrach, riss sie sich von ihm los und rannte in ihr Zimmer. Das Nachthemd an ihren Mund gepresst, um ihr Schluchzen zu ersticken, sperrte sie die Tür hinter sich ab und warf sich auf ihr Bett. Die Laken waren kalt und abweisend und dufteten nach Seife, nicht nach berauschender Leidenschaft. *Oh, Merlin! Warum musstest du mir das antun?* Es war Verrat der übelsten Sorte, denn er hatte gewusst, wie sie reagieren würde. Er hatte gewusst, dass sie seine Liebkosungen genießen würde.

Die Stelle zwischen ihren Schenkeln, die eben noch so köstlich erfüllt gewesen war, pochte schmerzlich, und Cynara fragte sich, wie lange dieses Gefühl von Leere anhalten würde. Ihre Brüste fühlten sich unerträglich geschwollen an, ihre Spitzen so hart und empfindlich, als suchten auch sie Erfüllung. Zitternd lag sie lange Zeit wach, bis sie schließlich vom Schlaf übermannt wurde. Als das erste Tageslicht durch die Vorhänge fiel, träumte sie von ihm, von Merlin, dem Mann, der ihre Sinne verzaubert hatte.

Am nächsten Morgen überlegte Cynara hin und her, wie sie das Frühstückszimmer betreten sollte, ohne zu erröten. Würde er dort sein? Würde ihre Mutter irgendwelche verräterischen Anzeichen für das, was in der Nacht passiert war, entdecken? Als sie über die Schwelle trat, wünschte sie, der Erdboden würde sich auftun und sie verschlucken.

»Guten Morgen, mein Liebes«, begrüßte Estelle sie.

Cynara atmete erleichtert auf, als sie feststellte, dass Merlins Platz leer war. Sie küsste ihre Mutter auf die Wange und setzte sich. Bramble verbeugte sich und schenkte ihr aus einer silbernen Kanne Kaffee ein.

Während sie in eine Scheibe Toast biss, die großzügig mit Himbeermarmelade bestrichen war, musterte Cynara ihre Mutter. Sie wirkte an diesem Morgen sehr zerbrechlich, war auffallend blass, und ihre Augen, unter denen dunkle Schatten lagen, waren getrübt vor Sorge.

»Mutter, ich habe gute Neuigkeiten«, sagte Cynara. »Merlin hat mir versprochen zu tun, was er kann, um Brand zu helfen. Bevor wir uns versehen, ist Brandon wieder bei uns.«

Estelle seufzte. »Ich hoffe, du hast Recht. Ob es allerdings in Merlins Macht liegt ...«

»Macht?«, ertönte eine Stimme von der Tür. Merlin kam herein. Er lächelte Estelle an und küsste ihre Wange. »Worüber redet ihr?« Er schlenderte an das Tischende, wo Cynara saß. Sie errötete bis an die Haarwurzeln. In seinen Augen lag ein ausgesprochen boshaftes Funkeln, der finstere Ausdruck auf seinem Gesicht war verschwunden. Cynara, die so tat, als wäre nichts Ungewöhnliches geschehen, hielt ihm pflichtschuldig die Wange hin und erschauerte, als er stattdessen einen warmen, innigen Kuss auf ihre Lippen drückte. Es war allerdings eher ein Schauer des Entzückens, nicht des Widerwillens. Ihr Magen krampfte sich zusammen, und Unruhe erfüllte sie.

»Wir sprachen über Brandons Dilemma«, sagte Estelle. »Cynara sagt, Sie hätten versprochen, ihm zu helfen.« Sie sah mit ihren dunklen Augen, denen nicht die geringste Kleinigkeit entging, von Cynara zu Merlin. »Ich bin Ihnen sehr dankbar, Merlin. Sie erweisen sich als ebenso fürsorglich wie Ihr lieber Vater.«

Merlin setzte sich an seinen Platz und sah zu, wie Bramble ihm eine Tasse Kaffee einschenkte. »Ich würde nie ein Versprechen brechen, das ich meiner Frau gegeben habe … schon gar nicht, da sie sehr … überzeugend sein kann.« Er warf Cynara einen Blick zu, und sie starrte ihn über die Länge der langen Tafel hinweg erzürnt an.

»Ich kenne meine Tochter. Wenn sie sich entschlossen hat, etwas zu tun, steht sie es auch durch, ganz gleich, wie widerwärtig es ihr sein mag«, sagte Estelle voller Stolz. Sie strahlte Cynara an, und auf einmal schien das Erlebnis der vergangenen Nacht nicht mehr ganz so fürchterlich. Es hatte neue Hoffnung in die Augen ihrer Mutter gezaubert, und das wog die Demütigung, die sie durch Merlin erlitten hatte, reichlich auf.

»Wann fängst du an?«, wollte sie von ihrem Mann wissen. Er sah an diesem Morgen so attraktiv, so ungemein männlich aus, dass es ihr schwer fiel, ihm zu grollen. Seine schwarzen Locken waren glatt gebürstet, aber sie wusste, dass sie bei der leichtesten Brise in Unordnung geraten würden. Sein gestärktes weißes Halstuch war perfekt gebunden. Ihren Körper hatte er nicht verletzt, nur ihren Stolz.

»Sowie ich mein Frühstück beendet habe, reisen Gideon Swift und ich nach London, um zu sehen, was getan werden kann, um deinen Bruder zu befreien.«

Estelle schnappte nach Luft und presste entzückt die Hände an ihr Herz. »Ich bin Ihnen ja so dankbar!«

»Wenn Sie Brandon ein paar Zeilen schreiben wollen, könnte ich die Nachricht vielleicht an den Wachen vorbeischmuggeln. Es ist erstaunlich, was ein wenig Schmiergeld bewirken kann.«

Estelle warf ihrer Tochter von der Seite einen Blick zu. »Ich weiß nicht, wie Cynara Sie dazu gebracht hat, in solcher Eile nach London aufzubrechen, aber sie scheint eindringlich klar gemacht zu haben, dass die Zeit drängt. In den Gefängnissen lauern die grässlichsten Krankheiten, und Brandon könnte jederzeit einer von ihnen zum Opfer fallen.«

Cynara, die Merlins Blick einfing, bemerkte das spöttische Glitzern in seinen Augen. »Ihre Tochter musste sich nicht sehr anstrengen, um mich zu überzeugen.«

Schweigend beendeten sie das Frühstück. Cynara brannte darauf, Merlins Gegenwart zu entkommen, da die Spannung zwischen ihnen mit jedem Moment stetig zunahm. Sie vermied es, in seine Richtung zu schauen, aber sie wusste, dass er sie anstarrte – zweifellos, um sie in Verlegenheit zu bringen. Sie legte ihre Serviette auf den Tisch.

»Bevor ich anfange, das Schloss einer gründlichen Reinigung unterziehen zu lassen, werde ich ausreiten«, verkündete sie. »Es ist also möglich, dass ich nicht hier bin, wenn du aufbrichst.« Er war aufgestanden, als sie sich vom Tisch erhob, und jetzt stellte sie sich auf die Zehenspitzen, um ihm einen zurückhaltenden Kuss auf die Wange zu geben. Nicht mehr als ein Zeichen der Zuneigung ihrer Mutter zuliebe, sagte Cynara sich. Dennoch konnte sie nicht die Woge der Erregung leugnen, die sie durchströmte, als er sie auf die Lippen küsste.

»Viel Glück«, sagte sie und verließ das Zimmer, bevor er etwas sagen konnte, das sie noch mehr in Verlegenheit brachte.

»Nimm einen der Reitknechte auf deinen Ausritt mit, Cynara.«

Der Morgen war feucht und mild. Ein leichter Nebel lag über der Bucht, aber bald würde der Wind ihn vertreiben und der Tag würde noch wärmer werden. Der schwere Stoff ihres Reitkleides rieb sich an ihrer Haut, es war die übliche Kleidung für einen Ausritt. Cynaras Kostüm war aus feiner grauer Wolle mit schwarzem Samtrevers. Der Rock war sehr weit, die Jacke schmiegte sich eng um ihre Taille. Ein Hut mit geschwungener Krempe und einer schwarzen Feder, die sich über einem Ohr ringelte, vervollständigte das Ensemble.

Muggins war bei den Ställen und überwachte die Knechte beim Striegeln und Füttern der Pferde. »Morgen«, grüßte er Cynara mürrisch, und ihr fiel auf, dass er sich nicht die Mühe machte, seinen Hut zu ziehen.

»Ich möchte ausreiten, und ich erwarte, dass Sie mich begleiten, Muggins.« Cynaras kastanienbraune Stute Swallow war bereits nach Black Raven gebracht worden.

»Das muss ich wohl«, knurrte er, und Cynara warf ihm einen scharfen Blick zu. Sie sah, dass er stark schwitzte, als wäre er gerannt.

»Es ist Ihre Aufgabe, und nicht etwas, das ich vorgeschlagen habe, um Sie zu verärgern«, sagte sie streng. »Viele andere wären gern an Ihrer Stelle.«

Sie konnte seine Erwiderung nicht genau verstehen, aber es klang, als hätte er gesagt: »Bilden Sie sich bloß nichts ein, Ma'am.« Sie starrte ihn ungläubig an. Ein unverschämtes Grinsen spielte um seine Lippen.

»Ich habe lediglich gemeint, Muggins, dass kein anderer Reitknecht es wagen würde – oder Grund dazu hätte –, sich über diese Anordnung zu beklagen.« Mit hoch erhobenem Kopf beobachtete sie, wie ein Stallbursche, der nicht viel älter als vierzehn oder fünfzehn sein konnte, Swallow auf die festgestampfte Erde vor den Ställen führte. Der Junge hinkte leicht, schien aber keine Schmerzen zu leiden. Seine Sachen waren schäbig, aber sauber, und sein rotes Haar war ordentlich zur Seite gekämmt. Sein Gesicht und seine Unterarme waren über und über mit Sommersprossen übersät. Er schenkte ihr ein scheues Lächeln und sie fragte: »Wie ist dein Name?«

»Bobby Black, M'lady«, antwortete er.

»Kannst du reiten?« Sie ließ sich von ihm in den Sattel helfen.

»Klar, M'lady.« Der Junge lief feuerrot an und drehte seine Kappe zwischen den Händen. »Das mach ich am allerliebsten.«

Sie gönnte Muggins einen kühlen Blick. »Da Mr. Muggins heute Morgen so beschäftigt zu sein scheint, könntest vielleicht du mit mir ausreiten, Bobby. Wir müssen die Pferde bewegen, und ich bin gern in Gesellschaft eines Menschen, der einen Ausflug zu Pferde genießt.« Sie warf Muggins ein knappes Lächeln zu. »Sie brauchen sich nicht zu bemühen, Muggins. Bobby findet schon ein Pferd, das er reiten kann – ohne Ihre Hilfe.«

»Aber … was wird der Herr sagen?«, begann Muggins.

»Wenn er weg ist, bin ich diejenige, die die Befehle gibt. Haben Sie verstanden?«

Muggins starrte sie unter seinem Hutrand hervor finster an. Mit seinen schräg stehenden, berechnenden Augen, der langen Nase und dem spitzen Kinn erinnerte er sie an einen Fuchs. Seine Augenbrauen waren buschig, sein Haar lugte struppig unter dem Hut hervor. Cynara fühlte sich unbehaglich in seiner Gegenwart; er wirkte verschlagen, als müsste er irgendetwas um jeden Preis vor ihr verheimlichen, und dieser Eindruck beunruhigte sie.

Sie ritt den Pfad hinunter, der um die Stallungen herumführte, sich in einer leichten Steigung um die Raven-Gruft wand und bis in die Gairlock Woods führte, die sich im Landesinneren bis nach Dartmouth erstreckten. Ein Stück von der Küste entfernt wurde die Landschaft hügeliger, mit grünen Feldern, die von niedrigen Steinmauern durchzogen ein Flickenmuster bildeten. Hinter den Hügeln lag das Moor, ein düsterer Landstrich voller Einsamkeit. Das Sonnenlicht, das sich in den Tautropfen brach, zauberte spinnwebfeine Netze aus Licht in die Bäume. Ein feiner Dunstschleier wehte über die Felder. Ein wunderschöner Morgen, dachte Cynara mit einem glücklichen Seufzer und atmete den Duft von feuchtem Gras und Moos ein.

Bobby, der hinter ihr auf dem Pfad ritt, hielt aufgrund ihres hohen Ranges respektvoll Abstand. Sie lächelte und winkte ihn zu sich, bis sein Pferd auf einer Höhe mit Swallow war. »Ein herrlicher Morgen, nicht wahr?«, sprach sie ihn an und entlockte ihm ein Lächeln.

»Ja.«

»Black? Sind Sie mit der Köchin Moira Black verwandt?«

»Meine Mutter«, sagte er und wurde wieder rot. »Sie platzt bestimmt vor Stolz, wenn sie hört, dass ich mit Mylady ausreiten durfte.« Seine Stirn verdüsterte sich plötzlich, und ein sorgenvoller Ausdruck trat in seine fröhlichen blauen Augen.

»Was ist los?«, fragte Cynara.

Er rutschte im Sattel hin und her, und Cynara sah Angst über sein Gesicht huschen. »Mr. Muggins wird wütend auf mich sein.«

»Warum?«

»Weil Sie mich an seiner Stelle mitgenommen haben, Mylady.«

Cynara verstand, was der Junge meinte. »Er ist nicht der

Mann, der leicht vergibt, aber ich werde nicht zulassen, dass er dich schlecht behandelt.«

Bobby nickte. »Danke.«

Cynara wusste, dass es ihm widerstrebte, schlecht über seinen Vorgesetzten zu sprechen, aber sie wollte unbedingt mehr über diesen Mann wissen, der es wagte, seinen Arbeitgebern gegenüber so feindselig aufzutreten.

»Kennst du Mr. Muggins gut?«, tastete sie sich vor.

Der Junge schüttelte den Kopf. »Seine Familie ist nicht von hier. Aus Plymouth kommen die. Sind hergekommen, als Master Sydney noch Earl war. Der Earl, der in der Schlacht von Waterloo gefallen ist, mochte Mr. Muggins nicht besonders, das weiß ich.«

Cynara lächelte. »Du bist ein kluger Junge, Bobby. Du weißt, was draußen in der Welt vorgeht, stimmt's?«

Bobby zuckte die Achseln und wurde rot. »Ich weiß nicht. Ich höre den Seeleuten unten im Hafen von Salcombe und in den Schenken im Dorf zu. Die wissen alles.« Er verstummte einen Moment. »Aber es wär toll, lesen und schreiben zu können«, sagte er mehr zu sich selbst als zu ihr.

Cynara verspürte den spontanen Wunsch zu helfen. Sie hatte alles, während sich Menschen wie Bobby mit dem begnügen mussten, was sie finden konnten. Und doch hatten er und seine Mutter noch das Glück, eine Stellung an einem Ort wie Black Raven zu haben, auch wenn das Schloss mit schweren Schulden belastet war. Die Menschen, die dort lebten, mussten noch nicht Hunger leiden, was häufig bei den armen Kleinpächtern vorkam, die nur den Gemüsegarten bei ihren Hütten und vielleicht ein, zwei Schweine hatten, um die größte Not abzuwehren.

»Vielleicht … kann ich helfen.« Sie zögerte, da sie keine falschen Hoffnungen wecken wollte. Aber im Dorf Black Raven musste es viele junge Leute geben, die weder schreiben noch lesen konnten. »Lass uns weiterreiten.« Sie zog die Zügel an, und Swallow ging in einen leichten Trab über.

Sie kehrten in die Wälder zurück, und das grüne Blattwerk, das die Sonnenstrahlen filterte, schuf ein gedämpftes Licht unter den Bäumen. Im Wald herrschten Ruhe und Frieden, und Cynara empfand ein wachsendes Gefühl von Freiheit. Als sie eine Lichtung erreichten, waren nur die Pferdehufe auf Moos und altem Laub zu hören.

Plötzlich musste sie an das Duell denken, das in einem ähnlichen Wäldchen stattgefunden hatte. Erstaunlich, dass Merlin ihren Wunsch, Brandon zu befreien, vor die Lösung seiner eigenen drängenden Probleme stellte. War es selbstsüchtig von ihr gewesen, ihn um Hilfe zu bitten? Nein. Wenn Brandon aus dem Gefängnis kam, was sicher bald passieren würde, konnte er Merlin helfen, seinen Namen reinzuwaschen. Falls das überhaupt möglich war …

»Achtung!«, schrie Bobby, und Cynara nahm flüchtig einen dunklen Schatten wahr, der vor Swallow über den Weg schoss. Sie stieß einen Schrei aus, als sich die Stute aufbäumte, schaffte es aber, sich im Sattel zu halten. Sie starrte der Gestalt nach, aber alles, was sie sehen konnte, war ein vager Schatten – wie der Zipfel eines flatternden grauen Umhangs. Dann nichts mehr.

»Was war das?«, rief sie Bobby zu, während sie sich bemühte, ihr Pferd zu beruhigen.

Er ritt zu ihr, griff nach Swallows Zügen und zog sie fest an. »Sie sind eine gute Reiterin. Jemand mit weniger Erfahrung wäre heruntergefallen. Die Stute hätte ausschlagen können.«

»Wer war das?«

»Der verrückte Jean, der Dorftrottel. Mit seinem grauen

Umhang hat er wie ein großer Greifvogel ausgesehen. Wahrscheinlich haben wir ihn aus irgendeiner Höhle aufgescheucht.«

»Er hat meiner Stute mit seinen wilden Sprüngen einen großen Schrecken eingejagt.«

»Jean ist 'n komischer Vogel, war er immer schon.«

Ein dünner, unheimlicher Klagelaut zerriss die Stille, und Worte wehten zu ihnen herüber, mit jedem Schritt, den Jean sich entfernte, leiser werdend. »Der Tod war auf Black Raven, und er wird wiederkommen. Die Toten werden keine Ruhe finden, bis das Geheimnis enthüllt ist.«

Unheilschwangeres Schweigen senkte sich auf die Lichtung, und Cynara überlief ein Schauer. Sie warf Bobby einen ängstlich fragenden Blick zu. Er zuckte nur die Achseln.

»Jean glaubt, dass er die Zukunft vorhersagen kann, der alte Narr. Achten Sie gar nicht auf ihn, Mylady.«

Mit einem entschiedenen Nicken lenkte Cynara ihre Stute auf den Weg, der nach Black Raven zurückführte. Auch wenn er als Dorftrottel galt, Jeans Weissagung hatte einen düsteren Schatten auf den Tag geworfen. Jetzt war im Wald von nichts und niemandem eine Spur zu sehen, nur ein paar Äste knarrten, als wären sie von einem Windstoß ergriffen worden. Cynara hätte schwören können, dass Jean absichtlich über den Weg gerannt war, um ihr Pferd zum Scheuen zu bringen. Aber warum? Es gab für niemanden einen Grund, trabende Pferde im Wald zu erschrecken.

Der Schrecken hatte ihr die Freude an dem morgendlichen Ausritt genommen, und Cynara begnügte sich damit, auf Swallow zu den Stallungen zurückzureiten. »Was Jean auch im Wald getrieben haben mag, ich bin froh, dass meine Stute nicht so leicht in Panik gerät«, sagte sie zu Bobby.

Ihre gute Laune war verflogen, als sie zum Haus zurückkehrte, aber ihr blieb keine Zeit, über den Vorfall zu grübeln. Sie musste die Renovierungsarbeiten im Schloss in Angriff nehmen. Dennoch, sie war überzeugt, dass Jean gewusst hatte, dass sie auf diesem Weg kommen würden.

9

Cynara vergaß den fremden Mann in den Wäldern völlig, als sie sich in das umfangreiche Unternehmen stürzte, das Schloss herzurichten. Stockfleckige und zerschlissene Vorhänge und Wandteppiche wurden verbrannt, Teppiche geklopft, bis sie vollständig vom Staub befreit waren, Böden geschrubbt und Fenster geputzt. Eine Woche, nachdem Merlin nach London aufgebrochen war, beschäftigte sie sich am Abend damit, Pläne für die große Halle zu schmieden, die wieder in ihrem einstigen Glanz erstrahlen sollte. Sie beratschlagte mit Bramble, wie sich am besten die Spinnweben von den uralten Deckenbalken entfernen ließen, eine Aufgabe, die einigen Mut erforderte, da die Decke zwanzig Fuß hoch war.

Mitten in ihre Besprechung platzte Estelle, in wallende Schichten durchsichtiger Nachtgewänder und flatternder Kaschmirschals gehüllt. Cynara wusste sofort, dass irgendetwas ihre Mutter aus der Fassung gebracht hatte, denn normalerweise zeigte sich Estelle nie außerhalb ihres Boudoirs, wenn sie nicht korrekt gekleidet war. Ihr Gesicht war totenblass, und ihre Augen waren groß und verstört.

»Mutter!« Cynara legte die Stoffmuster beiseite, die sie in den Armen hielt, und lief zu ihrer Mutter, die sie gerade noch rechtzeitig erreichte, um zu verhindern, dass die ältere Frau ohnmächtig zu Boden sank. »Was ist los? Wo ist Tildy?« Sie half ihrer Mutter, sich auf eine alte Sitzbank mit roten Samtkissen zu legen.

Tildy, deren Dienste als Zofe Cynara sich mit ihrer Mutter teilte, kam mit einem Riechfläschchen angelaufen, das sie Estelle hastig unter die Nase hielt. Das Stärkungsmittel hatte eine belebende Wirkung auf Estelle.

»Ich hatte furchtbare Angst«, sagte Estelle gepresst. »Ich war gerade eingeschlafen, als ich von einem schrecklichen Geräusch aufwachte. Es klang, als würde etwas herunterfallen.« Estelle wedelte hektisch mit den Händen, als wäre die Erinnerung zu viel für sie. »Ich setzte mich im Bett auf, und mein Herz klopfte so sehr, dass ich dachte, es würde aussetzen. Es war sehr schmerzhaft.« Sie klammerte sich an Cynaras Arm. »Neben dem Bett stand ein *Mann!*«

»Ein Mann! Hast du ihn erkannt?«, wollte Cynara wissen.

Estelle schüttelte den Kopf. »Ich war so entsetzt, dass ich es nicht wagte, näher hinzuschauen. Er trug einen weiten grauen Umhang und einen Hut, den er tief in die Stirn gezogen hatte, sodass von seinem Gesicht fast nichts zu sehen war.« Sie verstummte, und ihre Augen weiteten sich, als sie sich die Szene noch einmal vergegenwärtigte. »Aber er schien jung zu sein, und ich erinnere mich, dass er ziemlich groß war. Ich schrie, und plötzlich war er verschwunden, ohne einen Laut, wie ein Geist.«

Cynara und Tildy wechselten besorgte Blicke. »Bist du sicher, dass du nicht geträumt hast?«, fragte Cynara, obwohl sie wusste, dass die Antwort nein lauten würde.

»Er war da und starrte mich an«, sagte Estelle mit brechender Stimme.

»Könnte es jemand von der Dienerschaft gewesen sein?« Cynara verspürte leise Angst. Sie dachte an die Gestalt im grauen Umhang, die ihr im Wald begegnet war. Könnte es derselbe

Mann gewesen sein? Aber Jean war alt und krummbeinig gewesen.

»Sein Umhang war viel zu elegant für einen Diener«, erklärte Estelle und setzte sich auf. »Ich schwöre, in diesem Schloss gehen böse Dinge vor. Ich habe es in dem Moment gespürt, als wir hier eintrafen.«

Cynara seufzte. Obwohl sie es nur ungern zugab, war etwas Wahres an diesen Worten. Sie hatte es selbst gespürt. Vielleicht war es die ablehnende Haltung der Dienstboten.

»Holen Sie bitte Mrs. Averell«, bat Cynara Bramble, der am Ende der Sitzbank stand. Der Butler gehorchte, und Cynara wartete voller Ungeduld auf die Haushälterin. Sie rieb die eiskalten Hände ihrer Mutter, und Tildy schlang die Schals enger um deren schmale Schultern. Estelle zitterte immer noch, war aber schon viel ruhiger. Cynara schickte Tildy um ein Glas Brandy.

»Mutter, du brauchst keine Angst zu haben. Ich bin hier, um auf dich aufzupassen, und Brandon wird auch bald bei uns sein.«

»Ich will nach Stormywood zurück«, sagte Estelle mit bebenden Lippen. »Hier fürchte ich um mein Leben – von deinem ganz zu schweigen.« Sie nahm Cynaras Hand. »Du musst mit mir kommen und warten, bis Merlin wieder da ist.«

»Ich verstehe deine Sorge, aber ich kann mir nicht denken, wer uns etwas antun will. Wir haben hier eine Schar von Dienstboten um uns, daher kann ich mir nicht vorstellen, dass wir in Gefahr sind.«

»Der Mann ist in mein Schlafzimmer gekommen! Die Dienstboten sind faul und gleichgültig. Es würde sie nicht einmal kümmern, wenn eine ganze Armee von Dieben ins Schloss einbricht!«

Mrs. Averell trat ein, das Gesicht in missbilligende Falten

gelegt. »Ich war gerade dabei, Ihre Anweisungen bezüglich der Wäscheschränke durchzuführen, Mylady. Was gibt es?«, fragte sie und verschränkte die Hände auf ihrem Bauch. Ihr Kleid aus schwarzem Bombasin raschelte bei jeder Bewegung, und der Blick, den sie Cynara zuwarf, war kalt und argwöhnisch.

Cynara richtete sich zu ihrer vollen Größe auf und hielt dem eisigen Blick gelassen stand. »Mrs. Averell, Sie dürften doch über alles, was im Haus vorgeht, im Bilde sein. Sind die Kaminkehrer gekommen? Hat jemand von der Dienerschaft Besuch bekommen, Freunde oder Verwandte?«

Die Haushälterin schüttelte den Kopf. »Nein. Keine Besucher.«

»Wurde etwas abgeliefert? War jemand beim Kücheneingang?«

»Nein.«

Sonst nichts, nur Schweigen, ein trotziges, fast unverschämtes Schweigen.

»Ich wünsche, dass Sie von jetzt an sämtliche Türen versperren und nur Leute hereinlassen, die Sie kennen«, sagte Cynara.

Mrs. Averell schnaubte. »Und warum, wenn ich fragen darf? Wir sind hier nicht in London, wo es von Dieben und Mördern nur so wimmelt«, sagte sie.

»Ich befehle es, und das ist Grund genug«, sagte Cynara. »Ich bin sicher, Sie wollen genauso wenig wie ich, dass Fremde in das Schloss kommen.«

Mrs. Averell schürzte die Lippen und streckte das Kinn vor. »Ich bin sicher, so etwas kommt hier nicht vor.«

Da Cynara keine Lust hatte, sich auf eine Debatte einzulassen, entließ sie die Haushälterin. Sie bat Bramble, den einzigen loyalen Diener in einem Haushalt voller offenkundig feindselig gesonnener Leute, die Lakaien zu fragen, ob ihnen etwas Ungewöhnliches aufgefallen wäre. »Sagen Sie ihnen, sie sollen das Schloss von oben bis unten durchsuchen, einschließlich der Verliese.«

Die schmalen Korridore waren unheimlich dunkel, als Cynara ihre Mutter wieder in ihr Zimmer brachte. Tildy versprach, die Nacht über in Estelles Zimmer zu bleiben, und Cynara schwor, sämtliche Türen persönlich zu überprüfen, bevor sie sich zur Ruhe begab. Voller Unruhe über den jüngsten Vorfall eilte sie durch die düsteren Gänge in die hell erleuchtete große Halle hinunter. Ihr Herzschlag raste vor Furcht, aber sie war entschlossen, sich nicht von ihrer Fantasie mitreißen zu lassen. Möglich, dass ihre Mutter von der Gestalt neben ihrem Bett nur geträumt hatte, aber warum? Und wenn es kein Traum gewesen war, wer hatte das Schloss betreten, und warum war er in Estelles Zimmer gegangen?

Ein Gedanke streifte Cynara, aber sie tat ihn eilig ab. Dennoch blieb ein vager Verdacht: Was, wenn jemand es darauf angelegt hatte, den Damen auf Black Raven Angst zu machen? Der Vorfall im Wald hätte dazu führen können, dass die Stute mit ihr durchging. Ich hätte stürzen und mir das Genick brechen können, dachte Cynara bestürzt. Sie schüttelte die immer bedrohlicher werdenden düsteren Gedanken ab und bat Bramble, sie auf ihrem Rundgang zu begleiten.

»Mir wäre wohler, wenn der Herr hier wäre«, bemerkte Bramble, als er neben ihr über den Flur zur Küche trottete. »Ich fürchte, dass die Probleme mit dem Personal bald noch größer werden.«

»Aber warum?«, wollte Cynara wissen. »Was hat er getan, dass sie ihn so sehr ablehnen?«

»Die Menschen auf dem Land sind abergläubisch. Sie glauben wahrscheinlich, dass er seinen Vater ermordet hat und jetzt das Böse hierher bringt.«

»Sie schenken diesen Gerüchten keinen Glauben?«

»Ich kenne den Herrn, seit er ein kleiner Junge war, Mylady. Niemand weiß besser, wie sehr er unseren alten Master Seymour geliebt hat. Master Merlin würde keiner Fliege etwas zuleide tun.« Bramble sprach mit einer Überzeugung, die Cynara als sehr tröstlich empfand.

»Und wenn Sie mir die Bemerkung gestatten, Mylady, die Diener ärgern sich über die zusätzliche Arbeit, die Sie wegen der Renovierung von ihnen verlangen.«

»Wenn sie früher einen Finger gerührt hätten, um das Schloss sauber zu halten, müssten sie jetzt nicht so hart arbeiten.« Cynara wusste, dass Entschlossenheit und Autorität zu zeigen die einzige Methode war, die Dienerschaft bei der Stange zu halten.

»Ich stimme zu, aber Sie machen sich damit nicht unbedingt beliebt.« Bramble errötete, als sie in die spärlich beleuchtete Küche traten. Er rang verzweifelt die Hände. »Oh, es tut mir Leid, Mylady. Ich hatte kein Recht, so offen zu sprechen.«

Cynara lachte. »Keine Sorge, Bramble. Wenn es jemanden gibt, dem ich bedingungslos vertrauen kann, dann sind Sie es, und ich möchte, dass Sie mir gegenüber immer aufrichtig sind.«

Bramble nickte und schluckte verkrampft, als er sich vergewisserte, dass die Tür fest verriegelt war. Sie gingen in die große Halle mit ihren schattigen Winkeln und den schweren geschnitzten Möbeln zurück, die im flackernden Kerzenlicht an kauernde Gestalten erinnerten. Als sie zu der breiten Treppe traten, die den größten Teil der westlichen Wand des Raumes einnahm, fiel die Eingangstür aus massiver Eiche krachend ins Schloss. Cynara hätte schwören können, ein Stück graues Tuch aufblitzen zu sehen. Das würde bedeuten, dass der Mann die ganze Zeit im Schloss gewesen war …

»Was war das?« Bramble trabte zur Tür, riss sie auf und starrte in die tiefdunkle Nacht. Zwei der Lakaien kamen die Treppe hinuntergelaufen.

»Wir haben jeden Raum durchsucht, Mylady«, verkündeten sie. »Es ist niemand dort.«

»Geht Bramble nach, er braucht eure Hilfe«, befahl Cynara, die in der Türöffnung stand, durch die der Butler verschwunden war. Die Nacht war pechschwarz und weder vom Mond noch von den Sternen war etwas zu sehen. Von der See wehte eine kühle, salzige Brise herein.

Die Männer wurden von der Dunkelheit verschluckt. Plötzlich ertönte ein Schrei, dann ein Stöhnen. Außer sich vor Angst, lief Cynara auf die Stufen vor dem Eingangstor hinaus und versuchte, etwas in der Finsternis zu erkennen.

Bramble kam zurück, schwer auf einen der Lakaien gestützt. Er hielt sich die Schulter, als ob sie ihm wehtäte.

»Was ist passiert?«, fragte Cynara, während sie dem Diener half, den beleibten Butler in einen gewaltigen geschnitzten Stuhl neben der Tür zu setzen.

»Er hat mich getroffen, wahrscheinlich mit einem Stein. Ich kann von Glück reden, dass er nur meine Schulter erwischt hat«, keuchte Bramble. Sein Gesicht war schweißüberströmt, und zum zweiten Mal an diesem Abend musste Cynara ein Opfer des grau gekleideten Eindringlings versorgen.

Ihre Mutter hatte die Wahrheit gesagt. Es war ein Fremder im Schloss gewesen.

Bramble hatte sich gerade ein wenig erholt, als die Tür klapperte. Der Lakai, der daran gedacht hatte, den Riegel vorzuschieben, rief: »Wer ist da?«

»Aufmachen! Es ist dein Herr!«

Der Lakai zog den schweren Riegel zurück und ließ Merlin ein. Sein Haar war vom Wind zerzaust, als hätte er seinen Hut verloren, und er trug einen schlammbespritzten schwarzen Umhang. Widerstreitende Gefühle erfüllten Cynara; einerseits Argwohn wegen seiner baldigen Rückkehr, andererseits Erleichterung, ihn gesund und munter wiederzusehen, eine Erleichterung, die sie drängte, sich ihm in die Arme zu werfen. Aber die nüchterne Seite ihres Wesens riet ihr, seine plötzliche Ankunft mit Zurückhaltung aufzunehmen.

Seine dunklen Augen forderten sie heraus, luden sie ein, aber er machte keine Anstalten, sie in die Arme zu nehmen. Er hauchte nur einen kühlen Kuss auf ihre Fingerspitzen. »Es war schwierig, im Dunklen zu reiten. Kein Mondlicht, um den Weg zu sehen. Der Wind wird stärker, und noch bevor die Nacht zu Ende ist, werden wir im Regen ertrinken.«

»Wo ist Gideon Swift?«, fragte Cynara. Seine flüchtige Berührung ließ ihr Herz schneller schlagen, und wie immer fühlte sie sich zu ihm hingezogen. Die magische Anziehungskraft, die er von jeher auf sie ausgeübt hatte, schien heute Abend stärker denn je.

»Ich habe ihn mit dem Wagen in Dartmouth gelassen, aber ich konnte es nicht erwarten, zu meiner Frau heimzukehren«, sagte er so laut, dass alle es hören konnten, und strahlte sie an.

Einer der Diener grinste und Cynara wurde rot. Sie wünschte, es gäbe kein Geheimnis um Merlin, kein Geheimnis um den Tod seines Vaters. Wenn sie in der Lage gewesen wäre, ihm voll und ganz zu vertrauen, hätte sie sich freudig in seine Arme geworfen. In Anbetracht der Umstände scheute sie vor seiner Zurschaustellung wärmerer Gefühle zurück. Wenn er sich einbildete, sie würde nach einer einzigen Liebesnacht kapitulieren ... oh, aber es war so ein gutes Gefühl, ihn zu sehen, fast, als wäre er ein Jahr fort gewesen, nicht eine Woche.

»Wir hatten heute Abend einen ungebetenen Besucher. Mutter sah ihn neben ihrem Bett stehen, und gerade hat er

Bramble, der versuchte, ihn zu verfolgen, mit einem Stein an der Schulter getroffen und ihn um ein Haar getötet. Der Fremde trug einen grauen Umhang.«

Merlins Gesicht verdüsterte sich. »Dieser Zustand ist unerträglich! Wie ich sehe, bin ich zur rechten Zeit zurückgekommen. Wir müssen die seltsamen Vorfälle auf Black Raven so bald wie möglich untersuchen. Vielleicht kann uns die hiesige Polizei helfen.« Er warf Umhang und Handschuhe achtlos einem der Diener zu. »Vielleicht war es ein Dieb. Haben die Diener ihn erwischt?«

Sie schüttelte stumm den Kopf. »Laut Aussage der Diener hat kein Fremder das Haus betreten. Ich habe dafür gesorgt, dass alle Türen abgesperrt sind.«

»Haben Sie sich erholt, alter Freund?«, fragte er Bramble und fügte hinzu, als der Butler nickte: »Gehen Sie auf Ihr Zimmer und gönnen Sie sich etwas Ruhe. Und muten Sie sich morgen nicht zu viel zu.« Seine Aufmerksamkeit wandte sich wieder Cynara zu. Er nahm ihren Arm und führte sie zu dem riesigen Kamin an der östlichen Wand der großen Halle, in dem ein Feuer gegen die Kälte brannte. »Ich hatte gehofft, meine Frau würde mich, den müden Reisenden, hier mit einem Glas Brandy empfangen.«

»Es scheint dir nicht übermäßig große Sorgen zu machen, dass heute Abend ein Fremder ins Schloss eingedrungen ist«, bemerkte sie.

»Doch, natürlich, aber was kann ich zu dieser Tageszeit schon machen? In der Dunkelheit hole ich ihn nie ein. Höchstwahrscheinlich war es ein dreister Landstreicher, der etwas zu essen oder Wertsachen stehlen wollte.« Er versuchte, sie in die Arme zu nehmen, aber sie stieß ihn weg.

»Mutter hätte ernstlich verletzt werden können; sie ist beinahe gestorben vor Angst, und was Bramble angeht … «

Seine Augen sprühten Funken. »Was erwartest du von mir? Was soll ich tun?«

»Im Moment nicht viel, aber ich wünschte, du hättest Verständnis für meine Besorgnis. Ich werde heute Nacht bestimmt kein Auge zutun.«

»Glaub mir, ich habe Verständnis. In meinem Leben gibt es zurzeit nichts als Sorgen. Was ich brauche, sind ein wenig Ruhe und Frieden, nicht noch mehr Probleme, mit denen ich mich befassen muss.« Er machte eine Pause und starrte ins Feuer. »Willst du gar nicht wissen, wie meine Fahrt nach London verlaufen ist?«

Cynaras Gesicht erhellte sich. »Ja, das hätte ich beinahe vergessen. Was konntest du für Brandon tun? Wie geht es ihm?«

»Er hat nach dir gefragt, und er ist noch gesund, wenn auch ein bisschen abgemagert. Er würde dich vor der Verhandlung gern noch einmal sehen.«

»Verhandlung? Wann?«

»Sie findet in Surrey statt, in Kingston, wo das Verbrechen verübt worden ist. Das ist meine Chance zum Eingreifen, während des Transports von London nach Surrey. Wenigstens wurde nicht beschlossen, den Fall am Old Bailey zu verhandeln. Brandon von dort zu befreien, wäre unmöglich.« Er seufzte. »Ich könnte Brandons wegen weiß Gott noch größere Schwierigkeiten bekommen, als ich ohnedies schon habe. Wenn ich erwischt werde, lande ich in Newgate, vermutlich, um dort mit deinem Bruder eine Zelle zu teilen.«

Leise Schuldgefühle regten sich in Cynara, und sie musterte ihn nachdenklich. »Dieser Rettungsversuch klingt gefährlich.«

»Ist er auch, aber in unserer verzweifelten Lage bleibt uns keine andere Wahl. Ich brenne darauf, die Sache ein für alle Mal zu klären, sei es auch nur, um deine Zuneigung zu gewinnen.« Ein leichtes Lächeln spielte um seine Mundwinkel, als er einen Schritt näher zu ihr trat. Er sah aus, als wollte er sie in die Arme nehmen, schien aber dann seine Meinung zu ändern. »Wann fahren wir gemeinsam nach London?«

»So bald wie möglich.« Merlins Nähe irritierte sie mehr, als ihr lieb war. Er war nur eine Woche fort gewesen, aber sie musste zugeben – sich selbst, nicht ihm gegenüber –, dass sie ihn vermisst hatte. Seine Gegenwart wirkte tröstlich auf sie. Er war stets bereit, sich um etwaige häusliche Angelegenheiten zu kümmern, und das gab ihr ein Gefühl von Sicherheit. Auch wenn ein Fremder im Haus gewesen war, jetzt, da Merlin wieder da war, hatte sie keine Angst mehr.

Ihre Freude über das Wiedersehen brachte sie aus der Fassung, und sie zerbrach sich den Kopf nach einem anderen Gesprächsthema, aber als sie in seine dunklen Augen sah, fiel ihr nichts mehr von dem ein, was in der vergangenen Woche passiert war. Alles, woran sie denken konnte, war das Gefühl, in seinen Armen zu liegen, seine Lippen auf den ihren zu spüren.

»Willst du dich nicht zur Ruhe begeben?«, fragte er.

»Ja … allein. Meine Einstellung zu dir hat sich in keiner Weise geändert.« Das war eine Lüge, aber das würde sie ihm nie gestehen.

»Wie enttäuschend«, meinte er und schlenderte zu einem alten geschnitzten Sessel, der mit verblichenem Goldbrokat bezogen war. Er zog ihn ans Feuer und setzte sich hinein. »Wenn du nach oben gehst, sag bitte Bramble, er möge mir eine Flasche Brandy bringen.«

»Du hast Bramble wegen seiner Verletzung zu Bett geschickt, aber den Brandy kann ich dir bringen.« Mit leisem Bedauern darüber, dass ihre Unterhaltung beendet war, verließ Cynara die Halle. Als sie einige Minuten später wiederkam, stellte sie fest, dass er im Sessel eingeschlafen war, die langen Beine weit ausgestreckt. Sie unterdrückte den Impuls, sein schönes Gesicht zu betrachten, dass im Schlaf so gelöst und ganz anders als sonst wirkte. Es war, als hätte der Schlaf einen weichen Schleier über die harten Konturen seiner Gesichtszüge gelegt.

Sie stellte die Flasche Brandy und das Glas ab und fragte sich, ob sie eine Decke über ihn breiten sollte. Wenn er aufwachte, würde er steife Glieder haben und frieren. Noch während sie hin und her überlegte, schlug er, ohne dass sie es merkte, die Augen auf. Sie schrie überrascht auf, als er seine Arme ausstreckte und sie auf seinen Schoß zog.

»Was machst du da?«, wollte sie wissen und zappelte, um sich aus seiner eisernen Umarmung zu befreien.

»Ich habe gerade von dir geträumt, und dann hat mich deine Nähe geweckt.« Seine Augen neckten sie. »Ich denke, ich habe das Recht auf eine etwas wärmere Begrüßung als die formelle bei meiner Ankunft.«

Sie starrte ihn erbittert an, nicht weil sie wütend war, sondern weil er ihr an Stärke überlegen war. Wie konnte sie sich würdevoll aus seinen Armen winden, ohne zu kämpfen? Wenn er glaubte, sie wäre bereit, sich ihm erneut hinzugeben, wie sie es dieses eine Mal Brandon zuliebe getan hatte, täuschte er sich gewaltig. »Lass mich los.«

»Erst wenn du mir einen Kuss gegeben hast.«

»Hm! Dieser Sessel ist äußerst unbequem.«

Er lachte leise. »Wir können einen bequemeren Ort aufsuchen – mein Bett.«

Sie stemmte sich gegen seine harte Brust – vergeblich. Er rührte sich keinen Zoll. »Dass ich mich dir einmal hingegeben habe – durch Erpressung! –, bedeutet nicht, dass ich vorhabe, mein Angebot zu wiederholen.«

»Na schön, wenn du hartnäckig darauf bestehst, deinen Stolz zu wahren, meinetwegen. Trotzdem, dich auf meinem

Schoß zu haben, ist eine einmalige Gelegenheit ...« Bevor sie protestieren konnte, fing er ihren Mund mit dem seinen ein, und bevor sie zurückweichen konnte, wurde sein Kuss intensiver. Er schmeckte so gut, und seine Liebkosung war so erregend, dass sie am liebsten in seinen Armen geschmolzen und nie wieder aufgestanden wäre. Er rief in ihrem Herzen eine so köstliche Süße hervor, wie sie sie noch nie erlebt hatte. Es waren nicht ihre Lippen, die aufeinander lagen, ihre Zungen, die einander berührten, es waren ihre Herzen, die zueinander sprachen. Schockiert von dieser bestürzenden Entdeckung, versuchte Cynara sich von ihm zu lösen, aber ihr Widerstand ließ bald nach. In seinem Kuss lag so viel Hingabe, so viel Zärtlichkeit, dass ihr Instinkt, sich zu wehren, erstarb. Seine Zunge war so samtweich, so innig, so Trost suchend. Und irgendwie spürte sie, dass der Kuss ihn zutiefst befriedigte, genau wie sie. Eine Ewigkeit schien zu vergehen, und Merlin wurde ihr von neuem vertraut. Ihr Körper hatte keine Probleme mit Stolz. Wie eine Blume öffnete er sich dem Leben spendenden Licht, und Wärme erfüllte ihr Inneres, als sein Kuss noch intensiver, noch fordernder wurde. Und sie erwiderte seinen Kuss. Wie konnte sie anders, wenn er alles, was sie an Widerstandskraft besaß, auslöschte?

»Mein Gott, was ist das nur? Was ist es an dir, Cynara, das mich mehr berauscht als irgendetwas anderes je zuvor?«, murmelte Merlin, als er den Kopf hob und sie ansah. »Was bist du, meine Geliebte? Eine Hexe, die mich verzaubert hat? Es scheint, als hätte ich mein Leben lang nach dir gesucht, und jetzt, da ich dich hier in meinen Armen habe, weiß ich, dass du mir immer noch nicht gehörst, weil ich deine Liebe nicht habe. Ich weiß, ich habe in jener Nacht, bevor ich ging, deinen Stolz verletzt«, flüsterte er. »Aber wir haben beide etwas gelernt, nicht wahr?«

Cynara starrte ihn verwundert an. Nie zuvor hatte sie so zärtliche Worte von ihm gehört. Er war der Hexenmeister, dessen Worte einen Zauber um ihr Herz spannen, so dicht, dass sie ihn beinahe sehen konnte. Plötzlich hatte sie ein Gefühl, als hätten sie einander schon immer gekannt. Immer. Das Ausmaß dieses Gedankens machte ihr Angst, und sie wehrte sich gegen seine Umarmung.

Er ließ sie los. »Gibt es eine Möglichkeit, wie ich es dir begreiflich machen kann?«

»Was?«, fragte sie kurz angebunden, während sie aufstand und betont gleichgültig ihr Kleid glatt strich.

»Dass uns schon immer etwas verbunden hat, etwas, das wir nicht genau sehen können, von dem wir aber wissen, dass es da ist.«

Sie wusste, was er meinte; er fasste nur ihre eigenen Gedanken in Worte. Sie teilten etwas, das sich nicht erklären ließ, und sie teilten das Ehegelübde. Es konnten nicht gebrochen werden, und jetzt wollte sie es auch gar nicht mehr, nicht seit jener Nacht …

Irgendwie war sie an diesen dunklen, gut aussehenden Mann gebunden, der ein Feuer in ihr entfachte, wie sie es noch nie erlebt hatte. Aber es war noch zu früh, ihre erwachenden Gefühle für ihn einzugestehen. »Der Eindruck, dass uns ein unsichtbares Band verbindet, ändert nichts an der Tatsache, dass wir eine Vernunftehe geschlossen haben, oder?«

»Das hängt davon ab, wie lange du unsere Ehe als solche aufrechterhalten willst.«

»Schieb die Verantwortung nicht allein mir zu, Merlin.«

Sie wollte die Halle gerade verlassen, als er sagte: »Geh noch nicht. Ich habe ein Geschenk für dich.«

»Ein Geschenk?«, gab sie zurück.

Er zog ein kleines Päckchen aus seiner Tasche und reichte es ihr. Sie sah, dass es eine samtbezogene Schachtel war, und als sie den Deckel aufklappte, blendeten sie funkelnde Diamanten. Es war ein Paar goldener, tropfenförmiger Ohrringe, jeder mit einem makellosen Diamanten besetzt.

»Sie sind wie die Tränen, die du vergossen hast, als wir unsere erste Liebesnacht verbrachten. Wenn du sie trägst, wirst du dich immer daran erinnern.«

Tiefe Röte stieg ihr ins Gesicht. »Ich weiß nicht, ob ich gern an diese Nacht erinnert werden möchte.« Sie klappte den Deckel zu und gab ihm die Schachtel zurück. »Ich sehe keinen Grund für ein Andenken an das Ereignis.«

Ein jäher Ausdruck von Schmerz flackerte in seinen dunklen Augen auf, aber er nahm die Schachtel kommentarlos an sich und schob sie wieder in seine Tasche.

Cynara bereute ihre grausamen Worte. »Ich … ich wollte dich nicht kränken«, sagte sie vorsichtig. »Die Ohrringe sind sehr schön, aber ich würde diese Nacht lieber vergessen.« *Lügnerin!*, schalt sie sich innerlich.

Seine Lippen verzogen sich zu einem bitteren Lächeln. »Dein Wunsch ist mir Befehl. Mach dich bereit, morgen nach London aufzubrechen. Ich werde dich persönlich begleiten.« Ohne ihr noch einen Blick zu gönnen, lehnte er sich in den Sessel zurück und schloss die Augen.

»Willst du nicht in deinem Bett schlafen?«, fragte sie, unschlüssig, was sie sagen oder tun sollte. Es bedrückte sie, ihn nach dieser unerfreulichen Szene allein zu lassen. Immerhin hatte er sich die Mühe gemacht, Brandon zu besuchen.

»Ich hätte nicht gedacht, dass dich das kümmert.« Er starrte sie aus schmalen Augen an, und Cynara fröstelte angesichts der Kälte, die seine Innigkeit ersetzt hatte.

Ohne ein weiteres Wort drehte sie sich auf dem Absatz um und ging. War es falsch von ihr gewesen, sein Geschenk nicht anzunehmen? Die Ohrringe waren schön, aber … diese Nacht war doch nichts anderes als die Erinnerung an eine furchtbare Demütigung – oder? Ein neuartiges Gefühl war in ihr entstanden, die ungeheure Sehnsucht, das Verlangen, zu entdecken, wie sich die sinnliche Anspannung lösen ließ, die sie jeden Moment in seiner Gegenwart empfand. Merlin wusste es offenbar und fand es bedeutend genug, um den Anlass mit einem kostbaren Geschenk zu ehren.

Sie zog sich mit Tildys Hilfe aus, und als die Magd ging, hörte Cynara, dass Merlin sein Schlafzimmer betrat. Angestrengt lauschte sie seinen Schritten. Das Verlangen, bei ihm zu sein, regte sich in ihr. Aber jetzt stand mehr zwischen ihnen als eine Wand. Dennoch, sie hatte für seine Mühe, Brandon zu sehen, bezahlt, warum also fühlte sie sich schuldig? Neben der Sehnsucht ihres Herzens, bei ihm zu sein, war dieses Schuldgefühl ihr ständiger Begleiter. Nie hätte sie sich träumen lassen, dass sie Merlin so faszinierend finden würde, wie es jetzt der Fall war.

Das Ohr an die Tür gelegt, lauschte sie weiter, aber tiefe Stille hatte sich über das Haus gesenkt. Lauschte auch er, ob er etwas von ihr hören könnte? Sie betrachtete den alten Türgriff, zog die kalten Umrisse mit einem Finger nach und fragte sich, ob er genauso wie sie den alten Stahl berührte. Gerade als sie glauben wollte, dass es so war, hörte sie das alte hölzerne Bettgestell knarren, als er sich auf der Matratze umdrehte. Er schlief!

Verärgert über ihre albernen Sehnsüchte ging sie zu Bett. Das Laken war kalt, obwohl Tildy einen heißen Ziegelstein unter die Daunendecke geschoben hatte. Nachdem sie sich eine Weile unruhig hin und her gewälzt hatte, schlief Cynara endlich ein. Aber auch wenn ihr Körper ausruhte, ihre Seele fand keinen Frieden.

10

Cynara hatte nie das Vergnügen gehabt, eine Saison in London zu verbringen, da die Hawthornes zu arm gewesen waren, um die Kosten für ein glanzvolles Debüt und die enorme Summe für eine neue und modische Garderobe ihrer Tochter aufzubringen. Und auch kein anderer Verwandter hatte die nötigen Mittel gehabt, um sie zu unterstützen. Im Grunde hatte Cynara weder London noch eine Saison vermisst – da sie die Hauptstadt erst zweimal im Leben besucht hatte, wusste sie nicht einmal, was ihr entging.

Und jetzt war sie mit Merlin in London. Sie starrte aus dem Fenster der Kutsche, die den Piccadilly hinunterfuhr. Die laute Geräuschkulisse faszinierte sie ebenso wie die Menschenmassen, die sich auf den Straßen drängten. Straßenhändler boten mit schrillen Stimmen ihre Waren an, wobei die Blumenverkäuferinnen am lautesten von allen schrien. Rollwagen und schwere Fuhrwerke rumpelten über die Pflastersteine, und ein paar Straßenköter jagten Tauben.

Merlin war den Großteil des Tages eher wortkarg gewesen und hatte gesprochen, um Bemerkungen bezüglich ihrer Reise zu machen. Sie wollten in dem Stadthaus absteigen, das früher Ross Seymour gehört hatte und jetzt Merlin gehörte.

Es war ein hohes, schmales Gebäude in der Albemarle Street im vornehmen Stadtteil Mayfair. Die Fassade war schlicht und elegant, die Eingangstür wurde von zwei Säulen flankiert, und die hohen Fenster schmückte ein Stuckfries mit Blattmuster. Als der Wagen stehen blieb, öffnete eine untersetzte Frau mit grauem Haar und fahlem Teint die Tür. Eine gewaltige Haube bedeckte ihren Kopf fast zur Gänze und warf einen Schatten auf ihre kleinen, wieselähnlichen Augen. Ihre Haltung wirkte abweisend.

Die Frau machte einen Knicks und starrte Cynara neugierig an.

»Das ist Ethel Swan«, erklärte Merlin, »Vaters ehemalige Haushälterin. Sie lebt jetzt ständig in London und kümmert sich um das Stadthaus.«

»Ich habe belegte Brote vorbereitet, Master Merlin, und setze gleich Wasser auf«, sagte Mrs. Swan.

Cynara lächelte die Frau an und streckte ihre steifen Beine. Die Fahrt hatte vier Tage gedauert, aber jetzt war sie vorbei. Sie wünschte, Tildy hätte sie begleitet, aber die Zofe war zu Hause geblieben, um auf Estelle aufzupassen. Gideon Swift, der mit ihnen gekommen war und oben beim Kutscher auf dem Bock gesessen hatte, trug ihr Gepäck ins Haus. Ein leichter Regen hatte eingesetzt, und London roch nach feuchtem Ruß und anderen übel riechenden Dingen, die Cynara nicht benennen konnte. Der Himmel war grau und verhangen, und die Dämmerung brach schnell herein.

»Kommen Sie schnell ins Haus, raus aus dem Regen«, forderte Mrs. Swan sie freundlich auf. Als sie Cynara in der Diele aus dem Mantel half, dankte diese ihr mit einem Lächeln.

»Ist niemand hier, der den Aufgaben eines Butlers nachkommen kann?«, erkundigte sie sich, während sie sich in der schwach erleuchteten Diele umsah. Der Boden war mit schwarzen und weißen Fliesen aus Carrara-Marmor bedeckt. Ein Eichengeländer zog sich um die anmutig geschwungene

Treppe, die in die oberen Stockwerke führte. An den holzgetäfelten Wänden hingen würdig aufgereiht Porträts früherer Seymours, neben der Eingangstür befanden sich ein Spiegel in kunstvoll geschnitztem Rahmen und ein Chippendale-Stuhl.

»Da wir das Haus nicht führen und keine formellen Besuche empfangen, sind außer Mrs. Swan, einem Stubenmädchen und einem tauben Diener keine Dienstboten hier«, erklärte Merlin. »Und da wir in Trauer sind, sah ich keinen Grund, das Haus zu öffnen.«

Er betrat durch eine Flügeltür zur Linken einen Salon, und Cynara stellte fest, dass sämtliche Möbel mit Schutzbezügen versehen waren. Sie folgte ihm und betrachtete bewundernd die cremefarben lackierten Wandpaneele, die durch reich verzierte Stuckleisten unterteilt waren. Auf dem Marmorsims des Kamins standen Porzellan-Figuren und eine Ormolu-Uhr.

»Dein Vater war ein erfolgreicher Mann. Wenn er für Black Raven verantwortlich gewesen wäre, hätte er einen Weg gefunden, es wiederherzustellen«, sagte Cynara zu Merlin. »Wie kommt es, dass die anderen Seymour-Brüder nicht dieses Talent hatten?«

Ihr Mann warf ihr einen Blick zu, und sie spürte, wie die eigenartige Anziehungskraft zwischen ihnen heiß aufloderte. Ihr stockte der Atem. Sie schien sich seiner Nähe – und seiner Reize – von Tag zu Tag stärker bewusst zu werden. Merlin ist ein geduldiger Mann, dachte sie. Seit jener Nacht in der großen Halle auf Black Raven, als sie sein kostbares Geschenk zurückwies, hatte er nicht mehr darauf gedrängt, ihre intimen Beziehungen wieder aufzunehmen.

»Vater hat das wenige, was er von seinem Vater erbte, in Grundstückskäufe rings um London investiert. Wie du sicher weißt, wächst die Stadt sehr schnell und breitete sich rapide nach Osten und Westen aus. Die Grundstücke stiegen rasch im

Wert, und Vater konnte mehr Land kaufen. Auf diese Weise hat er sein Vermögen gemacht.« Merlin machte eine Pause. »Ich glaube nicht, dass die anderen Seymour-Brüder Sinn für Geschäfte hatten. Sie erkannten günstige Gelegenheiten nicht so wie mein Vater.« Wieder machte er eine Pause und zog die goldgelben Vorhänge vor den Fenstern auf. »Ich glaube, Sydney – Max' Vater – hat sich redlich bemüht, Black Raven vor dem Ruin zu bewahren, aber es war ein ständiger Kampf.«

»Vielleicht haben wir Erfolg, wo er versagt hat«, sagte Cynara mehr zu sich selbst als zu Merlin.

Merlin sah sie scharf an. »Wir? Ich dachte, du willst nichts mehr von mir wissen, Cynara.«

Sie errötete und wandte das Gesicht ab. Er sah zu viel, erriet zu viel. »Wir sind verheiratet, ob es uns passt oder nicht, und wir werden vermutlich den Rest unseres Lebens auf Black Raven verbringen.«

Ein Lächeln erhellte sein Gesicht. »Mag sein, aber ich hatte gehofft, dir eines Tages London zeigen zu können. Wenn unsere Trauerzeit vorbei ist, schenke ich dir eine verspätete Saison. Das hast du nach allem, was du mit Felix und unserer erzwungenen Hochzeit durchgemacht hast, verdient.«

Er war so liebevoll um ihr Wohl besorgt und überraschte sie immer wieder durch diese warmherzige Seite an ihm, die so unendlich großzügig schien. »Das würde mir gefallen.«

»Wir werden jetzt kaum Bekannte treffen, da die Saison vorbei ist. Die meisten Leute von Adel haben sich mittlerweile aufs Land zurückgezogen.«

»Ich bin ohnehin nicht sicher, ob unter den gegebenen Umständen irgendjemand etwas mit uns zu tun haben will. Vielleicht, wenn du deinen Namen reingewaschen hast … « Sie bemerkte, dass sich seine Züge verhärteten, und war dankbar, als die Haushälterin kam.

Mrs. Swan zeigte ihr die Schlafzimmer, die sich einen Stock höher befanden, und Cynara stellte zu ihrer Erleichterung fest, dass zwei Betten gemacht worden waren. Anscheinend hatte Merlin die Haushälterin über ihre getrennten Schlafräume informiert – was bei Ehepaaren aus ihren Kreisen durchaus üblich war. Die zwei Zimmer hatten keine Verbindungstür, und Cynara atmete erleichtert auf. Zumindest hier würde sie nicht darauf achten müssen, ob ihre Tür verschlossen war. Auf Black Raven hatte sie von Mal zu Mal stärkere Schuldgefühle, wenn sie abends den Schlüssel im Schloss drehte – als ob sie Merlin etwas schuldete. Aber sie hatte für seine Hilfe bei Brandon bezahlt …

»Woran denkst du?«, fragte Merlin, der in der Tür zu ihrem Zimmer stand.

Sie errötete schuldbewusst. »Das ist ein hübsches Zimmer.« Das Schlafzimmer war elegant, anmutig, wie der Rest des Hauses: hohe Decken mit Stuckverzierungen, eine Tapete mit zartem Blumenmuster in Blau und Gold und eine Doppelflügeltür, die auf einen winzigen Balkon mit zierlicher schmiedeeisener Brüstung führte. Der Balkon ging nach hinten auf den von einer hohen Backsteinmauer umgebenen Garten, der in bunter Blütenpracht stand.

»Freut mich, dass es dir gefällt.« Er ging zu der Balkontür und öffnete sie dem Londoner Abend. Geräusche und Klänge, die ihr fremd waren, wehten herein, das Klappern von eisenbeschlagenen Rädern, Schreie und Gelächter. Über der ganzen Stadt brodelte ein Summen von Lauten und Bewegung.

»Wann besuchen wir meinen Bruder?«, fragte sie, voller Sorge, dass jetzt, nachdem sie Brandon so nahe waren, irgendetwas dazwischenkommen könnte.

»Morgen. Ich muss herausfinden, an welchem Tag man ihm dem Gericht in Kingston vorführen will.«

Cynara strich über den weichen Samt des Vorhangs. »Selbst wenn es uns gelingt, ihn zu befreien, bleibt er immer noch ein gesuchter Verbrecher.«

»Nicht, wenn er beweisen kann, dass er den Diebstahl nicht begangen hat. Genau wie ich wird er herausfinden müssen, wer ihm die Schuld für ein Verbrechen in die Schuhe schieben wollte, das er nicht begangen hat.«

Cynara starrte Merlin nachdenklich an. »Du glaubst, jemand wollte, dass du des Mordes schuldig gesprochen wirst? Nun ja, mag sein, aber wer? Es gibt Gemeinsamkeiten in deinem und Brandons Fall. Wenn ihr beide unschuldig seid … Aber warum sollte sich jemand so viel Mühe machen, um euch eine Falle zu stellen?«

Er fuhr sich mit einer Hand durchs Haar. »Ich habe keine Ahnung! Wenn ich es wüsste, wäre ich heute nicht in dieser furchtbaren Lage. Aber Brandon und mir werden unterschiedliche Verbrechen zur Last gelegt.« Er grinste plötzlich, und sein Gesicht erhellte sich. »Du hältst mich also für unschuldig?«

Sie sah ihn forschend an. »Ich würde es gern glauben.«

Seine Augen wurden weich. »Du ahnst nicht, wie glücklich mich das macht. Ich wäre bereits in Newgate, wenn die Behörden Beweise dafür gefunden hätten, dass ich meinen Vater ermordet habe. Aus Gerüchten kann man keinen Fall gegen mich konstruieren.«

»Du musst dich bemühen, deinen guten Namen wiederherzustellen.«

Er lachte unfroh. »Als ob ich das nicht täte! In diesem Moment arbeiten meine eigenen Leute daran, alles bis ins letzte Detail über die Vorfälle des Abends herauszukriegen, an dem mein Vater starb. Und ich versuche, einen bestimmten Mann ausfindig zu machen, der mir vielleicht helfen kann, aber bis jetzt haben die Spuren zu nichts geführt.«

Sein Blick verdüsterte sich, und Cynara verspürte den Drang, die Sorgenfalten von seinem Gesicht zu streicheln, aber sie hielt ihre Gefühle eisern in Schach. Er ging eine Weile auf und ab, bevor er vor ihr stehen blieb.

»Mit dir habe ich alles, wofür es sich zu leben lohnt«, sagte er ruhig.

Cynara glaubte, er würde sie in die Arme nehmen, aber er ging nur rasch an ihr vorbei und verließ das Zimmer. »Wenn du etwas brauchst, klopf an meine Tür.«

Früh am nächsten Morgen betraten sie das hässliche quadratische Gebäude, das als Newgate-Gefängnis in der Newgate Street bekannt war. Der Gestank in diesem Armenviertel Londons nahm Cynara den Atem. Sie presste ein Taschentuch an ihre Nase, aber es bot wenig Schutz. Die Türen schlugen klirrend hinter ihnen zu, als die Wachen sie einließen, und Merlin sprach mit den Gefängniswärtern im Wachhaus des Gebäudes. Einer von ihnen, ein Mann, der für seine Tätigkeit auffallend gut gekleidet war, kam heraus. Vielleicht war er der Gefängnisdirektor. Cynara bemerkte, dass Merlin ihm eine Börse mit Münzen reichte. Falls alle Besucher so großzügig wie Merlin waren, würde das den Wohlstand des Mannes erklären. Offensichtlich durfte man hier nicht geizig sein, wenn man die Gefangenen sehen wollte. Der Wärter begutachtete den Korb mit Speisen, den sie für Brandon mitgebracht hatte, nahm eine Platte kaltes Fleisch und eine Flasche Ale heraus und bedeutete ihnen mit einer Geste, dass sie den Rest mitnehmen durften. Er gab das Ale und das Fleisch einem anderen Wärter.

Ein grobschlächtiger Bursche, an dessen Gürtel ein Schlüsselbund baumelte, führte sie einen dunklen, übel riechenden Korridor hinunter. Irgendwo hinter den dicken Mauern war eine Stimme zu hören, und irgendjemand stieß einen erstickten Schrei aus. Cynara überlief ein Schauer, ihre Hände wurden plötzlich feucht vor Panik. Selbst die Luft schien in diesem Gefängnis von Leid erfüllt, und es herrschte eine Atmosphäre lauernder Furcht.

»Tja, da wär'n wir«, sagte der Wärter und blieb vor einer mit Eisenstangen beschlagenen Tür stehen. »Ihr Bruder hat 'n besseres Logis als die meisten hier, weil der Meister hier« – er zeigte auf Merlin – »so nett war, für den jungen Dieb zu zahlen.«

»Mein Bruder ist kein Dieb«, sagte Cynara kalt und trat in die Zelle.

Schwaches Licht fiel durch ein winziges vergittertes Fenster hoch oben in der Steinmauer, in der Zelle herrschte düsteres Zwielicht. Cynara konnte die Gestalt, die der Länge nach auf der Pritsche lag, kaum erkennen. »Brand?«

Er rührte sich, als sie seinen Namen nannte, und setzte sich zögernd auf. Mittlerweile war auch Merlin hereingekommen, und die Tür wurde hinter ihnen geschlossen. Merlin holte ein Bündel Kerzen aus seiner Manteltasche und schaffte es, mit der Zündschachtel ein Feuer zu entfachen.

»Cynara? Träume ich?«, sagte Brandon Hawthorne, als weiches Kerzenlicht die Zelle erhellte. Er stand unsicher auf und machte mit klirrenden Ketten zwei Schritte auf sie zu. Ihr blutete das Herz, als sie sein eingefallenes, schmutziges Gesicht betrachtete, aber das unbekümmerte Grinsen, das er ihr schenkte, war unverwechselbar.

Sie fielen einander in die Arme, und ein Funken Hoffnung regte sich in Cynara. Ihr Bruder war zumindest am Leben und anscheinend wohl genug, um zu gehen.

Brandon strich über die Bartstoppeln auf seinem Kinn und musterte seine verschmutzten Sachen. »Ich bin nicht unbedingt für die Gesellschaft einer Dame gekleidet«, sagte er zerknirscht. Sein blondes Haar, das ihrem eigenen so ähnlich war, hing in viel zu langen, verfilzten Zotteln über seinen Kragen. Seine blauen Augen wirkten müde und verzweifelt.

Bruder und Schwester starrten einander lange Zeit an. Brandon küsste ihre Wange. »Ich war es nicht, weißt du«, sagte er schließlich. »Jemand hat den Schmuck unter meine Sachen gelegt. Dieser Jemand wollte, dass der Verdacht auf mich fällt.«

Sie klopfte ihm auf die Schultern und merkte dabei, wie verdreckt seine Sachen tatsächlich waren. Seine einstige Eleganz war nichts als Erinnerung. »Ich weiß. Du würdest nie so tief sinken und stehlen.«

Brandon bot Cynara den einzigen Stuhl in der Zelle an, aber sie lehnte ab. Wenn es nicht unbedingt sein musste, wollte sie mit nichts in Berührung kommen. Das Stroh auf der Bettstatt sah unappetitlich aus, und die Wände waren Ekel erregend.

Merlin sah von einem zum anderen. »Wie wär's mit etwas Anständigem zu essen, alter Junge?« Ohne eine Antwort abzuwarten, holte er frisches Obst, Käse, frisch gebackenes Brot, zwei Flaschen Ale und einen Kuchen aus dem Korb, den sie mitgebracht hatten.

Brandon betrachtete die Köstlichkeiten mit begehrlichen Augen und setzte sich auf den Stuhl. »Habe gutes Essen noch nie so zu schätzen gewusst wie jetzt. Ein paar Wochen im Gefängnis wirken Wunder auf den Charakter eines Mannes«, bemerkte er mit einer Unbeschwertheit, die nicht ganz von Herzen kam.

Cynara konnte ihre Tränen nicht unterdrücken, aber sie wandte das Gesicht ab, damit es ihrem Bruder nicht auffiel. Merlin, dem ihre Reaktion nicht entging, legte einen Arm um ihre Schultern.

Brandon aß mit großem Appetit. »Muss einiges gekostet haben, die Wärter zu bestechen«, sagte er zwischen zwei Bissen.

»Nicht der Rede wert«, sagte Merlin. »Wenn du hier raus bist, werde ich dich dafür auf Black Raven schuften lassen.« Seine Augen zwinkerten herausfordernd.

»Diese alte Bruchbude! Du solltest sie lieber abreißen und etwas Neues hinstellen«, meinte Brandon abfällig und leerte eine Flasche Ale.

Merlin wandte sich an Cynara. »Habe ich es nicht gesagt? Dein Bruder ist ein Banause – er hat nicht den geringsten Sinn für Tradition.« Zu Brandon sagte er: »Black Ravens Wurzeln reichen in der Geschichte so weit zurück, dass du es dir nicht einmal annähernd vorstellen kannst.«

»Nicht auszudenken, all der Staub von so vielen Jahrhunderten«, bemerkte Brandon grinsend. »Umso mehr Grund, den Bau abzureißen.«

Merlins Miene verfinsterte sich, und Brandon lachte. Er hatte fast alles aufgegessen, was sie mitgebracht hatten.

»Pass lieber auf, was du sagst, Bruder, sonst könnte Merlin es sich anders überlegen und darauf verzichten, dir bei einem Fluchtversuch zu helfen.«

Brandon wurde ernst und starrte Merlin eindringlich an. »Das würdest du wirklich für mich tun?«

Ein undeutbarer Ausdruck lag in Merlins Augen, als er Cynara ansah. »Eigentlich tue ich es für deine Schwester. Es ist eine Möglichkeit, mich bei ihr beliebt zu machen.«

Brandon grinste boshaft. »Du Teufel!«

Cynara errötete und wünschte, ihr Bruder würde ihr nicht so anzüglich zuzwinkern.

»Ich dachte, es wäre eine Vernunftehe, keine Liebesheirat«, fuhr ihr taktloser Bruder fort und biss unbekümmert in den Kümmelkuchen.

Merlin räusperte sich, und Cynara traute ihren Augen nicht, als sie die leichte Röte entdeckte, die seine Wangen färbte. Sie war genauso verlegen wie er über Brandons gedankenlose Bemerkung. »Das geht dich nichts an, Brand.«

»Ich wünschte, ich hätte bei der Trauung dabei sein können.« Er wischte sich die Hände ab. »Der Kuchen war ausgezeichnet. Ist Moira Blacks Spezialität, wenn ich nicht sehr irre.«

Merlin stützte sich auf den wackeligen Tisch, an dem Brandon saß. »Ich habe einen Plan, und ich möchte, dass du gut zuhörst. Ich habe aus verlässlicher Quelle erfahren, dass man dich am nächsten Dienstag vor das Gericht in Kingston, Surrey, bringen will.«

»Wundert mich, dass die Verhandlung so lang hinausgeschoben worden ist.«

»Ein paar … äh … Schmiergelder in die richtigen Taschen«, murmelte Merlin.

Cynara schnappte nach Luft. »Du hast dich also schon um Brandons Befreiung bemüht, noch bevor … bevor wir geheiratet haben?« Schäumend vor Wut starrte sie ihn an. »Oh, du … du hast mich hereingelegt!«

Merlins Lippen verzogen sich zu einem Lächeln. »Die Mühlen des Gesetzes drehen sich sehr, sehr langsam, insbesondere wenn ein Gentleman beteiligt ist.«

Cynaras Augen sprühten Funken. »Von allen hinterhältigen … du hast mich hereingelegt!«, wiederholte sie.

»Bitte keinen Tobsuchtsanfall, Schwesterchen. Merlin hat mich am zweiten Tag, an dem ich hier war, besucht.« Brandons Blick wanderte prüfend von einem zum anderen. »Ich habe zwar keine Ahnung, wovon ihr sprecht, aber es muss etwas sehr Explosives sein.«

Merlin fuhr sich nervös mit den Händen durchs Haar. »Eine

Privatangelegenheit, Brand«, sagte er. »So, kommen wir wieder zur Sache. Die Kutsche, die dich nach Surrey bringt, wird diese Route nehmen.« Er zog eine Blatt Papier aus seiner Tasche, und Cynara stellte fest, dass er eine Landkarte gezeichnet hatte.

»Wenn der Wagen, der für deinen Transport vorgesehen ist, die Black Friar's Bridge erreicht, werde ich die Wachen überwältigen und dich auf mein Pferd ziehen.« Er zeigte auf die exakte Stelle. »Ich hoffe, dass die Brücke zu überfüllt ist, um eine Verfolgung möglich zu machen. Am anderen Ende, am Albion Place, wird Gideon Swift mit einem Pferd für dich auf uns warten.«

Brandon hielt seine in Handschellen steckenden Hände hoch und klimperte mit den Ketten um seine Knöchel. »Ich werde in Ketten sein.«

»Ich hoffe, dass man die Ketten von deinen Füßen abnimmt. Wenn nicht, müssen wir uns später mit diesem Problem befassen. Wenn es hart auf hart kommt, kannst du immer noch quer über dem Pferderücken liegen wie ein Sack Heu.« Merlin grinste. »Ah! Das könnte die beste Möglichkeit sein, unentdeckt zu bleiben – wir decken dich mit ein paar alten Säcken zu. Sie werden gut zu deinem neuen Stil in Sachen Kleidung passen.«

Brandon stöhnte verzweifelt auf, und Merlin zupfte an dem verdreckten Halstuch des jüngeren Mannes. »Deine Mutter darf dich nicht so sehen. Sowie wir London hinter uns haben, machen wir bei einem Gasthof Halt, damit du baden und etwas anderes anziehen kannst. Ich bringe alles mit, was du brauchst.«

»Warum dieses Entgegenkommen?«, fragte Brandon argwöhnisch. »Ich werde für immer in deiner Schuld stehen.«

»Soll mir recht sein«, sagte Merlin.

»Wäre es nicht einfacher, den Richter zu bestechen, damit er mich freilässt?«, fragte Brandon, nachdem er über Merlins Vorschlag nachgedacht hatte.

»Der Richter, der in deinem Fall den Vorsitz hat, ist der einzige ehrliche Richter im Land. Ein Bestechungsangebot an ihn, und ich lande ebenfalls in einer Zelle.« Merlin legte die leeren Ale-Flaschen in den Korb und breitete die Serviette darüber. »Stimmst du dem Plan zu?«

»Ob ich zustimme?« Brandon schlug Merlin mit neuem Elan auf den Rücken. »Nicht nur das, ich billige ihn von ganzem Herzen. Danke.«

Merlin warf Cynara einen schwer zu deutenden Blick zu. »Danke nicht mir, sondern deiner Schwester. Sie hat mich dazu gebracht.«

Cynara raste. »Das habe ich nicht! Du hattest schon angefangen. So etwas von gemein …«

Brandon, der seine Schwester umarmte, erstickte ihre zornigen Worte an seiner Schulter. »Alles wird gut, Schwesterchen, wart's nur ab.«

»Wenn du wieder frei bist, Brand, musst du an Mutter denken. Sie macht sich große Sorgen um dich. Keine ausgelassenen Streiche und Eskapaden mehr«, ermahnte Cynara ihren Bruder. »Es wird Zeit, dass du zur Ruhe kommst und die Verwaltung von Bluewater übernimmst.«

Brandon salutierte spöttisch. »Zu Befehl, General. Ich werde ein Musterbild an Korrektheit sein.«

Sie knuffte ihn leicht. »Immer zu Scherzen aufgelegt, wie?«

Mit klirrenden Ketten folgte er ihnen zur Tür. »Dann also bis übermorgen«, sagte er, als Merlin an die massive Tür hämmerte. Die Holzscheibe vor dem Gitterfenster wurde beiseite geschoben und der Wärter starrte mit trüben Augen hinein, bis sein Blick schließlich auf Brandon fiel.

»Bereit zum Abmarsch, Kamerad?« Über seinen Scherz gackernd, ließ der Wärter Merlin und Cynara hinaus. Brandon schnaubte angewidert, warf Cynara aber eine Kusshand zu, als sie sich zu ihm umdrehte und winkte.

Die Luft vor dem Gefängnistor mit den schweren stählernen Beschlägen und dem mit Eisendornen besetzten Gatter schien nach den modrigen Kerkern wie Ambrosia. Die Gerüche wurden angenehmer, je näher sie der sauberen Gegend von Mayfair und der Albemarle Street kamen. Cynara hätte gern einige der Londoner Geschäfte aufgesucht, aber da sie in Trauer war, gab es nichts, was sie kaufen musste. Durch Felix' Tod und den Umstand, dass er Merlins Cousin war, würden Schieferfarben und gedämpftes Grau in den nächsten sechs Monaten die Farben ihrer Kleidung bestimmen. Außerdem war sie zu angespannt, um den Aufenthalt in London wirklich zu genießen. Was, wenn der Versuch, Brandon zu befreien, scheiterte? Was würde dann geschehen? Der Gedanke war ihr nie zuvor gekommen. Alles, was sie gewollt hatte, war, Brandon irgendwie zu helfen. Wenn der Plan misslang und Merlin gefangen genommen wurde, würde es ihre Schuld sein …

Voller Entsetzen starrte sie Merlin an, als der Gedanke in ihr Fuß fasste. Wie würde sie damit leben können, wenn die Sache schief ging? Impulsiv legte sie eine Hand auf Merlins Arm. »Bist du sicher, dass der Plan gelingen kann?«

Einen Moment lang flackerte Wärme in seinen Augen auf, und sie fühlte sich seltsam schwach. »Ich habe keine Angst zu versagen. Schmiergelder an die richtige Adresse wirken Wunder, und die Wächter, die Brandon begleiten werden, sind bereit, einen Moment lang die Augen zu schließen. Mehr brauchen wir nicht.«

»Musstest du sehr viel von deinem Geld ausgeben?«

Er zuckte die Achseln. »Was macht das schon aus?«

»Mir macht es etwas aus. Ich kann es dir nie vergelten.« Die Spannung zwischen ihnen wuchs, und sie fragte sich, was ihm jetzt durch den Kopf ging. »Außerdem finde ich es schrecklich, dass du mich unter dem Vorwand, Brandon zu retten, in dein Bett gelockt hast. Ich weiß nicht, ob ich dir das je verzeihen kann.«

Er seufzte niedergeschlagen. »Es war der einzige Weg, der mir einfiel, um dich zu mir zu holen. Ich musste deinen Widerstand brechen, um dir zu zeigen, dass die körperliche Liebe zwischen zwei Menschen etwas sehr Schönes sein kann.«

Sie kochte. »Es war trotzdem niederträchtig.«

»Es tut mir Leid.«

Sie starrte ihn finster an.

Er senkte den Blick und legte seine Hand auf ihre. »Du bist meine Frau. Ich würde alles für dich tun. Alles, was ich besitze, gehört dir, einschließlich meiner selbst. Alles, was ich von dir will, ist dein Herz.«

Tränen brannten plötzlich in ihrer Kehle. Wenn er nur nicht danach verlangt hätte! Es war das Einzige, was sie ihm nicht geben konnte, nicht jetzt, nachdem er sie mit einer List in sein Bett gelockt hatte. »Du kannst meine Liebe nicht kaufen«, sagte sie und entzog ihm ihre Hand. »Wie viel Geld du auch für mich und meine Familie ausgeben magst, du kannst mich nicht dazu bringen, dich zu lieben.«

Seine Stimme klang angespannt. »Ich habe schon immer gespürt, dass zwischen uns eine Anziehungskraft besteht. Das kannst du nicht leugnen.«

»Es gibt etwas, das stimmt. Aber ich nenne es nicht Liebe.« Sie konnte kaum atmen, so viel Spannung, so viele unausgesprochene Fragen lagen in der Luft. Sie zuckte zusammen und rückte ein Stück zur Seite, als er mit seiner Hand über ihren Oberschenkel strich.

»Und wie nennst du es, Cynara?«

Sie wusste, dass es rein körperliche Anziehungskraft war, aber sie konnte und wollte diese Worte nicht vor ihm aussprechen. Sie schüttelte den Kopf.

»Lass mich es dir sagen.« Wieder legte sich seine Hand auf ihren Schenkel. »Ein Teil von dir spricht bereitwillig auf mich an, aber du sträubst dich mit aller Kraft dagegen.« Er machte eine Pause. »Das muss nicht sein. Genieße dein Leben. Ich habe nicht vor, dich zu quälen; ich will dir ein schönes Leben bieten – soweit es in meiner Macht steht.«

Er klang aufrichtig, und wieder war ihre Kehle wie zugeschnürt. »Falls du ein gemeinsames Leben zu bieten hast, meinst du. Wenn du deinen Namen nicht von jedem Verdacht reinwaschen kannst, werden wir für immer von unseresgleichen geschnitten werden. Oder willst du, dass wir den Rest unseres Lebens wie Einsiedler verbringen?« Sie warf ihm einen Blick zu und stellte fest, dass sich sein Gesicht wie vor Schmerz verzerrte. Der Ausdruck wich schnell der üblichen undurchdringlichen Maske, und er lächelte, aber in diesem Lächeln lag keine Freude.

»Wir werden sehen. Ich kann dir nichts versprechen – schon gar nicht die Billigung unserer Klasse.«

»Du wirst deine Unschuld beweisen müssen.«

Er seufzte. »Wenn sich der wahre Täter verrät, werde ich frei sein.«

»Du willst warten, bis jemand sich verrät?«, fragte sie ungläubig. »Dann müssen wir wohl für immer und ewig warten.«

»Wenn ich den Grund für die Ermordung meines Vaters kenne, werde ich mit Sicherheit entdecken, wer ihn umgebracht hat.« Merlins Stimme war kalt und distanziert geworden. Von der Nähe, die sich vorher zwischen ihnen entwickelt hatte, war nichts mehr zu spüren.

»Je mehr Zeit vergeht, desto schwieriger wird es, die Identität des Täters festzustellen«, fuhr er fort. »Wer weiß, vielleicht überquert er genau in diesem Moment bereits den Ozean. Ich fürchte, es könnte zu spät sein, ihn zu erwischen.«

Cynara schnappte nach Luft. »Du meinst, du wirst nie ein freier Mann sein?«

Merlin sah auf einmal blass und erschöpft aus. Er schüttelte den Kopf. »Vielleicht wirst du nie auf einem Ball der guten Gesellschaft tanzen.«

»Kein Wunder, dass du so erpicht darauf warst, mich zu heiraten«, sagte sie angewidert. »Keine andere hätte dich je genommen.«

11

Sie nahmen ihr Dinner in angespannter Atmosphäre an der formellen Tafel im Speisesaal des Hauses in der Albemarle Street ein. Die Dämmerung des Sommerabends war voller blauer Lichter, erhellt von den Sternen, die einer nach dem anderen aus dem tiefen Blau des Himmels erschienen. Goldene Lichtkreise schwebten um die Flammen der Kerzen und milderten Merlins harte Züge. Schweigend verzehrte er sein Essen, Cynara schmeckte kaum etwas von den Köstlichkeiten, die Mrs. Swan und Alice, das Dienstmädchen, serviert hatten. Die Haushälterin hatte das Essen, kaltes Fleisch, Zunge in Aspik, Räucherschinken und Erbsen, von einem Hotel kommen lassen, das die Aristokratie im Raum Mayfair mit Speisen belieferte. Die duftenden Brötchen und glasierten Törtchen hatte sie selbst gebacken.

Cynara, der die wachsende Spannung nicht entging, fragte sich, ob Merlin sich ebenso viel Sorgen wie sie wegen Brandons Befreiung machte, die in zwei Tagen stattfinden sollte. Hatte er an alles gedacht? Wie würden sie den morgigen Tag überstehen?

Aber vor allem konzentrierte sich ihre Aufmerksamkeit auf Merlin, seine langen Finger, die sich um das Weinglas schlossen, seine dunklen Augen, die immer wieder zu ihr sahen, seine breiten Schultern. Wenn er nur nicht so anziehend wäre …

es wäre leichter, seinen amourösen Annäherungsversuchen standzuhalten, wenn sie sich nicht so stark zu ihm hingezogen fühlte.

Wenn er nur schlechte Zähne, abstehende Ohren, Hände wie Schinkenkeulen, krumme Beine und einen Buckel gehabt hätte! Dann wäre es ihr leichter gefallen, ihn zu ignorieren. Stattdessen hatte er vollkommen geformte Hände und makellose Zähne, schöne Ohren und eine Gestalt, die selbst dem kritischsten Betrachter einen bewundernden Blick entlocken musste.

»Woran denkst du, Liebste?«, fragte er sie mit einem Hauch von Spott in seiner sanften Stimme.

Sie starrte auf den Teller, um ihren schuldbewussten Blick zu verbergen. »Nichts von Bedeutung«, sagte sie und tat so, als fände sie die Scheibe Schinken auf ihrem Teller höchst interessant.

»Du bist heute Abend sehr still«, bemerkte er nach einem Moment unbehaglichen Schweigens.

Cynara wünschte, die Haushälterin würde den Obstkuchen bringen, damit er das Thema wechselte, aber Mrs. Swan ließ auf sich warten.

»Ich musste gerade daran denken, dass Max und Brandon vom selben Schlag sind. Brandon ist ungestüm und lebenslustig und doch durch und durch aufrichtig und loyal. Max war genauso.« Er machte eine Pause und trank noch einen Schluck Wein. »Ich wäre notfalls für Max gestorben. Er hätte dasselbe für mich getan. Empfindest du genauso für deinen Bruder?«

Cynara starrte ihn erstaunt an. Merlin klang so ernst, als wäre er ehrlich daran interessiert, Einblick in ihr Seelenleben zu nehmen. »Der Gedanke ist mir noch nie gekommen, aber ja, ich glaube, ich würde bis zum Äußersten gehen, um meinem Bruder zu helfen. Brand würde dasselbe für mich tun.«

Merlin nickte. »Ich weiß. Ihr seid beide bedingungslos loyal.« Er schob seinen Teller beiseite. »Als wir noch Kinder waren, nahm Max gelegentlich die Schuld für ein Vergehen auf sich, das ich begangen hatte, und umgekehrt.«

Cynara lächelte wehmütig. »Brandon hat mich auch immer beschützt. Wir sind nur zwei Jahre auseinander – Brandon ist der Ältere – und waren einander immer sehr nah.«

Mrs. Swan kam mit dem Obstkuchen. Geschickt schnitt sie zwei Scheiben ab und servierte sie ihnen mit einem Knicks. Dann schenkte sie Cynara etwas Wein nach und sah unsicher zu Merlin. »Brauchen Sie mich noch, Mylord?«

»Das wäre alles, Mrs. Swan. Danke.«

Die Haushälterin ging. Cynara war schwindlig von all dem Wein, den sie während des Dinners getrunken hatte. Sie hatte vergessen, die Gläser zu zählen, wusste aber, dass sie nicht mehr als zwei trinken sollte. Die Welt war in einen weichen, rosigen Schimmer getaucht. Sie entspannte sich. Nun, da sie über Brandon und nicht mehr über sich selbst sprachen, war sie weniger auf der Hut.

»Brand war noch nie zuvor in einer so schlimmen Notlage«, sagte sie. »Aber ich konnte sehen, dass er guter Stimmung war, als wir ihn besuchten.«

»Brand lechzt förmlich nach Abenteuern. Wahrscheinlich freut er sich auf den Fluchtversuch.« Merlin lächelte vage. »Ich könnte nicht behaupten, dass es mir genauso geht, aber uns bleibt keine andere Wahl.«

»Du hattest einen Plan entwickelt, Brand zu helfen, bevor ...«, begann sie anklagend.

Merlin stand auf und hielt ihr eine Hand hin. »Sprich bitte nicht mehr darüber. Verzweifelte Situationen erfordern verzweifelte Maßnahmen. Du wärst nie freiwillig zu mir gekommen, nicht wahr?«

Sie ignorierte seine Hand. »Du weißt sehr gut, dass ich es nicht getan hätte. Du bist reichlich unverschämt, Merlin.«

Er lachte nur und nahm ihre widerstrebende Hand. »Komm, sehen wir nach, ob der Tee im Salon bereitsteht. Ich habe Mrs. Swan gebeten, das Tablett dorthin zu bringen und uns allein zu lassen.«

Cynara folgte ihm zögernd. Ihr war schwindelig vom Wein, sie hatte das Gefühl, auf Watte zu gehen. Ihr Kopf schien in weiter Höhe zu schweben, nur von der schwankenden Säule ihres Halses gehalten.

»Komm her«, sagte er und legte einen Arm um ihre Schultern. »Du scheinst ein bisschen unsicher auf den Beinen zu sein.«

Sowie er sie stützte, verflog ihr Schwindelgefühl, und sie entspannte sich.

Die Balkontüren des Salons standen weit offen und ließen eine leichte Brise herein. Der Raum, der nur von Kerzenlicht erhellt war, wirkte jetzt anheimelnder, da die Schatten die hohe Decke und die hohen Wände verkürzten. Die Nacht war mild, und für Londoner Verhältnisse wohlriechend und erinnerte beinahe an einen Frühlingsabend, wenn die Luft selbst vor Leben überzuschäumen scheint. Leise Musik wehte zur Tür herein, die heiteren Klänge eines Walzers.

»Möchtest du gern tanzen?«, fragte Merlin. »Wir sind zwar nicht zu dem Ball nebenan geladen, aber ein wenig können wir an den Festlichkeiten teilnehmen.«

Er legte einen Arm auf ihren Rücken und nahm ihre Hand. Sie konnte nicht widerstehen, als er sie im Rhythmus der Musik immer wieder herumschwang. Trotz seines Hinkens war er ein exzellenter Tänzer, stellte sie fest. Seine kraftvollen Bewegungen rissen sie buchstäblich von den Füßen, und sie fühlte sich in seinen Armen leicht wie eine Feder. Seine Augen leuchteten warm im Kerzenlicht, sie konnte nicht den Blick von ihm wenden. Schwungvoll kreiste er mit ihr durch den Raum, ohne auch nur an ein Möbelstück zu stoßen.

Als die Musik endete, lachte Merlin. »Ich glaube nicht, dass mir ein Tanz jemals mehr Freude bereitet hat! Ich musste nicht Konversation mit einer pickligen Debütantin machen, und es waren keine älteren Damen da, um mich mit Adleraugen zu beobachten und zu überlegen, was für ein guter Fang ich für ihre Töchter oder Enkeltöchter wäre – oder nicht wäre.«

»Wie unfreundlich von dir«, tadelte Cynara ihn, »wenn Bälle doch nur zu dem Zweck veranstaltet werden, dass junge Damen passende Ehemänner finden.«

»Dieses Problem hast du nicht, stimmt's, meine Liebe?« Immer noch ihre Hand haltend, zog er sie langsam in seine Arme und sah ihr ins Gesicht. Der zärtliche Ausdruck in seinen Augen ließ sie vor Sehnsucht erzittern. Sie wünschte, sie könnte diesen Blick erwidern, aber mehr als das war ihr die Nähe seines Körpers bewusst. Er strahlte Wärme und Kraft aus, und ihre Hände wanderten unwillkürlich zu seinen Schultern. Es wäre so leicht, sich an ihn zu schmiegen, sich von ihm mitreißen zu lassen …

Sein Gesicht kam näher, bis seine Lippen ganz nah bei ihren waren. Als die Musik wieder einsetzte, legte er beide Hände um ihre Taille und wirbelte sie herum. Sie schwebte wie auf Wolken, und als der Walzer verklang, war sie enttäuscht.

»Eine echte Dame sollte nie zwei Tänze hintereinander mit demselben Partner tanzen«, sagte sie träumerisch, den Blick auf seine sinnlichen Lippen geheftet.

»Eine unverheiratete Dame«, korrigierte er sie. »Ich für meinen Teil hätte nichts dagegen, die ganze Nacht mit meiner Frau zu tanzen, wenn sie mir dieses Privileg zubilligte.«

»Die meisten Herren haben nicht den Wunsch, mit ihren langweiligen alten Ehefrauen zu tanzen.«

»Du bist nicht langweilig und wirst es auch nie sein, nicht, solange deine Lippen ihren bezaubernden Schwung behalten.« Er senkte den Kopf und zog die Konturen ihres Mundes mit seiner Zunge nach.

Erregung flackerte in ihr auf und der Impuls, ihn zurückzuweisen, verschwand. Sein Mund war warm und wohlschmeckend, seine Zunge ein begabter Verführer, der mühelos ihr Verlangen entfachte. Jetzt gestand sie sich, dass dieses Verlangen den ganzen Abend unterschwellig vorhanden gewesen war. Sie spürte einen unbezähmbaren Drang in ihrem Inneren, den Wunsch, alles niederzureißen, was sie trennte, und sich ihm voll und ganz auszuliefern. Sie wollte die Nähe zu ihm, brauchte sie, als könnte sie eine Leere in ihr füllen, die sie seit jener ersten gemeinsamen Nacht quälte.

Mit einem Seufzer schmiegte sie sich an ihn. Sein Kuss war berauschender, als es der Wein gewesen war. Sie konnte nicht genug von seiner schmeichelnden Zunge bekommen, die sie in einen Strudel reinsten Vergnügens lockte.

Er hob langsam den Kopf und sah sie staunend an. Seine Hand war unendlich zärtlich, als er den Chignon in ihrem Nacken löste und ihr Haar streichelte.

»Wir sollten nicht …«, begann sie.

»Wir sollten«, unterbrach er sie. »Es ist das Einzige, was wir genau jetzt tun sollten.«

Als wieder die Musik erklang, nahm er sie in seine Arme, trug sie die Treppe hinauf in ihr Schlafzimmer und legte sie auf das Bett. Sie protestierte schwach, aber das Verlangen in ihrem Inneren würde erst gestillt sein, wenn … Sie wollte diesen Gedanken nicht zu Ende führen. Sie fragte sich, was ihm in diesem Moment durch den Kopf ging.

Nachdem er seine Jacke abgelegt und die Kerzen neben dem Bett angezündet hatte, streckte sich Merlin neben ihr aus, indem er einen Arm um ihre Taille legte und mit dem anderen seinen Kopf abstützte. Er betrachtete ihr Gesicht, ihre blonden Locken, die wie ein goldener Lichthof auf dem Kissen lagen. Sie sah blass und verängstigt aus, und doch konnte er das Erwachen ihrer Sinnlichkeit spüren. Es umgab sie wie ein verführerischer Lockduft, ein Signal, das sie, wie er überzeugt war, völlig unbewusst aussandte.

»Meine verschreckte kleine Frau«, wisperte er und streichelte ihren langen, schlanken Hals. Ihre Lippen bebten, und er konnte nicht widerstehen, sich vorzubeugen und sie erneut zu küssen. Sie öffnete sich bereitwillig seiner Liebkosung, und er fühlte, wie er in seinem eigenen Verlangen unterging. Wenn er sie nur wahrhaft besitzen könnte! Was er wollte, war nicht einfach eine Nacht körperlicher Freuden, die von dem Wissen überschattet wurde, dass er nicht ihre Liebe besaß. Aber wenn ihr Körper so willig reagierte, würde ihr Herz nicht bald dasselbe tun?

An diesem Gedanken hielt er fest, als er die Süße ihres Mundes auskostete. Er war nicht sicher, ob sie ahnte, wie erregend ihre Berührung war, als sie ihre Hand an seinem Rücken auf und ab wandern ließ. Wusste sie überhaupt, dass sie es tat?

Er hob den Kopf und sah ihr ins Gesicht. Sie schien auf Wogen der Verzückung zu schweben. Ihre Brüste wirkten voll und einladend unter dem engen grauen Mieder ihres Kleides. Er schob eine Hand unter ihren Rücken und öffnete die Reihe winziger Knöpfe, die das Kleid schlossen. Als sie sich nicht wehrte, schoss ihm das Blut vor freudiger Erregung heiß durch die Adern. Sanft schob er das Mieder über ihre Schultern, dann die spitzenbesetzten Träger ihres Hemdes. Ihre cremige Haut schimmerte wie Perlmutt, und er fuhr mit seiner Zunge darüber, erfüllt von dem Verlangen, alles von ihr zu berühren. Ruhelos wand sie sich unter ihm. Als er zu dem schattigen Tal zwischen ihren Brüsten kam, war es um ihn geschehen. Jetzt gibt es kein Zurück mehr, dachte er benommen, als er ihre volle Brust in die Hand nahm und die geschwollene rosige Spitze mit seinen Lippen umschloss. Oh, mein Gott … war sie ein Opfer derselben köstlichen Folter?

Cynara konnte die süße Qual kaum ertragen, als er an ihrer Brustspitze saugte. Wogen der Lust jagten durch ihren Körper, so berauschend, dass sie am liebsten laut gestöhnt hätte. Er weiß genau, was zu tun ist, um mich der köstlichsten Folter von allen zu unterwerfen, dachte sie in einem der wenigen Momente, in denen sie eines klaren Gedankens fähig war. Wie sollte sie ihre Würde behalten …?

»Ganz ruhig«, murmelte er in ihr Ohr. »Lass es einfach zu.« Sein Atem kitzelte sie, und sie wollte kichern, aber stattdessen kam ein wohliges Stöhnen über ihre Lippen, als er seine Hand über ihren Körper gleiten ließ und auf die Wölbung zwischen ihren Schenkeln legte. Er streichelte sie durch all die Lagen ihrer Kleidung hindurch, und das Gefühl war erregender, als hätte er ihre nackte Haut berührt. Es war die bloße Verheißung dessen, was kommen würde.

Sie zuckte vor Verlangen. Er konnte ihre Sachen nicht schnell genug ausziehen, und sie half ihm, Kleid, Unterröcke, Korsett und Hemd abzustreifen. Alles, was sie jetzt noch trug, waren ihre Seidenstrümpfe, gehalten von Strumpfbändern aus feiner Spitze. Oh, dieses Brennen auf ihrer Haut, dieses Verlangen, das sich wie ein Feuer in ihrem Inneren ausbreitete …

Sie sah zu, wie er seine Sachen auszog, bewunderte alles an ihm, was enthüllt wurde, die breiten, sonnengebräunten Schultern, die muskulösen Arme mit der glatten Haut, die gekräuselten schwarzen Haare auf seiner Brust. Und dann … dann zog er den Rest aus. Seine Hüften waren schmal und straff, seine Schenkel lang und muskulös und ebenmäßig geformt. Er ist schön, dachte sie, ein Mann, der dem berühmten Maler Michelangelo hätte Modell stehen können.

Mit einer geschmeidigen Bewegung legte er sich neben sie. Sie bemerkte die weiße, halbmondförmige Narbe auf seinem Oberschenkel und berührte sie sanft.

»Das Andenken an einen französischen Soldaten bei Waterloo«, bemerkte er trocken.

»Tut es weh?«

Er schüttelte den Kopf. »Nein, nur manchmal, wenn es draußen kalt und nass ist. Daher kommt mein leichtes Hinken – ich hoffe, es stößt dich nicht ab.«

»Nein …«, sagte sie. Sie wagte nicht, ihm zu sagen, wie attraktiv sie ihn fand.

Er seufzte und zog sie an sich. Seine Haut war glatt und warm, und sie spürte seinen Herzschlag im selben Rhythmus wie das Pochen zwischen ihren Schenkeln. Die Spitzen ihrer Brüste zogen sich schmerzhaft zusammen. Konnte er spüren, wie sehr sie sich nach seiner Berührung sehnte? Ich habe jedes Schamgefühl verloren, dachte sie insgeheim, als sie ein Bein um seine Hüften schlang und sich an dem markanten Beweis seines Begehrens rieb. Es schien die natürlichste Sache von der Welt zu sein, auch wenn es ihr Verlangen nicht milderte, sondern noch verstärkte. Ihre feuchte Haut rieb sich an ihm, immer wieder, und sie ertrank in ihren Empfindungen, wusste, dass er sie jetzt leicht nehmen könnte. Das war es, was sie jetzt brauchte.

»Ah …«, er stöhnte und erbebte einen Moment lang.

Seine Hände waren überall auf ihrem Körper, bis sie zu ihren Brüsten fanden. Als sie sich enger an ihn presste, schien er kurz vor dem Explodieren zu sein, und er schob sie grob von sich, um ein paar Mal tief durchzuatmen. »Was machst du da?«, fragte er schroff. »Willst du mich an den Rand des Wahnsinns treiben?«

Sie schrak zurück, plötzlich verlegen über ihr schamloses Verhalten.

»Tut mir Leid … ich wollte dich nicht verletzen«, wisperte er und zog sie wieder eng an sich. »Ich habe jede Sekunde genossen, aber ich kann mich kaum noch beherrschen.« Er schlang die Arme um sie und hielt sie fest umfangen. Mit leisem Stöhnen schob er ihre Beine mit der Ferse auseinander, glitt zwischen ihre Schenkel und drang tief in sie ein.

Sie schrie auf vor Freude über die reine Schönheit des Gefühls, ihn ganz in sich zu spüren. Als er anfing, sich in ihr zu bewegen, glaubte sie vor Wonne zu vergehen. All ihre Sinne konzentrierten sich auf diese köstliche Vereinigung, und bevor sie wusste, was geschah, stieg sie höher und höher, bis sie den Punkt erreichte, an dem die Zeit in einem atemlosen, unendlich süßen Augenblick des Glücks zu verharren schien. Sie tauchte mit ihm ein in ein Meer von Lust, trieb auf tosenden Wogen der Ekstase. Er rief ihren Namen, und das schien für Cynara der intimste Moment von allen zu sein.

Keuchend und außer Atem kehrten sie langsam in die Wirklichkeit zurück. Der milde Wind, der durch die offenen Fenster kam, strich sanft über ihre Haut, als sie erschöpft, aber zufrieden zwischen die zerwühlten Decken sanken.

Ein warmes Glühen erfüllte Cynara. Noch nie hatte sie sich so gefühlt wie jetzt, gesättigt und schön, reif und voll. Endlich hatte sie das Geheimnis entdeckt, das hinter jenem leidenschaftlichen Begehren lag, und obwohl es sie überrascht hatte, hatte sie instinktiv gespürt, wie es sein würde.

Merlin streichelte zärtlich ihr Haar. »Diesmal warst du nicht enttäuscht, oder?«, flüsterte er. »Diesmal hattest du keine Angst.«

Sie schüttelte den Kopf, wagte aber nicht, ihn anzusehen. Seine Worte trieben ihr die Röte ins Gesicht, und sie drehte den Kopf auf dem Kissen, damit er sie nicht ansehen konnte.

Sie hörte ihn seufzen und fragte sich, was ihm durch den Kopf ging. Seine Finger legten sich um ihr Kinn und er drehte ihr Gesicht wieder um, sodass sie ihm in die Augen schauen musste. Dann küsste er sie, lange und leidenschaftlich. Ihr Widerstand schmolz von neuem.

Am folgenden Tag war Merlin nicht in dem Stadthaus in der Albemarle Street. Cynara hätte gerne darüber geredet, was in der vergangenen Nacht mit ihr passiert war, aber er war fort und hatte nichts als die Erinnerung an genossene Freuden zurückgelassen. Ebenso wie seine Hände jede Stelle ihres Körpers berührt hatten, hatte er irgendwie an ihr Herz gerührt und es nachgiebiger gemacht. Und er hatte neben ihr auf dem Kissen einen Abdruck hinterlassen. Das Glühen war immer noch in ihr, aber im grellen Morgenlicht regten sich leise Zweifel in ihr. Sein Geschick als Liebhaber hatte ihren Widerstand untergraben, und sie stellte fest, dass sie sich von Tag zu Tag mehr zu ihm hingezogen fühlte. Dennoch schien er sich ihr jedes Mal zu entziehen, wenn sie versuchte, ihn zu verstehen, seine Seele zu erforschen.

Mit einem Seufzer stieg sie aus dem Bett. Unmöglich, den geheimnisvollen Mann, der jetzt ihr Ehemann war, vollständig zu verstehen. Es würde ein ganzes Leben dauern, ihn zu begreifen.

Sie läutete nach Alice und verlangte nach einem Bad. Während sie sich in dem schaumigen Wasser der Sitzwanne aalte, fragte sie sich, wohin Merlin gegangen sein mochte – warum er sie ihren quälenden Zweifeln überlassen hatte, ohne auch nur mit einem Wort anzudeuten, dass er ihre Liebesnacht himmlisch gefunden hatte. *Himmlisch*. Was war los mit ihr? Sie sollte nicht in dieser Weise an Merlin denken. Sie würde sich nie in ihn verlieben … oder?

Diese beunruhigenden Gedanken wurden unterbrochen, als Alice mit frisch gebügelten Unterröcken über dem Arm hereinkam. Cynara zog sich an, und Alice schlang ihr Haar ungeschickt zu einem Chignon. Belebt durch das Bad, ging Cynara nach unten, um sich dem neuen Tag zu stellen. In der Diele traf sie Mrs. Swan. Die Haushälterin trug ein Tablett mit geputztem Silber, und Cynara hielt ihr die Tür zum Esszimmer auf. Die ältere Frau lächelte dankbar. »Sie sehen heute Morgen sehr hübsch aus, Lady Raven.«

»Danke. Wissen Sie, wo mein Mann hingegangen ist?«

Eine Spur von Kälte trat in die Augen der Haushälterin. »Ich weiß nicht, Mylady, aber er sprach kurz mit Mr. Brown, meinem Bruder, bevor er ging.« Sie stellte das Tablett auf den polierten Mahagonitisch und fing an, die silbernen Platten und Terrinen auf der Anrichte anzuordnen.

»Oh! Ich wusste nicht, dass Ihr Bruder hier war.«

Mrs. Swan warf ihr einen abschätzenden Blick zu, als überlegte sie, wie viel sie preisgeben könnte, ohne die Ehefrau ihres Arbeitgebers vor den Kopf zu stoßen. »Mr. Brown war hier früher der Butler, aber nach dem … äh … Unfall … «

»Unfall?« Cynaras Neugier erwachte.

»Na ja … der Unfall von Master Merlins – Lord Ravens Vater.« Die Haushälterin stieß einen tiefen Seufzer aus. »Sehen Sie, mein Bruder glaubt, dass die Gerüchte wahr sind, dass Lord Raven wirklich etwas mit dem Tod seines Vaters zu tun hat. Mein Bruder konnte in diesem Haus nicht mehr arbeiten, deshalb ging er.«

Cynara starrte sie bestürzt an. »Was hat Mr. Brown auf den Gedanken gebracht … « Sie konnte den Satz nicht beenden.

Mrs. Swan wurde blass. Sie schien davor zurückzuscheuen, darüber zu sprechen, aber auf Cynaras Drängen fuhr sie fort: »Ich weiß nicht, was ich von der Nacht des … äh … Unfalls denken soll. Aber mein Bruder behauptet steif und fest, dass er gesehen hat, wie Lord Raven bei den Stallungen unter Mr. Ross' Kutsche gekrochen ist und sich daran zu schaffen gemacht hat. Als der Wagen kippte und in die Schlucht stürzte, wurde vermutet, dass jemand die Kopplung beschädigt hat, wo die Deichseln mit dem Wagen verbunden sind. Die Bolzen waren glatt gebrochen, als wären sie durchgesägt worden. Die Pferde müssen in Panik geraten und direkt in den Abgrund gerast sein.«

»Aus welchem Grund hätte jemand Ross Seymour etwas antun sollen?«

Die Haushälterin zog die Stirn in Falten. »Diese Frage habe ich mir schon oft gestellt. Wenn Sie mir die Bemerkung erlauben, Mr. Ross war der beste Mensch von der Welt. Master Merlin schlägt nach ihm, und ich kann mir nicht vorstellen, dass er einem anderen ein Leid zufügen würde. Aber was hatte er ausgerechnet an dem Tag, an dem Mr. Ross bei einem Unfall ums Leben kam, unter dem Wagen seines Vaters zu suchen? Mein Bruder schwört, dass es Mr. Merlin war. Er bewegte sich lautlos und verstohlen, als hätte er Angst, von jemandem gesehen zu werden.«

Cynara sank der Mut. Was hatte Merlin getan? Würde sie ihm jemals trauen können? »Und das war am helllichten Tag?«

»Nein, es dämmerte schon.«

»Dann hätte es jeder sein können.« Aus irgendeinem Grund wünschte sich Cynara verzweifelt, Merlin von jeder Schuld freizusprechen.

»Ja, schon möglich, aber mein Bruder erkannte den grauen Samtumhang, den Master Merlin … Lord Raven immer trug.

Und dazu noch dieses Hinken …« Ihre Stimme verebbte, und Cynara spürte einen Anflug von Grauen in ihrem Inneren. Hatte sie letzte Nacht mit einem Mörder geschlafen? Bei der Vorstellung brach ihr der Schweiß aus. Sie war so entschlossen gewesen, an seine Unschuld zu glauben.

»Und im Gegensatz zu Ihrem Bruder haben Sie keine Angst, hier zu arbeiten?« Sie sah die Haushälterin eindringlich an, als könnte sie in diesen wieselartigen Augen die Wahrheit über Merlin lesen. Aber Mrs. Swan gab nichts preis.

»Ich habe meinem Bruder gesagt, dass ich mir mein Urteil über Mr. Merlin vorbehalte, bis die Behörden herausfinden, was wirklich passiert ist. Unschuldig, bis die Schuld erwiesen ist.«

Cynara fiel auf, dass eine leise Röte in das Gesicht der älteren Frau stieg. »Das ist sehr anständig von Ihnen. Aber Sie befürchten, er könnte schuldig sein, nicht wahr?.«

Schritte hallten über den Boden. Cynara war so in das Gespräch vertieft gewesen, dass sie nicht gehört hatte, wie die Eingangstür zufiel. »Schuldig wessen?«, ertönte Merlins ruhige Stimme hinter ihr.

Sie fuhr erschrocken herum. Er hatte wieder diesen kühlen, reservierten Blick, und man konnte sich leicht vorstellen, dass dieser dunkle, verschlossene Mann etwas zu verbergen hatte. Auf jeden Fall war es unmöglich, seine Gedanken zu erraten.

»Nun?« Er zog eine Augenbraue hoch und fügte hinzu, als keine Antwort kam: »Schuldig des Mordes?« Cynara wich seinem Blick aus, und er lächelte bitter.

»Wie ich sehe, bist du bereit, das Schlimmste von mir anzunehmen, teure Ehefrau.«

Verzweiflung packte sie. Sie starrte ihn an, sehnte sich danach, dass er seine Unschuld verkündete. »Und? Bist du schuldig?«

Er sagte nichts, machte nur auf dem Absatz kehrt und verließ den Raum. Cynara empfand dasselbe, was Ross Seymour empfunden haben musste, als er auf den Rand des Abgrunds zuraste. Entsetzen und Hilflosigkeit.

12

Den Rest des Tages verbrachte Cynara mit Warten. Sie ging im Stadthaus von einem Zimmer ins andere, zu unruhig, um die Geschäfte in der Bond Street zu besuchen, obwohl Alice angeboten hatte, sie dorthin zu begleiten. Ein zu frivoler Zeitvertreib, fand sie, solange das weitere Geschick ihres Bruders derartig in der Luft schwebte. Was, wenn der Fluchtversuch misslang? Wenn Merlin gefasst wurde … Cynara rang die Hände. Wie sollte sie die Kluft überwinden, die sich heute Morgen zwischen ihr und ihrem Mann aufgetan hatte? Wenn er annahm, dass sie nicht an ihn glaubte … Der Gedanke war seltsam bedrückend. Sie glaubte an ihn, aber wie konnte sie ihm von ganzem Herzen vertrauen, wenn sie nicht die volle Wahrheit über ihn kannte?

Sie sah aus dem Fenster des Salons gleich neben dem Vordereingang. Auf der anderen Straßenseite war eine Kutsche stehen geblieben, und sie sah ein junges Paar lachend und Händchen haltend aus dem Haus kommen. Die Liebe, die aus ihren Augen leuchtete, war nicht zu übersehen. Verstimmt schaute Cynara zwei Kaminkehrern mit rußigen Gesichtern und stacheligen Bürsten auf den Schultern zu. Selbst sie schienen vergnügt.

Cynara wandte sich abrupt vom Fenster ab. Sie fühlte sich genauso rastlos und eingepfercht wie Brandon in Newgate.

Abends nahm sie mit Merlin in angespannter Atmosphäre ihr Dinner ein. Die Länge des formellen Esstisches machte eine Unterhaltung nahezu unmöglich, und Merlin schien sich in sich selbst zurückzuziehen. Er schenkte ihr kaum Beachtung, und das tat mehr weh, als wenn er geschimpft und geflucht hätte. Sicher nahm er ihr übel, dass sie auf Mrs. Swans Gerede gehört hatte. In Wirklichkeit wusste sie nicht, was sie glauben sollte. Sie hatte erlebt, dass Merlin unendlich zärtlich sein konnte, wenn er wollte, aber auch erbittert kämpfte, wenn er provoziert wurde. Das Duell mit Felix war der beste Beweis dafür.

Sie schrak zusammen, als Merlin das Wort an sie richtete. »Ich wünsche nicht, dass du morgen noch hier bist, wenn ich versuche, Brandon zu befreien. Du musst bei Tagesanbruch aufstehen und mit dem Wagen nach Black Raven fahren. Gideon Swift und Alice begleiten dich, du hast also nichts zu befürchten.«

»Ich bin nicht um meine Sicherheit besorgt«, erklärte sie. »Aber warum bis nach Black Raven? Ich werde mir Sorgen machen, wie die Rettungsaktion verlaufen ist. Vielleicht könnte ich dir helfen.«

Er hieb mit der Faust auf den Tisch, dass sie vor Schreck zusammenzuckte. »Unter gar keinen Umständen begleitest du mich zur Black Friar's Bridge! Ich habe die Wachen bestochen, damit sie Brandons Fußeisen abnehmen, und Swift wird am Albion Place ein schnelles Pferd für ihn bereithalten. Du nimmst die Kutsche und fährst; wir reiten. Ich möchte, dass du in Sicherheit und außerhalb der Gefahrenzone bist. Falls etwas schief geht und du in der Nähe bist, könntest du im Gefängnis landen.«

Cynara nahm Anstoß an seinem Temperamentsausbruch. »Aber du allein gegen die Wärter?«, fragte sie zweifelnd. Auch wenn sie es nicht zugeben mochte, sie hatte Angst um ihn. Wenn er nun scheiterte?

»Schnelligkeit und Überraschung, darin besteht meine Strategie.«

»Ich bin sicher, dass ich von Nutzen sein könnte. Nimm wenigstens Gideon Swift mit.«

Seine Stirn umwölkte sich. »Du wärst höchstens im Weg. Tu gefälligst, was ich sage.«

Cynara schwieg. Sie wusste, dass es keinen Sinn hatte, Einwände zu erheben.

»Ich kenne dieses trotzig vorgeschobene Kinn an dir«, sagte er drohend. »Ob es dir passt oder nicht, du wirst gehorchen. Ich will nicht, dass deine Sicherheit gefährdet wird.« Er aß sein Dinner auf, das aus Hühnerpastete, gerösteter Waldschnepfe, gedämpften Pilzen, Blumenkohl und Bratkartoffeln bestand, und schob seinen Teller weg.

Cynara sagte nichts, sondern legte nur ihre Gabel auf den Teller. Mrs. Swan kam herein, um das Dessert zu servieren, und ließ das Paar dann allein.

Die Spannung nahm von Minute zu Minute zu, bis Cynara Merlins durchdringende Blicke nicht mehr aushielt. Sie stand mit finsterer Miene auf. »Ich habe Kopfschmerzen und werde mich auf mein Zimmer zurückziehen – es sei denn, du hast noch weitere Befehle für mich.«

Er lachte, aber seine Augen blieben ernst. »Ich befehle dir, gut zu schlafen. Letzte Nacht haben wir nur wenig Ruhe gefunden.«

Sie errötete bis an die Haarwurzeln. »Ich habe sehr gut geschlafen, aber du scheinst eine unruhige Nacht gehabt zu haben, da du so früh aufgestanden bist. Als ich bei Tagesanbruch wach wurde, warst du schon weg.«

Seine Mundwinkel hoben sich. »Hast du mich vermisst?«

»Gewiss nicht!« Sie eilte aus dem Zimmer, wobei sie ihn insgeheim verwünschte. »Und spar dir die Mühe, an meine Tür zu kommen. Sie wird versperrt sein!«

Am nächsten Morgen, als Cynara mit Alice in der Kutsche saß, die sie nach Black Raven bringen sollte, sagte das Mädchen warnend: »Das können Sie nicht machen, Lady Raven. Der Herr hat uns den strikten Befehl gegeben, auf direktem Weg nach Devon zu fahren.«

»Ich habe nichts versprochen«, sagte Cynara und rutschte unruhig auf ihrem Sitz hin und her. »Außerdem fahren wir nicht in die Newgate Street, sondern zur Black Friar's Bridge.« Sie starrte hinaus und fragte sich, wie lange es noch dauern würde, bis sie die Brücke erreichten. Leise Furcht regte sich in ihr, aber sie biss die Zähne zusammen und straffte die Schultern. Ihre Augen waren gerötet, weil sie in der Nacht kaum Schlaf gefunden hatte. Ihre Nerven waren zum Zerreißen gespannt gewesen. Wenn nur erst alles überstanden und Brandon in Sicherheit wäre! »Ich schaue aus sicherer Entfernung zu, ob Mr. Hawthornes Flucht gelingt. Sowie sie es geschafft haben, machen wir uns umgehend auf den Weg nach Devon.«

»Und wenn Lord Raven es nicht schafft?«, fragte Alice düster.

Cynara warf dem großen, schlaksigen Mädchen einen kurzen Blick zu. Das lange Gesicht des Dienstmädchens war sorgenvoll verzogen. »Er muss es schaffen!« Blass und mit zusammengepressten Lippen starrte Cynara aus dem Fenster. Ihre Nervosität nahm von Minute zu Minute zu, die Fahrt zur Brücke schien kein Ende nehmen zu wollen.

»Außerdem war mein Mann Offizier, Alice. Er wird wissen, was zu tun ist, um Mr. Hawthorne zu befreien, auch wenn Wachen anwesend sind.«

Alice murmelte etwas, das Cynara nicht verstehen konnte und auch nicht verstehen wollte, falls die Worte weitere Zweifel an Merlins Erfolg ausdrückten. Der Wagen, kutschiert von Gideon Swift, der vergeblich gegen ihren Plan Protest erhoben hatte, kam endlich auf dem Chatham Place am Nordende der Brücke zum Stehen. Als Cynara sich aus dem Fenster lehnte, konnte sie das glitzernde Wasser der Themse sehen. Menschen schoben sich in beiden Richtungen über die Brücke, Pferde zogen quietschende Karren, Straßenköter flitzten zwischen den Füßen der Passanten hin und her, Kinder weinten. Cynara verrenkte sich den Hals, um nach Merlin Ausschau zu halten, aber sie konnte weder seine hoch gewachsene Gestalt noch einen vergitterten Gefangenenwagen auf der Straße sehen.

»Wo ist er? Hat er sich verspätet?«, sagte sie mehr zu sich selbst.

»Sie kennen Master Merlins Pläne nicht? Vielleicht hat er sich verkleidet. Das würde ich jedenfalls tun, wenn ich vorhätte, am helllichten Tag einen Gefangenen aus Newgate zu entführen.«

Cynara gab dem Mädchen Recht und musterte forschend die Männer, die über die Straße schlenderten. Es waren hauptsächlich Arbeiter und Handwerker, die Handwagen und Schubkarren zogen. Cynara wurde unruhig, als ihr ein grobschlächtiger Mann auffiel, der sie unverhohlen anstarrte. Sie zog den Kopf ein und fragte sich, ob er die Absicht hatte, sie in der Kutsche zu überfallen.

»Das ist kein Ort, an dem man länger als nötig bleiben sollte«, bemerkte Alice mit einem leichten Naserümpfen. »Bevor Sie sich versehen, werden Sie belästigt, und was sage ich dann bloß Mylord Raven? Er wird mich zur Strafe hängen und vierteilen lassen.«

»Unfug«, schalt Cynara, obwohl sie wusste, dass Alices'

Furcht, von Fremden überfallen zu werden, durchaus berechtigt war. »Wir bleiben nicht lange. Der Wagen mit meinem Bruder wird bald kommen. Er muss pünktlich vor dem Gericht in Kingston erscheinen.«

Alice brummte etwas und zog ihren schweren Holzschuh aus, um ihn notfalls als Waffe zu gebrauchen. »Mir kann es nicht früh genug sein«, meinte sie mit einem viel sagenden Blick auf den grobschlächtigen Mann, der sich verstohlen immer näher an sie heranzuschleichen schien.

»Da ist er!«, rief Cynara, als ein schwerfälliger Wagen über den Chatham Place rumpelte. Zwei Wärter gingen zu Fuß neben dem Wagen her, sie und der Kutscher waren die einzige Barriere zwischen Brandon und der Freiheit. »Aber wo ist Merlin?«, fügte sie hinzu und überflog besorgt die Straße. Nirgends eine ungewöhnliche Bewegung, nirgendwo Pferde. Sie lehnte sich aus dem Fenster und befahl Gideon Swift, dem Gefängniswagen zu folgen.

Ihr Herz klopfte vor Angst, als Swift endlich gehorchte, nachdem er zunächst eingewandt hatte, dass sie sich lieber aus der Sache heraushalten sollten, um sich nicht Master Merlins Zorn zuzuziehen. Aber da Merlin nicht da war ... Was, wenn sie Brandon nicht befreien konnten? Was sollte sie dann tun?

»Oh, Mylady, das ist gefährlich«, wisperte Alice und rang die Hände. »Ich hätte nicht gedacht, dass so was auf der Fahrt passieren würde. Keiner hat mir was davon gesagt.«

»Wenn du Angst hast, kannst du auf der Stelle aussteigen und in die Albemarle Street zurückgehen. Ich zwinge dich zu nichts.« Cynara spähte aus dem Fenster und fragte sich, wie sie durch das Gedränge auf der Brücke kommen sollten, wenn sie Brandon erst einmal befreit hatten.

»Nein ... Mylady. Lord Ravens Anordnungen sind für mich Gesetz.«

Cynara warf Alice einen forschenden Blick zu. »Ich dachte, du teilst Mrs. Swans Ansicht über deinen Herrn. Du glaubst nicht, dass er seinen Vater ermordet hat?« Ihre unverblümte Frage ließ Alice zusammenfahren, aber Cynara musste einfach mit eigenen Ohren hören, dass jemand zu Merlin hielt.

»Ich weiß nicht, Mylady. Der Herr ist immer nett zu mir gewesen.«

Cynara nickte. »Er ist freundlich zu den Dienstboten?« Es war im Grunde keine Frage, nur eine Bestätigung ihrer eigenen Beobachtungen.

Die Kutschenräder klangen anders, als sie auf die Holzbrücke fuhren, und wieder lehnte sich Cynara aus dem Fenster. Der Gefängniswagen war jetzt dicht vor ihnen. Gideon Swift ließ keine anderen Fahrzeuge zwischen die beiden Wagen. Dadurch war er wenigstens in der Lage, etwas zu unternehmen, wenn es so weit war. Aber wo war Merlin? Sie sah über die Schulter zum Chatham Place zurück, aber von ihm war nichts zu sehen. Cynara trommelte nervös mit den Fingern an den Fensterrahmen. Sie wünschte, sie hätte Brandon im Wageninneren sehen können, aber die winzigen Luken waren vergittert und dunkel. Außer den beiden Wachen, die den Wagen flankierten, gab es noch den Kutscher, der mit seinen muskulösen Armen und Schultern den Eindruck vermittelte, dass er jeden Angriff mühelos abwehren könnte. Mit Sicherheit würde er sich als unerbittlicher Gegner entpuppen. Cynara betete inständig, dass es nicht zu einem Kampf kam, da Merlin allein keine Chance hatte.

Plötzlich gellte ein Schuss durch die Luft, und der Verkehr auf der Brücke kam kurz zum Stillstand. Cynara verrenkte sich den Hals, um mehr zu sehen, und zog scharf den Atem ein, als sie Merlin auf einem großen Pferd entdeckte. Obwohl er seinen Hut tief in die Stirn gezogen hatte und eine schwarze

Halbmaske trug, war sein energisches Kinn nicht zu verkennen. Sein grauer Umhang flatterte im Wind.

Sie wollte Swift gerade befehlen stehen zu bleiben, als der ältere Mann die Pferde zügelte. Alice wimmerte und starrte wie gelähmt aus dem Fenster auf ihrer Seite. Sie war so blass, dass Cynara Mitleid mit ihr bekam.

»Oh«, jammerte Alice. »Der Herr zielt mit einer Pistole auf den Kutscher!«

Hin und her gerissen zwischen dem Wunsch, auszusteigen und Merlin zu helfen, und der Angst vor seinem Zorn, sah Cynara gebannt zu. Die Wachen ließen ihre Musketen auf die Brücke fallen und starrten Merlin mit offenen Mündern an, als er sich aus dem Sattel schwang und eine zweite Pistole aus dem Bund seiner Reithosen zog.

Ein überraschtes Raunen lief durch die Menge, als die Tür des Gefängniswagens von innen aufgestoßen wurde. Ein weiterer Wächter kam herausgesprungen und holte mit einem Knüppel nach Merlin aus. Merlin duckte sich, aber die anderen Wächter stürzten sich sofort auf ihn. Brandon, dessen Beine nicht in Ketten waren, stolperte heraus und sah hilflos mit an, wie Merlin sich gegen seine Angreifer zur Wehr setzte. Er trug immer noch Handschellen, und es war ihm unmöglich, in den Kampf einzugreifen. Eine von Merlins Pistolen fiel auf die Holzbohlen der Brücke.

Ein Aufschrei kam aus der Menschenmenge, und ein stämmiger Straßenhändler schubste Brandon zum Wagen zurück. »Ein entflohener Häftling!«, brüllte er und versperrte Brandon den Weg.

Cynara musste handeln. Der Wärter im Wagen war für Merlin offensichtlich eine böse Überraschung gewesen, und wenn sie ihm nicht zu Hilfe kam, würden ihn die Männer überwältigen. Sie packte den massiven Spazierstock, den sie aus der

Albemarle Street mitgebracht hatte, und sprang aus der Kutsche. Alice stieß einen Schreckensschrei aus, aber Cynara zögerte keinen Augenblick. Im Handumdrehen war sie bei Brandon und fing an, mit dem schweren Stock auf den Straßenhändler einzudreschen. Als die Wächter einen Moment lang vor der Wucht von Merlins Fausthieben zurückwichen, entdeckte er Cynara. Seine Augen weiteten sich vor Überraschung, um gleich darauf vor Zorn zu funkeln. Cynara ließ sich jedoch nicht entmutigen. Es gelang ihr, den Straßenhändler lange genug in Schach zu halten, dass Brandon Merlins Pferd erreichen konnte.

»Nein … nicht dort!«, schrie sie, als er seine Handgelenke über den Sattelknopf legte und versuchte, sich auf den Rücken des Hengstes zu hieven, der jetzt in Panik geraten war und unruhig hin und her tänzelte. »Steig in die Kutsche!«

Ihr Kampf mit dem Straßenhändler hatte die Menge ein kleines Stück zurückweichen lassen. Das Schnauben eines Pferdes drang an ihr Ohr, und sie sprang hastig beiseite, als Gideon Swift die Gelegenheit nützte, um die Kutsche neben den Gefängniswagen zu lenken. Merlins Hengst wieherte vor Angst und bäumte sich auf. Die Menge wich mit einem vereinten Keuchen zur Seite. Als das Pferd mit den Hufen ausschlug, stürzte Brandon zu Boden.

Alles ging so schnell, dass Cynara schwindlig wurde. Aus dem Augenwinkel sah sie, dass der Fahrer des Gefängniswagens mit gezücktem Degen vom Kutschbock gesprungen war. Es gelang ihm, Merlin die zweite Pistole aus der Hand zu stoßen. Sie fiel auf die Brücke und ging mit einem lauten Knall los.

»Ahhh!«, schrie Brandon und rollte sich auf dem Boden. Cynara, die sah, dass sich ein roter Fleck auf seinem Ärmel ausbreitete, kniete sich neben ihn. In diesem Moment nahm sie nichts mehr wahr außer den Qualen ihres Bruders.

Der Kampf hinter ihr eskalierte, und sie blickte auf, als sie von zwei kräftigen Männern beiseite gestoßen wurde. Merlin kämpfte verzweifelt mit einem Degen in einer Hand und einem Dolch in der anderen. Cynara wusste, dass er keinen der Wächter verwunden wollte, aber seine Lage wurde mit jeder Sekunde aussichtsloser. Sie betete, dass ihn niemand erkannte. Wenn doch, würde man Detektive aus der Bow Street schicken, um ihn verhaften zu lassen.

»Helfen Sie mir, Ihren Bruder in die Kutsche zu schaffen«, ertönte Gideon Swifts raue Stimme an ihrem Ohr. »Alice war nutzlos; sie ist getürmt.« Ohne eine Sekunde zu verlieren, schleppten sie Brandon durch die Menge, die jetzt voller Spannung den Kampf zwischen Merlin und den Wachen verfolgte.

Brandon, der in kalten Schweiß gebadet war, hievte sich selbst in die Kutsche, ohne auch nur ein Stöhnen von sich zu geben. Sein Gesicht war aschfahl, als er eine Kopfbewegung in Merlins Richtung machte. »Hilf ihm, Schwesterchen. Du musst sie irgendwie ablenken, damit er auf sein Pferd kommt.«

Cynara warf einen panischen Blick auf die kämpfenden Männer. Die Menschenmenge war dichter geworden, auf der Brücke staute sich in beiden Richtungen der Verkehr. Sie warf den Wagenschlag zu. »Ab mit Ihnen, Gideon! Ich komme mit Merlin nach.«

Der ältere Mann schob sein Kinn vor und sah sie strafend an. Dann schnalzte er mit der Zunge und die Pferde zogen die Kutsche über die Brücke auf das südliche Ufer. Cynara befürchtete, zu spät zu kommen, um Merlin zu helfen, aber er durfte nicht gefangen genommen werden! Wenn das passierte, war der Rettungsversuch gescheitert ... Sie wollte nicht das Leben des einen Mannes gegen das des anderen eintauschen. Nachdem sie sich einen Weg durch die Menge gebahnt hatte, bemühte sie sich, den Hengst zu beruhigen, der jetzt eng an den Gefängniswagen gedrängt stand. Während sie ihm den Nacken tätschelte, verfolgte sie angstvoll den Kampf. Wenn dieser Albtraum nicht endlich ein Ende nahm, würde sie nicht durchhalten. Als einer der Wächter, der gerade eine schnelle Parade von Merlins Degen abwehrte, in ihre Nähe kam, stieß sie ihm den Spazierstock zwischen die Knie. Mit einem Wutschrei stürzte er.

Merlin landete einen Schlag auf dem Kinn des anderen Wächters. Der Mann ging lautlos zu Boden, aber jetzt kreisten aufgebrachte Zuschauer Merlin ein, und der Kutscher fand seinen Degen wieder, den Merlin ihm aus der Hand gestoßen hatte. Cynara schien die Lage hoffnungslos. Plötzlich hatte sie einen Geistesblitz, eine Idee, die sie nie in Erwägung gezogen hätte, wäre die Situation nicht so verzweifelt gewesen. Eine Dame zeigte nie ihre Fesseln in der Öffentlichkeit, geschweige denn ihre Beine, aber sie musste sich und Merlin in Sicherheit bringen, und dazu brauchte sie das Pferd. Grimmig entschlossen raffte sie ihre Röcke und setzte einen Fuß in den Steigbügel. Die Angst verlieh ihr ungeahnte Kraft, als sie sich in den Sattel zog und das andere Bein über den Pferderücken schwang. Noch nie war sie im Herrensitz geritten, aber jetzt war kaum der richtige Zeitpunkt, sich um Etikettefragen zu sorgen. Energisch stieß sie dem Pferd ihre Knie, die für alle deutlich zu sehen waren, in die Flanken. Sie hatte Angst, der Hengst könnte ausschlagen, aber er kämpfte sich schnaubend und mit rollenden Augen durch die Menge.

»Hübsche Beinchen«, knurrte jemand und tätschelte ihren Knöchel.

Sie errötete und bohrte die Knie fester in die Flanken. Langsam wich die Menge vor dem Pferd auseinander, und dann war sie bei Merlin, der sich verzweifelt gegen den Kutscher und einen der Zuschauer zur Wehr setzte. Laut wiehernd, den Kopf in den Nacken geworfen, drängte sich der Hengst zwischen die Männer. Wenn es ihr nicht gelang, ihn aus dem Gewimmel zu schaffen, würde er durchgehen und Gott weiß wie viele Menschen niedertrampeln.

Merlin blickte auf. Sein Gesicht glänzte vor Schweiß. Er atmete schwer, die Maske vor seinen Augen hatte sich ein wenig verschoben. Blitzschnell schwang er sich hinter Cynara in den Sattel und griff nach den Zügeln. Sowie das Pferd seinen Herrn erkannte, hörte es auf, seitwärts zu tänzeln, und ging in einen leichten Galopp über. Die Menge hatte Platz gemacht, und innerhalb weniger Sekunden hatten sie das südliche Ende der Brücke erreicht.

»Wo ist die Kutsche?«, rief Merlin ihr ins Ohr.

Sie konnte ihn kaum hören, da lautes Getöse unter der Menge ausgebrochen war. Der Klang schneller Hufschläge drang an ihr Ohr. Als sie sich umdrehte, sah sie, dass sie von vier Männern zu Pferde verfolgt wurden.

»Ich weiß nicht, wo die Kutsche ist, aber Brandon sitzt drinnen. Er ist verwundet und kann nicht reiten.« Sie fragte sich, ob Merlin immer noch wütend wegen ihrer Einmischung war, fand aber, dass jetzt nicht der richtige Zeitpunkt zum Streiten war. »Ich könnte an seiner Stelle das Pferd nehmen, das Gideon Swift für ihn bereitgestellt hat.«

»Wie ich sehe, werden wir verfolgt«, stellte Merlin grimmig fest. »Fürs Erste werden wir zusammen auf meinem Pferd reiten. Ich kann nicht zulassen, dass du zurückbleibst und den Gesetzeshütern in die Hände fällst.«

»Wer sagt, dass ich zurückbleiben würde?«, gab sie empört zurück, verstummte aber, als Merlin sein Pferd zwischen die Lagerhäuser von Southwark lenkte. In der Luft lag ein beißender Geruch, vielleicht von einer der zahlreichen Brauereien. Cynara war noch nie hier gewesen, aber sie nahm ihre Umgebung kaum wahr, als Merlin sein Pferd hinter einem Stapel Fässern zum Stehen brachte. Sie warteten in angespanntem Schweigen und tatsächlich donnerten eine halbe Minute später die Reiter an ihnen vorbei. Merlins Herz hämmerte an ihren Rücken, und sie war seltsam erleichtert, dass sie hier bei ihm war und nicht in der Kutsche saß und sich Sorgen um ihn machte.

»Jetzt müssen wir Brandon finden.« Er lauschte eine Weile angestrengt, bevor er den Hengst zum Weitergehen antrieb. »Ein bisschen Zeit haben wir gewonnen, aber ich denke, unsere Verfolger werden nicht so leicht aufgeben.«

»Waren es Vertreter des Gesetzes?« Sie fragte sich, wie es möglich war, dass sie so schnell die Verfolgung aufgenommen hatten. Wie hätten sie von Merlins Plänen erfahren sollen?

»Nein, das glaube ich nicht. Aber es besteht kein Zweifel daran, dass sie hinter uns her waren«, sagte er düster.

13

»Du verdienst es, für deinen Ungehorsam ausgepeitscht zu werden«, bemerkte Merlin, als er sie vom Pferd hob. Sie hatten ihre Kutsche vor dem Gasthaus *Elephant and Castle* in der Gemeinde Walworth entdeckt. Von ihren Verfolgern war nichts zu sehen. Vielleicht suchten sie noch in Southwark nach ihnen.

»Ich konnte es nicht ertragen, ausgeschlossen zu sein«, verteidigte sie sich. Sie legte eine Hand auf seinen Arm. »Sag, dass du mir verzeihst.«

Er warf ihr einen rätselhaften Blick zu. »Ich nehme an, dein unerwartetes Erscheinen hat den Kampf zu meinen Gunsten entschieden«, gab er widerwillig zu. »Aber es war dumm von dir, dein Leben und das von Alice in Gefahr zu bringen.«

»Alice lief auf und davon, als wir auf der Brücke waren – wahrscheinlich in die Albemarle Street. Ich werde mich zu Brandon in die Kutsche setzen und mich um ihn kümmern.«

»Ich hoffe, seine Verletzung ist nicht ernst.« Merlin sprach mit Gideon Swift, und Cynara setzte sich zu ihrem Bruder in die Kutsche. Brandon schien starke Schmerzen zu haben. Er verzog das Gesicht, als er sie sah, und salutierte mit einer Flasche Brandy.

»Ich musste den Schmerz irgendwie betäuben«, erklärte er. »Swift hat meine Handschellen durchgesägt und meinen Arm verbunden, nicht sehr gut, wenn du mich fragst. Hat behauptet, es wäre nur eine Fleischwunde.« Er lachte unfroh. »Ich glaube nicht, dass ich es ertragen hätte, wenn er auf der Suche nach der Kugel mit einer Zange in meinem Arm herumgestochert hätte.«

Cynara erschauerte und begutachtete den improvisierten Verband.

»Ziemlich ungeschickt, der Bursche«, sagte Brandon betont unbekümmert.

»Psst! Vor mir brauchst du nicht den Helden zu spielen.«

Merlin steckte den Kopf durch das offene Fenster. »Wir schlagen uns auf Seitenwegen nach Basingstoke durch und bleiben über Nacht dort. Ich werde neben der Kutsche reiten.«

Sie waren schon etliche Stunden unterwegs, und die Dämmerung brach herein, als plötzlich hinter ihnen Hufe über die gestampfte Erde der Straße donnerten. Dann fiel ein Schuss. Cynara fürchtete um ihrer aller Leben. Der Wagen holperte noch schneller über die Straße und ihr tat jeder Knochen im Leib weh. Brandon stöhnte jedes Mal auf, wenn sein verletzter Arm durchgeschüttelt wurde. Sein Gesicht war blass und schweißnass, seine Augen dunkel vor Schmerz.

»Keine Angst, wir werden ihnen entkommen«, sagte Cynara ohne große Überzeugungskraft. Sie schaute aus dem Fenster, aber alles, was sie sah, war die Hecke, die die Landstraße säumte. Sie waren jetzt ein ganzes Stück von London entfernt, und sie fragte sich, wer ihre Verfolger sein mochten; wenn es keine Vertreter des Gesetzes waren, wer dann?

Als könnte er ihre Gedanken lesen, sagte Brandon: »Ich weiß nicht, wer diese Schurken sind, aber sie sind hinter mir her, das steht fest. Vielleicht sind es Lady Fidalias Leute. Dass ihr Schmuck wieder da ist, reicht ihr wohl nicht. Sie will meinen Kopf.«

Cynara hielt Brandons Hand. »Aber du hast mir doch gesagt, dass du unschuldig bist.«

»Das bin ich, Schwesterchen.« Er stieß einen schweren Seufzer aus. »Und das werde ich auch beweisen, sowie wir unsere Verfolger los sind und diese Wunde verheilt ist.«

Merlin, der das Terrain sondiert hatte, das vor ihnen lag – ein waldreiches Gebiet in Hampshire – kam zurück. Er sagte etwas zu Gideon Swift, ihrem Kutscher, und schaute dann zum Fenster herein. Sein Gesicht wirkte eisern entschlossen. »Wir bleiben gleich kurz stehen, und wenn es so weit ist, springt ihr aus dem Wagen und versteckt euch. Ich reite voraus, gewissermaßen als Lockvogel. Dann wird euch Swift auf einer anderen Route nach Devon bringen. Wir treffen uns wie verabredet in Basingstoke. Bis dahin sind wir unsere Verfolger los – hoffentlich.«

»Ziemlich riskant für dich, alter Junge«, meinte Brandon.

»Nicht mehr als für euch«, sagte Merlin, während er sich bemühte, auf einer Höhe mit dem Fenster zu bleiben, als das nervöse Pferd zu scheuen drohte. »Macht genau, was ich sage, und euch wird nichts geschehen. Da du verwundet bist, Brand, können wir sie leider nicht überwältigen und ihre Iden…
feststellen.« …erin

»Ein Hinterhalt … «, begann Brandon schwach, a…mit je-
war bereits davongestoben, und die Hufschläge w…
der Sekunde leiser. …ster Stim-

»Wir müssen tun, was er sagt«, sagte Cyn… …fzurichten.
me, als Brandon versuchte, sich auf der S… …cht hat.«
»Ich bin überzeugt, dass Merlin in di… …enig sagen. Wir

Brandon musterte sie scharf. »S…

Cynara senkte den Blick. »Da… …t mich überrascht,
sind noch nicht lange verheira…

Er legte seine Hand auf…

von eurer Heirat zu hören. Früher hast du nie das geringste Interesse an Merlin gezeigt.«

»Die Umstände änderten sich drastisch, als Felix starb.«

Brandons Gesicht rötete sich. »Verdammter Kerl! Ich traute meinen Ohren nicht, als ich von eurer bevorstehenden Hochzeit erfuhr. Wie bist du nur auf diese Idee gekommen?«

Es gab keine Zeit für nähere Erklärungen, da die Kutsche einen Satz zur Seite machte und dann scharf um die Ecke eines Gebäudes bog. Die Pferde wieherten, als sie durch ein niedriges Dickicht brach, dann war es still. Eine Sekunde später steckte Gideon Swift seinen Kopf durchs Fenster.

»Schnell, Mylady. Die Halunken sind direkt hinter uns.« Er schwenkte eine Muskete, aus dem Bund seiner Reithosen ragte der Griff eines Messers. »Kommen Sie!«

Brandon ließ sich vom Sitz gleiten. Sein blutender linker Arm hing schlaff an der Seite herab. Er umklammerte eine Pistole, die Merlin ihm gegeben hatte, und schwankte einen Moment lang, fand dann aber die Kraft, vom Trittbrett zu springen. Cynara, die direkt hinter ihm war, folgte Merlins altem Burschen in das Gebäude, hinter dem sich ihre Kutsche ver[illegible]rg. Es war eine Scheune, in der altes Heu vom Vorjahr gelag[illegible] war. Swift trieb sie an, sich hinter ein paar verrotteten Kiste[illegible]verstecken, bevor er neben der Tür Posten bezog und sei[illegible]skete auf die Straße richtete.

»S[illegible]den uns finden«, wisperte Cynara. Nun, da selbst die [illegible] ihr w[illegible]rohlich wirkte, bekam sie plötzlich Angst, und [illegible]usst, dass Merlins Anwesenheit sie beruhigt hätte.

»Merl[illegible]

»Sie we[illegible]irgendwie von unserer Fährte locken.«

»Nicht [illegible]tsche sehen, wenn sie vorbeireiten.«

[illegible]sst, sie kommen.« Brandon erstarrte und richtete[illegible]auf die Tür. »Zieh den Kopf ein!«

Cynara achtete nicht auf ihn; sie hörte nur den Klang näher kommender Hufschläge. Es waren vier Männer, jeder mit einer Muskete bewaffnet. Am liebsten hätte sie die Augen zugemacht, um die Furcht erregende Truppe nicht sehen zu müssen, aber sie konnte nicht aufhören, in ihre Richtung zu starren. Sie trugen weite Capes und Hüte, aber da es bereits dämmerte, war es unmöglich, ihre Gesichter zu erkennen.

»Wer sind sie? Was wollen sie von uns?«, wisperte Cynara.

»Psst! Sie sind langsamer geworden, vielleicht haben sie die Kutsche entdeckt.«

Sie warteten, bis das Schweigen unerträglich wurde. Dann ertönte von der Straße ein Schuss. *Merlin*, dachte Cynara. Ihr Herz klopfte wie verrückt in ihrer Brust. Wenn er verletzt war …

»Da! Sie reiten weiter. Merlin wird es nicht schwer fallen, sie auf einen Seitenweg zu locken. Als ehemaliger Offizier ist er gerissen wie ein Fuchs.« Als die Hufschläge verklangen, sank Brandon neben ihr ins Heu. Sein Ärmel war von Blut durchtränkt, er sah völlig erschöpft aus. »Vorhin auf der Black Friars Bridge, mit dem zusätzlichen Wächter im Gefängniswagen, sah es ganz schön brenzlig aus. Ich war überzeugt, dass Merlin den Kampf verlieren würde.« Er stöhnte vor Schmerzen.

»Wir müssen so schnell wie möglich Hilfe für dich finden«, sagte Cynara. »Ein Arzt muss sich die Wunde anschauen, bevor du verblutest.« Sie zog den durchweichten Verband enger um seinen Arm.

Brandon brachte ein schwaches Lächeln zustande. »Noch bin ich nicht am Ende. Bevor ich das Zeitliche segne, muss ich dahinter kommen, wer den Schmuck unter meine Sachen gelegt hat. Ich hätte nie gedacht, dass ich so rachsüchtig sein kann.«

Gideon Swift drängte sie zur Kutsche zurück. »Es wird bald

dunkel; wir sollten uns lieber beeilen, nach Basingstoke zu kommen.«

»Merlin ist als Erster dort, darauf wette ich«, sagte Brandon, während er sich auf die Sitzbank legte.

»Du hast großes Vertrauen zu ihm«, bemerkte Cynara und schob einen zusammengelegten Umhang unter seinen Kopf. Dann begutachtete sie noch einmal den behelfsmäßigen Verband, aber es gab nichts, was sie daran verändern konnte.

»Merlin ist einer der gewitztesten Burschen, die ich kenne. Ich bin froh, dass du ihn geheiratet hast.«

Einen mutmaßlichen Mörder?, hätte sie beinahe gesagt, schwieg aber.

Draußen war es Nacht geworden und das einzige Licht, das sie führte, war der silberne Schein des Mondes. Cynara wurde nervös, als sie in der Ferne abermals Hufschläge hörte, beruhigte sich aber wieder, als das Geräusch verklang. Vielleicht hatte ihre überreizte Fantasie ihr einen Streich gespielt. Doch so sehr sie sich auch bemühte, sie wurde die nagende Angst nicht los, dass Merlin etwas passiert sein könnte. Warum beschäftigte sie das so? Er hatte nichts als Unruhe und Ärger in ihr Leben gebracht …

Eine Stunde später erreichten sie den Gasthof in Basingstoke. Eine leichte Brise wehte durch die Bäume, und hinter dem Gebäude flatterte Wäsche auf einer Leine. Gideon Swift inspizierte den Schankraum. Bis auf zwei alte Männer, die Ale tranken, schien er leer zu sein.

»Ich kümmere mich um ein Zimmer für Sie, Mylady. Dann suche ich einen Arzt für den jungen Herrn.« Während Swift mit dem Wirt sprach, führte ein gut gewachsenes, adrettes Stubenmädchen mit schwarzen Locken Cynara die Treppe hinauf zu den Zimmern im ersten Stock. Die Kammer war klein, das Mobiliar schäbig, aber alles war sauber, als wäre erst vor kurzem gründlich geputzt worden. Mit einem müden Seufzer sank Cynara auf das Bett. Im Vergleich mit ihrem Bett auf Black Raven war es sehr schmal. Sie wünschte, sie hätte Tildy bei sich, aber das Stubenmädchen würde ihr eben helfen müssen, ihr Kleid am Rücken aufzuknöpfen. Nachdem sie ihr Gesicht über einer Porzellanschüssel gewaschen hatte, strich sie ihr Haar glatt und ging zu dem Zimmer auf der anderen Seite des Treppenabsatzes, wo sie Brandon lebhaft reden hörte.

Als sie eintrat, ertappte sie ihren Bruder dabei, das dunkelhaarige Mädchen, das gerade seinen Ärmel aufschnitt, in die Wange zu zwicken. Brandon sah weit munterer aus als zuvor, und die blauen Augen des Mädchens funkelten vergnügt.

»Wie ich sehe, bist du in guten Händen«, stellte Cynara fest. »Die Verletzung ist wohl doch nicht so schlimm, wie ich befürchtet hatte.«

»Bloß ein Kratzer, Schwesterchen«, sagte Brandon mit einem Augenzwinkern. »Swift ist den Doktor holen gegangen und bis er wieder da ist, werde ich schon überleben, vor allem mit einer so hingebungsvollen Pflegerin wie Millie.«

Cynara widerstrebte es, den Raum zu verlassen, da sie sich wegen Brandons Wunde Sorgen machte, egal, was er sagte. »Was meinst du, wann wird Merlin kommen? Er müsste reichlich Zeit gehabt haben, die Schurken in die Irre zu führen.«

»Wie sein Namensvetter, der berühmte Zauberer, pflegt auch Merlin nach Belieben zu kommen und zu gehen.« Brandon wurde blass, als Millie den Verband aufrollte. »Verdammt! Vorsicht, Mädchen!«

»Fallen Sie mir bloß nicht in Ohnmacht«, sagte das Mädchen und drängte ihn auf die Kissen zurück.

»Bring mir eine Flasche Brandy, Schwester«, stöhnte er. »Diese Frau will mich zu Tode quälen.«

Cynara verließ das Schlafzimmer und ging in den Schankraum hinunter. Sie sah sich um, fand aber nur die beiden alten Männer vor, denen sich mittlerweile vier weitere angeschlossen hatten. Sie rauchten ihre Pfeifen und unterhielten sich und gönnten ihr nur einen flüchtigen Blick, als sie an ihrem Tisch vorbeiging.

»Eine Flasche Brandy auf Mr. Hawthornes Zimmer, bitte«, sagte sie zu dem Wirt, der gerade eine der Tischplatten abwischte.

»Sie sehen aus, als könnten Sie selbst einen Tropfen vertragen, Mylady«, sagte er.

»Ist mein Mann, Lord Raven, schon eingetroffen?«, erkundigte sie sich.

»Hab ihn noch nicht gesehen. Er steigt immer hier ab, wenn er nach London fährt. Ein feiner, großzügiger Gentleman, das ist er«, sagte der Gastwirt mit einem Lächeln.

Cynara empfand unwillkürlich Stolz bei seinen Worten. »Ich werde bei meinem Bruder auf den Doktor warten. Vergessen Sie den Brandy nicht!«

Bis der Arzt Brandons Wunde versorgt und genäht und Cynara versichert hatte, dass die Verletzung nicht schwerwiegend sei, war sie so müde, dass sie beinahe im Stehen eingeschlafen wäre. Es war fast Mitternacht, und ihr Bruder, der beinahe die halbe Flasche Brandy geleert hatte, schlief tief und fest. Er sah blass, aber ruhig aus, und die Wunde hatte aufgehört zu bluten.

»Sie sollten sich etwas Ruhe gönnen, Mylady«, bemerkte der behäbige Doktor und musterte sie scharf. »Sie sehen erschöpft aus, wenn ich mir die Bemerkung erlauben darf. Brauchen Sie ein Schlafmittel?«

Sie schüttelte den Kopf. »Nein … Ich möchte wach bleiben für den Fall, dass mein Bruder mich in der Nacht braucht.«

Der Doktor schmunzelte. »Ach was, nach all dem Brandy, den er getrunken hat, wird er die Nacht durchschlafen. Sie brauchen Schlaf, Mylady. Ich werde eines der Mädchen bitten, heute Nacht bei ihm zu wachen.«

»Das würde ihm gefallen«, erwiderte Cynara lächelnd. Nachdem sie sich vergewissert hatte, dass Brandon gut zugedeckt war, verließ sie sein Zimmer. Sie war so müde, dass sie sich kaum noch auf den Beinen halten konnte, und der Boden schien unter ihren Füßen zu schwanken.

Wo war Merlin? Es war Stunden her, seit sie sich auf der Landstraße voneinander getrennt hatten. Sie warf einen Blick nach unten und erkannte im Schankraum Gideon Swifts gebückte Gestalt. Er saß an dem Tisch, der der Treppe am nächsten war, und trank einen Humpen Ale. Immer wachsam, dachte Cynara liebevoll. Der alte Mann war ein unerwarteter Verbündeter und Merlin treu ergeben.

Sie ging in ihr Zimmer, streifte ihre Schuhe ab und befreite ihr Haar aus dem Gefängnis von Nadeln und Bändern. Ihre Sorge war geschwunden und einer überwältigenden Müdigkeit gewichen. Seufzend bürstete sie ihr Haar und massierte ihre Kopfhaut. Dann fiel ihr ein, dass sie es nicht schaffen würde, ihr Kleid aufzuknöpfen. Sie renkte sich fast die Arme aus, um an die Knöpfe auf ihrem Rücken zu kommen, musste aber bald einsehen, dass sie gezwungen war, in ihrem Kleid zu schlafen. Mit einem Seufzer streifte sie ihre Strümpfe von den Beinen und legte sie zusammen. Als sie sich gerade mit der Schließe der schlichten Goldkette abmühte, die um ihren Hals hing, knarrte hinter ihr die Tür. Keuchend wirbelte sie herum. Sie wusste nicht, was sie erwartet hatte, aber ihr fiel ein Stein vom Herzen, als sie ihren Mann erkannte. Er sah erschöpft und mitgenommen aus.

»Merlin!«

Seine Mundwinkel hoben sich. »Freust du dich, mich zu sehen, mein Weib?«

Ihre Wangen röteten sich, aber sie konnte die Erleichterung in ihrer Stimme nicht unterdrücken. »Du bist in Sicherheit! Was ist auf der Straße passiert?«

»Nichts Besonderes – ein langer Ritt kreuz und quer über Felder und holperige Wege.« Er trat ein, schloss die Tür hinter sich und drehte den Schlüssel um.

»Die Männer?« Sie strengte sich an, die Kette zu öffnen.

»Auf dem Weg nach Wiltshire. Wenn wir Glück haben, bemerken sie ihren Irrtum erst, wenn sie in Stonehenge sind.« Er ging um sie herum. »Komm, ich helfe dir.« Seine warmen Finger streiften ihren Nacken, und ein köstlicher Schauer lief ihr über den Rücken. Geschickt hakte er die Schließe auf und legte die Kette auf den Waschtisch.

Dann fing er an, die Knöpfe aufzumachen, und Cynara bekam eine Gänsehaut, so zärtlich, so intim war diese Geste. Lange sensible Finger glitten über ihren Rücken, warme, sinnliche Lippen berührten die zarte Haut in ihrem Nacken.

»Lass das, Merlin«, bat sie und versuchte, sich seiner verführerischen Nähe zu entziehen. Allein seine Berührung reichte aus, sie zu verzaubern und ihr die Fähigkeit zu nehmen, klar zu denken.

»Warum sollte ich?«, murmelte er. »Du brennst genauso darauf wie ich, das Reich der Liebe zu erkunden.« Seine Lippen strichen über ihre nackte Schulter, und sie wurde schwach. Es wäre so leicht …

»Nein!«, rief sie. »Nicht …« Sie rief sich energisch in Erinnerung, dass sie ihm nicht traute. Vielleicht gab es eine dunkle Seite seines Charakters, die selbst vor einem Mord nicht zurückschreckte. Aber wie konnte er damit leben, wenn er tatsächlich imstande war, kaltblütig zu töten? Sie wusste, dass sie es nicht könnte; niemand mit einem Gewissen wäre dazu in der Lage. Sie entzog sich ihm und drückte das Mieder ihres Kleides an ihre Brust. Solange er sie nicht berührte, konnte sie kühl und unbeteiligt bleiben. Und doch … ihr Herzschlag … sie wusste nicht, wie sie ihn verlangsamen sollte.

»Warum wehrst du dich?«, fragte er und verschränkte die Arme vor der Brust. Seine Miene hatte sich verdüstert.

»Ich habe Angst«, wisperte sie.

»Angst? Vor mir?«

Sie wandte den Blick ab. »Ich habe Angst vor der Macht, die du über mich hast.«

Er trat unsicher von einem Bein aufs andere. »Ich bin dein Mann.«

Sie nickte. »Aber du kannst mich nicht zwingen, dich zu lieben.«

Jetzt lachte er leise und trat einen Schritt näher zu ihr. »Ich habe keine Macht über deine Gefühle, aber du auch nicht.« Er hob ihr Kinn und zwang sie, ihn anzusehen. Seine Augen waren dunkel, forschend. Ein zärtliches Licht glomm in ihnen, das sie beruhigte und doch noch mehr verwirrte. Wieder spürte sie, als er ihr Gesicht berührte, wie ihre Sinne schwankten und ihre Willenskraft schwächer wurde.

»Nicht«, flüsterte sie, aber er hörte nicht auf sie.

In dem Moment, als ihre Lippen aufeinander trafen, wusste Cynara, dass es zu spät war, zu protestieren. Sie ertrank in dem süßen Rausch des Kusses, und Merlin streifte mühelos die Kleidungsstücke ab, die ihre Körper voneinander trennten. Cynara bebte vor Wonne, als er sie an sich zog. Seine Haut war glatt und weich wie Samt, seine Muskeln hart und stark wie Granit. Wie kann ich einem so männlichen Zauber widerstehen?, fragte Cynara sich. Alles verschwamm vor ihren Augen, als er seine Lippen um eine ihrer harten Brustspitzen schloss.

Er trug sie zu dem schmalen Bett. »Das ist nicht für Liebende gebaut«, knurrte er, als er sie auf die Matratze legte.

Es wurde eng, als er sich neben ihr ausstreckte, aber Cynara konnte sich nicht beschweren, weil ihr Mund anderweitig beschäftigt war. Sie ließ ihre Lippen über seinen kräftigen Hals wandern, kostete jeden Zentimeter seiner Haut aus. Ihre Hände glitten über das straffe Fleisch, das sie so sehr erregte, bis sie auf den harten Teil seines Körpers traf, der auf Vereinigung drängte. Sie sehnte sich danach, ihm dieselbe Lust zu schenken, die er ihr geschenkt hatte.

Merlin seufzte wohlig, als ihre Hände fiebrig vor Leidenschaft über seinen Körper wanderten. Wenn sie nur außerhalb des Schlafzimmers so gelöst wäre, dachte er bei sich. Bei Tageslicht lagen immer Argwohn und Furcht in ihrem Blick, und ihre Augen waren düster wie das Meer vor einem Sturm.

Ihre Liebkosungen brachten ihn an den Punkt, wo nichts anderes als das wachsende Begehren zwischen ihnen existierte. Sie schien in Flammen zu stehen; ihre Haut war warm und geschmeidig, ihre Beine schlangen sich verlockend um seine. Die Liebe brannte so stark in seinem Herzen, dass es beinahe wehtat. Er begehrte sie so sehr, aber er wollte auch geliebt werden. Von ihr.

»Sag, dass du mich liebst, Cynara«, bedrängte er sie in dem Moment, als ihre Leidenschaft zu unerträglichem Verlangen wurde.

Sie murmelte etwas und er sah in ihr liebes Gesicht, voller Sehnsucht nach der Zärtlichkeit, die dort sein sollte. Ihre Wangen waren zart gerötet, ihr bezaubernder Mund halb geöffnet, ihre Augen verschleiert vor Leidenschaft. All das waren Zeichen des Sturms, der durch ihren Körper tobte, aber bald würde wieder heller Tag sein, und alles war vorbei …

Als hätte er nie zuvor eine Frau geliebt, drang er tief in sie ein. Die Vereinigung ihrer Körper erfüllte ihn erneut mit Staunen und Entzücken. Sie bewegte sich rastlos unter ihm, stemmte ihre Hüften nach oben, um ihm noch näher zu sein, während sie versuchte, ihren verzehrenden Hunger zu stillen. In diesem Moment gehörte sie ganz und gar ihm und er ihr – für alle Zeiten.

Die köstliche Süße ihres Körpers riss ihn mit auf eine heiße Woge, die ihn mühelos in ein Meer der Verzückung trug.

Cynara konnte von seinen magischen Händen, die jede Wölbung und jede Vertiefung ihres Körpers berührten, von seiner verspielten Zunge auf ihren pochenden Brustspitzen nicht genug bekommen. Die vollständige Vereinigung mit ihm brachte erst Erleichterung, dann Befriedigung, als sie mit ihm einem berauschenden Höhepunkt zutrieb.

Danach fühlte sich Cynara Merlin näher als je zuvor. Wenn sie miteinander schliefen, war es, als nähme er ein Stück von ihr an sich – oder als gäbe sie ihm kleine Teile ihrer selbst, die noch nie zuvor jemand erblickt hatte, nicht einmal sie selbst. Er lehrte sie alles über die körperliche Liebe, und er schien es gemeinsam mit ihr zu entdecken, nicht sie durch ein Labyrinth zu führen, durch das er selbst schon oft gegangen war.

»Ist es anders, jemanden zu lieben, den man … nun ja, sehr mag?«, fragte sie zaghaft, als er ihre Hand nahm und drückte.

»Für mich schon«, sagte er ruhig. »Für mich ist es eine beängstigende und doch unendlich beglückende Erfahrung.« Er machte eine Pause, als fiele es ihm schwer weiterzusprechen. »Ich weiß nicht, wie es für dich wäre – mit jemandem zu schlafen, den du wirklich liebst, meine ich.«

Besser als das hier konnte es nicht sein. Cynara wusste nicht, was sie sagen sollte. Sie wusste tatsächlich nicht, was Liebe war, nur, dass das, was sie und Merlin gerade erlebt hatten, gut und richtig zu sein schien.

»Wie war es für dich?«, fuhr er fort.

»Köstlich und wunderschön«, antwortete sie, ohne zu zögern. »Erschütternd.«

Er streichelte zärtlich ihren Bauch und lachte leise. »Ein guter Anfang für ein Eheleben voller Liebe.« Er zog sie an sich. Ihre Köpfe ruhten nebeneinander auf dem Kissen. Im Zimmer war es warm, aber er breitete die Bettdecke über ihre nackten Körper und kuschelte sein Gesicht an ihr Haar. »Schlaf jetzt.«

Cynara bedurfte keiner Aufforderung. In seinen Armen konnte ihr nichts Angst machen. Das stetige Prasseln der Regentropfen an die Fensterscheibe wiegte sie in den Schlaf. Zum ersten Mal, seit sie Merlin geheiratet hatte, war sie im Einklang mit sich und der Welt. An ihre ungewisse Zukunft wollte sie nicht denken.

14

Merlin wurde unsanft geweckt. Im Zimmer war es pechschwarz, und er konnte sich nicht erinnern, wo er war. Cynaras schöner Körper lag an seinen geschmiegt, ohne die leise Stimme, die in sein Ohr raunte, wäre die Nacht vollkommen gewesen.

»Aufwachen, Captain! Captain … sieht aus, als hätten die Kerle uns gefunden. Wir müssen machen, dass wir wegkommen!«

»Was? Wer?« Merlin schob sich behutsam aus dem Bett, um Cynara nicht zu stören. Hatten die Vertreter des Gesetzes sie aufgestöbert? Würden sie alle für dieses verrückte Abenteuer am Galgen enden? Zum Teufel mit Brandon und seinen Eskapaden! Merlin stolperte im Dunkeln über seine Reithosen und schlupfte, erst auf dem einen, dann auf dem anderen Bein balancierend, hinein. Als sich Cynara im Bett regte und gähnte, führte Merlin seinen Burschen aus dem Zimmer und schloss leise die Tür. Kein Grund, Cynara zu beunruhigen.

Gideon hatte seine Kerze neben der Tür abgestellt, und Merlin sah seinen treuen Diener, dessen Augen rot gerändert und trübe waren, fragend an. »Was ist los?«

»Unten im Hof sind vier Männer und fragen den Wirt aus. Mr. Brandon habe ich schon alarmiert. Er ist aus dem Fenster gesprungen. Jetzt wartet er im Wagen, die Muskete in der Hand.«

Merlin presste erzürnt die Lippen aufeinander. »Ich will verdammt sein, wenn ich mich von diesen Unbekannten bedrohen lasse! Wenn es sich nicht um Gesetzeshüter handelt, wer sind sie dann? Diesmal versuchen wir, sie zu schnappen. Zumindest haben wir den Vorteil der Überraschung auf unserer Seite.«

Swift nickte. »Sie denken bestimmt, dass wir in unseren Betten liegen und schlafen und ein leichtes Ziel bieten.«

Merlin klopfte dem älteren Mann auf die Schulter. »Danke, dass du Wache gehalten hast. Ohne dich wäre ich verloren.«

Swift brummte etwas in sich hinein und reichte Merlin die Kerze. »Was ist mit Lady Raven?«

»Wir lassen sie einstweilen schlafen. Ich sperre die Tür ab und stecke den Schlüssel ein.« Er huschte auf Zehenspitzen ins Schlafzimmer. »Ich ziehe mich an und hole mir noch ein Paar Pistolen. Dann legen wir uns auf die Lauer. Ich steige durch das Fenster in Mr. Brandons Zimmer aus.«

Merlin zog hastig seine restlichen Sachen an, nahm die beiden Pistolen an sich, die er am Vorabend aus der Satteltasche genommen hatte, und steckte die Beutel mit Kugeln und Schießpulver in seine Taschen. Nachdem er sich vergewissert hatte, dass Cynara friedlich schlief, ging er hinaus und schloss geräuschlos die Tür ab. Er betete, dass sie keine Angst bekam, wenn sie aufwachte und ihn nicht mehr vorfand. Der Flur war dunkel, aber er fand ohne Probleme in Brandons Zimmer. Von dort war es leicht, über das Fenstersims zu klettern und auf einen Heuwagen zu springen, der unter dem Fenster stand.

»Psst.« Gideon Swift winkte ihm von der Scheune zu, und Merlin rannte über den Hof, sorgfältig darauf bedacht, sich im Schatten zu halten.

»Da! Sehen Sie!«, fuhr der ältere Mann fort. Merlin sah vier

Männer zu Pferde, die vor dem Gasthof mit dem Wirt gestikulierten und redeten. Jetzt waren sie offensichtlich fertig und wollten absitzen.

»Hölle und Teufel«, fluchte Merlin halblaut und fuhr zusammen, als hinter ihm ein Zweig knackte. Er wirbelte herum und sah sich Auge in Auge mit dem Lauf einer Muskete. Dahinter war Brandons bleiches Gesicht zu sehen.

»Du solltest im Bett sein, alter Knabe«, sagte Merlin zu dem jüngeren Mann. »Du bist weiß wie ein Gespenst.«

»Daran ist der verwünschte Brandy schuld. Mir platzt der Schädel und mein Arm tut höllisch weh.« Er grinste. »Aber das hier würde ich mir für alle Schusswunden der Welt nicht entgehen lassen.«

Sie schlichen im Schutz der Hausmauer weiter, bis sie die Männer deutlich sehen konnten. Merlin kannte nicht einen von ihnen, auch wenn ihn einer der Männer leicht an Muggins, den Oberstallknecht auf Black Raven, erinnerte. Aber das war nicht möglich … oder? Er hatte dieselbe Größe und dieselbe düstere, hagere Gestalt, die Merlin immer an ein Skelett erinnerte.

Der Wirt verschwand im Haus, und die vier Männer, die ihre Pferde an den Zügeln hielten, unterhielten sich mit gedämpften Stimmen. Vermutlich schmieden sie einen Plan, wie sie uns alle im Schlaf erstechen können, dachte Merlin grimmig. Er winkte Swift und Brandon, die direkt hinter ihm waren.

»Jetzt!«, rief er und stürmte mit gezückten Pistolen in den Hof. Die vier Männer starrten ihn entgeistert an. Merlin wünschte, er könnte ihre Gesichter besser sehen, aber der Mond, der früher am Abend geschienen hatte, verbarg sich jetzt hinter Regenwolken. Nur an der Art ihrer Haltung konnte er erraten, was ihre Mienen ausdrückten. Schon duckten sie sich, um zuzuschlagen. Sie zogen ihre Degen, aber zu spät.

»Hände hoch oder ich schieße! Waffen fallen lassen!«, rief Merlin und zielte dabei auf die größte, an Muggins erinnernde Gestalt. Gideon Swift stand direkt neben ihm, aber aus dem Augenwinkel sah er, dass Brandon zurückgeblieben war und sich verborgen hielt, jedoch mit der Muskete auf die Gruppe zielte, um beim ersten Anzeichen von Widerstand zu schießen. Eine gute Vorsichtsmaßnahme, fand Merlin.

Bevor Merlin die Waffen der Männer einsammeln konnte, feuerte einer von ihnen, verfehlte sein Ziel aber bei weitem. Die Pferde scheuten und drängten sich vor Merlin, alle bis auf eines, das sich in die entgegengesetzte Richtung wandte. Zu spät erkannte Merlin, dass einer der Männer den Sattel gepackt und sich auf den Rücken des Tieres geschwungen hatte. Er galoppierte die Straße hinunter und war innerhalb weniger Sekunden außerhalb ihrer Schussweite.

Die anderen hielten die Arme hoch, und Gideon Swift stieß mit dem Fuß ihre Waffen beiseite. Er stellte weitere Pistolen in ihren Jackentaschen und in einem Stiefelschaft einen Dolch sicher. Als die Männer ihrer Waffen beraubt waren, verlangten sie murrend, dass man sie gehen lassen sollte.

»Wir ha'm keinem was getan«, sagte einer von ihnen.

»Ihr seid sofort frei, wenn ihr mir sagt, wer euch den Auftrag gegeben hat, mir und meiner Frau zu folgen«, sagte Merlin und stieß den Lauf seiner Pistole in den Bauch des Mannes, der ihm am nächsten stand. »Macht es euch leicht und sagt mir die Wahrheit.«

»Wer Sie auch sind, wir ha'm Sie nich' verfolgt«, behauptete einer der Fremden mürrisch.

»Niemand hat euch dafür bezahlt, mitten in der Nacht durch Hampshire zu reiten, noch dazu bewaffnet?«

»Tja, man könnte sagen, dass wir 'ne kleine Nachtschicht einlegen.« Der Mann gackerte über seinen Scherz, aber Merlin war nicht nach Lachen zumute. Er richtete seine Pistole auf die Stiefelspitze des Mannes und drückte den Abzug. Ein Schuss gellte durch die Nacht, und der Mann fuhr mit einem wilden Satz zurück. Er schnappte nach Luft, als feiner Staub auf den Boden sank.

»He, Sie hätten mir glatt die Zehen wegknallen können«, beschwerte er sich.

»Das werde ich gleich tun, wenn du mir nicht die Wahrheit sagst«, gab Merlin zornig zurück. Er packte den Mann am Kragen und stieß ihn an die Hausmauer. »Nun?«

»Ein Adliger hat uns angeheuert. Hat sich Merlin Seymour genannt – der Typ, der gerade verduftet ist.«

Merlin starrte ihn überrascht an. »Merlin Seymour? Aber das ist mein Name, und ich bin der Letzte meiner Familie.«

Der Raufbold spuckte auf den Boden. »Dann ha'm Sie 'nen Namensvetter. Den, der gerade abgehauen ist – und uns in der Tinte gelassen hat. Mistkerl!«

Wieder packte Merlin den Mann am Kragen. »Was solltet ihr für ihn tun?«

Der Mann zuckte die Achseln. »Weiß nich'. Wir sollten bloß das Gasthaus beobachten und Sie im Auge behalten, wenn Sie morgen aufbrechen – rausfinden, wo Sie hinwollen.«

Merlins Kinnpartie spannte sich an. »Und uns nicht womöglich im Schlaf ermorden?«

Der Mann schüttelte mürrisch den Kopf. »Später – irgendwo weit weg.«

»Verstehe.« Er ließ den Mann los. »Wir brauchen keine Eskorte, ihr könnt also gehen.«

»Sie wollen nich' den Constable holen?«

Wie könnte ich, dachte Merlin, mit einem geflohenen Gefangenen aus Newgate hinter der Hausecke. Er schüttelte den Kopf und die drei Männer bückten sich hastig, um ihre Waffen an sich zu nehmen, aber Gideon Swift knurrte bedrohlich und zielte mit seiner Muskete auf den Burschen, der ihm am nächsten war. Die Männer rannten über den Hof und verschwanden zwischen den Bäumen.

»Warum hast du sie gehen lassen?«, fragte Brandon, als er auf unsicheren Beinen aus dem Schatten trat.

Merlin, der sich fragte, warum jemand diese Tagediebe in seinem Namen angeheuert hatte, schüttelte den Kopf. »Unsere Gesetzeshüter hätten mehr Interesse daran, dich zu schnappen als sie. Die Frage ist, warum sollte sich jemand für meine oder Cynaras Schritte interessieren?«

»Vielleicht gilt das Interesse mir«, sagte Brandon. »Jemand könnte davon Wind bekommen haben, dass du vorhattest, mich aus dem Gefängnis zu befreien.«

Gideon Swift hatte die Waffen eingesammelt und trug sie zur Kutsche. »Wer wusste außer den bestochenen Wärtern von Ihrer Flucht, Master Brandon?«, fragte er im Vorbeigehen.

Merlin und Brandon wechselten einen Blick. »Ja, das ist die Frage. Wer wusste davon? Jemand muss dem Mann, der sich Merlin Seymour nennt, von dem Fluchtplan erzählt haben. Vielleicht dieselben Wärter, nachdem sie ihre Taschen noch einmal mit Bestechungsgeld gefüllt hatten.«

Brandon kratzte sich am Kopf. »Wer wusste von dem Plan?«

Merlin starrte in die Richtung, in der die Raufbolde verschwunden waren, und überlegte kurz. »Mrs. Swan, die Haushälterin in der Albemarle Street, Alice, das Dienstmädchen, Cynara und ich und natürlich Gideon. Deine Mutter wusste nichts, es sei denn, sie hätte zufällig etwas von unseren Plänen aufgeschnappt.« Er fügte hinzu: »Es ist natürlich möglich, dass jemand uns belauschte, als wir darüber sprachen.«

»Ist Mrs. Swan loyal?«

Merlin nickte. »Ich weiß, dass sie diskret ist. Sie würde nie

Klatsch über die Familie verbreiten. Außerdem hat sie zwanzig Jahre im Dienst meines Vaters gestanden, und er hat ihr das Haus in London mitsamt allen Wertsachen anvertraut. Sie hat ihm nicht ein einziges Mal Grund gegeben, ihr zu misstrauen. Ich ebenso wenig.«

Brandon schlug Merlin grinsend auf den Rücken. »Dann musst wohl du die undichte Stelle sein, alter Freund.«

Merlin machte ein finsteres Gesicht und stieß einen unterdrückten Fluch aus, als er zur Tür ging. »An diese Bemerkung werde ich denken. Vielleicht sollte ich dich nach Newgate zurückbringen.«

Brandon lachte und folgte Merlin. Im Kerzenlicht des Schankraums wirkte er blass und mitgenommen. Merlin stützte ihn, als er einen Moment lang das Gleichgewicht verlor. »Du Dummkopf«, schalt er. »Geh nach oben. Ich spreche mit dem Wirt.«

Der Hausherr, der die Schüsse gehört hatte, machte ein besorgtes Gesicht. Er trug eine grün gestreifte Nachtmütze und ein gewaltiges weißes Nachthemd, das er hastig in seine Kniehosen gestopft hatte. Merlin sah zu, wie Brandon die Treppe hinaufging, und wandte sich dann an den Wirt. »Was wollten diese Männer von ihnen?«

Der Wirt rieb sich die Nase. »Die wollten wissen, ob Sie hier sind, Lord Raven. Sonst nichts. Ich hab' gesagt, ja, sind Sie, weil die mir eine Pistole an den Kopf gehalten haben. Ich weiß wirklich nicht, warum Sie hier mitten in der Nacht rumballern mussten. Ist nicht gut für den Ruf meines Hauses, wirklich nicht.«

Merlins Gesicht wurde starr vor Zorn. »Mein Leben stand gegen ihres. Außerdem ist niemand zu Schaden gekommen.« Er drehte sich auf dem Absatz um und ging nach oben. Wer wollte ihren Tod? Die Übeltäter hatten zugegeben, dass sie den Auftrag zum Mord bekommen hatten.

Nachdem er die Tür zu Cynaras Zimmer aufgesperrt hatte, ging er hinein. Sie stand in eine Bettdecke gewickelt am Fenster. Ihre Augen waren groß und dunkel vor Sorge.

»Warum hast du die Tür abgeschlossen?«, fuhr sie ihn an. Ihre Augen funkelten vor Zorn. »Ich war außer mir, als ich die Schüsse hörte.«

Er lächelte, aber sein Blick blieb wachsam. »Hattest du Angst um mich?«

Sie senkte die Lider, und das versetzte ihm einen Stich. Sie vertraute ihm immer noch nicht. Aber konnte er es ihr verübeln? Er musste herausfinden, wer tatsächlich für den Tod seines Vaters verantwortlich war. Solange er das nicht wusste, würden bei ihr Zweifel bleiben. Dennoch spürte er, dass ihr Widerstand ins Wanken geriet. Jedes Mal, wenn sie sich ihm hingab, schlug das Pendel ein bisschen mehr zu seinen Gunsten aus. Wer weiß, vielleicht würde ihr Misstrauen eines Tages der Liebe weichen. Oder machte er sich falsche Hoffnungen?

»Komm her.« Er nahm sie in seine Arme und spürte, wie verkrampft sie war. Während er sanft ihren Nacken massierte, erzählte er ihr von den Männern im Hof. »Ich weiß nicht, warum Muggins – falls er es war – beim Anheuern von gedungenen Schlägern meinen Namen benutzen sollte.«

»Wenn er es war, der davongeritten ist, wird er dir nie die Wahrheit sagen. Der Mann ist hart und unversöhnlich. Seine Treue gehört nicht dir, Merlin.«

Merlin seufzte. »Aber wem dann? Er arbeitet auf Black Raven. Wenn sich seine Einstellung nicht ändert, werde ich ihn entlassen müssen.«

»Ich spüre, dass wir in Gefahr sind«, sagte Cynara leise. »Irgendjemand will uns schaden – uns vernichten.«

»Ich werde Muggins gleich morgen feuern«, sagte Merlin mit unterdrückter Wut. Der Gedanke, dass jemand, der in seinen Diensten stand, Cynara Angst machte, brachte ihn in Rage, und wenn Muggins ihr Unbehagen bereitete, musste er gehen.

»Merlin, du darfst nichts überstürzen. Du kannst nicht mit Sicherheit sagen, ob Muggins heute Nacht hier war. Es könnte jeder gewesen sein, ein Fremder, ein Feind von Brandon, ein Feind deines Vaters.«

Sie tauschten unsichere Blicke. »Vielleicht hat Ross irgendein Geheimnis vor dir gehabt, etwas, für das irgendjemand bereit war zu töten«, sagte Cynara.

Merlin lächelte und gab ihr einen zärtlichen Kuss auf die Stirn. »Das klingt, als würdest du gerne einem anderen als mir die Schuld an Vaters Tod geben. Heißt das, dass du mich für unschuldig hältst?«

Sie versteifte sich in seinen Armen und wich langsam ein Stück zurück. »Ich weiß es nicht, aber ich würde gern die Gewissheit haben, dass du unschuldig bist. Ein einziger stichhaltiger Beweis würde ausreichen.«

Er spürte, wie schwer es ihr fiel, diese Worte auszusprechen. Tief in ihrem Herzen wollte sie ihm glauben, das war offenkundig. Ein Funken Hoffnung keimte in ihm, und diese Hoffnung ermutigte ihn, zum ersten Mal mit ihr über Ross' Tod zu sprechen. Vielleicht war der Tag nicht mehr fern, an dem seine Leute den vermissten Kutscher fanden, nach dem sie suchten. Den Mörder zu fassen, rückte mit jedem Tag, der seit jener verhängnisvollen Nacht verstrich, in weitere Ferne, aber irgendwo musste es einen Hinweis auf den Aufenthaltsort dieses Zeugen geben. Er musste gefunden werden!

Cynara nahm seine Hand, setzte sich auf die Matratze und zog ihn an ihre Seite. »Erzähl mir, was in der Nacht von Ross' Tod passiert ist.«

Sie hatte seine Gedanken gelesen. Merlin starrte sie lange

und eindringlich an. Der Ausdruck in ihren Augen wirkte offen und doch verhalten. Er holte tief Luft und begann ohne Einleitung mit seiner Geschichte, überzeugt, dass sich binnen kurzem Misstrauen und Ungläubigkeit auf ihrer Miene widerspiegeln würden.

»Du hast bestimmt gehört, dass mein Vater und ich an jenem Abend in den White Club gegangen sind. Es stimmt, wir waren dort, und wir hatten vorher gestritten. Vater wollte, dass ich aus der Armee austrete und mich auf Stormywood niederlasse.« Er brach ab und starrte seine Hände an. Sie zitterten. »Max' Tod hatte mich völlig aus der Bahn geworfen und die Wunde in meinem Oberschenkel wollte nicht heilen. Max war wie ein Bruder für mich gewesen. Mit seinem Tod verschwand etwas ungeheuer Wichtiges aus meinem Leben, und ich hatte niemanden, der ihn ersetzen konnte – bis ich dich fand.« Er lächelte sie an, erfüllt von jener mittlerweile so vertrauten Zärtlichkeit, die er für sie empfand.

»Zu der Zeit war ich ein bisschen … wild«, fuhr er fort, »verrückt, wenn du so willst. Ich war bereit, für jede Armee zu kämpfen, die mich haben wollte – als Söldner. Eine Art Vergeltung für den Verlust von Max. Ich wollte Soldaten töten. Vater bemühte sich, mir begreiflich zu machen, was für ein Wahnsinn das wäre, bevor ich dasselbe Ende wie Max fände.« Merlin ließ den Kopf hängen. »Er hatte natürlich Recht. Es war verrückt von mir zu denken, durch den Tod anderer Menschen könnte ich den von Max leichter verkraften.

»An jenem Abend bei White hatten wir beide viel getrunken und Vater ließ einfach nicht locker. Er sagte, dass er gern ein Enkelkind hätte, bevor es zu spät sei.«

»Das tut mir Leid«, sagte Cynara, als Merlins Stimme brach. »War irgendjemand an diesem Abend im Club – aus Devon, meine ich, jemand, der deinen Vater kannte?«

»Er kannte die meisten Gentlemen in den Clubs, da er häufig in London war. Soweit ich weiß, hatte er keine Fcinde, schon gar nicht in Devon.« Merlin nahm ihre Hand und zog die zarten blauen Adern an ihrem Handgelenk nach. »Ich wünschte, du hättest meinen Vater kennen lernen können. Du hättest ihn gemocht. Er war ein sehr liebenswerter und loyaler Mensch.«

»Ich habe ihn vor einigen Jahren auf Black Raven getroffen, aber nie mit ihm gesprochen.«

»Dein Vater und meiner waren einmal Rivalen um die Hand deiner Mutter, glaube ich. Nicht, dass sie Feinde gewesen wären, wohlgemerkt, aber ich glaube, Vater hatte immer eine Schwäche für Estelle Hawthorne.« Ich bin froh, dass Vater sie nicht geheiratet hat, sonst wärst du meine Schwester, dachte er.

»Vater stürmte wütend aus dem Club, als ich ihm nicht versprechen wollte, mit dem Kämpfen aufzuhören. Ich rannte ihm nach, konnte seine Kutsche aber nicht einholen.« Merlin wusste nicht, wie er die nächsten Worte über die Lippen bringen sollte. Er hatte lange Zeit mit keinem Menschen über jene Nacht gesprochen, nur mit den Beamten aus der Bow Street, und sie hatten es von Anfang an darauf angelegt gehabt, ihn des Mordes zu überführen.

»Wir waren mit getrennten Wagen in den Club gefahren, und ich rief nach meinem Zweispänner. Da ich annahm, dass Vater auf dem Weg nach Stormywood sein würde, schlug ich ebenfalls diese Richtung ein. Mit seinem neuen, erfahrenen Kutscher kam Vaters Wagen schnell voran. Es kostete mich über eine Stunde, ihn mit meinem leichteren Gefährt einzuholen. Er war durch Richmond gefahren und kam jetzt auf die offene Landstraße. Neben der Straße, nur durch einen Abhang getrennt, lagen Linden- und Buchenwäldchen. Das Gefälle war nicht besonders tief, aber die Böschung fiel fast senkrecht auf ein Flussbett ab. Ich weiß nicht genau, was geschah, als ich die Kutsche zur Seite schlingern sah. Die Pferde stürzten in den Abgrund. Später stellte sich heraus, dass man eines der Pferde angeschossen hatte. Es geriet in Panik und riss meinen Vater mit in den Tod – er hatte keine Chance.« Merlin gelang es kaum, seine Stimme in der Gewalt zu halten. »Er wurde mit dem Wagen zerschmettert.«

Schweigen stand im Raum.

»Aber du warst in dem Moment nicht genau an dieser Stelle«, sagte Cynara leise.

»Die Kugel, die das Tier tötete, kam aus einer meiner Duellpistolen. Die Behörden fanden sie später in der Nähe des Unfallortes in einer Hecke am Straßenrand.« Merlin, der nicht länger stillsitzen konnte, stand auf. »Jemand hatte meine Pistole und gab den tödlichen Schuss ab. Vielleicht zielte er auf meinen Vater, traf aber das Pferd.«

»Wer konnte wissen, dass dein Vater an jenem Abend diese Straße nehmen würde?«

Merlin starrte sie an, ohne sie zu sehen. »Er muss uns gefolgt sein. Zu Pferde hätte jemand leicht ungesehen über die Felder reiten können. Querfeldein zu reiten, spart häufig Zeit. Er muss den Weg abgeschnitten haben, um meinem Vater aufzulauern.«

»Aber wenn deine Pistole benutzt worden war, warum hat man dich dann nicht angeklagt?«

Wieder sah Merlin sie an, erfüllt von lähmender Hoffnungslosigkeit. »Mein Reitknecht war bei mir und beschwor, dass ich zu keinem Zeitpunkt die Möglichkeit gehabt hätte, auf meinen Vater zu schießen. Er wurde später in seinem Zimmer in Stormywood tot aufgefunden.«

Cynaras Augen weiteten sich ungläubig. »Fürchtest du nicht

um *dein* Leben? Wer sagt, dass du nicht der Nächste auf der Liste des Mörders bist?«

»Wenn der Mann meinen Tod wollte, hätte er mich schon längst umbringen können. Er will, dass ich für Vaters Tod zur Rechenschaft gezogen werde, verstehst du?«

Sie sah ihn eindringlich an. »Oder vielleicht gibt es gar keinen Feind. Du hast deinen Vater getötet und du hast deinen Reitknecht getötet, um ihn daran zu hindern, die Wahrheit zu sagen.«

Merlin starrte fassungslos in ihre anklagenden Augen. »Ich kann die Logik dieses Gedankengangs nicht leugnen.«

»Ich wünschte wirklich, ich wüsste, was ich glauben soll«, sagte sie unglücklich.

»Nun, da ich am Leben und nicht wegen Mordes hingerichtet bin, könnte ich für diesen unbekannten Feind immer noch eine Bedrohung darstellen. Aber ich habe auch die Chance, meinen Namen reinzuwaschen. Jetzt muss ich nur noch herausfinden, wie Muggins ins Bild passt – falls es tatsächlich er war, der davongeritten ist.« Er starrte ins Leere, seine Stimme war kaum noch zu hören. »Durch Brandons Flucht scheint sich etwas grundlegend verändert zu haben. Jetzt will der Feind unseren Tod.«

Cynara rang erschrocken nach Luft. »Wir müssen sehr vorsichtig sein.«

»Offensichtlich spielt jemand mit uns Katz und Maus. Eile ist geboten. Wir müssen den Schurken fassen, bevor er noch einmal zuschlägt, und ich muss den Mord an meinem Vater aufklären.«

Cynara lehnte sich Trost suchend an ihn. »Ich werde als Erste in Jubel ausbrechen, wenn du von jedem Verdacht befreit bist.«

Er sehnte sich verzweifelt danach, dass sie ihm Glauben schenkte. »Heißt das, du … ?«

»Dann müssen wir nicht länger unter diesem Schatten leben und können uns in Gesellschaft mit hoch erhobenem Kopf bewegen.«

Der Funken Hoffnung, sie könnte ihn tatsächlich lieben, erlosch. »Familienstolz bedeutet dir mehr als meine Unschuld?«

Sie schüttelte den Kopf. »Nein, aber der Gerechtigkeit muss Genüge getan werden, findest du nicht?«

Er lachte unfroh. »Sicher. Der Gerechtigkeit muss Genüge getan werden.«

Cynara, die wusste, dass sie das Falsche gesagt hatte, wünschte sehnlichst, sie könnte ihre Worte zurücknehmen. Aber es war zu spät.

15

Am folgenden Abend trafen sie an der Küste von Devon ein. Nachdem sie die Grenze zu Dorset hinter sich gelassen hatten, hielten sie sich an die Landstraßen, bis sie Dartmouth erreichten, das nordwestlich von Stormywood lag. Nur für den Fall, dass Black Raven und Bluewater beobachtet wurden, sollte Brandon ein, zwei Tage auf Stormywood untertauchen. Er würde sich versteckt halten müssen, bis das Rätsel um den Juwelendiebstahl gelöst war. Obwohl es vielleicht lange Zeit dauern würde, bis er sich wieder frei bewegen konnte, war Brandon angesichts seiner heiklen Lage bemerkenswert guter Laune.

»Keine Sorge, Schwester«, sagte er zu Cynara, als sie ihn beschwor, vorsichtig zu sein. »Ich werde mich unsichtbar machen.« Er reichte Merlin die Hand, als sie die Lichtung erreichten, auf der Felix erschossen worden war. »Ich verstecke mich hier, bis du mir sagst, dass ich ungefährdet das Haus betreten darf. Ich kann dir gar nicht genug für alles danken, was du für mich getan hast.«

Merlin schüttelte ihm die Hand. »Ich könnte deine Hilfe früher brauchen, als du denkst.«

Brandon nahm sein Pferd am Zügel und verschwand wie ein Phantom zwischen den Bäumen. Das Mondlicht malte ein silbernes Muster in den Garten, als Cynara Merlin ins Haus folgte. Gideon Swift hatte den Wagen und die Pferde bereits zu den Stallungen gebracht. Unbeobachtet konnten sie sich dem stillen Herrenhaus nähern.

»In Basingstoke habe ich eine Nachricht an deine Mutter schicken lassen, Cynara. Da sie es sicher kaum erwarten kann, deinen Bruder zu sehen, müsste sie mittlerweile hier sein.« Er nahm ihre Hand und hielt sie zurück, als sie die Stufen zum Vordereingang hinaufgehen wollte. »Vorsicht! Wir wissen nicht, wer uns da drinnen erwartet.«

Cynara lief es kalt über den Rücken. »Die Männer von der Landstraße?«, fragte sie ängstlich. »Oder der Mann, der deinen Namen benutzt hat?«

Er nickte grimmig und schob sich lautlos zur Tür. Nachdem er einen Blick durch das Fenster geworfen hatte, winkte er sie zu sich und sie gehorchte. Brütendes Schweigen lastete über dem Haus, aber da nur ein Minimum an Personal zurückgeblieben war, war kaum etwas anderes zu erwarten. Cynara fragte sich, ob ihre Mutter schon da war. Wenn ja, war sie dann in Gefahr? Sie wollte den Gedanken nicht zu Ende führen.

Die Rasenflächen schimmerten geisterhaft im Mondlicht. Was, wenn sich die Verfolger in diesem Moment am Rand des Waldes verbargen, der das Anwesen begrenzte? Ein scharfer Wind kam auf, und die Blätter raschelten in den Bäumen. Cynara suchte mit den Augen die Wälder ab, aber es war niemand zu sehen.

Merlin zog sie um die Hausecke. Nachdem er den Schlüssel von der Kante eines vorspringenden Steins in der Mauer genommen hatte, betraten sie das Haus durch den Kücheneingang. »Wir bewahren hier draußen immer einen zusätzlichen Schlüssel auf, für den Fall, dass wir ausgesperrt sind«, erklärte er. »Normalerweise ist immer jemand im Haus, aber …« Er zog sie hinein, ohne den Satz zu beenden. Sie spürte seine Anspannung, und das erhöhte ihre eigene Unruhe.

Rote Holzscheite glommen in der Herdstelle, und der Wasserkessel war noch heiß, stellte sie fest, als sie ihre Hand darüber hielt.

»Möchtest du etwas essen oder trinken?«, fragte Merlin, aber Cynara schüttelte den Kopf. Sie hatte Angst, und Essen war das Letzte, was sie momentan im Sinn hatte.

»Ich möchte wissen, ob mit Mutter alles in Ordnung ist«, wisperte sie.

»Sie wird im blauen Gästezimmer sein«, sagte er. »Dort werden unsere Gäste meistens untergebracht, da es das schönste Zimmer ist.«

Sie gingen in die dämmrige Halle, erst Merlin, dann Cynara, und lauschten angestrengt. Überall herrschte tiefes, bedrückendes Schweigen. Der Teppich auf den Treppenstufen dämpfte ihre Schritte und Cynaras Herz hämmerte vor Nervosität, als sie den oberen Flur erreichten. Nirgends war ein Laut zu hören. Der Mond warf einen Lichtstrahl durch das hohe Fenster am Ende des Ganges, so fanden sie mühelos die Tür zum blauen Gästezimmer.

Merlin, der seine Pistole in der Hand hielt, war dicht hinter ihr, als sie anklopfte und dann die Tür öffnete. Das Zimmer war dunkel, aber im Bett bewegte sich etwas.

»Mutter? Ich bin es, Cynara. Wir haben …«

»Liebling? Bist du es wirklich?«, ertönte Estelles schlaftrunkene Stimme. Sie tastete nach der Zunderschachtel und zündete die Kerzen auf dem Nachttisch an.

Merlin wartete diskret draußen, während Cynara ins Zimmer ging. »Wir haben Brandon mitgebracht, Mutter. Er hält sich im Wald versteckt und wartet darauf, dass er zu dir kommen kann.«

Estelle schlug verzückt die Hände zusammen. »Brand ist hier?« Ihr Gesicht leuchtete vor Freude, und Cynara war glücklich, dass sie es geschafft hatten, ihren Bruder zu befreien, so gefährlich es auch gewesen sein mochte.

Estelle stieg aus dem Bett und schlüpfte in Frisiermantel und Pantoffeln. Auf ihrem Kopf thronte eine gewaltige Haube. »Wo ist er? Ist er gesund? Ich muss ihn sofort sehen.«

»Du musst warten, bis wir ihn hierher bringen. Aber wir sind in ein paar Minuten wieder da.«

»Wir?«

»Merlin wartet draußen vor der Tür.«

»Wozu die ganze Geheimniskrämerei?«, fragte Estelle argwöhnisch, als Cynara den Kopf aus der Tür streckte, bevor sie die ältere Frau vorbeiließ.

Da sie ihre Mutter nicht unnötig wegen der Männer beunruhigen wollte, die ihnen von London gefolgt waren, beschönigte Cynara die Wahrheit. »Brandon ist jetzt ein entflohener Gefangener und wird gesucht. Wir wissen nicht, wer sich hier herumtreibt. Das ist alles.«

Estelle lachte. »Ha! Welcher Fremde sollte sich schon mitten in der Nacht an diesen gottverlassenen Ort verirren. Nur die Dienstboten – und das ausgesprochen widerwillig. Seit Ross' Tod arbeiten sie nur noch ungern hier, und ich kann es ihnen nicht verübeln.«

Estelle verstummte, als sie Merlin entdeckte. »Oh, hallo.« Sie nahm seinen Arm, als er seinen Posten neben der Tür verließ. »Wie ich höre, ist ein Wort des Dankes angebracht. Junger Mann, Sie wissen nicht, wie glücklich es mich macht, dass Brandon endlich frei ist!«

»Er brennt zweifellos darauf, Sie zu sehen«, bemerkte Merlin leicht ironisch. »Warten Sie bitte im Frühstückszimmer, dann bringe ich ihn zu Ihnen.«

Estelle schien Einwände erheben zu wollen, überlegte es sich dann aber anders. »Kein Kerzenlicht, oder?«, sagte sie schließlich.

Merlin schüttelte den Kopf. »Kein Licht. Je weniger Leute über Brandons Aufenthaltsort Bescheid wissen, umso besser. Er muss sich nachts die Beine vertreten und tagsüber schlafen.«

»Wir werden ihn bald von jedem Verdacht befreien können«, erklärte Estelle mit einer Überzeugung, die Cynara nicht teilen konnte. Um Brandons willen betete sie, dass ihre Mutter Recht behielt.

Sie wartete mit Estelle im Frühstückszimmer, und nach zehn Minuten klopfte es an der Tür.

Brandon kam herein, zerzaust, müde und schmutzig. Aber sein Lächeln, als er seine Mutter im Kreis herumschwenkte, zeigte nur helles Entzücken. Estelle schluchzte vor Glück und murmelte immer wieder seinen Namen. Merlin und Cynara wechselten einen belustigten Blick. Ein ganz neuartiges Gefühl regte sich in ihr, als sie in Merlins Augen sah, das sie nicht benennen konnte … Erleichterung vielleicht – und Wärme. Sie versuchte zu schlucken, aber ihre Kehle war wie zugeschnürt. Obwohl noch viele ungelöste Probleme zwischen ihnen standen, war das Fenster zur Zukunft ein wenig heller geworden. War dieses zärtliche Gefühl in ihrem Inneren Liebe? Es musste so sein.

Brandon ließ Estelle los und lachte. »Mutter, hör endlich auf zu weinen!« Er nahm ihr das Taschentuch aus der Hand und tupfte ihre Wangen ab.

»*Mon Dieu*, ich hätte nicht gedacht, dass ich dich je wieder sehen würde!« Sie nahm ihn an der Hand und führte ihn zu einem der Sofas, als wäre er wieder zu einem kleinen Jungen geworden.

Merlin zog die schweren Vorhänge vor den Fenstern zu und erlaubte Brandon, ein paar Kerzen auf dem Tisch anzuzünden.

»Jetzt lass dich erst einmal anschauen«, sagte Estelle und studierte Brandons Gesicht, bis er sich vor Unbehagen wand. Sie schnalzte mit der Zunge. »So dünn, so dünn! Dagegen müssen wir etwas tun.«

Cynara setzte sich zu den beiden, sodass nun die drei Hawthornes nebeneinander saßen, während Merlin ihnen gegenüber in einem Sessel Platz nahm.

»Erzähl uns alles, was in der Nacht vorgefallen ist, in der man dich beschuldigt hat, den Schmuck gestohlen zu haben. Apropos, wo ist das Kollier jetzt eigentlich?«, erkundigte sich Merlin.

»In der Bow Street, nehme ich an«, erwiderte Brandon. Er seufzte und schien plötzlich tief in Gedanken versunken. »Ich hatte an diesem Abend vor, eine Runde durch die Clubs zu machen, mit meinen Freunden Lord Ebersham und Whitely Dinmore. Wie du weißt, war ich mit ihnen zusammen auf der Schule und hatte nie Grund, an ihrer Ehrlichkeit zu zweifeln. Wir waren immer gute Freunde.«

»Soweit ich weiß, genießen sie einen untadeligen Ruf«, sagte Merlin. »Erinnerst du dich noch an jedes Detail dieses Abends?«

Brandon zuckte die Achseln und warf seiner Mutter einen verlegenen Blick zu. »Wenn du es genau wissen willst, ich war ein bisschen angeheitert, und meine Erinnerungen sind … äh … leicht verschwommen. Wir hatten selbst gemachten Punsch in meiner Wohnung. Weißt du, ich verstehe mich ganz gut darauf, so etwas zuzubereiten …«

»Weiter, Brand. Wir wissen alle, dass dein Punsch sehr stark ist«, sagte Cynara.

»Gegen zehn Uhr gingen wir in den White Club, um zu dinieren, aber ich kann mich beim besten Willen nicht erinnern, was wir gegessen haben.«

»Und dann?« Merlin klang völlig gelassen, während Cynara ihren Bruder am liebsten geschüttelt hätte, weil er sich mit so unwichtigen Details aufhielt.

»Kartenspiel. Nachdem ich bei Brook‹s eine ganz hübsche Summe gewonnen hatte, gingen wir in den nächsten Club, wo ich alles verlor, was ich gewonnen hatte – in einer Partie.« Wieder warf er seiner Mutter einen schuldbewussten Blick zu.

Estelle schürzte die Lippen, ihre Wangen wirkten blasser als zuvor, aber sie zuckte mit keiner Wimper. Obwohl Brandon ihr Liebling war, hatte sie nie die Augen vor seinen Schwächen verschlossen. Cynara bewunderte ihre Haltung. Wird Brandons Heimsuchung seinen Übermut in Zukunft dämpfen?, fragte sie sich.

»Dann fuhren wir zu einer Gesellschaft auf einem Herrensitz in Surrey, bei Kingston, glaube ich. Es waren so viele Gäste dort, dass ihre Gesichter für mich zu einer undeutlichen Masse verschwammen. Im Morgengrauen kehrte ich in meine Wohnung zurück.« Brandon machte eine ominöse Pause. »Es war jemand bei mir. Ein … nun ja, ein Paradiesvogel.«

Estelle japste und fächelte sich mit ihrem Taschentuch Luft zu, als wäre es im Zimmer plötzlich unerträglich heiß geworden.

Brandon rutschte unbehaglich auf dem Sofa hin und her. »Mutter, bist du sicher, dass du den Rest hören willst?«

Estelle setzte sich kerzengerade auf. »Ich gebe zu, ich bin schockiert, aber diese Neuigkeit kommt in Anbetracht der Umstände nicht unerwartet. Ich ahnte bereits, dass eine Frau in diesen Skandal verwickelt ist.«

»Die Frau ging ein paar Stunden später wieder. Dann wurde ich unsanft aus dem Schlaf gerissen, als zwei Polizisten in meine Wohnung eindrangen. Mein Kammerdiener konnte sie nicht aufhalten. Sie stürzten in mein Schlafzimmer und durchwühlten meine Abendkleidung.« Er lächelte reumütig. »Ich war wütend, das gebe ich zu. Ich habe gebrüllt, sie sollten sofort verschwinden. Mein Kopf schmerzte so, dass ich dachte, mir würde der Schädel platzen. Stellt euch vor, wie verdattert ich war, als einer der Polizisten ein Kollier mit Diamanten und Rubinen aus meiner Jackentasche zog.«

»Sie warfen dir vor, es gestohlen zu haben«, sagte Estelle mit tonloser Stimme.

Brandon nickte. »Sie beschuldigten mich, Lady Fidalia das Kollier während der Gesellschaft in Surrey abgenommen zu haben und fluchtartig verschwunden zu sein. In Wirklichkeit muss das Mädchen, das ich mit auf mein Zimmer genommen hatte, das Kollier in meine Tasche gesteckt haben, nachdem ich eingeschlafen war. Ich habe nicht die geringste Ahnung, wo ich sie wiederfinden könnte. Es steht fest, dass jemand Lady Fidalias Kollier genommen und in meine Tasche gesteckt hat, damit ich für den Diebstahl bestraft werde. Die Diamanten sind zehntausend Pfund wert – fantastische Steine.«

Merlin rieb sich die Wange und murmelte nachdenklich: »Fidalia ist eine Spielerin und verwitwet. Sie genießt einen zweifelhaften Ruf und hatte im Laufe der Jahre zahllose Liebhaber.« Er schnippte mit den Fingern. »Sogar Felix war eine Weile Gast in ihrem duftigen Boudoir.«

»Sie scheinen eine ganze Menge über Lady Fidalia zu wissen, Merlin«, bemerkte Estelle trocken.

Merlin warf ihr einen kühlen Blick zu. »Ich habe Ohren und Augen im Kopf«, sagte er. »Aber warum sollte sie dich belasten wollen, Brandon?«

»Vielleicht glaubte sie, ich hätte das Kollier tatsächlich gestohlen«, sagte Brandon. »Ich weiß mit Sicherheit, dass Lady

Fidalia in Geldnöten ist. Möglicherweise war das Kollier ihr einziger wertvoller Besitz.«

»Oder sie gab vor, außer sich über den Verlust zu sein, während sie es selbst in deine Tasche schmuggelte«, gab Cynara zu bedenken.

»Ich wüsste nicht, was sie dadurch zu gewinnen gehabt hätte«, meinte Brandon. »Selbst wenn sie durch den Verlust des Kolliers nicht im Armenhaus landet, würde sie es doch sicher nicht einfach hergeben.«

»Nein …«, pflichtete Merlin ihr bei, »aber vielleicht hat jemand sie dafür bezahlt, es wegzugeben. Wie auch immer, das leichte Mädchen, das du in London getroffen hast, hat das Kollier vermutlich in deiner Wohnung in deine Tasche gesteckt. Das ist die vernünftigste Erklärung. Wenn wir sie auftreiben könnten, würden wir die Antworten bekommen, die wir brauchen.«

Brandon schnaubte. »Genauso gut könnten wir eine Nadel im Heuhaufen suchen. Du weißt doch, wie viele … äh, weibliche Wesen sich auf den Straßen herumtreiben.«

»Bist du auch auf der Straße … angesprochen worden?«, fragte Merlin mit einem verstohlenen Seitenblick auf Estelle

Brandon nickte. »Sie stand ungefähr eine halbe Meile von meiner Türschwelle entfernt … willig und bereit.« Auf einmal errötete Brandon bis an die Haarwurzeln. »Also wirklich, Merlin! Das ist kein Gesprächsthema in Anwesenheit von Damen!«

Estelle saß mit zusammengepressten Lippen neben ihm, und Cynara starrte verlegen auf den Fußboden.

»Na schön«, sagte Merlin ungerührt. »Tut mir Leid, wenn ich das Zartgefühl der Damen verletzt habe. Wenn wir allerdings jemals die Lösung dieses Rätsels finden wollen, müssen wir jeder Spur nachgehen.«

»Vielleicht hat Lady Fidalia einige Antworten für uns«, fügte er hinzu. »Ich werde mich erkundigen, wo sie zur Zeit zu finden ist, und dann könnten Cynara und ich ihr einen Besuch abstatten.«

»Ich bin sicher, dass sie für die Dauer der Saison in London war«, sagte Brandon. »Sie führt eine etwas zwielichtige Nichte in die Gesellschaft ein, mit Bällen, Diners, Empfängen, Konzertabenden – dem ganzen geselligen Trubel.«

»Dann finden wir sie vielleicht in London.« Merlin warf Cynara einen Blick zu. »Möchtest du mich nicht begleiten? Ich könnte mir vorstellen, dass die Dame eher geneigt ist, mit dir zu sprechen als mit mir.«

Cynara nickte. »Wenn es Brandon nützt, helfe ich gern.«

»Ich wünsche nicht, dass du mit einer so anrüchigen Person sprichst«, warf Estelle ein. »Jeder Kontakt mit ihr wird sich nachteilig auf dich auswirken.«

»Vergiss nicht, dass ich jetzt eine verheiratete Frau bin, Mutter«, sagte Cynara mit zartem Erröten. »Wie dem auch sei, ich bezweifle, dass Lady Fidalia uns in dieser Angelegenheit weiterhelfen wird. Sie wird höchstens von uns erfahren wollen, wo sich Brandon aufhält.«

Bedrücktes Schweigen senkte sich über den Raum. Jeder hing seinen eigenen Gedanken nach, und für Brandons Problem schien sich keine Lösung anzubieten.

Estelle brach das Schweigen. Sie nahm Brandons Hand in ihre. »Kannst du dich erinnern, wie das Kollier ausgesehen hat – genau?«

Brandon überlegte einen Moment. »Soweit ich weiß, war es ein recht schönes Stück. Als ich verhaftet wurde, sah ich mir das Kollier an. Ich sagte der Polizei, dass ich es noch nie gesehen hätte. Die Diamanten waren achteckig geschliffen, sieben große Steine in einem Ring von kleineren. In der Mitte hing ein großer Rubin, ein ungewöhnlicher, tränenförmiger facettierter Stein von tiefem Rot. Der Ring, mit dem der Rubin an den Diamanten befestigt war, wurde von dem Schnabel eines exquisit gearbeiteten fliegenden Vogels aus winzigen Diamanten gehalten. Ein Meisterwerk, wenn ihr mich fragt.«

»*La Hirondelle*!«, rief Estelle. Ihre Hand krampfte sich um Brandons Arm. »Der Vogel … hatte er einen kleinen Rubin auf der Brust?«

Alle starrten jetzt Brandon an, als könnten sie ihn zwingen, sich zu erinnern. »Ja … ich glaube schon, aber ich bin mir nicht ganz sicher.«

Estelle atmete schwer. »Nur ein einziger derartiger Anhänger ist jemals angefertigt worden, vor vielen Jahren in Frankreich, für meine Urgroßmutter. *Hirondelle* bedeutet Schwalbe. Der Vogel steht als Symbol für das Opfer, das mein Urgroßvater unter der Herrschaft Ludwigs XIV. im Krieg gegen Spanien brachte. Dem König und seinem Land stets treu ergeben, verkaufte mein Vorfahr seinen Besitz, um den Krieg mitzufinanzieren, obwohl es ihm beinahe das Herz brach. König Ludwig belohnte ihn mit einem Kollier, wie du es beschrieben hast. Der winzige Rubin in der Brust der Schwalbe verkörpert das Herzblut, das durch sein großes Leid anschwillt und zu dem Rubinanhänger wird. Mein Urgroßvater litt unsäglich unter dem Verlust seines Besitzes, aber der König begriff, wie groß das Opfer seines Untertanen war. Das Kollier, ein dazu passendes Armband und Ohrringe blieben immer im Besitz der Familie Mournay. Ihr müsst wissen, auf dem Besitz der Mournays in der Gascogne lebten große Schwärme von Schwalben, deshalb der kleine Vogel mit dem Anhänger.«

»Du bist eine Mournay, Mutter.« Brandon stützte seine Mutter, deren Stimme von Minute zu Minute schwächer wurde. »Mutter, es kann sich unmöglich um *dieses* Kollier handeln.

Es ging während der Revolution verloren. Das hast du uns selbst gesagt.«

Estelle nickte. »Das stimmt. Sämtliche Reichtümer, die mein Großvater angehäuft hatte … alles verschwand in den Wirren der Revolution. Als ich nach England kam, besaß ich nichts.«

»Es wäre möglich, dass Lady Fidalia das Kollier nach der Revolution von irgendjemandem in Frankreich kaufte«, meinte Merlin nachdenklich. »Der Schmuck wurde sicher nicht zerstört, nur beschlagnahmt und verkauft, um die neue Regierung zu finanzieren.«

Wieder herrschte Schweigen, aber dann richtete Estelle sich auf. »Ich weiß einfach, dass es *La Hirondelle* war. Aber warum sollte es nach all den Jahren auf einmal in Brandons Tasche auftauchen?«

»Ein merkwürdiger Zufall, für den ich keine Erklärung habe«, sagte Merlin. »Irgendwie bereitet mir der Gedanke an dieses Kollier, das so unerwartet auftaucht, Unbehagen – falls es wirklich besagtes Schmuckstück ist.«

»Vielleicht geht es bei der ganzen Sache um mehr als einen Diebstahl«, sagte Cynara beunruhigt.

16

In den frühen Morgenstunden, gleich nachdem die Morgendämmerung das erste milchige Tageslicht hervorgebracht hatte, machten sich Merlin, Cynara und Estelle auf den Weg nach Black Raven. Brandon schlief in einem der Gästezimmer auf Stormywood den Schlaf der Erschöpften, bewacht von Gideon Swift.

Cynara war so müde, dass sie glaubte, noch vor der Ankunft auf Black Raven zusammenzubrechen. Estelle saß ihr gegenüber kerzengerade auf dem Sitz, die Augen starr vor nervöser Anspannung. »Es ist noch nicht vorbei«, wisperte sie. »Brandon, mein Kleiner … man wird Jagd auf ihn machen.«

»Brand ist wohl kaum noch ein Kind, Mutter«, bemerkte Cynara sachlich. »Kein Wort über diese Sache, zu niemandem! Nicht einmal zu Tildy.« Cynara wusste, dass es ihrer Mutter schwer fiel, ein Geheimnis lange für sich zu behalten. »Brandons Sicherheit hängt von unserer Verschwiegenheit ab.«

Estelle nickte steif, wie eine Holzpuppe. »Kein Wort wird über meine Lippen kommen.«

Merlin döste in seiner Ecke, und wieder einmal überkam Cynara jenes unerwartete Gefühl von Zärtlichkeit und Mitleid. Er sah im Schlaf jung und wehrlos aus, nicht im Mindesten beängstigend. Einer der Reitknechte von Stormywood, der nicht ahnte, was sie auf Merlins Besitz geführt hatte, lenkte die Kutsche. Die Dienerschaft glaubte, sie wären soeben von London zurückgekehrt, wo sie angeblich Einkäufe gemacht hatten.

Die ersten Häuser des Dorfes Black Raven tauchten auf, als sich die von Hecken gesäumte Straße zum High Willow, dem Dorfanger, verbreiterte. An einem Ende stand das alte Gasthaus, das *Duck and Swallow*, ein Fachwerkbau mit strohgedecktem Dach, dessen Keller als örtliches Gefängnis diente, am anderen die bescheidene Steinkirche mit ihrem spitzen Turm und den schiefen, moosbewachsenen Grabsteinen auf dem Kirchhof.

Sie hatten auf direktem Weg zum Schloss fahren wollen, aber vor dem Gasthaus wurde die Kutsche langsamer. Merlin rührte sich und war sofort hellwach. »Was gibt's?«

Sowie das Fahrzeug zum Stehen kam, sprang er hinaus und sprach mit dem Kutscher. Dann steckte er den Kopf durch das offene Fenster. »Eines der Pferde lahmt. Wir müssen es durch ein anderes ersetzen. Mögt ihr vielleicht eine Tasse Kaffee oder Tee, während wir warten?«

»Ja, Kaffee bitte«, sagte Cynara eifrig. »Vielleicht hilft er mir, wach zu bleiben.«

Estelle, die im Morgenlicht geisterhaft blass wirkte, nickte abwesend. »Kaffee, *merci*.« Als Merlin in den Schankraum ging, beugte sich Estelle vor und umklammerte Cynaras Hand. »Ich muss ständig an Brandon denken. Ich habe solche Angst um ihn. Glaubst du, dass er auf Stormywood in Sicherheit ist?«

»Er ist sich der Gefahr bewusst. Ich bin sicher, er wird vorsichtig sein, Mutter. Wenn man ihn erwischt, bekommt er keine zweite Chance mehr, die Wahrheit über das Kollier herauszufinden.«

Sie saßen in brütendem Schweigen da, bis Merlin mit einem Mädchen wiederkam, das ihnen ein Tablett brachte. Dampf stieg von den Tassen auf, und Cynara nahm dankbar den Kaffee an. Sie nippte vorsichtig an der heißen Flüssigkeit, um sich nicht die Zunge zu verbrennen. Merlin lächelte ihr über den Kopf des Mädchens hinweg zu. Als sie die Zärtlichkeit in seinen Augen sah, schluckte sie unwillkürlich und verbrannte sich prompt. Sie konnte den Widerhall in ihrem Inneren auf seine Liebe nicht leugnen, ein Gefühl, das von Tag zu Tag stärker wurde.

Merlin ging, um mit dem Kutscher zu sprechen, und Cynara trank schweigend ihren Kaffee. Das Tageslicht war heller geworden, goldener Sonnenschein lag über dem Land. In der Ferne hingen schimmernde Dunstschleier unter den Bäumen.

Sie bewunderte gerade einen Topf mit blühenden Geranien neben dem Eingang zum Gasthaus, als ein tiefes Lachen sie aus ihren Tagträumen riss. Ein Schatten fiel über die Türöffnung der Kutsche und ein buckliger alter Mann, der ihr vage bekannt vorkam, starrte sie an. Seine Augen waren blutunterlaufen und wässrig, seine Haut ledern, seine Nase dick und knollig, und graue Haarsträhnen lugten unter einer schmutzigen Wollkappe hervor. Cynara bemerkte, dass er in einer Hand eine Flasche hielt und leicht hin und her schwankte.

Estelle schnappte nach Luft und wich vor dem grinsenden Gesicht mit den bräunlich verfärbten Zahnstumpen zurück.

Der Mann starrte Cynara unverwandt an und salutierte unsicher. »Dame des Todes«, sagte er mit einem Akzent, den Cynara als französischen erkannte. »Merken Sie sich meine Worte. Ihre Heirat mit Merlin Seymour hat schon Menschenleben gefordert. *Oui*, Sie sind schuld an diesen Todesfällen, Mylady. Sie haben einen schrecklichen Fehler gemacht, und jetzt wird noch mehr Blut fließen.«

»Wovon reden Sie?«, fragte Cynara zornig. »Sie haben kein Recht …«

»Ihretwegen wird noch mehr Blut vergossen werden«,

knurrte er Unheil verkündend und stolperte auf so unsicheren Beinen davon, dass er beinahe gefallen wäre. Merlin, der gerade in diesem Moment aus dem Gasthaus trat, packte den alten Mann grob am Arm.

»Hat er dich belästigt?«, fragte er mit schmalen Lippen.

Cynara war zu betäubt, um etwas zu erwidern, aber Estelle nickte. »Er hat wirres Zeug geredet, wie ein Verrückter.«

Der alte Mann riss sich los und lief erstaunlich behände um die Ecke des Gasthofes. Merlin folgte ihm, aber der Gastwirt, der auf der Türschwelle stand, rief ihm zu: »Er ist harmlos, Mylord. Ein verrückter französischer Seemann, der in dieser Gegend kommt und geht wie Nebel von der See. Ist seit der Revolution hier im Land, sagt er.«

Merlin kehrte widerwillig um. »Er hat den Damen Angst gemacht, Mr. Cobb. Kennen Sie seinen Namen?«

»Er nennt sich Jean, mehr weiß ich nicht. Ein betrunkener alter Idiot, sonst nichts. Er sagt allen Leuten ihr Schicksal voraus, ob sie wollen oder nicht.«

Merlin runzelte die Stirn, ließ es aber dabei bewenden. »Na gut. Wenn die Pferde bereit sind, können wir weiterfahren.«

Die Equipage rumpelte über den gepflasterten Hof.

»Ich glaube, ich habe den Mann schon einmal gesehen«, sagte Cynara zu niemand Bestimmtem.

»Wo?«, wollte Estelle wissen. »Ich möchte nicht, dass du mit solchem Abschaum in Berührung kommst.«

»Er war in den Gairlock Woods«, berichtete Cynara. »Als ich eines Morgens mit Bobby Black, dem Stalljungen, ausritt, rannte der alte Mann quer über den Weg und erschreckte die Pferde.«

»Ich werde den Männern auf dem Besitz auftragen, nach dem Vagabund Ausschau zu halten«, sagte Merlin stirnrunzelnd. »Ich will nicht, dass dir jemand Angst macht.«

Cynara lächelte. »Danke für deine Fürsorge, Merlin, aber ein betrunkener alter Mann kann mir keine Angst machen.«

»Nun, ungewöhnliche Vorkommnisse sollten dich aber ängstigen, insbesondere, da die Dienerschaft auf Black Raven und die Dorfbewohner uns so ablehnend gegenüberstehen.«

»Dir«, verbesserte Cynara, bereute die Bemerkung aber sofort, als sie den Schmerz in seinen Augen sah.

Es wurde still in der Kutsche, und Cynara wünschte sich, sie wären im Schloss, wo sie sich in ihrem Schlafzimmer einschließen und über alles nachdenken könnte, was passiert war.

So viel hatte sich ereignet, seit sie Black Raven verlassen hatten, und sie war müde, so müde … und doch erleichtert, dass ihr Bruder endlich aus dem Gefängnis befreit war. Es tut mir Leid, flüsterte sie Merlin insgeheim zu, aber laut aussprechen konnte sie die Worte nicht.

Mrs. Averell, die Haushälterin, empfing sie mit säuerlicher Miene im Eingang. Sie ignorierte Merlin und starrte missbilligend Bramble an, der offensichtlich völlig aus dem Häuschen war und beständig von einer Seite der Halle zur anderen watschelte.

»Guten Morgen, Bramble«, begrüßte Cynara ihn, aber er war zu abgelenkt, um es zu bemerken. Er beobachtete, wie die Diener das Gepäck abluden, und nachdem er ihr den Mantel abgenommen hatte, konnte er sich offensichtlich nicht mehr beherrschen.

»Du meine Güte, du meine Güte!«, rief er und rang die Hände.

»Was ist los?«, fragte Merlin, eine neue Sorgenfalte auf der Stirn.

»Lieber Himmel! Jemand hat wieder Löcher im Garten gegraben, Mylord. Wir haben nachts ständig eine Wache dort postiert, wie Sie angeordnet hatten, aber der Mann wurde zweimal bewusstlos geschlagen, und am nächsten Morgen waren wieder Löcher da. Ich wollte mehr Leute zur Bewachung einsetzen, aber die Männer haben zu viel Angst, um sich in der Nacht hinauszuwagen.« Er blieb vor Merlin stehen. »Es ist der Mann im grauen Umhang, Mylord. Letzte Nacht, als ich mich hinter der Tür zu den Verliesen versteckt hielt und den Rosengarten beobachtete, tauchte der Bursche auf. Obwohl es dunkel war, konnte ich im Licht der Laterne, die er bei sich hatte, sehen, dass er einen grauen Umhang trug – wie der Fremde, der ins Schloss eingebrochen ist. Ich bedrohte ihn mit der Muskete, aber er lief davon und ich … ich bin nicht sehr flink auf den Beinen …«

»Armer Bramble«, seufzte Estelle und legte eine Hand an ihre Stirn. »Ich weiß nicht, ob ich noch mehr Aufregungen verkraften kann.«

Cynara warf ihrer Mutter einen warnenden Blick zu, um zu verhindern, dass sie mehr verriet. In ihrer überreizten Verfassung könnte Estelle leicht das Geheimnis von Brandons Flucht entschlüpfen. »Du bist müde, Mutter. Du solltest dich hinlegen und ausruhen. Ich rufe Tildy.«

Das war nicht nötig, da die Zofe am Ende der Treppe erschien. »Ach, bin ich aber froh, Sie zu sehen!«, rief sie munter. »In diesem Haus geht es drunter und drüber, seit Sie abgefahren sind. Ständig fällt jemand in Ohnmacht und kreischt, und das bloß wegen ein paar Löchern im Garten.«

»Und Sie hatten keine Angst, Tildy?«, tadelte Merlin sie, während er Bramble Hut und Mantel reichte.

»Kein bisschen.« Tildy warf ihre Locken zurück und führte Estelle nach oben.

Cynara war müde, aber nicht zu müde, um nach draußen zu gehen und die Verwüstung im Rosengarten zu besichtigen. Der

Wind, der von der See kam, zerzauste ihr die Haare. »Wer auch dahinter steckt, er hat es darauf abgesehen, uns gründlich zu verärgern«, sagte sie nachdenklich.

»Ob es nur das ist?« Merlin, der neben ihr stand, musterte nachdenklich die Vertiefung zu seinen Füßen. »Sie sieht anders aus als die erste Grube, die an ein Grab erinnerte.«

»Entweder der Täter sucht etwas, oder er will uns ebenso zerstören wie unseren Garten«, sagte Cynara.

»Zerstören?« Merlin warf ihr einen skeptischen Blick zu. »Ein starkes Wort, würde ich sagen, aber du hast Recht. Irgendjemand will uns von hier vertreiben.«

»Aber du bist der letzte Earl. Black Raven würde der Familie Seymour verloren gehen, wenn du … nicht wärst.«

»Das klingt, als würdest du von meinem Tod sprechen«, sagte Merlin mit leisem Spott. »Du solltest nicht so pessimistisch sein, liebe Frau.«

»Wir konnten wiederholt erleben, wie feindselig die Dienerschaft dir gegenüber ist.«

»Das stimmt, aber warum sollten sie wünschen, dass ich Black Raven verlasse? Ich habe sie fair behandelt.«

»Sie könnten es als böses Omen ansehen, einen … « Cynara senkte den Blick.

»Einen Mörder zum Herrn zu haben«, ergänzte Merlin mit ausdrucksloser Stimme.

»Das habe ich nicht gemeint«, sagte sie unglücklich, obwohl ihr genau dieser Satz auf der Zunge gelegen hatte. »Ich bin sehr müde und durcheinander.«

Merlin drehte sich abrupt auf dem Absatz um. »Ich sollte dich nicht von deiner wohlverdienten Ruhe abhalten. Du hast nichts zu befürchten. Heute Nacht werde ich den Rosengarten persönlich überwachen, um zu sehen, ob der Eindringling wiederkommt.«

»Ich wette, jetzt, da wir wieder hier sind, wird er sich nicht blicken lassen.«

Merlin warf ihr einen kurzen, eindringlichen Blick zu. »Ein Punkt für dich. Trotzdem, ich würde den Halunken nur zu gern in die Finger bekommen.«

Nach einem kühlen Gruß trennten sie sich in der Halle; Cynara ging nach oben in ihr Zimmer, um sich frisch zu machen und auszuruhen, und Merlin zog sich in sein Studierzimmer zurück.

Cynara schlief fast den ganzen Tag. Die Strahlen der Nachmittagssonne vergoldeten die See, als sie erwachte. Benommen vom Schlaf, trank sie gierig den Kaffee, den Tildy aus der Küche gebracht hatte. Nachdem sie ein dampfendes Omelette und Brot gegessen hatte, fühlte sie sich besser. Wieder sah sie aus dem Fenster, diesmal auf das felsige Land rund um die Burg. Sie erhaschte einen kurzen Blick auf Merlin und sehnte sich danach, mit ihm zu sprechen, die Kluft zu überwinden, die sich zwischen ihnen aufgetan hatte. Er trug Reitstiefel und Reitjacke und marschierte zielstrebig zu den Stallungen.

»Ich werde einen Ausritt machen, um einen klaren Kopf zu bekommen«, erklärte sie, nachdem sie es abgelehnt hatte, das zarte Musselinkleid anzuziehen, das Tildy aus dem Schrank genommen hatte. »Bring mir mein Reitkleid.«

Eine halbe Stunde später ging sie mit der Reitgerte in der Hand zu den Ställen. Die Feder an ihrem Hut wippte im Wind, die weiten Röcken bauschten sich um ihre Beine. Die frische Luft war belebend, und ihre Stimmung hob sich beträchtlich.

Bobby Black war der Einzige, der sich in den Ställen aufhielt. Er kehrte gerade eine der Boxen aus. Als er sie sah, machte er eine tiefe Verbeugung und schenkte ihr ein scheues Lächeln.

»Ist der Herr ausgeritten?«, fragte Cynara. Als der Junge

nickte, fuhr sie fort: »Hast du gesehen, in welche Richtung er geritten ist?«

»An der Küste entlang, Richtung Gairlock Woods.« Er zögerte. »Als er hörte, dass Mr. Muggins den Besitz zur selben Zeit verlassen hat, als Sie in London waren, wurde er bleich vor Zorn.«

Nervöse Anspannung erfüllte sie bei seinen Worten. Dann war es also doch Muggins gewesen, der sie auf der Straße verfolgt hatte. »Ich werde Lord Raven nachreiten. Würdest du mich bitte begleiten, Bobby?«

»Na klar«, sagte der Junge und errötete. »Mr. Muggins hat mir aufgetragen, solange er weg ist, soll ich Ihre Befehle befolgen, Mylady.«

»Ach ja?«, bemerkte Cynara grimmig. »Hat er auch gesagt, wann er zurückkommt?«

»Ich habe dem Herrn gesagt, dass ich nicht glaube, dass Mr. Muggins zurückkommt. Er hat alle seine Sachen mitgenommen. Aber ich habe keine Ahnung, wo er hinwollte, als er die Straße nach Dartmouth nahm.«

»Ich hatte den Eindruck, dass Mr. Muggins nicht sehr viel von mir oder dem Herrn hielt.« Es überraschte sie selbst, dass sie mit einem Dienstboten klatschte, aber jede Information, die Muggins' Verschwinden erklären konnte, konnte von Nutzen sein.

»Mr. Muggins ist meistens für sich geblieben. Er hatte keine Freunde, nur Saufkumpane.« Bobby presste die Lippen zusammen, als wäre ihm das Gerede über seinen ehemaligen Vorgesetzten peinlich, und verschwand, um die Pferde zu satteln.

Cynara begutachtete die Ställe und registrierte dabei, wie schmuddelig und ungepflegt alles wirkte. Überall war es schmutzig, die Sättel und das übrige Lederzeug bedurften dringend einer gründlichen Reinigung. Als Bobby zurückkam, bemerkte sie: »Mr. Muggins hat sich wohl nicht viel aus seiner Arbeit gemacht?«

Bobby starrte auf den Boden. »Nein … Mr. Muggins war mehr für die Flasche zu haben, Mylady«, brummte er. »Nur die Flasche war schuld.« Er warf ihr einen raschen Blick zu. »Ich tue, was ich kann, damit die Boxen sauber sind und die Pferde gefüttert und gestriegelt werden. An den Pferden werden Sie nichts auszusetzen haben, Mylady.«

»Natürlich nicht«, sagte Cynara mit einem freundlichen Lächeln. »Swallow strahlt ja förmlich.«

Die Sonne versank langsam am Horizont, und der Himmel über Lyme Bay färbte sich blassrot. Bald würde es dunkel werden, sie musste sich also mit einem kurzen Ritt zufrieden geben. Bobby hielt respektvoll Abstand zu ihr, aber sie zügelte auf dem Klippenpfad ihr Pferd und wartete darauf, dass er an ihre Seite kam – was er nur zögernd tat. Er hatte große Ehrfurcht vor ihr.

»Du hast doch von den Löchern im Garten gehört, nicht wahr, Bobby?«, fragte Cynara. »Weißt du etwas darüber?«

Bobby schüttelte den Kopf. Sein junges Gesicht war sorgenvoll gerunzelt. »Ich weiß nicht, wer so etwas verdammt … äh … verflixt Gemeines machen würde, Mylady.« Er kratzte sich am Kopf und schob dabei seinen schmuddeligen Hut in den Nacken. »Und ich habe keine Fremden im Dorf gesehen.«

»Gehst du oft ins Dorf?«, fragte Cynara, während sie ihre Stute um einen Ginsterbusch herumführte. Bobbys Mutter, die Köchin, wohnte im Schloss, und Bobby war immer in der Küche, wenn er nicht in den Ställen zu tun hatte.

»Manchmal muss ich etwas für Mum erledigen. Ich kenne jeden im Dorf, weil die meisten von ihnen im Schloss oder auf den Ländereien arbeiten.«

Cynara nickte nachdenklich. »Hast du je mit Jean gesprochen, dem verrückten Franzosen?«

»Klar. Den kennt jeder. Er war schon hier, als ich geboren wurde. Gehört zum Dorf. Ein harmloser alter Dummkopf, der sich ein paar Shilling mit Gelegenheitsarbeiten verdient, Fischernetze flicken oder Boote abdichten und so. Früher, als er noch nicht so viel getrunken hat, ist er bestimmt zur See gefahren.«

»Er ist ein Wahrsager«, sagte sie. »Er hat mir meine Zukunft vorhergesagt – eine recht düstere Zukunft.«

Bobby starrte sie von der Seite an, als wäre er zu schüchtern, ihr direkt ins Gesicht zu sehen. »Wahrsager? Hm, das macht er manchmal.«

»Wirklich? Was macht er sonst noch?«

»Na ja, er klettert manchmal auf das Dach der Schänke, wenn er betrunken ist, hält sich an der Wetterfahne fest und grölt französische Lieder. Manchmal schläft er im Hühnerstall meiner Tante. Früher hatte er einen Esel namens Trotter, und eines Abends schlief er in dem Karren ein, als Trotter noch angeschirrt war. Als Jean aufwachte, war er in der Nähe von Sidmouth.« Bobby gluckste. »Danach hat er Trotter verkauft.«

Sie waren so in ihr Gespräch vertieft, dass sie es kaum bemerkten, als sie die Gairlock Woods erreichten. Im Schatten der Bäume war es dämmrig und kühl, und Swallow schnaubte, als wäre sie mit der veränderten Szenerie gar nicht zufrieden.

»Er hat dir also nie aus der Hand gelesen?«, fuhr Cynara fort.

»Nee, das machen hier in der Gegend nur die Zigeuner. Zweimal im Jahr schlagen sie ein paar Meilen westlich von hier in einem Tal ihr Lager auf, auf Lord Bartons Land.« Er lächelte verlegen. »Sie haben mir einmal erzählt, ich würde eine wichtige Stellung bekommen.«

Cynara war so nahe bei ihm, dass sie ihm den Arm tätscheln konnte. »Daran zweifle ich keine Sekunde. Ich habe übrigens vor, dir lesen und schreiben beizubringen, und du darfst die Bibliothek auf Black Raven benutzen. Und ich werde versuchen, eine Dorfschule zu gründen.«

Seine Augen leuchteten, und seine Sommersprossen schienen zu strahlen. »Danke, Mylady! Ich kenne das Alphabet – das hat mir der Pfarrer beigebracht – aber ich würde zu gern schreiben lernen!«

»Ich werde es dir und den anderen in Black Raven beibringen. Sag es ihnen, damit sie darauf vorbereitet sind.« Cynara dachte daran, wie ausgefüllt ihre Tage mit der Renovierung des Schlosses und dem Unterrichten würden. Wenn nur nicht eine so düstere Wolke über ihrem Kopf schweben würde! Würde sie je frei davon sein? Würde Merlin je frei von jedem Verdacht sein?

»Mylady, es wird zu dunkel, um im Wald zu reiten«, sagte Bobby. »Wir sollten umkehren, bevor die Pferde straucheln und sich etwas brechen.«

Cynara fröstelte und lenkte Swallow herum. »Du hast Recht.«

Schweigend ritten sie in Richtung Black Raven zurück, wobei sich Bobby wieder ehrerbietig ein Stück hinter ihr hielt. Zunächst störten nur die Flügelschläge einer einsamen Taube die Stille, dann drang der schwache Laut von Hufschlägen durch die ruhige Abendluft. Das Geräusch kam näher, begleitet von brechenden Zweigen und raschelnden Blättern, das Tempo der Hufe beschleunigte sich. Zuerst war das Pferd hinter ihnen, schwenkte dann aber auf einen anderen Pfad ab, der ebenfalls nach Black Raven führte.

Cynara hatte vor Angst Herzklopfen, als der dunkle Reiter vorbeidonnerte. Dann atmete sie erleichtert auf. »Es ist Lord Raven«, sagte sie. »Warum ist er so in Eile? Hat er uns nicht gesehen?«

Fest entschlossen, Antworten auf diese Fragen zu bekommen, lenkte sie Swallow durch das Gestrüpp auf den anderen Pfad und folgte Merlin in forschem Tempo. Wegen der zunehmenden Dunkelheit wollte sie Swallow nicht zu sehr antreiben, aber sie brannte darauf zu erfahren, was Merlin im Schilde führte. Ihr schnelles Pferd hängte Bobby bald ab.

Als sie bei den Ställen eintraf, war von Merlin nichts zu sehen. Cynara, die von dem rasanten Ritt außer Atem war, glitt aus dem Sattel und führte ihr Pferd zu der dunklen Toröffnung des Stallgebäudes. »Merlin?«, rief sie, aber keine Antwort kam. Sie wartete einen Moment schweigend und lauschte auf Geräusche, die Bobbys Ankunft ankündigten. Aber das Einzige, was sie hörte, war das gedämpfte Rauschen der Wellen und das Rascheln des Windes in den Baumwipfeln.

»Merlin?«, rief sie wieder in die gähnende Schwärze der Ställe, aber tiefes Schweigen antwortete ihr. Wo waren die übrigen Pferde? Cynara, die angesichts der bedrückenden Stille, die sich wie ein lebendiges Wesen auf sie zu legen schien, allmählich nervös wurde, hielt angestrengt nach Bobby Ausschau. Nichts.

»Bobby? Wo bist du?« Ihre Worte schienen verloren in der Luft zu hängen, bevor sie von dem stürmischen Wind verweht wurden.

Swallow, das einzige Lebewesen außer ihr selbst, stampfte ungeduldig mit den Hufen. Die braunen Augen starrten sie vorwurfsvoll an, als wollten sie Cynara auffordern, dieses eigenartige neue Spiel zu beenden. Cynara tätschelte den verschwitzten Nacken der Stute.

Sie wartete eine Weile – ihr kam es wie eine Ewigkeit vor –, bevor sie schließlich das Holzgebäude betrat und eine Öllampe entzündete, die an einem Haken neben der Tür hing. Verunsichert von der beklemmenden Dunkelheit löste sie hastig den Sattelgurt und zog den Sattel vom Pferd. Wo war Bobby? War ihm in der Dunkelheit etwas zugestoßen? Sie hätte auf ihn warten sollen, statt Merlin auf dem unebenen Pfad hinterherzujagen. Und wohin hatte Merlin in solcher Eile gewollt?

Als sich ihre Augen an die Dunkelheit gewöhnt hatten, hängte sie den Sattel über die Trennwand der nächsten Box. Zu ihrer Überraschung stellte sie fest, dass Merlins Pferd darin war und sie stumm anstarrte. Es trug noch Sattel und Zaumzeug. »Merlin?« Beunruhigt sah sie sich um, aber von ihm war nichts zu sehen. Warum war er in solcher Eile gewesen, dass er sich nicht einmal die Zeit genommen hatte, sein Pferd zu versorgen? Vielleicht wollte er später noch einmal ausreiten.

Sie rieb Swallows feuchtes Fell ab. Ein leises Geräusch von draußen ließ sie zusammenfahren, aber sie biss die Zähne zusammen und machte weiter. Sie würde nicht zulassen, dass ihre Angst die Oberhand gewann. Hier gab es bestimmt nichts, wovor sie sich fürchten musste. Sie glaubte Stimmen zu hören, und eine davon war die von Merlin.

»Ist da jemand?«, rief sie. Ihre Stimme war seltsam schwach und atemlos, kaum mehr als ein Flüstern.

Keine Antwort. Mit Händen, die mittlerweile schweißnass waren, brachte sie Swallow in der Box neben der von Merlins Pferd unter und schloss das hölzerne Gatter. Sie musste hier heraus! Wieder drang ein Geräusch an ihr Ohr, diesmal das von hastigen Schritten. Jetzt hatte sie wirklich Angst. Sie rannte zur offenen Tür und stolperte dabei über etwas Weiches, das ihr zuvor nicht aufgefallen war. Sie blieb stehen und spähte auf den Boden. Die Lampe bei der Tür warf einen blassen Lichtschein auf die Wände, und sie erkannte die männliche Gestalt, die der Länge nach im Heu lag.

»Merlin!«, schrie sie auf und berührte seine klamme Stirn. War er tot? Sie legte ihre Finger an seinen Hals und stieß einen Seufzer der Erleichterung aus, als sie einen stetigen Pulsschlag fand. »Was ist passiert?«, rief sie und rüttelte ihn an den Schultern. Er rührte sich nicht.

Eine plötzliche Vorahnung von Gefahr ließ sie den Kopf heben. Ein Schatten tanzte vor ihren Augen, ein Stück weichen Tuchs strich über ihre Wange … und dann explodierte der Schmerz in ihrem Kopf.

17

Ein kalter Wind peitschte Cynara ins Gesicht, als langsam das Erinnerungsvermögen in ihren Kopf zurückkehrte. Mit zitternder Hand berührte sie die Stelle über ihrem linken Ohr, von der ein rasender Schmerz ausging, und bewegte sich vorsichtig. Sie hatte keine Ahnung, wo sie war. Dann drang der scharfe Geruch von Gras und feuchter Erde an ihre Nase, und sie wusste, dass sie sich im Freien befand. Erneut schoss ein bohrender Schmerz durch ihren Kopf. Mit einem Stöhnen stemmte sie sich auf die Ellbogen und sah sich um. Es war ganz dunkel. Dichte Wolken zogen über den Himmel, und vereinzelte Regentropfen fielen ihr ins Gesicht. Sie war im Rosengarten. Die Erdklumpen, auf denen sie lag, stammten von den Löchern, die jemand zwischen den Rosenbeeten ausgehoben hatte.

Cynara, die vor Angst kaum atmen konnte, richtete sich unsicher auf. Es schien niemand in der Nähe zu sein, und sie dankte ihrem Schöpfer, dass der Schurke, der sie niedergeschlagen hatte, sie am Leben gelassen hatte.

Vorsichtig, um ihren Kopf zu schonen, tastete sie sich zum Gartentor vor. Der böige Wind warf es immer wieder an die Steinmauer, und das Klappern von Metall verriet ihr, wo es sich befand.

Plötzlich fiel ihr Merlin wieder ein. Irgendetwas Schreckliches war ihm zugestoßen. Ungeduldig riss sie das Tor auf, lief zum ehemaligen Burggraben, der schon seit langem aufgeschüttet war, und starrte zu den Ställen.

Entsetzen packte sie, als sie die Flammen sah, die am Dach des Stalles leckten. Das ganze Gebäude brannte lichterloh. Noch während sie den Hügel hinunterlief, barsten die Fensterscheiben, und ein lautes Krachen dröhnte durch die Abendluft. Cynaras Kopfschmerzen waren vergessen. Immer schneller lief sie und dachte nur noch an Merlin und die eingesperrten Pferde.

Stimmen wehten mit dem Wind zu ihr herüber, Laute, als hätte der Wind sie selbst erschaffen. Auch andere Bewohner des Schlosses schienen das Feuer gesehen zu haben.

Zu ihrer Erleichterung stellte sie fest, dass der Teil des Stalles, wo sie Merlin gefunden hatte, noch nicht gänzlich ein Opfer der Flammen war. Am anderen Ende wütete das Feuer, und die Pferde waren den Flammen bedrohlich nahe. Cynara konnte ihr angstvolles Wiehern deutlich hören.

»Hilfe!«, schrie sie, aber ihre Stimme ging im Prasseln des Feuers unter. »Hilfe!« Die Hitze versengte ihr das Gesicht und brannte in ihren Lungen, aber sie rannte unbeirrt weiter bis zur Tür. Sie war versperrt. Der eiserne Schlüssel presste sich glühend heiß in ihre Hand, als sie versuchte, ihn umzudrehen. Cynara stieß einen Schrei aus. Schluchzend riss sie sich ihre Jacke vom Leib und schlang sie um den Schlüssel, bevor sie ihn wieder anfasste. Ihre Angst legte sich ein wenig, als sie feststellte, dass sich die Tür leicht öffnen ließ. Holz knarrte, Rauch quoll durch die Öffnung. Das Feuer loderte mit neuer Kraft auf, als ein Luftzug in das Gebäude wehte.

»Mylady Raven!« Jemand schrie ihren Namen, aber sie war wie besessen von dem Gedanken, Merlin zu retten. Im Feuerschein, der vom anderen Ende des Stalles kam, sah sie seine leblose Gestalt im Heu liegen. Schon leckten winzige Flammen am Heu, und Cynara wusste, dass es nur eine Frage von Sekunden sein konnte, bis sich der Raum in ein einziges Flammenmeer verwandelte. Entschlossen hielt sie sich ihre Jacke vor Mund und Nase und rannte los.

»Mylady!« Cynara nahm vage Bobbys Stimme wahr. Als ihr klar wurde, dass sie Merlin nicht nach draußen ziehen konnte, ohne die Jacke von ihrem Gesicht zu nehmen, versuchte sie nachzudenken. Die Schreie der Pferde gellten in ihren Ohren, und ihre Augen tränten so sehr, dass sie fast blind war. Ohne noch länger zu zögern, schleuderte sie ihre Jacke auf den Boden und griff nach Merlins Beinen. Er war so schwer, und der Rauch nahm ihr den Atem.

Zu ihrer unendlichen Erleichterung entdeckte sie Bobbys schlaksige Gestalt an ihrer Seite. Er hustete ununterbrochen, aber er begriff, was sie vorhatte, und packte Merlin bei den Schultern. Mit einer Kraft, von der sie nicht gewusst hatte, dass sie sie besaß, hob Cynara seine Beine. Er sackte in sich zusammen, als Bobby anfing, ihn über den Boden zu ziehen.

Cynaras Beine drohten unter ihr nachzugeben, aber sie biss die Zähne zusammen und bemühte sich verzweifelt, mit dem wild entschlossenen jungen Burschen mitzuhalten, der Merlins Schultern hielt. Stück für Stück arbeiteten sie sich an die Tür heran …

Ein gewaltiges Krachen ließ das Gebäude erbeben, als einer der Dachbalken einstürzte und glühende Funken in alle Richtungen sprühte. Als sie schon glaubte, ihre Lungen würden platzen, und sie würde in der unerträglichen Hitze das Bewusstsein verlieren, waren sie plötzlich draußen, und Cynara sog gierig die frische Luft ein. Ihre gemarterten Lungen kühlten ein wenig ab, und ihr Kopf wurde klarer.

Noch immer zerrte Bobby Merlin über den Boden, so weit

weg vom Feuer wie möglich. Cynaras Herz krampfte sich vor Verzweiflung zusammen, als sie die schrillen Angstschreie der Pferde hörte. Sie konnte den Gedanken nicht ertragen, dass Swallow in den Flammen umkommen sollte.

Hustend und keuchend ließ sie Merlins Beine los und rannte wieder hinein. Dichter Rauch hing in den Ställen, und überall loderten Flammen auf. Instinktiv bewegte Cynara sich auf die Boxen zu, in denen man die Pferde wiehern hörte. Der glühend heiße Riegel der ersten Box verbrannte ihr die Hände, als sie ihn zurückzog. Merlins Hengst raste schnaubend vor Panik an ihr vorbei, und sie konnte sich gerade noch an die Wand drücken, um nicht niedergetrampelt zu werden. Ihr Pferd war mittlerweile verstummt, und Cynara fragte sich angstvoll, ob sie zu spät gekommen war. Ihre Lungen brannten vor Schmerz, und nur die Angst vor dem Feuer gab ihr die Kraft, das Tor von Swallows Box zu öffnen. Die Stute kam heraus und taumelte unsicher auf das offene Stalltor zu. Sie schien die Orientierung verloren zu haben, und Cynara musste ihr ein paar Klapse auf den Rumpf geben, bevor sie den Weg nach draußen fand. Mit einem herzzerreißenden Wiehern stürmte das Pferd ins Freie.

Cynara, die sich kaum noch auf den Beinen halten konnte, schleppte sich mühsam zum Ausgang. Die Flammen zischten und prasselten, als wollten sie sie verschlingen. Wenn sie nicht bald an die Luft kam, würde sie sterben, das wusste sie. Auf allen vieren kroch sie weiter. Knapp über dem harten Lehmboden war die Luft ein wenig kühler, doch Cynara fand kaum noch die Kraft, Atem zu holen. Sie durfte jetzt nicht aufgeben! Sie schob sich ein kleines Stück weiter, dann noch eines.

Lautes Knarren und Ächzen, dann ein Krachen hinter ihr, als weitere Holzpfosten einstürzten.

Cynara konnte nicht mehr, aber gerade, als sie kraftlos auf den Boden sank, zog jemand sie nach draußen. Sie nahm vage

Bobbys feurigen Haarschopf wahr, als er die Arme um sie legte und auf ihren Bauch drückte, um sie zu zwingen, den Atem auszustoßen. Noch nie hatte etwas so köstlich geschmeckt wie die frische, kühle Luft, die endlich in ihre Lungen strömte. Spuckend und hustend kniete sie vornüber gebeugt auf dem Boden und atmete immer tiefer ein, bis sie endlich Linderung fand.

Die verbrannten Hände krampfhaft geballt, kroch sie auf den Ellbogen zu Merlin. Hinter ihrem Rücken durchlief ein gewaltiges Zittern das Stallgebäude, und mit einem lauten Tosen, das durch die Nacht gellte, brachen die Dachbalken in einem ungeheuren Funkenregen in sich zusammen.

Mit tränenden Augen und restlos erschöpft sah Cynara in Merlins rußverschmiertes Gesicht, das ganz nah bei ihrem war. »Ist er tot?«, brachte sie krächzend heraus, als Bobby sich neben sie kniete.

»Nein, aber er muss versorgt werden. Ich hole den Arzt.«

Stimmen schallten von allen Seiten durch die Nacht. Cynara hatte keine Ahnung, wie lange die Diener schon dort waren. Überall wimmelte es von Menschen, die Eimer mit Wasser schleppten. Als die Balken einstürzten, hielten alle inne. Das Stallgebäude war nicht mehr zu retten.

Cynara starrte Merlin benommen an und rüttelte an seiner Schulter. Sie war schwach wie ein neugeborenes Kätzchen. Menschen drängten sich um sie und sie erkannte die schrille Stimme ihrer Mutter und die von Tildy. Irgendetwas Kühles wurde an ihr Gesicht gelegt und sie schloss dankbar die Augen. Unablässig jagten Schmerzen durch ihren Kopf und ihre Arme, und jeder Atemzug tat weh.

»Mein Liebes«, drang Estelles tränenerstickte Stimme an ihr Ohr. »Wie konntest du nur in das brennende Gebäude gehen? Du hättest sterben können. *Sterben*!«

»Merlin?«, krächzte Cynara und sank neben ihm auf den Boden. Sie hatte nicht mehr die Kraft, sich auf den Knien zu halten. »Swallow?«, wisperte sie noch, bevor sie in einem Strudel von Dunkelheit unterging.

Als Cynara wieder zu sich kam, war es bereits später Vormittag. Jede Stelle ihres Körpers schien in Flammen zu stehen, und sie konnte kaum fassen, dass es ihr tatsächlich gelungen war, dem flammenden Inferno im Stall zu entkommen. Reglos im Bett liegend, durchlebte sie im Geist noch einmal jeden einzelnen schrecklichen Augenblick der vergangenen Nacht. Wie mochte es um Merlin stehen?

Ihre Augen flogen angstvoll auf, und sie sah das besorgte Gesicht ihrer Mutter vor sich. Die ältere Frau sah blass aus, und ihre Lippen waren kummervoll verzogen. »Endlich bist du wach«, sagte Estelle und legte eine kühle Hand auf Cynaras Stirn. »Es grenzt an ein Wunder, dass du noch lebst. Der Doktor hat gesagt, dass du unglaublich leichtsinnig warst.«

»Merlin?«, war das einzige Wort, das Cynara über die Lippen brachte.

»Er wird es überleben«, antwortete Estelle kurz. »Seine Stimme klingt nicht besser als deine, aber zumindest hat er keine Verbrennungen an den Händen. Er hat diese Katastrophe mit einer Verletzung am Kopf und einer heiseren Stimme überstanden.« Sie seufzte. »Ich kann mir wirklich nicht vorstellen, was er in dem brennenden Stall zu tun hatte.«

Cynara wusste, dass er nicht freiwillig dort gewesen war, sagte aber nichts. Sie war so müde. Ein dumpfer Schmerz pochte in ihren Händen. Bestürzt betrachtete sie die weißen Bandagen, in denen sie steckten.

»Ja, du kannst ruhig betroffen schauen! Die Haut deiner Handflächen ist verbrannt, und wir hatten große Mühe, den Ruß aus den Wunden zu bekommen. Gott sei Dank versteht sich Mrs. Black aufs Heilen. Sie hatte eine Kräutersalbe, die wir auf deine Hände geben konnten.«

Cynara, die sich fragte, ob sie je die Kraft finden würde, wieder auf die Beine zu kommen, nickte. Sie schloss die Augen und döste ein, nur um ein paar Stunden später mit brennendem Durst aufzuwachen. Tildy wachte jetzt an ihrem Bett, und Cynara stellte fest, dass die Strahlen der Nachmittagssonne die Wände ihres Zimmers vergoldeten.

»Wie geht es uns denn?« Tildy stützte Cynaras Kopf und lehnte sie an einen Stapel Kissen. »Hier. Trinken Sie das.« Sie hielt ein Glas kühler Limonade an Cynaras Lippen. Wenigstens konnte sie ohne Beschwerden trinken. Die Flüssigkeit wirkte wohltuend auf ihre brennende Kehle.

»Sie sehen schon etwas besser aus, Mistress Cy, aber Sie haben leichtes Fieber. Kein Wunder nach dem Abenteuer, das Sie hinter sich haben. Alle reden davon, wie mutig Sie sind, weil Sie Master Merlin gerettet haben. Sie müssen ihn sehr gern haben, um so viel für ihn zu riskieren«, fügte sie schmunzelnd hinzu.

Cynara lächelte grimmig. »Ich hätte dasselbe für dich getan«, wisperte sie. Da ihr das Sprechen Schmerzen bereitete, verstummte sie gleich wieder.

»Sehr schmeichelhaft«, bemerkte Tildy mit einem Augenzwinkern. Sie nahm eine Vase mit Wildrosen, die sie gepflückt hatte, und hielt sie ihrer jungen Herrin hin, damit sie den betörenden Duft einatmen konnte. »Duften sie nicht himmlisch?.« Sie stellte die Vase auf den Tisch neben dem Bett.

»Wie geht es Bobby?«, brachte Cynara heraus.

»Der hat nur ein paar blaue Flecken abbekommen. Ein fixer junger Bursche, der nicht so leicht den Kopf verliert. Er sagt, die Pferde wären bis in die Gairlock Woods durchgegangen. Aber bis auf ein paar leichte Verbrennungen sind sie unverletzt.«

Cynara schloss wieder die Augen, als wären ihre Lider zu schwer, um offen zu bleiben. »Wie geht es Merlin?«, fragte sie schließlich.

»Schon besser, aber er liegt noch im Bett. Er hat einen hässlichen Schlag auf den Schädel bekommen, erwähnt es aber mit keinem Wort. Niemand weiß, wer es war. Er hat keine Ahnung, wer die Ställe in Brand gesteckt hat, schließt aber aus, dass es ein Unfall gewesen sein könnte.«

Er will die Dienerschaft nicht beunruhigen, ging es Cynara durch den Kopf. »Ich möchte ihn … gern sehen«, krächzte sie.

Tildy drohte mit dem Finger. »Und das werden Sie auch, aber erst, wenn Sie so weit sind, wieder aufzustehen.«

Cynara trank ein wenig Brühe und schlief wieder ein. Sie konnte nichts Warmes auf ihrer Zunge ertragen, deshalb ließ Tildy alles abkühlen, was sie zu sich nahm. In der Nacht wachte sie mehrmals auf und fand immer Tildy oder ihre Mutter an ihrem Bett vor. Draußen regnete es in Strömen. Dichte Wasserwände schlugen an die Fenster. Sie hatte starke Schmerzen, zwang sich aber tapfer, nicht daran zu denken, und stellte immer wieder fest, dass sie zu erschöpft war, um länger wach zu bleiben.

Zwei Tage später taten ihre Wunden nicht mehr ganz so weh, und Mrs. Black, die sie frisch verband, versicherte ihr, dass die Verbrennungen gut verheilten. Cynara saß im Bett und sah zu, wie die Köchin breite weiße Stoffstreifen um ihre Hände wand. Ihre Stimme war stetig besser geworden, ihre Kehle war nicht mehr so wund wie vorher.

»Ihr Sohn war in dieser Nacht ein wahrer Held«, sagte sie zu Mrs. Black. »Wenn er nicht gewesen wäre, wäre ich jetzt tot.«

»Er hat mir erzählt, dass Sie ganz schnell nach Black Raven zurückgeritten sind, nachdem Sie den Herrn vorbeireiten gesehen hatten. Bobbys Pferd stolperte über eine Baumwurzel und verstauchte sich das Fesselgelenk. Er musste es an einen Baum gebunden zurücklassen und zu Fuß zum Schloss zurückgehen.«

»Ein Glück, sonst wäre er vielleicht auch im Stall in die Falle gegangen. Schließlich arbeitet er dort.« Cynaras Stimme bebte leicht. »Ich verdanke ihm mein Leben.«

»Und der Herr verdankt Ihnen seines.« Mrs. Black strich über die Verbände. »Sie werden eine Weile Hilfe beim Essen brauchen, bis die Brandwunden vollständig verheilt sind.«

»Ich fühle mich so hilflos.«

Mrs. Black hielt ein Glas Wasser an Cynaras Lippen. »Später werden Sie Ihre Hände umso mehr zu schätzen wissen.«

Am nächsten Tag war Cynara zu rastlos, um im Bett zu bleiben. Estelle kam herein, um sie mit dem Frühstück zu füttern, das Tildy kurz zuvor gebracht hatte. »Hast du etwas von Brandon gehört, Mutter?«, fragte Cynara sofort und setzte sich an den Tisch vor dem Fenster.

Estelle nickte. »Als er hörte, was passiert war, schwang er sich mitten in der Nacht aufs Pferd und kam hierher – in mein Zimmer. Es war der größte Schock meines Lebens! Er hielt mir den Mund zu, damit ich nicht zu schreien anfing, was in diesem Fall durchaus berechtigt gewesen wäre. Ich war drauf und dran, mit meinem Gebrüll sämtliche Diener im Haus herbeizuholen.«

»Wenn mich nicht alles täuscht, wird mein Bruder ungeduldig«, bemerkte Cynara.

Estelle nickte zustimmend. »Genau. Er wird irgendeine Dummheit machen, verlass dich darauf.«

Cynara kaute auf einem Stück Toast. »Ist er schon dahinter gekommen, wer den Schmuck gestohlen haben könnte?«

»Nein, aber er kümmert sich um eine Angelegenheit, um die Merlin ihn gebeten hat. Worum es dabei geht, weiß ich nicht.

Brandon ist mir gegenüber nicht mehr so offen wie früher einmal. Wie auch immer, er ist vor Tagesanbruch nach Stormywood zurückgekehrt.«

Cynara, die mit ihrem Schicksal haderte, weil sie in ihrer Bewegungsfreiheit so eingeschränkt war, rutschte unruhig auf ihrem Sessel hin und her. »Ich muss mit ihm oder Merlin reden.«

Sie hatten nicht gehört, dass die Tür aufging. »Du willst mich sprechen, teures Weib?«, ertönte Merlins heisere Stimme vom anderen Ende des Zimmers.

Cynara schrak zusammen. Sie hätte sich nie träumen lassen, dass sie auf ein Wiedersehen mit ihm so stark reagieren würde. Ihr Herzschlag raste unkontrolliert, und sie errötete bis an die Haarwurzeln. Estelle räusperte sich. »Ich gehe auf mein Zimmer. Schick Tildy zu mir, wenn du mich brauchst, Cynara.«

Da Cynara nicht den Blick von Merlins übel zugerichtetem Gesicht losreißen konnte, verließ Estelle das Zimmer und schloss leise die Tür hinter sich.

Cynara stand auf und hielt sich mit beiden Händen an der Tischkante fest. »Du … du siehst furchtbar aus«, sagte sie. Und so war es tatsächlich. Ein hässlicher, bläulich schillernder Bluterguss zog sich von seinem Haaransatz bis zu seiner Wange, seine Augenbrauen waren versengt, und seine Haare viel kürzer als sonst.

Er lächelte unsicher. »Gideon Swift ist nicht sehr geschickt mit der Schere. Sie ist ihm in der Hand ausgerutscht, und zu guter Letzt hat er das meiste von meinem Haar weggeschnitten.«

Cynaras Hand flog an ihr Gesicht, als ihr bewusst wurde, dass sie selbst kaum besser aussehen konnte. »Ich … du solltest mich nicht so sehen.«

Er kam langsam näher, seine Haltung so stolz und selbstbewusst wie eh und je. Ein weicher Ausdruck lag in seinen Augen, als er sie betrachtete. »Für mich siehst du immer hinreißend aus, was auch passieren mag.« Er hatte seine Hände auf dem Rücken verschränkt und streckte jetzt die linke Hand aus, in der er eine einzelne Rose hielt. »Ich fürchte, es sind nicht mehr viele Rosen im Rosengarten geblieben, aber diese eine ist vollkommen, wie du.«

Sie errötete noch tiefer und senkte den Blick. Es war sinnlos, es zu leugnen, er rührte mit seiner Wärme an ihr Herz. »Danke«, flüsterte sie und nahm die Rose unbeholfen mit ihrer verbundenen Hand entgegen. Sie tauchte ihre Nase in die duftenden Blütenblätter.

Er nahm sie bei den Schultern und zwang sie, ihn anzuschauen.

»Wenn du nicht gewesen wärst, wäre ich jetzt tot«, sagte er rau und zu Cynaras Überraschung glitzerten Tränen in seinen Augen. »Du hast dein Leben aufs Spiel gesetzt, um mich zu retten. Kein Mensch – außer vielleicht Max – hätte den Mut dazu gehabt.«

Sie wehrte sich nicht, als er sie an sich zog. Das Gesicht an sein frisches weißes Hemd gepresst, murmelte sie: »Ich hatte keine andere Wahl. Ich konnte nicht einfach zusehen, wie du in den Flammen umkommst. Ich war krank vor Angst.«

»Bedeutet das, dass du mich … liebst … ein ganz kleines bisschen nur?« Seine Stimme war so leise, dass sie ihn kaum verstehen konnte.

»Ich denke, das tue ich … und ich wünschte, ich könnte es mit Sicherheit sagen.« Sie legte eine Hand an ihr Herz. »Ich weiß, dass ich dich schrecklich vermisst hätte, wenn du in dem Feuer ums Leben gekommen wärst.« Sie senkte verlegen den Blick, blieb aber in seinen Armen. Falls man der Tatsache, dass sie jedes Mal, wenn sie ihn sah, Herzklopfen bekam, Bedeutung beimaß, liebte sie ihn vielleicht wirklich. Ja … nein. Sie kannte ihn nicht gut genug. Sie konnte den Gedanken nicht ertragen, eines Tages als Närrin dazustehen, wenn sich herausstellte, dass Merlin den Tod seines Vaters auf dem Gewissen hatte.

»Oh, Cynara, mein Liebling, es gibt keinen Grund zur Eile.« Seine Arme schlossen sich enger um sie. »Aber ich hatte so sehr gehofft …«

»Ich bin durcheinander«, gestand sie und schob ihn sanft von sich. »Ich bin mir immer noch nicht sicher, ob du ein Mörder bist, Merlin.« Sie starrte ihn forschend an. »Ich mag dich sehr, und ich respektiere dich, aber Liebe? Ich weiß einfach nicht, wie ich dir alles von mir geben kann, solange du unter Mordverdacht stehst.« Sie verschwieg, dass sich ihr Herz nicht um Gesetzesfragen scherte. Es ging seinen eigenen Weg, und in diesem Moment wandte es sich blindlings dem stolzen Mann zu, der vor ihr stand. Tränen brannten unter ihren Lidern. Sie sehnte sich verzweifelt danach, ihrem Herzen zu folgen, ihm zu vertrauen, aber …

Er ließ das Thema fallen und schlug unvermittelt einen sachlichen Ton an. »Hast du jemanden bei den Stallungen gesehen, als du von deinem Ausritt zurückkamst?«

Sie schüttelte den Kopf. »Nachdem ich dich gesehen hatte, schlug mich jemand von hinten nieder. Im Rosengarten kam ich wieder zu mir.«

Er machte ein entsetztes Gesicht. »Doch nicht in einem der … Löcher?«

»Nein. Dicht beim Tor. Der Mann – oder die Frau, wer auch immer es war, trug ein Cape. Ich erinnere mich, dass es über mein Gesicht strich, bevor ich das Bewusstsein verlor.«

»Aber warum mich töten und nicht dich?«, sagte Merlin und strich sich über das Kinn. »Irgendjemand hat versucht, mich bei einem Brand loszuwerden, der vielleicht als Unfall durchgegangen wäre.«

»Aber wer? Die Dienstboten?« Cynara runzelte die Stirn, ratloser denn je. Es gab keine logische Erklärung für die unheimlichen Vorfälle auf Black Raven.

»Nein ... warum sollten sie mich umbringen, wenn ihnen doch nur daran gelegen ist, mir das Leben schwer zu machen?«, meinte er in dem Versuch, einen Scherz zu machen. »Um mich loszuwerden, brauchen sie bloß ihre Arbeit links liegen zu lassen – was die meisten ohnehin schon tun –, bis ich irgendwann meine Sachen packe und nach Stormywood zurückgehe.« Ein Muskel zuckte in seinem Kiefer, und seine Augen blitzten. »Aber sie wissen nicht, wie hartnäckig ich sein kann!«

Cynara musste lächeln. »Ich bewundere deine Entschlossenheit.« Sie zeigte auf ihr Frühstückstablett. »Möchtest du etwas Tee? Mutter hat ihren nicht angerührt.«

Er setzte sich an den Tisch. Ihn dort zu sehen, scheint so natürlich, so richtig, dachte Cynara bei sich, als sie sich zu ihm setzte und darauf wartete, dass er seine Tasse mit heißem Tee füllte, bevor er ihr nachschenkte. Sie hätte ihm diese Arbeit gern abgenommen, aber ihre Hände taten noch zu sehr weh, um größere Anstrengungen zu ertragen. Während sie zusah, wie er Zucker in seinen Tee rührte, sagte sie: »Sag, was hast du in den Gairlock Woods gemacht? Du bist geritten, als wäre der Teufel persönlich hinter dir her.«

»Ich war mit einigen Papieren, die den Tod meines Vaters betreffen, in Stormywood«, sagte er, plötzlich wieder ernst und bedrückt. »Brandon wollte sie unbedingt sehen. Es sieht so aus, als wäre er wild entschlossen, meinen Namen reinzuwaschen. Er denkt über verschiedene Möglichkeiten nach, den verschwundenen Kutscher meines Vaters aufzustöbern.«

Cynara wurde warm ums Herz. »Brand hatte schon immer einen ausgeprägten Sinn für Loyalität. Er will sich für das, was du für ihn getan hast, revanchieren, aber was kann er schon machen? Bis das Rätsel um die gestohlene Halskette gelöst ist, muss er sich versteckt halten.«

Merlin zuckte die Achseln. »Ich werde ihm helfen. Da ich noch ein freier Mann bin – wie lange das auch sein mag, wenn man den wahren Täter nicht findet –, muss ich das Beste daraus machen.«

»Was hast du vor?« Cynara nippte an ihrem Tee und musterte ihn unverwandt.

»Ich möchte die Dame aufsuchen, der das Kollier gehört hat, Lady Fidalia. Es wäre interessant zu erfahren, wie sie in den Besitz eines Erbstückes der Familie deiner Mutter gekommen ist.«

Cynara dachte angestrengt nach. »Ich weiß, dass es abwegig klingt, aber glaubst du, dass all diese Ereignisse zusammenhängen, der Tod deines Vaters, der Diebstahl, die Zerstörung von Black Raven?«

Er runzelte die Stirn. »Es scheint überhaupt nicht zusammenzupassen, aber Black Raven ist seit ewigen Zeiten im Besitz der Seymours und Estelle hat der Familie immer nahe gestanden, auch wenn sie einen Hawthorne geheiratet hat.«

»Es wird von Tag zu Tag rätselhafter.« Cynara seufzte. »Was mag als Nächstes kommen? Wird der Übeltäter Black Raven in Brand stecken? Ich habe Angst.«

Merlin kam auf ihre Seite des Tisches, kniete sich neben sie und legte einen Arm um ihre Schultern. »Ich habe angeordnet, dass die Männer rund um die Uhr Patrouille gehen. Sie sind mit Musketen und Pistolen bewaffnet. Kein Fremder darf ohne meine Erlaubnis das Schloss betreten.«

Seine Worte beruhigten sie, und sie wusste, dass sie sich auf seinen Schutz verlassen konnte. *Sie konnte ihm ihr Leben anvertrauen*. Cynara schnappte nach Luft, als ihr klar wurde, was diese Erkenntnis bedeutete. Ausgeschlossen, dass er seinen eigenen Vater beseitigt hatte … Plötzlich sah sie ihn in einem ganz neuen Licht. Sie sah die Wärme und Fürsorge in seinen Augen und wusste im selben Moment, dass er kein Mörder sein konnte. Er hatte viel zu viel Achtung vor dem Leben. Plötzlich war der Verdacht, der ihr Denken vergiftet hatte, wie ausgelöscht, und die Wahrheit trat klar und deutlich zutage.

»Oh, Merlin …«, wisperte sie und neigte sich zu ihm. Sie wollte ihm unbedingt sagen, was in ihr vorging, aber noch bevor sie den Mund öffnen konnte, eroberten seine Lippen ihre. Von plötzlichem Verlangen erfüllt, umarmten sie einander. Merlin stand auf und zog sie mit sich. Sie schmiegte sich eng an ihn, ihr dünnes Nachthemd nur eine schwache Barriere vor dem Körper, den sie zu lieben gelernt hatte. Seine Kraft schien auf sie überzugehen, und sie zeichnete mit einer Fingerspitze, die die Verbrennungen unversehrt überstanden hatte, durch den weichen Satin seines Morgenmantels die Konturen seines Rückens nach. Jeder einzelne Muskel, jeder Zentimeter seiner straffen Haut, jede seiner Bewegungen waren ihr lieb und wert geworden.

»Mein Liebling«, murmelte er in ihr Haar. »Wenn du in den Flammen umgekommen wärst, hätte ich nicht weiterleben können.« Er hob sie in seine Arme und trug sie zum Bett.

Sie wollte ihn davor warnen, dass jemand hereinkommen und sie bei dieser intimen Umarmung ertappen könnte, aber kein Wort kam über ihre Lippen. Sie begehrte ihn ebenso sehr, wie er sie begehrte. Seine schnellen Atemzüge strichen über ihren Nacken, dann hob er den Kopf und sah ihr tief in die Augen. So viel Liebe lag in diesem dunklen Blick, dass sie sich fast beschämt fühlte. Wie konnten ihre Gefühle den seinen je gleichkommen? Und doch … eine köstliche Wärme erfüllte sie vom Kopf bis zu den Zehenspitzen.

»Ich liebe dich«, flüsterte er, bevor er wieder ihren Mund in Besitz nahm. Der Kuss wurde intensiver, bis ihre Sinne durcheinander wirbelten, schwerelos dahintrieben, ihr jede Scheu nahmen. Ungeduldig löste sie die Schärpe, die seinen Morgenmantel zusammenhielt, und schlang ihre Arme um seinen nackten Körper. Schon liebkoste seine Hand die Innenseite ihrer Oberschenkel und schob den zarten Spitzenstoff beiseite, der im Weg war. Seine Berührung war zärtlich und doch erregend und wurde immer fordernder, je weiter sich seine Hand nach oben bewegte. Gerade als sie glaubte, er würde die Stelle berühren, die vor Verlangen zu pochen angefangen hatte, hörte er auf. Am liebsten hätte sie geschrien vor Enttäuschung, aber stattdessen beobachtete sie wie gebannt, wie er das Band ihres Nachthemdes in ihrem Nacken löste und es auseinander zog, um ihre Brüste freizugeben. Seine Augen wurden noch dunkler, als er ihren nackten Körper betrachtete. Hitze stieg in ihr auf und sie fühlte sich seltsam verwundbar.

»Du bist so schön, meine bezaubernde Porzellanfigur«, sagte er mit einem leisen Lachen. Seine Hände lagen heiß auf ihrer Haut und sie presste sich an ihn, weil sie nicht genug bekommen konnte.

Er konnte sich nicht an ihr satt sehen, ganz gleich, wie lange er ihre köstlichen Rundungen, ihre üppigen Brüste betrachtete. Er nahm eine der rosigen Spitzen zwischen seine Lippen und saugte sanft daran. Ein wildes, bittersüßes Verlangen jagte durch seinen Körper, bitter, weil es verzweifelt danach schrie, gestillt zu werden, aber die unterschwellige Süße sehnte sich danach, diesen Zustand der Verzückung möglichst lange auszukosten. Er schob ihr Nachthemd nach oben und spreizte sanft ihre Beine. Die feuchte Hitze zwischen ihren Schenkeln verriet ihre Erregung, und er wusste, dass sie sich ebenso nach der Erfüllung ihrer Lust sehnte wie er. Bei dem Gedanken, dass er ihr diese Erfüllung schenken konnte, überkam ihn ein tiefes Glücksgefühl.

»Ich will dich«, wisperte sie. »Warte bitte nicht, bitte … jetzt!« Ihre Augen, dunkle Teiche der Lust, öffneten sich weit, als er in sie eindrang, erst behutsam, dann immer härter und unnachgiebiger, bis sie stöhnte und sich unter ihm wand.

»Merlin …!«, stieß sie atemlos hervor, als sie zu einem schnellen Höhepunkt fand, dem rasch ein zweiter folgte. Von einer Woge zur nächsten gehoben, erlebte sie ein nie gekanntes Gefühl von vollständiger Erfüllung, das sie mit ungläubigem Staunen erfüllte. Sie fühlte sich wie von einer unwiderstehlichen Kraft mitgerissen, als er ihre Hüften umklammert hielt und, zwischen den zerwühlten Laken kniend, in sie eintauchte, mit solcher Intensität, dass sie das Gefühl hatte, ein Teil von ihm geworden zu sein. Als er ein tiefes, lustvolles Stöhnen ausstieß, wusste sie, dass sie ihm ganz und gar gehörte.

Verzweifelt klammerten sie sich aneinander, als wäre dies ihre letzte Umarmung, und jeder Kuss, der ausgetauscht wurde, war süß und zärtlich. Endlich fanden sie Frieden, vollständigen, beglückenden Frieden.

Cynara schlummerte ein, Merlins Arm auf ihrem Bauch eine willkommene Last. Wie gern würde sie jede Nacht an seiner Seite einschlafen …

Sie hatte keine Ahnung, wie lange sie geschlafen hatten, vielleicht nur ein paar Minuten, als sie von seinem Stöhnen wach wurde. Er warf sich im Bett hin und her, sein Gesicht düster und verzerrt, als litte er schreckliche Schmerzen. Schweißperlen glitzerten auf seiner Haut, und sein Haar klebte an seiner Stirn, als hätte er schwere körperliche Arbeit geleistet.

Sie stützte sich auf ihren Ellbogen und stupste ihn behutsam mit ihrer verbundenen Hand an. »Merlin!« Als er nicht reagierte, rief sie lauter. »Merlin, wach auf!«

»W-was … wo bin ich?«, stammelte er, die Augen dunkel vor Qual, als er sich bemühte, den Blick auf sie zu richten.

Cynara fragte sich, was er im Geist vor sich sah. »Du hast einen Albtraum.«

Er fuhr hoch, schob sie beiseite und setzte sich auf den Rand der Matratze. Müde fuhr er mit den Händen durch sein Haar. »Verdammt, verdammt, verdammt!«, fluchte er halblaut.

»Wovon hast du geträumt?«, fragte sie und strich mit ihrer unversehrten Fingerspitze über seinen Rücken. »Erzähl es mir.«

»Der Krieg war ein einziges Grauen, das immer wieder zu mir zurückkommt, wie ein bodenloser schwarzer Abgrund. Ich habe Angst, nie wieder herauszukommen, wenn ich in diesen Abgrund gezogen werde … den Verstand zu verlieren.« Seine Stimme klang mit jedem Wort gequälter, und Cynara kniete sich, um ihn in die Arme zu nehmen und festzuhalten. Sie lehnte ihren Kopf an seinen.

»Hab keine Angst. Die Träume werden mit der Zeit vergehen.«

»Ich … sehe sie in einer Reihe gehen, all die toten französischen Soldaten. Tausende von ihnen. Statt Gesichtern haben sie Totenschädel. Sie starren mich anklagend an«, fuhr er fort, wobei man ihm anmerkte, dass jedes Wort eine kleine Folter für ihn war.

»Nur zu, erzähl mir mehr«, drängte sie ihn. »Erzähl mir alles.«

Seine Schulterpartie, die steif wie ein Brett gewesen war, entspannte sich ein wenig, und er lehnte sich an sie, als bräuchte er ihre Stärke. »Mitten in diesem Abgrund tobt eine Hölle aus Kanonendonner und grellrotem Licht von den Explosionen. Ich kann nichts mehr hören und bin starr vor Angst. Niemand wird mich retten. Schwarzer Rauch, Ruß, Schlamm, Blut. Es ist Krieg, für immer und ewig.«

»Du wirst nicht in dieses Loch fallen. Es existiert nur in deiner Fantasie. Es ist nicht wirklich.«

Er schien aus seiner Benommenheit aufzuschrecken und starrte sie an. »Es sind echte Erinnerungen, Cynara. Jahrelang habe ich nichts als Tod und Zerstörung gesehen. Ich war ein Teil davon. Das Wissen, dass ich fähig bin, einen Menschen zu töten, tut weh.«

»Töten?« Sie musste sofort an Ross Seymour denken, verdrängte den Gedanken aber rasch wieder.

»Du wirst zum Tier, ohne Mitleid, ohne Bedenken. Der einzige Instinkt, der bleibt, ist der Wille zu überleben.« Er stieß einen Seufzer aus und wischte sich den Schweiß vom Gesicht. »Es ist schwer, später damit zu leben. Du hast in der Hölle gelebt und kämpfst ständig darum, aus ihr zu entkommen – dein ganzes Leben.«

Sie küsste seine Wange und zog ihn neben sich aufs Bett. »Lass uns noch ein wenig ausruhen. Ich glaube, die Träume werden mit der Zeit aufhören. Du wirst diese Erinnerungen in den hintersten Winkel deines Denkens einsperren.«

Er nickte langsam. »Ich konzentriere mich auf die Gegenwart, und das gibt mir Kraft. Das Leben geht weiter, Gott sei Dank. Du hilfst mir dabei, gesund zu werden, Cynara. Die Liebe, die ich für dich empfinde, verdrängt allmählich die düsteren Erinnerungen.«

Er wirkte leicht verwirrt, als ob seine Welt gerade in winzige Teile zerbrochen wäre und er Mühe hätte, sie wieder zusammenzusetzen. Er berührte sie sanft, als könnte er ihre Sorge spüren. »Ich bin bald wieder ich selbst.«

Sie lagen schweigend nebeneinander, und innerhalb weniger Minuten schlief Merlin ein. Cynara lag wach und starrte an die Decke. Merlin musste sich nicht nur mit dem ständig wachsenden Problem eines unsichtbaren Feindes auseinander setzen, sondern auch mit dem Schrecken des Krieges, der ihm immer noch zusetzte, obwohl er vor einem Jahr geendet hatte.

Merlin schlief tief und fest und offenbar traumlos eine Stunde lang und wachte dann auf, als wäre nichts geschehen. Als er sie an seiner Seite entdeckte, machte er sich unverzüglich daran, die Situation auszunutzen und sie zu verführen.

Verschwunden war der gequälte Mann, ersetzt von einem glücklichen, verspielten Liebhaber. Als ihre Ekstase nachließ, kehrten sie in die Wirklichkeit zurück. Die Morgensonne machte den Raum noch heller und wärmte mit ihren goldenen Strahlen ihre Körper auf den zerwühlten Betttüchern.

»Mein Gott«, seufzte Merlin. »Das habe ich wirklich gebraucht.« Er gab ihr einen leichten Klaps auf den Po. »Jetzt bin ich der König der Welt.«

Cynara lachte. »Du bist wohl sehr stolz auf dich, was?«

Merlin schlug sich mit beiden Fäusten an die Brust, als er sich neben das Bett stellte und sie betrachtete. »Ein erfolgreicher Liebesakt erfüllt jedes männliche Wesen mit Stolz«, verkündete er und zwickte sie in die Nase. »Du siehst köstlich aus, mein Liebling, so köstlich, dass ich dich am liebsten anknabbern würde.«

Sie schwenkte ihre bandagierten Hände. »Hilfe! Ich bin wehrlos!«

Als er sich gerade mit einer Scheinattacke auf sie stürzen wollte, klopfte es an die Tür. Er erstarrte und flüsterte: »Mein Gott! Wenn das nun Estelle ist?«

Cynara kicherte und schaffte es, ihr zerknülltes Nachthemd um sich zu schlingen und zuzubinden. Sie stand auf und strich die Falten glatt, während Merlin panisch nach seinem Morgenmantel langte. »Tut mir Leid, dass dieses Zwischenspiel vorbei ist«, raunte er ihr in übertriebenem Flüsterton zu, als er auf

Zehenspitzen zu seinem Zimmer huschte, »aber irgendwann komme ich zurück und erobere dich von Neuem!«

Cynara konnte ein Lachen nicht unterdrücken, als er hinter sich die Tür schloss.

Tildy kam herein. Sie warf einen Blick auf Merlins geschlossene Tür, dann auf Cynaras glühende Wangen. »Wie ich sehe, habe ich einen schlechten Zeitpunkt gewählt«, sagte sie mit einem frechen Grinsen. Sie lief geschäftig durchs Zimmer, während Cynara schuldbewusst ihre wirren Locken glättete.

»Sei nicht unverschämt, Tildy. Du kannst mir beim Ankleiden behilflich sein. Ich gehe heute nach unten.«

»Ich muss mit dem Herrn sprechen, aber diese Männer können ruhig noch etwas warten, würde ich sagen.«

Cynara sah ihre Zofe fragend an. »Wovon redest du?« Tildy hielt die Lippen fest geschlossen, während sie Cynara beim Anziehen half und dann ihr zerzaustes Haar ausbürstete. Sie waren in Rekordzeit fertig, kurz darauf kam Merlin zur Tür hereingeschlendert, makellos in weißes Leinen, burgunderrote Weste, eng anliegende graue Hosen und eine erstklassig geschnittene schwarze Jacke gekleidet.

»Ah! Guten Morgen«, begrüßte er Cynara, als wäre es ihre erste Begegnung an diesem Morgen.

»Mylord Raven«, begann Tildy mit einem Knicks. »Tut mir Leid, Sie zu stören, aber unten sind zwei Gentlemen aus London, die darauf bestehen, mit Ihnen zu sprechen.« Sie verzog das Gesicht. »Polizei, wenn Sie mich fragen. Sie lungern schon eine halbe Stunde oder länger in Ihrem Studierzimmer herum.«

Merlin und Cynara wechselten einen besorgten Blick. Brandon, sagte Cynara sich, und sie wusste, dass Merlin der gleiche Gedanke durch den Kopf ging.

Merlin fluchte leise und marschierte aus dem Zimmer. Tildy

zog die Augenbrauen hoch und sah Cynara an. Dann zuckte sie ihre rundlichen Schultern und folgte Merlin. Da Cynara unbedingt wissen wollte, was die Männer herführte, begleitete sie ihre Zofe nach unten.

Die beiden Fremden, der Jüngere groß und schlank, der Ältere mittelgroß und wohl beleibt, drehten ihre hohen Biberfellhüte in den Händen, während sie ehrfürchtig die Porträts betrachteten, die an den Wänden des Studierzimmers hingen.

»Guten Morgen«, sagte der korpulente Mann. Er strich über die dünnen braunen Haarsträhnen auf seinem Kopf. »Ich bin Sergeant Rigby Todd von der Bow Street, und das ist Constable Hoskins.«

Bow Street. Die besten Polizeibeamten von London, dachte Cynara bestürzt.

«Wie kann ich Ihnen helfen?«, fragte Merlin kühl. Cynara bewunderte seine Selbstbeherrschung.

»Lady Ravens Bruder, Brandon Hawthorne, gelang es, bei seiner Überstellung nach Surrey seinen Bewachern zu entkommen. Wir haben Grund zu der Annahme, dass er dabei Hilfe hatte.« Sergeant Todds Stimme wurde viel sagend. »Vielleicht von einem Verwandten.«

Merlin verschränkte die Arme vor der Brust. »Sie müssen von Sinnen sein. Wer hätte Mr. Hawthorne helfen sollen?«

Die beiden Polizeibeamten traten unbehaglich von einem Fuß auf den anderen. Mr. Todds Lippen bewegten sich, er musste sich offensichtlich Mut machen, die nächsten Worte auszusprechen.

»Vielleicht waren Sie beteiligt, Lord Raven. Immerhin haben Sie sich zum Zeitpunkt von Mr. Hawthornes Flucht in London aufgehalten. Laut Zeugenaussagen befanden sich am Ort des Geschehens ein Mann, der Ihnen auffallend ähnlich sah, und eine Frau, die wie Lady Raven aussah.«

Merlin zuckte nicht mit der Wimper. »Ich habe keine Ahnung, wovon Sie reden. Aus welchem Grund sind Sie hier?«

Mr. Todds Augen unter den buschigen Brauen waren rund und wasserblau. Jetzt wirkten sie leicht indigniert. »Nun, um Mr. Hawthorne zu suchen, natürlich.«

18

»Hier ist er jedenfalls nicht«, sagte Merlin von oben herab. »Wir haben Mr. Hawthorne nicht mehr gesehen, seit er ins Gefängnis kam, aber wenn Sie glauben, er hätte Lady Fidalias Kollier gestohlen, begehen Sie einen großen Fehler. Mr. Hawthorne ist kein Dieb.«

»Das mag sein, wie es will«, meinte Sergeant Todd und ließ seinen Hut noch schneller kreisen. »Trotzdem bleiben wir hier in der Gegend, im *Duck and Willow* im Dorf, bis Mr. Hawthorne auftaucht. Sicher wird er seiner Mutter und seiner Schwester in nicht allzu ferner Zukunft einen Besuch abstatten.«

Cynaras Herzschlag raste, und sie hatte Angst, die Männer könnten ihr das schlechte Gewissen vom Gesicht ablesen. Sie wandte den Blick ab, da sie spürte, dass der hochgewachsene Hoskins sie unverwandt anstarrte.

»Mr. Hawthornes Flucht ist ein Beweis für seine Schuld. Ein unschuldiger Mann würde sich dem Gericht stellen, Mylord.«

Merlins Stimme wurde eisig. »Ist Mr. Hawthornes Flucht der einzige Grund, warum Sie hier sind, Sergeant Todd?«

Rote Flecken flammten auf Todds Wangen auf. »Na ja, in Anbetracht der verdächtigen Umstände des Todes von Mr. Ross Seymour und Ihres Cousins Felix Seymour haben wir beschlossen, beide Fälle gemeinsam zu untersuchen. Sie sind in seltsame Geschehnisse verwickelt, Lord Raven, und wir werden den Dingen auf den Grund gehen – immerhin könnten Sie ein Mörder sein.«

Cynara dachte, Merlin würde explodieren, aber er presste nur die Lippen zusammen. Wieder bewunderte sie ihn für seine Haltung.

»Wissen Sie, wir machen nur unsere Arbeit, Lord Raven, und daran können Sie uns nicht hindern.« Sergeant Todds Augen leuchteten einen Moment lang triumphierend auf. »Wenn ich so sagen darf, ich habe den Ruf, bei meinen Nachforschungen schnelle Erfolge zu erzielen.«

Plötzlich entspannten sich Merlins angespannte Schultern, und er zwang ein Lächeln auf seine Lippen. »Im Grunde hätten Sie zu keinem besseren Zeitpunkt kommen können. Irgendjemand hier in der Gegend legt es darauf an, dieses Anwesen zu zerstören.« Er berichtete von dem Feuer in den Ställen und den Gruben im Rosengarten. »Wenn Sie mir zu diesem Rätsel ein paar schnelle Ergebnisse vorlegen, können Sie mit einer angemessenen Belohnung von mir rechnen.«

Die beiden Polizisten machten erfreute Gesichter und Constable Hoskins' schmale Lippen verzogen sich zu einem schwachen Lächeln. Sein Gesicht mit den eingefallenen Wangen und den hängenden Lidern wirkte wachsam und erinnerte an einen Bluthund. Ein Mann, dem nicht viel entgeht, dachte Cynara. Während Sergeant Todd das Reden übernahm, schien es sich bei Hoskins um das Gehirn dieses Gespanns zu handeln.

»Trinken Sie ein Glas Ale bei uns«, fuhr Merlin fort. »Ich bin sicher, Sie werden das *Duck and Willow* sehr angenehm finden, aber Sie sind hier jederzeit willkommen.«

»Wir bleiben im Gasthaus, danke schön«, sagte der Sergeant. »Ich hoffe allerdings, Sie verweigern uns nicht den Zugang auf Ihren Grund und Boden. Wir müssen nach Anhaltspunkten suchen.« Er musterte Merlin prüfend. »Ehrlich gesagt, wir würden gern damit anfangen, die Dienerschaft zu befragen, wenn Sie nichts dagegen haben.«

Merlin nickte nur, aber Cynara überlief ein leiser Schauer von Furcht. Gott sei Dank hatten sie Brand nicht nach Black Raven gebracht. Aber wie sicher würde er auf Stormywood sein, wenn sich die Nachforschungen weiter ausdehnten? Man musste ihn irgendwie warnen.

Merlin begleitete die Männer hinaus. Cynara wusste, dass sie keinen Frieden finden würde, solange sich die beiden hier herumtrieben. Wie lange würden sie Brandon decken können? Nie zuvor hatte sie etwas Ungesetzliches getan, und einen entflohenen Gefangenen zu verbergen verstieß eindeutig gegen das Gesetz. Wenn sie und Merlin ihren Bruder jemals von jedem Verdacht reinwaschen wollten, war höchste Eile geboten.

Da sie ein wenig erschöpft war, verbrachte sie den Rest des Tages auf ihrem Zimmer. Sie verspürte ohnehin nicht den Wunsch, nach unten zu gehen und das Ausmaß der Zerstörung an den Ställen zu besichtigen. Außerdem schnüffelten vielleicht die Ordnungshüter auf dem Gelände herum. Sie konnte unmöglich ohne Vorwand mitten am Tag nach Stormywood reiten.

Als sie im Laufe des Tages aus einem ihrer Fenster schaute, stellte sie fest, dass Constable Hoskins nachdenklich auf Lyme Bay hinausstarrte. Er stand über einer der kleinen Buchten. Es war die, die direkt unterhalb des Schlosses lag. Ein steiler, schmaler Pfad führte zwischen den Felsen zu dem halbmondförmigen Streifen Strand hinunter. Wegen des gefährlichen Gezeitenwechsels ging kaum jemand je dorthin. Bei Ebbe war es zwar möglich, über den groben Sand zur nächsten Bucht zu gehen, aber bei Flut stand alles unter Wasser. Wehe dem, der dann in der angrenzenden Bucht festsaß, denn von dort führte kein Weg die Klippen hinauf. Von zerklüfteten Felsen umschlossen, war man hilflos der tosenden See ausgesetzt …

Cynara erschauerte und legte sich wieder zu Bett. Nach einer unruhigen Nacht klopfte am nächsten Morgen Merlin an ihre Tür, um sie zu fragen, ob er mit ihr zusammen frühstücken könne.

Sie freute sich darüber, dass er ihre Nähe suchte. Nachdem Tildy das Tablett gebracht hatte und sie beide behaglich ihren Kaffee umrührten, sagte Merlin leise: »Ich hatte gestern schrecklich viel zu tun, sonst wäre ich in der Nacht zu dir gekommen.« Dann wurde er wieder sachlich. »Nachdem wir unten mit den Polizeibeamten gesprochen hatten, ging ich mit Sergeant Todd zu den Ställen – beziehungsweise zu ihren traurigen Überresten.«

»Es muss ein grauenhafter Anblick sein.«

Merlin nickte. »Ja, fast nur noch verkohlte Balken und zermalmte Ziegel. Selbst die Bäume ringsum sind vom Feuer versengt. Wie auch immer, ich wollte, dass Todd Bobby befragte, der bestätigen konnte, dass Muggins uns für immer verlassen hat. Bobby war dort und bemühte sich redlich, mit Hilfe des Gärtners aufzuräumen. Wie es aussieht, ist er der einzige Stallknecht, der uns geblieben ist. Die anderen haben uns im Stich gelassen – und die übrigen Pferde mitgenommen.«

»Du hast einen von ihnen wegen seines ungehörigen Benehmens entlassen. Vielleicht haben die anderen das übel genommen und deshalb das Weite gesucht.«

»Und eine gut bezahlte Arbeit aufgegeben? Kaum.« Ein Muskel in Merlins Gesicht zuckte. »Die Sache gefällt mir ganz und gar nicht. Da ist etwas sehr Seltsames im Gange.«

Nachdem sie einen Schluck Kaffee genommen und von ihrem gebutterten Toast abgebissen hatte, sagte Cynara: »Hat es etwas mit den Männern zu tun, die uns nach Basingstoke gefolgt sind?«

Merlin rieb sich das Kinn. »Ich weiß es nicht, aber ich nehme es an.« Er holte tief Luft. »Ich bin heute Morgen unter anderem gleich zu dir gekommen, um dir zu sagen, dass Lady Fidalia zu Gast auf dem Besitz der Bartons ist, nördlich von Modbury. Du kennst die Bartons? Lord Barton hat einen Sitz im Oberhaus.«

»Ja, natürlich kenne ich sie, aber nicht besonders gut. Barton war mit Vater auf der Schule. Wir waren früher manchmal bei ihnen eingeladen, aber meine Eltern haben die Bekanntschaft nie vertieft.«

Merlin schmunzelte. »Zu anrüchig? Barton ist so etwas wie ein Spieler und ein Freigeist. Offensichtlich die passende Gesellschaft für Lady Fidalia.«

»Hast du vor, einen Besuch zu machen?« Cynara aß ihren Toast auf und trank ihren Kaffee.

»Ja, heute Morgen. Möchtest du mich begleiten?« Er nahm seinen letzten Schluck Kaffee. »Eine Anstandsvisite gewissermaßen, aber falls es uns gelingen sollte, das Gespräch irgendwie auf das *Hirondelle*-Kollier zu lenken, um so besser.«

Leichte Beklommenheit stieg in Cynara auf. »Es gefällt mir kein bisschen, aber ich bin dir dankbar für deine Bemühungen, Brandon zu helfen.«

Merlin schenkte ihr einen langen, liebevollen Blick. »Er ist dein Bruder, Liebes. Alles, was dich betrifft, liegt mir am Herzen. Außerdem hat Brandon einen kleinen Auftrag für mich übernommen.« Merlin stand auf und trat näher zu ihr.

»Und zwar?« Cynara sah ihn gespannt an.

»Er war sehr hilfreich. Er hat entdeckt, wo sich Vaters Kutscher aufhält. Du weißt schon, der Mann, der den Unfall überlebt hat und danach spurlos verschwunden ist. Die Polizei hat vergeblich nach ihm gesucht. Ich denke, er kann uns einiges erzählen, wenn wir ihn erst einmal festnageln.«

»Ich hoffe, du hast Recht.« Sie errötete, als sein Gesicht sich erhellte.

»Dir liegt also wirklich etwas daran«, sagte er leise und zog sie von ihrem Stuhl. »Ich bin entzückt. Und jetzt der andere Grund, warum ich heute Morgen zu dir gekommen bin.« Er nahm sie in seine Arme und drückte sie so fest an sich, dass sie jeden Teil seines Körpers spüren konnte.

Ihr Herz schlug heftig. Seine Nähe erregte sie immer. Sie blickte in seine dunklen Augen, als er den Kopf senkte, um sie zu küssen. In ihren schwarzen Tiefen sah sie eine Mischung aus Zärtlichkeit und sehnsüchtigem Verlangen. Mit einem Seufzer schloss sie die Augen und bot ihm ihre Lippen dar. Er schmeckte nach Kaffee und süßer Himbeermarmelade. Aber als seine Zunge ihren Mund in Besitz nahm, schmeckte er auch nach Erregung und Leidenschaft. Sie begehrte ihn. Sie würde ihn begehren, so lange sie lebte. Immer wieder weckte er ein überwältigendes Verlangen in ihr.

»Liebling … sollen wir die Vorhänge zuziehen und wieder ins Bett gehen?«, fragte er sie, als er sich von ihren Lippen löste, um ihr tief in die Augen zu sehen.

»Was ist, wenn …?« Sie wollte ein Stück zurücktreten, aber wieder fing er ihre Lippen ein. Ohne ihre Einwände zu beachten, machte er sich daran, ihren Widerstand zu überwinden. Sie betete, dass sie ihn nicht falsch beurteilt hatte, als sie beschloss, ihm zu vertrauen; sie betete, dass er unschuldig war, weil sie wusste, dass sie sich von Tag zu Tag mehr in ihren attraktiven Ehemann verliebte. Es würde ihr das Herz brechen, wenn sie dahinter kam, dass ihr Instinkt sie getrogen hatte, aber einstweilen blieb ihr nichts anderes übrig, als ihm voll und ganz zu vertrauen – oder den Verstand zu verlieren.

»Komm …«, wisperte er und nahm ihre Hand. »Ich weiß, dass du es genauso willst wie ich.«

Sie zögerte, immer noch ein wenig eingeschüchtert von der überwältigenden Leidenschaft, die er in ihr weckte. »Ich weiß nicht …«

Ungläubig starrte er sie an. »Du weißt, dass du mich willst. Sag mir, dass du mich genauso liebst, wie ich dich liebe.«

Etwas in ihr sträubte sich gegen seinen fordernden Unterton und sie wich zurück. »Wie überheblich du bist! Du kannst mich nicht zwingen, etwas zu tun … oder zu sagen.«

»Dich zwingen? Du machst dir etwas vor, Cynara. Warum leugnest du unsere Liebe?«

»Das tue ich nicht«, wisperte sie. »Ich leugne sie nicht, aber ich bin zu sehr um Brandon besorgt, um den Vormittag im Bett zu vertrödeln. Wir müssen etwas unternehmen, und zwar schnell.«

»Du hast Recht, mein Liebling. Sosehr ich dich auch für mich haben will, zuerst muss ich mich um unsere Probleme kümmern.« Er legte eine Hand um ihre Taille und zog sie an sich. »Lass uns zu den Bartons fahren, bevor ich mich auf dich stürze. Vielleicht wirft dieser Besuch ein wenig Licht auf Brandons Notlage.«

Cynara, die sich hin und her gerissen fühlte, hätte ihn am liebsten aufgehalten, um ihm ihre tiefe Liebe zu gestehen. Was war nur los mit ihr? An manchen Tagen vertraute sie ihm und liebte ihn; andere Tage waren von Misstrauen und Zweifel verdunkelt.

Ihre neu entdeckte Liebe war sehr zerbrechlich und konnte leicht zerstört werden. Vielleicht würde er ihrer überdrüssig werden, wenn sie seinen Wünschen nicht nachkam. Merlin strebte weiter der Treppe zu, ohne zu merken, dass sie tief in Gedanken verloren war und ihre Schritte langsamer wurden. »Merlin!«, rief sie drängend. »Ich …«

»Beeil dich, Liebling. Wir müssen diese Gelegenheit nutzen, mit Lady Fidalia zu reden.«

... *liebe dich*, wisperte sie im Stillen. Bittend streckte sie eine Hand nach ihm aus, aber er war bereits auf halbem Weg nach unten. Am Fuß der Treppe wartete er auf sie. Er hielt ihr seine Hand entgegen und fragte: »Warum zögerst du?«

Als Cynara ihn ansah, stellte sie fest, wie nüchtern und sachlich er jetzt wirkte, und sie verlor den Mut, ihm ihre zärtlichen Gefühle zu gestehen. »Ich war nur in Gedanken.« Sie reichte ihm ihre verbundene Hand.

Er nahm sie leicht in seine und küsste ihre Wange. »Komm, lass uns in Lady Fidalias Geheimnissen stöbern.«

The Hollows, der Besitz der Bartons, lag in einem engen, von hohen Ulmen umstandenen Tal. Ausläufer von Felsgestein zogen sich durch die Hügel, die das Anwesen umgaben, und fruchtbare grüne Felder erstreckten sich auf den sanften Hängen. Das hohe Gras wehte leicht im Wind, und Vögel zwitscherten in den Bäumen, als die Kutsche der Ravens über den Weg zum Herrenhaus rollte.

»Hübsch, nicht wahr?«, bemerkte Merlin, als der Wagen auf die von Pappeln gesäumte Einfahrt bog. »Zu dieser Jahreszeit ist es am schönsten.«

Cynara nickte. »Es ist ganz anders als Black Raven mit seinen dunklen Klippen und der tosenden See«

»Würdest du lieber hier leben?«

Sie schüttelte den Kopf. »Nein ... Black Raven ist wie ein ungezähmtes Tier. Dieses vom Wind gepeitschte alte Schloss hat seinen eigenen Reiz.«

»Ich bin froh, dass du Black Raven magst. Ich habe es schon immer geliebt, hätte aber nie gedacht, dass ich eines Tages dort der Herr sein würde.«

Liebst du es genug, um dafür zu töten? Hast du Felix' Tod ir-

gendwie geplant? Diese Gedanken gingen ihr ungebeten durch den Kopf, aber sie verdrängte ihren hässlichen Verdacht zornig. Obwohl sie bereit war, ihm ihr Leben anzuvertrauen, waren es genau diese Fragen, die geklärt werden mussten, bevor die dunkle Wolke, die über dem Namen Seymour – und ihrer Liebe – hing, wegziehen konnte.

»Da wären wir«, sagte Merlin, als die Kutsche vor dem Haupteingang stehen blieb. Er stieg aus und half Cynara aus dem Wagen. Wegen Felix' Ableben trug sie ein Kleid aus schiefergrauem Taft mit passendem Pelzbesatz, wünschte aber, sie könnte an diesem warmen Sommermorgen etwas Leichteres tragen. Ein Lakai öffnete die Tür, und indem sie sich mit einem Fächer Luft zufächelte und ihre einfache graue Haube zurechtrückte, betrat sie die kühle Halle. Der Butler kam auf sie zugeeilt.

»Lord und Lady Raven«, begrüßte er sie.

»Guten Morgen, Godfrey. Melden Sie uns bitte an«, sagte Merlin liebenswürdig.

Der Butler führte sie in einen Salon, der in Schattierungen von Grau und Gelb gehalten war. An den Wänden hingen zwei Landschaftsgemälde, deren reich verzierte vergoldete Rahmen die Darstellungen in den Hintergrund treten ließen. Das graugelb gestreifte Sofa sah einladend aus, und Cynara nahm Platz. Zehn Minuten später betrat Lady Barton den Salon. Sie war eine winzige Frau mit lockigem braunem Haar und klaren grauen Augen. Dank ihrer zierlichen, jugendlichen Gestalt wirkte sie viel jünger, als sie es den Jahren nach war. Unverhohlene Neugier lag in ihrem Blick, der von Cynara zu Merlin flatterte.

»Lord und Lady Raven. Eine Überraschung, in der Tat, aber auf The Hollows stets willkommen.« Ihre Augenbrauen fuhren in die Höhe, als Merlin sprach.

»Ich weiß, dass mein befleckter Ruf jedwede Antrittsbesuche auf Black Raven seitens des Landadels verhindert hat, aber meine Frau dürfen Sie nicht einfach ablehnen, Lady Barton.«

Die Dame des Hauses machte eine unbestimmte Handbewegung und ließ sich neben Cynara nieder. Merlin setzte sich auf einen Stuhl auf der anderen Seite des Tisches und beobachtete die beiden schweigend.

Lady Barton nahm Cynaras Hände in ihre. »Sie sind mir stets willkommen, Kind. Ich muss demnächst einmal nach Black Raven kommen und mir die laufenden Renovierungsarbeiten ansehen. Ich habe natürlich schon davon gehört, da man in diesem Teil der Welt nichts geheim halten kann.«

Cynara lächelte. »Wir sind erst am Anfang. Das gesamte Gebäude bedarf einer gründlichen Sanierung, aber gewisse Ereignisse haben die Arbeiten verzögert.« Sie deutete auf ihre Verbände.

»O ja, meine Liebe, ich habe von dem Feuer gehört. Das muss schlimm für Sie gewesen sein!«

»Schlimmer, als Sie ahnen.« Cynara warf einen Blick auf Merlins zerschundenes Gesicht, aber er verzog keine Miene. Sie fuhr fort: »Tatsächlich sind wir hergekommen, um einen Ihrer Gäste in einer dringenden Angelegenheit zu sehen. Ich spreche von Lady Fidalia. Ist sie noch hier?«

»O ja, aber ich glaube, sie macht sich gerade für einen Ausritt bereit. Ich kann sie jedoch bitten, einen Moment herunterzukommen.« Lady Barton verließ den Salon und kehrte fünf Minuten später mit Lady Fidalia zurück. »Ich überlasse Sie Ihren Angelegenheiten«, sagte Lady Barton zu Merlin, »aber ich hoffe, Sie bleiben zum Lunch.«

Merlin stand auf und verbeugte sich. »Vielen Dank, aber zu einem anderen Zeitpunkt würde es uns besser passen.«

»Gewiss.« Lady Barton lächelte Cynara an. »Ich freue mich, dass Sie kommen konnten, mein Kind.« Nachdem sie ihre Besucher miteinander bekannt gemacht hatte, ging sie, und Cynara hatte nur noch Augen für die majestätische Frau, die ihren Bruder beschuldigte, ihren Schmuck gestohlen zu haben. Lady Fidalia war beinahe so groß wie Merlin. Sie hatte eine üppige Figur. Ihre vollen Brüste strafften sich unter der scharlachroten Reitjacke, die sich eng an ihren Oberkörper schmiegte. Eine markante Nase beherrschte ihr Gesicht, und ihre schweren schwarzen Locken waren geflochten und unter einen Hut mit aufgebogener Krempe und einer wippenden roten Feder gesteckt.

»Kennen wir uns?«, fragte sie hochmütig und zog ihre Ledergerte über den schweren Stoff ihres schwarzen Rocks.

»Nein … ich glaube nicht, es sei denn, wir hätten in London dieselben Gesellschaften besucht«, sagte Merlin umgänglich. »Nehmen Sie doch bitte Platz. Wir haben eine kleine Angelegenheit mit Ihnen zu besprechen.«

Lady Fidalia ließ sich mit wallenden Röcken auf einem unbequemen Stuhl nieder. »Was kann ich für Sie tun?«

Merlin nahm wieder Platz und starrte sie unverwandt an. »Lady Ravens Bruder ist Brandon Hawthorne. Ein Bekannter von Ihnen, wenn ich nicht irre?«

Lady Fidalias Augen zogen sich argwöhnisch zusammen. »Ich habe ein- oder zweimal Karten mit ihm gespielt, und wenn Sie mir die Bemerkung gestatten, er ist ein mäßiger Spieler.« Sie heftete ihren hochmütigen Blick auf Cynara. »Ihr Bruder, müssen Sie wissen, ist ein recht wilder junger Mann.«

Cynara nahm an diesen unverblümten Worten zwar Anstoß, ließ sich aber nichts anmerken.

»Wie es scheint, ist Mr. Hawthorne – laut Ihrer Aussage – mehr als ein Spieler. Ein Dieb, um genau zu sein«, fuhr Merlin fort. Seine Stimme war hart, und Lady Fidalia rutschte unruhig auf ihrem Stuhl hin und her und wandte den Blick ab.

»Mr. Hawthorne hat mir ein äußerst wertvolles Kollier gestohlen.« Sie machte eine Pause. »Ich hielt Mr. Hawthorne für einen charmanten jungen Mann – wenn auch ein wenig ungestüm. Als er jedoch tief genug sank, um zu stehlen ...« Sie warf Merlin einen vorsichtigen Blick zu.

»Wie können Sie so absolut sicher sein, dass er es war, der das Kollier gestohlen hat?«

Lady Fidalia lachte höhnisch. »Nun, allein die Tatsache, dass es in seiner Jackentasche gefunden wurde, ist wohl belastend genug.«

Merlin ließ nicht locker. »Woher wissen Sie, wo es gefunden wurde?«

Die Augen der Lady weiteten sich ungläubig. »Von den Behörden, versteht sich!«

Merlin verstummte und rieb sich das Kinn. Cynara spürte, dass Lady Fidalia nicht mehr preisgeben würde, als unbedingt nötig war. Mit Leib und Seele Spielerin, wusste sie, wie sie ihr Mienenspiel unter Kontrolle halten konnte. Im Moment wirkte sie lediglich leicht verwirrt. »Wie genau ist es verloren gegangen, Lady Fidalia?«

»Es verschwand aus meiner Schmuckschatulle, als ich bei den Suttons zu Gast war. Ihr Besitz befindet sich in Kingston, wenn Sie es genau wissen wollen. Ihr Bruder wurde gesehen, wie er aus meinem Schlafzimmer kam, während ich in den unteren Räumen an einer Kartenpartie teilnahm.«

»Ich verstehe. Während seines Aufenthalts im Gefängnis gab mir mein Bruder eine Beschreibung des Schmuckstücks, nach der es meine Mutter als eines ihrer Familienerbstücke wiedererkannte. Das Kollier *l'Hirondelle* war ein Geschenk Ludwigs XIV. an ihren Urgroßvater. Könnten Sie mir bitte sagen, wie Sie in den Besitz eines derartigen Erbstückes gelangt sind?«

»Ich habe es gewonnen … beim Kartenspiel.« Wieder schlug sie mit der Gerte an ihren Schenkel, und ihr Gesicht rötete sich vor Empörung. »Das ist ja wohl kein Verbrechen, oder? Außerdem begreife ich nicht, warum Sie mich ausfragen, wenn doch ich es bin, der ein Unrecht zugefügt wurde.« Sie starrte Cynara durchdringend an. »Ich verstehe Ihre Sorge um Ihren Bruder, aber das ändert nichts an der Tatsache, dass er ein Verbrechen begangen hat.«

»Haben Sie das Kollier von einem Franzosen gewonnen?«, fuhr Cynara fort.

Lady Fidalia presste trotzig die Lippen zusammen und schüttelte den Kopf. Dann stand sie auf und strich ihren Rock glatt. »Wenn Sie mich jetzt entschuldigen würden, ich habe noch eine Verabredung – mit meinem Pferd«

Merlin stand auf und verbeugte sich. »Natürlich. Ich wünschte nur, Sie könnten uns verraten, von wem Sie das Kollier gewonnen haben. Mrs. Hawthorne liegt sehr viel daran festzustellen, wer sich dieses Familienerbstück angeeignet hat. Es gehört rechtmäßig ihr und nicht englischen … Spielern.«

Lady Fidalia streckte ihr Kinn vor. »Ich habe keine Ahnung, welchen Weg das Kollier genommen hat, bevor es auf dem Spieltisch landete. Es dürfte im Laufe der Zeit durch viele Hände gegangen sein. Ich hätte es gern behalten.« Sie strich abwesend mit den Fingern über ihren Hals. »Es ist sehr wertvoll und wäre jetzt eine große Hilfe …« Sie wechselte abrupt das Thema. »Wie ich gehört habe, ist Mr. Hawthorne geflohen. Sowie man ihn fängt und vor Gericht stellt, Lady Raven, wird die Polizei mir die Diamanten zurückerstatten. Ich habe lange genug darauf verzichtet!« Ohne ein weiteres Wort drehte sie sich auf dem Absatz um, rauschte aus dem Salon und schlug die Tür hinter sich zu.

Merlin und Cynara wechselten einen hoffnungslosen Blick.

»Hattest du den Eindruck, dass sie das Kollier braucht?«, fragte Cynara.

Merlin nickte. »Wie die meisten Spieler ist sie vermutlich einen Tag reich und am nächsten arm. Vielleicht muss sie eine Spielschuld einlösen und braucht dafür das Kollier.«

»Steht sie ganz allein in der Welt?«

»Sie ist Witwe, und seit ihr Mann, der dreißig Jahre älter als sie war, gestorben ist, bewegt sie sich in London in eher anrüchigen Kreisen.«

Der Butler geleitete sie nach draußen, und als Cynara eine Hand vor ihre Augen hielt, um sie vor den Sonnenstrahlen abzuschirmen, die an die Fassade des Herrenhauses prallten, sah sie Lady Fidalia mit ihrer scharlachroten Jacke wie eine exotische Blume über den Weg zu den Stallgebäuden rauschen. Die Dame schritt zornig aus, und die Gerte schwang in ihrer Hand hin und her. Cynara wünschte, sie hätten während des Gespräches irgendetwas von Interesse erfahren, aber das Resultat war enttäuschend. Seufzend ließ sie sich von Merlin in die Kutsche helfen.

Sie fuhren über das Land nach Black Raven zurück. Die Sonne tauchte jeden Baum und jeden Grashalm in Gold, und an der Böschung leuchteten Wildblumen wie blaue, rote und gelbe Farbtupfer. Der Duft von sonnengewärmter Erde erfüllte die Kutsche, als sich der Weg durch ein frisch gepflügtes Feld wand.

»Wenn man durch diese Idylle fährt, vermag man nur schwer zu glauben, dass auf Black Raven unheimliche Dinge vorgehen«, bemerkte Cynara träumerisch. »Ich wünschte, es könnte immer so sein.«

Merlins dunkle Augen wurden weich, und er beugte sich näher zu ihr, um ihre Wange zu berühren. »Du verdienst etwas Besseres als eine erzwungene Ehe und die Schrecken auf Black Raven.«

Sie warf ihm einen scheuen Blick zu. »Mutter sagt, ich wäre meinem Vater sehr ähnlich. Das Beste, was ich von ihm geerbt habe, ist seine Loyalität. Er wäre für seine Familie gestorben.«

Seine Finger glitten über ihr Gesicht und tauchten in ihr Haar. »Und würdest du für deine Familie sterben? Würdest du für mich sterben?« Er murmelte die Worte in ihr Ohr, und sie hatte Mühe Atem zu holen. Wenn er sie berührte, schien sie nicht mehr klar denken zu können. Sie rutschte auf ihrem Sitz hin und her. »Ich … ich weiß es nicht. Aber ich würde immer wünschen, den Namen Seymour zu schützen, und du trägst diesen Namen. Und ich habe Black Raven immer geliebt.«

»Genauso wie Black Raven uns zu brechen versucht, schmiedet es uns auch zusammen. Seltsam, dass ein altes Schloss so viel Einfluss auf seine Bewohner haben kann.« Er drückte seine Lippen zärtlich auf ihre, und heißes Verlangen flammte in ihr auf. Sie wünschte, sie könnte ihm jetzt sagen, wie sehr sie ihn zu lieben gelernt hatte, aber sein forschender Blick machte sie unsicher. Sie erwiderte seinen Kuss, einen Kuss, der ihr Wärme schenkte und sie innerlich aufblühen ließ. Der Gedanke, dass er sich die Mühe gemacht hatte, mit Lady Fidalia zu sprechen, um ihrem Bruder zu helfen, erfüllte sie mit Zärtlichkeit. Merlin war ein besserer Mensch, als sie sich je hätte träumen lassen.

Er lächelte, als er den Kopf hob und sie ansah. »Ich wusste schon in der Nacht, als ich dich heiratete, dass ich die fantastischste Frau der Welt bekommen habe. Ich glaube nicht, dass du damals meiner Meinung warst, aber jetzt …?«

Sie gab ihm einen leichten Klaps auf die Brust. »Wenn ich

diesen arroganten Unterton höre, würde ich am liebsten leugnen, dass zwischen uns etwas anderes als körperliche Anziehungskraft besteht.«

Der Wagen bog auf den schattigen Weg, der sich um die Gairlock Woods zog. An der Stelle, wo sich das Tal zu ihren Füßen wie ein funkelnder Edelstein ausbreitete, bat Cynara den Kutscher impulsiv, stehen zu bleiben. Ihr Puls raste, und sie musste aus Merlins Nähe kommen, um sich wieder zu sammeln. Konnte sie ihm von ihren Gefühlen erzählen, oder würde er sich über sie lustig machen? In dieser Angelegenheit könnte sie keinerlei Scherze von seiner Seite ertragen, nicht, wenn es um ihr innigstes Geheimnis ging. Kam die Wahrheit erst einmal ans Licht, war sie ihm auf Gnade und Barmherzigkeit ausgeliefert.

Sie fächelte sich Luft zu, während sie am Rand des Waldes stand und das Tal betrachtete. »Es ist so schön«, sagte sie, als sie bemerkte, dass Merlin zu ihr getreten war.

»Ja. Es gibt keinen schöneren Ort auf Erden. Ich weiß, dass unter diesen Hügeln reiche Kupfervorkommen zu finden sind, vielleicht auch Zinn. Erzabbau, das wird Black Ravens Rettung sein. Wenn wir erst einmal geklärt haben, wer die Seymours ruinieren will, fange ich so bald wie möglich mit der Suche nach Bodenschätzen an.«

»Ich bewundere deine Entschlossenheit«, sagte Cynara. Als sie ihren Blick auf das lange, gewundene Band des sandigen Weges zurückwarf, sah sie aus dem Augenwinkel, wie sich am Straßenrand etwas bewegte. Sie fragte sich, ob jemand versuchte, sie von The Hollows einzuholen. Der Reiter schien in Eile zu sein, da das Pferd dichte Staubwolken aufwirbelte.

Die Kutsche wurde von den Bäumen verdeckt; der Reiter konnte also nichts von ihrer Anwesenheit wissen.

»Sieh mal, Merlin. Wer ist das?«

Schweigend starrten sie auf die Straße, bis die rote Reitjacke eine Viertelmeile weiter unten deutlich zu erkennen war.

»Zum Donnerwetter, es ist Lady Fidalia!«, rief Merlin. »Ob sie vergessen hat, uns etwas zu sagen?«

Sie warteten, dass sie näher kam, aber zu ihrer Überraschung machte sie abrupt neben der Straße Halt. Das Pferd, ein temperamentvoller Apfelschimmel, tänzelte hin und her, aber der Dame bereitete es keine Mühe, das Tier im Zaum zu halten. Ihr Gesicht war dem Wald zugewandt. Sie rief etwas, aber Merlin und Cynara konnten die Worte nicht verstehen. Erstaunt beobachteten sie, wie zwei Männer hinter den Bäumen hervorkamen. Beide waren in Umhänge gehüllt, und Biberfellhüte verdeckten ihre Gesichter. Aber die gebeugte, alte Gestalt des einen war unverkennbar. Es war Jean, der Verrückte aus dem Dorf.

»Es ist der Franzose!«, rief Cynara. »Der Mann, der mich im Dorf vor dem Gasthaus bedroht hat.«

Merlin stieß einen unterdrückten Fluch aus und machte einen hastigen Schritt auf die Gruppe zu.

»Warte!«, sagte Cynara. »Lass uns sehen, was passiert, ehe du dazwischengehst.«

Lady Fidalia schien eine Auseinandersetzung mit dem größeren der beiden Männer zu haben. Als er seinen Hut abnahm und sich am Kopf kratzte, erkannte Cynara den verschwundenen Oberstallknecht von Black Raven, Mr. Muggins.

»Hölle und Teufel!« Merlin schien ihn ebenfalls erkannt zu haben. Mit einem wütenden Knurren setzte er sich in Bewegung und lief auf die Gruppe zu. Sie bemerkten ihn nicht. Lady Fidalia schwang sich aus dem Sattel und fing an, mit den Fäusten auf den Größeren einzuschlagen.

Merlin rief ihnen etwas zu, als Muggins der Lady eine Ohrfeige gab und sie in den Sattel hob. Dann versetzte er dem großen Pferd einen Schlag auf den Rumpf. Es tänzelte unruhig hin und her, bis es schließlich in Richtung The Hollows losgaloppierte. Im nächsten Moment entdeckten die Männer Merlin und schlugen sich sofort ins Unterholz.

Cynara rannte Merlin nach, aber ihre langen Röcke behinderten sie. Sie sah, wie er über den Straßengraben setzte und den Männern in den Wald folgte. Als sie an der Stelle anlangte, wo er verschwunden war, blieb sie mit angstvoll klopfendem Herzen stehen. Was, wenn die Männer Merlin etwas angetan hatten? Jetzt war sie überzeugt, dass sie mit den geheimnisvollen Vorgängen auf Black Raven zu tun hatten, aber sie konnte sich nicht vorstellen, in welcher Weise.

Wütend und frustriert trat sie mit dem Fuß einen Stein von der Straße, aber die Geste verschaffte ihr keine Erleichterung. Unruhig ging sie auf und ab, wobei sie immer wieder in die Richtung schaute, in der The Hollows lag, um zu sehen, ob Lady Fidalia vielleicht zurückkam. Die Straße blieb leer, aber der Kutscher war vom Wagen gestiegen und kam langsam zu ihr geschlurft.

»Wo ist der Herr?«, fragte er. Cynara schüttelte den Kopf und zeigte auf die Bäume.

»Ich wünschte, ich wüsste es. Der Wald ist groß, und man kann sich leicht verirren.«

»Nicht Master Merlin, Mylady. Er kennt diese Gegend wie seine Westentasche.«

Seine Worte beruhigten sie nicht. »Die anderen Männer auch.«

»Wer, Mylady?«

»Muggins und dieser Franzose, Jean.«

Der Kutscher starrte sie überrascht an. »Muggins, Mylady? Er ist schon seit Tagen fort, und seine Leute glauben nicht, dass er wiederkommt.« Er senkte die Stimme. »Wussten Sie, dass er eine Frau und einen kleinen Sohn zurückgelassen hat?«

»Nein … das wusste ich nicht.« Cynara rang nervös die Hände. »Kein normaler Mensch würde eine junge Familie im Stich lassen«, sagte sie.«

»Muggins hatte schon immer große Pläne im Kopf, Mylady.«

Sie warteten schweigend, den Blick auf den Wald geheftet. Eine halbe Stunde verstrich, und Cynara war mittlerweile krank vor Sorge. Plötzlich brach Merlin durch das Unterholz. Seine Jacke war zerrissen, und er sah übel zugerichtet aus. Cynara warf sich in seine Arme.

»Ich hatte solche Angst!«, schluchzte sie an seine Schulter.

»Verdammtes Pack!«, stieß er zornig aus, aber seine Wut verrauchte, und sein Blick wurde weich, als er in ihr verweintes Gesicht sah. Er wischte ihr mit dem Handrücken die Tränen von den Wangen. »Sieht so aus, als hättest du doch ein bisschen für mich übrig.«

Sie ließ ihn zögernd los, als sie sich an die Anwesenheit des Kutschers erinnerte. »Hast du sie erwischt?«

Merlin schüttelte den Kopf. Die Wärme in seinen Augen war schlagartig verschwunden. »Sie müssen irgendwo in der Nähe ein Versteck haben. Wenn sie auf dem Weg geblieben wären, hätte ich sie eingeholt.« Ein Muskel zuckte in seiner Wange, und Cynara bemerkte, dass es ihn Mühe kostete, seine Wut zu zügeln. »Muggins hat für einiges geradezustehen, wenn ich ihn erst einmal aufgespürt habe.« Er nahm ihre Hand. »Komm, lass uns nach Hause fahren. Ich werde ein paar Männer anweisen, in den Wäldern nach Muggins und Jean zu suchen.«

»Vielleicht sollten wir es den Bow-Street-Polizisten sagen«, schlug Cynara vor.

»Das könnten wir, aber vergiss nicht, dass sie nur mich eines Verbrechens verdächtigen, nicht meinen Reitknecht.«

»Ich habe Angst, Merlin. Ich habe das Gefühl, dass die Gefahr von Tag zu Tag näher rückt.«

Er zog sie an sich und hob sie dann in den Wagen. »Ich werde dich mit meinem Leben verteidigen«, sagte er.

Und ich muss dich verteidigen, dachte Cynara.

19

In dieser Nacht fand Cynara keinen Schlaf. Sie warf sich in ihrem Bett hin und her und starrte auf die Schatten in den Ecken ihres Zimmers, als würden sie näher rücken und sie ersticken, wenn sie es wagte, die Augen zu schließen. Der Gedanke, dass Merlin Männer in die Gairlock Woods geschickt hatte, um Muggins und Jean zu suchen, beruhigte sie ein wenig. Es blieb zu hoffen, dass sie nicht mit leeren Händen zurückkehren würden, aber was, wenn doch? Würde Muggins weiterhin die Bewohner von Black Raven in Angst und Schrecken versetzen? Aber warum? Aus welchem Grund verfolgte er die Seymours mit seinem Hass?

Gedankenfetzen jagten durch ihren Kopf und hinderten sie am Einschlafen. Sie wünschte, Merlin läge neben ihr im Bett, aber er hatte Müdigkeit vorgeschützt und sich früh auf sein Zimmer zurückgezogen. Sie hätte seine Nähe aufrichtig begrüßt und jetzt wünschte sie, sie hätte es ihm gesagt.

Plötzlich setzte sie sich senkrecht im Bett auf und lauschte angestrengt. Ein leises Knarren drang an ihre Ohren, als würde jemand verstohlen über den Korridor huschen. Mit klopfendem Herzen wartete sie atemlos ab. Hatte sie sich das Geräusch nur eingebildet? Die alten Schlossmauern ächzten und stöhnten manchmal, als wären sie von den Geistern längst Verstorbener bewohnt. Gelegentlich fegte ohne ersichtlichen

Grund ein kalter Luftzug durch die Räume. Cynara hatte sich noch nie vor Gespenstern gefürchtet, aber heute Nacht sträubten sich ihr die Haare.

Sie glitt aus dem Bett, als das Geräusch wieder zu hören war, und ging automatisch zu der Tür, die ihr Zimmer von dem Merlins trennte. Zu ihrer Erleichterung ließ sie sich lautlos öffnen. Es war zwar dunkel, aber sie wusste mehr oder weniger, wo die Möbel standen. Auf leisen Sohlen huschte sie zum Bett. Sie konnte Merlin atmen hören, und das beschwichtigte ihre Ängste. Sanft rüttelte sie ihn an der Schulter, und er drehte sich um und hob den Kopf.

»Cynara? Ich bin gerade aufgewacht«, sagte er.

»Gott sei Dank! Hast du die Schritte draußen gehört?«

»Nein. Schritte, sagst du?« Er setzte sich im Bett auf und zündete die Kerze auf dem Nachttisch an.

»Ja. Ich glaubte, jemanden vor meiner Tür zu hören.« Sie betrachtete sein zerzaustes Haar und die Schatten unter seinen Augen. Er hatte nicht viel geschlafen. Auf einmal wusste sie, dass er Wache gehalten hatte, vermutlich in der Annahme, dass ein nächtlicher Angriff erfolgen könnte. Neben ihm auf der Matratze lagen ein blanker Degen und zwei geladene Pistolen.

Sie schnappte überrascht nach Luft. »Deine Waffen … du traust den Leuten nicht, die Wache stehen«, sagte sie und starrte die Waffen an.

»Du doch auch nicht, oder?«, gab er zurück und stieg aus dem Bett. Er trug immer noch seine dunklen Kniehosen und ein weißes Hemd. »Ich werde der Sache nachgehen.« Er schlüpfte in seine Stiefel, schob eine der Pistolen in den Hosenbund und griff nach dem Degen. An der Tür wisperte er: »Du bleibst hier.«

Sie gehorchte, obwohl sie Angst um ihn hatte. Aber sie wusste, dass sie nur im Weg sein würde, wenn es zu einem Kampf kam. Sie legte sich in Merlins Bett und wartete auf seine Rückkehr. Ihr Körper schmerzte vor Anspannung und ihre Augen brannten vor Müdigkeit. Unverwandt starrte sie auf die Tür. Draußen war alles ruhig, und sie fragte sich, ob sie die Geräusche nur in ihrer Fantasie wahrgenommen hatte.

Ihre Angst wuchs, als die Zeit verstrich und Merlin immer noch nicht zurückgekehrt war. Schließlich stand sie auf, lief auf Zehenspitzen zur Tür und presste ein Ohr daran. Es war nichts zu hören, nicht einmal die üblichen Geräusche in dem alten Gemäuer.

Sie biss sich auf die Lippe vor Anstrengung, als sie die Tür aufzog und dabei insgeheim betete, dass sie nicht knarren möge. Ein kalter Lufthauch wehte über den Flur und strich kühl um ihre Beine. Cynara spähte hinaus, konnte aber nichts sehen außer einer Kerze, die in einem der Wandhalter brannte. Bedrückende Stille umgab sie. Sie hatte das Gefühl, dass etwas Böses in der Nähe lauerte, aber das musste reine Einbildung sein. Trotz der seltsamen Geschehnisse hatte Black Raven in ihr nie andere Gefühle als Zugehörigkeit und Trost hervorgerufen.

»Merlin?«, flüsterte sie. Das schwache Geräusch echote dumpf durch den dämmrigen Korridor, aber Merlin war nirgends zu sehen. Cynara machte ein paar zaghafte Schritte auf den kalten Steinplatten – und plötzlich stand er vor ihr. Er bedeutete ihr, ins Zimmer zurückzugehen, und sie gehorchte. Obwohl es im Schlafzimmer viel wärmer war, zitterte sie in ihrem dünnen Nachthemd. Merlin schloss die Tür und legte seine Waffen auf die Kommode, auf der auch seine Bürste und ein Stoß gestärkter Halstücher lagen.

»Kein Anzeichen für seltsame Vorgänge«, sagte er und stieg aus seinen Stiefeln. »Ich habe einen Rundgang durch das Schloss gemacht. Die Wachen sind alle auf ihrem Posten. Keiner hat etwas Außergewöhnliches beobachtet.«

»Es tut mir Leid«, sagte sie. »Ich war sicher, etwas gehört zu haben.«

Er legte seine Hände auf ihre Schultern. Sie fühlten sich warm und tröstlich an. »Ich kann es dir nicht verdenken, dass du überreizt bist. So geht es allen hier. Ich habe bei deiner Mutter vorbeigeschaut. Tildy war noch wach. Sie sah müde aus, deshalb habe ich ihr gesagt, sie soll auf ihr Zimmer im Dienstbotentrakt gehen. Dann habe ich eine Wache vor Estelles Tür postiert.«

Cynara schlang die Arme um seine Taille und schmiegte sich an ihn. Ihre Hände taten immer noch weh, aber es kümmerte sie nicht. Sie wünschte nur, sie hätte ihn ohne ihre Verbände anfassen können. »Du bist der aufmerksamste Mann, den ich je kennen gelernt habe«, wisperte sie und wusste, dass sie es auch so meinte. »Ein weniger liebenswerter Mann hätte mich dafür ausgeschimpft, ihn in seinem Schlaf zu stören.«

Er drückte sie fest an sich, sein Atem strich über ihr Haar. »Du wehrst dich nicht länger gegen … gegen meine Liebe?«, fragte er leise

Sie schüttelte den Kopf. »Nein, dies eine Mal nicht.«

Er lachte in sich hinein und ließ seine Hände über ihren Rücken gleiten. Die sinnliche Liebkosung ließ an ihrem ganzen Körper Flammen des Verlangens auflodern. Scheu hob sie ihr Gesicht und sah seine Augen im Kerzenlicht leuchten. Die Zärtlichkeit in seinem Blick rührte tief an ihr Inneres, und sie glaubte, ihr müsse das Herz brechen vor Liebe.

Seufzend schmiegte sie sich an ihn, und er küsste sie feurig. Heißes Verlangen strömte durch ihre Adern, als seine Zunge auf ihre traf, und sie presste ihre Hüften an ihn.

Er stieß ein Stöhnen aus, und als er den zarten Spitzenstoff ihres Nachthemdes über ihre Schultern schob, konnte sie an ihrem Körper den harten Beweis seines Verlangens fühlen.

Der überwältigende Drang, alles wegzureißen, was sie voneinander trennte, überkam sie, und sie griff nach seinem Hemd. Er lächelte, als sie sich vergeblich abmühte, und schob sie sanft beiseite. Gewandt legte er Hemd und Hosen ab und stand so prachtvoll vor ihr, wie Gott ihn erschaffen hatte. Sie fuhr mit ihren Händen über seine Brust, betastete das straffe Fleisch seiner Muskeln und bewunderte seine unverhohlene Stärke.

»Mein Liebling«, murmelte er und schob das Nachthemd über ihre Hüften. Es fiel raschelnd zu Boden, und Cynara stieg aus dem duftigen Gebilde. Sich nackt zu sehen, war beinahe zu viel für ihre Sinne, und als Merlin sie in seine Arme hob und zum Bett trug, seufzte Cynara wohlig.

»Ja, o ja«, sagte sie und presste ihre verbundenen Finger an seine breiten Schultern.

Er legte sie auf die Matratze und ließ sich neben ihr nieder. Dann schloss er seine Hand um ihre volle Brust, beugte sich über sie und zog einen Pfad von Küssen über ihren Hals, über das weiche Fleisch ihrer Brust bis zu der steifen Spitze. Sie pochte schmerzhaft, als seine Zunge immer wieder darüber glitt, und Cynaras Herzschlag wurde immer schneller, bis sie glaubte, sie würde explodieren, wenn er die süße Folter ihrer Sinne nicht bald beendete.

»Merlin …«, drängte sie, aber seine Zunge wanderte weiter nach unten, strich über ihren Bauch bis zu ihren Oberschenkeln. Als er sanft ihre Beine spreizte, schnappte sie nach Luft, denn sie wusste, was jetzt kommen würde. Schauer der Erregung durchliefen sie, als er sie zärtlich küsste, und als seine Liebkosungen feuriger wurden und seine Muskeln sich anspannten vor Leidenschaft, zog sie ihn hinauf und schlang ihre Beine um seine Hüften, so dass er tief in ihre feuchte Wärme eindrang. Ihre Vereinigung war der Gipfel all ihrer Sehnsüchte, ein Augenblick einzigartigen Verstehens zwischen ihr und Merlin. Endlich war sie frei von ihren Vorurteilen und konnte ihn ohne Vorbehalte annehmen.

Merlin kämpfte gegen die Ekstase, die ihn mitzureißen drohte. Alles, woran er denken konnte, waren ihr weiches Fleisch und ihr anschmiegsamer Körper, der sich so eng an seinen presste, dass er das Gefühl hatte, er könnte eins mit ihr werden. Ihre Verzückung ging direkt auf ihn über und steigerte sich mit jeder Bewegung, bis er sie beide auf den Höhepunkt ihrer Lust führte. Cynara war völlig auf ihn abgestimmt, und dieses Mal – dieses Mal … er stöhnte, als er zu einem überwältigenden Höhepunkt fand … dieses Mal gab es keine Barrieren zwischen ihnen. Scheinbar schwerelos verschmolzen sie miteinander, als zählten ihre Körper nicht mehr, nur noch die berauschende Liebe zwischen ihnen.

Cynara schrie auf, als die Woge emporstieg und sie zu ungeahnten Wonnen führte, die kein Ende zu nehmen schienen. »Ich liebe dich«, flüsterte sie an seinen Mund, als das Hämmern ihres Herzens langsamer wurde und sein Griff sich allmählich lockerte. »Ich liebe dich so sehr.«

Ruhe und Friede erfüllten den Raum und alles, was von Bedeutung war, war das Bekenntnis ihrer Liebe, das Glück darüber, dass sie endlich so vereint waren, wie sie es vor dem Pfarrer bei der Trauung hätten sein sollen – wenn die Situation eine andere gewesen wäre.

»Ich bin der glücklichste Mann von der Welt. Nie hätte ich zu träumen gewagt, dass du eines Tages mir gehören würdest, mit Leib und Seele«, sagte Merlin mit einer Stimme, die rau vor Bewegung war. Er zog ihren Kopf an seine Schulter und warf die Bettdecke über sie. »Ist es wirklich wahr? Du liebst mich?«, fragte er schließlich, als hätte er Angst, das, was er gehört hatte, könnte eine Lüge sein

»Ich liebe dich«, sagte sie lächelnd. »Wie kannst du noch daran zweifeln?«

»Aber noch ist nichts geklärt«, erinnerte er sie. »Ich stehe immer noch unter Verdacht.«

Sie streichelte seine breite Brust. »Ich weiß, aber jetzt will ich nicht mehr an die Vergangenheit denken. In meinen Augen bist du unschuldig. Jemand, der so liebevoll ist wie du, kann unmöglich seinen eigenen Vater ermordet haben. Es kann allerdings sein, dass in manchen Momenten leise Zweifel an mir nagen werden, bis die Wahrheit ans Licht kommt. Ich habe gesehen, wie freundlich und hilfsbereit du sein kannst, wie sehr du dich um andere kümmerst, und das hat meinen Widerstand letzten Endes besiegt.«

Er lachte, ein lautes, frohes Lachen. »Irgendwann musstest du einfach aufgeben. Ich wusste, dass meine Liebe deinen Widerstand überwinden würde.«

»Mach dich nicht über mich lustig«, warnte sie ihn, »sonst nehme ich jedes Wort zurück, das ich gesagt habe.«

»Zu spät«, sagte er. Seine dunklen Augen funkelten im Kerzenlicht, als er mit ihren Locken spielte und sie an der Nasenspitze kitzelte. »Zu spät, Liebes.«

»Ach, du!«, rief sie und kniff ihn in die Nase. Sie versuchte, aus dem Bett zu schlüpfen, aber er hielt sie fest und presste seinen Mund an ihren. Langsam entspannte sie sich in seinen Armen, genoss beglückt die Nähe, die sie teilten. Ihre Sinne begannen zu prickeln, als sich in ihr ein leises Verlangen regte, das bald zu einem rasenden Feuer aufflammte. Bevor sie protestieren konnte, hatte er sie wieder mit seiner Leidenschaft erobert, und alles, was sie spürte, war die bereitwillige Reaktion ihres Körpers auf seinen.

Es war kurz vor Tagesanbruch, als Cynara sich abrupt im Bett aufsetzte. Im Zimmer war es kalt, deshalb stand sie auf und zog ihr Nachthemd an, das sie auf dem Boden entdeckt hatte. Sie legte eine Hand an Merlins schlafendes Gesicht. Er fühlte sich warm und behaglich an. Die Nacht war friedlich, ungetrübt von Albträumen. Da sie nicht wusste, was sie geweckt hatte, kuschelte sie sich zu ihm ins Bett und zog die Bettdecke wieder über sie beide. Sie war gerade dabei, wieder einzuschlafen, als sie einen schrillen Schrei hörte.

Cynara schoss aus dem Bett. Ihr Herz hämmerte, ihre Kehle war trocken vor Angst.

Auch Merlin war aufgewacht und sprang aus dem Bett.

Wieder ertönte der Schrei. Cynara stürzte zur Tür. »Mutter!« Ohne einen Gedanken an mögliche Gefahren zu verschwenden, rannte sie den Korridor hinunter. Sie hörte, wie Merlin ihr etwas nachrief, beachtete ihn aber nicht, wurde ausschließlich von dem Gedanken beherrscht, ihre Mutter vor etwas zu beschützen, das so schrecklich war, dass sie vor Angst schrie. Sie rannte die Wendeltreppe hinauf in den nächsten Stock. Estelles Zimmer befand sich genau über ihrem eigenen Schlafzimmer.

Fahles Morgenlicht fiel durch die hohen, schmalen Gangfenster, und sie hatte keine Mühe, den Weg zu finden. Die Tür zum Schlafzimmer ihrer Mutter stand einen Spalt offen, und sie stieß sie auf, ohne an die Gefahr zu denken. Aber als sie im Zimmer war, griff sie nach einem schweren Leuchter, der auf der Kommode neben der Tür stand. Die Samtvorhänge ließen nur ein wenig Helligkeit herein, das Licht, das durch die Gangfenster fiel, erhellte die Dunkelheit im Zimmer ein wenig.

Cynara sah eine Gestalt auf dem Boden liegen, sonst war niemand zu sehen. Es herrschte Totenstille. Sie kniete nieder und ließ den Leuchter los, als sie ihre Mutter erkannte. Die voluminöse Haube, die sie immer trug, war verrutscht, und ihr Nachthemd hatte sich um ihren Körper gewickelt. Es gab keinerlei Anzeichen für einen Kampf, aber Estelles Kopf lehnte an der Wand, einer Wand, die einen leichten Vorsprung zeigte, der vorher nicht da gewesen war.

»Mutter!«, rief Cynara und schüttelte die schmalen Schultern. Sie tastete nach dem Fläschchen mit Riechsalz, das Estelle gewöhnlich neben dem Bett stehen hatte, und hielt es ihrer Mutter unter die Nase.

Estelle blinzelte und schüttelte benommen den Kopf, um wieder zu sich zu kommen. »Was … was ist passiert?«, fragte sie.

»Das musst du mir sagen, Mutter. Du liegst auf dem Fußboden. Ich habe dich ohnmächtig vorgefunden.«

Estelle schnappte nach Luft und presste eine Hand an ihre Kehle. »O Gott! Ein Mann kam in mein Zimmer und schlug mich nieder! Ich dachte, ich hätte einen Geist gesehen; der Mann sah wie ein Seymour aus, wie Sidney in jungen Jahren … Ich kann im Moment nicht klar denken.« Sie rieb sich die Stirn und sah so blass und verwirrt aus, dass Cynara um die Gesundheit ihrer Mutter fürchtete.

Sie half Estelle auf und sagte: »Komm, Mutter, du musst dich wieder ins Bett legen.«

»Ich will nicht hier bleiben«, jammerte Estelle. »Lass mich nicht allein.« Sie klammerte sich an Cynara, die verzweifelt zur Tür starrte. Wo blieb Merlin?

»Mutter, ich muss Hilfe holen. Ich kann dich nicht tragen, und du bist zu schwach zum Gehen.« Wieder hielt sie das Riechsalz unter Estelles Nase und betete inständig, dass Merlin kommen würde. Als er nicht erschien, legte sie Estelle die Bettdecke um die Schultern und half ihrer Mutter in einen

Sessel. Dann sah sie auf den Korridor hinaus und dort, im heller werdenden Morgenlicht, bemerkte sie, dass draußen etwas auf dem Boden lag. Die Gestalt war ihr vorher nicht aufgefallen, weil es zu dunkel gewesen war. Es war ein Mann, der auf der Seite lag.

Sie klopfte Estelle sanft auf die Schultern und ging hinaus, um sich den Mann näher anzuschauen. Ihr Herz hämmerte vor Angst und ihre Beine waren kraftlos. Sie kniete sich neben ihn und erkannte in ihm sofort einen der Lakaien wieder – offenbar der Wächter, den Merlin hier postiert hatte. Er trug keine Waffe, aber möglicherweise hatte der Übeltäter, der Estelle so erschreckt hatte, sie ihm abgenommen. *Wo war Merlin*? Sie starrte den Korridor hinunter, aber von ihm war nichts zu sehen. Der Mann rührte sich und drehte sich stöhnend auf den Rücken. Er blinzelte ein paar Mal und starrte Cynara verständnislos an.

»Verdammt noch mal … was … was ist passiert?« Er berührte vorsichtig seinen Kopf. »Da hat mich jemand niedergeschlagen. Mein Kopf schmerzt fürchterlich.«

Estelle hatte angefangen, hysterisch zu schluchzen, aber Cynara blieb noch kurz bei dem Diener. »Konntest du sehen, wer dich überfallen hat?«

Der Diener rappelte sich mühsam hoch, lehnte sich an die Wand und hielt sich den Kopf. »Nein … aber der Mann trug einen grauen Umhang, der vom Hals bis zu den Knöcheln reichte. Sein Hut war tief ins Gesicht gezogen. Kam mir trotzdem irgendwie bekannt vor.«

»Könnte es Muggins gewesen sein, der Oberstallknecht?«

Seine Augen weiteten sich vor Erstaunen. »Muggins, Mylady? Nein, so groß war der Mann nicht.«

»Hat er etwas gesagt?« Cynara bewegte sich in Richtung Schlafzimmer, wo Estelle nach ihr rief.

»Nein ... nicht mal einen verdammten Fluch.« Er senkte verlegen den Blick. »Verzeihung, Mylady.«

Sie nickte kurz. »Geh und hole Lord Raven, bitte. Es ist dringend. Du findest ihn in seinem Schlafzimmer.«

Während der Lakai sich eilig auf den Weg machte, kehrte Cynara an die Seite ihrer Mutter zurück. Estelle hatte sich ein wenig beruhigt und putzte sich gerade die Nase.

»Es war ein grauenhaftes Erlebnis«, klagte sie, als sie das Taschentuch weglegte. »Ich bleibe keine Nacht länger hier! Das war schon das zweite Mal, dass ich Opfer eines Überfalls geworden bin.«

Cynara rieb Estelles Hände und zündete eine Kerze an. »Was genau hast du gesehen?«

»Einen Mann, der vollständig mit Ausgehsachen, Umhang und Hut, bekleidet war, kam herein. Ich stürzte aus dem Bett, doch er gab mir einen festen Stoß auf die Brust, und ich fiel hin und schlug mit dem Kopf an die Wand.« Wieder strömten Tränen über ihr schmales Gesicht. »Dann fiel ich in Ohnmacht. Ich weiß nicht, was passiert ist, bis du gekommen bist.«

Cynara erwähnte nichts von dem seltsamen Wandvorsprung an der Stelle, wo sie Estelle gefunden hatte. Selbst jetzt konnte sie den Spalt sehen. Seine Konturen hatten die Form einer Tür. Eine Tür! Höchstwahrscheinlich ein Geheimgang! Deshalb hatte sie Schritte in der Nacht gehört. Sie waren nicht draußen vom Korridor gekommen, sondern von dem Geheimgang, der durch eine ihrer Schlafzimmerwände führte. Ein Schauer überlief sie bei dem Gedanken, dass der Eindringling vielleicht immer noch hinter jener Tür lauerte und jedes ihrer Worte mit anhörte. Schützend legte sie einen Arm um Estelles Schultern. »Komm, gehen wir in mein Zimmer. Du kannst in meinem Bett schlafen. Ich lasse Tildy kommen, aber diesen Teil des Hauses verlassen wir fürs Erste.«

Estelle erhob keinen Einwand. Auf unsichere Beinen stand sie auf und hielt sich an einem Bettpfosten fest, während Cynara ihr einen Morgenmantel überzog und einen Schal um ihre schmächtigen Schultern legte.

»Ist dir kalt, Mutter? Du zitterst.«

Estelle nickte. »Ich glaube, es ist der Schock. Eine Tasse Tee würde mir gut tun.«

Nach einem letzten Blick auf den Spalt in der Wand führte Cynara ihre Mutter eilig hinaus. Sie erreichten ohne weiteres Missgeschick ihr Zimmer, und als Cynara ihrer Mutter ins Bett half, sagte sie: »Ich hole jetzt Tildy. Hier brauchst du keine Angst zu haben.« Ihre Mutter schloss erleichtert die Augen. Cynara lief auf den Flur und warf einen Blick in Merlins Zimmer. Er war verschwunden, ebenso wie seine Waffen, und auch der Lakai war nirgends zu sehen.

Mit sorgenvoll gerunzelter Stirn lief Cynara zum Treppenabsatz, dort traf sie den Diener.

»Vom Herrn ist weit und breit nichts zu sehen«, sagte er und trat unbehaglich von einem Fuß auf den anderen. »Ich habe überall gesucht, Mylady.«

»Na schön, dann gehst du zu Bramble und bittest ihn, dir bei der Suche zu helfen, aber zuerst sorgst du dafür, dass Tildy bei Mrs. Hawthorne in meinem Schlafzimmer wacht. Vielleicht ist Lord Raven aus irgendeinem Grund nach draußen gegangen.« Leise Furcht erfasste sie bei dem Gedanken. Warum hätte er hinausgehen sollen? Wohin war er gegangen? War er ihr zu Estelles Zimmer gefolgt oder nicht?

Der Lakai ging, und sie blieb zögernd an der Treppe stehen. Sollte sie in Merlins Zimmer gehen und dort auf ihn warten oder die Geheimtür in Estelles Zimmer untersuchen? Da sie wusste, dass tatenlos Warten sie um den Verstand bringen würde, beschloss sie, selbst nach ihm zu suchen.

Sie wanderte das ganze Schloss ab, sah in jedes Zimmer, sogar in die Wandschränke. Überall stieß sie auf Schweigen und Leere. Merlin war nicht im Haus. Bange Vorahnungen erfüllten sie, und sie fühlte sich wie erstarrt. Was jetzt?, fragte sie sich, als sie auf dem Treppenabsatz stand und eine brennende Kerze betrachtete. Solange er fort war, musste sie nach eigenem Ermessen handeln.

Sie beschloss, ins Schlafzimmer ihrer Mutter zurückzugehen und die Geheimtür zu untersuchen. Ihr Herz schlug schneller vor Nervosität, als sie die Treppe hinaufstieg. Sie war sich nicht sicher, ob sie den Mut hatte, den Geheimgang allein zu erkunden. Aber wenn sie sich nicht beeilte, war die Tür vielleicht wieder verborgen, und sie würde nicht wissen, wie sie sich öffnen ließ.

Als sie das Zimmer erreichte, spähte sie vorsichtig herein. Niemand war da, aber nun, da die Sonne am Himmel stand, konnte sie den Spalt deutlich erkennen.

Mit bebenden Fingern zündete sie ein Paar Kerzen an und ging näher zur Wand. Froh, den schweren Messingleuchter zur Verteidigung zu haben, schluckte sie krampfhaft und berührte die kalte Steinwand. Ihr Mund war trocken vor Angst.

Sie schätzte, dass die Tür ungefähr fünfzehn Zentimeter dick war, aus Granit und mit Mörtel in einen Holzrahmen gesetzt, um in die bestehenden Wände gefügt werden zu können. Sie wusste, dass so etwas in alten Schlössern nicht ungewöhnlich war. Man hatte Geheimgänge angelegt, damit die Schlossherren während der Schlachten im Mittelalter einen Ausweg hatten, falls der Feind die Festungsmauern stürmte. Sie war nicht sicher, ob der Gang je benutzt worden war, aber sie wusste, dass in den vergangenen Jahrhunderten auf Black Raven zahlreiche Kämpfe getobt hatten.

Mit zitternden Händen zog sie die Tür auf. Ein alter Wandteppich, der den Eingang teilweise verdeckt hatte, schwang vollständig zurück, und Cynara hielt das Kerzenlicht in die dunkle Öffnung. Gott sei Dank war niemand zu sehen. Als sie einen Schritt nach vorn machte, spürte sie sofort, dass Stufen in den dicken Stein gehauen worden waren. Sie fielen steil nach unten ab und boten keinen anderen Halt als die Felswand zu beiden Seiten. Der Gang war beklemmend eng, so eng, dass eine Person gerade hindurchkam. Am Fuß der Treppe war nichts als Dunkelheit.

Die Luft war abgestanden, Staubflocken tanzten um die Kerzen. Der leicht salzige Geruch muss von der See kommen, dachte Cynara, als sie einen Schritt nach unten machte. Sie hielt das Licht näher an die Stufen, um nicht zu stolpern.

Im Staub waren Fußspuren zu sehen, Abdrücke von Männerstiefeln in unterschiedlichen Größen. Cynara zog scharf den Atem ein und starrte die Abdrücke an. Hatte Muggins sie hinterlassen? Und wenn nicht er, wer dann?

Angestrengt lauschte sie, ob irgendetwas zu hören war, aber Stille lastete wie eine schwere Decke auf der Geheimtreppe. Cynara zitterte so sehr, dass sie sich kaum bewegen konnte. Die Flammen flackerten unruhig in dem Luftzug, der aus den Tiefen des alten Gemäuers kam.

Sie zwang sich, noch einen Schritt zu machen, wobei sie die ganze Zeit betete: »Lieber Gott, bitte beschütze mich … Ich habe solche Angst.«

Ohne auch nur einen weiteren Gedanken zu wagen, stieg sie eine Reihe von Stufen hinunter. Jetzt war die Finsternis bis auf ihre Kerzen vollständig. Soweit sie erkennen konnte, gab es in den Mauern keine weiteren Spalten, die auf Türen hinwiesen. Sie erinnerte sich an Estelles erste Begegnung mit dem Mann im grauen Umhang in ihrem Schlafzimmer, und ihr kam der Gedanke, dass der Mann vielleicht versucht hatte, Estelle

Angst zu machen, damit sie in ein anderes Zimmer zog und er die Geheimtür in Ruhe benutzen konnte.

Irgendetwas, das der Eindringling wollte, befand sich am Ende jener Stufen, davon war sie jetzt überzeugt. Aber was war so wichtig, dass er immer wieder durch das Schloss geisterte? War er es, der die Anschläge auf Merlins Leben verübt hatte?

Ihre verbundenen Hände streiften die Steinwände, und sie ging ein paar Stufen weiter nach unten. Jetzt war es zu spät zum Umkehren. Wenn sich die Antwort am Fuß dieser Treppe befand, wollte sie sie finden.

Plötzlich heulte der Wind leise und sie stellte fest, dass sie sich jetzt auf einer Art hölzerner Plattform befand. Sie hielt die Kerzen vor sich, aber das Licht blendete zu sehr, als dass sie etwas erkennen konnte. Also stellte sie den Leuchter auf den Boden und trat ein Stück zur Seite. Einige dunkle Umrisse nahmen Gestalt an, aber sie konnte nicht erkennen, was sie darstellten. Der Geruch der See war jetzt stärker, und sie hörte das schwache Wimmern des Windes, der irgendwo durch eine Ritze in den Steinen drang.

Cynara stand regungslos da und lauschte angestrengt. Sie spürte, dass sie allein war, weil es keine Bewegung gab, kein Atmen, nichts als kalten Stein. Ihr wurde schwach vor Erleichterung, aber was, wenn jemand kam, während sie allein hier unten war? Niemand wusste, wohin sie gegangen war.

Ihr fiel eine kurze Holztreppe auf, die weiter nach unten führte. Sie ließ die Kerzen stehen und ging hinunter. Steinplatten hallten unter ihren Schritten, und sie wusste instinktiv, wo sie war – in den Verliesen unter dem Schloss. Der Luftzug war jetzt deutlich zu spüren, ein kalter Wind, der direkt vom Meer kam. Sie folgte ihm und stellte fest, dass dieser neue Durchgang viel breiter war, als der in die Felswand gehauene weiter oben.

Sie sah, dass sich auf beiden Seiten des Ganges Türen befanden, die in die Zellen führten, in die man früher die Gefangenen gesperrt hatte. Welche Qualen müssen sie hier durchlitten haben, dachte Cynara, die vom Wind bereits bis auf die Knochen durchgefroren war. Wie mochte es hier unten in kalten Winternächten sein? Am anderen Ende des Ganges befand sich noch eine Tür.

Sie kehrte um, um den Leuchter zu holen, und setzte ihre Entdeckungsreise fort. Der Gang wurde plötzlich breiter, und sie stellte fest, dass sie sich im Weinkeller befand. Weiter vorn, hinter einem gewölbten Torbogen, lagen Vorratskörbe für Kartoffeln und Karotten, und von dort führte eine Treppe in den Keller. Sie war schon hier unten gewesen, hatte aber die unterirdischen Zellen nie erkundet.

Sie beschloss, zu der Treppe zurückzugehen, die sie heruntergekommen war, um zu versuchen, die Vorrichtung zu finden, mit der sich die verborgene Tür öffnen ließ. Als sie an einem der Weinregale, die vom Boden bis zum Deckengewölbe reichten, vorbeiging, spürte sie, wie der Luftzug wieder stärker wurde.

Mit zusammengekniffenen Augen starrte sie an den Weinregalen vorbei und bemerkte, dass sich hinter ihnen eine sehr schmale Öffnung verbarg, die in tiefschwarze Finsternis führte. Sie trat näher und stellte fest, dass die Öffnung völlig von den Weinflaschen verborgen wurde. Nur der kalte Luftzug hatte ihre Existenz verraten. Eine kleine Holztür öffnete sich, als sie den Griff drehte. Jemand, der so schlank war wie sie selbst, passte leicht durch die Öffnung, aber die rauen Steine unter ihren Füßen machten das Vorankommen mühsam. Sie leuchtete sich den Weg mit den Kerzen und machte vorsichtig einen Schritt nach dem anderen, als der Gang jäh abfiel. Bald drang das Rauschen tosender Wellen an ihre Ohren, und die Luft war scharf und salzig. Schwaches Tageslicht war zu sehen, das mit jedem Schritt heller wurde.

Der Pfad endete in einer felsigen Höhle direkt am Rand der Bucht. Kleine Wellen schlugen auf den Sand, und Cynara erkannte, dass die Höhle bei Flut unter Wasser stehen würde. Der Boden war mit Seetang und Muscheln übersät. Cynara blieb, wo sie war. Sie hatte kein Verlangen, ins Wasser zu steigen. An den felsigen Wänden fiel Cynara nichts Ungewöhnliches auf. Diesen Weg hatten die früheren Ravens also genommen, wenn sie aus dem Schloss flohen. Ein Ruderboot hatte leicht in der Höhle Platz, und sicher hatte es seine Passagiere zu einem größeren Schiff gebracht, das in der Bucht vor Anker lag.

Raunende Stimmen aus der Vergangenheit schienen sich zu erheben. Cynaras Nackenhaare sträubten sich. Sie spürte, dass die alten Geheimnisse dieser Höhle nicht alle erfreulicher Natur waren. Wenn sie um den gezackten Felsen am westlichen Ende der Höhle herumging, würde sie sich auf dem geschützten Strand unterhalb des Schlosses wiederfinden, das wusste sie.

Da Ebbe war, konnte sie die Gegend eigentlich ein bisschen erkunden. Das war bestimmt nicht gefährlich, vor allem, da keine Anzeichen von Eindringlingen zu sehen waren. Offen gestanden behagte ihr der Gedanke, über die stickige Geheimtreppe zurückzugehen, auch gar nicht.

Vorsichtig tastete sie sich am Rand der Höhle entlang, um nicht mit den Füßen ins Wasser zu kommen. Einer der Felsen in Schulterhöhe, an dem sie sich festhielt, wirkte seltsam glatt im Vergleich zu den anderen. Sie kletterte über Steine, die schlüpfrig von Tang waren, und als sie die halbmondförmige Bucht schließlich erreichte, waren ihre Schuhe durchnässt und der Saum ihres Nachthemdes und Umhanges feucht.

Auf dem Strand konnte das Wasser sie nicht erreichen, aber der Sand war feucht und in feste Rillenformen gepresst. Als sie hinunterstarrte, fielen ihr die Abdrücke von Stiefeln und eine breite, fortlaufende Spur auf, die so aussah, als wäre etwas über den Sand gezerrt worden.

Sie ging um ein paar Felsvorsprünge herum und riss entsetzt die Augen auf. Vor ihr im Sand lag ein Mann, mit dem Gesicht nach unten. Ein weiter grauer Umhang breitete sich wie Fledermausflügel um die reglose Gestalt.

Cynara konnte einen Schrei nicht unterdrücken. Als sich die Gestalt nicht rührte, taumelte sie weiter. Sie wusste bereits, dass der Mann tot war.

20

Sie zwang sich, die leblose Gestalt umzudrehen. Es war Jean, der verrückte Franzose. Sie war zu Tode erschrocken, und ihr Herz klopfte wie wild. Einen Moment lang hatte sie die absurde Befürchtung gehabt, der Tote könnte Merlin sein. Wieder schrie sie auf und kletterte mühsam den steilen Pfad hinauf, der zum Rosengarten führte.

Es war heller Tag, und die Sonne schien, als sie die Küchentür aufriss und hineinstürzte. Obwohl es noch früh war, fand sie die beiden Polizisten am Küchentisch beim Frühstück vor, von Moira Black umsorgt wie von einer Glucke. Der Raum war erfüllt von dem köstlichen Duft nach gebratenem Speck und Eiern, aber Cynara nahm es kaum wahr. Beim Anblick der beiden Gesetzeshüter fiel ihr ein Stein vom Herzen.

Sie hielt sich die Seite, in der ein schmerzhaftes Stechen eingesetzt hatte, und platzte heraus: »Schnell, kommen Sie! In der Bucht liegt ein Toter. Jean, der Franzose, liegt tot im Sand. Schnell!«

Sie sah den Schock auf ihren Gesichtern. Constable Hoskins, der seine spindeldürren Beine blitzartig in Bewegung setzte, sprang als Erster auf. Sergeant Todd trank erst seinen Kaffee aus, bevor er dem jüngeren Mann den steilen Pfad nach unten folgte. Cynara, die wenig Neigung hatte, ihnen zu folgen, blieb zögernd in der Küchentür stehen.

»Haben Sie Lord Raven heute Morgen schon gesehen?«, fragte sie die entgeisterte Köchin.

»Ach herrje, ach herrje«, seufzte Mrs. Black und watschelte zur Tür hinaus, ohne die Frage zu beantworten. »Das muss ich selbst sehen«, sagte sie und zerknüllte aufgeregt den Saum ihrer weißen Schürze zwischen den Fingern. »Armer alter Jean. Ertrunken, obwohl er früher einmal ein großartiger Seemann war.«

»Ertrunken?«, fragte Cynara und folgte der älteren Frau. »Es sieht so aus, als hätte er ein Messer in die Brust bekommen.« Es schüttelte sie vor Entsetzen, als sie daran dachte, wie sein Gesicht ausgesehen hatte. Die Wärme des Tages war verschwunden und sie fröstelte. Zusammen mit Mrs. Black wartete sie am oberen Ende des Pfades. Sie konnten sehen, wie die beiden Büttel unten am Strand die Leiche untersuchten.

Cynara schlang die Arme um sich. »Es ist furchtbar! Ein Schrecken folgt auf den nächsten, aber warum? Ich würde alles dafür geben, die Wahrheit herauszufinden.«

Mrs. Black schnalzte mit der Zunge. »Ja, es ist schrecklich. Erst die Ställe, jetzt das hier.« Sie schüttelte den Kopf und murmelte etwas, das wie »schwarze Magie und Hexerei« klang.

»Haben Sie den Herrn heute Morgen schon gesehen?«, fragte Cynara noch einmal.

»Nein … ist noch früh am Tage.« Mrs. Black warf ihr einen prüfenden Blick zu. »Ich war ganz schön überrascht, als Sie zur Küchentür reingestürmt sind. Hätte nie gedacht, dass Sie so früh auf den Beinen sein würden.«

Es lag Cynara schon auf der Zunge, die Geheimtreppe zu erwähnen, aber sie hielt sich zurück. Das Letzte, was sie wollte, war, dass die Dienstboten die Stufen in der Mauer auf und ab liefen und lauthals ihre Überraschung kundtaten.

»Ich … ich konnte nicht schlafen, das ist alles.« Sie trat ein paar Schritte zurück, als sich die Polizisten mit ihrer schaurigen Last den Pfad hinaufkämpften. Der Franzose kann nicht viel wiegen, dachte Cynara, Haut und Knochen, wie er ist. Sie erschauerte, als die beiden Männer den Leichnam auf das Gras legten.

Mrs. Black bekreuzigte sich und zog sich die Schürze vors Gesicht. »O Gott, o Gott«, jammerte sie immer wieder. Andere Dienstboten tauchten vereinzelt im Rosengarten auf, erst zögernd, dann schon etwas neugieriger. Mrs. Averell, die Haushälterin, und die Lakaien bildeten einen stummen Kreis um die Polizisten und den toten Franzosen. Dann kam Bramble schnaufend angetrabt, dicht gefolgt von dem Diener, den Cynara vor Estelles Zimmer gefunden hatte.

»Haben Sie Lord Raven finden können?«, fragte Cynara, sowie Bramble an ihrer Seite war. Er war außer Atem und wischte sich den Schweiß von der Stirn.

»Nein, Mylady, ich habe ihn nirgendwo gesehen. Anscheinend ist er irgendwohin geritten. Sein Pferd ist nicht da.«

Seltsam, dachte Cynara. Warum war er nicht zuerst mit ihr auf Estelles Zimmer gegangen? Vielleicht hatte er es für dringend notwendig gehalten, nach Stormywood zu reiten. Aber warum? Möglicherweise hatte er in der Zeit, die sie in Estelles Zimmer gewesen war, eine Nachricht erhalten. All diese Erklärungen waren plausibel, aber diese Erkenntnis beschwichtigte ihre Unruhe nicht. Tränen traten ihr in die Augen, aber sie unterdrückte ihre Ängste energisch. Der Sergeant und der Constable richteten sich mit grimmigen Mienen auf..

Cynara trat zu ihnen, wobei sie es vermied, die Leiche anzuschauen. »Können Sie schon sagen, was mit ihm passiert ist? Er ist doch nicht ertrunken?«

»Nein, ertrunken ist er nicht«, sagte Sergeant Todd und

wischte sich die Hände an einem bunten Taschentuch ab. »Er hat drei Messerstiche in die Brust bekommen und wurde dann an den Strand geschleift. Was wir nicht ganz begreifen, ist, was er da unten verloren hatte.«

»Vielleicht wollte der Mörder, dass die Leiche von der Flut ins offene Meer getrieben wird«, meinte Cynara. Bei sich dachte sie, dass Jean vielleicht in der Höhle oder in den Verliesen gewesen war, wie sie selbst. Oder er könnte der Mann gewesen sein, der die Treppe in dem Geheimgang hinuntergestiegen war. Estelle hatte einen weiten grauen Umhang gesehen und einen solchen trug Jean. Wie es schien, war dieser Umhang bei verschiedenen Gelegenheiten gesehen worden – und alle hingen mit den rätselhaften Geschehnissen zusammen.

Sergeant Todd schürzte die Lippen und warf noch einmal einen Blick auf die Leiche. »Wahrscheinlich haben Sie Recht. Wir werden vermutlich nie erfahren, warum er in der Bucht war.«

»Er war ein alter Trunkenbold«, sagte Mrs. Black. »Vielleicht hatte er sich gestern wieder einen Rausch angetrunken, wanderte ziellos zum Strand und sah etwas, das ihn das Leben kostete.«

Eine dunkle Wolke schien über der kleinen Schar Menschen zu hängen und Cynara fröstelte. Sie wünschte, Merlin wäre bei ihr, um ihr beizustehen.

»Sie können den Franzosen einstweilen in die Kapelle bringen«, sagte sie. »Ich spreche noch heute Morgen mit dem Pfarrer, um alles für eine rasche Beerdigung zu arrangieren.«

Die Polizisten nickten und bedeuteten zwei stämmigen Lakaien, den Leichnam wegzubringen.

»Zu viele merkwürdige Dinge haben sich ereignet«, sagte Sergeant Todd. »Wir müssen rund um die Uhr arbeiten, um dieses Rätsel zu lösen, bevor es zu weiteren Morden kommt.

Sieht so aus, als würde mehr dahinterstecken, als auf den ersten Blick zu erkennen ist.«

Cynaras verbundene Hände zitterten und sie verbarg sie in den weiten Falten ihres Morgenmantels. Mrs. Averell legte ihr plötzlich schützend einen Umhang über die Schultern. Erst jetzt erinnerte sich Cynara an ihre mangelhafte Bekleidung, und sie wurde rot. Dennoch setzte sie das Gespräch mit hoch erhobenem Kopf fort. »Glauben Sie, dass es eine Verbindung zwischen dem Tod von Ross Seymour, Felix Seymour und Jean gibt?«, fragte sie.

Todd und Hoskins wechselten einen Blick, und Cynara las in ihren Augen die stumme Botschaft, die die beiden austauschten. »Sie glauben immer noch, dass Lord Raven hinter all dem steckt?«, sagte sie unverblümt. Todd trat unbehaglich von einem Fuß auf den anderen.

»Die Möglichkeit besteht natürlich«, gab er zögernd zu.

Wut stieg in ihr auf. »Sie haben keinerlei Beweise. Ich bin von Lord Ravens Unschuld absolut überzeugt.« Ihr Blick glitt über die versammelte Dienerschar, als wollte sie die Leute herausfordern, ihr zu widersprechen, aber sie entdeckte nur widerwilligen Respekt auf ihren Mienen. Plötzlich schienen sie alle geschlossen hinter ihr zu stehen, auch wenn sie keine Ahnung hatte, wann es zu dieser Meinungsänderung gekommen war. Aber selbst wenn die Dienerschaft zu ihr hielt, mochte Merlin den Leuten immer noch verdächtig erscheinen.

»Beweise haben wir nicht, das stimmt, aber wir werden bald finden, was wir brauchen, um den Schuldigen festzunehmen«, sagte Hoskins ruhig und richtete sich zu seiner vollen Größe auf.

»Es hat mich überrascht, Sie so früh hier anzutreffen«, sagte Cynara.

»Wir haben Wache gehalten, um zu sehen, ob vielleicht

Schmuggler etwas mit den seltsamen Ereignissen zu tun haben«, sagte Hoskins.

»Jeder im Dorf könnte Ihnen sagen, dass es seit fünfzig Jahren keinen Schmuggel mehr gibt«, erwiderte Cynara.

Sergeant Todd wirkte peinlich berührt. »Wir hätten nicht erwartet, dass die Herrin des Hauses etwas über derlei Dinge weiß.«

»In einem kleinen Dorf wie Black Raven wäre es unmöglich, ein Geheimnis längere Zeit zu wahren.«

Todd plusterte sich auf und warf den Dienstboten einen düsteren Blick zu. »Die da verstehen sich bemerkenswert gut darauf, Geheimnisse für sich zu behalten, wenn es sein muss«, sagte er schneidend. Er wandte sich in Richtung Schloss. »Und jetzt würde ich gern mit Lord Raven sprechen, wenn es Ihnen nichts ausmacht. Schließlich ist ein Mord keine Angelegenheit für eine Dame. Wo ist er? Es wundert mich, dass er nicht nach unten gekommen ist, um sich das hier anzusehen.«

Cynara, die vor Wut kochte, folgte ihm, sagte aber nichts mehr. Sie musste herausfinden, wo Merlin war, aber zuerst würde sie sich anziehen und frisieren müssen. Sie legte eine Hand auf den Arm der Haushälterin und sagte: »Danke, dass Sie mich gerettet haben, Mrs. Averell.« Sie zeigte auf den weiten Umhang.

»Nicht mehr, als ich für jedes andere unzulänglich bekleidete weibliche Wesen getan hätte«, sagte die Haushälterin und schürzte missbilligend die Lippen. »Es geht mich natürlich nichts an, aber wie kommt eine Dame dazu, nur mit Nachthemd und Morgenmantel bekleidet auszugehen?«

Cynara stieg die Stufen hinauf. »Das ist ein Geheimnis, auf das ich lieber kein Licht werfen möchte«, sagte sie mit einem Lächeln, obwohl sie sich innerlich vor Verlegenheit wand. Bevor sie in ihr Schlafzimmer ging, kehrte sie noch einmal in Estelles Zimmer zurück, um die verborgene Tür wieder zu schließen. Sie stand noch offen, so wie Cynara sie zurückgelassen hatte. Sie schob eine Zeitschrift, die sie auf dem Tisch fand, zwischen Wand und Tür, bevor sie sie schloss. So ließ sich die Tür hoffentlich wieder öffnen, falls es ihr nicht gelang, die Vorrichtung zum Öffnen zu entdecken. Die Tür glitt behäbig an ihren Platz zurück. Cynara musterte die Steinwand hinter dem Wandteppich, konnte aber weder Schlösser noch Griffe erkennen. Da sie wusste, dass bald ein Stubenmädchen kommen würde, um das Zimmer in Ordnung zu bringen, ließ sie den Wandteppich zurückfallen und ging in ihr eigenes Zimmer, wo Tildy sie mit frischer Kleidung begrüßte.

Der Rest des Tages verlief turbulent. Die Dorfbewohner hatten von dem Toten in der Bucht gehört, und das Kommen und Gehen im Schloss schien kein Ende nehmen zu wollen. Noch dazu musste Cynara die Gastgeberin für etliche neugierige Damen von benachbarten Landsitzen spielen, die darauf brannten, alles über den jüngsten Skandal zu erfahren. Andernfalls hätten sie sich wohl kaum die Mühe gemacht, einen Besuch abzustatten. Steckte Merlin auch hinter diesem Todesfall? Die Frage schien in ihren Augen zu stehen, aber Cynara beschränkte sich auf ein höfliches Lächeln und nichts sagende Floskeln.

Ihre Anspannung wuchs, je weiter der Tag fortschritt, bis sie schließlich entschied, dass sie nach Stormywood reiten musste, um festzustellen, ob Merlin dort war. Sein Pferd war immer noch verschwunden, und das beunruhigte Cynara. Normalerweise ritt er morgens nicht länger als eine Stunde aus. Aber konnte es sein, dass er überhaupt ausgeritten war, obwohl er gehört hatte, wie Estelle um Hilfe schrie? Es ergab keinen Sinn, und neuer Argwohn nistete sich in ihrem Herzen ein, das vor kurzem noch voller Vertrauen gewesen war.

Als die Nachmittagssonne langsam ins Meer versank, ließ sie sich von Tildy in ihr Reitkleid helfen und warf sich ein Cape über die Schultern. Zu Cynaras Erleichterung hatte Estelle ein Beruhigungsmittel genommen und den ganzen Tag geschlafen. Es sollte ihr so lange wie möglich erspart bleiben, von diesem neuen Unglück zu hören.

»Wenn ich vor Einbruch der Dunkelheit nicht zurück bin, sag bitte dem Herrn, dass ich über Nacht auf Stormywood bleibe.«

»Ich schätze, der Herr wird fort bleiben – lange Zeit«, sagte Tildy düster.

Cynara starrte sie in der Halle eindringlich an. »Was willst du damit sagen?«, wollte sie wissen.

»Sieht so aus, als wäre er verschwunden. Gott allein weiß, was ihm zugestoßen sein mag – nach dem, was dem armen Franzosen passiert ist.« Sie sah sich furchtsam um. »Hier läuft ein Verrückter herum.«

»Hör auf, den Teufel an die Wand zu malen«, schalt Cynara. »Bleib bei meiner Mutter und pass gut auf sie auf – und mach ihr nicht mit solchem Gerede Angst, wenn sie aufwacht.«

Tildy brummte etwas vor sich hin, als Cynara das Schloss verließ. Sie eilte den Abhang zu den provisorischen Ställen hinunter, einem alten Waschhaus, in dem sich jetzt Berge von Heu und vier Pferde befanden. Bobby begrüßte sie freundlich, und sie stellte fest, dass er die Unterkunft sauber und ordentlich hielt.

»Hast du den Herrn heute Morgen wegreiten sehen?«, fragte Cynara ihn, während sie Swallow begutachtete. Dank Bobbys Pflege waren die Brandwunden der Stute gut verheilt.

»Nein«, sagte er und sattelte das Pferd. »Der Hengst war nicht da, als ich herkam, und ist seither nicht gesehen worden.«

»Ich mache einen Ausritt in die Gairlock Woods – allein«,

sagte Cynara. Bobby durfte nichts davon wissen, dass sie vorhatte, auf Stormywood mit ihrem Bruder zu sprechen.

»Passen Sie bloß gut auf, Mylady. Hier läuft ein Mörder frei herum.«

»Versprochen.« Cynara lächelte grimmig. »Ich glaube nicht, dass er mich am hellen Tag angreifen wird, schon gar nicht, wenn ich zu Pferde bin.«

»Man kann nie vorsichtig genug sein, Mylady.« Er half ihr in den Sattel, und sie lenkte Swallow in Richtung Wald. Es war der kürzeste Weg nach Stormywood, und sie wollte so schnell reiten, wie es nur möglich war. Sie musste Merlin finden, um ihm von dem Mord und dem geheimen Gang zu erzählen. Er musste entscheiden, ob die Behörden etwas darüber erfahren sollten oder nicht. Bei der Vorstellung, dass Todd und Hoskins im Weinkeller herumschnüffelten, war ihr zumute, als würde die Privatsphäre der Ravens verletzt. Die beiden haben ohnehin nichts als vage Vermutungen vorzuweisen, dachte sie trotzig. Ihr unbezähmbarer Drang, Merlin zu schützen, überraschte sie, aber das war nur ein weiterer Beweis ihrer Liebe zu ihm.

Im Wald herrschte Stille, und nur eine leichte Brise raschelte in den Zweigen. Laub von vielen Jahren dämpfte Swallows Hufschlag, und Cynara hatte keine Mühe, den Weg zu finden, obwohl die Sonne allmählich unterging und es im Wald so dunkel wurde, dass der Trampelpfad kaum zu erkennen war. Aber die Sorge um Merlin war stärker als die Angst vor der Dunkelheit, die Cynara sonst vielleicht gehabt hätte.

Eine Dreiviertelstunde später, als der Abend vollständig hereingebrochen war, erreichte sie Stormywood. Der Herrensitz war still, als läge er in tiefem Schlaf, bis er wieder von Stimmen und Lachen geweckt wurde. Cynara glitt im Schatten der Bäume vorsichtig von ihrem Pferd. Sie starrte über die große Rasenfläche und versuchte, irgendeine Bewegung auszumachen.

Gerade als sie überzeugt war, dass niemand in der Nähe war, sah sie, wie sich etwas am Rand der Hecke bewegte, die den Garten von dem Wäldchen trennte, in dem Felix erschossen worden war. Mit angehaltenem Atem starrte sie die Gestalt an, die für einen Menschen zu unförmig schien.

Mit zusammengekniffenen Augen versuchte sie den dunklen Umriss zu erkennen, und als die Erscheinung den Kopf hob und ihre lange Mähne schüttelte, wusste sie, dass es ein Pferd war. Aber wessen Pferd? Es schlenderte allein über den Rasen und graste, als hätte es keine Sorgen auf der Welt. Der Mond, der über die Baumwipfel stieg, tauchte die Rasenfläche in silbriges Licht, und Cynara schnappte nach Luft, als sie Thunder erkannte, Merlins Hengst. Sie griff nach Swallows Zügel und führte die Stute zu dem anderen Pferd. Die beiden beschnupperten einander, und Thunder stieß als Zeichen des Erkennens ein kurzes Schnauben aus.

Cynara runzelte die Stirn, als sie bemerkte, dass der Hengst noch Sattel und Zaumzeug trug. Sie berührte seine Flanke. Er war kühl, als wäre er seit einigen Stunden nicht gelaufen. »Was ist mit deinem Herrn geschehen?«, wisperte sie. »Hast du ihn abgeworfen?«

Das bezweifelte sie allerdings, da Merlin ein exzellenter Reiter und Thunder ein gut abgerichtetes Tier war, wenn auch ein wenig verspielt. Sie warf einen Blick zum Haus, als erwartete sie, Merlin würde herauskommen und ihr entgegengehen, aber es war weder etwas zu sehen noch zu hören. Schließlich ging sie in den Wald zurück und band die beiden Pferde an einen Baum. Dann bewegte sie sich langsam in Richtung Haus. Sie wusste, dass sich dort irgendwo Brandon versteckt hielt, aber wer mochte sich noch herumtreiben?

Gideon Swift war aus Black Raven verschwunden, daher nahm Cynara an, dass er ihrem leichtsinnigen Bruder Gesellschaft leistete. Sie ging um das Haus herum und starrte durch die Terrassentüren des Studierzimmers, konnte aber nichts sehen, da die Vorhänge zugezogen waren. Dann versuchte sie es an der Hinterseite des Hauses bei der Küchentür. Sie war nicht abgesperrt, und Cynara ging hinein. Merlin hatte einen Grundstock an Personal auf dem Landsitz zurückgelassen, aber an diesem Abend war niemand dort. Das Feuer im Küchenherd brannte schwach, der Raum war angenehm warm. Vorsichtig trat Cynara in den Korridor, der in den vorderen Bereich des Hauses führte. Plötzlich stieß sie mit einer männlichen Gestalt zusammen – sie wäre beinahe in Ohnmacht gefallen.

»Hilfe!«, stieß sie aus und erwartete alle möglichen schrecklichen Dinge, nur nicht die fröhliche Stimme ihres Bruders.

»Schwesterchen, was schleichst du denn hier im Dunkeln herum?«

»Brand!« Cynara war schwindelig vor Schreck, und sie hielt sich den Kopf. »Du hast mich beinahe zu Tode erschreckt!«

Brandon zog sie in die Küche und drückte sie auf einen Stuhl. »Ich kann leider nicht sämtliche Kerzen im Haus anzünden, du weißt schon«, sagte er und goss ihr aus einem Tonkrug ein Glas Limonade ein. »Trink das.«

Sie gehorchte und betrachtete dabei ihren Bruder im schwachen Licht des Herdfeuers. »Ich bin froh, dass man dich noch nicht gefasst hat. Wenn ich mich nicht irre, wolltest du gerade nach draußen, stimmt's?«

»Man muss sich doch mal die Beine vertreten. Es ist verdammt öde, den ganzen Tag hier drinnen eingepfercht zu sein.« Er seufzte und setzte sich auf einen dreibeinigen Hocker. »Was führt dich her, Schwesterherz?«

Ihre Unruhe kehrte jäh zurück. »Hast du Merlin heute gesehen? Wie es aussieht, ist er verschwunden, ohne jemandem ein Sterbenswörtchen zu sagen.«

Brandon schüttelte den Kopf. »Nein … Gideon Swift war bei mir, aber von deinem Mann haben wir weder etwas gesehen noch gehört.«

Angst legte sich um ihr Herz. »O mein Gott! Wo kann er bloß sein? Ich hätte gedacht, er würde mich über seine Pläne informieren, bevor er losjagt. Außerdem ist sein Pferd hier, und es ist noch gesattelt!«

Brandon sprang auf. »Bei Jupiter, er muss abgeworfen worden sein!« Er lief zur Tür. »Ich gehe ihn suchen!«

Cynara, die immer noch ihr Glas hielt, stand auf. »Warte! Was, wenn du entdeckt wirst? Swift wird dir doch erzählt haben, dass zurzeit zwei Bow-Street-Polizisten in Black Raven ein und aus gehen. Wer weiß, wie weit sie sich vorwagen?«

Sie sah den Trotz auf seinem Gesicht. »Wenn überhaupt, reite wenigstens nicht allein«, drängte sie.

Er hielt inne und dachte angestrengt nach. »Na schön, dann schicken wir Gideon Swift mit Thunder los, und vielleicht können wir beide zusammen reiten. Ich nehme an, du gibst dich nicht damit zufrieden, hier zu warten, bis du etwas von uns hörst?«

Sie schüttelte den Kopf. »Ich muss ihn finden.«

»Ich sage Swift sofort Bescheid. Ruh dich ein bisschen aus, bis ich zurückkomme.«

Cynara setzte sich wieder. Tränen traten ihr in die Augen. Merlin musste etwas zugestoßen sein; warum sonst würde sein Pferd frei herumlaufen? Wohin hatte er in solcher Eile gewollt?

Brandon kam wenige Minuten später wieder, dicht gefolgt von dem alten Swift, Merlins treuestem Diener. Er trug eine Muskete, Degen und zwei Pistolen, die er vor ihren Augen lud. Um zu verhindern, dass die Kugeln aus dem Lauf rollten, stopfte er in jede schwarze Mündung ein Stückchen Stoff, bevor er eine Pistole in seinen Hosenbund steckte und die andere Brandon gab. Seine Stirn war in grimmige Falten gezogen, und Cynara erkannte, dass der alte Mann genauso in Sorge war wie sie selbst.

»Und jetzt erzählen Sie uns, was auf Black Raven passiert ist«, sagte er und starrte Cynara mit seinen verschiedenfarbigen Augen durchdringend an.

In ihrer Angst um Merlin hatte sie den grausigen Fund am Strand unterhalb des Schlosses ganz vergessen, und die Worte sprudelten nur so aus ihr heraus, als sie die Ereignisse des Vormittags schilderte.

»Es ist irgendetwas Schreckliches im Gange, und ich glaube, Merlin steckt mittendrin. Aber ich habe nicht die leiseste Ahnung, welche Absicht hinter den Untaten steckt, die sich gegen das Schloss und ihre Bewohner richten.«

»Der Captain ... der Earl, meine ich, ist ein kluger Mann. Er wird der Sache bald auf den Grund gehen«, behauptete Gideon Swift im Brustton der Überzeugung. »Wahrscheinlich arbeitet er genau in diesem Moment daran.«

»Ich hoffe es«, sagte Cynara seufzend. Mit bleischweren Gliedern folgte sie den Männern nach draußen. Der Wind war stärker geworden, und die Bäume schienen in seinem Rhythmus einen gespenstischen Reigen zu tanzen. Eine Eule stieß einen klagenden Schrei aus, und Cynaras Nackenhaar sträubte sich.

»Der Herr ist also seit heute Morgen nicht gesehen worden?«, erkundigte sich Swift, während er vorsichtig jeden Teil des Gartens beäugte.

Cynara ließ müde den Kopf sinken. »Nein. Ich habe die Pferde auf der anderen Seite des Hauses angebunden, im Wald.«

»Sehr gescheit, Schwesterchen. Mein Gaul wird auch im

Wald versteckt, in einer verfallenen Hütte. Besser, wenn keiner ein unbekanntes Pferd auf dem Gelände sieht – schon gar nicht die Ordnungshüter.«

»Sie sind entschlossen, dich zu fassen, Brand. Du musst ganz besonders vorsichtig sein, verstanden?«

»Ja … ja«, antwortete er abwesend. »Ich glaube, meine Mission habe ich ohnehin erfüllt.«

»Mission?« Cynara klammerte sich an seinen Arm, als sie sich von Baum zu Baum stahlen, bis sie den Schutz der Wälder erreichten.

»Merlin hat mich gebeten, ein paar Dinge für ihn zu erledigen. Sieht so aus, als wäre der Kutscher, der in der Nacht von Ross Seymours Tod den Wagen gelenkt hat, gefunden. Von mir.« Unterdrückte Erregung schwang in seiner Stimme mit, und Cynara spürte unwillkürlich einen Funken Hoffnung.

»Der Kutscher? Was hat er gesagt?«

»Er weiß nicht, dass ich ihn aufgestöbert habe. Es soll eine Überraschung werden, wenn Merlin ihn sich vorknöpft. Am besten nimmt er die Polizisten gleich mit, dann wird der Kutscher bezeugen müssen, dass Merlin nichts mit dem Unfall zu tun hatte.«

»Aber warum hat sich der Kutscher versteckt … und keine Aussage gemacht?« Cynara zuckte zusammen, als neben ihr im Gebüsch ein Tier raschelte.

»Weil jemand ihn dazu gebracht hat, den Mund zu halten – entweder mit Geld oder durch Drohungen.« Brandon lächelte. »Ich bin froh, dass ich es war, der den Mann gefunden hat. Damit kann ich mich bei Merlin dafür revanchieren, dass er mich vor dem Galgen gerettet hat.«

Sie warteten im Schatten der Bäume darauf, dass Gideon Swift Brandons Pferd brachte

»Merlin war auch nicht untätig«, sagte Cynara und erzählte

von ihrem Besuch bei Lady Fidalia. »Es war allerdings nicht das Gespräch, das uns weiterbrachte, sondern das Treffen, das sie nachher mit Muggins und Jean, dem Franzosen, hatte.«

Brandon stieß einen tiefen Seufzer aus und dachte schweigend nach, während er zerstreut Thunders weiches Maul tätschelte. Das Pferd stupste ihn sanft gegen die Brust. »Es muss eine Verbindung zwischen diesen Ereignissen geben. Woher sollte Lady Fidalia ausgerechnet Muggins kennen? Es ergibt keinen Sinn, sie stammt nicht aus dieser Gegend. Und warum sollte sie mit Dienstboten verkehren?«

Cynara hängte sich bei Brandon ein. »Zu viele Fragen, zu wenig Antworten. Ich habe das Gefühl, dass wir nur einen Bruchteil der Wahrheit kennen.«

In diesem Moment kam Gideon Swift mit einem kastanienbraunen Hengst zurück, der verglichen mit dem temperamentvolleren Thunder eher sanftmütig wirkte. »Was halten Sie davon, wenn ich ins Dorf und von dort nach Bluewater reite, um herauszufinden, ob Lord Raven dort ist? Vielleicht ist er einem Hinweis gefolgt, der etwas mit Ihrem Problem zu tun haben könnte, Mr. Brandon.«

»Na gut. Lady Raven und ich durchsuchen den Wald, auch wenn es schwierig sein dürfte, in der Dunkelheit etwas zu sehen. Dann folgen wir dem Pfad, der entlang der Küste nach Black Raven führt. Wir treffen uns bei Tagesanbruch hier.«

Die beiden Männer schüttelten sich die Hände, als wollten sie einen Pakt besiegeln, und Cynara wurde kalt vor Anspannung. Was, wenn die Suche ergebnislos blieb? Was dann?

Schweigend ritten sie durch den Wald und suchten auf jeder Lichtung, in jedem Busch nach einer Spur von Merlin. Sie riefen seinen Namen, aber nur die Nachtvögel antworteten mit flatternden Flügeln und heiserem Krächzen. Ein Kaninchen, das in einem Streifen Mondlicht auf seinen Hinterbeinen hockte, starrte sie wie gebannt an, bevor es in ein Erdloch huschte. Als sie aus dem Wald herauskamen, lagen Black Raven und das Dorf in unwirkliches silbernes Licht getaucht vor Cynara, aber nichts regte sich, nirgends eine Spur von Merlin.

»Wo ist er?«, rief sie verzweifelt, als Brandon an ihre Seite geritten kam.

Brandon spornte sein Pferd an. »Ich weiß, dass es gefährlich ist, aber ich muss mit dir ins Schloss, um zu sehen, ob Merlin wieder da ist.«

»Ohne sein Pferd?«

»Wenn Thunder ihn abgeworfen hat, ist er vielleicht zu Fuß nach Hause gegangen. Komm, Schwesterchen, lass uns keine Zeit verlieren.« Er schnalzte mit der Zunge, und sein Pferd fiel in einen leichten Galopp. »Außerdem verschafft es mir die Gelegenheit, Mutter zu begrüßen.«

21

Die eisige Kälte, die ihm in die Knochen kroch, war es, die Merlin wieder zu Bewusstsein kommen ließ. Lieber wäre er in dem dunklen Abgrund geblieben, in dem es keine Probleme gab, aber die Kälte und der hartnäckig bohrende Gedanke, dass er aufstehen musste, wenn er nicht sterben wollte, brachten ihn schließlich zur Besinnung. Ein scharfer Schmerz zuckte durch sein Gehirn, und er hielt sich fluchend den Kopf. Jemand hatte ihm einen Schlag versetzt, der ihm beinahe den Schädel gespalten hätte.

Vorsichtig öffnete er die Augen, konnte aber nichts sehen. Undurchdringliche Finsternis umgab ihn, und als er eine Hand ausstreckte, konnte er nichts ertasten. War er durch den Schlag erblindet? Er bezweifelte es, aber warum war alles ringsum so schwarz und eiskalt?

Er rappelte sich hoch und machte einen zaghaften Schritt. Seine Zehen stießen auf Stein. Er berührte den Felsen und erschauerte, als er die glitschige Oberfläche ertastete. Nur an einem Ort gab es schlüpfrigen Granit wie diesen – in den tiefsten Kerkern von Black Raven. Schon vor zwanzig Jahren, als er hier mit Max gespielt hatte, waren die Felsen feucht und mit Schimmel überzogen gewesen. Er sehnte sich danach, mehr sehen zu können, und nach einer Weile – er wusste selbst nicht, wie lange er mit angezogenen Knien auf dem Steinboden gehockt hatte – fiel ihm eine Veränderung am Licht auf. Mattes Grau milderte die Schwärze, und etwas später konnte er eine runde Öffnung mit schartigen Gitterstäben erkennen. Das Wasser stieg, und schon schwappten Wellen durch die Luke. Er wusste, dass man die Zelle im Laufe der Jahrhunderte dazu benutzt hatte, unliebsame Feinde oder Verbrecher loszuwerden. Sie wurden einfach in den Kerker gesperrt; den Rest übernahm die See. Bei Flut reichte das Wasser bis an die Decke der Zelle und ertränkte jeden Insassen. Der schlammige Boden war mit Knochen übersät.

Grimmig begutachtete er die Öffnung. Es gab keine Aussicht auf Entkommen. Jeder, der das Wagnis einging, unter den spitzen Stangen hindurchzuschwimmen, die tief ins Wasser ragten, sah sich unweigerlich der Gewalt der Wellen ausgesetzt, die ihn entweder an die scharfen Spitzen der Eisenstangen stießen oder auf dem Riff darunter zermalmten.

Im Laufe der Jahre hatte das Wasser die Stäbe morsch werden lassen, aber es war unwahrscheinlich, dass jemand das Riff oder im Sog der Strömung überleben würde. Als fahles Tageslicht in die Zelle sickerte, stellte er fest, dass er auf einem schmalen Felssims etwa einen Meter über dem Wasser saß. Von der runden Falltür, die sich weit über ihm in der Decke befand, führten grob in den Stein gehauene Stufen zu dem Sims. An jedem anderen Ort, zu jeder anderen Zeit, hätte er das Rauschen der Wellen vielleicht gern gehört, aber jetzt war das Meer zu seinem Henker geworden. Er musste einen Ausweg finden – oder ertrinken.

»Hölle und Teufel!«, fluchte er und hielt sich seinen schmerzenden Kopf. Als er die Stufen hinaufstieg, dachte er daran, wie er heute früh rasch in Hemd und Hosen geschlüpft war, um Cynara auf Estelles Zimmer zu folgen. Auf dem Korridor hatte ihn jemand von hinten angesprungen, während eine zweite Person ihn von der Seite angegriffen und ihm einen gewaltigen Schlag auf den Schädel versetzt hatte. Dann war er bewusstlos gewesen, stundenlang, wie es schien. Irgendetwas an der Person, die ihn niedergeschlagen hatte, war ihm vage bekannt vorgekommen, aber er konnte das Gesicht nicht mit dem Körper in Verbindung bringen. Die Ähnlichkeit war in jenem Moment zu widersinnig erschienenen, auch wenn er nicht wusste, warum.

Er versuchte die massive Falltür aufzustoßen, aber sie war abgesperrt. Merlin stemmte sich mit aller Kraft dagegen und betete, dass die Riegel brechen würden, aber nichts geschah. Alles drehte sich vor seinen Augen, ihm war übel von der Anstrengung.

»Verdammt! Du elender Mistkerl, wer du auch sein magst! Warum willst du mich vernichten?«, brüllte er. Seine wütende Stimme hallte gespenstisch durch das Verlies, und er schrie lauter, gegen jede Wahrscheinlichkeit hoffend, dass irgendjemand ihn hörte, wenn nicht drinnen, dann vielleicht draußen. Aber er wusste, dass seine Versuche sinnlos waren, da sich dieses Gefängnis am tiefsten Punkt der Schlossmauern befand. Er schlug mit den Fäusten an die Tür, bis seine Knöchel zu bluten anfingen.

Verdammt! dachte er. Wenn ihn nicht bald jemand fand, würde er sterben. Das Wasser war bereits um einen Fuß gestiegen, die Flut würde keine Rücksicht auf seine Notlage nehmen.

Immer wieder hieb er an die Tür, betete, gehört zu werden. Aber selbst wenn Bramble irgendwann in den Weinkeller ging, um den Wein für das Dinner zu holen, würde er immer noch zwei Stockwerke über ihm sein. Über diesem Verlies befanden sich weitere Zellen und eine schmale Wendeltreppe. Dann noch mehr Kerker und der Weinkeller. Würde Cynara ihn so sehr vermissen, dass sie nach ihm suchte? Endlich hatte sie ihm ihr Herz geschenkt, aber vielleicht würde er nicht lange genug leben, um sich an ihrer Liebe zu erfreuen … Der Gedanke erfüllte ihn mit Schmerz und mit rasender Wut.

Als die Morgendämmerung anbrach, hatten Cynara und Brandon das Gelände um das Schloss bereits gründlich durchsucht.

»Wir müssen hineingehen, bevor uns jemand sieht, Schwester«, sagte Brandon. »Ich verstecke mich tagsüber irgendwo im Schloss. Vielleicht kommt Merlin bei Einbruch der Dunkelheit zurück.«

»Psst«, sagte Cynara. »Schau, da sind die Polizisten.« Sie zeigte auf die beiden Männer, die langsam in Richtung Küche schlenderten. »Sie dürfen dich nicht sehen. Wer weiß, wie lange sie sich schon hier herumtreiben.«

Brandon kniff die Augen zusammen, und seine Lippen wurden zu einer schmalen, grimmigen Linie. »Wie sollen wir ungesehen da hinüberkommen?« Er zeigte auf den langen, grasbewachsenen Abhang vor dem Schloss.

Cynara runzelte die Stirn und starrte nachdenklich auf die schroffen dunklen Klippen, die zum Meer abfielen. »Wenn wir uns unter den Bäumen halten und dann den Pfad zum Strand hinunterklettern, können wir einen Geheimgang benutzen, der bis in Mutters Schlafzimmer führt.«

Brandon stieß einen leisen Pfiff aus. »Du warst wohl auf Entdeckungsreisen?«

»Ja, das könnte man sagen. Ich zeige dir, was ich gefunden habe.« Sie warf ihrem Bruder einen forschenden Blick zu. »Du musst das Schloss doch von oben bis unten erkundet haben, als du ein Junge warst.«

Er lachte. »Sicher, aber vor den Verliesen und den Durchgängen hatten wir Angst. Max' Kindermädchen erzählte immer haarsträubende Geschichten über Monster und Seeleute ohne Kopf, die da unten herumwandern sollten.«

Cynara lenkte ihr Pferd zu den Klippen. »Eine gute Methode, um jungenhafte Streiche zu unterbinden, denke ich.« Als sie die Klippen erreichten, stiegen sie ab und banden ihre Pferde außer Sichtweite an. Hinter die Felsen geduckt, schlichen sie zu dem Pfad und kletterten zum Strand hinunter. Die Flut stieg schnell, und Cynara wusste, dass die Höhle, in der sich der geheime Durchgang zum Weinkeller befand, bald unter Wasser stehen würde. Sie stieg von Stein zu Stein, wobei sie versuchte, ihre Röcke vor den gierigen Wellen zu schützen – ein hoffnungsloses Unterfangen, wie sich herausstellte, als sie schließlich ins Wasser steigen musste, um den Durchgang zu erreichen.

»Zu schade, dass wir keine Kerzen bei uns haben«, bemerkte sie.

»Ich habe eine. Da Merlin mir den strikten Befehl erteilt hat, mich auf Stormywood quasi im Dunkeln versteckt zu halten, habe ich mir angewöhnt, immer eine Kerze und eine Zündschachtel einzustecken.« Brandon zog den Stumpen heraus und zündete ihn an. Es war fast heller Tag, als sie den steil ansteigenden Weg erreichten, der in die Felsen gehauen war. Brandons Kerze warf ein schwaches Licht auf das feuchte Gestein, und als sie im Weinkeller waren, schlug ihnen der vertraute Modergeruch entgegen.

»Hier könnte ich mich eine Woche aufhalten, ohne mich je zu langweilen«, stellte Brandon mit einem leisen Lachen fest und staubte eine alte Flasche ab. »Mein Gott! Diese Flasche ist hundert Jahre alt!«

»Lass den Unsinn, Brand«, tadelte Cynara ihn. »Bist du dir denn nicht bewusst, wie hoch das Risiko ist? Bramble kann jeden Moment hier unten auftauchen und du amüsierst dich.«

»Ruhig, Schwesterherz. Würde Bramble mich denn verraten?«

»Vielleicht nicht, aber wir können nicht vorsichtig genug sein.« Sie zog Brandon am Ärmel und ging zu der hölzernen Plattform weiter, an die sie sich erinnerte. Sie hoffte, dass sie den richtigen Weg fand, da ein Labyrinth von schmalen Gängen zu den Zellen führte.

»Weißt du, das ist wie in alten Zeiten, Schwesterchen. Früher haben wir jeden einzelnen dieser Wege erkundet. Wusstest du, dass es hier richtige ›Lagen‹ von Zellen gibt, eine über der anderen?«

»Nein … Ich war nie daran interessiert, die Verliese aus der Nähe zu betrachten.«

»Die Zellen sind natürlich seit ewigen Zeiten nicht mehr benutzt worden, aber im Mittelalter müssen in ihnen die Schurken aus jedem Dorf im Umkreis von zwanzig Meilen gesteckt haben.«

Cynara dachte daran, welche Erinnerungen diese alten Mauern wohl bargen, und erschauerte. »Komm, beeil dich. Vielleicht ist Merlin in der Nacht zurückgekommen.«

Brandon, der direkt hinter ihr war, fuhr leise fort: »Unter diesem Schloss gibt es ein besonders scheußliches Verlies. Dort konnte ein Gefangener auf Nimmerwiedersehen verschwinden.«

»Woher weißt du das alles?«, fragte Cynara und atmete erleichtert auf, als sie die Plattform erreichten.

»Von Max. Er wusste alles über dieses Gebäude. Er hat Black Raven geliebt, und er wäre ein guter Earl geworden.« Brandon machte eine Pause. »Wie auch immer, ich denke, Merlin ist genauso gut. Wenn wir nur herausfinden könnten, wo er steckt!«

»Du glaubst doch nicht, dass er vielleicht … tot ist?« Cynara bekam kaum Luft, so schmerzhaft schnürte sich ihre Brust zusammen.

»Ach was, lächerlich! Das hier ist schließlich nicht Waterloo.« Er blieb auf den Stufen stehen und spitzte die Ohren. »Was war das? Klingt, als würde jemand an die Wand schlagen.«

Cynara lauschte angestrengt. »Ich kann nichts hören.«

»Da! Schon wieder! Als ob jemand an eine der Wände hämmert. Vielleicht schlägt irgendwo ein Diener einen Nagel in die Wand, und das ist nur das Echo.«

»Die Mauern sind zu dick, um einen Laut durchzulassen.« Auch sie hörte es jetzt, ein gedämpftes Geräusch, als würde jemand in weiter Ferne an eine Tür schlagen.

»Sollen wir der Sache nachgehen?«, fragte Brandon.

»*Du* beschränkst dich vor allem darauf, nicht entdeckt zu werden. Ich bin überzeugt, das hat nichts mit uns zu tun. Gehen wir.« Sie ging die Stufen weiter nach oben, und das Klopfen verhallte in der Ferne. »Ich hoffe bloß, wir können die Tür oben von innen öffnen. Ich hatte keine Zeit, den Mechanismus zum Schließen zu finden, aber ich habe ein Magazin in den Spalt gesteckt, um zu verhindern, dass die Tür ins Schloss fällt.«

Sie waren oben angelangt, und Brandons Kerze flackerte im Luftzug. Cynara betete, dass sie nicht ausging, bevor sie herausgefunden hatten, wie sich die Tür öffnen ließ. Sie versuchte sie aufzustoßen, musste aber feststellen, dass sie versperrt war.

»Bestimmt ein übereifriges Dienstmädchen, das bei einer übertriebenen Reinigungsaktion das Magazin weggenommen hat«, bemerkte Brandon giftig. »Warte, ich halte die Kerze näher an die Wand.«

Sie untersuchten jeden Spalt und jede Ritze und drückten

auf jede Erhöhung im Stein, aber nichts passierte. Sie saßen in diesem beklemmenden Gang fest und hatten keine andere Wahl, als wieder nach unten zu gehen.

Brandon presste seine Schulter an den Rahmen und stemmte sich mit aller Kraft dagegen, aber die Tür gab keinen Millimeter nach. »Zum Teufel noch mal!«, fluchte er leise. »Ich kriege sie nicht auf.«

»Was machen wir jetzt?«, wollte Cynara wissen. Bruder und Schwester starrten einander in der Dunkelheit an. »Du kannst dich draußen nicht zeigen, Brand. Außerdem glaube ich, dass die Flut jetzt ihren Höchststand erreicht hat. Der Weg zum Strand ist nicht mehr sicher.«

»Dann müssen wir bis zum Abend warten«, sagte Brandon mit einem Stöhnen.

»Auf dieser Treppe habe ich das Gefühl, dass die Wände näher rücken und mich ersticken. Lass uns unten auf der Plattform warten.«

Brandons Miene erhellte sich. »Vielleicht können wir ein paar Flaschen Wein verkosten. Bramble merkt bestimmt nichts. Die Regale sind bis oben voll mit Weinflaschen.«

Cynara seufzte, sagte aber nichts. Sie stiegen die Treppe wieder hinunter, und als sie die Plattform erreichten, löschte Brandon seine Kerze. »Wir heben sie für später auf«, meinte er.

Seite an Seite starrten sie in die modrige Dunkelheit, die sie umgab. Fast schien es, als hätte sie ein Eigenleben und käme immer näher … Cynara erschauerte und zog die Knie bis an ihr Kinn.

Brandon stieß ein schauriges Lachen aus. »Soll ich dir eine Gespenstergeschichte erzählen, Schwesterchen?«

Cynara stieß ihn mit dem Ellbogen an. »Untersteh dich! Ich verzeihe es dir nie, wenn du mich zwingst, mir eine anzuhören.«

»Da ist schon wieder dieses Geräusch«, sagte ihr Bruder nachdenklich. »Es klingt, als wäre es jetzt näher.«

»Könnte nicht jemand im Weinkeller sein, was meinst du?«

»Es ist nirgends Licht zu sehen. Niemand würde ohne Kerze in die Kellerräume gehen.«

Sie lauschten schweigend. Das Geräusch brach plötzlich ab.

»Was könnte das sein?«, überlegte Cynara.

»Es klingt wirklich so, als würde irgendwo jemand an eine Tür schlagen.« Er machte eine Pause, offensichtlich in der Erwartung, weitere Schläge zu hören.

Als sie wieder ertönten, sagte er: »Sie scheinen von unten zu kommen, nicht von dieser Ebene oder von oben.«

»Von unten? Aber du hast selbst gesagt, dass es dort nichts als Verliese gibt. Ich kann mir nicht vorstellen, dass jemals jemand dorthin geht. Bestimmt haben die Diener noch mehr Angst vor Gespenstern als wir.«

Brandon brüllte vor Lachen, und Cynara warf einen ängstlichen Blick in Richtung Weinkeller. »Sei still, du Dummkopf! Was, wenn Bramble genau in diesem Moment nach unten geht, um den Wein zu holen?«

Brandon beruhigte sich ein wenig. »Er kommt wahrscheinlich gelegentlich her, um sich das eine oder andere Gläschen Brandy zu genehmigen. Ich an seiner Stelle täte es bestimmt!«

Cynara gab ihm einen Schubs. »Du änderst dich wohl nie, was, Brand? Du bist und bleibst leichtsinnig.«

Brandon zuckte die Achseln. »Gar nicht so übel, wenn man die Alternativen bedenkt – ein Langweiler oder ein Pantoffelheld.« Er brach abrupt ab. »Da ist es wieder. Mein Gott, ich glaube, da hämmert wirklich jemand in den tiefsten Kerkern an eine Tür. Wir müssen der Sache nachgehen.«

Cynara stimmte widerwillig zu. »Wahrscheinlich ist es

nichts, aber wenn wir nicht nachschauen, werden wir es nie wissen. Vermutlich ist es nur ein lockerer Fensterladen, der irgendwo an die Wand schlägt. Immerhin ist es draußen ziemlich windig.«

»Ich kenne den Weg.« Brandon zündete seine Kerze an und entfernte sich in die Richtung, die dem Weinkeller entgegengesetzt lag.

Cynara hatte die Tür am Ende des Ganges zuvor vage wahrgenommen. Sie war hoch und oben gewölbt, und sie quietschte fürchterlich in den Angeln, als wäre sie seit Jahren nicht geöffnet worden. Brandon und Cynara warteten gespannt, ob irgendjemand das laute Knarren gehört hatte, aber alles blieb still. Selbst die Schläge waren verstummt.

Die Luft in dem düsteren Korridor dahinter war abgestanden und feucht.

»Bist du sicher, dass das eine gute Idee ist, Brand?«, fragte Cynara und klammerte sich an seinen Arm. »Ich kann nichts mehr hören.«

»Ich auch nicht. Vielleicht habe ich mir nur eingebildet, dass das Geräusch von hier kommt.« Sie warteten eine Weile, aber alles war still.

»Mir gefällt das ganz und gar nicht. Lass uns zurückgehen.« Cynara zitterte vor Unruhe. »Eine Flasche Wein zu trinken, ist vielleicht gar keine so schlechte Idee. Es ist schrecklich kalt hier drinnen.«

Cynara nahm einen Luftzug wahr, der durch einen unsichtbaren Spalt in der Steinmauer hereindrang und wich unwillkürlich einen Schritt zurück. »Was für ein grauenhafter Ort … voller Traurigkeit, findest du nicht?«

»Ja«, sagte Brandon mit zusammengebissenen Zähnen. »Lass uns zurückgehen.«

Sie machten kehrt und hatten bald die Tür erreicht. Gerade

als sie sie schließen wollten, fing das Hämmern wieder an. Es klang so verloren und verzweifelt, dass sie abrupt stehen blieben.

»Nun, jetzt müssen wir etwas unternehmen«, sagte Cynara. »Jemand ist dort unten, Brand, aber warum? Und wer? Vielleicht wollte einer der Diener sauber machen und hat sich verirrt.«

»Sauber machen?« Brandon richtete den Lichtschein auf den staubigen Boden. »Dieser Boden hat seit Jahr und Tag keinen Schrubber und kein Wasser mehr gesehen.« Er beugte sich vor. »Aber sieh mal, da sind Fußspuren!«

Sie begutachteten interessiert die Abdrücke. »Es scheinen drei verschiedene zu sein«, sagte Cynara, »alle von Männerstiefeln.«

Sie wechselten einen langen Blick. »Was, wenn einer von ihnen Merlin gehört?«, sagte Brandon gepresst.

Neue Hoffnung regte sich in Cynara, und plötzlich konnte sie es kaum erwarten festzustellen, wer dort unten an die Wand schlug. »Los, schnell!«

Brandon nahm ihre Hand, und sie liefen den dunklen Gang hinunter. Auf einmal schien das Hämmern hinter ihnen zu ertönen.

»Verflixt merkwürdig«, sagte Brandon und hielt die Kerze näher an die Wände des Gangs. »Wo kommt es her?« Das Geräusch brach abrupt ab, und sie warteten gespannt, ob sie es wieder hören würden.

»Hallo?«, rief Brandon. »Ist da jemand?«

Schweigen.

Merlin stand mit dem Gesicht an die hölzerne Falltür gepresst, um zu verhindern, dass ihm das Wasser in Mund und Nase lief. Wenn es nur noch fünf Zentimeter stieg, würde er ertrinken.

Es gab kein Entkommen. Wie viele verzweifelte Gefangene mochten schon hier mit dem Gesicht an der Tür gestanden haben, betend, um Gnade flehend. Max war zumindest auf dem Schlachtfeld gefallen. Selbst Felix' Tod durch eine Pistolenkugel hatte mehr Würde gehabt als das hier ... Der letzte Earl of Raven würde ertrinken wie eine Ratte.

Das Wasser, das langsam immer höher gestiegen war, lähmte seine Glieder. Mehrmals hatte er auf der obersten Steinstufe den Halt verloren und unter Wasser schwimmen müssen, um zurückzufinden.

Einmal hatte er die Richtung verloren und die Falltür erst im letzten Moment gefunden, kurz bevor seine Lungen zu bersten drohten. Es blieben nicht mehr viele Minuten, bald würde ihn das Wasser verschlucken ... Mit letzter Kraft schlug er noch einmal an die Tür.

»Merlin?«, rief Cynara mit bebender Stimme. Sie sehnte sich so sehr danach, seine Stimme zu hören, dass sie fast weinte. Was, wenn er irgendwo eingesperrt war und ihre Hilfe verzweifelt brauchte?

Wieder ertönte das Klopfen, diesmal schwach und unregelmäßig.

»Gibt es hier drunter noch einen Keller?«, wollte Cynara wissen.

Brandon nickte. »Ja, da gibt es noch das ›Todesloch‹, direkt am Wasserrand. Im Moment müsste es völlig überflutet sein.« Brandon zögerte, bevor er zu der Tür am Ende des Ganges lief. »Die Zelle war den bösartigsten Verbrechern vorbehalten. Sie ertranken wie die Ratten, und ihre Knochen blieben auf dem Boden liegen oder wurden von der Flut ins offene Meer gespült.«

Die Tür führte zu einer steinernen Wendeltreppe, und

Cynara erkannte, dass sie sich am Fundament eines der Türme befanden. Das Klopfen war jetzt deutlicher zu hören, aber in längeren Abständen.

»Es ist eindeutig jemand da unten«, sagte Brandon, als sie auf dem Steinboden standen. Der Gestank von Moder war dem frischen Geruch von Meerwasser gewichen. Die Kerze flackerte heftig im Wind, aber Brandon hielt schützend eine Hand vor die Flamme.

Das Klopfen erfolgte in einem heftigen Stakkato, um dann ganz zu verstummen.

»Kam es aus dem Loch?«, fragte Cynara mit wild klopfendem Herzen.

»Ja … wenn ich nur die verdammte Tür finden könnte. Sie ist wie eine Luke in den Boden eingelassen.« Er bückte sich und untersuchte jede einzelne Steinplatte.

Cynara, die über einen schweren Metallring stolperte, der in den Eichenbrettern befestigt war, rief: »Hier! Komm schnell, Brand!« Sie zerrte an dem Ring, aber die Tür bewegte sich nicht. »Merlin, bist du da? Merlin?«

Sie glaubte einen erstickten Schrei zu hören, aber es mochte auch der Wind gewesen sein, der an der Falltür rüttelte. Wasser drang langsam aus den Ritzen.

Brandon stieß sie beiseite. »Halt das!«, befahl er und drückte ihr die Kerze in die Hand. »Die Flut hat den Keller bis oben unter Wasser gesetzt. Wir haben keine Zeit zu verlieren.« Er stieß die rostigen Riegel zur Seite und riss die Klappe auf. Wasser schwappte über den Rand, und Cynara keuchte vor Entsetzen, als sie eine Hand sah, die sich emporreckte, einen Kopf, der schlaff vornüber hing, dunkle Haarsträhnen, die um den Kopf trieben.

»Merlin!«, schrie sie. Sie zitterte so sehr, dass sie beinahe die Kerze fallen gelassen hätte.

Brandon stützte seine Hand auf eine Seite der Öffnung, packte den Kragen von Merlins Hemd und hielt den Kopf seines Freundes über Wasser. »Komm schon, alter Junge, hilf mir. Ich schaffe es nicht allein.«

Tränen liefen über Cynaras Gesicht, als Merlin kein Lebenszeichen von sich gab. »Ist er … tot?« Ohne auf eine Antwort zu warten, kniete sie sich an den Rand des Loches und half ihrem Bruder, Merlin zu halten. Eisiges Wasser durchtränkte ihre Röcke.

Brandon schob seine Hände unter Merlins Arme und zog ihn stöhnend hoch. Als er die Hände auf Merlins Brust drückte, fing Merlin an zu spucken und zu husten.

»Danke … ich danke dir, Gott«, wisperte Cynara schluchzend. Sie strich Merlins nasses Haar aus seinem eisigen Gesicht und streichelte seine Wangen.

Merlin schlug die Augen auf und musste wieder krampfhaft husten. Allmählich kam er zu Atem. Brandon saß neben ihm, keuchend und außer Atem von der Anstrengung, die es ihn gekostet hatte, den bewusstlosen Mann herauszuholen

»Cynara … «, brachte Merlin heiser heraus und streckte eine eiskalte Hand nach ihr aus. »Ich habe nicht geglaubt, dass ich dich je wiedersehen würde.«

Sie klemmte die Kerze in einen Spalt im Boden, kniete sich neben ihn und nahm ihn in die Arme. Die beiden klammerten sich verzweifelt aneinander, und Brandon schnaubte abfällig, als er die Kerze davor bewahrte, im letzten Moment umzukippen. »Pah!«, brummte er. »Wie kitschig.«

Cynara, die den abschätzigen Kommentar gehört hatte, gab ihrem Bruder einen Klaps auf den Arm. »Sei still! Du brauchst ja nicht hinzusehen.« Selig, endlich wieder von Merlins Armen gehalten zu werden, küsste sie ihn zärtlich, und er erwiderte ihren Kuss wie ein Mann, der gerade ein unvorstellbares Geschenk bekommen hat – eine zweite Chance. Seine nassen Sachen durchtränkten ihre, aber sie nahm es kaum zur Kenntnis, wünschte nur, sie könnten die nassen Kleidungsstücke abwerfen und sich vollständig ineinander verlieren. Aber Merlin war so durchfroren, dass er am ganzen Leib zitterte.

Brandon schnaubte und schlug die Falltür zu. Dann stolzierte er zum Ausgang. »An diesem Ort ist nichts romantisch«, sagte er mit einem Seufzer.

Merlin lachte und vergrub sein Gesicht in Cynaras duftendem Haar. »Sei nicht so ein Griesgram, Brand«, sagte er und strich über Cynaras Rücken. Ohne sie loszulassen, stand er mühsam auf, und die beiden traten eng umschlungen zu Brandon. »Danke, alter Freund. Du hast mir das Leben gerettet.«

Brandon musterte Merlins blutige Knöchel. »Du hast ja auch genug Krach geschlagen, um Tote zu wecken. Da wir gerade nichts Besonderes vorhatten, sind wir dem Getöse nachgegangen«, bemerkte er lässig.

Merlin lachte und klopfte Brandon auf die Schulter. »Ich bin unendlich dankbar, dass du ein so neugieriger Mensch bist.«

»Es war Cy, nicht ich.«

Cynara protestierte, aber im Grunde war es ihr egal, wer die Lorbeeren für Merlins Rettung erntete. Glück hüllte sie von oben bis unten ein wie eine Schicht weicher Watte. Erst jetzt begriff sie wirklich, wie groß ihre Sorge gewesen war. »Lasst uns nach oben gehen. Es ist so viel passiert, seit wir uns nicht mehr gesehen haben, und du musst uns erzählen, wie du hier hingekommen bist.«

»Ich weiß nur, dass jemand mich überfallen hat«, erklärte Merlin, als sie sich auf den Weg nach oben machten. »Ich glaube, es war Muggins, aber er war nicht allein.« Seine Stimme wurde nachdenklich. »Das Komische daran ist, dass ich schwören könnte, den anderen zu kennen, aber ich kann ihn nicht einordnen. Ich weiß nur, dass irgendetwas ganz und gar nicht stimmt und dass dieser Mann der Schlüssel zu all den Unglücksfällen auf Black Raven ist.«

22

»Du kannst nicht mit uns nach oben gehen«, sagte Cynara zu ihrem Bruder, als sie die hölzerne Plattform erreichten. Sie erzählte Merlin von der Geheimtreppe.

Er stieß einen leisen Pfiff aus. »Ich wusste, dass es eine gibt, nicht aber, dass sie im Schlafzimmer deiner Mutter endet.« Er betrachtete die schmalen Steinstufen, die teilweise von einem Felsvorsprung verborgen wurden.

»Wir können diesen Weg leider nicht nehmen.« Cynara berichtete von der Tür, und einen Moment lang dachten sie angestrengt nach.

»Ich gehe allein durch den Weinkeller nach oben«, sagte Merlin schließlich. »Und wenn gerade niemand in der Nähe ist, schmuggeln wir dich in eines der Turmzimmer«, sagte er zu Brandon. »Du wirst bis Einbruch der Dunkelheit hier bleiben müssen.«

Sie waren einverstanden, und so saßen Bruder und Schwester wieder einmal einträchtig auf der Plattform.

»Ich bin froh, dass wir dem Hämmern nachgegangen sind. Was, wenn wir es nicht getan hätten? Wir hätten Merlin nie gefunden«, sagte Cynara mit einem Schauder.

»Ja … und du hättest für den Rest deines Lebens getrauert, Schwester«, sagte Brandon ernst. »Ich freue mich, dass du eine solche Zuneigung zu deinem Mann entwickelt hast, vor allem, wenn man bedenkt, dass er dich praktisch vor den Altar gezwungen hat.«

Cynara war froh, dass die Dunkelheit ihr Erröten verbarg. »Alles hat sich zum Besten gewendet. Und ich weiß, dass ich auf Black Raven glücklich sein werde, wenn wir endlich herausgefunden haben, wer uns Schaden zufügen will.«

»Ich bin so nervös. Ich werde das Gefühl nicht los, dass demnächst etwas von großer Tragweite geschehen wird«, sagte Brandon und rutschte unruhig hin und her.

»Wirklich, Brandon, du und deine Rastlosigkeit! Du kannst nie länger als fünf Minuten still sitzen, aber das bedeutet nicht, dass du die Gabe hast, in die Zukunft zu sehen.«

»Glaub mir, Cynara, irgendetwas liegt in der Luft. Ich spüre es, wie immer vor einem Kampf.«

Cynara zuckte die Achseln. »Also, ich würde gern das Rätsel lösen und endlich erfahren, wer hinter all diesen dunklen Machenschaften steckt.«

»*Du* willst es lösen? Solche gefährlichen Sachen überlässt du lieber den Männern, die hier sind, um dich zu beschützen.«

Cynaras Schnauben war ausgesprochen undamenhaft. »Ich bin in deiner Gesellschaft gefährdeter als allein, Brandon. Du ziehst Unglück an wie ein Honigtopf Bienen.«

In diesem Moment kam Merlin zurück. »Ihr streitet wieder mal, wie ich sehe. Also, wenn ihr damit aufhören könnt, steht es euch frei, euch nach oben zu stehlen. Ich habe Bramble informiert. Er brennt darauf, uns zu helfen und wird darauf achten, dass keine Dienstboten auf Treppen oder in Türen herumlungern, wenn wir nach oben gehen.«

»Er muss den Schock seines Lebens bekommen haben, als er dich von oben bis unten durchnässt aus dem Keller stolpern sah«, bemerkte Brandon grinsend.

»Er war ein wenig aus der Fassung, das stimmt.« Merlin ging

nach oben voran. Obwohl heller Tag war, schien das ganze Schloss zu schlafen. Sie sahen Bramble verschwörerisch hinter der Tür stehen, die zur Küche führte, und gelangten unbemerkt in das Turmzimmer, das früher Max' Arbeitszimmer gewesen war.

»Du kannst auf dem Sofa schlafen, Brand«, sagte Merlin. »Hier kommt nie jemand her, aber denk trotzdem dran, hinter uns die Tür abzusperren.«

Arm in Arm ging Merlin mit Cynara zu ihren Schlafgemächern. »Mutter wird sich schon Sorgen um mich machen«, flüsterte sie und lugte zur Tür herein. Tildy sprang von ihrem Stuhl auf und legte einen Finger an ihre Lippen. Die zugezogenen Bettvorhänge wiesen darauf hin, dass Estelle schlief.

»Oh, Mylady Cy, ich dachte schon, Ihnen wäre etwas Schlimmes zugestoßen«, wisperte Tildy, nachdem sie Merlin einen neugierigen Blick zugeworfen und kurz geknickst hatte.

»Ich hatte ein gefährliches Abenteuer zu bestehen, aber es geht mir gut«, sagte er leichthin.

»Mrs. Hawthorne war wegen Ihres Verschwindens ganz außer sich. Ich musste ihr einen Schlaftrunk geben.«

»Nun gut, dann will ich ihre Ruhe nicht stören. Bring mir ein sauberes Kleid und Unterwäsche in das Zimmer des Herrn.«

Tildy machte sich daran, die Kleidungsstücke zusammenzusuchen, und Cynara folgte Merlin in sein Zimmer. Er sah blass und müde aus. Die alten Wunden von dem Feuer verheilten, aber ein frischer Bluterguss verunstaltete seine linke Schläfe. Sie strich behutsam mit der Hand über die Stelle und spürte eine leichte Schwellung.

»Ich habe rasende Kopfschmerzen«, sagte er, während er sich auf das Bett setzte und seinen Nacken massierte, »aber immer noch besser, als zu ertrinken.«

»Die Frage ist: Wer wünscht sich deinen Tod?« Cynara nahm ein Handtuch und rieb sein Haar trocken.

»Wenn ich das wüsste, hätte ich den Schurken mittlerweile geschnappt.«

Sie öffnete die Knöpfe an seinem Hemd und seiner Hose. Er lachte leise, und Verlangen flammte in seinen dunklen Augen auf. »Trotz meines müden, schmerzenden Kopfes hätte ich gute Lust …«

»Denk nicht einmal daran«, unterbrach Cynara ihn, obwohl warme Zärtlichkeit in ihr aufstieg, und rubbelte energisch seinen Rücken trocken. »Du musst trockene Sachen anziehen, damit dir wieder warm wird. Es ist zwar Sommer, aber du könntest trotzdem eine Lungenentzündung bekommen.«

Er äußerste keinen Widerspruch, als sie seine breite Brust abtrocknete und ihn dann sanft aufs Bett stieß, um ihm Stiefel und Hosen auszuziehen. Die Brandwunden unter ihren verschmutzten Verbänden protestierten, aber sie ließ sich nicht von ihrer Aufgabe abhalten.

Ihr wurde weh ums Herz, als sie sah, wie wehrlos ihr gut aussehender Mann auf einmal wirkte. Die Nähe des Todes hatte ihn erschüttert. Die forsche Autorität, die er sonst ausstrahlte, war verschwunden, und er erinnerte sie an frühere Zeiten, als sie noch Kinder gewesen waren. Sie dachte an seinen ersten Kuss an ihrem vierzehnten Geburtstag zurück und wie sehr sie seine düstere Ausstrahlung damals gefürchtet hatte. Jetzt hingegen fand sie nicht mehr, dass sein Blick zu verschlossen oder durchdringend war. Jetzt sah sie nur die Liebe und die Sensibilität, die Merlin in reichem Maß besaß.

Sie trocknete seinen Bauch ab und er murmelte: »Weiter unten, Liebling.«

Sie schnalzte nur mit der Zunge und rieb schnell seine Beine trocken. In der obersten Schublade seiner hohen Kommode fand sie saubere Hemden, in der nächsten Halstücher. Der Schrank war voller Jacken und Hosen. Sie wählte etwas streng Geschnittenes in würdevollem Grau, etwas, das einem Earl entsprach. Undenkbar, dass Merlin nicht seinem Rang entsprechend aussah, wenn er den Dienstboten und den Ordnungshütern gegenübertrat. Trotz seines zerschundenen Gesichtes war er eine Respektsperson.

Er versuchte aufzustehen und sich anzuziehen, aber seine Beine zitterten zu sehr. »Ich schätze, da unten im Wasser war es doch kälter, als ich dachte«, sagte er zähneklappernd.

Er zog sie an sich, und Cynara breitete die Decke über ihnen beiden aus. Als seine Glieder sich erwärmt hatten, stand sie auf und holte seine Sachen. Trotz seines lautstarken Protestes streifte sie die Hosen über seine Beine und knöpfte sie zu.

»Warum musstest du so bald wieder aufstehen, Cynara? Ich könnte den ganzen Tag mit dir im Bett bleiben.«

»Ich weiß, aber du musst mit der Dienerschaft sprechen. Alle waren in großer Sorge um dich.«

Er schnaubte. »Mach mir nichts vor! Ich weiß, dass sie mich nicht ausstehen können.«

»Ich glaube, langsam gewöhnen sie sich an den Gedanken, dass du Herr auf Black Raven bist.« Sie zog ein weißes Hemd über seinen Kopf und befahl ihm, das Halstuch zu binden.

Er beäugte die Krawatte angewiderte, schlang sie aber gehorsam um seinen Hals.

»Du musst dich so präsentieren, als wäre nichts geschehen. Wenn sich der Feind hier in der Nähe herumtreibt, wird er bald erfahren, dass du den Anschlag überlebt hast. Das könnte ihn aus der Reserve locken.«

Merlin widersprach nicht, sondern küsste nur ihre verbundenen Hände. »Du bist mehr, als ein Mann verdient«, sagte er und zog sie an sich. Die Arme eng um ihre Taille geschlungen und den Kopf an ihre Brüste gelegt, drückte er sie, bis sie keine Luft mehr bekam. Das vertraute köstliche Verlangen, das seine Berührungen immer hervorriefen, regte sich in ihr, und sie brachte nur mit Mühe die Willenskraft auf, ihn sanft von sich zu stoßen.

»Es ist heller Tag, und Tildy wird jeden Moment hier sein.«

»Wahrscheinlich horcht sie am Schlüsselloch«, brummte er, während seine Lippen sich durch den Stoff ihres Kleides um eine Brustspitze schlossen.

Ein scharfes Klopfen unterbrach Merlins amouröse Avancen.

»Sie hat dich gehört«, sagte Cynara lachend und ging zur Tür.

»Was meine Behauptung nur unterstreicht.«

Während Merlin sein Hemd zuknöpfte, öffnete Cynara die Tür und fand zu ihrer Überraschung nicht Tildy, sondern ihre Mutter vor.

»Mutter! Warum bist du auf? Wir dachten, du schläfst.«

Estelle, mit einem wallenden Morgenmantel und spitzenbesetzter Haube bekleidet, trat ins Zimmer. Sie warf Merlin einen scharfen Blick zu, aber dann schien ihre Erschöpfung sie jeder Strenge zu berauben. Mit einem Seufzer ließ sie sich in einen Sessel fallen. »Ich habe vom Tod dieses Franzosen gehört. Es ist entsetzlich. Warum passieren diese furchtbaren Dinge auf Black Raven? Womit haben wir das verdient?«

»Tod?«, rief Merlin erschrocken.

»Oh, das habe ich ganz vergessen, dir zu erzählen!« Cynara berichtete aufgeregt von ihrem grausigen Fund an diesem Morgen am Strand.

»Das ist doch unmöglich!«, explodierte Merlin. »Wer sollte den Tod dieses armen Narren wünschen?«

Estelle klatschte in die Hände, um auf sich aufmerksam zu

machen. »Darüber habe ich letzte Nacht, als ich schlaflos im Bett lag, nachgedacht. Es könnte in irgendeiner Weise eine Verbindung zu meiner Familie geben.« Ihre Stimme bebte. »Wenn das *Hirondelle*-Kollier nicht verloren gegangen ist, was ist dann aus den restlichen Juwelen der Familie geworden? Es gab Schmuckstücke aus Saphiren und Diamanten, Perlen und Rubinen.«

»Hast du den Verdacht, dass die Sachen nie in die Hände der neuen Regierung gelangt sind?«, wollte Cynara wissen.

Estelle ließ die Schultern sinken, als wäre der Gedanke zu schwer und zu belastend, um näher betrachtet zu werden. »Ja … ja, genau das denke ich. Wenn nun die Juwelen die ganze Zeit hier in England waren – wer hat sie dann in Besitz?«

Merlin durchquerte mit schnellen Schritten das Zimmer und beugte sich gespannt über seine Schwiegermutter. »Denken Sie gut nach, Estelle. Wer könnte etwas darüber wissen?«

»Ich habe nicht viele französische Freunde in England, da die meisten in London leben und wir die Saison nicht sehr oft dort verbracht haben. Ich bin allerdings entfernt mit der Lagrange-Familie verwandt. Ihnen gehörte der benachbarte Landsitz in der Gascogne, aber da sie sich hauptsächlich in Paris aufhielten, als wir noch in Frankreich lebten, kenne ich sie kaum. Ich weiß nur, dass sie dem Terror entkommen sind. Da ich damals noch ein Mädchen war, hielt ich die Beziehung nicht aufrecht, aber ich kenne ihre Anschrift in London.«

»Vielleicht können sie uns ein paar Antworten geben«, sagte Merlin. »Ich schlage vor, dass Sie ihnen augenblicklich schreiben. Ich schicke Bobby mit dem Brief nach London, er soll die Antwort gleich mit zurückbringen. Wir müssten sie in ein paar Tagen haben.«

Estelle nickte. »Ich schreibe ihnen sofort. Wie war Jeans Nachname?«

»Leblanc«, sagte Merlin.

»Ich werde sie fragen, ob sie etwas über ihn wissen.« Sie stand mühsam auf. »Danach werde ich mich ausruhen. Ich bin so müde.«

Wieder klopfte es an der Tür, und als Cynara aufmachte, fand sie Bramble auf der Schwelle vor.

Der rundliche Butler schien sich nicht wohl in seiner Haut zu fühlen. »Ich weiß, ich sollte nicht stören, Mylord, aber sowie die Dienerschaft – von Tildy – erfuhr, dass Sie zurückgekommen sind, konnte ich nicht mehr verhindern, dass es vor den Polizisten ausgeplaudert wurde.« Seine Lippen zuckten krampfhaft. »Sie bitten darum, mit Ihnen zu sprechen, Mylord.«

Merlin runzelte die Stirn. »Weswegen? Es gibt keine neuen Aufschlüsse über Brandon Hawthornes Verschwinden«, fügte er mit einem vielsagenden Zwinkern hinzu.

»Äh … ja nun, darüber weiß ich nichts«, antwortete Bramble mit Unschuldsmiene, »aber ich glaube, es geht um den Tod des Franzosen.«

Merlins Gesicht verdüsterte sich. »Den Tod des Franzosen? Damit habe ich nichts zu tun.« Merlin, jetzt wieder forsch und selbstbewusst, schlüpfte in seine Jacke. »Sehen Sie zu, dass Sie Gideon Swift finden«, sagte er zu Bramble.

Er schenkte Cynara ein gewinnendes Lächeln. »Ich komme wieder, und dann machen wir weiter, wo wir aufgehört haben«, wisperte er und küsste ihre Wange.

Tildy betrat mit Kleidungsstücken beladen das Zimmer, aber Cynara lief an ihr vorbei zur Tür. »Nicht jetzt, Tildy. Ich muss nach unten. Warte hier auf mich.« Sie musste hören, was die Polizisten von Merlin, der nichts über Jeans Tod wusste, wollten. Sie war bereits befragt worden. Schließlich war sie es, die den Toten am Strand gefunden hatte, nicht Merlin.

Sergeant Todd und Constable Hoskins warteten in der Eingangshalle auf sie.

Sie machten feierliche Gesichter, als wäre das, was sie zu tun hatten, eine traurige Pflicht für sie.

Sie zogen ihre Hüte und wünschten Merlin und Cynara einen guten Morgen. »Ich freue mich, dass Sie wieder da sind, Mylord«, sagte Todd steif. »Wir waren in Sorge, als Sie gestern nirgends zu finden waren.«

Merlin musterte sie argwöhnisch. »Dachten Sie, ich wäre mit dem Raven-Silber auf und davon gegangen?«, fragte er schneidend.

Todd trat verlegen von einem Fuß auf den anderen. »Nein ... nicht ganz, Mylord. Allerdings ...« Er bedeutete Mrs. Averell, aus dem Schatten unter der Treppe hervorzutreten. Cynara hatte die Haushälterin zuvor nicht bemerkt. Sie trug einen Umhang über dem Arm ... einen grauen Umhang. War es der von Jean? Cynara stockte der Atem, und alles drehte sich vor ihren Augen.

»Wir haben festgestellt, dass auf dem Anwesen ein Mann beobachtet wurde, der diesen Umhang trug. Jedes Mal, wenn er gesichtet worden ist, wurde ein Verbrechen begangen, sei es nun Brandstiftung oder Mord.«

»Das stimmt«, gab Merlin zu, »aber was hat das mit mir zu tun?«

Sergeant Todd hielt Merlin das Kleidungsstück hin. »Sehen Sie genau hin, Mylord. Können Sie leugnen, dass der Umhang Ihnen gehört?«

Prickelnde Spannung lag in der Luft, als Merlin langsam den feinen grauen Samt betastete. »Er sieht wie einer von meinen aus.«

»Es ist Ihrer«, bestätigte der Sergeant, außerstande, den Triumph in seiner Stimme zu unterdrücken. Er schlug den Kragen um. Auf der Innenseite prangte ein gesticktes Zeichen mit Merlins Namen.

»Und? Was hat das alles zu bedeuten?«, fuhr Merlin fort, die Stirn zornig gerunzelt.

»Es bedeutet, dass Sie am Strand waren, an der Stelle, wo wir Jean Leblanc, den toten Franzosen, fanden. Der Umhang hatte sich an einem Felsen verhakt, nicht weit von dort, wo der Tote entdeckt wurde.«

»Ich habe ihn nicht gesehen«, sagte Cynara laut.

Die Gesetzeshüter ignorierten sie. »Wo waren Sie letzte Nacht, Mylord?«

Merlin und Cynara wechselten einen Blick. Ihr war klar, dass seine Behauptung, er wäre in die Verliese eingesperrt gewesen, denkbar unglaubwürdig klingen würde. Sie platzte heraus: »Er war bei mir, Sergeant.«

In dem Schweigen, das jetzt folgte, schien eine Anklage mitzuschwingen. »Und wo waren Sie, Mylady?«

»In meinem Schlafzimmer natürlich«, erwiderte sie und hob leicht ihr Kinn.

»Wie kommt es dann, dass Ihr Pferd und das von Lord Raven verschwunden waren?«

»Wir sagen ihnen besser die Wahrheit, Liebling«, schaltete sich Merlin ein und räusperte sich. Er erzählte ihnen alles, bis auf Brandons Rolle bei der Befreiung aus dem Kerker. »Irgendjemand muss mein Pferd genommen haben, um den Eindruck zu erwecken, ich wäre fortgeritten, und Lady Raven machte sich auf die Suche nach mir. Das ist alles, was passiert ist. Wenn meine Frau nicht gewesen wäre, wäre ich jetzt tot, ertrunken in den unterirdischen Verliesen.«

Todd und Hoskins wechselten einen ungläubigen Blick. »Von allen haarsträubenden Geschichten …« Todd schüttelte den Kopf. »Ich schlage vor, Sie erzählen das dem Gericht.«

Sein Korsett knarrte, als er sich zu seiner vollen Höhe aufrichtete. »Ich bin hier, um Sie zu verhaften. Sie werden verdächtigt, den Franzosen Jean getötet zu haben.«

Merlin blieb einen Moment lang der Mund offen stehen, und Cynara rief: »Das ist doch lächerlich! Sie können ihn nicht festnehmen!«

Todd zeigte auf die große Halle, wo sich jemand aus einem Lehnsessel vor dem Kamin erhob. Cynara erkannte die schmale Gestalt und das lockige Silberhaar Lord Bartons, des örtlichen Friedensrichters. Er trat zu der Gruppe und verbeugte sich leicht.

»Ich habe die Befragung verfolgt, und ich kann gar nicht sagen, wie sehr ich es bedaure, Sie verhaften zu müssen, Lord Raven. Aber angesichts der Beweislage und der Tatsache, dass Ihre Frau Sie offensichtlich zu schützen versucht, bleibt mir nichts anderes übrig, als Sie im Gefangenenhaus im Dorf in Gewahrsam bringen zu lassen.« Als sich Merlins Miene bedrohlich verfinsterte, beeilte er sich, seine harschen Worte abzuschwächen. »Fürs Erste. Bis diese unglückselige Angelegenheit geklärt ist, versteht sich.« Er bedeutete Merlin, ihm zu folgen. »Kommen Sie. Keinen Widerstand, wenn ich bitten darf.«

»Das ist lächerlich, Barton, und das wissen Sie auch.«

Der andere Mann verzog gequält das Gesicht und nickte. »Je eher wir die Sache aufklären, umso besser. Sie müssen über jeden Ihrer Schritte Rechenschaft ablegen, wie Sie wissen.«

Cynara klammerte sich an Merlins Arm und wandte sich an Lord Barton. »Das können Sie nicht machen! Es ist absurd! Mein Mann hat niemanden getötet, das müssen Sie doch wissen.«

»Wir wissen nichts dergleichen«, bemerkte Sergeant Todd

von oben herab. Er packte Merlin am Arm. »Los, kommen Sie.«

»Merlin!«, schrie Cynara verzweifelt, als sie ihn mit sich zogen.

Als Merlins Cynara ansah, wurde sein Gesichtsausdruck weich. »Mach dir keine Sorgen. Ich bin bald wieder da.«

Hilflos sah Cynara mit an, wie man ihn abführte. Indem der wahre Täter den Umhang am Ort des Verbrechens zurückließ, hatte er sich freie Bahn verschafft. Ich muss Merlin irgendwie helfen, dachte sie, aber wo soll ich anfangen?

Sie dachte daran, Brandon um Hilfe zu bitten, aber das durfte nicht am Tage geschehen, sonst würde er Merlin binnen kurzem in der Arrestzelle Gesellschaft leisten, und dann wäre sie wirklich ganz auf sich allein gestellt.

Mit einem Seufzer ging sie nach oben zurück. Während ihres Abstechers nach London hatten die Dienstmädchen einige der oberen Räume sauber gemacht, aber Cynara konnte sich nicht dazu aufraffen, mit der Beaufsichtigung der Reinigungsarbeiten im Schloss fortzufahren. Nicht jetzt und vielleicht nie mehr, wenn das Böse, das sie umgab, nicht vertrieben wurde. Ruhelos ging sie auf dem Flur vor ihrem Schlafzimmer auf und ab und versuchte vergeblich, einen Plan zu entwickeln. Dann zog sie sich um, wobei sie Tildys düsteren Prophezeiungen über Merlins weiteres Geschick lauschen musste. Cynara schwieg, da sie wusste, dass ihre Zofe möglicherweise Recht hatte.

Das Mittagessen wurde aufgetragen. Cynara nahm die Mahlzeit in der einsamen Pracht des Speisesaals ein. Wenn es ihr gelang, im Schlafzimmer ihrer Mutter die Steintür zu öffnen, die zu dem Geheimgang führte, würde sie vielleicht den Mut aufbringen, die unterirdischen Verliese weiter zu erforschen. Am Abend würde sie Brandon überreden, sie zu begleiten, und gemeinsam würden sie vielleicht dahinter kommen, was sich – wenn überhaupt – in den feuchten Zellen verbarg. Sie erschauerte bei der Vorstellung, aber in diesem Fall würde sie Mut beweisen müssen – Merlin zuliebe.

Nach dem Essen sorgte sie dafür, dass Bobby den wichtigen Brief an die Familie Lagrange in London ausgehändigt bekam. Sie gab ihm eine Börse mit Geld und wies ihn an, sich ein gutes Pferd auszusuchen. »Du darfst nicht ohne Antwort zurückkommen«, schärfte sie ihm ein, als sie ihn seiner Wege schickte. »Viel Glück!«

Dann ging sie in die Waffenkammer neben Merlins Arbeitszimmer, nahm aus einem der versperrten Schränke eine der Hinterladerpistolen und stopfte so viele Patronen in ihre Tasche, wie hineinpassten – nur für den Fall, dass sie sich verteidigen musste.

Gott sei Dank hatte Brandon ihr beigebracht, wie man Musketen und Pistolen lud und abfeuerte. Obwohl sie den Jagdsport verabscheute, war sie jetzt froh, über diese Grundkenntnisse zu verfügen.

Sie lief in Estelles Schlafzimmer. Es war gut, dass ihre Mutter ihr Zimmer bewohnte, so brauchte sie nichts über die Ereignisse in ihrem ehemaligen Schlafzimmer und den Kerkern zu erfahren. Wahrscheinlich hätte sie mit einem neuerlichen hysterischen Anfall versucht, Cynara an weiteren Erkundungsgängen zu hindern.

Das Zimmer lag in düsterem Zwielicht, und Cynara wurde beklommen zumute. Dieses Mal war unmöglich abzusehen, ob sich die Übeltäter nicht schon im Haus befanden. Sie hatten bewiesen, dass Wachen an sämtlichen Türen sie nicht aufhalten konnten.

Cynara hatte einen einfachen zweiarmigen Kerzenleuchter mitgenommen. Sie zog die Vorhänge vor den Fenstern zurück.

Strahlendes Sonnenlicht fiel in das Zimmer, und sie fühlte sich sofort wohler.

»So, dann wollen wir mal sehen«, sagte sie leise zu sich selbst. Sie war voller Unruhe, als müsste sie gegen die Zeit kämpfen. Sie schob den Wandteppich beiseite und klemmte ihn mit einem Stuhl fest.

»Irgendwo muss es einen Mechanismus geben.« Indem sie den Stein genau untersuchte und ihre Fingerspitzen über jeden Zoll gleiten ließ, suchte sie nach einer Vorrichtung, mit der sich die Tür öffnen ließ. Alles was sie fand, waren Mörtel und Stein. Dann kniete sie nieder, um Stück für Stück die Wand und den Boden davor abzutasten.

Sie wollte schon aufgeben, als sie plötzlich das Rätsel löste. An einer Stelle des Bodens, direkt neben dem winzigen Spalt, der die Tür kennzeichnete, entdeckte sie ein leicht erhabenes Stückchen Stein.

Als sie es mit der Handfläche nach unten drückte, ging die Tür mit einem leisen Knarren auf und stieß an ihre Hüfte. Sie öffnete sich nur einen Spalt breit, und wieder drückte Cynara auf den Stein. Die Tür schloss sich geräuschlos. Cynara wiederholte den Vorgang, wieder gehorchte die Tür. Modrige Luft schlug Cynara durch die Öffnung entgegen, und sie verzog das Gesicht. Dennoch zündete sie die Kerzen an und steckte noch ein paar zusätzliche Stumpen in ihre Tasche. Dann schob sie eine Patrone in die Pistole. Mit der Waffe in der einen und dem Kerzenhalter in der anderen Hand stieg sie langsam die schmale Treppe hinunter.

Sie war von vollständiger Stille und Dunkelheit umgeben. Ein Schauer überlief sie. Vielleicht sollte sie umkehren … Sie gelobte sich, sofort wieder nach oben zu gehen, sowie sie verdächtige Geräusche in den Verliesen hörte. Aber im Augenblick gab es außer Brandon niemanden, der ihr zur Seite würde stehen können. Und sie konnte nicht bis zum Einbruch der Dunkelheit warten. Tildy würde sich weigern, die Verliese zu betreten, und Bramble würde in dem schmalen Gang stecken bleiben. Bei der Vorstellung musste sie lächeln. Er hätte ihr allerdings vom Weinkeller entgegenkommen können. Zu spät, dachte sie grimmig, als sie wieder einmal auf die hölzerne Plattform und dann in den zugigen Gang trat, der zu den Weinvorräten führte.

»Eins steht fest, in das ›Todesloch‹ gehe ich nicht«, sagte sie sich. Sie lauschte angespannt. Ob sie allein war? Hinter ihrem Rücken war ein leises Tappen zu hören, aber wer sollte sich in dem Teil des Kellers aufhalten, wo sich die Kerkerzellen befanden? Ein unerschrockener Dieb, der wertvolle Weine stehlen und durch den Felsengang zu der Bucht bringen könnte? Eine Gänsehaut lief ihr über den Rücken. Die Schurken, denen sie auf der Spur war, waren viel schlimmer als Diebe …

Merlin marschierte in der winzigen Zelle der Kellergewölbe des *Duck and Willow* auf und ab und rüttelte wieder einmal an den Gitterstäben, die vor dem Fenster angebracht waren. Sie waren verrostet, aber nicht morsch genug, um unter dem Druck seiner Hände nachzugeben. Er schäumte vor Wut und war außerstande still zu sitzen.

Merlin hoffte und betete, dass der Wärter imstande gewesen war, den alten Dorfgeistlichen aufzustöbern. Nicht etwa, dass Merlin geistlichen Beistand benötigte, wie er angedeutet hatte, nein, er hatte nach dem Pfarrer verlangt, weil dieser einer der ältesten Bewohner des Dorfes war. Hoffnung regte sich in ihm, als draußen die Schlüssel klapperten und die massive Eichentür aufschwang. Ehrwürden Henry Sidbourne trat ein. Sein feines weißes Haar umgab seinen Kopf wie ein Heiligenschein. Seine Schultern waren eingesunken, als hätte er in seinem Leben zu viel Leid tragen müssen, seine Augen jedoch waren hell und freundlich.

»Mein lieber Junge, in was sind Sie da nur hineingeraten?« Der Pfarrer schüttelte den Kopf. »Ständig in der Patsche. Mir scheint, ich werde an zwei Jungen erinnert, an Sie und Max, die von einer Zwickmühle in die nächste gerieten.«

Merlin lachte unfroh. »Dies Mal ist es etwas ernster, fürchte ich. Man beschuldigt mich, Jean, diesen armen Irren, ermordet zu haben.«

»Ich habe von seinem Tod gehört«, sagte der Pfarrer und setzte sich unaufgefordert auf den einzigen Stuhl in der Zelle. »Aber es ist lächerlich, Sie des Mordes an ihm zu verdächtigen. Was hätten Sie dadurch zu gewinnen gehabt?«

»Die Behörden müssen dringend eine Festnahme vorweisen. Brandon Hawthorne wurde bis jetzt nicht gefunden, und es gibt immer noch keine Beweise, dass ich am Tod meines Vaters schuld bin. Sie haben nichts entdecken können, und jetzt sind sie verzweifelt. Aber sie haben bei der Leiche am Strand meinen Umhang gefunden.«

Der Pfarrer lächelte. »Mein lieber Junge.« Er tätschelte Merlins Arm. »Sie haben zur Zeit eine schwere Bürde zu tragen, aber glauben Sie mir, es wird ein Silberstreif am Horizont auftauchen.« Er machte eine Pause und sah Merlin gütig an.

Seine Worte nahmen Merlin eine Last vom Herzen. Er schien auf einmal wieder richtig atmen zu können.

»Was kann ich für Sie tun, mein Junge?«

Merlin setzte sich neben den Stuhl auf die Pritsche. »Erzählen Sie mir alles, was Sie über Jean Leblanc wissen.«

»Das ist eine merkwürdige Bitte«, meinte der Pfarrer nachdenklich. »Aber ich kann mich noch erinnern, wie er nach Black Raven kam. Es war vor fünfundzwanzig Jahren, während der französischen Revolution. Er war ein Opfer eines der größten Unglücke auf See, die es je hier gegeben hat.« Er warf Merlin einen Blick zu. »Können Sie sich noch an das Gerede über das Schiffswrack erinnern?«

Merlin nickte. »Ja, mein Kindermädchen hat mir vor langer Zeit davon erzählt.«

»Man kann das Schiff jetzt nicht sehen, aber was davon übrig geblieben ist, liegt direkt vor dem Schloss auf dem Riff. Ich glaube, Jean war der einzige Überlebende. Ich weiß noch, dass sein Kopf nach dem Unfall blutig und zerschunden war. Er hat nie darüber geredet. Vielleicht konnte er sich nicht einmal mehr erinnern.«

»Wissen Sie noch, wie das Schiff hieß?«

»*Hirondelle.*«

Merlin zuckte zusammen, als hätte er einen Schlag bekommen.

»Es war ein französisches Schiff, möglicherweise mit Schmuggelwaren. Der Freihandel war damals gang und gäbe. Die Schmuggler benutzten die Bucht von Black Raven, aber auch andere entlang der Küste bis Dartmouth.«

»Und dieser Jean hat nie darüber gesprochen, was sie in jener Nacht an Bord hatten?«

Der Pfarrer schüttelte den Kopf. »Nein. Er hat es nie erwähnt; daher meine Vermutung, dass es ein Schmuggelboot war.«

Merlin rieb sich das Kinn. »Aber warum ist er nicht nach Frankreich zurückgegangen? Warum ist er hier geblieben?«

»Es ist möglich, dass er nicht wusste, dass er aus Frankreich war; vielleicht hat ihn irgendetwas hier gehalten. Kurz nach dem Unglück fing er an zu trinken. Er nahm Gelegenheitsarbeiten an – ein guter Hufschmied war er –, um dann seinen Lohn mit Ale zu vertrinken.«

Merlin dachte über das, was der Pfarrer gesagt hatte, nach.

»Vielleicht wusste er etwas, von dem der Mörder nicht wollte, dass es bekannt wird.«

»Möglich ist alles. Jean muss etwas über das Wrack und seine Fracht gewusst haben.«

Merlin packte den Pfarrer am Arm. »Tun Sie mir bitte einen Gefallen, Reverend Sidbourne, und schreiben Sie das, was Sie mir gerade über Jean erzählt haben – vor allem den Namen des Schiffes – auf, und lassen Sie den Brief Mrs. Estelle Hawthorne aufs Schloss bringen. Vielleicht wird ihr dadurch einiges begreiflich, wenn auch nicht uns.«

Der Pfarrer erhob sich. »Eine seltsame Bitte, mein Junge, aber ich mache es natürlich. Ich möchte alles tun, was in meiner Macht steht, um Ihnen zur Freiheit zu verhelfen.« Er klopfte Merlin auf die Schulter. »Nur nicht den Glauben verlieren, dann wird Ihnen sicher geholfen.«

Merlin dankte dem alten Mann. Er wünschte, er hätte mit ihm gehen können. Es stand so viel auf dem Spiel, dass seine erzwungene Untätigkeit ärger als jede andere Strafe war, die er sich denken konnte. Wieder ging er auf und ab und beobachtete, wie die Sonne hinter den Baumwipfeln versank. Was Cynara jetzt wohl gerade tat? Ob sie sich Sorgen um ihn machte?

23

Cynara hatte Herzklopfen vor Angst. Sie überlegte hin und her, ob sie ihre Erkundung allein fortsetzen oder Hilfe holen sollte. Da Letzteres sicherer schien, machte sie kehrt, um zu der Geheimtreppe zurückzugehen. Das Geräusch klang jetzt anders, ein gleichmäßiges hohles Pochen, das näher zu kommen schien. Cynara blieb stehen. Sie wagte kaum zu atmen, aus Angst, von dem Täter – oder den Tätern – gehört zu werden. Hinter eine große Kiste geduckt, die den Weinkeller von dem Gang zu den Verliesen trennte, hob sie die Pistole und spannte den Hahn. Das Klicken des Abzugs hallte so laut, als hätte sie tatsächlich einen Schuss abgegeben.

Hastig löschte sie die Kerzen. War das Geräusch in den Verliesen zu hören gewesen? Sie horchte, bis ihr vor Anstrengung der Brustkorb wehtat. Die Pistole auf den dunklen Gang gerichtet, ging sie langsam auf die Plattform zu. Was, wenn sie entdeckt wurde? Würde sie tatsächlich abdrücken? Sie zwang sich, diesen grauenhaften Gedanken zu verbannen.

Gerade als sie glaubte, unbemerkt bis zur Plattform zu gelangen, hörte sie Schritte näher kommen. Sie sah flackerndes Kerzenlicht und die Silhouette eines großen Mannes. Er war jetzt direkt bei der Plattform und starrte auf das andere Ende des Ganges.

Cynara presste sich dicht an die Mauer und betete, dass er

sie nicht sehen konnte. Zum Glück trug sie immer noch dunkle Trauerkleidung.

Ihre Hand, die die Pistole hielt, zitterte so sehr, dass sie befürchtete, die Waffe fallen zu lassen.

Der Mann bewegte sich langsam weiter. Cynara konnte ihn nicht erkennen, da ein Hut sein Gesicht verbarg. Etwas an seiner Haltung kam ihr bekannt vor, aber sie konnte ihm keinen Namen geben. Er ging an der Plattform vorbei zu dem Gang, der zu den Verliesen einen Stock tiefer führte. Zu Cynaras Erleichterung verschwand er durch die Tür, man sah nur noch das Licht seiner Kerze gespenstisch über die Mauern tanzen.

Cynara wartete ein paar Minuten, bevor sie es wagte, einen Schritt zu machen. Ihr Herz schlug wieder langsamer, und ihre Hände wurden ruhiger. Wer war der Mann? Wenn sie nur einen kurzen Blick auf sein Gesicht erhaschen könnte, wüsste sie es. Wenn sie ihn kannte, würde sie sich unverzüglich an die Behörden wenden und seinen Namen nennen. Man würde ihn verhaften, wenn er aus den Verliesen kam …

Sie musste es herausfinden. Sie wusste, wie tollkühn es war, ihm durch die Tür zu folgen, durch die er verschwunden war, aber sie würde ihn nicht stellen, sondern ihn nur aus dem Schutz der Dunkelheit beobachten, bis das Licht seine Identität preisgab. Trotzdem hatte sie solche Angst, dass sie beinahe vor Schreck in Ohnmacht gefallen wäre, als sie mit den Zehen einen Kiesel über den Gang stieß.

Das einzige Licht, an das sie sich halten konnte, war das Flackern der Kerze, die der Mann hielt. Sie folgte dem schwachen Schein. An der Tür zur ersten Zelle hielt er inne und betrat sie. Cynara wurde langsamer. Sie traute sich kaum, weiterzugehen. Cynara betete, dass keine Hindernisse im Weg lagen, als sie vorsichtig einen Fuß vor den anderen setzte. Sie hörte, wie der Mann etwas vor sich hin murmelte, während er die Kerze hoch hielt und die Wände von oben bis unten musterte. Je näher sie kam, desto besser konnte sie ihn sehen. Jeder Schritt war gefährlicher als der letzte. Sie wagte kaum zu atmen vor Angst, er könnte sie hören.

Zu ihrer Überraschung verließ er die Zelle plötzlich. Er trat die Tür fluchend zu und ging zur nächsten Zelle. Sie musste näher an ihn heran, da sie ihn immer noch nicht erkennen konnte. Wenn sie nur nicht allein gewesen wäre …

Aus irgendeinem Grund ließ ihre Konzentration einen Moment nach, und sie trat auf irgendetwas, das auf dem Boden lag, vielleicht ein Stück morsches Holz, das unter ihrem Fuß zerbrach. Cynara schnappte entsetzt nach Luft. Das Geräusch hallte laut durch die Stille und verriet ihre Anwesenheit genauso deutlich, als hätte sie ihren Namen gerufen.

Eine hastige Bewegung, dann das Flackern von Kerzenlicht. Cynara drehte sich um und rannte blindlings den Gang hinunter in die Richtung, in der sie die Tür zur Plattform vermutete. Die Wände schienen verschwunden zu sein. Es gab nur noch ein schwarzes Loch, und sie stürzte sich hinein.

Es war unvermeidlich, dass sie stolperte. Sie schlug an die Wand und fing den Sturz mit ihren verbundenen Händen ab. Mit einem Schmerzensschrei sank sie zu Boden. Dann wurde sie jäh von Lichtschein geblendet. Sie starrte in ein Gesicht, das diabolisch verzerrt war. Nicht einmal in ihren schlimmsten Albträumen hätte sie geglaubt, jemals wieder in diese trüben braunen Augen zu sehen.

»Guten Tag, Cynara«, sagte Felix mit einem höhnischen Grinsen.

Brandon war froh, dass der Nachthimmel verhangen war. Er hatte sich unbemerkt aus dem Turmzimmer gestohlen und auf dem Korridor herumgelungert, der zu Cynaras und Merlins

Schlafzimmern führte. Die beiden hatten sich nicht blicken lassen. Er überlegte, ob er seine Mutter besuchen sollte, entschied sich aber dagegen. Womöglich würde sie bei seinem Anblick in lauten Jubel ausbrechen und die ganze Dienerschaft auf den Plan rufen. Schließlich verlor Brandon die Geduld und suchte Bramble im Anrichteraum auf, wobei er sich zuvor vergewisserte, dass ihn niemand beobachtete.

Bramble, dessen Augen vor Schreck kugelrund wurden, als er Brandon bemerkte, zog ihn in den Raum und sperrte die Tür ab. »Mr. Brandon, Sie sollten nicht ein solches Risiko eingehen!« Der Butler berichtete, was am Morgen vorgefallen war, und Brandon stieß einen unterdrückten Fluch aus. »Ich muss versuchen, Merlin zu retten!«

»Ich glaube, Lady Raven könnte bereits dieselbe Absicht verfolgen. Sie ist seit heute Mittag nicht mehr gesehen worden.«

Brandon strich sich nachdenklich über das Kinn. »Ich frage mich … sind Sie sicher, dass sie das Schloss verlassen hat?«

»Sie ist nicht auf ihrem Zimmer, aber in Anbetracht der Tatsache, dass Seine Lordschaft hinter Schloss und Riegel ist, wird sie wohl den Versuch gemacht haben, etwas zu unternehmen, damit er wieder auf freien Fuß gesetzt wird. Vielleicht verhandelt sie mit Lord Barton, dem Friedensrichter.«

»Ist ihr Pferd weg?«

Bramble schürzte die Lippen. »Um ehrlich zu sein, ich weiß es nicht.«

Brandons Besorgnis wuchs. Er fluchte leise. Stellte sie etwa auf eigene Faust Nachforschungen an? Er tat den Gedanken als absurd ab. Sie würde es nicht wagen, allein etwas zu unternehmen … oder doch? Sie war bei Dunkelheit durch den Wald geritten, um ihn in Stormywood aufzusuchen. »Wo ist Gideon Swift? Vielleicht brauche ich seine Hilfe.«

Bramble sagte, er würde Swift zu den behelfsmäßigen Ställen schicken, damit er sich dort mit Brandon treffen konnte.

»Ich komme mit Ihrem Herrn zurück. Vielleicht müssen wir ihn verstecken, bis Gras über diesen letzten Skandal gewachsen ist«, meinte Brandon.

Bramble hielt sich den Kopf. »Du meine Güte, was wird nur aus diesem Haus? Der Herr auf der Flucht. Meiner Treu, *Sie* müssen sich doch schon versteckt halten!«

»Und wenn schon. Das ist die einzige Möglichkeit, die wir haben, um meine Unschuld zu beweisen – und die Ihres Herrn.«

Bramble brachte etwas zu essen in das Anrichtezimmer und schaffte es dann, Brandon ungesehen aus dem Haus zu geleiten. Der düstere Nachthimmel, über den langsam schwere Wolken zogen, verhieß Regen.

Brandon, der den ganzen Tag geschlafen hatte, bewegte sich behände im Schutz der Dunkelheit zu dem quadratischen Gebäude, in dem die Pferde untergebracht waren. Er kam an den Wachen vor der Tür mühelos vorbei und gelangte zu dem Schluss, dass die trägen Lakaien gegen einen gerissenen Feind kaum etwas ausrichten könnten. Jemand, der es ernsthaft darauf anlegte, ins Schloss zu kommen, würde einen Weg finden. Als er in den Stall spähte, entdeckte er Swallow auf den ersten Blick.

Brandon runzelte die Stirn. Für ihn stand außer Frage, dass Cynara sich immer noch irgendwo im Schloss befand. Höchstwahrscheinlich in den Verliesen, da man sie nirgendwo gesehen hatte ... Verdammt, wie konnte sie nur so dumm sein! Er war hin und her gerissen, weil er nicht wusste, ob er sich zuerst auf die Suche nach ihr machen oder Merlin aus dem Gefängnis befreien sollte. Zwei Männer werden mit jedem Gegner fertig werden, der im Schloss lauert, sagte er sich. Außerdem wies nichts darauf hin, dass sich ein Fremder herumtrieb.

Er hatte vielleicht nur die eine Chance, Merlin zu befreien, und er würde sie nutzen.

Ein Geräusch verriet ihm, dass Gideon Swift gekommen war. Er hatte eine Umhängetasche über die Schulter geworfen. Ohne ein Wort zu sagen, zog ihn der alte Mann an den Pferdeunterkünften vorbei. Geduckt rannten sie den Hang hinter den abgebrannten Stallungen hinauf und erreichten den Wald. Die Pferde waren an einen Baum gebunden; die beiden Männer schwangen sich in die Sättel und schlugen den Weg ein, der durch den Wald zum Dorf führte.

Gideon Swift sprach erst, als sie von den Wachen nicht mehr gehört werden konnten. »Sie haben den Herrn im Gasthaus eingesperrt. Unten im Keller ist eine Zelle. Mit etwas Glück haben wir ihn draußen, bevor der Wärter noch um Hilfe rufen kann.«

Brandon nickte verbissen. Sie versteckten ihre Pferde und schlichen sich ins Dorf. Im Gasthaus herrschte Hochbetrieb. Swift führte Brandon zur Rückseite des Gebäudes. Hinter einen Busch gekauert, konnten sie die glimmende Pfeife des Gefängniswärters sehen. Eine kräftig duftende Rauchwolke wehte an ihren Gesichtern vorbei.

Ohne etwas zu sagen, gab Brandon seinem Gefährten zu verstehen, dass er als Erster gehen werde und Swift ihm folgen solle. Dicht an die Hausmauer gepresst, schob er sich lautlos hinter den Wärter. Mit einem Satz sprang er ihn von hinten an und presste seine Hand auf den Mund des Mannes. Schnell zog Swift ein Seil aus der Tasche und fesselte den Wärter. Dann stopfte er dem Mann ein Taschentuch in den Mund, um seine Schreie zu ersticken. Empört wand sich der Wärter auf dem Boden. Er trat wild mit den Füßen um sich und stieß unverständliche Laute durch den Knebel aus.

Swift fand schnell den Schlüsselbund, der am Gürtel des

Wärters baumelte, und sperrte ohne Umstände die Tür auf. Hinter ihr befand sich eine weitere, massivere Tür, aber einer der Schlüssel passte in das Schloss.

Merlins Zähne blitzten in der Dunkelheit auf, als sie die Zelle betraten. »Wird auch Zeit«, brummte er halblaut und ging als Erster hinaus. Sie zerrten den Wärter in die Zelle, sperrten ab und ließen die Schlüssel im Schloss stecken.

Merlin sprach erst wieder, als sie bei den Pferden waren. »Ich hatte schon Sorge, ihr hättet mich vergessen«, sagte er im Scherz.

»Du kannst dich später bei mir bedanken«, sagte Brandon. »Ich will dich nicht beunruhigen, aber es sieht so aus, als wäre Cynara verschwunden.«

Die beiden Männer teilten ein Pferd, und Brandon spürte Merlins Panik. Er trieb das Tier mit den Fersen an.

»Was ist passiert?«, fragte Merlin mit zusammengebissenen Zähnen.

»Keine Ahnung. Ich habe mich den ganzen Tag versteckt gehalten. Bramble hat mir erzählt, dass sie seit heute Mittag nicht mehr gesehen worden ist.«

»Zum Teufel noch mal! Und niemand hat nach ihr gesucht?«

»Bramble dachte, sie wäre bei Barton, um mit ihm über deine Freilassung zu verhandeln, aber ich habe festgestellt, dass ihr Pferd noch auf Black Raven ist.«

Merlin dachte schweigend nach. »Die Verliese.«

Brandon schnitt eine Grimasse. »Das vermute ich auch.«

»Sie ist viel zu neugierig.«

Sie erreichten den Rand der Gairlock Woods und ritten auf dem Küstenweg in Richtung Schloss. Black Raven war in der Dunkelheit kaum auszumachen; nur einige wenige Fenster waren von Kerzenlicht erhellt.

»Es führt ein Weg von der Seeseite in die Verliese!«, schrie

Brandon über den Lärm der tosenden Brandung hinweg. »Weißt du davon?«

Merlin nickte. »Ich glaube, er wurde in der Blütezeit des Schmuggels benutzt.«

Sie saßen ab und überließen es Gideon Swift, sich um die Pferde zu kümmern. Der alte Mann holte zwei Pistolen, Patronen und zwei Messer aus seiner Tasche und reichte sie schweigend den Männern. Sie nahmen die Waffen an sich und eilten den Pfad zum Strand hinunter. Der Wind nahm zu, und es begann leicht zu regnen.

Dicht gefolgt von Brandon, kletterte Merlin über die Felsen zu der Höhle, in der sich der geheime Durchgang verbarg. Er betete, dass sie Cynara nicht verletzt vorfanden – oder Schlimmeres. Zum Glück war Ebbe, aber das Wasser stieg stetig.

Sie kämpften sich den steilen Weg hinauf. Mehr denn je wurde Merlin bewusst, wie sehr er Cynara liebte. Die Angst schnürte ihm die Brust zu, sodass er kaum noch Luft bekam. Lieber Gott, lass mich nicht zu spät kommen, betete er.

Der Pfad war unwegsam, und nur dank Brandons Kerze, die er wie immer bei sich trug, hatten sie etwas Licht. Sie hasteten durch den Weinkeller und durch den Gang zu der hölzernen Plattform.

»Glaubst du, sie ist unten im ›Todesloch‹?«, fragte Brandon panisch.

»Warum sollte sie, es sei denn, der Täter hätte sie erwischt und dort hingebracht. Komm, lass uns trotzdem zuerst dort nachschauen, vor allem, da die Flut kommt.«

Sie fanden die Tür zu den unteren Verliesen und liefen durch den Gang. Auf dem Weg zur Treppe stolperte Brandon über einen Gegenstand, der auf dem Boden lag. Er bückte sich und hob ihn auf.

»Sieh nur, es ist Cynaras Schuh!«, rief er.

Merlin riss ihm hastig den Schuh aus der Hand und musterte ihn eingehend. »Sie kann ihn nur verloren haben, wenn sie in großer Eile war – oder wenn sie getragen wurde.«

Cynara starrte Felix benommen an, immer noch fassungslos, ihn lebend vor sich zu sehen. Er hatte sie in ein Ruderboot gestoßen, das am Ende des Geheimganges in der Höhle lag, war dann hineingesprungen und losgerudert. Der Wind war stärker geworden, und die See war sehr bewegt, aber Felix ruderte mit unerwarteter Energie, wobei er sich so nahe wie möglich an die felsige Küste hielt. Sie umrundeten eine gewaltige Klippe, hinter der eine Reihe von Buchten am Rande der Gairlock Woods lag. Die Luft war erfüllt von dem kräftigen Geruch nach Seetang und Salz, Wind und schäumende Gischt peitschten Cynara ins Gesicht. Fröstelnd versuchte sie sich einen Fluchtplan auszudenken, aber ihre Gedanken flatterten wie Schmetterlinge durch ihren Kopf und schienen kein zusammenhängendes Bild erstellen zu können.

»Warte nur, bis alle hören, dass du noch am Leben bist!«, fuhr sie ihn an. »Ich bin sicher, es verstößt gegen das Gesetz, seinen eigenen Tod vorzutäuschen.«

Er lachte. »Bis dahin bin ich längst auf und davon, Süße.«

Sie schlang die Arme um sich und kauerte sich in sich zusammen, um ihre Körperwärme ein wenig zu halten. »Warum musstest du überhaupt vorgeben, tot zu sein?«

»Wenn du mich geheiratet hättest, wäre mir diese Scharade erspart geblieben«, sagte er. Unterdrückte Wut schwang in seiner Stimme mit.

»Was meinst du damit?«

Er schnaubte. »Wenn du meine Frau geworden wärst, hätte ich von Rechts wegen mit dem Schatz machen können, was ich will. Als Earl of Raven hatte ich freien Zugang zu jedem Teil des Schlosses, aber ich konnte die verdammte Truhe nicht finden.«

Cynaras Augen weiteten sich. »Aber da du nicht tot bist, bist du doch der Earl of Raven. Was ist dir so wichtig an dem Schloss, Felix?«

»Das Schloss interessiert mich nicht!«, brauste er auf. »Es ist ein fürchterlicher, trostloser Steinhaufen, eine gewaltige Last. Mir liegt weder etwas an dem Titel noch an diesem kalten Land. Ich will als reicher Mann nach Amerika zurückkehren. Die Plantage braucht dringend Geld.« Das Boot tanzte auf den Wogen hin und her, als er es mühsam in Richtung Küste lenkte.

»Ich habe keine Ahnung, wovon du redest. Auf Black Raven ist kein Geld zu holen. Ohne Merlins Vermögen – das sein Vater erworben hat – wären wir arm.«

»Du kennst Black Ravens Geheimnis nicht. Seit fünfundzwanzig Jahren thront das Schloss wie ein fetter Drache auf einem Schatz. Was glaubst du, wie es Sydney Seymour geschafft hat, den Schein zu wahren, als er noch Earl of Raven war? Die Kupferminen sind erschöpft, die Bauernhöfe heruntergekommen.«

»Die Bauernhöfe haben damals sicher mehr Erträge gebracht als heute. Sie existieren immer noch, und wenn wir sie erst wieder in Schwung gebracht und neue Kupfervorkommen gefunden haben, wird Black Raven wieder Gewinn abwerfen.« Cynara klapperte mit den Zähnen, nicht so sehr wegen der Kälte als aus Furcht. »Du hast ein Geheimnis erwähnt?«

»Wenn du mich geheiratet hättest, hätte ich die Kontrolle über das Vermögen gehabt, verstehst du das nicht? Dein Bruder war im Gefängnis und wäre dort verrottet, wenn er nicht vorher verurteilt worden wäre, und für Estelle wäre gesorgt worden. Das hatte ich versprochen. Nach dem Tod deines Bruders hätten wir Bluewater verkaufen und dabei eine ganz nette Summe einstreichen können.«

»Was redest du da, Felix? Was hat Brandon damit zu tun?« Als sie ihn durch das Zwielicht anstarrte, fiel ihr das zufriedene Lächeln auf seinem Gesicht auf.

»Solange ich dich bei mir habe, werde ich gewinnen«, lautete die einzige Erklärung, die er gab.

Sosehr sie ihn auch mit Fragen bestürmte, er zuckte nur die Achseln und konzentrierte sich darauf, das Boot an einer Reihe von Felsen vorbei zu einer Bucht eine Meile östlich von Black Raven zu bringen. Cynara verstummte, als der Rumpf über den steinigen Untergrund schabte. Das Ufer stieg steil an, und sie musste auf allen vieren kriechen, um einen Felsvorsprung zu erreichen. Vielleicht gab es von hier eine Möglichkeit zu entkommen. Aber sowie sie auf die Beine kam, ließ eine Stimme sie zusammenschrecken.

»Ich wusste nicht, dass Sie eine Dame zum Abendessen mitbringen, Lord Raven.«

Cynara starrte in Muggins' boshaftes Gesicht. »Sie!«, stieß sie aus. »Jetzt weiß ich, warum Sie verschwunden sind und versucht haben, uns auf der Straße nach Basingstoke umzubringen. Ich habe Sie auf dem Weg durch die Gairlock Woods mit Lady Fidalia sprechen sehen.«

»Ich verkehre mit hochstehenden Persönlichkeiten«, erwiderte Muggins grinsend. Er wandte sich an Felix. »Sie haben ihr doch nichts von dem Geheimnis verraten?«

»Nein … warum sollte ich? Sie wird noch früh genug dahinter kommen.« Felix musterte sie eingehend. Verlangen huschte über sein Gesicht, dann Verschlagenheit, dann Zorn. Der Zorn blieb. »Ich habe mich noch nicht entschieden, ob ich sie nach Virginia mitnehmen oder zurücklassen soll – tot.« Ohne Cynara eines weiteren Blickes zu würdigen, kletterte er in eine

Höhle unter den Klippen. »Bis ich eine Entscheidung getroffen habe, musst du sie Tag und Nacht bewachen«, rief er Muggins zu. »Wenn nötig, fessle sie.«

Muggins packte Cynara am Arm und zerrte sie hinter ihm her in die Höhle. Ein kleines Feuer brannte dicht vor dem Eingang, in einem Topf brodelte Suppe. Felix hatte sich bereits ans Feuer gesetzt.

Er erinnerte in nichts an den gepflegten, eleganten Bräutigam, den sie vor dem Altar zurückgelassen hatte. Jetzt trug er zerrissene Kleidung, sein Haar war verfilzt und schmutzig. Er war dünner geworden, sein Gesicht schien kantiger.

Muggins stieß sie neben Felix zu Boden und füllte Suppe in hölzerne Näpfe. Sie schmeckte nach Zwiebeln und Fisch, aber Cynara würgte sie hinunter, da sie nicht wusste, wann sie ihre nächste Mahlzeit bekommen würde. Muggins warf ihr ein Stück hartes Brot zu, und sie tunkte es in die Brühe.

»Kein Glück gehabt?«, sagte Muggins zu Felix. Cynara registrierte den verstohlenen Blick, den der ehemalige Oberstallknecht Felix zuwarf, als könnte ein falsches Wort eine Art Explosion auslösen.

»Hölle und Teufel!«, fluchte Felix und warf seinen leeren Napf auf den Boden. »Wir haben jede Zelle durchsucht, und immer noch keine Spur von der Truhe.«

Cynara lauschte gespannt. Truhe? Es gab viele alte Truhen im Schloss, Truhen mit Kleidern, Truhen mit Büchern und geschnitzte Hockertruhen. Fast wäre ihr eine Frage entschlüpft, aber was würde es schon bringen, Felix noch mehr zu reizen?

»Wir haben überall gesucht, ich habe keine Ahnung, was wir als Nächstes machen sollen.« Felix sprang auf und lief hin und her. Die Höhle, die am Eingang ziemlich breit war, verengte sich im hinteren Teil zu einer schmalen Öffnung – zu schmal für einen Menschen –, die tiefer in die Felsklippen führte.

»Wir können jetzt nicht aufgeben«, sagte Muggins und nahm sich noch etwas Suppe. »Wir ruhen uns ein paar Stunden aus und machen bei Tagesanbruch weiter.«

Felix trat nach einem Stein. »Wir können uns jetzt nicht ausruhen. Man wird Cynara im Schloss vermissen und überall nach ihr suchen.« Er lachte leise in sich hinein. »Wenigstens wird uns dieser Hitzkopf Merlin nicht in die Quere kommen. Ein glücklicher Umstand, dass die Polizisten den grauen Umhang am Strand gefunden haben. Gute Idee, Muggins.«

»Umhang?«, platzte Cynara heraus. »Du hast ihn dort hingelegt, damit der Verdacht auf Merlin fällt, aber in Wirklichkeit hast du Jean umgebracht.«

Felix schenkte ihr ein träges, beifälliges Lächeln, und Cynara erschauerte vor Ekel. »An deiner Fähigkeit, logische Schlussfolgerungen zu ziehen, ist nichts auszusetzen, Süße. Vielleicht nehme ich dich ja doch mit nach Amerika. Ich habe deine Gesellschaft immer erfrischend empfunden … und ich hatte von jeher eine Schwäche für dich.«

Cynara schrak zurück. Sie musste den verzweifelten Drang unterdrücken, aus der Höhle zu rennen. Aber wenn sie sich retten wollte, musste sie Felix hinters Licht führen. »Warum hast du Jean getötet? Wieso hat der alte Mann eine Bedrohung für dich dargestellt?«

»Jean wusste von dem Geheimnis. Er wollte ein Stück vom Schatz für sich haben. Seit ich den Titel von Max geerbt hatte, hat er mich erpresst. Er musste sterben.«

»Schatz? Das musst du mir erklären, Felix«, sagte sie.

»Ich bin dir keine Erklärung schuldig, Cynara. Du hast mich verraten, als du diesen Versager Merlin zum Mann genommen hast.« Seine Stimme wurde wehleidig. »Ich habe ihn schon immer verabscheut, genauso wie deinen Bruder. Sie und Max waren einander so nahe und haben mich immer von allem ausgeschlossen.« Er straffte die Schultern. »Ich habe genauso viel Anspruch auf Black Raven wie Merlin, auch wenn ich zur Hälfte Amerikaner bin. Und mein Vater George hatte genauso viel Anspruch auf den Schatz wie die anderen Seymour-Brüder.«

»Ich verstehe leider nicht, wovon du redest.«

Felix zuckte die Achseln. »Nicht nötig, dass du die ganze Geschichte erfährst. Wenn ich mit Merlin und deinem Bruder fertig bin, werdet ihr mich um Hilfe anflehen – du und deine nutzlose Mutter.«

Cynara kochte, aber sie zügelte ihren Zorn. Noch nie hatte sie sich so sehr nach Flucht gesehnt wie in diesem Moment. Aber sie musste die Ruhe bewahren, wenn sie nicht so enden wollte wie Jean.

Merlin steckte Cynaras Schuh ein und nahm Brandons Arm. »Komm, lass uns im ›Todesloch‹ nachschauen. Sie wird in der Flut ertrinken, wenn wir nicht vorher da sind.«

Sie stolperten die rutschigen Stufen hinunter, und Brandon hielt die flackernde Kerze hoch. Die Wände glänzten vor Feuchtigkeit, und das hohle Geräusch von tropfendem Wasser hallte schaurig durch den Raum.

»Diesen Ort wieder zu sehen, jagt mir kalte Schauer über den Rücken«, gestand Merlin, während er die Riegel der hölzernen Falltür zur Seite schob. Sie klappten sie auf und spähten in die Dunkelheit. »Ich kann nichts sehen. Das Wasser ist schon ziemlich hoch.«

Brandon kniete sich auf den Boden und hielt die Kerze in die Öffnung, aber sie konnten trotzdem kaum etwas erkennen.

»Ich muss wohl hinuntergehen«, sagte Merlin mit einem Seufzer. Als Brandon Einwände erheben wollte, fügte Merlin hinzu: »Ich kenne die Zelle, du nicht.« Er schwang die Beine über den Rand und tastete nach den steinernen Stufen. Mit einer Hand hielt er sich an der Kante fest, während er auf den schmalen Sims stieg. »Gib mir jetzt die Kerze.«

Brandon gehorchte, und Merlin überprüfte die modrige Gruft. »Niemand hier, Gott sei Dank! Nichts im Wasser.« Er gab Brandon die Kerze zurück. »Aber wo könnte sie sein?«

»Wir müssen die Verliese gründlich durchsuchen. Dann das Schloss und das Gelände.« Brandons Stimme bebte leicht. »Sie ist sehr mutig, aber dieses Mal habe ich ein ungutes Gefühl.«

Merlin stemmte sich hoch und klappte die Falltür zu. »Keine Zeit zu verlieren! Los, suchen wir das nächste Stockwerk ab.

Die Nacht wich langsam der Morgendämmerung. Cynara war an Händen und Füßen gefesselt. Ihr Körper war steif vom langen Liegen auf dem felsigen Boden, und jedes Mal, wenn sie versuchte, sich auf die Seite zu drehen, bohrte sich ein Stein in ihren Rücken. Wenn es nur eine Möglichkeit gäbe zu entkommen, dachte sie und starrte mit brennenden Augen auf das Meer hinaus. Die Brandung schlug mit monotonem Gleichmaß auf den Strand. Normalerweise war dieses stetige Rauschen eine gute Hilfe bei Schlaflosigkeit, aber heute irritierte es sie. Die See ging ruhiger, der Tag war grau vom Regen.

Sie bewegte sich unbeholfen unter der muffigen Pferdedecke, die Muggins über sie geworfen hatte. Als sie einen Blick über die Schulter warf, stellte sie fest, dass die beiden Männer noch schliefen. Felix hatte nach dem Abendessen noch einmal in die alten Burgverliese zurückkehren wollen, aber Muggins hatte es ihm ausgeredet, indem er darauf hinwies, dass die Suche nach Cynara die ganze Nacht andauern könnte. Sicher würden auch die Verliese dabei nicht ausgelassen.

»Auch wenn sie Merlin Seymour misstrauen, die Hausherrin mögen sie«, sagte er. »Sogar die sauertöpfische Mrs. Averell hat ihre Zuneigung für Lady Raven entdeckt. Ich wette, man wird unermüdlich nach ihr suchen.«

Felix hatte etwas gemurmelt und sich auf einen Stapel Decken geworfen. Cynara fragte sich, wann die beiden nach Black Raven zurückkehren wollten. Sicher nicht bei Tageslicht, dachte sie beklommen, bei der Vorstellung, den ganzen Tag in dieser Höhle in der Gesellschaft ihrer Feinde auszuharren. Sie schloss die Augen. Ihre Gedanken liefen kreuz und quer wie eine Ratte in einem Käfig, die nach einem Ausweg sucht. Als der Morgen heller wurde, hievte sie sich in eine sitzende Position.

Ihre Hände steckten immer noch in den Verbänden, die mittlerweile nur noch aus schmutzigen Lumpen bestanden. Sie waren so eng um ihre Handgelenke gewickelt, dass es ihr fast die Blutzufuhr abschnürte. Sie wünschte, sie könnte sie lösen, um dann vielleicht, wenn es ihr gelang, die Verbände abzustreifen, aus den Fesseln zu schlüpfen.

Sie nagte an dem Knoten, der den Verband an ihrer linken Hand hielt. Die neue Haut auf ihren Händen fühlte sich straff an und juckte, und sie fragte sich, ob die Verbrennungen schon vollständig verheilt waren. Gerade als sie mit ihren Bemühungen Erfolg zu haben schien, rührte sich Muggins und war schlagartig wach. Er starrte sie misstrauisch an, als sie hastig ihre Hände unter der Decke verbarg. Vielleicht ergab sich später eine Gelegenheit, weiter an den Knoten zu arbeiten.

Merlin und Brandon waren müde, verdreckt und halb krank vor Sorge, als sie bei Tagesanbruch aus den Verliesen taumelten. »Wo kann sie bloß sein?«, schrie Merlin und trat die Tür am Ende des Weinkellers auf.

»Ich wünschte, ich hätte eine Kristallkugel«, sagte Brandon müde, der dicht hinter Merlin war.

Merlin blieb stehen. »Du solltest lieber hier unten bleiben, alter Freund. Was ist, wenn die Polizisten zum Frühstück kommen?«

Brandon zuckte die Achseln. »Und du? Sie werden dich wieder einsperren.«

Ein Lächeln breitete sich langsam auf Merlins Gesicht aus. »Es sei denn, wir sperren sie zuerst ein. Schließlich gibt es hier unten jede Menge Zellen.«

Brandon lachte und schlug Merlin auf die Schulter. »Eine großartige Idee!« Er strich über sein schmutziges, unrasiertes Kinn. »Aber binden wir sie doch lieber nur auf den bequemsten Sesseln im Haus fest und stellen ihnen Spielkarten und Brandy zur Verfügung. Dann nehmen sie uns unseren ›Streich‹ vielleicht nicht so übel.«

»Hm, ein Punkt für dich. So machen wir es.« Merlin lenkte seine Schritte in Richtung Küche. »Komm, gehen wir und bereiten ihnen die Überraschung ihres Lebens.«

24

Obwohl sie sich den ganzen Tag abmühte, gelang es Cynara nicht, die Bänder an ihren Handgelenken zu lösen. Die Männer waren verschwunden und hatten sie an einen Felsen gefesselt zurückgelassen. Sie konnte sich den ganzen Tag kaum rühren und weinte vor Schmerzen. Am Abend waren ihre Glieder völlig taub, und sie war so verzweifelt, dass sie bereit war, alles zu tun, was Felix und Muggins verlangten. Sie hatte sich allerdings in den endlosen Stunden einen Plan ausgedacht, der vielleicht in die Tat umzusetzen war. Ihr war etwas eingefallen, das sich als äußerst wichtig erweisen könnte.

»Immer noch hier?«, bemerkte Felix mit gespieltem Erstaunen, als die beiden zurückkamen. Er trug einen Beutel, in dem ein totes Huhn und Kartoffeln waren. »Wie ich sehe, widerstrebt es dir, auf meine Gesellschaft zu verzichten.« Er kicherte und tätschelte ihren Schenkel. »Ich schätze eine solche Hingabe bei Frauen.«

Cynara hätte ihm am liebsten einen Tritt versetzt. »Bitte, binde mich los, Felix. Ich habe dir etwas Wichtiges zu sagen.«

Muggins nahm Felix den Beutel ab, stellte ihn auf den Boden und knurrte: »Lassen Sie sich nicht mit falschen Versprechungen reinlegen, Master Felix.«

Felix zuckte nur die Achseln und löste das Seil um ihren Hals und ihre Taille. Jetzt hatte sie beschränkte Bewegungsfreiheit. Felix beobachtete, wie sie mühsam versuchte, sich aufzurichten. »Ich nehme an, du musst dem Ruf der Natur folgen«, sagte er und löste sämtliche Fesseln. »Aber versuch keine Tricks.« Aus seinem Stiefelschaft zog er ein Messer. Die scharfe Spitze glitzerte gefährlich im Schein der untergehenden Sonne. »Geh zum Strand hinunter, aber keine Dummheiten. Ich halte direkt neben dem Boot Wache.«

Cynara gehorchte. Ihre Glieder waren so steif, dass sie sich kaum bewegen konnte.

Wenn sich die Gelegenheit bot, musste sie eine Möglichkeit zum Entkommen finden. Als sie verstohlen die gesamte Länge des felsigen Strandes musterte, stellte sie fest, dass es nicht möglich war, es sei denn, mit einem Boot. Aber neben dem Ruderboot wachte mit finsterer Miene Felix, die Arme vor der Brust verschränkt.

Seufzend zog sie sich hinter einen großen Felsen zurück. Ihr war klar, dass sie gänzlich auf ihren ursprünglichen Plan angewiesen war.

Zwei Stunden später, als sie Hühnerbrühe mit Kartoffeln aßen, brachte sie das Thema zur Sprache. »Du suchst nach einer Truhe, nicht wahr, und du hast sie noch nicht gefunden. Nun, ich weiß vielleicht, wo sie ist«, bemerkte sie beiläufig.

Die beiden Männer hörten auf zu essen und starrten sie aus schmalen Augen an.

»Hören Sie nicht auf sie«, sagte Muggins. »Sie will uns hinters Licht führen.«

Felix' Augen blitzten zornig auf. »Wenn dem so ist, wird sie merken, dass ich keine Gnade kenne.« Seine Lippen kräuselten sich verächtlich. »Und wo soll die Truhe sein? Woher willst du etwas darüber wissen?«

»Ich habe mich vor kurzem in den Verliesen umgesehen«, antwortete sie leichthin und versuchte so zu tun, als würden ihre drohenden Mienen ihr keine Angst einjagen. »Ich könnte dir die Stelle zeigen – unter einer Bedingung.«

Die Männer wechselten einen Blick und lachten. »Na bitte, der Trick«, sagte Muggins. »Ich habe Ihnen ja gesagt, dass Sie ihr nicht trauen dürfen.«

Felix lehnte sich an einen Felsbrocken, die Hände auf den Bauch gelegt, ein zufriedenes Lächeln auf den Lippen. »Es schadet nichts, ihren Plan zu hören. Solange sie in unserer Gewalt ist, sind wir vor ihren Machenschaften sicher.«

»Ich zeige dir die Stelle, aber nur, wenn du mich freilässt.« Sie hob die Hände, um Muggins' lautstarken Protest abzuwehren. »Du kannst mich im selben Moment freilassen, in dem du Black Raven verlässt. Niemand wird je etwas erfahren, und mir ist meine Freiheit mehr wert als eine geheimnisvolle Truhe.«

Felix' Schmunzeln wuchs sich zu schallendem Gelächter aus. »Du hast wohl den Verstand verloren, Cynara. Entweder du stirbst, oder du gehst mit mir nach Amerika.« Er beugte sich mit gierig funkelnden Augen zu ihr vor. »Du kannst uns allerdings das Versteck verraten, und so deine Leiden verkürzen.«

Cynara setzte ihren Napf behutsam ab, obwohl sie ihm den Inhalt am liebsten ins Gesicht geschleudert hätte. Aber eine solche Geste würde nur ihr Leben in Gefahr bringen. Sie musste einen kühlen Kopf bewahren, auch wenn ihre Hände zitterten und ihr Herz vor Angst raste.

»Ich kann mich nicht genau erinnern, aber es ist in der Strandhöhle hinter dem geheimen Durchgang.« Da sie befürchtete, die beiden würden sie nicht mitnehmen, fügte sie hinzu: »Es ist unterhalb der Felsen, direkt an der Wasserlinie.«

Felix warf Muggins einen aufgeregten Blick zu, aber Muggins machte ein skeptisches Gesicht. »Warum sollte sie sich plötzlich daran erinnern?«, bemerkte er. »Sie lügt.«

Felix stand entschlossen auf. »Du kannst hier bleiben und

auf sie aufpassen, ich durchsuche inzwischen die Höhle. Es muss bald geschehen – solange der Wasserstand es zulässt.«

Muggins zuckte die Achseln. »Wie Sie meinen«, sagte er verdrossen.

»Wie auch immer, hier können wir nicht mehr lange bleiben. Die Lage wird von Tag zu Tag gefährlicher. Ich bin überzeugt, dass mittlerweile ernsthaft nach Cynara gesucht wird. Wir müssen die Truhe heute Nacht finden oder aufgeben.« Er nahm eine Sturmlaterne in eine Hand und eine Pistole in die andere und ging.

Der Wind pfiff durch die Felsen, Möwen kreisten auf der Suche nach Nahrung über dem kalten blaugrünen Wasser. Cynara hatte sich noch nie so verloren gefühlt wie in diesem Moment.

Im Verlauf der nächsten Stunde starrten Cynara und Muggins einander voller Unbehagen an. Nur das Rauschen der Brandung war zu hören. Schließlich hielt Cynara, die von Minute zu Minute nervöser wurde, das Schweigen nicht mehr aus.

»Was hat Sie bewogen, in den Dienst eines Schurken wie Felix Seymour zu treten?«, fragte sie den mürrischen Stallknecht.

Er spuckte direkt vor ihren Füßen auf den Boden. »Wem hätte ich denn sonst dienen sollen? Master Felix ist der wahre Earl of Raven, nicht Ihr Mann. Ich diene dem Earl, so wie ich es mein Leben lang getan habe.« Er machte eine Pause. »Abgesehen davon hätte ich nichts dagegen, reich zu werden, und Master Felix hat mir einen Anteil an dem Schatz versprochen.«

»Nach allem, was er getan hat, halten Sie immer noch zu ihm? Sie wissen, dass er imstande ist zu morden. Er ist verrückt.«

Muggins stieß einen Seufzer aus. »Wie dem auch sei, ich kann meine Pläne jetzt nicht mehr ändern. Es ist zu spät.«

Cynara dachte schweigend über seine Worte nach. Ohne Muggins' Habgier und seine Loyalität gegenüber Felix wäre nichts von alledem passiert. Er hatte Felix geholfen, seinen eigenen Tod vorzutäuschen.

Die Sonne versank im Meer und färbte das Wasser tiefrot. Der Anblick erinnerte Cynara an Ströme von Blut, und sie wandte das Gesicht ab. Ein kalter Wind von Norden stahl sich in jeden Winkel der Höhle und fuhr Cynara durch die Glieder. Eine Gänsehaut überlief sie, sie hatte das Gefühl, dass ihr nie wieder warm werden würde.

Böse Vorahnungen erfüllten sie, als Felix nicht wie versprochen zurückkam. Was war mit ihm passiert? Würde sie für immer und ewig mit Muggins hier festsitzen?

Sie stand auf, um sich zu strecken. An der Stelle, wo Felix das Seil straff angezogen hatte, bevor er gegangen war, tat ihr das Handgelenk weh. Zu ihrer Erleichterung hatte er ihr keine Fußfesseln angelegt, so konnte sie in der Höhle auf und ab gehen, um die Kälte aus ihren Gliedern zu vertreiben. Sie kniff die Augen zusammen, um zu sehen, ob sich am Strand etwas tat.

»Keine Dummheiten«, sagte Muggins und richtete eine Pistole auf sie. »Ich schrecke nicht davor zurück abzudrücken.«

»Sehen Sie, Felix kommt zurück. Da ist das Ruderboot!«

Muggins verrenkte sich den Hals, um besser sehen zu können. Seine finstere Miene erhellte sich, aber er hielt die Pistole unbeirrt auf sein Ziel gerichtet und wartete geduldig, bis Felix die Höhle betrat.

Cynara merkte sofort, dass Felix übelster Laune war. Fluchend ließ er die Laterne auf den Boden fallen. »Ich habe nichts gefunden außer Muscheln und verfaultem Seetang«, warf er Cynara vor. »Falls du mich zum Narren gehalten hast, drehe ich dir den Hals um, schön langsam, bis dir das Genick bricht.«

Cynara schrak vor dem Hass in seinen Augen zurück. »Ich muss selbst hingehen«, sagte sie mit bebender Stimme. »Du musst mir erlauben, mich in der Höhle umzuschauen. Ich kann mich nicht genau an die Stelle erinnern.«

Wut verdunkelte Felix' Züge. »Woher weißt du, was dort versteckt ist?«

»Ich weiß gar nichts, nur dass es um eine geheimnisvolle Truhe geht. Ich hoffe, sie befindet sich dort, wo ich sie vermute, aber sicher bin ich mir nicht.«

Felix musterte sie einen Moment lang. »Na schön, aber wenn das ein Trick ist, bringe ich dich um. Los, komm schon, und keine Dummheiten!«

Ein kalter Schauer lief ihr über den Rücken. Sie wusste, dass er es ernst meinte, und betete, dass sich die Truhe tatsächlich hinter dem Felsen befand, an den sie sich erinnert hatte. Ihre Beine zitterten, als sie sich über den Strand schleppte, dicht gefolgt von den zwei bewaffneten Männern.

Merlin und Brandon begutachteten ihr Werk, während die zwei Ordnungshüter sie aus den beiden Armsesseln in Merlins Studierzimmer wütend anstarrten. Taille und Beine fest an die Sessel geschnürt, die rechte Hand auf den Rücken gebunden, konnten sie zwar Brandy trinken und Karten spielen – wenn auch mit Mühe – sich aber nicht von ihren Fesseln befreien.

»Sie sehen ziemlich verärgert aus, findest du nicht, Merlin?«, stellte Brandon grinsend fest.

»Dafür werden Sie hängen, Mr. Hawthorne«, stieß Sergeant Todd zornbebend hervor.

»Wir haben etwas Wichtiges zu erledigen«, sagte Merlin, »und dabei wären Sie uns nur im Weg. Wenn Sie auf freiem Fuß geblieben wären, hätten Sie uns unverzüglich eingesperrt. Es blieb nur eine Wahl: Sie oder wir.« Merlin ging zur Tür. »Wenn Sie den Verstand haben, den ich Ihnen zubillige, sollten Sie die Gelegenheit für diese Spanne der Erholung nutzen. Der Brandy ist exzellent.« Er verbeugte sich. »Gentlemen, ich wünsche Ihnen viel Vergnügen.«

Brandon folgte Merlin lachend, und sie schlossen die Tür hinter sich ab. »Sie waren so wütend, dass ich den Schwefelgeruch der Hölle zu riechen glaubte«, sagte er und steckte den Schlüssel in seine Tasche. »Es geht doch nicht, dass die Diener unsere würdigen Gesetzeshüter gefesselt vorfinden«, meinte er. »Und sie womöglich freilassen.«

»Nein.« Merlin runzelte die Stirn. »Hoffen wir, dass wir Cynara finden, bevor die Diener die beiden entdecken. Wir müssen uns noch einmal die Verliese vornehmen.«

Sie durchsuchten jeden Winkel und jede Ecke der modrigen unterirdischen Zellen, ohne etwas anderes als Staub und Mäusekot zu finden. Als sie durch den Weinkeller wieder nach oben gingen, waren sie von oben bis unten mit Schmutz bedeckt. Die letzten Strahlen der Sonne glitzerten rot auf dem Meer und erinnerten sie daran, dass sie den ganzen Tag noch nichts gegessen hatten. Hungrig und durstig stürzten sie in die Küche, wo sie ein hastiges Mahl aus Mrs. Blacks Vorräten zu sich nahmen.

»Mein Sohn ist gerade zurückgekommen«, sagte sie. »Er wollte noch das Pferd versorgen, wird aber gleich wieder da sein.«

Merlin stand am Fenster und verzehrte ein Stück kalter Fleischpastete. »Ich brenne darauf zu erfahren, was er uns zu sagen hat. Ach ja, Mrs. Black, sagen Sie einem der Lakaien, dass er Mrs. Hawthorne holen soll. Wir treffen uns mit ihrem Sohn im Frühstückszimmer.«

»Ich nehme an, Sie haben Lady Raven nicht gefunden?«, fragte die Köchin. Ihr rundes Gesicht war voller Sorge, und ihre Hände zerrten unaufhörlich an ihrer weißen Schürze.

»Nein.« Merlin presste die Lippen zusammen. Brandon fand, dass er aussah, als wäre er kurz vor dem Zusammenbrechen. Der Mann hatte seit Tagen nicht geschlafen.

»Von der Dienerschaft hat wohl niemand irgendwelche Spuren auf dem Gelände entdeckt?«, fragte Merlin.

Die Köchin schüttelte den Kopf. »Leider nicht.« Sie wischte sich verstohlen Tränen aus den Augen. »Ich mochte Mylady sehr«, sagte sie mit gepresster Stimme.

Merlin fuhr herum und knallte seinen leeren Teller auf den Tisch. »Reden Sie nicht von ihr, als wäre sie tot!« Er stürmte hinaus.

»Achten Sie nicht auf ihn«, sagte Brandon zu Mrs. Black. »Er ist außer sich vor Sorge.«

»Das sind wir alle. Ihre Schwester ist ein Schatz.« Mrs. Black verbarg das Gesicht in ihrer Schürze und stürzte in die Waschküche.

Mit gesenktem Kopf schlich Brandon davon, um seine Mutter zu trösten, noch jemand, der vor Angst halb von Sinnen war.

Merlin stand im Frühstückszimmer am Fenster und starrte auf die See hinaus. Brandon und Estelle saßen am Tisch und hielten einander die Hand, als Bobby Black hereinkam.

Der Junge sah müde aus, sein Gesicht verschmutzt vom Straßenstaub.

»Nun, welche Botschaft bringst du uns?«, fragte Merlin kurz und streckte eine Hand aus. Tiefe Sorgenfalten zogen sich durch sein Gesicht.

Bobby reichte ihm einen Umschlag, und Merlin riss ihn auf. Tiefe Stille hatte sich über den Raum gesenkt.

Merlin las laut vor:

Liebe Estelle Mournay Hawthorne!

Wir hätten nie gedacht, je wieder von Ihnen zu hören. Seit unserer Ankunft in England sind siebenundzwanzig Jahre vergangen, und wir dachten, Sie, das letzte Mitglied der Familie Mournay, müssten in Cornwall gestorben sein, da wir so lange keine Nachricht von Ihnen hatten. Ihre Anfrage traf uns wie ein Schock, denn uns wurde klar, dass Sie all die Jahre nicht wussten, dass Ihr Vater ein Schiff mit dem Mournay-Vermögen nach England geschickt hatte. Bis auf eine Schatulle mit Familienschmuck tauschte er alles gegen Gold ein. Nach der Revolution versuchten wir, Kontakt zu unseren alten Familienanwälten in Frankreich aufzunehmen, und erfuhren, dass sämtliche Mournays – außer Ihnen – in Paris hingerichtet worden waren. Einer unserer treuen Diener, der auf unserem zerstörten Chateau geblieben war, berichtete kurz nach Ende der Schreckensherrschaft, dass das Schiff mit dem Mournay-Vermögen im Ärmelkanal gesunken war. Wir waren überzeugt, dass Sie davon in Kenntnis gesetzt worden waren. Aus dem, was der junge Stallbursche, der von Black Raven zu uns kam, sagte, schlossen wir, dass Jean Leblanc Mitglied der Besatzung gewesen sein muss, die auf dem Schiff Hirondelle *von Frankreich nach England segelte. Wir werden weitere Erkundigungen einziehen.*

»*Hirondelle*?«, keuchte Estelle. »Das war eines von Vaters Schiffen.«

»Der Pfarrer, der sich noch recht gut an das Schiffsunglück erinnert, hat mir den Namen genannt.«

»Aber warum habe ich nie zuvor etwas davon gehört?«, wollte Estelle wissen.

»Sie haben vermutlich Gerede über die Katastrophe gehört, aber vielleicht hat niemand den Namen des Schiffes erwähnt. Sie müssen bedenken, dass Sie damals nicht auf Black Raven, sondern in Bluewater lebten. Wie auch immer, niemand brachte die Tragödie mit Ihnen in Verbindung.«

»Und wie kommt es, dass das *Hirondelle*-Kollier gefunden wurde, wenn mein Vater die Schmuckschatulle an Bord seines Schiffes brachte und sie auf den Boden des Meeres sank?«

Merlin hieb mit der Faust auf den Fensterrahmen. »Irgendjemand hat sich das Mournay-Vermögen angeeignet, und ich werde nicht ruhen, bevor ich weiß, wer es war!«

Cynara fröstelte in der scharfen Brise, aber sie starrte unverwandt auf Black Raven, dessen Türme über den Klippen aufragten. Viele Fenster waren von Kerzenlicht erhellt, das machte ihr Mut. Dort waren Menschen, die nach ihr suchten. Was sie brauchte, war mehr Zeit … Früher oder später würde jemand in den Verliesen nach ihr suchen, dann in den Gängen … und in den Höhlen. Vielleicht gelang es ihr, den Weg zum Strand hinaufzulaufen.

»Da sitzt du nun und schmiedest Pläne wie ein alter Staatsmann, stimmt's, Cynara?«, schrie Felix erbost über den Wind hinweg. Er manövrierte das Ruderboot in den Windschatten der Höhle, die hinter dem schmalen Streifen Sand unterhalb des Schlosses lag. »Wenn du die Truhe nicht vor Einsetzen der Flut findest, wird es dir Leid tun.« Er stieß sie grob aus dem Boot. Der Saum ihres Kleides und ihre Füße waren sofort durchnässt, und ihr tat der Rücken an der Stelle weh, wo er sie gestoßen hatte. »Bilde dir bloß nicht ein, du könntest mich für dumm verkaufen«, drohte Felix.

Cynara biss die Zähne zusammen, um ein Stöhnen zu unterdrücken, und schleppte sich an Land. Ihre Augen hatten sich mittlerweile an die Dunkelheit gewöhnt. Als Felix die Sturmlaterne anzündete, wusste sie genau, wo die Stelle war, die sie beim letzten Mal entdeckt hatte. Die Felsen schimmerten feucht und schwarz im Licht, als Cynara auf die Steinstufe stieg, die zu dem geheimen Zugang führte. Unsicher auf einem Felsbrocken balancierend, berührte sie die seltsam glatte Oberfläche des Felsens in Schulterhöhe. »Hinter dieser Felsplatte.« Was, wenn sie sich irrte? Wie auch immer, ihr Plan verschaffte ihr ein wenig Zeit, um einen Fluchtversuch zu wagen. Die Steinplatte schien zu schwer zu sein, um sich verschieben zu lassen.

Felix murmelte etwas vor sich hin, als er den Felsen gedankenverloren betrachtete. Er warf ihr einen drohenden Blick zu. »Wenn du gelogen hast, wirst du deine Strafe bekommen.«

Cynara war zu starr vor Angst, um darauf antworten zu können. Sie sah zu, wie die beiden Männer anfingen, sich an der Felsplatte zu schaffen zu machen. Sie hatten sie an Händen und Füßen gefesselt, damit sie nicht weglaufen konnte, und sie ließ sich niedergeschlagen auf die Stufe sinken, von der man in den Geheimgang gelangte. Im flackernden Licht der Laterne, das sich an den rauen Felswänden brach, beobachtete sie, wie die beiden Männer die Platte langsam zur Seite wuchteten. Wieder fiel ihr auf, wie glatt der Fels im Vergleich zu den anderen in der Höhle war. Durchaus möglich, dass sich dahinter der Schatz verbarg …

Als das Licht der Laterne allmählich schwächer wurde und die Dunkelheit zunahm, gelang es den Männern endlich, die Platte beiseite zu schieben. Felix tastete nach der Lampe, und Cynara betete darum, dass bald jemand zu ihrer Rettung kam. Da sie um ihr Leben fürchtete, wagte sie nicht zu schreien.

»Da ist tatsächlich eine Vertiefung hinter dem Stein«, sagte Felix aufgeregt. »Vielleicht hast du ja doch nicht gelogen.«

Cynara gab keine Antwort. Ihre Neugier war geweckt. Sie stand auf und verrenkte sich den Hals, um mehr zu sehen. Da sie gefesselt war, konnte sie nicht zu den Männern gehen. Felix war auf die Felsen gestiegen und lehnte sich tief in die Höhlung hinein, während Muggins ihm die Laterne hielt.

Felix stieß einen Schrei aus. »Da steht etwas!« Er schob sich weiter in den Hohlraum hinein. Cynara setzte sich wieder und bemühte sich verzweifelt, ihre Füße aus dem Seil zu ziehen, aber die feste Schlinge gab nicht nach. Jetzt, da die Aufmerksamkeit der Männer abgelenkt war, wäre der günstigste Zeitpunkt zum Fliehen gewesen.

Felix zerrte etwas aus der Vertiefung, eine staubige, viereckige Kiste. Sie schien schwer zu sein, denn er stöhnte und ächzte unter ihrem Gewicht. Mit Muggins' Hilfe hob er sie auf die Felsen unter der Platte und trug sie dann zu der Steinstufe, auf der Cynara saß.

Felix' Augen funkelten vor Erregung. »Ich wusste, sie musste irgendwo hier sein. Aber dass ausgerechnet du das Versteck entdeckt hast, Cynara, ist eine Überraschung.«

Leises Klirren von Metall war zu hören, als sie die Truhe absetzten. Im Licht der Laterne machten sie sich an dem Schloss zu schaffen.

»Sieht wie neu aus«, stellte Muggins fest. »Nicht ein bisschen rostig.«

»Was bedeutet, dass jemand die Truhe in den Händen gehabt, sie sogar vor kurzem geöffnet hat. Es handelt sich hier um ein Geheimnis der Seymours, musst du wissen. Die drei Brüder wussten davon«, sagte Felix.

»Wovon redest du?«, fragte Cynara.

Felix warf ihr einen harten Blick zu. »Von Sydney, George

und Ross Seymour natürlich. Sie haben diesen Schatz vor fünfundzwanzig Jahren von einem gesunkenen französischen Schiff gestohlen.«

Muggins war es gelungen, das Schloss mit einem scharfen Stein zu zerschlagen. Jetzt schob er die Klinge seines Messers unter den Deckel und hob ihn an. Cynara beugte sich vor, um einen Blick auf den Inhalt zu erhaschen. Sie schnappte nach Luft, als sie im Licht der Laterne Gold funkeln sah.

Felix nahm eine kleinere Schatulle heraus und öffnete sie. Edelsteine in allen erdenklichen Farben und Formen glitzerten vor Cynaras staunenden Augen.

»Es ist noch da!«, jubelte Felix, »oder das, was im Laufe der Jahre davon übrig geblieben ist. Ich bin ein reicher Mann!«

»Und ich auch«, fiel Muggins ein. Er zeigte mit dem Daumen auf Cynara. »Was machen wir mit ihr? Jetzt weiß sie Bescheid.«

»Ich weiß überhaupt nichts, nur dass dieser Schatz vor langer Zeit von den Seymour-Brüdern gestohlen worden ist«, widersprach Cynara.

Felix rieb sich das Kinn. »Können wir es riskieren, sie am Leben zu lassen? Ursprünglich hatte ich vor, sie mit nach Virginia zu nehmen, ohne dass sie etwas von dieser Sache ahnte.« Er betrachtete den Schatz. »Aber jetzt weiß sie es, und ich bezweifle, dass sie es schafft, auf Dauer den Mund zu halten. Vielleicht sollten wir sie lieber loswerden … Hm, noch ein Tod durch Ertrinken, was?«

»Nein! Das ist nicht fair. Ich habe dir geholfen.« Cynara war wie gelähmt vor Angst, als sie in Felix' kalte, berechnende Augen sah. Suchte denn niemand nach ihr? Aber da Merlin im *Duck and Willow* eingesperrt war, gab es vielleicht niemanden, der ihr zu Hilfe kommen würde – es sei denn, Brandon wäre noch immer auf Black Raven … Bitte, lieber Gott, hilf mir!, betete sie.

»Ich komme mit euch!«, rief Estelle Merlin und Brandon zu, als die beiden, mit Pistolen und Laternen bewaffnet, hinausgehen wollten.

Brandon versuchte ihre Bitte ignorieren. »Es ist eine kalte Nacht, Mutter«, sagte er. »Im Schloss bist du besser aufgehoben.«

»Hören Sie auf den Rat Ihres Sohnes, Estelle«, sagte Merlin. Als Estelle mit hoch erhobenem Kopf an ihm vorbeirauschte, wusste er, woher Cynara ihr eigensinnig gerecktes Kinn hatte.

Estelle warf einen Schal um ihre Schultern. »Ich werde verrückt, wenn ich allein hier bleibe und brüte«, sagte sie und ging nach draußen. Der Wind fuhr unter ihre schwarzen Röcke, aber sie achtete nicht darauf, sondern lief eilig um die Ecke. »Wir fangen im Rosengarten an«, sagte sie.

»Sinnlos, ihr zu widersprechen, wenn sie in dieser Verfassung ist«, sagte Brandon kleinlaut.

»Ich habe nicht die Absicht, ihr zu widersprechen«, sagte Merlin. »Frauen haben eine bemerkenswerte Intuition.« Er betete, dass sein Vertrauen in Estelles Instinkt berechtigt war.

»Wir haben das Schloss von oben bis unten durchsucht, es bleibt also nur der Garten. Das heißt, falls sich Cynara irgendwo auf dem Gelände von Black Raven befindet«, sagte Brandon. »Allmählich sieht es so aus, als hätte sie den Besitz verlassen.«

»Unsinn«, sagte Estelle scharf. »Sie ist irgendwo hier. Sie würde nicht einfach davongehen, ohne uns Bescheid zu sagen.«

Der Wind wurde von Minute zu Minute stärker. Er heulte um die Schlossmauern und durch die Risse in dem verfallenen Steinwall um den Garten. In kurzer Zeit hatten sie den Bereich abgesucht, ohne eine Spur von Cynara zu entdecken.

»Der nächtliche Maulwurf hat seine Absicht aufgegeben«, bemerkte Estelle nachdenklich.

»Er hat anscheinend nach dem Schatz der *Hirondelle* gegraben«, sagte Merlin. »Was nun?«

Estelle schien in die Luft zu schnuppern, erst in diese, dann in jene Richtung, wie ein Hund, der eine Witterung aufnimmt.

»Wie Brandon gesagt hat, wir haben im Schloss und in den Kerkern jeden Winkel durchstöbert.« Merlin ging rastlos auf und ab.

»Gehen wir zu den abgebrannten Ställen«, sagte Estelle und hetzte im Laufschritt aus dem Garten.

Die Männer wechselten einen skeptischen Blick, hatten aber keine andere Wahl, als ihr zu folgen.

»Ich bin so unruhig«, stieß Merlin zwischen den Zähnen hervor. »Ich habe das schreckliche Gefühl, dass wir nicht mehr rechtzeitig kommen, um sie zu retten.«

Cynara starrte die Verbrecher an, die vor ihr standen. Sie wusste, dass die beiden sie töten wollten.

»Ein Schlag auf den Kopf und dann ein Stoß ins Wasser«, sagte Muggins mit einem hässlichen Grinsen.

»Ja … scheint die beste Lösung zu sein.« Felix berührte Cynaras zerzauste Locken. »So ein hübsches Ding. Ein Jammer, sie zu erledigen, wirklich.«

»Werden Sie bloß nicht sentimental«, bemerkte Muggins höhnisch und beugte sich noch einmal über die Truhe.

»Lass mich wenigstens ein einziges Mal den Schatz sehen«, sagte Cynara mit bebender Stimme. Sie rückte näher an die Truhe, als könnte sie ihr helfen. Alles was sie brauchte, war mehr Zeit … Zeit zum Fliehen.

»Nun, ich glaube, das ist kein unbilliges Verlangen, wenn man bedenkt, dass diese Juwelen eigentlich deinen Hals schmücken sollten.«

Cynara starrte Felix verwirrt an. »*Meinen* Hals?«

»Ja. Ich denke, es schadet nicht, wenn du jetzt die Wahrheit erfährst. Du wirst das Geheimnis mit dir auf den Grund des Meeres nehmen.« Felix stellte die offene Schmuckschatulle auf ihren Schoß und hielt die Laterne über die kostbaren Geschmeide. »Das hier hat einmal den Mournays gehört, deiner französischen Großmutter und deiner Urgroßmutter und deinen anderen weiblichen Ahnen.«

»Das Erbe meiner Mutter?«, keuchte Cynara. »Sie hat immer geglaubt, die neue Regierung hätte das Familienvermögen beschlagnahmt, als sie den Besitz in der Gascogne übernahm.«

»Dein Großvater muss ein schlauer Fuchs gewesen sein, aber er hat weder mit dem stürmischen Kanal noch mit der Schurkerei der Seymour-Brüder gerechnet.«

»Sie haben es gestohlen«, brachte Cynara mit brechender Stimme heraus, »während wir Hawthornes all die Jahre so arm waren. Das Gold und die Juwelen hätten rechtmäßig uns zugestanden.«

»Da hast du Recht, Cynara.« Felix nahm die Schatulle von ihrem Schoß. »Aber es ist zu spät, diesen Umstand jetzt zu beklagen«, fügte er hinzu. »In der See brauchst du keinen irdischen Besitz mehr.«

Er löste ihre Fesseln und führte sie an den Rand der See, wo die Flut rasch stieg. »Du wirst morgen früh mit der Strömung hinausgespült«, sagte Felix freundlich, als würde er ihr ein Geschenk machen. Ihre Beine trugen sie kaum noch. Sie war von einem solchen Grauen erfüllt, dass sie am ganzen Körper Schmerzen litt. Sie hatte zu viel Angst, um zu weinen. Das war es also; sie würde sterben, ohne dem Mann, den sie liebte, oder ihrer Familie auch nur Lebewohl zu sagen. Es schien eine Ewigkeit her zu sein, seit sie Merlin zum letzten Mal gesehen hatte.

Eisige Wellen klatschten gegen ihre Beine und zerrten an

ihr, als lauerten sie darauf, den Rest ihres Körpers zu fassen zu bekommen. Kleine Steinchen bohrten sich in ihre Fußsohlen, als sie über den steinigen Boden taumelte.

»Rauf auf die Sandbank!«, befahl Felix und sie gehorchte. Aber als er hinter ihr von Felsen zu Felsen sprang, nutzte sie die einzige Chance, die sich ihr bot. Indem sie sich blitzschnell bückte, packte sie einen faustgroßen Stein und versuchte ihn Felix an den Kopf zu schleudern. Sie schrie auf, als der Stein ihn verfehlte und wirkungslos zu Boden fiel. Ihr Angriff hatte nur Felix' Zorn erregt. Er packte sie brutal am Arm, und sie stieß einen gellenden Schrei aus.

»Hilfe! Hilfe!«, schrie sie. Dann schlossen sich seine Hände um ihren Hals.

»Halt den Mund!«, brüllte er und drückte zu.

Ihre Stimme erstarb ihr in der Kehle, und ihre Beine gaben nach. Ein unerträglicher Schmerz schoss durch ihren Kopf, und sie rang verzweifelt nach Atem, als seine kräftigen Hände fester zudrückten. Rote Ringe tanzten vor ihren geschlossenen Lidern, und in ihren Ohren rauschte es. Dann versank alles um sie in Dunkelheit.

25

Merlin stürmte im Laufschritt den Weg zum Strand hinunter, als er das flackernde Licht einer Laterne sah. Estelle hatte ihre Meinung auf halbem Weg zu den Stallungen geändert und den Männern geraten, zum Strand zurückzugehen. Jetzt sah es so aus, als hätte sie ihr Instinkt nicht getrogen. In der Höhle nahmen sie die schattenhaften Umrisse zweier Männer wahr, dann trat einer von ihnen zur Seite und dort – war da noch jemand?

Heiße Wut stieg in Merlin auf, als er Cynaras Hilfeschrei hörte. Er flog buchstäblich über die Felsen, dicht gefolgt von Brandon.

Als er über den letzten Felsblock kletterte, sah er Cynara ausgestreckt im Sand liegen. Ein Mann beugte sich über sie, beide Hände um ihre Kehle gelegt. Blind vor Zorn sprang Merlin herunter und trat zu. Seine Stiefelspitze landete krachend an Felix' Kinn. Felix sackte in sich zusammen, und der Schein der Laterne fiel auf sein Gesicht. Merlin fluchte, als er Felix erkannte. »Der Hundesohn lebt noch!«, rief Brandon ungläubig. Während Merlin neben Cynara niederkniete und ihren Kopf stützte, machte sich Brandon auf die Jagd nach Muggins, der versuchte, mit dem Ruderboot zu fliehen.

Brandon watete durch das Wasser, zielte mit der Pistole auf den Rumpf des Boots und drückte ab. Der Schuss hallte laut durch die Höhle, und mit einem gurgelnden Laut drang langsam Wasser in das Ruderboot. Als Muggins herauskletterte, fing Brandon ihn ab und drückte ihn mit dem Lauf seiner Waffe an die Wand der Höhle. »Hilf mir!«, rief er Merlin zu.

Cynara schlug stöhnend die Augen auf. Sie war noch völlig benommen, aber sie erkannte Merlins besorgte Augen. Er tupfte ihr die Stirn mit einem feuchten Tuch ab. »Oh, Merlin«, murmelte sie.

Der Schuss ließ sie zusammenfahren, und sie setzte sich abrupt auf. Alles drehte sich vor ihren Augen, aber dann spürte sie Merlins Lippen an ihren.

»Ich liebe dich«, flüsterte er. »Jetzt wird alles gut.« Plötzlich rief Brandon irgendetwas, und dann lag ihr Kopf auf dem Schoß ihrer Mutter.

»Was ist passiert?«, krächzte sie. Ihr Hals tat schrecklich weh.

»Psst, ganz ruhig, Cynara. Du bist in Sicherheit.«

Aber Cynara rappelte sich hoch und beobachtete, wie Merlin Muggins' Hände auf dem Rücken fesselte und ihn aus der Höhle in Richtung Strand trieb. Als sie einen Schritt tat, stolperte sie über Felix' reglose Gestalt und schnappte erschrocken nach Luft. Sie betrachtete sein Gesicht, im Laternenschein und stellte fest, dass seine Augen geschlossen waren. Er sollte sie nie mehr bedrohen. Sie fand eine Rolle Schnur in seiner Jackentasche, und obwohl ihre Hände so sehr zitterten, dass sie kaum einen Knoten knüpfen konnte, bemühte sie sich, seine Hände zu fesseln. Er musste völlig wehrlos sein, und solange er nicht gefesselt war, stellte er eine Gefahr dar. Sie wurde fast ohnmächtig vor Anstrengung, aber Estelle half ihr. Brandon und Merlin trieben Muggins zu ihnen herüber und holten dann die Truhe aus der Höhle. Das Wasser reichte ihnen mittlerweile bis zu den Knien.

Muggins starrte Cynara böse an. »Das ist alles Ihre Schuld«, beschimpfte er sie. »Wenn Sie Master Felix nicht den Kopf verdreht hätten, wären wir Sie schon längst los.«

»Dann hätten Sie den Schatz nicht gefunden«, sagte Cynara heiser. Sie drückte die Hand ihrer Mutter. »Gott sei Dank, dass ihr rechtzeitig gekommen seid!«

»Ich hatte ein Gefühl von unmittelbarer Gefahr, das nicht weichen wollte«, erwiderte Estelle. »So viel ist geschehen. Mir dreht sich jetzt noch der Kopf von all den Aufregungen.«

Keuchend vor Anstrengung stellten die Männer die Truhe ab. »Das muss der Mournay-Schatz sein!«, rief Brandon und warf einen zornigen Blick auf Felix, der langsam zu sich kam. Er stöhnte und versuchte, sich den Kopf zu halten – vergeblich.

»Ihr wisst es also schon«, sagte Cynara.

»Wir haben es erst heute erfahren«, erklärte Estelle.

Brandon stieß Felix mit seinem nassen Stiefel an. »Du hast offenbar die ganze Zeit über den Schatz Bescheid gewusst«, warf er ihm vor. »Kein Wunder, dass sich das *Hirondelle*-Kollier unter meinen Sachen fand – den rechtmäßigen Erben des Mournay-Vermögens wegen Diebstahls hängen zu sehen, wäre eine sichere Methode gewesen, ihn loszuwerden.«

Merlin zerrte Felix hoch. »Du wirst den Gesetzeshütern im Schloss einiges erklären müssen«, sagte er. Die Pistole auf Felix gerichtet, fügte er hinzu: »Los! Die Truhe holen wir später.«

Cynara trat zu ihm. »Lass sie nicht hier. Du und Brandon, ihr könnt die Truhe tragen. Fessele einfach Felix und Muggins aneinander, dann sorge ich schon dafür, dass sie nicht entkommen.« Sie nahm die Pistole aus Merlins Hand, und er merkte ihr an, dass sie jedes Wort ernst meinte. Er lachte leise. »Ich glaube nicht, dass sie mit dir als Aufpasser weit kommen würden«, scherzte er.

»Ich habe auch nicht die Absicht, sie entfliehen zu lassen.«

Die beiden Schurken wurden aneinander gefesselt, und die jungen Männer schleppten die Truhe die Klippen hinauf. Estelle ging als Erste. Als sie erfuhr, dass die Polizisten im Studierzimmer festsaßen, lief sie unverzüglich zu ihnen, um sie zu befreien.

»Es tut mir schrecklich Leid, dass man Sie so behandelt hat«, entschuldigte sie sich. Sie befahl einem der staunenden Lakaien, eine Flasche feinsten französischen Brandy zu holen und die Gläser der Männer aufzufüllen. Die beiden Gesetzeshüter hatten sich großzügig aus der Flasche bedient, die Merlin zurückgelassen hatte, waren aber nicht zu betrunken, um ihre Autorität untergraben zu lassen. Mit wachsendem Groll starrten sie Merlin und Brandon an.

»Was geht hier vor?«, wollte Sergeant Todd wissen und musterte die tropfnassen Schurken scharf, die finstere Mienen machten. Todds Mund öffnete und schloss sich mehrmals, bevor er weitersprach. »Sie werden in Gewahrsam genommen, Lord Raven, und dieses Mal werde ich persönlich vor Ihrer Zelle Wache stehen.« Seine Stimme klang ein wenig belegt. »Verhaften Sie Lord Raven und Mr. Hawthorne!«

»Nicht!«, warnte Merlin, als Hoskins mit Handschellen bewaffnet auf ihn zukam. »Wir sind unschuldig! Die Verbrechen, die man Mr. Hawthorne und mir zur Last legt, werden umgehend aufgeklärt.« Er zeigte auf Felix und Muggins. »Von diesen zwei Männern.«

Die beiden starrten die Polizisten hasserfüllt an. Merlin stieß Felix in einen Sessel und band ihn fest. »Ich schlage vor, du erklärst alles. Wie du weißt, gibt es kein Entkommen aus diesem Raum, ehe du gestanden hast – alles!«

Felix murmelte etwas in sich hinein, und Merlin sprach leise mit Brandon, der gerade Muggins an einen anderen Sessel fesselte.

Dann verließ Brandon das Zimmer und schloss sorgfältig die Tür hinter sich.

»Wo geht er hin?«, wollte Todd wissen. »Er will schon wieder auf und davon.

Merlin hob beide Hände. »Vertrauen Sie mir, er ist in einer Stunde wieder da.« Er setzte sich in einen Sessel und legte die Beine übereinander. »Hören Sie einfach diese Männer an, und wenn Mr. Hawthorne zurückkommt, wird sich alles aufklären.«

Die Ordnungshüter nahmen zögernd Platz und betrachteten unsicher die beiden mürrischen Übeltäter. Merlin zeigte auf die Truhe, die direkt neben der Tür stand. »Diese Truhe werden wir später begutachten, zuerst« – er heftete seinen Blick auf Felix – »hören wir uns an, was sie zu sagen haben.«

Felix schwieg, und Muggins ließ den Kopf hängen. Die Spannung wuchs, und schließlich sagte Merlin: »Felix, erinnerst du dich an einen Mann namens Eliah Porter?«

Felix zuckte zusammen und riss die Augen weit auf. »Eliah?«

»Ja. Ich wette, er weiß alles, was es über dich zu wissen gibt, Cousin.« Merlin wandte sich an die Polizisten. »Eliah Porter ist der Kutscher, der den Wagen meines Vaters in jener Nacht fuhr, als er starb. Er stand erst seit einem Monat im Dienst meines Vaters. Seltsamerweise kam er bei dem Unfall nicht ums Leben. Er verschwand. Zum Glück ist es Mr. Hawthorne gelungen, Porter ausfindig zu machen, und er ist in diesem Moment unterwegs, um ihn zu holen. Ich bin überzeugt, Porter wird nicht zögern, die Wahrheit zu sagen, wenn wir ihm Straffreiheit garantieren – obwohl er nach Recht und Gesetz wegen seiner Beteiligung an der Ermordung meines Vaters hängen sollte.«

»Er wird kein Wort sagen!«, rief Felix. Rote Flecken glühten auf seinen Wangen.

»Wie gesagt, er kann zwischen dem Galgen und der Möglichkeit wählen, die Wahrheit zu sagen. Jeder normale Mensch würde reden – die ganze Nacht, wenn es sein muss.«

Plötzlich platzte Muggins heraus: »Der Plan hätte funktionieren können, wenn wir den Schatz bloß früher gefunden hätten.«

»Schatz?«, echote Todd und warf einen Blick auf die Truhe.

»Vielleicht sollten wir uns doch zuerst mit der Truhe befassen«, sagte Merlin und forderte Hoskins mit einer Geste auf, ihm beim Tragen der Truhe zu helfen.

Cynara, die neben ihrer Mutter auf einer Sitzbank saß, die kalten Hände in den Schoß gelegt, sah gespannt zu. Die Nachwirkungen der Ereignisse am Strand ließen sie erschauern, ihre nassen Kleidungsstücke klebten unangenehm auf ihrer Haut. Sie wusste, dass sie nach oben gehen und sich umziehen sollte, aber sie wollte sich nicht ein einziges Wort entgehen lassen.

»Was für ein Plan?«, wiederholte Todd, als die beiden Männer die Truhe mitten ins Zimmer trugen. Merlin bückte sich und klappte den Deckel auf. Dann nahm er die Schmuckschatulle und stellte sie auf den Boden. Daneben stapelte er die Goldbarren, auf die Cynara in der Höhle einen Blick erhascht hatte. Es waren ungefähr zehn.

»Ich glaube, früher waren viel mehr Goldbarren da«, bemerkte Muggins, »aber sie sind im Lauf der Jahre weniger geworden, um Black Raven zu erhalten. Der Plan war, die Truhe zu finden und sie mit nach Amerika zu nehmen, auf Master Felix' Plantage in Virginia.«

»Halt den Mund!«, fuhr Felix ihn an und warf ihm einen mörderischen Blick zu.

Muggins zuckte die Achseln. »Sie kriegen es sowieso raus, wenn sie Porter haben. Ich wusste doch, wir hätten den Kerl erledigen sollen.«

Merlin brachte Estelle die Schmuckschatulle und öffnete sie. »Der verlorene Familienschmuck der Mournays, Estelle. Jetzt gehört er Ihnen.«

Todd starrte mit hervorquellenden Augen die Anhäufung kostbarer Juwelen an. »Ich bitte um eine Erklärung!«

Merlin ging im Zimmer auf und ab und erzählte Todd und Hoskins von dem Schiff, das Graf Mournay seiner Tochter Estelle nachgeschickt hatte, nachdem sie nach England geflohen war. Er schilderte, wie es an der Küste vor Black Raven bei einem tosenden Sturm gesunken war und dass jemand den Schatz aus dem Wrack gestohlen hatte. »Wie der Schatz ins Schloss gelangt ist, wissen wir noch nicht«, sagte Merlin.

»Felix behauptet, dein Vater und seine zwei Brüder hätten ihn gestohlen«, warf Cynara ein.

Merlin blieb abrupt stehen und wandte sich zu Felix um. »Ist das wahr?«

Felix nickte düster. »Ja … Als ich nach Max' Tod Earl wurde, kam Jean, der Franzose, zu mir und erzählte mir die ganze Geschichte. Er wollte Geld von mir, und falls ich ablehnte, würde er die Behörden informieren. Wie es scheint, hat er Onkel Sydney sein Leben lang erpresst.«

»Aber warum hat Jean nicht den Schatz an sich genommen, wenn er davon wusste?«, fragte Cynara.

»Er wusste nicht, wo er versteckt war. Niemand wusste es nach Ross' Tod, bis Cynara die Stelle entdeckte.«

Merlins Augen wurden weich, als er sie ansah. »Ich wusste, sie würde Black Raven Glück bringen. Selbst die Steine des Schlosses scheinen sie zu lieben. Genau wie ich«, fügte er leise hinzu. »Fahr bitte fort, Felix«, forderte er seinen Cousin auf, während er beobachtete, wie Hoskins die letzten Goldbarren aus der Truhe holte.

Felix presste die Lippen zusammen, und Merlin zuckte die

Achseln. »Wir können warten. Egal, wie lange es dauert, du bleibst auf diesem Sessel, ohne Essen und Trinken.«

Hoskins schwenkte etwas durch die Luft. »Sehen Sie mal, ein Brief. Er sieht gar nicht so alt aus. Er steckte unter der Papierverkleidung auf dem Boden der Truhe.«

Todd schnappte seinem Assistenten den Brief aus der Hand und riss den Umschlag auf. Er betrachtete die Unterschrift. »Sie trägt den Namen Ross Seymour«, sagte er und gab Merlin das Blatt Papier. »Vielleicht lesen Sie ihn laut vor.«

Merlin räusperte sich. An seiner Hand, die auf der Lehne eines Sessels lag, traten die Knöchel weiß hervor, als er das Holz so fest umklammerte, dass es beinahe brach. Mit blassem Gesicht las er vor.

An alle, die es angeht.

Die Seymour-Brüder haben sich eines Verbrechens schuldig gemacht und teilen ein furchtbares Geheimnis, das mit ins Grab gehen wird, wenn ich jetzt nicht spreche. Nach dem Tod von Sydney und George wollte ich mich den Behörden stellen und mein schuldbeladenes Gewissen erleichtern, aber ich konnte nicht den Namen meines Sohnes Merlin beschmutzen. Die Seymours waren eine stolze Familie, aber ich denke voller Grauen an den Tag zurück, an dem wir zu Dieben und, schlimmer noch, zu Mördern wurden. Am fünfundzwanzigsten Mai 1789 geriet an der Küste von Black Raven das französische Schiff l'Hirondelle *in Seenot. Als wir hinausruderten, hatten wir – zunächst – nicht die Absicht, das Schiff zu plündern, sondern wollten etwaige Überlebende retten. Der Einzige, der von der Besatzung noch am Leben war, war der Kapitän. Er versuchte gerade, eine schwere Kiste zu bergen, als wir an Bord des rasch sinkenden Schiffes gingen.*

Wir versuchten ihn zu überreden, mit uns zu kommen, aber

er beharrte darauf, dass die Truhe ihr Ziel erreichen müsse. Welches Ziel das war, verriet er uns nicht, aber wir öffneten die Truhe und sahen all das Gold. Ein böser Geist schien über Sydney zu kommen. Er war verzweifelt über den Zustand von Black Raven und wusste, dass nicht genügend Mittel vorhanden waren, um es vor dem Ruin zu bewahren. Ich glaube, in diesem Moment sah er seine Rettung vor Augen. George war wie er der Meinung, dass wir alle von dem Schatz profitieren könnten.

Obwohl ich protestierte, bestanden sie darauf, die Truhe an sich zu nehmen. Der Kapitän widersetzte sich, und George schlug ihn mit einer Eisenstange nieder. Der Seemann verlor das Bewusstsein, aber wir hatten das Gold. Von diesem Moment an war mein Leben zerstört.

Ich ahnte damals nicht, wie schwer dieses Geheimnis im Lauf der Jahre auf mir lasten sollte. Dennoch, ich konnte meine Brüder nicht verraten … oder? Wir schlossen einen Pakt und schworen uns, alles geheim zu halten. Ein kleiner Trost war, dass ich es ablehnte, etwas von der Beute für mich zu beanspruchen. An jenem Tag beschloss ich, auf ehrliche Weise selbst ein Vermögen zu machen. Ich kann nur beten, dass die nächste Generation Seymour weiser sein wird, als wir es waren. Ich schreibe das alles auf, damit die Wahrheit ans Licht kommt, falls der Schatz je gefunden wird. George hat seinen Anteil genommen und ist in die Kolonien gegangen, um dort mit der Erbin einer Plantage eine Familie zu gründen. Da Sydney so etwas wie ein Gewissen hatte, glaube ich nicht, dass er mehr ausgegeben hat, als er unbedingt für die Erhaltung von Black Raven brauchte. Sein Leben war elend nach dem Diebstahl. Mein Herz ist schwer, und ich bitte unseren Herrn und die armen Menschen, die in jener Nacht ein Vermögen verloren haben, um Vergebung. Ich wünschte, ich könnte es ihnen zurück-

geben, aber das würde den Namen Seymour für immer zerstören.

Ross Seymour

»Das wurde vor anderthalb Jahren geschrieben«, stellte Merlin fest. »Ich wünschte, Vater hätte es mir gesagt.« Merlins Stimme bebte. »Ich schäme mich für die drei.« An Felix gewandt fügte er hinzu: »Und das solltest du auch.«

»Vater entwickelte bald nach seiner Heirat mit Mama eine Vorliebe dafür, sein Vermögen beim Glücksspiel zu vergeuden«, sagte Felix bitter. »Bis zu diesem Moment wusste ich nicht, dass sein Geld aus der Truhe von der *Hirondelle* stammte.«

»Mein Vater hat für deine englischen Schulen bezahlt, Felix«, sagte Merlin stirnrunzelnd. Er stützte seine Hände auf die Armlehnen von Felix' Sessel. »George hat seine beiden Brüder dafür zahlen lassen, damit du von allem das Beste bekommst. Und was ist der Dank? Du machst dich heimlich hinter unser aller Rücken daran, deine emsigen Hände auf den Rest des Vermögens zu legen. Du hattest doch nicht vor, uns etwas zu sagen, oder?«

»Warum sollte ich? Du hast das Vermögen deines Vaters, und Max ist tot. Ich brauche das Gold, du nicht.«

»Du hast dafür getötet, genau wie sie.« Merlin versetzte Felix' Sessel einen Stoß, dass er beinahe umkippte.

Felix senkte den Blick. »Ich habe niemanden getötet.«

Merlin stieß ein kurzes Lachen aus. »Ich glaube, du hast meinen Vater getötet. Und ich werde es irgendwie beweisen.«

»Er hat praktisch zugegeben, Jean umgebracht zu haben«, sagte Cynara, die sich daran erinnerte, wie Felix damit geprahlt hatte, dass ihm nichts und niemand in die Quere kommen würde. »Jean musste sterben, weil er Geld von Felix wollte.«

»Und dann hast du es so aussehen lassen, als hätte ich den armen Verrückten getötet«, knurrte Merlin. Er wandte sich zu den Gesetzeshütern um. »Sie müssen die Verbindung sehen. Alles was Brandon Hawthorne und mir zugestoßen ist, passt in Felix' Plan, sich mit dem Schatz davonzumachen.«

Sergeant Todd nickte nachdenklich. »Ja ... das wäre natürlich möglich.«

Plötzlich ging die Tür auf, und Brandon stand auf der Schwelle, eine Hand auf die Schultern eines anderen Mannes gelegt. Eliah Porter war ein kleiner, krummbeiniger Mann mit wirren schwarzen Locken und einem ungepflegten Bart. Seine dunklen Augen huschten argwöhnisch von einem zum anderen.

»Er kann Ihnen ein, zwei Dinge erzählen«, verkündete Brandon. »Als er hörte, dass wir Felix Seymour gefasst haben, war er bereit, eine Aussage zu machen, insbesondere als ich ihm klar machte, dass er mit einem Strick um den Hals Probleme beim Luftholen kriegen könnte.«

Eliah Porter tippte mit dem Daumen an seinen schmutzigen Hut und trat zögernd ein. »Wer von denen ist dieser Polizist aus London?«, wollte er wissen.

»Ich bin Sergeant Todd«, stellte Todd sich vor. »Reden Sie, Mann. Sie gehen straffrei aus, wenn Sie es tun.«

»Ich ... äh ... weiß etwas, was den Burschen da« – er zeigte auf Felix – »den Kopf kostet.«

»Gut«, sagte Todd. »Ich höre.«

»Na ja, weil ich ein ganz guter Kutscher bin, bekam ich Arbeit bei Mr. Ross Seymour, als sein alter Kutscher starb. Ich bin von Axminster, aber die Gelegenheit, bei einem Seymour gutes Geld zu verdienen ... tja, ich konnte nicht nein sagen und kam hierher.« Er beäugte Felix vorsichtig. »Dann kam eines Tages der Kerl da und sagte mir, ich könnte ein schönes Stück Geld verdienen, mehr Geld auf einen Schlag, als ich als Kutscher in meinem ganzen Leben verdienen würde.« Er lachte trocken. »Da konnte ich auch nicht nein sagen. Ich nahm den Auftrag an. Ich sollte dafür sorgen, dass es so aussieht, als hätte Mr. Merlin Ross Seymour getötet. Mr. Felix schlüpfte in Mr. Merlins grauen Umhang und machte sich in London an Mr. Ross' Wagen zu schaffen, aber nicht so, dass er gleich kaputt ging, wohlgemerkt.« Er machte eine Pause und holte tief Luft. »In der Nacht, als Ross Seymour starb, wartete ich auf der Straße, bis Merlin Seymours Kutsche zu sehen war. Dann schoss ich einem von Mr. Ross' Pferden in den Bauch und ließ sie direkt in den Abgrund rennen. Ich konnte gerade noch in letzter Sekunde abspringen. Wie gesagt, vorher waren die Achsen gelockert worden – angeblich von Mr. Merlin, wie die Haushälterin in dem Haus in der Albemarle Street ausgesagt hat.«

»Aber warum hat Mr. Felix Seymour Sie dafür bezahlt, Mr. Ross umzubringen?«, wollte Todd wissen.

»Sie haben wegen einer Halskette gestritten, die Mr. Ross gehörte. Ich habe an einem Abend in Stormywood durchs Fenster geguckt.« Er stieß einen tiefen Seufzer aus. »Mann, Sie hätten die Klunker sehen sollen! An einem Ende baumelte ein riesiger Rubin. Felix Seymour wollte von dem alten Herrn wissen, wo noch mehr Juwelen versteckt sind – mehr hab ich nicht gehört. Mr. Ross schwor, er würde mit irgendeinem Geheimnis zu den Behörden gehen, wenn Master Felix nicht aufhörte, in der Vergangenheit zu stochern.« Er zuckte die Achseln. »Was für ein Geheimnis das war, weiß ich nicht.«

Merlin stieß mit einem Fuß an die Truhe. »Das hier.« Er wandte sich an Felix. »Du wolltest Vater also zwingen, dir alles zu sagen, und als er sich weigerte, hast du ihn töten lassen und das *Hirondelle*-Kollier gestohlen!«, tobte Merlin. Er ballte die Fäuste. »Wie konntest du nur!«

»Und wie ist das Kollier bei Mr. Hawthorne gelandet?«, fragte Todd.

Brandon trat einen Schritt vor. »Ich bin der Erbe der Mournays. Felix wollte Cynara heiraten, um sie und Estelle für den Rest ihres Lebens in seiner Gewalt zu haben. Von dem Schatz hätten sie nie etwas erfahren. Mich hingegen wollte er tot sehen, und am sichersten war es, mich in irgendeinem Gefängnis verrotten zu lassen. Es war nicht zu erwarten, dass er mit dem Diebstahl des Kolliers in Verbindung gebracht werden würde. Irgendwann wäre ich gehängt worden. Lady Fidalia hätte geschworen, dass es ihr Kollier war, stimmt's?«

Felix nickte. Sein Gesicht war geisterhaft bleich.

»Sie brauchte dringend Geld wegen ihrer drückenden Spielschulden, und du hast ihr welches gegeben, um ihre Hilfe zu erkaufen«, fuhr Brandon fort und verschränkte die Arme vor der Brust. »Aber das *Hirondelle*-Kollier war einzig in seiner Art, von den Juwelieren Ludwigs XIV. entworfen, und daher für jemanden, der mit der Geschichte des Kolliers vertraut war, nach der Beschreibung leicht zu erkennen.« Er wandte sich zu Estelle um. »Mutter kannte diese Geschichte, aber erzählte sie uns erst vor kurzem, da sie annahm, wir würden das Kollier nie zu Gesicht bekommen.«

Felix stöhnte und ließ den Kopf hängen.

»Ein hübscher kleiner Plan, Mr. Seymour«, sagte Todd und zückte energisch seine Handschellen. »Ich glaube, kein Richter wird Gnade für Sie zeigen. Sie haben den Tod von zwei Menschen geplant und Jean persönlich ausgeschaltet.«

»Von drei Menschen«, warf Merlin ein. »Er ließ nach Vaters Unfall meinen Kutscher töten. Der Kutscher wusste, dass ich nicht in der Nähe von Vaters Wagen war, als er in den Abgrund raste.«

Todds Gesicht war rot vor Zorn, als er Felix' Fesseln löste

und die Handschellen um seine Handgelenke schloss. »Wir bringen diese beiden Galgenvögel nach London.« Er wandte sich an Muggins. »Was haben Sie sich eigentlich davon versprochen?«

Muggins saß zusammengesunken in seinem Sessel. »Ich wollte in Amerika ein neues Leben anfangen, in Freiheit und mit Geld.« Er warf Merlin einen verächtlichen Blick zu und spuckte auf den Boden. »Ich hatte keine Lust mehr, für feine Pinkel die Ställe auszumisten. Master Felix hat mir versprochen, mir in Übersee zu einem guten Start zu verhelfen.«

Todd nickte. Seine Lippen waren zu einer schmalen Linie zusammengepresst. »Zeigen Sie mir den Weg zu den Verliesen«, sagte er zu Bramble, als der Butler das Zimmer betrat. Die zwei« – er stieß Felix und Muggins auf den Flur – »können in einer finsteren Zelle über ihre Untaten nachdenken, während ich alles für ihre Überführung in die Hauptstadt vorbereite.«

»Eins noch«, sagte Merlin. »Wer hat dich in dem Wäldchen auf Stormywood angeschossen, Felix?«

Muggins antwortete für Felix. »Er ist gar nicht angeschossen worden! Einer von den Stallburschen – der, den Sie gefeuert haben, Mr. Merlin – hielt sich im Wald versteckt und schoss in die Luft. Nachdem Master Felix auf seinem ›Totenbett‹ mit Squire Henry gesprochen hatte, nahm er eine Droge, die ihn wie tot erscheinen ließ. Sie haben ihn ja selbst gesehen, Master Merlin.«

»Sie hielten sich die ganze Zeit in einer Höhle eine Meile östlich von hier versteckt«, erklärte Cynara. »Dort wurde ich bis heute Abend gefangen gehalten.« Sie drehte sich zu Muggins um. »Aber wie sind Sie dahintergekommen, dass wir nach London fahren wollten, um Mr. Hawthorne zu befreien?«

»Ich hatte mitbekommen, dass Sie nach London fahren

wollten, und weil ich mir dachte, dass es keine Vergnügungsreise war, bin ich Ihnen gefolgt.« Muggins presste die Lippen zusammen. »Ich hatte Befehl, Sie irgendwo unterwegs zu erledigen. So, und jetzt hab ich genug von der ganzen Sache!« Er trat nach einem Stuhl, als er hinausgeführt wurde.

Als Todd und Hoskins mit ihren beiden Gefangenen gegangen waren, stürzte Cynara sich in Merlins Arme. »Ich bin so froh, dass es vorbei ist!«

Er hielt sie eng umschlungen. »Wirklich vorbei ist es erst, wenn wir vor Gericht unsere Aussagen gemacht haben. Dann können wir dort weitermachen, wo wir aufgehört haben.« Er stupste zärtlich ihre Wange an. »Wir bleiben eine Woche im Bett. Die Dienstboten denken bestimmt, dass wir nach all den Strapazen Erholung brauchen.«

Sie lachten und setzten sich dann zu Estelle, die völlig benommen wirkte. Brandon hielt eine ihrer Hände, Cynara nahm die andere. »Mutter, was wirst du jetzt machen?«

Estelle schüttelte den Kopf. »*Mon Dieu*, es ist so verwirrend! Mit dem Auftauchen der Familienjuwelen sehe ich zurück und finde meine Kindheit wieder.« Ihre Stimme bebte. »Fast ist es, als könnte ich Vaters schallendes Gelächter und Mutters schnelles Französisch hören. Plötzlich ist alles wieder da.« Sie betastete liebevoll eine der schönen Perlenketten. »Mutter hat sie so oft getragen. Es war ihr Lieblingsschmuck.«

»Ich bin sicher, die beiden wären glücklich, wenn sie wüssten, dass der Schmuck dort ist, wo er hingehört – an Ihrem Hals, Estelle«, sagte Merlin. »Zu meinem Bedauern muss ich sagen, dass meine Onkel einen Großteil des Mournay-Goldes verschleudert haben.«

»Es ist genug vorhanden, um Bluewater in seine einstige Pracht zurückzuversetzen«, meinte Brandon. »Aber wie willst du diese Ruine hier erhalten?«, wollte er wissen. »Ich bin überzeugt, dass Felix, der momentan der Earl of Raven ist, für seine Verbrechen zum Tode verurteilt wird, und dann bist du wieder der Earl.«

Merlin lachte. »Viel Hin und Her mit dem Titel, so viel steht fest.« Er nahm Cynaras Hand. »Mit Hilfe meiner bezaubernden Frau werde ich den Besitz wieder in neuem Glanz erstrahlen lassen. Da ein Großteil des Einkommens aus der Landwirtschaft kommt, habe ich vor, meine Bemühungen darauf zu richten, die bestehenden Höfe zu sanieren und Pläne für ertragreichere Ernten auszuarbeiten. Außerdem besteht die Chance, dass wir auf neue Kupfervorkommen stoßen, auch damit werde ich mich befassen.« Er seufzte und sah tief in Cynaras Augen. »Ich weiß, dass ich mit Cynara an meiner Seite nicht scheitern kann. Seit sie meine Frau geworden ist, hat sich mein Leben zum Besseren gewendet. Mein Name ist von jedem Verdacht reingewaschen, und von jetzt an werden wir ein glückliches Leben führen und unsere Pläne für Black Raven in die Tat umsetzen.«

Tränen glitzerten in Estelles Augen, als sie ihre Tochter und Merlin umarmte. »Ich bin so froh, dass sich eure Heirat als Segen erwiesen hat«, sagte sie mit gepresster Stimme. »Mir ist eine schwere Last von den Schultern genommen.«

»Na ja, Mutter, jetzt musst du eine Braut für mich finden«, bemerkte Brandon leichthin. »Aufs Ehestiften scheinst du dich zu verstehen!«

Estelle gab ihm einen Klaps auf die Hand. »Du musst erst erwachsen werden, mein Sohn. Kein Glücksspiel mehr, keine langen Nächte, keine …«

»Ich hab's gehört, ich hab's gehört«, stöhnte Brandon und stand auf. »Ich habe außerdem gehört, dass im *Duck and Willow* ein ausgezeichnetes Bier ausgeschenkt wird. Wollen wir nicht auf unseren Sieg trinken, Merlin?«

»Nein … ich habe etwas Besseres vor.« Er zog Cynara zur Tür. »Und nicht mit der rothaarigen Kellnerin schäkern, Brand!«, rief er über die Schulter zurück, bevor er die Tür schloss.

In der folgenden Nacht, als das Schloss wieder ruhig und friedlich dalag, ruhte Cynara in Merlins Armen in seinem geschnitzten Himmelbett, in dem Dutzende Seymours gezeugt worden waren. Sie hatten einander geliebt und lagen jetzt einträchtig Seite an Seite, von einem warmen inneren Glühen erfüllt, das sie so eng aneinander band, dass sie beinahe die Gedanken des anderen erraten konnten.

Merlin streichelte Cynaras seidige Haut. »Ich nehme an, du wirst jetzt wieder die Renovierung des Schlosses aufnehmen?«

Sie nickte. »Ja, Zimmer für Zimmer. Dann eröffne ich eine Dorfschule, und mein erster Schüler wird Bobby sein.«

»Eine Schule?« Er klang überrascht.

Sie schmiegte sich an Merlins Schulter und zog mit einem Finger die markante Linie seines Kinns nach. »Ja … Ich finde, wenn du dich um die Ländereien kümmerst, sollte ich mich um die Menschen kümmern. Jeder sollte lesen und schreiben können.«

Merlin nickte langsam. »Das denke ich auch, aber wann finden wir die Zeit für die Londoner Saison, die du versäumt hast? Wir werden lange Zeit auf Black Raven festsitzen, wenn wir unsere Pläne in die Tat umsetzen wollen.«

»Ich habe vor, meine Tochter in ganz großem Stil in London debütieren zu lassen! Keine erzwungene Ehe für sie, das ist mein letztes Wort.«

»Eine Tochter?« Seine Augen strahlten vor Freude. »Du bist schwanger?«

Sie warf ihm ein verführerisches Lächeln zu. »Nein … aber

ich werde es bald sein, wenn wir nachts weiterhin so fleißig sind, wie wir es zukünftig tagsüber sein wollen.«

Er schob sich über sie und stützte sich auf einen Ellbogen. »Ich werde dich beim Wort nehmen, mein Liebes. Jetzt gleich.«

Cynara, die das für eine ausgesprochen gute Idee hielt, zog ihn stürmisch an sich.

Schottland, 1746. Nach der Schlacht von Culloden schwört Keegan MacLeod dem Mann Rache, der den Tod seines Vaters auf dem Gewissen hat: Lord Foxworth Morgan. Er nimmt Lady Zoe, die Schwester des Lords, als Geisel. Doch schon bald bereut er diesen Entschluss bitter. Denn die Lady ist nicht nur wunderschön, sondern ebenso widerspenstig, und ihre Fluchtversuche bringen ihn in Teufels Küche. Aber schon bald wandelt sich die gegenseitige Abneigung in etwas ganz anderes …

›Christine Dorsey hat die wunderbare Gabe, historische Liebesromane zu schreiben, die nicht nur unvergesslich, sondern auch magisch sind!‹

LITERARY TIMES

ISBN 3-404-18296-0

BASTEI LÜBBE

Als Bridget McQuarry nach Primrose Creek kommt, hat sie nichts mehr zu verlieren: Ihr Ehemann Mitch ist im Bürgerkrieg gefallen, und die Familienfarm wurde von den hohen Wiederaufbausteuern aufgefressen. Mit ihrem kleinen Sohn und ihrer Schwester geht Bridget in den Westen, um ein vollkommen neues Leben zu beginnen. Aber dann taucht Mitchs alter Freund Trace Qualtrough auf und Bridget spürt wieder die verbotene Anziehungskraft, von der sie dachte, sie wäre längst verschwunden ...

ISBN 3-404-18297-9

BASTEI
LÜBBE

Es ist ein Rennen gegen die Zeit, das Reese Starrett unbedingt gewinnen muss, wenn er die Verlobte seines besten Freundes retten will, die entführt worden ist und sich angeblich in den Händen des grausamen Graham Felton befindet. Reese ist auf alles gefasst, nur nicht darauf, dass er sich in die schöne Saber Vincente verlieben könnte, als er sie endlich gefunden hat.
Vergeblich versucht er, seine Gefühle für sie zu bekämpfen. Auf der Flucht vor den Kidnappern kommen Reese und Saber sich immer näher und müssen erkennen, dass Leidenschaft sich nicht verleugnen lässt …

ISBN 3-404-18295-2